GOLDMANN

Autoren

Allan Cole und Chris Bunch, Freunde seit über dreißig Jahren, haben sich als Schöpfer der STEN-Saga, einer Science-Fiction-Serie der Superlative, einen Namen gemacht; ihr Vietnam-Roman *A Reckoning For Kings* wurde für den Pulitzerpreis nominiert. Mit dem Meilenstein *Die Fernen Königreiche* gaben sie ihr Debut in der Fantasy. Allan Cole und Chris Bunch leben im Staat Washington.
Weitere Bände sind in Vorbereitung.

»Fantasy vom Feinsten – durchdacht und wunderbar erzählt.«

Publishers Weekly

»In ›Die Fernen Königreiche‹, einer Fantasy, wie man sie nur ganz selten zu lesen bekommt, lassen Allan Cole und Chris Bunch den Geist der großen Abenteuerromane wieder aufleben. Das Ergebnis kann man nur bewundernswert nennen.«

Locus

»Exzellent – und das in jeder Hinsicht.«

SF Chronicle

Bereits erschienen:

Die Fernen Königreiche. Fantasy-Roman (24608)
Das Reich der Kriegerinnen. Fantasy-Roman (24609)

ALLAN COLE
CHRIS BUNCH

Das Reich der Finsternis

FANTASY-ROMAN

Aus dem Amerikanischen
von Jörn Ingwersen

GOLDMANN VERLAG

Die amerikanische Originalausgabe
erschien 1995 unter dem Titel *Kingdoms of the Night*
bei Del Rey Books, New York

Für
Charles
und, wie immer,
für Li'l Karen

Umwelthinweis:
Alle bedruckten Materialien dieses Taschenbuches
sind chlorfrei und umweltschonend.
Das Papier enthält Recycling-Anteile.

Umschlaggestaltung: Design Team München
Umschlagillustration: Gnemo
Satz: Uhl + Massopust, Aalen
Druck: Graphischer Großbetrieb Pößneck
Verlagsnummer 24610
Lektorat: Sky Nonhoff
Redaktion: Regina Winter
Herstellung: Peter Papenbrok
Made in Germany
ISBN 3-442-24610-5

1 3 5 7 9 10 8 6 4 2

Erstes Buch
Greycloak

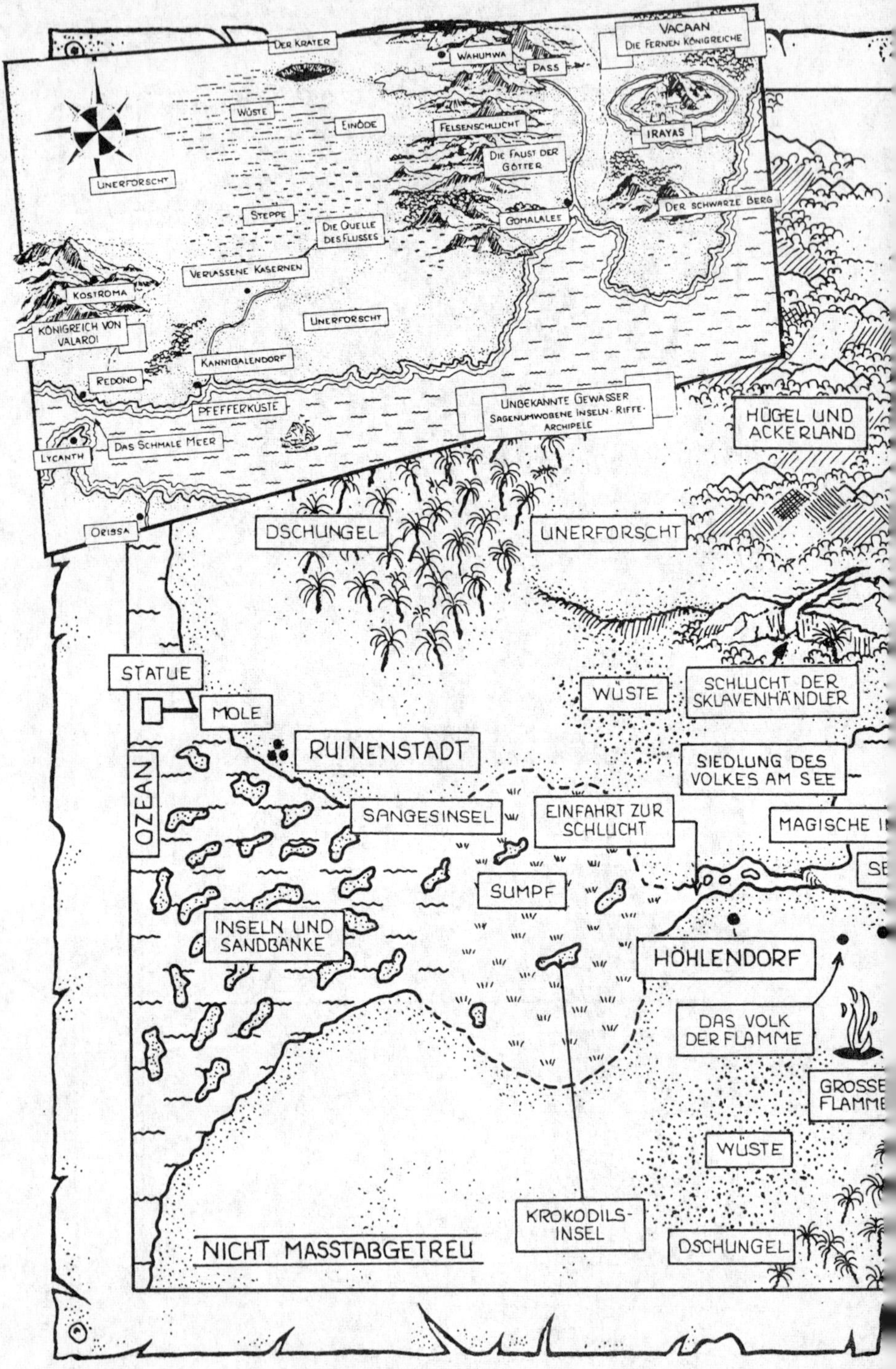

Der Krater
Wahumwa
Pass
Vacaan
Die fernen Königreiche
Wüste
Einöde
Felsenschlucht
Irayas
Die Faust der Götter
Unerforscht
Der schwarze Berg
Steppe
Die Quelle des Flusses
Gomalalee
Verlassene Kasernen
Kostroma
Königreich von Valaroi
Unerforscht
Kannibalendorf
Redond
Pfefferküste
Unbekannte Gewässer
Sagenumwobene Inseln · Riffe · Archipele
Lycanth
Das Schmale Meer
Orissa
HÜGEL UND ACKERLAND
DSCHUNGEL
UNERFORSCHT
STATUE
MOLE
WÜSTE
SCHLUCHT DER SKLAVENHÄNDLER
RUINENSTADT
SIEDLUNG DES VOLKES AM SEE
OZEAN
SANGESINSEL
EINFAHRT ZUR SCHLUCHT
MAGISCHE
SUMPF
INSELN UND SANDBÄNKE
HÖHLENDORF
DAS VOLK DER FLAMME
GROSSE
WÜSTE
KROKODILS-INSEL
DSCHUNGEL
NICHT MASSTABGETREU

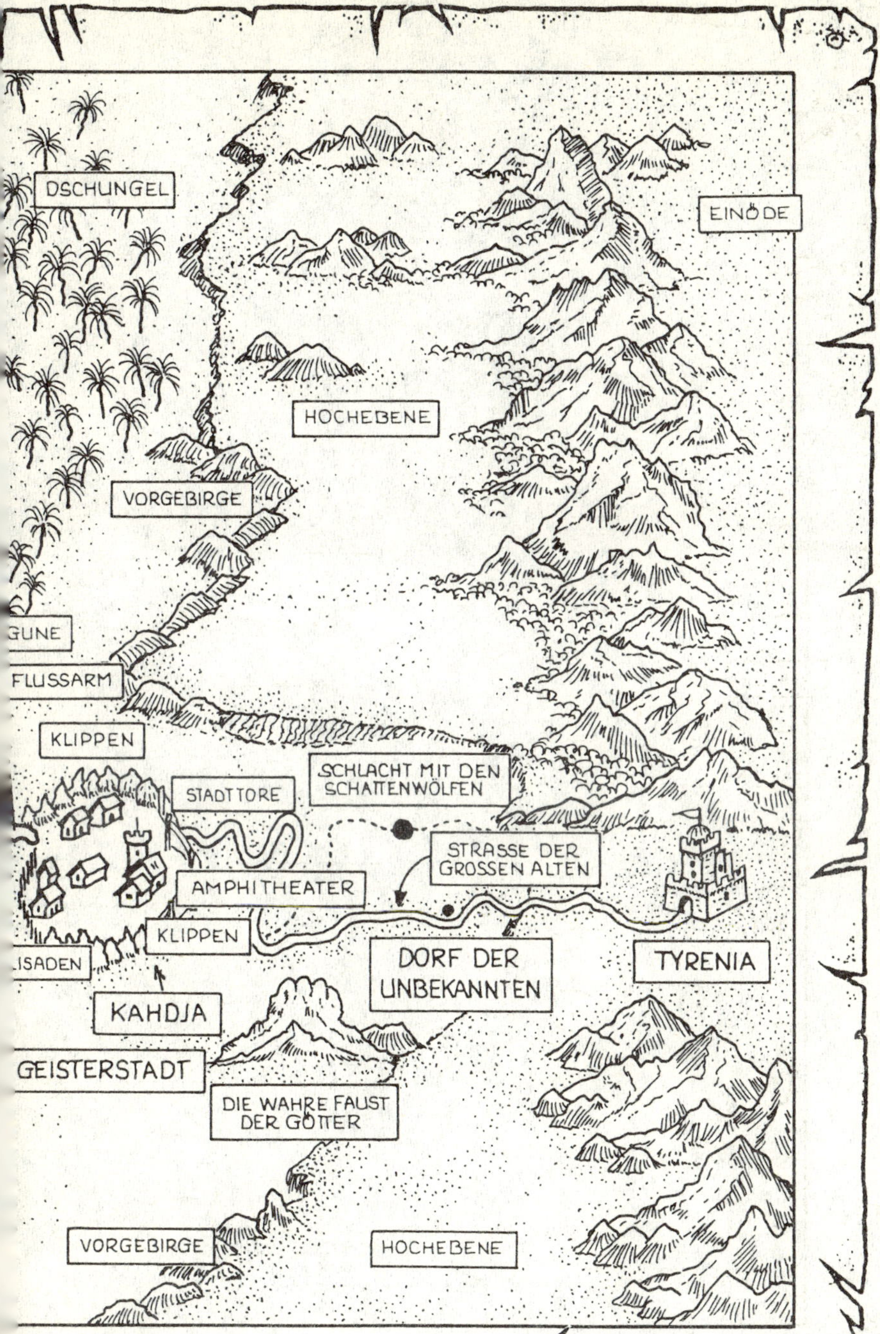
DSCHUNGEL
EINÖDE
HOCHEBENE
VORGEBIRGE
GUNE
FLUSSARM
KLIPPEN
SCHLACHT MIT DEN SCHATTENWÖLFEN
STADTTORE
STRASSE DER GROSSEN ALTEN
AMPHITHEATER
KLIPPEN
DORF DER UNBEKANNTEN
TYRENIA
LISADEN
KAHDJA
GEISTERSTADT
DIE WAHRE FAUST DER GÖTTER
VORGEBIRGE
HOCHEBENE

Kapitel Eins

Der wütende Wagenlenker

Wer immer dies lesen mag, der merke auf: Ich bin Lord Amalric Emilie Antero von Orissa. Wisse, daß dieses Buch und sein Überbringer unter dem Schutz meiner Familie und meiner selbst stehen. Liefert Ihr sie schnell und sicher meinem Verwalter, wird man Euch zweitausend Goldmünzen dafür zahlen.

Doch hütet Euch ... meine Rachsucht steht meiner Großzügigkeit nicht nach. Fügt meinen Dienern kein Leid zu und haltet sie nicht auf, sonst wird es für Euch und Eure Nachkommen furchtbare Konsequenzen haben.

All das schwöre ich am sechsten Tag des Monats der Eisblumen im fünfzehnten Jahr der Echsenzeit.

Mein liebster Neffe Hermias! Ich schreibe dir aus den Fernen Königreichen, den *wahren* Fernen Königreichen, nicht dem falschen Runenzauber von Irayas, den Janos Greycloak und ich vor nunmehr fünfzig Jahren entdeckt haben. Schon lange hätte ich wissen müssen, daß wir uns getäuscht hatten. Die Mirakel jener abgelegenen Reiche, die uns damals so bezauberten, verblassen gegen dieses Reich der Wunder und der Zauberei.

Armer Janos. Er hat alles verraten, was er liebte, und selbst seine Seele für die Wahrheiten verkauft, die er dort gefunden zu haben glaubte. Und all das hat sich als ungeheure Lüge entpuppt.

Der alte Janos, der Janos, der einst mein Freund war, hätte über diese Verblendung laut gelacht.

»Die besten Scherze der Götter«, hätte er gesagt, »sind solche, bei denen man als Esel dasteht. Wer sich für weise hält, wandelt in Dunkelheit. Nur wer weiß, daß er *wahrlich* ein Narr ist, gelangt zu Erkenntnis.«

Außerdem wäre er froh darum gewesen, das weiß ich nun, da in unserer erfolgreichen Entdeckung der Fernen Königreiche die Saat für seinen Untergang lag. Denn was gab es danach noch für Janos zu entdecken? Könnte er nur hier sein, um darüber zu staunen, wie weit wir unser Ziel verfehlt hatten!

Dabei sollte ich dir sagen, daß ich aller Wahrscheinlichkeit nach tot sein werde, wenn du diese Zeilen liest.

Trauere nicht. Mein Leben war lang und meist glücklich, und gewürzt mit einer Vielzahl von Ereignissen und Errungenschaften. Ich bin erstaunt, daß mir nach allem, was geschehen ist, seit wir uns zuletzt im Arm hielten, noch genügend Energie geblieben ist, diese Feder zu führen.

In einem Alter, in dem die meisten Männer auf jeder freien Fläche nach einer passenden Grabstelle für sich suchen, habe ich mich zu meinem letzten großen Abenteuer aufgemacht. Ich habe das Verbotene Meer des Ostens zur unbekannten Fernen Küste überquert, namenlosen Flüssen getrotzt, wüsten Einöden und eisigen Gipfeln. Ich habe gesehen, wie Träume zerstoben, wiederauflebten und neuerlich gefährdet waren. Nur wenigen Männern oder Frauen war ein Leben wie das meine vergönnt. Und da mir Erfahrungen und Abenteuer beschieden waren, die ohne weiteres eine zweite Lebensspanne ausfüllen würden, kann ich sagen, daß mich die Götter wenn schon nicht geliebt, so doch auch nicht ignoriert haben.

Aber ich sollte nicht abschweifen. Dies ist kein Buch der Einkehr wie mein erstes.

Ich schreibe zur Warnung, nicht zur Erbauung.

Uns droht Gefahr von Mächten, die ich erst jetzt zu verstehen beginne. Bald schon werden meine Feinde mich holen. Und sollte ich bei meiner letzten Aufgabe scheitern, *muß* ein anderer folgen, das gefallene Banner aufzunehmen.

Das ist der Grund für dieses Buch.

Obwohl ich in Eile schreiben muß, will ich keine Einzelheit auslassen, auf daß Augen, weiser als die meinen, erkennen mögen, was ich nicht sah. Studiere diese Kritzeleien gut, mein lieber Neffe. Und suche den Rat unserer tapfersten und weitsichtigsten Freunde.

Sag ihnen, daß uns das Ende droht. Und sollte ich sterben, sind *sie* es, die den Wütenden Wagenlenker aufhalten müssen.

Es begann im Monat der Blumen. Überall um meine Villa brachen Blüten aus dem Boden und erfüllten die Luft mit ihrem Duft. Sanfte Winde spielten liebliche Musik auf den Glöckchen im Garten, und vom Fenster meiner Studierstube aus sah ich ein Liebespaar über die Wiese spazieren, aus deren schützendem Gras Vögel aufflatterten. Gleich hinter der Wiese lag die Weide, auf der Fohlen tollten. Doch fehlte mir der Sinn für solche Schönheit. Ich saß vor einem in dieser Jahreszeit übertriebenen Feuer, röstete mein Gerippe, eine Decke um die knochigen Altmännerbeine gelegt, und verfluchte mit einem Becher Branntwein in der Hand das kurze, unfreie Leben, das mir noch blieb. Ich sehnte mich nach Omerye, der Gefährtin meines Lebens, die es einmal so lebenswert gemacht hatte. Ein Jahr schon war sie tot, und in einer Ecke des Gartens sah ich den kleinen Grabstein mit ihrem flötenspielenden Ebenbild.

Nie hatte ich erwartet, sie zu überleben, was das sprachlose Entsetzen über ihren schnellen Tod um ein Vielfaches verschlimmerte. Im einen Augenblick war sie noch meine lebensfrohe Omerye gewesen, voller Lachen und Musik und Weisheit, im nächsten schon eine Leiche. In der Nacht vor ihrem Tod hatten wir uns geliebt. Dafür bin ich dankbar. Trotz unseres Alters war die Leidenschaft füreinander so tief wie eh und je. Sie schlief in meinen Armen ein. In jener Nacht träumte ich, wir wären wieder jung und wanderten gemeinsam durch die Wildnis, auf der Suche nach neuen Horizonten.

Am nächsten Morgen erwachte ich früh, und mir war, als hörte ich ihre Flöte. Die Musik trug das Glück des neuen Morgens in sich, die erfrischende Kühle der Morgenluft.

Doch mußte ich feststellen, daß der Dunkle Sucher bei uns gewesen war. Blaß und kalt lag Omerye neben mir, und ihre Flöte war nirgendwo zu sehen.

Schon einmal hatte ich eine solche Tragödie durchlebt und meine erste Frau und unsere gemeinsame Tochter an die Pest verloren. Doch damals war ich jung. Es war noch Zeit gewesen für Hoffnung auf ein neues Leben, während ich nun in der Stube saß und an die Schätze dachte, die Greycloak und ich in den Fernen Königreichen gefunden hatten, und all die Wunderdinge, die ich von diesen einst mythischen Ufern in die Heimat gebracht hatte. Der größte Schatz von allen war Omerye gewesen, Hofflötistin bei König Domas. Sie war es, die mich heilte, die mein Leben lebenswert machte.

Ich weiß von einem Land, in dem es nicht nur akzeptiert, sondern sogar bewundert wird, wenn einer sich das Leben nimmt. Es gibt geachtete Priester, die nur dafür zuständig sind, einen solchen Menschen bei seinem Vorhaben zu unterstützen. Sie versorgen ihre Kunden mit einem Elixier, das die glücklichsten Erinnerungen weckt. Eine Wanne mit warmer, duftender Flüssigkeit wird bereitgestellt und ein Zauber gesprochen, daß aller Schmerz zur Freude wird. Der Trauernde, der die Bürde beiseite legen und die letzte Tür hinter sich schließen will, nimmt das heilige Messer auf, ruft den Sucher, und dann schneidet er sich die Pulsadern auf.

Diese Möglichkeit erörterte ich eben, als Quartervals kam, um mich zu holen. Man stelle sich vor, welch mürrischen, selbstmitleidigen Anblick ich bot. Er stöhnte auf, als wollte er sagen: »Nicht schon *wieder*, Herr!«

Quartervals stand meiner Hauswache vor: ein großer, rotwangiger Mann, strotzend vor Muskeln und Gesundheit. Er war ein ehemaliger Grenzkundschafter, rekrutiert aus einem der Bergstämme außerhalb Orissas, ein fähiger Soldat, der durch alle Dienstgrade bis zum Leutnant aufgestiegen war. Schwierigkeiten daheim hatten ihn jedoch gezwungen zu desertieren, da sein Stamm Blutfehden als höchste Pflicht betrachtete. Unseligerweise hatte er, als die Angelegenheiten zu seiner Zufriedenheit geregelt und die Feinde bestattet waren, den Anstand besessen, zu seiner Einheit zurückzukehren.

Er befand sich schon auf dem Weg zum Richtblock, als mir seine mißliche Lage zu Ohren kam. Aus Gründen, die ich inzwischen gelegentlich bereute, hatte ich ihn vor diesem Schicksal bewahrt, und er war als verantwortlicher Offizier der Hauswache in meine Dienste getreten. Er machte seine Sache gut, und beklagen konnte ich mich einzig darüber, daß er mir gelegentlich nicht den Respekt zollte, den ein Mann meiner Stellung in dummen und schwachen Momenten verdient zu haben glaubt.

Als Quartervals mich sah, verfinsterte sich seine Miene, er runzelte die Stirn, und sein Begrüßungslächeln wandelte sich zu einer Grimasse.

»Ihr seid nicht angekleidet, Herr«, mahnte er. »Wir müssen uns beeilen, sonst kommen wir zu spät zur Zeremonie.«

»Ich werde nicht gehen«, sagte ich. »Entschuldige mich und sag, ich sei krank.« Ich gab mein Bestes, matt zu wirken, berührte meine Stirn, als prüfte ich sie auf Fieber hin, dann seufzte ich, als hätten sich meine schlimmsten Befürchtungen bestätigt.

»Für mich seht Ihr nicht krank aus«, sagte er. Er sah den Branntwein, dann die halbleere Kristallkaraffe. »Ihr tut Euch wieder selbst leid, nicht wahr, edler Herr? Allein Te-Date weiß, worüber Ihr zu klagen habt. Ihr seid reicher, als ein einzelner Mensch es sein sollte. Herr über das größte Handelsimperium in der Geschichte Orissas. Von allen geliebt und geehrt. Na, beinah von allen. Einige gibt es, die Verstand genug haben, in Euch wie in uns allen den gewöhnlichen Sterblichen zu sehen.«

»Meinst du dich selbst?« sagte ich.

»Ich meine mich selbst, Herr«, gab er zurück. »Wer sonst sollte es sich zur Aufgabe machen, einen Attentäter daran zu hindern, daß er einen kauzigen alten Mann vom Leben in den Tod befördert und uns allen damit einen Gefallen tut?«

»Sei nicht unverschämt«, herrschte ich ihn an. »Ich weiß, wann ich krank bin und wann nicht.«

Er sagte: »Herr, wenn Ihr einen höflichen Lügenbold als Offizier Eurer Wache wollt, hättet Ihr nicht einen wie mich einstellen sollen.«

Trotz meiner üblen Laune mußte ich ein Grinsen verbergen. Quartervals Stammesbrüder waren ein wilder, unbändiger Haufen, der dafür bekannt war, daß er stets die ungeschminkte Wahrheit sprach. Sie hätten nie gelogen, auch nicht, wenn Höflichkeit in Gesellschaft es verlangte. Eine Frau, die Quartervals' Meinung zu ihrer neuen Frisur erfragte, oder ein Gastgeber, der um die Güte seiner Speise wissen wollte, sollte sich dessen besser bewußt sein. Denn war die eine häßlich und die andere geschmacklos, konnte man darauf zählen, daß Quartervals diese unangenehmen Tatsachen nicht verschwieg.

»Was Euch quält, Herr«, fuhr er fort, »ist ein schwerer Fall von Trübsal. Ihr braucht frische Luft, Sonnenschein und die Gesellschaft anderer. Also, schwingt die Keulen, Lord Antero, denn das ist sicher das beste für Euch.«

»Dann bist du also nicht nur ein Mann des Schwertes, sondern auch noch Arzt«, sagte ich. »Ich will, daß man mich in Frieden läßt, verdammt! Ich bin *alt*! Es ist mein gutes *Recht*!«

»Tut mir leid, Herr«, erwiderte Quartervals. »Aber ich habe eine Großmutter, die zwanzig Jahre älter ist als Ihr, und die ist schon seit vier Stunden wach und treibt die Ziegen zum Melken herein. Ihr seid nicht schwach. Nun werdet Ihr es bald sein, wenn Ihr Euch weiterhin so aufführt.«

Ich wurde ärgerlich und drückte mein besonderes Schicksal – meine Trauer – fest an meine Brust. Doch Quartervals kam meiner üblen Laune zuvor.

»Außerdem handelt es sich um einen Stapellauf, Herr«, stachelte er mich an. »Eure Familie und das Personal planen diese Zeremonie schon seit Wochen. Ihr habt nicht nur zugesagt, daß Ihr kommen würdet, sondern Ihr habt auch versprochen, daß Ihr die ehrenvolle Aufgabe übernehmen wollt, das Schiff zu segnen.«

»Ich habe es mir anders überlegt«, sagte ich.

Quartervals verzog das Gesicht. »Das wäre nicht nur rüde, Herr, sondern brächte auch Unglück. Was ist, wenn dem Schiff später etwas zustoßen sollte? Von Piraten geentert oder im Sturm gesunken? Es wäre praktisch Eure Schuld, weil Ihr ihm einen derart schlechten Start gegeben habt.«

»Du glaubst doch gar nicht an diesen abergläubischen Unsinn«, knurrte ich.

Quartervals zuckte mit seinen mächtigen Schultern. »Ich bin eine Landratte, kein Seemann«, sagte er. »Aber immer, wenn ich auf See war, bin ich, sobald Wind aufkam, so schnell wie ein Seebär auf die Knie gefallen. In solchen Momenten melden sich die Götter *wirklich* zu Wort.« Er lachte. »Aber Ihr müßtet davon weit mehr verstehen als ich, Herr«, sagte er. »Ihr seid der berühmte Lord Amalric Antero. Bezwinger von Dämonen. Retter edler Maiden. Der größte Abenteurer, den die Welt je gesehen hat.«

Dann wurde seine Miene traurig. »Wie schade«, sagte er, »daß ein solcher Mann zu Staub vertrocknen und verwehen soll.«

»Na gut«, brummte ich. »Ich werde gehen ... und sei es nur, um dich zum Schweigen zu bringen. Aber du trägst die Verantwortung, falls ich mich erkälten und sterben sollte.«

»Das Risiko nehme ich auf mich, Herr«, lachte er. »Jetzt schwingt die alten Knochen, damit man Euch ankleiden kann.«

Damit ging er hinaus.

Ich leerte meinen Branntwein und stellte den Becher hart ab. Dieser Sohn einer syphillitischen Hure! Dem würde ich es zeigen! Doch während mein Blut noch kochte, merkte ich ein weiteres Mal, daß ich auf sein Spiel hereingefallen war. Der berühmte Lord Antero! Von wegen! Quartervals sollte sich bei der Gilde der Geisterseher um eine Lizenz bemühen. Seht, wie er Selbstmitleid in Zorn und Zorn in neuerliches Interesse am Leben verwandelt hat, und sei es nur, daß man sich daran ergötzt, wie gern man seine Knochen rösten würde.

Ich lachte und rief nach meinem Kammerdiener. Ich mußte mich beeilen, sonst hätte ich den Stapellauf tatsächlich verpaßt.

Ich blickte aus meinem Fenster und sah, daß das Liebespaar verschwunden war. Doch waren meine Augen scharf genug, die Stelle zu erkennen, an der das hohe Gras eine duftende, schattige Lagerstatt bot. Ich sah, wie sich das Gras in stetigem Rhythmus bewegte.

Vielleicht würde es doch noch ein Glückstag werden.

In meiner Jugend war es eine angenehme, wenn auch ermüdend lange Fahrt von meiner Villa nach Orissa gewesen. Stets hatte ich die Landschaft als anregend empfunden, die Fahrt vorbei an verschlafenen Höfen, durch kühle Wälder und über plätschernde Bäche. Doch die Stadt hatte ihre Grenzen gesprengt und reichte nun bis etwa eine Meile vor meine Haustür. Nur wenige Höfe waren geblieben, und die Wälder wurden gefällt, um mit ihnen Häuser und Gebäude zu errichten, die nun belebte Straßen säumen. So sehr ich unsere Stadt liebe, bin ich doch nicht so blind, sie als Schönheit bezeichnen zu wollen. Geradezu planlos ist sie gewachsen seit der Zeit, als der erste Orissaner beschloß, der beste Ort für seinen Angelschuppen läge windwärts von der Stelle, an der er seinen Fang ausweidete, bis hin zur Gegenwart, in der jede freie Fläche, in die man einen Stock und einen Stein klemmen konnte, als wertvoller Baugrund angesehen wurde. Boden war so rar, daß an manchen Stellen Wohnhäuser zu solchen Höhen aufragten, daß sie sich bald über die Straßen beugen und alles mit Schatten überziehen würden. Diese Bauten erinnerten mich an die dichtgedrängte Verkommenheit des alten Lycanth, der Stadt, die für Generationen unser Erzfeind gewesen war, bis meine Schwester Rali die finsteren Archonten erschlug, die es beherrschten, und es in Schutt und Asche legte.

Meine düstere Stimmung kam mir erneut gefährlich nah, als ich an Rali dachte. Sie war eine Heldin gewesen, wie wir sie nie mehr zu sehen bekämen. Von Kindesbeinen an hatte ich meine Schwester bewundert. Um die Wahrheit zu sagen, waren meine Leistungen, verglichen mit den ihren, eher armselig. Sie war die Kriegerin aller Kriegerinnen gewesen, Kommandantin der Maranonischen Garde, die sich ausschließlich aus Frauen zusammensetzte. Rali hatte den letzten Archon von Lycanth auf der weitesten Reise unserer Geschichte bis an die Enden der Welt gehetzt. Sie hatte ihn gefangen und getötet und Orissa vor dem Untergang gerettet. Außerdem war Rali mit magischen Talenten gesegnet – oder, wenn man es anders betrachtete, verflucht – welche sich mit denen unserer besten Geisterseher messen konnten.

Zwanzig Jahre zuvor war sie bei einer Expedition verschollen. Seither erwachte ich jeden Morgen halbwegs in Erwartung der Nachricht ihrer Rückkehr. Dann dämmerte mir stets die häßliche Wahrheit, und erneut wurde mir klar, daß sie tot sein mußte.

Mir schien, als wären meine Zeitgenossen allesamt dahingegangen. Freund und Feind gleichermaßen hatte ich überlebt. Vielleicht fühlte ich mich deshalb so nutzlos. Mir schien, als wäre die Zeit für mich schon lang gekommen, davonzuschlurfen und diese Welt zu verlassen, damit die nächste Generation darüber verfügen konnte, wie es ihr beliebte.

Die Kutsche bebte, als sie in eine Fahrspur geriet, schüttelte mich aus meinem Ringen mit dem schurkischen Bedauern wach. Lang schon klagte ich beim Hohen Rat, die Straßen seien in schlechtem Zustand. Sie waren nicht nur unbequem und gefährlich, sondern schadeten auch dem Profit. Güter und Wagen nahmen täglich Schaden, während die Ratsmitglieder ihre Privatkriege um prunkvollere Büros ausfochten und darum, wer die besten Plätze bei öffentlichen Zeremonien bekam.

»Nicht wir sind es, sondern die Geisterseher«, sagte der Höchste Rat. »Wir haben gute Steuermünze für Beschwörungen gezahlt, die unsere Straßen vor Abnutzung schützen sollten. Sie haben geschworen, der letzte Zauber, den sie gesprochen hätten, sollte zehn Jahre oder länger halten. Doch ist es kaum ein Jahr her, und nun seht Euch den Zustand unserer Straßen an!«

Der Oberste Geisterseher gab zurück, der Fehler liege beim Hohen Rat, der mit so schlechten Materialien gebaut habe, daß kein Zauber dieser Welt sie erhalten könne. Dieses wiederum brachte ihm eine erbitterte Antwort des Rates ein, der ähnlich erbost erwiderte, und so ging es hin und her, während nichts getan wurde und die Straßen und Brücken um uns herum verfielen.

Bisher hatte der Hohe Rat im Spiel mit den Schuldzuweisungen die Oberhand behalten. Denn wenn auch nur wenige einem Ratsherrn trauen, ist doch *jedermann* der Geisterseher müde.

Dem geringen öffentlichen Ansehen der Geisterseher arbeitete in den letzten Jahren eine Flut unübersehbarer Fehler zu. Das magische Wissen, welches ich aus Irayas mitgebracht hatte, trug ungeheure Blüten. Wir geboten über das Wetter, welches unser Korn nährte, über die Reinheit unserer Flüsse, Wälder und Felder, welche uns Fisch, Fleisch und Federvieh bescherten, sogar über die größten Plagen, die uns einst heimgesucht hatten, wie etwa die Pest, der meine Deoce und Emilie zum Opfer gefallen waren.

Doch in den vergangenen Monaten waren Risse im Schutzwall aufgetaucht. Auf dem Land hatte es krankes Vieh gegeben. Die letzte Ernte war von einem gefräßigen Käfer vernichtet worden. Und auf dem Marktplatz mußten die Hexen geheimnisvolle Hautkrankheiten behandeln. In meinem Haushalt hatte das Fleisch eines ganzen Lagerraums vernichtet werden müssen, weil es verdorben war. Selbst in den alten Zeiten hätte der einfachste Zauberspruch des Geistersehers, welcher der Schlachtergilde zuarbeitete, derartiges verhindert.

Natürlich gab man den Geistersehern den Löwenanteil der Schuld. Zu viele Diskussionen hatte es darum gegeben, wie faul, gierig und diebisch unsere Zauberer geworden waren. Obwohl ich mir bei solcherart Gerede nicht allzuviel dachte – schließlich waren die Delikte eher unbedeutend – wies ich Gerüchtemacher stets zurecht, wenn ich Entsprechendes hörte. In meiner Jugend waren die Geisterseher eingeschworene Feinde der Anteros gewesen. Ihr Amtsmißbrauch war ungeheuerlich, ihre Geheimniskrämerei undurchdringlich, und einige von ihnen hatten sich sogar mit Prinz Raveline von Irayas gegen unsere Stadt verschworen. Mein eigener Bruder Halab war ihrer Hinterlist zum Opfer gefallen. Aber dann hatte ich erleben dürfen, wie all dieses sich veränderte. Die Tore der

Weisheit am Palast der Geisterseher standen allen Talentierten offen, und die Zauberer legten nun einen Eid ab, ausschließlich für das öffentliche Wohl zu arbeiten. Natürlich – da das menschliche Wesen nun mal ist, was es ist – waren nicht alle Herzen rein. Doch wurden die Ideale höher aufgehängt.

Mit solchen Dingen war ich in Gedanken beschäftigt, als meine Kutsche an dem Hügel vorüberkam, auf dem der Palast der Geisterseher thront. Früher einmal hatten ihn drohende Mauern umschlossen, aber seither war er gewachsen wie die Stadt, die ihn umgab. Gebäude und Gärten erstreckten sich über terrassenförmige Hänge. Selbst am Tage sah man einen magischen Glanz um die Werkstätten der Zauberer, und die Luft – schwer vom Gestank des Schwefels – summte und prickelte vor Energie. Ich sah eine Gruppe von Akoluthen mit frischen Gesichtern, die von einem ernsten Meistergeisterseher den Hügel hinauf in ihre Klassenräume geführt wurden. Obwohl ich kein Talent zur Zauberei besitze, kannte ich doch die Bücher, aus denen sie lernten, gut. Sie enthielten die Weisheit Janos Greycloaks, oder zumindest das, was *ich* erinnern und wiedergeben konnte.

Seine Theorien, seine Suche nach den Schlüsseln zu sämtlichen Naturgesetzen, hatten die Zauberei auf den Kopf gestellt. Zum ersten Mal in der Geschichte war Magie geprüft und auf Ursache und Wirkung hin untersucht worden. Es gab sogar ein paar junge Zauberer, hatte man mir gesagt, die in Frage stellten, ob Greycloaks schlußendliche Vermutung korrekt sei, daß es sich bei magischer und natürlicher Energie um ein- und dasselbe handelte. Durch Zauberei läßt sich ein Ding von einer Form in die andere verwandeln, läßt sich transportieren, duplizieren, schützen oder zerstören. Greycloak vermutete, daß dieselben Mächte das fallende Gewicht, den reißenden Strom, die zuckende Kompaßnadel und das flakkernde Feuer beherrschten, und selbst das Licht, das es einem ermöglichte, derart alltägliche Wunder zu betrachten. Er hatte sich gefragt, ob alle Dinge – sowohl dieser als auch der spirituellen Welt – möglicherweise aus denselben Körnern einer bestimmten Substanz bestehen mochten, und das Verhalten dieser Substanz vom selben Motivator bestimmt sei. Finde diesen Motivator, sagte er, und alles wird möglich sein. Die Suche nach einem solchen Ding war Greycloaks höchstes Ziel gewesen. Er hatte geglaubt, ihm dicht auf den Fersen zu sein, als wir die Fernen Königreiche fanden. Ich glaube, er hätte es gefunden, hätte es nicht unvermittelt kehrtgemacht und ihn vorher getötet.

Meine Kutsche hielt auf die Anleger unten am Fluß zu, und ich fuhr durch das Viertel, in dem ich einst der schönen Melina nachgestellt hatte, der Bezwingerin meiner jungen, lüsternen Seele. Damals war dieses Stadtviertel ein feuchtkalter, gefährlicher Ort gewesen, mit modernden Mietskasernen, hinter deren Mauern sich Freudenhäuser verbargen, wie sie Orissa kaum je wiedersehen würde. Keine erotische Phantasie läßt sich erträumen, die nicht einst von Melina und ihren Kurtisanenschwestern erfüllt wurde.

Die Mietshäuser waren abgerissen und durch modische Wohnungen ersetzt worden. Man hatte die Straße verbreitert, mit Pflanzen und Brunnen verschönert, und nun war sie von teuren Tavernen, Tuchhändlerläden und Salons gesäumt, in denen Kinkerlitzchen für die Kinder reicher Leute glitzerten. Sollten Damen wie Melina und ihr Kuppler oder seinesgleichen hier erscheinen, würden sie schon bald von einem stämmigen Wachmann der Straße verwiesen.

Ich vermute, es stellt eine Verbesserung gegenüber dem früheren Elend in diesem Viertel dar. Doch jedesmal, wenn ich dieses täglich gesäuberte Kopfsteinpflaster überquerte und über die gepflegte Allee fuhr, bedauerte ich den Verlust dieses Juwels, wenn es auch nur Tand und Flitter gewesen war.

Wir fegten um die Biegung, und ich sah die Hafenanleger und Lagerhäuser vor mir. Männer in Arbeitskleidern mit von Mühen gezeichneten Gesichtern, schwieligen Händen und harten Muskeln machten meiner Kutsche Platz. Manche riefen meinen Namen zum Gruß. Andere wandten sich ihren Kindern zu, um ihnen zu erklären, wer ich war.

Meine Eitelkeit treibt mich zu dem Glauben, daß ich ein gerechter Mann bin, bekannt für ehrlichen Lohn bei ehrlicher Arbeit. Ich bin großzügig, wohltätig und mitfühlend, was die Nöte arbeitender Männer und Frauen angeht. Doch gibt es noch andere, die selbiges für sich in Anspruch nehmen können, und um ehrlich zu sein, sind alle Kaufleute im Herzen Diebe. Wir stehlen einem Mann die Zeit für seine Arbeit, einer Frau die Börse für unsere Waren, und einem Entdecker die Träume für unseren Gewinn.

Also bin ich nicht so gut, wie ich gern glauben möchte. Doch eine große Sache habe ich in meinem Leben geleistet, und ich meine nicht die Expedition mit Janos. Nicht einmal die Wohltaten, die ich meinem Volk gebracht habe. Nein, es gab einen anderen Grund, aus dem mich die Menschen, an denen ich an jenem Tag vorüberkam, mit Zuneigung betrachteten. Ich war es gewesen, der die anderen meiner Schicht gezwungen hatte, die Sklaven Orissas zu befreien. Manch einer haßt mich bis zum heutigen Tag dafür. Ich halte diesen Haß in Ehren.

Kurz vor den Docks bogen wir zum Fluß hin ab und steuerten die Werft an, auf der mein neues Schiff seinen Stapellauf erwartete.

Zwischen den Docks und der Werft breiteten sich die Uferwiesen des Flusses aus, verliefen etwa eine Meile weit entlang eines Parks, den Pfade durchzogen, über welche Familien, Pärchen oder einsame Träumer schlenderten. Der Park fand ein abruptes Ende, wo Staumauern den Fluß eindämmten, wenn er von Regen oder Schnee angeschwollen war.

Der Monat der Blumen war in jenem Jahr mit beidem reich gesegnet, und ich sah, daß der glitzernde, überschäumende Fluß rasch vorüberzog. Gischt sprühte auf, wo das Wasser den Stein für seinen Starrsinn strafte. Der Regen dieser Schlacht, die der Stein eines Tages verlieren mußte, sprühte über meine Kutsche, als ich vorüberfuhr. Der schwere Geruch des Flusses weckte den Seebären in mir, und ich spürte, wie meine Sinne erwachten, meine Nase vor Neugier zuckte. Ich sah, daß sich ein Schiff mit sturmzerfetzten Segeln zum Anleger schleppte, und fragte mich dasselbe wie damals, als ich als Junge am selben Ufer gespielt hatte.

Das Schiff war alt und schlecht gestrichen. Rumpf und Segel waren von Salz überzogen. Doch so alt es auch sein mochte, trotzte es doch stolz den Elementen. Es war ein Schiff, das alle Meere gesehen hatte, alle Sonnenuntergänge, alle Stürme dieser Welt. Fast konnte ich seinen teerigen Atem riechen und die abgewetzten, festen Planken unter meinen Füßen spüren. Ich sah Horizonte, die mir entflohen, das schwankende Deck, die knarrenden Segel, barfüßige Seeleute, welche die Masten erklommen.

Bei den Göttern, ich liebe das Reisen! Das war der Unterschied zwischen Janos und mir. Er war ein Suchender, ich bin ein Wanderer. Er war besessen davon, sein Ziel zu erreichen. Ich bin am glücklichsten zwischen einem Tor und dem nächsten. Seltsam, wenn ich es bedenke. Greycloak war ein rauher Charakter, der schwere Wege auf sich nahm und sich an den wildesten Küsten auskannte. Ich war in Luxus aufgewachsen und kannte keine Sorgen, bis ich mich mit ihm auf die Suche nach den Fernen Königreichen machte. Damals wurde ich von dieser Krankheit befallen.

Ihre Symptome sind ein rasender Puls, ein Frösteln am Rückgrat und ein plötzlicher, unkontrollierbarer Widerwille gegen die momentane Umgebung. Es kommt ohne Vorwarnung über einen. Der Anblick eines Hochseefrachters kann es auslösen, oder eine fremde Karawane, die Waren zum Markt bringt. Kleine Dinge können ebenso gefährlich sein: Ein Geräusch, ein Geruch, das Gefühl von Leder kann Erinnerungen an einen Ort und eine Zeit wachrufen, in der nur die Straße lockte.

Über das Wasser hinweg hörte ich den Lotsen rufen und mußte ein sehnsuchtsvolles Schluchzen nach weiten Reisen unterdrücken. Ich dachte: Deine Fahrten sind zu Ende, Amalric Antero. Für dich gibt es keine Abenteuer mehr. Du bist zu alt, mein Freund. Verdammt zu alt.

Quartervals rief der Menge zu, sie solle Platz machen, und die beiden Rappen zogen meinen knarrenden Kadaver auf die Werft, wo sich die Anteros mit Freunden und Mitarbeitern zur Segnung und für das Fest versammelt hatten.

Herumwandernde Musiker brachten der Gesellschaft ein Ständchen. Mächtige Braten drehten sich auf Spießen über Feuern aus Erlenholz. Überall standen Tische mit Speisen, und Unmengen von Dienern drängten mit Tabletts voll flüssiger Erfrischungen durch die Menge. Jedermann war so gut gekleidet, wie er konnte, was in jenem Monat bedeutete, daß leuchtende Farben den Blumen nacheiferten, die überall in Orissa erblühten. Die Gerüche und Geräusche erfüllten mich, bis ich mich fast schon auf den Rest des Tages freute.

So viele drängten sich, mich zu begrüßen, daß ich nur mit Mühe entkam. Mein Sohn Cligus bahnte sich mit seinen breiten Schultern einen Weg, um mir zu Hilfe zu eilen. Er trug seine prunkvollste Uniform mit drei schweren Goldketten um den Hals, falls jemandem bei einem Blick auf seine Rangabzeichen an Brust und Schultern entgangen sein sollte, daß er ein General war.

»Vater Antero!« rief er mit donnernder, wohlklingender Stimme, als er vortrat, um mich beim Arm zu nehmen. »Wir fürchteten schon, dir wäre nicht gut und du müßtest uns die Ehre deiner Anwesenheit verwehren.«

Er sah Quartervals an, der boshaft grinste, die Achseln zuckte und sich abwandte. Ich schüttelte die Hand meines Sohnes ab, plötzlich gereizt.

»Krank?« sagte ich. »Wie kommst du darauf, daß ich krank wäre? Ich habe mich im Leben noch nicht besser gefühlt.«

Mein Sohn strahlte, tätschelte liebevoll meine Schulter und verkündete der Menge: »Habt ihr das gehört? Vater Antero sagt, er habe sich im Leben noch nicht besser gefühlt!

Wir alle sollten uns von seinen Worten inspirieren lassen. Bei den Göttern, ein Mann ist nur so alt wie seine Taten! Und hier steht der Beweis vor uns, meine Freunde. Der große Lord Antero, der schon an die siebzig ist und sich noch immer munter und vital fühlt.«

Er umarmte mich. Es war mir unmöglich, seinem teuren Moschusduft zu entgehen, ohne ihn vor allen anderen zu erniedrigen.

Ich liebte meinen Sohn. Das tat ich wirklich. Doch als Erwachsener hatte er Gewohnheiten angenommen, die meinem Sinn für das, was Rechtens ist, entgegenliefen. Cligus war in den Vierzigern und hatte seinen Weg beim Militär gemacht. Ich wußte nicht, ob er ein guter Soldat war, auch wenn er Siege errungen hatte. Er hatte ein öffentliches Bild von sich geschaffen, für das – so glaubte er – ihn alle liebten: eine wundervolle Rednerstimme, ein Arsenal höflicher Phrasen und die Bereitschaft, mit seinen Fähigkeiten und Taten zu prahlen. Außerdem, so schien es mir, überstrapazierte er den Namen Antero, nannte mich Vater Antero, wenn andere dabei waren, als glaubte er, der Name selbst sichere ihm schon Ehre und Ruhm. Das Ergebnis war, daß mancher ihn fürchtete, andere ihn respektierten, doch nach allem, was ich hörte, ihn nur wenige mochten. Sein eigener Vater – ich schäme mich, es zuzugeben – stand meist am Rande der letztgenannten Menge.

Ich fühlte mich wie ein Verräter an meinem einzigen Kind, der Frucht meiner glücklichen Ehe mit Omerye, und so wandelte ich meine Bitterkeit zu einem Lächeln und schloß meinen Sohn wieder in den Arm. Er strahlte vor Freude.

»Es tut gut, dich zu sehen, Junge«, sagte ich. Dann sprach ich lauter, damit die anderen mich hören konnten. »Also, wollen wir das Fest beginnen? Dort steht ein Schiff, das gesegnet werden will, und da hinten sehe ich Speisen, die gegessen, und wahre Flüsse von Wein, die getrunken werden wollen.«

Meine Worte wurden mit viel Beifall und lauten Lobpreisungen für den fidelen Lord Antero aufgenommen. Was glaubt Ihr wohl, bei wem Cligus sein Benehmen gelernt hatte?

Als wir uns einen Weg zur Tribüne bahnten, beugte sich Cligus zu mir. »Du hast versprochen, daß wir bald reden wollen, Vater«, flüsterte er. »Über meine Zukunft und die Zukunft unserer Familie.«

Cligus spielte auf den Status meiner Besitztümer an. Er und andere in meiner Familie stellten mir schon seit Monaten nach, weil ich einen Nachfolger als Oberhaupt unseres Handelsimperiums benennen sollte. Als mein einziges Kind sah sich Cligus natürlich in dieser Rolle und wies die Ansprüche sämtlicher Rivalen unter meinen zahlreichen Neffen, Nichten und Vettern weit von sich. Ich selbst war nicht so sicher, ob er der Richtige war, und hatte die Entscheidung immer wieder hinausgeschoben. Dieser Aufschub war zum wunden Punkt geworden. In gewisser Hinsicht war Cligus wohl in einem Teufelskreis gefangen, den ich selbst geschaffen hatte. Je öfter ich das Treffen verschob, desto mehr fürchtete er, und je mehr er fürchtete, desto eher verleitete ihn seine Nervosität dazu, das Falsche zu tun oder zu sagen.

Obwohl ich wußte, daß ich noch nicht bereit war, mich dieser Frage zu stellen, zwang ich Bestimmtheit in meine Antwort: »Ich habe mein Versprechen auf ein Treffen nicht vergessen«, sagte ich. »Es steht schon fast ganz oben auf meiner Liste.«

»Wann würde es dir passen?« drängte er. »Da ich sehe, wie gut es dir geht, habe ich Hoffnung, daß diese Verabredung schon bald stattfinden könnte.«

Mißtrauen schlang seine Wurzeln um meine Schuldgefühle, und ich herrschte ihn an: »Wenn ich soweit bin, bei den Göttern, und keinen Augenblick vorher.«

Cligus errötete. »Verzeih mir, Vater«, sagte er. »Ich wollte meine Grenzen wahrlich nicht überschreiten.« Ich sah Omerye in seinen Augen, den trotzigen Zug um sein Kinn, und bereute meinen Gefühlsausbruch.

Ich drückte seinen Arm und sagte: »Kümmere dich nicht um meine Launen, Sohn. Mir geht so vieles durch den Kopf.«

Daraus schöpfte er Mut. »Dann sprechen wir bald darüber?«

»Ich gebe dir mein Wort darauf«, sagte ich.

Die Tribüne ragte nah am Ufer auf, überzogen mit Flaggen, Wimpeln und riesigen, ausschweifend verzierten Karten unserer weitverzweigten Handelsrouten. An der Tribüne stand ein mächtiges Zelt in leuchtenden Farben, unter dem sich das neue Schiff und sein Gerüst verbargen, bis es Zeit sein würde, den Schleier zu lüften.

Als ich die Treppe zur Tribüne nahm, lachte ein hübscher junger Mann zu mir herab.

»Onkel Amalric!« rief er ehrlich erfreut. Er nahm einen Becher mit kaltem, würzigem Wein von einem vorübergehenden Diener und bot ihn mir an. »Wenn du ihn schnell trinkst«, sagte er, »kann ich dir noch einen mehr besorgen.« Er lachte. »Zufällig hab ich gute Beziehungen zu dem Burschen, der für das alles hier bezahlt.«

»Was für ein guter Neffe du doch bist«, sagte ich, als ich den Becher von Hermias nahm. Ich hielt ihn hoch. »Damit die Götter wissen, daß es uns ernst ist.« Ich trank, und der Wein schürte meine Freude darüber, ihn zu sehen.

»Das ist genau die richtige Begrüßung«, scherzte ich in Cligus' Richtung. »Ein Becher Wein, damit einem die protzige Rüstung leichter wird.«

Augenblicklich bereute ich meinen dummen kleinen Witz. Cligus schmollte, war gekränkt, obwohl es mir, selbst wenn es so gemeint gewesen sein sollte, nur herausgerutscht war.

»Glaubst du wirklich, das ist gut für dich, Vater?« sagte er. »Wein, schon so früh?«

Ich gab vor, ihn nicht zu hören, was einer der wenigen Vorzüge des Alters ist, lächelte nur und nahm noch einen tiefen Zug.

Cligus warf Hermias einen Blick zu, der keiner Worte bedurfte. Er hielt den jungen Mann für einen Opportunisten der übelsten Sorte, der den unvernünftigeren Bedürfnissen seines ältlichen Vaters Vorschub leistete. Hermias erwiderte den finsteren Blick. Es überraschte mich, Verachtung auf seiner Miene zu sehen, und fragte mich, was Cligus getan haben mochte, um das zu verdienen.

Mein Sohn hatte guten Grund, ihn als Rivalen zu betrachten. Hermias war Mitte Zwanzig, Enkel meines verstorbenen Bruders Porcemus. Seit ich zum ersten Mal auf ihn aufmerksam geworden war, hatte Hermias meinem Bild von dem Kind entsprochen, das Omerye und ich hätten haben sollen. Er war intelligent, ehrlich und sich dessen bewußt, daß ihn seine Herkunft nicht zu einem besseren Menschen als alle anderen machte. Er hatte nicht denselben Sinn für die Kaufmannskunst wie ich in seinem Alter, doch bemühte er sich darum und arbeitete in jeder Stellung, so niedrig sie auch sein mochte, während er sowohl in meiner Wertschätzung als auch meiner Firma stetig weiter aufstieg. Für ihn sprach auch der Umstand, daß er erst kürzlich von seiner Suche nach dem Eigenen Wind heimgekehrt war, einer langen und schwierigen Jungfernfahrt, deren Ausgangspunkt Jeypur gewesen war, jener ferne und barbarischste aller Häfen. Nach allem, was man hörte, schien sie ein großer Erfolg gewesen zu sein.

Sollten Zweifel daran bestehen, daß die Wege der Götter verschlungen sind, möge man folgendes bedenken: Porcemus war das faulste, feigste und unangenehmste aller Kinder meines Vaters. Als Ältester wurde von ihm erwartet, daß er das Geschäft von Paphos Karima Antero übernähme. Doch mein Vater, der schlaue alte Teufel, hatte in mir, einem Tunichtgut, wie er im Buche stand, den Funken erkannt, den er mit mehr Sorgfalt und Verständnis schürte, als ich bei meinem Umgang mit Cligus hatte aufbringen können.

Mein Vater hatte nicht nur meine Expeditionen zu den Fernen Königreichen unterstützt, sondern hatte sich – zu Porcemus' besonderem Mißfallen – über die gesamte Verwandtschaft hinweggesetzt und mich zum Oberhaupt der Familie ernannt. Ich war damals nur ein Jahr jünger gewesen als Hermias. Und nun befand ich mich in derselben Situation wie mein Vater. Tatsächlich sah ich mich vor eine noch unangenehmere Wahl gestellt. Er war gezwungen gewesen, einen Sohn dem anderen vorzuziehen. Ich dachte daran, einen Neffen – dazu noch einen Großneffen – zu bevorzugen. Natürlich hatte ich meine Überlegungen niemandem gegenüber auch nur angedeutet, und zum Zeitpunkt dieses Stapellaufs war es, trotz aller Spekulationen anderer, nur eine vage Möglichkeit. Schuld- und Pflichtgefühle Cligus gegenüber machten es mir schwer, eine endgültige Entscheidung zu treffen.

Ich leerte meinen Becher und suchte nach dem versprochenen nächsten. Hermias sah meinen Blick auf ein vorbeischwebendes Tablett mit randvollen Weinbechern und nahm einen davon an sich.

»Vor uns liegen trockene Winde, Onkel«, sagte er. »Und nach meiner fachmännischen Einschätzung hast du bisher nur ein einziges Segel gehißt.«

»Dann muß es wohl sein«, sagte ich. »Hissen wir das andere.« Ich streckte die Hand aus, um den leeren Becher gegen seinen volleren Bruder zu tauschen.

In diesem Moment platzte Cligus heraus: »*Bitte*, Hermias. Verführe ihn nicht noch!«

Unwillkürlich streckte er die Hand aus, um Hermias aufzuhalten, aber statt dessen schlug er den Becher aus Hermias' Hand, und der Wein ergoß sich vorn über meine Tunika.

»Sieh, was du angerichtet hast, Cligus!« sagte Hermias und rieb an einem Fleck an seinem Ärmel herum. »Seit wann bist du das Gewissen deines Vaters? Ein Mann braucht keinen Sohn, der ihm seine Grenzen zeigt.«

Erneut fiel mir Hermias' Widerwillen gegen meinen Sohn auf. Unter der Oberfläche solcher Bemerkungen kochte mehr als nur der Wettstreit um meine Gunst.

»Es wäre nicht geschehen«, polterte Cligus, »wenn du nicht versucht hättest, dich einzumischen. Es ist *meine* Aufgabe, meinen Vater zu bedienen, nicht die deine.«

Dann blickte er sich eilig um und schien erleichtert, als er sah, daß niemand nah genug gewesen war, den Zwischenfall zu bemerken.

»Meine Herren«, schalt ich sie, da ich nicht wollte, daß ein dummer Streit den Tag verdarb, nachdem es mich derart viel Mühe gekostet hatte herzukommen. »So ein bißchen Wein kann doch nicht schaden, sei es nun von innen...«, und ich rieb an meiner Tunika herum, »...oder von außen.«

Hermias lachte leise, die gute Laune wiederhergestellt. Doch nun war Cligus von Reue erfüllt. Ob wegen seines Verhaltens oder weil er seinen Widerwillen gegenüber Hermias so offen bekundet hatte, konnte ich nicht sagen.

»Bitte verzeih mir, Vater«, sagte er. »Soll ich Quartervals schikken, daß er dir eine saubere Tunika holt?«

»Mach dir keine Sorgen«, sagte ich, obwohl mir auffiel, daß er Quartervals Dienste anbot, keineswegs die seinen. »Es ist nicht das erste Mal, daß ich mit Wein bekleckert wurde. Allerdings geschah es beim letzten Mal in einer eher schummrigen Taverne, und der Bursche verschüttete ihn nicht, sondern schüttete ihn mir in die Augen. Dann machte er sich mit einem Messer über mich her.«

»Und wie ist es ausgegangen?« fragte Hermias, obwohl er die Antwort kannte, da ich diese Geschichte über die Jahre in mancher Variation erzählt hatte.

»Er hat mich erstochen«, sagte ich.

Hermias gluckste über den lauen Scherz seines Lieblingsonkels, und Cligus hatte sein Gleichgewicht so weit wiedergefunden, daß er mechanische Laute der Zustimmung von sich geben konnte.

Eine weitere Stimme mischte sich ein: »Himmelarsch und Höllenhund! Sollte das mein Herr sein, Freunde? Wieder mal betrunken und mit Weinflecken auf dem Hemd?«

Der Tag hellte sich merklich auf, als ich mich umdrehte und Kele in die Arme schloß, meine liebste Kapitänin, eine Frau, die ich die Ehre hatte, meine Freundin nennen zu dürfen. Kele war klein und stämmig wie ihr Vater L'ur, der mir seit den Tagen meiner Expedition zu den Fernen Königreichen als Kapitän gedient hatte. Er war vor einigen Jahren gestorben, doch auch wenn ich ihn vermißte, so gab sich seine Tochter alle Mühe, die Lücke zu füllen.

Kele schlug mir auf den Rücken. »Hörte schon, Ihr wäret tot oder Schlimmeres, Herr«, sagte sie.

»Was könnte schlimmer sein als der Tod?« fragte ich.

»Kalter Haferschleim und feuchtes Brot«, sagte sie. »Freue mich, mit eigenen Augen zu sehen, daß es nur Tavernengewäsch war.«

Ich sah, daß Quartervals uns aus der Ferne beobachtete. Ich errötete, auch wenn er zu weit entfernt war, etwas zu hören. Doch hinderte es mich nicht, noch einmal das Märchen zu erzählen, das ich schon Cligus in den Schoß geworfen hatte.

»Gewäsch ist das rechte Wort«, sagte ich. »Nie im Leben habe ich mich besser gefühlt.«

Kele war mir Freundin genug zu wissen, daß das nicht die Wahrheit war, und, was noch schwerer wog, es zu ignorieren. Während sie mir das Neueste vom Schicksal gemeinsamer Freunde und Feinde berichtete, dachte ich wieder einmal, welch ein Geschenk des Himmels sie doch war. Etwas über vierzig Sommer war sie alt – fast in Cligus' Alter – und nach ihren Reisen sehr erfahren. So mancher Pirat hatte die Schärfe ihrer Klinge zu spüren bekommen, und manch betrügerischer Kaufmann war unter der Wucht ihres Geschäftssinns in die Knie gegangen. Als Hermias auf seine

Suche ging, hatte ich Kele als Kapitänin seines Schiffes bestimmt. Hätte seine Unerfahrenheit ihn in Gefahr gebracht, konnte ich sicher sein, daß Kele ihn daraus befreien würde.

Während sie sprach, spürte ich jedoch eine gewisse Anspannung. Ich sah, daß ihr Blick zwischen Hermias und Cligus hin- und herging. Besorgt runzelte sie die Stirn. Ich hatte mir oft genug mit ihr zusammen einen Weg durch nebelverhangene Passagen gebahnt, und so konnte ich das Unbehagen, welches dort lauterte, wohl erahnen. Schlugen dort Wellen hart an felsiges Ufer?

Die Menge kam in Bewegung, und die schwarze, mit Symbolen übersäte Kutsche des Obersten Geistersehers fuhr auf die Werft. Alles verstummte, als seine Lakaien sich beeilten, das goldene Treppchen aufzustellen und die verzierte Tür zu öffnen. Der Mann, der aus der Kutsche trat, war groß und knochig wie ein Skelett. Sein Gesicht war lang und grimmig – länger und grimmiger noch durch den spitzen, dunklen Bart. Seine Robe war blauschwarz, mit goldener Borte besetzt, und als er hinabschritt, wich jedermann aus Furcht zurück.

Palmeras hob den Kopf, und sein glühender Blick flog wie ein Falke über die Menge. Als er mich fand, hielt er inne und glühte noch heller.

»Antero, du alter Hund!« donnerte er. »Was muß ein Zauberer verfluchen, um hier was zu trinken zu bekommen?«

Es war an der Zeit, die Segnung zu beginnen.

Palmeras gehörte zur neuen Garde orissanischer Geisterseher, ebenso sehr Politiker wie Zauberer. Er war mittleren Alters – jung für einen Mann in seiner Stellung – und sein Einfluß reichte über den Palast der Zauberer hoch oben auf dem Hügel weit hinaus. Würden die Geisterseher nicht in den meisten von uns instinktiven Widerwillen wachrufen, wäre er einer der beliebtesten Männer der Stadt gewesen.

Während seine Assistenten die Zeremonie vorbereiteten, schlenderte er, was seinen Ruf als Mann des Volkes fördern sollte, an meiner Seite durch die Menge und versprühte seinen Charme. Arbeiter oder Edelmann, er behandelte jeden, als sei dieser ihm ganz persönlich wichtig. Er besaß die Gabe, sich alle möglichen Details merken zu können, gratulierte einem ergrauten Zimmermann, weil dieser gerade Großvater geworden war, oder lobte eine hochwohlgeborene Dame für ihren guten Geschmack, den sie mit dem neuen Garten ihres Landhauses bewiesen hatte.

Einige Augenblicke bevor alles bereit war, holte er uns beiden ein Getränk und nahm mich zur Seite. Er sah zu Cligus und Hermias hinüber, die am Rande der Menge dicht zusammengedrängt standen und einander demonstrativ ignorierten.

»Ein bemerkenswertes Stück Handwerkskunst«, sagte er trokken. »Wärmt einem das Herz bis ins Innerste.«

Ich seufzte. »Ich gehe davon aus, daß du mehr im Sinn hast als nur diesen Stapellauf«, sagte ich. »Abgesehen von der hohen Achtung für einen alten und lieben Freund ... warum sonst sollte der Oberste Geisterseher einem derart gewöhnlichen Anlaß beiwohnen?«

Palmeras lachte. »Dieses zynische Mißtrauen ist deiner nicht würdig, Amalric.«

»Aber zutreffend«, sagte ich.

»Ja«, sagte er. »Und dennoch unwürdig.«

»Das Thema lautet, wie ich vermute: Wann werde ich die Zügel der Familiengeschäfte weiterreichen und meinen Sohn zum Nachfolger ernennen?«

»Du schießt mit deiner Vermutung übers Ziel hinaus, mein Freund«, sagte Palmeras. »Die meisten von uns glauben, daß du zwischen deinem Sohn und deinem Neffen schwankst. Und daß darin der Grund für die Verzögerung liegt.«

»Nicht ganz«, sagte ich. »Falls ich es morgen verkünden müßte, würde ich Cligus zum Alleinerben machen.«

Palmeras grinste mich höhnisch an. Er sagte: »Das werden wir morgen tatsächlich zu hören bekommen? Gut! Darf ich meinen Beratern die Neuigkeit mitteilen? Oder hatte diese Auskunft nur zwischen alten Freunden Gültigkeit?«

Ich lachte. »Da wir gerade von Vermutungen sprechen, die übers Ziel hinausschießen ... ich sagte klar und deutlich: *falls* ich es morgen verkünden müßte.«

Palmeras wurde ernst. »Dann ist es tatsächlich wahr«, sagte er. »Hermias *steht* zur Diskussion.«

»Das habe ich nicht gesagt.«

»Das mußtest du auch nicht«, sagte Palmeras. »Die ganze Stadt spricht schon davon, mein Freund. Ob es dir gefällt oder nicht: Dein Zögern läßt die Leute glauben, Cligus hätte deine Gunst verloren und Hermias würde dein Nachfolger.«

Ich blieb stur. Mein Haar mochte von dunklem Rot ins fahle Weiß verblaßt sein, doch hatte ich mein eigensinniges Wesen nicht verloren. »Sollen sie glauben, was sie wollen«, sagte ich. »Es hat keinen Einfluß auf das, was ich denke.«

»Tu deinen Orissanern einen Gefallen«, sagte Palmeras, »und entscheide dich. Unsere Freunde vom Hohen Rat sind in Sorge. Es belastet Handel und Politik, wenn in der führenden Familie der Stadt eine derartige Unsicherheit herrscht.«

»Oh?« sagte ich. »Wenn sie so denken, warum sind sie dann nicht selbst gekommen? Du *bist* doch ihr Emissär, oder täusche ich mich?«

»Würde der Höchste Rat an dich herantreten«, sagte er, »bekämen die Gerüchte nur weitere Nahrung.« Einen Moment lang sah er mich forschend an, um festzustellen, ob ich ihm folgen konnte. Das konnte ich. Er fuhr fort. »Niemand besitzt die Kühnheit, Amalric Antero zu sagen, wie er sich entscheiden soll, ganz zu schweigen davon, wann. Dennoch bin ich sicher, daß du einsiehst, welche Verunsicherung der Aufschub bedeutet. Große Macht steht auf dem Spiel, mein lieber Freund. Und während wir uns noch unterhalten, wird gerungen. Selbst hier! Sieh dir die Gesichter um uns an, die deinen Sohn und deinen Neffen mustern und sich fragen, wer die Krone tragen wird.«

Ich sah mich um. Die Blicke, mit denen Cligus und Hermias bedacht wurden, waren nicht zu übersehen. Mancherorts sah ich solch blanken Ehrgeiz, daß sich einem der Magen umdrehen konnte.

Als er meine Reaktion bemerkte, sagte Palmeras: »Ich werde den Ratsmitgliedern mitteilen, daß du nicht mehr lange warten willst«, sagte er. Ich nickte, und der Zauberer fuhr fort. »Sie werden erleichtert sein. Wir leben in unsicheren Zeiten. Niemand traut den Führern mehr wie früher. Ich kann nicht sagen, daß ich es ihnen übel nähme. Fehlgeschlagene oder zu kraftlose Beschwörungen. Verfallende öffentliche Anlagen. Du solltest dir den Zustand des Großen Amphitheaters ansehen. Schockierend! Schlichtweg schockierend. Und in letzter Zeit hat es sogar den Anschein, als nähme unser Handel in Übersee Schaden.«

Palmeras sprach eine Sorge an, die mich selbst in letzter Zeit bewegte. Seit zwei oder drei Jahren hatte es keine erfolgreiche Expedition mehr gegeben, die uns neue Handelsmöglichkeiten erschlossen hätte. Nicht nur hatte ein feindseliger Empfang in den unerforschten Ländern die meisten verschreckt, es waren sogar Expeditionen nicht mehr heimgekehrt. Wenn ich mir die Karte der uns bekannten Welt ansah, schien es mir, als hätte man uns mancherorts den Einfluß streitig gemacht, und ehemals sichere Territorien wären schon verloren.

Dieser Umstand verstärkte nur meine Sorge hinsichtlich Cligus'. Sollte es darum gehen, neue Entdeckungen zu machen und verlorene Gebiete wiederzugewinnen, war *er* der Antero, dem dies zuzutrauen war? Er hatte nur seinen kürzlich erlangten diplomatischen Erfolg in Jeypur vorzuweisen, der zeigte, daß es möglich war.

Trotz seiner Jugend, oder vielleicht eben deswegen, machte Hermias auf mich eher den Eindruck eines Mannes, der nicht wanken würde, wenn es Schwierigkeiten gab.

»Aus reiner Neugier«, sagte ich, »und unter dem Vorbehalt, daß nichts von dem, was ich sage, meine Gedanken widerspiegelt ...«

»Meinetwegen«, sagte Palmeras.

»Wen würde die Öffentlichkeit am liebsten sehen? Cligus? Oder Hermias?«

Palmeras überlegte, dann sagte er: »Von den beiden hat Hermias die größte und treueste Gefolgschaft. Sein Haus und das Viertel, in dem er wohnt, stehen voll auf seiner Seite. Jeden Morgen drängen sich Menschen vor seiner Tür, die ihn um einen Gefallen bitten wollen. Doch glaube nicht, dein Sohn hätte keine Anhänger. Wenn auch größtenteils im Militär, und selbst dort erfreut er sich des größten Rückhalts unter seinen eigenen Offizieren und Männern.«

»Interessant«, sagte ich. »Auch wenn es sich keineswegs um einen Beliebtheitswettbewerb handeln dürfte ... falls es überhaupt ein Wettbewerb ist.«

Palmeras lachte. »Der Geschäftsmann als aufrechter Autokrat«, sagte er. »Mir gefällt diese Beschreibung deines Berufes, obwohl ich mir denke, daß die anderen Kaufleute eher katzbuckeln würden.«

»Einen Händler wird man leichter los als einen König«, sagte ich. »Wenn meine Waren schlecht und meine Preise unangemessen sind, kannst du dich beruhigt meinen Konkurrenten zuwenden.«

»Wie wahr«, sagte er. »Andererseits ... falls Cligus scheitern sollte ... bedeutet das das Ende der Anteros.«

Er sah mich an, bemüht um eine nichtssagende Miene. Doch kann man dem Blick eines Zauberers nicht die Schärfe nehmen, und ich fühlte mich zutiefst ernüchtert. Er hatte einen Kurs eingeschlagen, der meinen eigenen Überlegungen und Ängsten entsprach.

Ein junger Geisterseher schlug den Gong, daß alles bereit sei, und ersparte mir damit eine Antwort. Wir eilten zur Zeremonie.

Die Rede, die ich hielt, gehörte nicht zu meinen besseren, so daß ich sie hier nicht wiederholen, sondern nur sagen will, daß sie den üblichen Ansprachen bei solcherart Anlässen glich. Ich dankte jedermann für sein Kommen und sprach ausführlich über den Symbolgehalt solcher Gelegenheiten ... neues Schiff, neue Reisen, Wiedergeburt und ähnlich inspiriertes Geschwätz. Erfahren, wie ich mit öffentlichen Ämtern bin, und trotz meines Rufes als Phrasendrescher, hinderte mich wohl das Bewußtsein, daß jedes Wort in grellem Licht betrachtet würde. Jene, die Cligus unterstützten, diejenigen, denen Hermias lieber war, und solche, die nur die Neugier trieb, suchten in jedem meiner Worte eine tiefere Bedeutung. So verschleierte ich, wo ich nur konnte, und das Ergebnis machte nicht viel Sinn.

Dann gellten die Trompeten, Gongs erklangen, Geisterseher schritten durch die Menge und schwangen qualmende Töpfe mit dreimal gesegnetem Weihrauch. Acht weißgewandete Zauberer trugen eine Figur von Te-Date die Stufen zur Tribüne hinauf und stellten sie mitten auf der Bühne ab. Drüben im Viehstall brüllten zwei weiße Ochsen, als man sie hinaus zum Opfer führte. Bevor ihr Entsetzen unser Glück vertreiben konnte, blies ihnen ein Geisterseher Zauberkräuter ins Gesicht, um sie zu beruhigen. Man ließ sie bluten, tötete sie und schnitt die besten Stücke aus den Kadavern.

Acht kräftige, junge Akoluthen erklommen die Tribüne mit dem Bildnis von Te-Date, dem Beschützer von Schiffen und Reisenden. Eine Hand war ausgestreckt, die eiserne Handfläche offen für das Opfer, während die andere einen großen Kelch hielt. Zu Trommelwirbel und singendem Chor wurde das Feuer im Bauch der Figur entfacht, und Rauch und Flammen drangen zwischen ihren Lippen hervor.

Palmeras und ich traten vor das Bildnis, flankiert von vier weiteren Zauberern, die große Tranchierbretter mit Opferfleisch und einem Faß voll Blut der geschlachteten Ochsen trugen.

Der Oberste Geisterseher war ein großer Schauspieler und legte sein ganzes dramatisches Talent in die anstehende Prozedur. Er warf seine Robe zurück, daß sie im Wind vom Fluß her flatterte, und riß die Arme hoch über den Kopf, als er zum Himmel sprach.

»Oh, großer Te-Date«, intonierte er, und seine magisch verstärkte Stimme donnerte über uns alle hinweg, »wieder einmal haben wir uns vor dir versammelt, um dich um deinen Segen zu ersuchen. Dein Großmut gegenüber Reisenden und Suchenden ist legendär. Seit Jahrhunderten hast du besonders das Volk von Orissa gesegnet, das hier am Fluß wohnt und friedlich und ehrenhaft mit aller Welt Handel treibt. Unsere Karawanen und Schiffe haben deinen gepriesenen Namen in manch Einöde getragen, wo er die wilde Finsternis erhellt und uns den Weg weist. Heute nun wurde eine neue Tochter Orissas geboren. Sie trägt unsere Träume und all unseren Reichtum mit sich. Wir flehen dich an, o großer Herr Te-Date, heb du deinen glanzvollen Schild, um sie vor Unglück zu bewahren.«

Palmeras riß seinen Zauberstab aus dem Ärmel und schwang ihn in die Höhe. Die anderen Geisterseher neigten die Köpfe, um damit der Konzentration und der Richtung seiner Macht zu helfen.

Blitze zuckten von der Spitze des Zauberstabes.

Die Zauberer traten mit ihren Opfergaben vor.

Die Menge stöhnte auf, als das Götterbild zum Leben erwachte. Der Gott streckte die eisernen Hände aus, und eilig legten die Zauberer Fleisch in eine Hand, dann füllten sie den Kelch aus dem Faß voller Blut. Te-Dates Mund öffnete sich, Feuer züngelte heraus, und die Hand schob das Fleisch durch metallene Lippen. Gestank von verschmortem Fleisch erfüllte die Luft. Die andere Hand kam zuckend hoch, schüttete Blut in Te-Dates brennenden Schlund. Das Götterbild erstarrte, und zufrieden stöhnte die Menge auf. Te-Date hatte unser Opfer angenommen.

Weiteres Schwenken von Palmeras, und schwarzer Qualm quoll

aus dem Götzenbild hervor, wurde dicker und dicker, bis über dem Kopf der Figur eine dichte Wolke schwebte. Glitzernde Lichter tanzten im Rauch, als die Wolke zu wirbeln begann und sich zu einem Trichter formte.

»Sieh her, o großer Te-Date«, rief Palmeras. »Sieh deine Tochter. Wir beten, daß sie dir gefallen möge.«

Der Rauch schoß aufwärts zu dem mächtigen Zelt, unter dem sich das Schiff verbarg. Einen Augenblick lang schwebte er darüber, dann öffnete sich ein Loch, und der Rauch zischte hindurch. Palmeras hob die Hände, und das Zelt erbebte von der magischen Energie des Qualms in seinem Inneren. Dann barsten Pflöcke, Leinen rissen los, und das riesige Zelt hob sich hoch und immer höher, bis wir die bunt bemalten Planken des neuen Schiffes sehen konnten.

Palmeras rief: »Hinfort!« Und das Zelt füllte sich wie ein Segel und wurde zur Seite geweht, legte das Schiff im Ganzen frei.

Ich hatte so etwas schon öfter gesehen – obwohl ich zugeben muß, daß Palmeras' Enthüllung sicher die spektakulärste von allen war – und ich wußte, was zu erwarten war. Dennoch hielt ich den Atem an. Es gibt nur wenige Dinge, die so bewegend sind wie ein neugeborenes Schiff.

Palmeras flüsterte mir zu: »Schnell, wie soll das Schiff heißen? Ich habe vergessen zu fragen.«

Die Namensgebung eines Schiffes ist immer wichtig, und jene unter uns, die Eltern eines Kindes sind – selbst solche, die es nicht sind – verbringen endlose Stunden damit, Möglichkeiten zu erörtern und zu diskutieren. Wie bei einem Menschenkind scheint auch der Geburtsname eines Schiffes dessen Zukunft zu beeinflussen. Frag in jeder beliebigen Hafentaverne, und du wirst manche Geschichte von Schiffen mit linkischen oder unangemessenen Namen hören, die das Unglück ereilte. Einige davon sind sogar wahr. Eine lange Liste hatte man mir vorgelegt, allesamt – wie ich es mir gewünscht – Namen von Wasservögeln. Ich hatte die Liste auf meine Lieblingsnamen zusammengestrichen: Sturmtaucher, Sturmvogel, Seeschwalbe und ... Ibis. Ganze Schwärme dieser anmutigen, reiherähnlichen Tiere hatte ich in einem fernen Land einmal beim Fischen auf einem wundersamen See gesehen. Der Ibis – mit der hintergründigen Schönheit seines schwarzweißen Gefieders – wird in jenem Land verehrt, und hat man je gesehen, wie er auf langen, schlanken Beinen durch seichte Stellen stakst oder sich in der Mittagsbrise emporschwingt, versteht man, warum. Das also war der Name, den ich gewählt hatte, und auch der Name, den ich flüsterte.

»Ibis.«

»Angemessen«, sagte er und drehte sich wieder um, vergaß seine Stellung als Oberster Geisterseher für den Augenblick und glotzte wie wir anderen.

Die *Ibis* war hübsch anzusehen. Sie besaß nicht die raubtierhaften Linien eines Kriegsschiffes, und sie war auch nicht so schnell. Es handelte sich um ein flach gebautes Handelsschiff, neunzig Fuß lang und zwanzig breit, für jede See geeignet und dafür, bequem Menschen wie auch Ladung aufzunehmen. Wenn sie vollständig aufgetakelt war, hatte sie nur einen Mast, doch jetzt waren Fahnenmasten aufgestellt, an denen farbenfrohe Banner wehten. Es gab ein Achterdeck mit einem Ruder, vorn ein Hauptdeck, dann die kleine Back, wo die Matrosen schlafen sollten. Achtern gab es große Kabinen, deren Innenräume von großen, quadratischen Fenstern mit zahllosen Scheiben erhellt wurden.

Das Schiff war ideal dafür geeignet, neue Meere zu erkunden, neue Freunde für Orissa und Kunden für die Anteros zu gewinnen. Neben den Segeln war sie von sechs langen Rudern anzutreiben. Auf hoher See würde sie sicher rollen, doch mit ihrem flachen Kiel und der entsprechenden Manövrierbarkeit konnte sie auf Flüssen segeln, an jeder Küste landen und war noch immer anmutig genug, jeden Barbarenkönig zu beeindrucken. Obwohl sie ohne weiteres fünfundzwanzig Männer und Frauen befördern konnte, brauchte man nicht mehr als sechs oder sieben, sie zu fahren. Ich mag es, wenn meine Schiffe eine gewisse Eleganz ausstrahlen, und daher hatte ich sie in hellen, sanften Farben streichen lassen, die aber nicht vom strahlenden Himmel und den glitzernden Meeren ablenken würden, auf denen das Schiff bald segeln sollte. Der einzige Zierat, der noch fehlte, war die Galionsfigur, für die nicht nur künstlerisches Talent, sondern auch Zauberkraft nötig war. Sie würde erst in einigen Tagen fertig sein. Die Familie, die seit Generationen solche Meisterstücke schuf, war bekanntermaßen pedantisch – manche nannten sie mäkelig – und außerdem brachte es Unglück, eine Galionsfigur anzubringen, bevor das Schiff segelte.

Neben mir rührte sich jemand, und ich sah, daß Kele sich vorschob, um besser sehen zu können. Als Vorwand für ihre Anwesenheit hielt sie die grüne, kalte Keramikflasche mit dem Segnungstrank. Im rechten Augenblick sollte ich diese an der Seite des Schiffes zerschlagen, um es offiziell zu weihen und zu taufen.

»Meine linke Titte würde ich geben, wenn ich so ein Schiff fahren dürfte«, flüsterte sie.

Ich lächelte, ebenso beeindruckt wie sie, und nahm ihr die Flasche aus der Hand. Palmeras nickte, bedeutete mir, mich bereitzuhalten.

Das Schiff saß auf seinem Gerüst, einem Holzrahmen, der in sich zusammenfallen würde, wenn es vom Stapel lief. Es wurde von dicken Stützen gehalten, damit es aufrecht stehenblieb. Und die ganze ausgeklügelte Apparatur ruhte auf einer frisch eingetalgten Rampe, über die es in den Fluß gleiten sollte.

Palmeras hob den Zauberstab, und die Menge hielt den Atem an. Die plötzliche Stille jedoch ließ eine andere Stimme laut erklingen.

»Verdammt!« hörte ich meinen Sohn brüllen. »Wie kannst du es wagen, das Wort eines Fremden über dein eigenes Blut zu stellen?«

Wir alle fuhren herum und sahen, daß Cligus Nase an Nase mit Hermias stand. Die beiden waren so sehr in ihre Konfrontation vertieft, daß sie nicht merkten, wie sich alle Blicke auf sie richteten.

»Das ist nicht der geeignete Zeitpunkt für eine solche Diskussion«, sagte mein Neffe.

»Ich werde nicht zulassen, daß du weiterhin deine schmutzigen Verleumdungen verbreitest«, sagte Cligus.

Die Hand meines Sohnes fuhr zu seinem Dolch. Aber Hermias war schneller, er griff zu und packte Cligus beim Handgelenk.

Ich fing mich und fand meine Stimme wieder. »Hört auf, ihr zwei! Erinnert euch gefälligst, wer ihr seid!«

Meine Worte brachten sie ruckartig zur Besinnung, sie fuhren herum und erröteten vor Verlegenheit. Ich ließ meinen Blick über die Menge schweifen, legte meine ganze Autorität hinein und sah, wie sich alle von den beiden ab- und schuldbewußt der anstehenden Zeremonie zuwandten. So grimmig war die Wut in diesem Blick, daß selbst Palmeras seine »Ich hab's dir ja gesagt«-Miene in eine Maske vollständiger Gleichgültigkeit verwandelte.

Ich hob die Hand, und die Musik hielt inne, bis fast nur noch die Klänge des Meeres zu hören waren.

Noch immer wütend, packte ich die Flasche, um sie zu werfen. Doch dann zögerte ich, als das Schiff zu mir zu sprechen, mich zu bitten schien, daß solch negative Gefühle nicht Einfluß auf sein Schicksal nehmen dürften.

»Ich mache es wieder gut«, versprach ich im Flüsterton.

Ich warf die Flasche, und sie zersprang an den Planken des Schiffes. Der schwere Duft des Segnungstrankes reinigte die Luft.

»Vor allen, die es bezeugen können«, verkündete ich, »taufe ich dich auf den Namen *Ibis*. Und mögen dir die Winde gnädig sein!«

Palmeras gestikulierte mit dem Zauberstab, und die Luft knisterte vor Energie des Zaubers, den er sprach. Das Schiff kippte vorwärts, das Gestell fiel in sich zusammen, und die *Ibis* rutschte sanft die Rampe hinab, um dort ins Wasser zu gleiten, majestätisch wie eine Prinzessin, die in ihre Wanne steigt.

Es folgten Jubel und Musik. Männer und Frauen drängten sich um mich, um den Anteros für den neuesten Zuwachs ihrer Flotte Glück zu wünschen. Dann nahm das Gelage ernstere Formen an. Braten zischten auf ihren Spießen, Wein floß, und Pärchen, jung und alt, nahmen ihre Tänze auf.

Cligus mischte sich unter die Menge und verschwand, wie ich vermutete, um daheim zu schmollen. Hermias fand die Zeit, zu mir zu kommen und sich zu entschuldigen.

Ich hieß ihn innehalten. »Ich muß dir nicht sagen, daß du dich wie ein Narr benommen hast«, sagte ich. »Ebensowenig, wie ich dich schelten und dir sagen muß, daß ich wegen deines Benehmens für einige Zeit böse auf dich sein werde. Wenn du der Mann bist, für den ich dich halte, wirst du wissen, daß du es verdienst, und wirst es schweigend erdulden.«

Hermias errötete und neigte den Kopf. Er war klug genug, nichts weiter zu sagen.

»Aber ich würde gern wissen, was so wichtig war, daß du mit meinem Sohn darüber streiten mußtest.«

Hermias schüttelte den Kopf. »Ich kann es nicht sagen. Bitte dräng mich nicht, Onkel Amalric. Ich möchte dir nicht noch weiteren Zorn aufladen, indem ich mich verweigere. Aber ich kann nicht anders.«

Ich sah, daß es keinen Sinn hatte, auf eine Antwort zu drängen. Schließlich war er ein Antero, und unserem Starrsinn ist niemand gewachsen.

So rief ich also Quartervals und meine Kutsche und machte mich auf den Heimweg.

Der Tag hatte mein Dilemma nur noch vergrößert. Ich konnte meine Entscheidung nicht länger hinauszögern. Doch der Zwischenfall beim Stapellauf machte sie mir nicht eben leichter.

Ich zog mich in den Garten meiner Villa zurück, um dem Brunnen unter dem Schrein meiner Mutter zu lauschen. Sie war gestorben, als ich noch ein kleiner Junge war, und mir war nicht mehr als kindliche Phantasie darüber geblieben, wie sie gewesen sein mochte. Und diese mischte sich mit den Geschichten, die mir meine Schwester erzählt hatte.

Ist es nicht merkwürdig, daß ein alter Mann noch Trost und Rat bei seiner Mutter sucht? Merkwürdig oder nicht, war es doch, was ich mir wünschte. Dann durchdrang ein ganz anderes Licht die Facetten dieses Wunsches, und ich merkte, daß ich um Rali trauerte, meine starke Kriegerschwester, deren gesunder Menschenverstand mir viele Jahre unersetzlich gewesen war. Eine letzte Wendung rief Omeryes Gesicht und die Erinnerung an ihre Flöte wach, die oft genug Vernunft in jedes Chaos brachte, das ich angerichtet hatte.

Ich war Lord Amalric Antero, ein Mann, den so mancher um seinen Reichtum und sein Glück beneidete. Doch hatte ich niemanden, wenn mich schwache Momente heimsuchten.

Niemanden, auf den ich bauen konnte.

Vor den Mauern der Villa hörte ich ein Pferd. Dann rief eine fremde Stimme etwas herüber. Ich stand vor meiner Steinbank auf und trat an das vergitterte Fenster in der Gartenmauer.

Es war eine Frau. Trotz des hohen Alters ist mein Blick noch ungetrübt, und ich konnte sie deutlich erkennen.

Sie war jung, von heller Haut und anmutiger Gestalt, wenn auch mit bestimmendem Auftreten. Aufrecht und entspannt saß sie im Sattel eines hübschen Grauen. Sie trug einen förstergrünen Jagdrock über einem engen schwarzen Leibchen, eine Tracht, die ihre wohlgeformten, muskulösen Glieder betonte. Ihr Haar war dunkel und kurz geschnitten, und auf ihrem Kopf thronte ein flotter Hut mit einer langen grünen Feder, passend zum Rock. Eine schlichte Kette aus Silber oder Weißgold schimmerte um ihren Hals. Kleine Hengste aus demselben Metall blinkten an ihren Ohren, und während sie auf eine Antwort auf ihren Gruß wartete, sah ich, wie sie lange Reithandschuhe auszog und ein Paar breiter Silberarmbänder an beiden Handgelenken freilegte.

Ungeduldig schlug sie die Handschuhe gegen den Sattel, dann stieg sie ab. Auf eigenen Beinen war sie nicht so groß, wie es anfangs den Anschein gehabt hatte. Sie bewegte sich mit drahtiger Anmut, voller Energie und Entschlußkraft. Und mir fiel auf, daß ihre Stiefel teuer waren, wenn auch abgenutzt vom Reisen. Um ihre schmale Taille lag ein breiter Gürtel mit mächtiger Schnalle, an dem auf einer Seite ein Dolch in seiner Scheide steckte, und auf der anderen etwas, das aussah wie der lederne Behälter eines Zauberstabs.

Erneut rief sie zum Haus herüber. Ein Diener kam heraus, und obwohl ich das Gespräch nicht hören konnte, vermutete ich doch, daß die Frau nach mir fragte. Der Diener schüttelte den Kopf, nein, sein Herr sei nicht zu sprechen. Er habe sich zur Ruhe gebettet und Anweisung gegeben, ihn nicht zu stören.

Das entsprach der Wahrheit. Doch Neugier übermannte meine Müdigkeit, und eilig schickte ich jemanden, dem Diener mitzuteilen, daß ich es mir anders überlegt habe und die edle Dame hereinbat.

Als sie in den Garten schlenderte, eine große, abgewetzte Ledertasche um ihre Schulter geschwungen, wurde ich nicht enttäuscht. Sie war eine dunkeläugige Schönheit, und aus der Nähe war ihre königliche Abstammung nicht zu übersehen. Nur ein leichter Bukkel auf dem Rücken ihrer Nase – was auf einen verwachsenen Bruch hindeutete, erlitten bei irgendeinem Abenteuer – trübte ihre geradezu gemeißelte Makellosigkeit.

Doch war ich zu alt, um mich von solchen Dingen blenden zu lassen, und so war es nicht ihr Aussehen, das mich beeindruckte. Ihre Augen leuchteten von einer Intelligenz, die mir so vertraut war, daß ich sie fast beim Namen nennen konnte. Ich hatte sie noch nie gesehen, und doch kam es mir vor, als sei sie mir schon lange bekannt. Und sie war viel zu jung für die Reihe von Jahren, die ich in Gedanken durchforstete. Sie lächelte – kleine, scharfe Zähne glitzerten in ihren dunklen Zügen, und wiederum wurde ich an jemanden erinnert, den ich kannte.

Und dann durchfuhr es mich, als sie sprach und ich das dunkle Timbre ihrer Stimme hörte. Es war weiblich, doch tief und fest, und ich spürte, daß ein alter Geist sich aus den Schlingen meiner Erinnerung befreien wollte.

»Guten Abend, Lord Antero«, sagte sie und verneigte sich.

»Guten Abend, edle Dame«, sagte ich. »Dank sei Euch, daß Ihr den Tag eines alten Mannes zieren wollt. Erfreut mich weiterhin, indem Ihr mir Euren Namen nennt und mich wissen laßt, womit ich Euch zu Diensten sein kann.«

Sie atmete tief und spannte sich an, als sei dieses eine Aufgabe, die sie lange schon erwartet hatte und jetzt nur zögerlich ausführte.

Doch als sie antwortete, klang ihre Stimme ruhig und fest.

»Ich bin Janela Kether Greycloak«, sagte sie. »Enkelin Janos Greycloaks, des Mannes, den Ihr einst stolz Euren Freund nanntet.«

Diese Nachricht erschütterte mich, und staunend holte ich tief Luft. Denn nach ihrem Äußeren und dem Klang dessen, was sie gesagt hatte, konnte kein Zweifel daran bestehen, daß sie die Wahrheit sagte.

Doch was als nächstes kam, traf mich noch tiefer.

»Was die zweite Frage angeht, edler Lord«, sagte sie, »so bin ich gekommen, um Euch zu bitten, mich zu den *wahren* Fernen Königreichen zu begleiten.«

Ich kam ins Stottern. »Was meint Ihr damit?«

»Ihr und mein Großvater... Ihr habt Euch getäuscht, edler Lord«, sagte sie. »Die Fernen Königreiche sind noch nicht entdeckt.

Und ich allein weiß, wie man sie finden kann.«

Kapitel Zwei

Janela

Manches Mal schon hat mir der Schelm mit Namen ›Überraschung‹ aufgelauert. Ich neige zu dem Glauben, daß ich den meisten dieser Begegnungen mit dem Possenreißer wohl gewachsen war. Ich habe mit Kannibalen verhandelt, mit empfindsamen Riesen geplaudert und bin Dämonen entkommen, die hundert Seelen zu Mittag fraßen und die meine dann zum Nachtisch wollten. Doch niemals hatte ich erwartet, mit dem Geist Janos Greycloaks konfrontiert zu werden, der mir sagte, es sei noch nicht vorüber.

Die junge Frau, die vor mir stand, war kein Geist, und sie war nicht Janos, doch hätte sie es ebensogut sein können. Ihre Ähnlichkeit war nicht zu übersehen. Sie hatte Greycloaks weitblickende Augen, sein hämisches Grinsen, hohe, starrsinnige Wangenknochen und eine Stimme, die zum Zuhören zwang. Auch ohne die entsprechende Demonstration ihrer Künste wußte ich, daß sie eine Zauberin war. Eine Aura dichtgewebter, magischer Energie lag um sie, die darauf wartete, freigesetzt zu werden.

Ich brauchte Zeit, mich zu erholen, Zeit, nachzudenken. So sagte ich, so ruhig ich konnte: »Ich glaube, wir könnten beide einen Schluck Branntwein vertragen, meine Liebe.«

Ich rief einen Diener, eine Flasche vom Besten zu holen, und danke, ja, wir würden ihn am liebsten in der Abgeschiedenheit meines Studierzimmers nehmen. Als ich sie dorthin führte und auf dem Weg auf einige interessante Schätze meiner Reisen hinwies, sah ich, daß meine Maske der Gelassenheit ihre Wirkung tat. Sie sah blaß aus, angespannt, und ich spürte ihr kaum verborgenes Erstaunen darüber, daß ihre Mitteilung mich nicht zu berühren schien. Glaubte sie, daß in meiner alten Brust ein Herz aus Stein schlug? Wenn sie nur wüßte, wie erschüttert ich *tatsächlich* war!

Doch als sie dann ein- oder zweimal an ihrem Glas genippt hatte, war sie bereit, die Jagd auf den alten Löwen in seinem dornigen Versteck neu aufzunehmen.

»Ich habe Beweise, Herr, für meine Verwandtschaft mit Greycloak«, sagte sie. Sie zögerte nicht, mit einem Blick zu fragen, ob ich diese gleich sehen wolle. Das wollte ich allerdings. Ich war in zu viele Lügen verstrickt gewesen, als daß ich ohne Mißtrauen hätte sein können, besonders bei jemandem, der unter diesem Namen auftrat.

Janela schlug die Klappe ihrer Tasche zurück. Gähnend stand diese offen, zeigte, daß ihr Fassungsvermögen weit größer war, als es zuerst den Anschein hatte, und sie griff hinein. Obwohl die Tasche mit allen möglichen Dingen vollgestopft zu sein schien – geheimnisvollen wie auch gewöhnlichen – fanden ihre Finger bald ein Bündel Papiere, das sie auf meinem Schreibtisch ausbreitete. Es waren in Gold geschriebene Empfehlungsschreiben von einem halben Dutzend Königen und Prinzen, die ich allesamt gut kannte und auf deren Wort zu bauen ich gewohnt war. Sie besaß noch weitere Beweise, darunter Referenzen von Zauberern, die als Lehrmeister der Magie bekannt waren. Sie priesen eine gewisse Janela Kether Greycloak, die Enkelin des Janos Greycloak, als begabte Schülerin, die Lehrer auf Lehrer übertroffen habe, und die nun, trotz ihrer Jugend, die Kraft eines Meisterzauberers besaß.

Soviel also hatte ich richtig vermutet, dachte ich, während ich mit Fingern, so taub wie mein Hirn, in den Dokumenten blätterte. Als abschließenden Beweis entrollte sie eine Schrift aus Irayas selbst, in der sie als Tochter aus nobler Familie bezeichnet wurde, die sich der Gunst des Königs erfreute.

Ich sah den Familiennamen auf der Rolle. Ich bemerkte eine Unstimmigkeit und ging darauf ein.

»Hier steht nicht Greycloak«, sagte ich.

Janela nickte mit aufmerksamem Blick, entschlossen, mich zu überzeugen. »Meine Großmutter Sendora«, sagte sie, »war eine Lycus. Und das ist auch der Name, den Ihr hier seht. Diese Familie ist für die Schönheit ihrer Frauen berühmt. Bis zu Sendora galt das auch für deren Keuschheit.«

»Ah«, sagte ich. »Ihr behauptet also, Frucht eines Skandals zu sein? Ein Kind, das auf der falschen Seite des Bettes geboren wurde?«

»Nicht irgendeines Bettes«, sagte sie mit schiefem Grinsen. »Es war Janos Greycloaks Bett, in das meine Großmutter kroch.«

»Ich kannte ihn gut«, sagte ich. »Besser als jeder andere. Und nie habe ich ihn von einem Kind sprechen hören. Ganz sicher nicht von einem Kind, das in den Fernen Königreichen gezeugt wurde.«

»Irayas«, verbesserte sie mich. »Ich habe Euch schon gesagt, Herr, daß Ihr Euch getäuscht habt. Die Fernen Königreiche liegen an einem anderen Ort.«

»Dazu kommen wir später, meine Liebe«, sagte ich. »Ich hoffe, es macht Euch nichts, wenn ich Euch so nenne. Ich weiß, es ist aus der

Mode gekommen, und manche junge Frau ist heutzutage gekränkt, doch ich bin zu alt, um diese einst höfliche Phrase von meiner Zunge zu bekommen.«

»Ihr könnt mich nennen, wie Ihr wollt, Herr«, sagte sie, »solange klar ist, daß Ihr mit einer Greycloak sprecht.«

Ich nippte an meinem Branntwein, um ein aufkeimendes Lachen zu verbergen. Greycloak oder nicht, sie war eine höchst eindrucksvolle Frau. Auf dieses Treffen war sie besser vorbereitet als mancher Geschäftsmann, und sie weigerte sich, mich von dem Pfad abweichen zu lassen, den sie mit solcher Sorgfalt vorbereitet hatte. Von ihrem kurzgeschorenen, leicht zu pflegenden Äußeren bis hin zur schlichten Eleganz ihrer Kleidung war sie eine Frau, die Vertrauen und Zielstrebigkeit ausstrahlte.

»Sprecht weiter, bitte«, sagte ich. »Wenn Ihr so freundlich wäret.«

»Bezweifelt Ihr tatsächlich, daß mein Großvater Kinder hinterlassen hat?« Sie lachte. Mir gefiel dieser Klang. Zwar fehlte ihm Janos' sonores Dröhnen, doch schwang derselbe freie und ungezwungene Humor darin mit, der mich seit unserer ersten Begegnung in den Bann geschlagen hatte.

»Sein Erfolg bei den Frauen«, sagte sie, »bietet reichlich Stoff für Legenden. Er hat mehr willige Damen beglückt – Jungfrauen und andere – und das auf mehr Matratzen, als jeder Mann, den ich je kennengelernt habe.«

Am Blitzen in ihren Augen konnte ich erkennen, daß diese Frau in solchen Dingen selbst nicht ganz unerfahren war. Offenbar hatte sie auch Janos' leidenschaftliches Wesen geerbt, dachte ich. Ich lächelte, erinnerte mich daran, wie Greycloak, der auch ein Meister vieler Sprachen gewesen war, einst gesagt hatte, der beste Sprachführer sei in den Armen einer berückenden Eingeborenen zu finden.

»Wie viele Sprachen sprecht Ihr?« fragte ich beiläufig.

Sie schien überrascht. »Oh, zwanzig oder mehr, nehme ich an. Das sind die akzentfreien. In zwanzig weiteren komme ich zurecht. Warum fragt Ihr, Lord?«

»Ohne einen bestimmten Grund«, sagte ich und schämte mich ein wenig dafür, daß ich mich fragte, ob sie dieselben Lehrmittel bevorzugte wie Janos.

Ich sprach weiter. »Janos' Ruf läßt sich nicht bestreiten. Doch als wir gemeinsam in Irayas waren, hielt man uns als Fremde von den Töchtern der Oberschicht fern. Janos ließ keine Gelegenheit ungenutzt, soviel ist klar. Doch um ehrlich zu sein, handelte es sich dabei um Orgien der dekadentesten Art, und das mit den denkbar dekadentesten Leuten. Wenn ich Ihr wäre, würde ich meine Urgroßmutter nicht so voreilig bei solchen Aktivitäten suchen.«

Janela zuckte mit den Schultern. »Sie war jung«, sagte sie. »Kaum älter als achtzehn. Als sie Janos bei Hofe sah, verliebte sie sich hoffnungslos in ihn, was in dem Alter nicht ungewöhnlich ist. Allerdings, wie Ihr schon sagtet, war es nicht einfach, diese Liebe zu vollziehen. Sie war eine entschlossene junge Frau. Sie bestach eine Kurtisane, damit sie an deren Stelle an einer Orgie teilnehmen konnte, an der auch Janos teilnahm. Und sie schritt mit so viel Inbrunst zur Tat, daß ihre Affäre einige Zeit hielt. Er lebte nicht lange genug, ihre wahre Identität zu erfahren.«

»Und Sendora wurde schwanger«, sagte ich. »Das muß allerdings ein großer Skandal gewesen sein.«

»Sobald die Familie von ihrem Zustand erfuhr«, sagte Janela, »und wer dafür verantwortlich war – ein dreckiger Fremdling, und ein toter noch dazu – handelten sie umgehend. In einem verlogenen Akt der Pietät ließen sie meine Großmutter ein Opfer im Tempel der Jungfrauen bringen.«

Ich kannte diesen Tempel. Mehrmals im Jahr boten dort Jungfern aus tiefreligiösen Familien ihre Jungfernschaft den Göttern an. Sie müssen die Umarmung eines jeden Mannes hinnehmen, der ihnen in der Nacht, die sie dort verbringen, entgegentritt. Man glaubt, ein Gott werde in den Leib dieses Mannes treten, um so das Geschenk der Jungfer anzunehmen.

»Mit anderen Worten«, sagte ich, »wurde behauptet, das Kind sei von einem Gott empfangen worden.«

Janela kicherte. »Bedenkt man die Eitelkeit meines Großvaters«, sagte sie, »haben sie vielleicht nicht mal so sehr gelogen, wie sie glaubten.« Sie nippte an ihrem Branntwein, und an den Falten um ihre Augenwinkel war zu sehen, wie sehr sie sich amüsierte. »Ich habe gehört, daß ein besonders häßlicher Bettler in jener Nacht, in der Sendora ihr Opfer brachte, zu einem sehr glücklichen Mann wurde. Er war derart verblüfft, eine so frische, reine Schönheit in Armen zu halten, daß er sich am folgenden Tag das Leben nahm, da er wußte, daß ihm im Leben nichts so Wunderbares je wieder geschehen würde.«

»Doch selbst wenn Eure Familie zu einem solch extremen Mittel griff, um einen Skandal zu vermeiden«, sagte ich, »gab es sicher dennoch Zweifler und häßliches Gerede.«

»Das genau ist der Grund, warum man sie mit einem Lord vom Lande verheiratete«, sagte Janela. »Wo sie in allen Ehren meine Mutter gebar. Nie wieder hat sie die Provinz verlassen. Und alles nur, um ein altes Familiengeheimnis zu hüten.«

»*Ihr* habt sie verlassen«, sagte ich.

Janelas Miene verfinsterte sich vor Wut. »Ich bin keine Frau, die sich Fesseln anlegen läßt, Sir«, sagte sie. »Meine Familie hat mich dafür verstoßen, wie auch ich sie verstoßen habe. Ich habe den Namen meines Großvaters angenommen ... mein Geburtsrecht ... und seit zehn Jahren ist es mein einziges Ziel, dafür zu sorgen, daß sich sein Traum erfüllt.«

»Wenn Eure Familie Euch verstoßen hat«, sagte ich, »wovon lebt Ihr dann?«

»Ich habe mein eigenes Geld«, sagte sie. »Meine Großmutter hat aus dem Erlebten nicht nur die Leidenschaft zurückbehalten. Sie lernte, was es hieß, hilflos zu sein, gezwungen zu sein, sich den Familiengesetzen zu unterwerfen. Ihr ganzes Leben über hat sie Geld beiseite geschafft für den Fall, daß ihre Tochter jemals dringend ihre Unabhängigkeit brauchen würde. Meine Mutter fügte dem noch manches hinzu. Wenn ich also auch nicht so reich bin wie Ihr, edler Lord, so bin ich doch ganz wohlhabend.«

»War Eure Mutter eine von denen, die Euch verstoßen haben?« fragte ich.

»Meine Mutter ist tot«, sagte sie so scharf, daß ich klug genug war, nicht weiter nachzufragen. Als jemand, der einen ebensolchen Verlust zu beklagen hatte, konnte ich ihre Gefühle gut nachempfinden.

»Ich nehme an«, sagte sie, »ich konnte deshalb aus diesem Gefängnis entkommen – und so hübsch es auch gewesen sein mochte, war es dennoch ein Gefängnis –, weil mir Greycloaks Kräfte in die Wiege gelegt waren. Ich sprach meine erste Beschwörung als Kind, um eine zerbrochene Lieblingspuppe zu reparieren. Ich war nicht älter als drei. Sie hatte einen Keramikkopf, der zersprang, als ich sie fallen ließ, und ich war verzweifelt. Doch plötzlich wurde mir bewußt, daß ich sie wieder ganz machen konnte. Was ich dann tat.«

»Habt Ihr den Kopf der Puppe tatsächlich mit Eurem Willen geheilt?« drängte ich. »Oder ist noch etwas anderes geschehen?«

Sie runzelte die Stirn. »Um es ganz genau zu sagen«, sagte sie, »dachte ich an die Puppe, wie sie gewesen war, bevor ich sie fallen ließ. Dann habe ich ... in diesen anderen Ort gegriffen ... und eine gegen die andere getauscht.«

Ich nickte. Genau so hatte Janos einst ein ähnliches Erlebnis beschrieben. Nur hatte es sich damals um einen Skorpion gehandelt, nicht um eine Puppe. Und wir waren geradezu verzweifelt gewesen, weil uns damals Lord Mortacious zum Essen geladen hatte und er ein *ungemein* schwieriger Gastgeber war. Bei dem Gedanken daran lief mir ein Schauer über den Rücken.

»Glaubt Ihr nun, wer ich bin?« fragte sie barsch und ungeduldig, zum nächsten Punkt zu kommen. Zu dem Punkt, den ich am meisten fürchtete.

Dennoch blieb mir keine Wahl, als zu antworten: »Ja.«

Sie legte die Papiere fort und zog etwas anderes hervor. Ich reckte den Kopf, um es zu sehen, doch verbarg sie es in ihrer Hand.

»Ihr könnt Euch nicht vorstellen, wie lang ich schon von diesem Treffen träume«, sagte sie. »Greycloak und Antero wiedervereint. In all den Jahren hätte ich diese Reise mehrmals beinahe angetreten. Aber ich wußte, daß ich nicht nur zu jung und unerfahren war, sondern Euch auch den absoluten Beweis liefern mußte, wenn ich Euch überzeugen wollte. Um dieser Beweise willen bin ich von Land zu Land und von Hof zu Hof gereist. Ich habe bei den größten Meistern der Magie genug gelernt, daß ich hoffen kann, meinem Großvater hinsichtlich der magischen Fähigkeiten in nichts nachzustehen. Wohin ich auch kam, habe ich sämtliche Geschichten von den Fernen Königreichen gesammelt und studiert. Auch Euer Buch habe ich gelesen. Dazu das Buch Eurer Schwester, da Rali, obwohl Ihr es vielleicht nicht wißt, enorm zur Lösung des Geheimnisses beigetragen hat. Um die Wahrheit zu sagen, bin ich noch nicht sicher, wie die Teile des Rätsels, die sie gefunden hat, dazu passen, doch bin ich sicher, daß es Teile *sind*.«

»Es ist mir egal, wieviel Ihr studiert habt oder wie weit Ihr gereist seid«, sagte ich. »Ihr vergeudet Eure Energie. Wenn Ihr einen Schritt zurücktretet, werdet Ihr sehen, daß Eure Bewunderung für Janos Greycloak Euch dazu verführt hat, die Tatsachen zu verdrehen, bis sie Eurem Traum entsprechen, es ihm nachzutun. Vergeßt es, meine Liebe. Nehmt Eure Talente, Eure Energie und Eure Intelligenz und widmet sie Eurem eigenen Leben, nicht dem eines anderen. Ich war dabei, gute Frau. Janos und ich sind Schulter an

Schulter diese Straße entlanggewandert. Wir haben Kameraden begraben. Wir haben manches überwunden. Doch am Ende war uns Erfolg beschieden. Wir haben die Fernen Königreiche gefunden. Wie könnte ich bezweifeln, was ich mit eigenen Augen gesehen habe?«

»Dann bezweifelt das hier«, sagte sie. Und enthüllte das verborgene Objekt in ihrer Hand.

Es war eine kleine, silberne Figur. Ich erkannte sie im selben Augenblick ... Janos hatte eine ebensolche an einer Kette hängen gehabt. Janelas Finger verdrehten sich, und die Figur fiel, bis sie von silbernen Gliedern hing. Sie war das Abbild einer wunderschönen Tänzerin, die Hände über den makellosen Leib gereckt, in der einen eine Feder, in der anderen ein Schleier, in der Bewegung erstarrt. Das Gesicht der Maid leuchtete vor Glück, als wüßte sie, daß ihr der nächste Sprung die Freiheit bringen und sie wie ein Vogel davonfliegen würde.

Wie von Zauberkraft bewegt, griff meine Hand danach. Janela ließ sie in meine offene Hand fallen.

»Seht!« sagte sie. »Ich gebe Euch ... die Fernen Königreiche der Nacht!«

Sobald die Tänzerin meine Haut berührte, erwachte sie zum Leben. Sie vollführte eine Pirouette, ihr hauchdünnes Kostüm umflatterte den nackten Leib darunter, erlaubte aufreizende Blicke auf ihre schlanken Glieder und die kleinen, wohlgeformten Brüste. Doch war es nicht der Verführungstanz einer Kurtisane. Sie wirkte unschuldig, schien sich nicht bewußt, daß sie ein Objekt sowohl der Leidenschaft als auch der Kunst war.

Anfangs glich die Tänzerin dem magischen Talisman, mit dem Janos mich einst davon überzeugt hatte, daß die Fernen Königreiche tatsächlich existierten. Nur war seine Figur angelaufen und zerbrochen gewesen, Mißbildungen, die schließlich verschwanden, je näher wir Irayas kamen. Doch während ich zusah, begann die

Szenerie sich zu verändern. Mit offenem Mund saß ich da, während Musik anschwoll und die Umgebung der Maid und auch ihr Publikum zu sehen waren ... das war ein Zauber, der weit über das hinausging, was Janos einst derart gepriesen hatte.

Sie tanzte in einem Saal von unermeßlicher Pracht. Die Wandteppiche waren von kaum faßbarem Reichtum, die Wände, an denen sie hingen, von sanftem, milchigem Weiß und strahlend wie eine seltene Gemme. Während königliche Musiker in einer Grube vor der Bühne spielten, reckten Männer und Frauen in exotischen Kostümen, wie ich sie noch nie gesehen hatte, die Köpfe, um der Kunst der Tänzerin gewahr zu werden. Dies alles überschaute ein freundlich wirkender Monarch mit seiner wunderschönen Königin. Sie saßen auf zwei Thronen aus derselben milchigen Gemme, aus der auch die Wände gehauen waren. Der König war jung, hochgewachsen, muskulös. Seine Züge waren ebenmäßig, sein Bart golden wie das Band, das er als Krone trug. Auch die Königin war jung, ihre Haut wie Elfenbein, und sie hatte langes, schwarzes Haar, das unter einer schlichten Krone aus Smaragden hervorquoll. Ich sah, daß der König der Königin etwas zuflüsterte. Sie lächelte, und ihre Schönheit wurde so atemberaubend, daß, wäre ich ein junger Mann gewesen, dieses Lächeln mir das Herz gebrochen hätte.

Selbst dieses verkleinerte Abbild des Hofes ließ mich in Demut erstarren. Ich fühlte mich so klein, unwissend und barbarisch wie damals, als Janos und ich zum ersten Mal vor König Domas im fernen Irayas gestanden hatten. Doch neben diesem Gefühl kam Zorn auf, daß hier eine Weisheit ruhte, die man meinem eigenen Volk offenbar verwehrt hatte. Ich sehnte mich danach, diesen Hof mit eigenen Augen zu sehen, um das zu korrigieren.

Janela flüsterte: »Seht näher hin, Herr.«

Ich überschaute die Szenerie und suchte, was ich bisher vor Benommenheit nicht erkannt hatte. Da fand ich ihn, der sich auf einer gesonderten Zuschauerbank rekelte.

Es war ein Dämon, verkleidet als Mensch. Er besaß die Schnauze eines Wolfes und die Stirn eines großen Affen, die sich über einem einzelnen, gelben Auge wölbte. Während ich ihn beobachtete, streckte er eine klauenbesetzte Pfote aus. In dieser hielt er eine einzelne Rose, und ein Schauder kroch über meine Haut, denn irgendwie wirkte gerade das auf mich obszön. Er lachte, fletschte lange Fangzähne und schleuderte der Tänzerin die Blume entgegen. Sie fiel ihr vor die Füße, und Blätter lösten sich von ihrer Blüte. Die Tänzerin stolperte kurz, sah auf die verstreuten Blätter hinab, dann zum Dämon hinüber. Ein Blick von abgrundtiefer Verachtung und Furcht verzerrte ihre makellosen Züge. Dann lächelte sie und nahm den Tanz wieder auf.

Ich wich zurück, ließ meinen Blick über das Publikum schweifen, in dem ich – überall im Raum verteilt – weitere Dämonen sah. Es war offensichtlich, daß die Menschen in der Menge – während sie sich bewußt so verhielten, als sei die Anwesenheit der Dämonen etwas vollkommen Normales – doch vor dem Körperkontakt mit ihnen zurückschreckten und um jedes Untier freien Raum ließen.

Janela berührte die Tänzerin. Das Mädchen erstarrte, wurde wieder zur bloßen Figur, und die Szenerie verschwand. Nur mit Willenskraft hinderte ich meine Hände daran zu zittern, als ich ihr den Talisman reichte.

»Glaubt Ihr mir jetzt, edler Lord?« fragte sie mit leiser Stimme, siegessicher.

Noch immer hätte ich Zweifel anmelden können. Mit Hilfe der Beschreibung dieser Tänzerin in meinem Buch wäre sicher eine komplizierte magische Täuschung zu schaffen gewesen. Oder auch: Nur weil hier eine bemerkenswerte Szene zu sehen war, bedeutete dies noch lange nicht, daß sie notwendigerweise aus den Fernen Königreichen stammte, welche Janela als »Die Königreiche der Nacht« bezeichnet hatte. Unzählige weitere Beanstandungen und Angriffe ließen sich äußern. Eine unüberwindbare Mauer der Logik, verfugt mit der reinen Vernunft.

Doch das war nicht, was sie mich fragte. Schon hatte sie das nächste Banner gehißt, die Flagge des Glaubens.

Ich sah sie an und erkannte Janos in ihren Augen, und Janos hatte ich die Wahrheit niemals vorenthalten können.

So antwortete ich: »Ja.«

Janela schob die Figur in ihre Tasche, klappte sie zu und stand auf.

»Denkt darüber nach, Lord«, sagte sie. »Wir können darüber sprechen, wann immer Ihr wollt.«

Janela wandte sich zum Gehen.

»Wo kann ich Euch finden?« fragte ich etwas verwundert über ihren brüsken Aufbruch.

»Im Gasthaus zum Erntemond«, sagte sie. »Man kennt mich dort unter Kether, meinem orissanischen Namen.«

Dann grinste sie Janos' Grinsen und sagte: »Ich hielt es nicht für klug, alle Welt wissen zu lassen, daß es noch jemanden mit Namen Greycloak gibt.«

Und sie war fort.

Erinnerungen wallten auf, dann schwollen sie an, bis sie in einem Sturzbach vorüberströmten. Meine Abenteuer mit Janos wurden entwurzelt und unter die lange Brücke gespült, die sich aus unserer zufälligen Begegnung in einer Ganoventaverne erhob und im Sumpf der Verwirrung endete, der noch unsere Gegenwart bestimmte. Besonders eine Erinnerung taumelte heran, um gegen die Pfeiler der Brücke zu schlagen ... die Faust der Götter. Um meiner Erinnerung auf die Sprünge zu helfen, nahm ich eilig das Tagebuch unserer Expeditionen vom Bord auf meinem Schreibtisch. Ich blätterte durch die Seiten, die so viele an den Bücherständen in ihren Bann geschlagen hatten.

Ich fand die Beschreibung der Vision, die wir im Palast der

Geisterseher vor Augen hatten, als Janos und ich deren Segen für die erste Reise bekamen: *»... dahinter, weit am Horizont, erhob sich eine Bergkette. Sie kauerte auf dem Land wie eine grobknochige Faust. Vier Gipfel hatte die Kette, und ein runder fünfter war der Daumen. Die Gipfel waren aus schwarzem, schneebedecktem Vulkangestein. Schneewehen hoben die einzelnen Finger der Faust hervor. Das Tal zwischen Daumen und Zeigefinger stieg sanft an ... ein Weg über die schwarzen Berge. Ein Weg in«* – mit staunendem Flüstern vollendete Janos meine Gedanken – *»... die Fernen Königreiche.«*

Ich stürzte den Branntwein hinunter, um meine Nerven zu beruhigen, während ich zu der Stelle weiterblätterte, wo Janos und ich vor eben jenem Durchgang zu unserem langersehnten Ziel standen. *»... Dahinter lag die Bergkette. Zu ihr gehörten vier Gipfel, ein fünfter bog sich wie ein großer Daumen. Wir hatten die Ebene erreicht, die sich zur Faust der Götter erstreckte. Es war noch zu früh für Schnee, und wir schienen noch näher dran zu sein, als ich es im Traumbild vor mir gesehen hatte, so daß man an den Gipfeln die Riefen gleich unterhalb des pechschwarzen Vulkangesteins erkennen konnte ... Janos sah mich an, und ich drehte mich zu ihm um. Beide waren wir in den nächsten Augenblicken wie im Wahn. Zuerst kamen Verwirrung und Schock und ungläubiges Starren, dann redeten wir durcheinander, ohne daß einer dem anderen zuhörte ... »Wir haben es gefunden«, sagte ich ...«*

Doch das hatten wir mitnichten, und deutlich sah ich unseren Irrtum. Nur um sicherzugehen, um den Sand des Scheiterns tiefer in die Wunde zu reiben, wandte ich mich der letzten Seite zu. Noch einmal durchlebte ich die schrecklichen Augenblicke, als ich bei Greycloaks Bestattung die Flammen seines Scheiterhaufens schürte. Dann:

»Ich wische mir die Tränen aus den Augen ... und plötzlich ist mein Blick ganz klar. Weit im Osten, jenseits des glitzernden Was-

sers, hebt das Licht eine Bergkette über den Rand des Horizonts hervor. Die Berge sehen aus wie eine geballte Faust, und zwischen Daumen und Zeigefinger sehe ich den Glanz einer reinen, weißen Schneedecke. Die Bergfaust entspricht genau der Vision, die ich hatte, als die Geisterseher die Knochen warfen und unsere Suche begann.

Ich stöhnte, als ich diesen letzten Satz las. Die Bergkette, die ich in beiden Visionen gesehen hatte, *war nicht dieselbe* wie die, vor der ich schließlich gestanden war, ganz zu schweigen von der, die ich erklommen hatte. *Wo war der Schnee?* Janos und ich hatten sein Fehlen auf das warme Wetter zurückgeführt. Doch verdammt seien die Augen der Götter, die uns belogen haben... das Wetter hatte nichts damit zu tun! Die Berge der Vision ragten weit höher auf, so hoch, daß der Schnee nie schmelzen konnte. Je länger ich darüber nachdachte, desto mehr Unterschiede fielen mir auf, die uns hätten auffallen müssen, wären wir nicht von unserer fixen Idee geblendet gewesen.

Ich schlug das Tagebuch zu. Ich füllte meinen Kelch, trank daraus und füllte ihn erneut. Diesen Vorgang wiederholte ich, bis ich – zum ersten Mal seit langer Zeit – redlich betrunken war.

Als Quartervals kam, um mich zu Bett zu bringen, hielt ich ihn für Greycloak und verfluchte ihn, weil er ein solcher Narr gewesen war. Mich selbst verfluchte ich weit bitterer, denn als Narr war ich sein königlicher Vorgesetzter, und schlimmer noch war, daß Janos nicht mehr lebte und ich alt war und sich daran nichts ändern ließ.

Rein gar nichts.

In jener Nacht träumte ich, wieder jung zu sein, brennend vor Sehnsucht, mich als ein Mann zu beweisen, auf den mein Vater stolz sein konnte. Ich war im Lager der Ifora und bewunderte Janos' wilden Tanz. Sein Säbel blitzte im Feuerschein, schlug imaginäre Feinde in die Flucht, die jene Mär bevölkerten, von welcher er erzählte. Neben mir lächelte Tepon, die hübsche Nomadenhure. Ich roch Rosen und Moschus, und ihr Umhang öffnete sich, dunkle Haut schimmerte, und stramme Brüste wogten vor Begierde. Ich war jung und stark und besprang sie wie ein wilder Wüstenhengst, hielt ihre festen Hüften, als ich in sie drang. Über die Schulter hinweg warf sie mir einen Blick zu, lachte und feuerte mich an. Sie schüttelte den Kopf, und schwarze Locken peitschten wie die Mähne eines feurigen Füllens, das nach dem Hengst verlangte, welcher ihrer Gabe würdig war. In diesem Augenblick war alles möglich. Es gab kein Meer, das ich nicht überqueren, keine Einöde, der ich nicht trotzen konnte.

Und die Fernen Königreiche warteten auf mich allein.

Ich wartete zwei Tage, bis ich Janela aufsuchte. Ich wandte die alte Verzögerungstaktik der Kaufleute an, um ihr Selbstvertrauen zu erschüttern. Doch als sie mich in ihren kargen und doch geschmackvollen Räumen im Gasthaus Zum Erntemond begrüßte, sah ich das Leuchten des Sieges in ihren Augen. Gekleidet war sie wie zuvor, nur daß sie diesmal eine blaue Seidentunika über dem schwarzen Leibchen trug, das ihr das liebste zu sein schien. An ihrem Hut steckte eine passende blaue Feder.

Ich war entschlossen, ihr die Sache nicht zu leicht zu machen. Ich wollte ihren Eifer auf die Probe stellen, ebenso wie Janos den meinen auf die Probe gestellt hatte.

Sie kam ihrer Pflicht als Gastgeberin nach, bis ich einen bequemen Platz am Feuer und ein anständiges Maß an Branntwein in meinem Kelch hatte. Ihre Armreifen klapperten leise, als sie sich über den Tisch beugte. Da ich eine sichere erste Parade vermutete, schlug ich gleich hart zu.

»Warum ich?« fragte ich.

Sie runzelte die Stirn, verblüfft. »Ich verstehe nicht«, sagte sie, um Zeit zu gewinnen.

»Warum wollt Ihr ausgerechnet mich als Euren Begleiter?« sagte ich. »Schließlich trage ich die Verantwortung für den Tod Eures Großvaters.«

Sie nickte. »Das weiß ich, Herr«, sagte sie. »Ebenso wie ich weiß, daß Euch keine Wahl blieb, wenn Ihr Euer Leben retten und Euer Volk vor dem Untergang bewahren wolltet. Ich bin mir Janos' zahlreicher Fehler wohl bewußt. Ich gebe zu, daß ich zornig war, als ich Euer Buch zum ersten Mal las. Ich glaubte, Ihr hättet gelogen, als Ihr von dem finsteren Pakt schriebt, den er mit Prinz Raveline geschlossen hatte. Ebenso wie ich dachte, Ihr hättet gelogen, als Ihr sagtet, Janos habe Euch verraten.«

»Was hat Eure Meinung geändert?« fragte ich.

Nachdenklich runzelte sie die Stirn. Dann sagte sie: »Erstens klang alles andere an Eurem Buch so wahr. Ihr habt Euch keine Mühe gegeben, in vorteilhaftem Licht dazustehen. Ganz am Anfang habt Ihr geschworen, die Wahrheit zu sagen, und ich konnte keine andere Stelle finden, die falsch geklungen hätte. Ihr habt Euch beim Schreiben entblößt und ganz offen darum gerungen, mit Euren Gefühlen für einen Mann ins reine zu kommen, der einmal Euer Freund war, Euch jedoch verraten hat. Am Ende, glaube ich, habt Ihr bewiesen, daß die Freundschaft, trotz seines Verrats, auch über seinen Tod hinaus Bestand hatte.«

»Danke«, sagte ich und spielte mit meinem Kelch, wartete.

Als ich das Banner der Konversation nicht übernehmen und weitertragen wollte, blieb ihr nur das Ringen darum, meine Frage zu beantworten.

»Doch darauf ließ ich es nicht beruhen«, sagte sie. »Ich habe noch nie geglaubt, daß Gefühle oder Überzeugungen etwas beweisen könnten. Nicht einmal meine eigenen. Daher habe ich Eure Behauptungen sorgsam geprüft. Und habe nichts gefunden, was ihnen widersprochen hätte. Tatsächlich wart Ihr meinem Großvater wahrscheinlich freundlicher gesonnen als manch anderer.«

Ich zuckte mit den Schultern. »Falscher Freund oder nicht«, sagte ich, »auch damals konnte niemand bestreiten, daß Janos ein großer Mann war.«

»Ich hege große Bewunderung für Euch, Herr«, sagte Janela. »Seit vielen Monaten lebe ich unerkannt in Orissa. Ich habe Euch und Eure Familie sehr genau beobachtet. Ich habe über Euch und Eure bemerkenswerte Schwester alles gelesen, dessen ich habhaft werden konnte. Weiterhin habe ich mit anderen gesprochen und festgestellt, daß selbst Eure Feinde Euch respektieren. Ihr seid selbst ein großer Mann, Amalric Antero. In mancher Hinsicht so groß wie Janos. Und deshalb bin ich zu Euch gekommen.«

Ich betrachtete sie genau, während sie sprach, und war mir sicher, daß sie so ehrlich wie möglich geantwortet hatte. Doch ließ ich mir meine Gedanken nicht anmerken.

»Das alles ist sehr freundlich«, sagte ich. »Aber es beantwortet meine Frage nur zum Teil. Ihr sagtet, Ihr wäret nicht ohne Vermögen, so daß Ihr mein Geld für eine solche Expedition nicht bräuchtet.«

Janela lachte. »Nicht so eilig mit dem Geld, edler Lord«, sagte sie. »Ich sagte, ich sei gut versorgt. Doch bin ich nicht so reich wie Ihr. Ich bezweifle, daß viele es sind. Dennoch ist Eure Frage wohlgewählt. Nicht das Geld treibt mich zu Euch. Tatsache ist folgendes, Herr: Sämtliche Beschwörungen, die ich ausgesprochen habe, deuten darauf hin, daß ich allein nur eine geringe Chance auf Erfolg hätte. Doch mit einem Antero an meiner Seite erhöhen sich die Chancen erheblich. Ich glaube, auch mein Großvater spürte das, nachdem Ihr Euch getroffen hattet.«

Ich schnaubte. »Dann hättet Ihr einen meiner jüngeren Verwandten ansprechen sollen«, sagte ich.

Janelas Augen wurden schmal, und ich bekam eine Ahnung von ihrer Willenskraft. »Ich sagte doch, ich habe mir Euch und Eure Familie genau angesehen. Ich werde Euch nicht sagen, was ich von

Eurem Sohn Cligus halte, da ich hoffe, daß wir zumindest Freunde werden können. Außerdem besitzt nur Ihr selbst und Eure verstorbene Schwester die spirituellen – also magischen – Mittel. Ihr habt diese Fähigkeiten ganz offenbar von Eurer Mutter geerbt. Sollte ein weiterer Antero sie besitzen, so nuckelt dieser noch an seiner Amme.«

»Wenn sie zu jung sind«, sagte ich, »dann bin ich deutlich zu alt für diese Reise. Ich könnte auf dem Weg sterben, und was würde dann aus Euch?«

Janelas Augen wurden schmal. »Jemand, der den Fernen Königreichen näher wäre«, sagte sie ausdruckslos.

Die Antwort war so kalt, wie nackte Aufrichtigkeit nur sein kann.

Dann sagte sie: »Was Euer Alter angeht, edler Lord, so glaube ich, daß Ihr Euch nur selbst bemitleidet, weil Ihr Euch als nutzlos empfindet. Die ganze Stadt spricht von Eurer Weigerung, die Fakkel Eures Imperiums weiterzureichen. Ich frage mich, ob diese Weigerung damit zusammenhängt, daß Ihr wahrlich nutzlos *wäret*, wenn Ihr es tätet.«

Sie beugte sich vor, mit blitzenden Augen. »Ich biete Euch Gelegenheit, einen Fehler wiedergutzumachen«, sagte sie. Ihre Stimme war leise und harsch. »Ihr habt Euch getäuscht, und wie es so ist, wenn die Geschichtsschreibung korrigiert wird, seid Ihr nur noch eine ironische Fußnote … der Mann, der so nah dran war, und doch so weit daneben traf.«

Der scharfe Ton wandelte sich zu einem sanften Flehen. »Kommt mit mir, Amalric Antero. Das Land, das wir suchen, liegt weit im Osten jenseits der Meere, die man nicht befahren darf. Diese Meere brechen sich an geheimnisvollen Küsten, die kein Mann und keine Frau aus dieser Sphäre je betreten haben.«

Ihre Hand fiel in die meine. Sie war klein, doch kräftig und so erfüllt von der Energie einer Suchenden, daß sie glühte. »Kommt mit mir«, sagte sie erneut. »Und gemeinsam werden wir große Taten vollbringen.«

Mein Puls hämmerte, denn ihre Worte riefen tiefe Gefühle in mir wach. Janela mußte es bemerkt haben. Sie lächelte und zog ihre Hand zurück. »Ihr seid nicht so alt, wie Ihr glaubt«, sagte sie. Dann: »Es bleibt noch Zeit genug für Träume, wenn Ihr Euch selbst die Chance dazu gebt.«

Sie hatte recht. Zumindest war es das, was ich dringend glauben wollte.

Langes Schweigen sank herab, unterbrochen nur vom Knacken des Feuers.

»Wollt Ihr mir nun Eure Antwort geben?« fragte sie.

Ich schüttelte den Kopf. »Nein«, sagte ich. »Aber ich verspreche, Ihr sollt sie bald bekommen.«

Damit riß ich ein Blatt aus ihrem Buch der Ränke und ging ohne ein weiteres Wort.

Sie würde nicht schlafen, bis ich wiederkam. Ebensowenig wie ich.

Nun, als über Siebzigjähriger, fand ich mich an einem Kreuzweg wieder. Doch welchen Weg ich auch wählen mochte, stand mir doch ein Berg im Weg. Ich mußte einen Nachfolger bestimmen. Tat ich es nicht, würde ich alles, was die Anteros über Generationen je geschaffen hatten, an den Rand des Abgrunds bringen.

Wer sollte es sein? Cligus oder Hermias? Einmal mehr stellte ich die Listen auf, benannte Tugenden und Laster jedes einzelnen, bemühte mich, meine Gefühle aus dem Urteil herauszuhalten. Doch wollte es mir nicht gelingen ... Cligus mochte mein eigen Fleisch und Blut sein, doch brachte er in mir keinen Ton zum Klingen. War ich andererseits allzu romantisch, wenn ich glaubte, daß Hermias etwas von dem Feuer, dem Flair und der von Göttern gesegneten Torheit besaß, derer ich mich vor Jahren selbst erfreut hatte?

Ich beendete die Listen und zuckte die Achseln. Nichts davon war neu, nichts hatte sich verändert. Mit einer Ausnahme: Was war dort draußen am Schmalen Meer vorgefallen, daß es die beiden während der Taufe der *Ibis* beinah zu einem Kampf gereizt hatte?

Keinen von beiden konnte ich danach fragen, weshalb nur ein Mensch blieb, der höchstwahrscheinlich davon wußte und dem zu trauen war ... Kele. Ich ließ Quartervals und meine Kutsche rufen und machte mich daran, sie aufzusuchen.

Ich fand sie am Hafen, im Schuppen des Schiffsausrüsters, neben dem Liegeplatz der *Ibis*. Vor ihr auf dem Tisch stand ein Gestell mit einem horizontalen Messingrohr, das auf zwei Halterungen ruhte. Auf diesem Rohr saß ein fein geschnitztes Holzmodell des Schiffes. Vorsichtig plazierte Kele kleine Holzwürfel auf dem Deck des Modells. Es schaukelte und schwankte, und dann, als sie noch einen weiteren wagte, drehte sich das Rohr, ließ das Schiff kentern und verteilte die Würfel im Schwung am Boden.

»Pack achtzehn Tonnen Ladung an Deck, und es rollt wie ein Wal-Hai ...« murmelte sie und notierte etwas in einem Logbuch. Dann bemerkte sie mich, stand auf und faßte sich an die Stirn.

»Lord Antero«, setzte sie an. »Hab Euch gar nicht erwartet, sonst hätte ich nach Wein schicken lassen ...« Abrupt hielt sie inne. »Dreimal krepierender Meeresgott!« rief sie. »Tut mir leid, wenn ich Witze reiße, da ich doch sehe, daß Euch Tod und Verzweiflung ins Gesicht geschrieben stehen.«

Ich zwang mich zu einem Lächeln. »Vielleicht ist es gut, daß ich nicht mehr ins Feld ziehe, Käpt'n, wenn ich *derart* leicht zu durchschauen bin.« In Wahrheit konnte sie mein Gesicht nach all den Jahren als meine Bedienstete und Freundin lesen wie die Fadenangaben einer Seekarte.

Sie antwortete nicht, sondern führte mich aus dem Schuppen. »Welch schöner Tag für einen Spaziergang!« sagte sie.

»In einer Stunde wird es regnen«, bemerkte Quartervals.

»Ein *sehr* schöner Tag«, fuhr sie fort, »für einen Spaziergang am

Kai entlang, wo es keine Verstecke gibt, in denen jemand die Ohren spitzen und belauschen kann, was ihn nichts angeht.«

Quartervals machte ein besorgtes Gesicht und sah sich um, als lauerte der imaginäre Spion, von dem Kele sprach, schon jetzt in Hörweite. Kele war *immer* ungeheuer vorsichtig. Wenn sie einen Liebhaber hatte – und selbst nach all den Jahren wußte ich nur wenig über ihr Privatleben – hätte er oder sie selbst von einem Taubstummen mehr Bettgeflüster zu hören bekommen.

Das war einer der zahlreichen Gründe, warum Kele meine vertrauenswürdigste Seefahrerin war ... tatsächlich weit mehr als eine Kapitänin, da sie mir an fremden Küsten oft genug als Auge und Ohr diente, und gelegentlich sogar als stille Botschafterin ohne jedes Portefeuille. Ein weiteres Talent war ihre Fähigkeit, ein Gespräch *genau so* wiederzugeben, wie es abgelaufen war, da sie, selbst wenn sie wie ein salzverkrusteter Seebär sprach, doch die Sprache eines Geistersehers oder Lords nachahmen konnte.

Wir schlenderten am Ufer entlang. Nur wenige Menschen waren unterwegs, da sich tatsächlich Regenwolken zusammenbrauten und über unseren Köpfen drohten.

Wie gewöhnlich wartete Kele, bis ich etwas sagte. Kaum hatte ich meinen Wunsch geäußert, als sie schon heftig den Kopf schüttelte. »Das nicht, Herr. Das ist etwas, worüber ich nicht sprechen kann ... und auch nicht will.«

»Warum nicht? Ich muß dringend wissen, was geschehen ist, und ich brauche deinen Rat.«

»Erstens habe ich Hermias in jener Nacht in Jeypur schwören müssen, daß ich schweige, nachdem der Mann ... nach diesem Vorfall. Zweitens bin ich keine Närrin, Herr.«

»Dafür habe ich dich auch nie gehalten.«

»Ist nicht jeder, der sich in einen Familienstreit mischt, ein Narr, wenn nicht noch Schlimmeres? Bin ich nicht am besten damit beraten, meinen Mund zu halten?«

Also war der Zwischenfall oder was immer es gewesen war, *tatsächlich* in Jeypur geschehen. Dieser Barbarenhafen war ein ferner Kreuzweg sowohl für Schiffe als auch für Karawanen, die sich in den Westen aufmachen wollten. Hier hatte Hermias' Suche ihren Anfang genommen, hier hatte er seine Packtiere beladen, bevor er sich ins Inland aufmachte, um dort sein neues Handelsgebiet festzuschreiben. Jeypur war eine Stadt, die Verbündete nur für den Augenblick hatte, und keine Freunde, abgesehen von solchen, denen sie Gewinn brachte. Man sagte, es gebe nur wenig Verbrechen in der Stadt, da nichts verboten sei und die größten Diebe in der Regierung säßen. Kurz gesagt war es ein Ort, den ich stets als höchst fesselnd empfunden habe, auch wenn man leicht ohne Brieftasche, ohne Schwert und mit klaffender Kehle aufwachen konnte.

Ich ließ mir für die Antwort etwas Zeit, wägte meinen Ansatz wohl. Dann: »Ich könnte sagen, Käpt'n, daß ich meine eigenen Spione aussende, um herauszubringen, was geschehen ist. Aber ich muß es sofort wissen. Es steht mehr auf dem Spiel als nur der Friede zwischen zwei Anteros, die sich um ein Haar mit gezückten Schwertern auf einer Schiffswerft gegenüberstanden.«

Ich erzählte Kele etwas von dem, was vor sich ging, auch wenn ich ihr nicht sagte, wer Janela war und daß sie die Fernen Königreiche der Nacht suchen wollte. Falls ich mich jedoch dazu entschloß, sie tatsächlich zu begleiten, so hatte ich längst beschlossen, daß die *Ibis* mein Flaggschiff sein sollte, und Kele, wenn sie wollte, deren Kapitän. Doch im Augenblick mußte sie nicht mehr wissen, als daß ich eine sehr riskante und lange Reise plante.

Kele sah zu einem Paar von Fischerbooten hinaus, die draußen an der Mündung des Flusses gemeinsam ihr Schleppnetz werfen wollten. »Verdammt, verdammt, verdammt!«, murmelte sie. »Und jetzt sitze ich – genau wie Ihr – zwischen Flaute und Riff. Wenn ich es Euch *nicht* erzähle ... aber wenn ich es doch tue ...« Sie schwieg. Dann: »Da Ihr mein Herr seid, *bin* ich Euch verpflichtet, und das gilt vor allem anderen. Also …« Wiederum folgte langes Schweigen. »Wie viele Seelen arbeiten für die Anteros?« fragte sie.

Ich wunderte mich, doch fiel mir ein, daß Kele ihre eigene Art hatte, ein Problem anzugehen. »Mehr als fünftausend, und noch eine ganze Menge mehr, wie ich vermute, wenn wir unsere Zulieferer mitrechnen, all die Handelshäuser in Übersee und die Karawansereien, die wir im letzten Jahr eröffnet haben. Aber laß die Zahl ruhig stehen als das mindeste«, sagte ich.

»Wenn Ihr Euch also falsch entscheidet«, sagte sie, »wären das fünftausend Burschen, die sich bei mir und meinen verdammten Schwüren bedanken können. Himmelarsch und Höllenhund!«

»Würde dir ein Schluck Branntwein die Entscheidung erleichtern?« fragte ich, um ihr den Weg zu weisen. »Oder noch etwas Bedenkzeit?«

»Was passiert ist, eignet sich nicht als Geschichte im Schankraum, Herr. Das sollte niemand hören. Und wenn ich meinen Eid brechen muß, so kann ich mich ebensogut sofort zum Narren machen, anstatt noch lange darüber nachzudenken. Eins noch … wenn ich mein Versprechen gegenüber Hermias breche, müßt Ihr mir schwören, daß er nie davon erfährt. Zumindest nicht, bis es egal ist.«

»Das schwöre ich«, sagte ich.

»Wißt Ihr noch«, begann Kele ohne Vorrede, »wie der General vor fünf, sechs Jahren nach Jeypur fuhr?«

Das erinnerte ich allerdings. Es war einer der größten Triumphe meines Sohnes gewesen, eine Aufgabe, für die ich ihn vollständig ungeeignet hielt, und dennoch eine, die er perfekt löste, wobei er sich mit Ruhm überschüttete und mich vor die Frage stellte, ob ich nicht zu schroff mit ihm gewesen sei und er vielleicht *doch* das nötige Talent für Diplomatie, Raffinesse und gesunden Menschenverstand besaß, welches das Imperium der Anteros braucht, um überleben und weiter wachsen zu können.

Jeypur wurde von einem Rat regiert, dessen Mitglieder und

Größe wechselten, je nachdem, welche Gruppierung die meiste Macht besaß. Damals hatte eine neue Bande den Palast an sich gerissen und verkündet, Jeypur solle nicht länger als Handlanger anderer reicher Städte existieren und verdiene einen Platz an der Sonne. Damit spielten sie auf Orissa an. Dessen Ruhm und Reichtum wollten sie erlangen, indem sie fünfzehn Prozent Steuerzuschlag auf *alle* Karawanen, Ladungen und Schiffe erhoben, welche in die Stadt einfuhren, dort umgeschlagen wurden *und* die Stadt wieder verließen, was bedeutete, daß sich der Preis für eine Handelsware fast verdoppeln konnte ... fünfzehn Prozent, wenn sie in die Stadt kam, fünfzehn Prozent, wenn sie von einem fremden Händler gekauft oder zum Verkauf oder Verschiffen eingelagert wurde, und ein drittes Mal fünfzehn Prozent, wenn sie Jeypur wieder verließ. Damals gingen etwa zwanzig Prozent des Westhandels, darunter auch manche Ladung der fernen Inseln von Konya, durch Jeypur.

Das war für die Kaufleute Orissas unerträglich, besonders, da wir mit einigem Recht glaubten, die Herrscher von Jeypur unterschieden sich von den Piraten des Schmalen Meeres nur darin, daß sie per Dekret – nicht mit dem Dolch – raubten. Es gab wütende Konferenzen mit unseren Ratsherren und den Entschluß, daß irgend etwas geschehen müsse, und zwar sofort. Einige meiner hitzköpfigeren Kollegen wollten einen Feldzug ausrichten. Ich riet zu einer diplomatischen Mission, wenn auch einer, zu der einige Soldaten gehören sollten, damit Jeypur verstand, daß sich in Orissas Arsenal mehr als nur Worte fanden.

Mein Vorschlag wurde angenommen und aufgeblasen wie eine Schweineblase in der Schlachtsaison. Nicht nur sollten Soldaten dabei sein, sondern ein Soldat sollte das Kommando innehaben. Ich stritt dagegen an, doch ohne viel Erfolg, und so zog ich mich würdevoll zurück und begann, mir Gedanken um verschiedene Militärs unserer Armee zu machen, die für ihr Taktgefühl und ihren

Charme bekannt waren. Während ich noch überlegte, schritten Cligus und seine Anhänger zur Tat. Unter einigem Beifall ernannte man ihn zum Führer der Mission. Wie konnte ich mich gegen einen Antero wehren, ganz zu schweigen von meinem eigenen Sohn?

Also segelten sie davon. Grimmig schrieb ich Briefe an meine verschiedenen Vertreter in den Ländern um Jeypur und teilte ihnen mit, daß ein kleiner, unerheblicher Krieg zu befürchten stand, der jedoch dem Handel schaden könne. Ich *wußte*, daß Cligus einen Konflikt mit dem Rat suchen, ihn ungehemmt beschimpfen und herausfordern würde, der Macht Orissas zu begegnen. Schließlich würde er auf dem Weg zur Tür wahrscheinlich eine oder zwei Statuen ihrer Lieblingsgötter umstoßen.

Zu meinem Erstaunen geschah nichts von alledem. Zugegebenermaßen half ihm das Glück, doch dient das Glück oft als Ausrede für einen Fehlschlag derer, die sich seiner nicht erfreuen durften. Als die Delegation kaum eine Woche in der Stadt weilte, erkrankten drei der regierenden Ratsherren und starben. Ihre Ersatzmänner zeigten sich der Vernunft weit zugänglicher, gefördert natürlich von einiger privater Bereicherung, und der angekündigte Zoll verflog wie Rauch in einem Tempel.

Bei seiner Rückkehr widmete man Cligus einen eigenen Feiertag, und sein Name wurde am Ende des Jahres laut im Großen Tempel verlesen, als Priester die Götter wissen ließen, welche Orissaner für einen Segen besonders geeignet seien.

Ja, ich erinnerte mich gut.

»Als wir in Jeypur eintrafen«, fuhr Kele fort, »war die Anwesenheit eines Antero Grund genug für die öffentlichen Ausrufer, sich die Lungen aus dem Leib zu schreien. Hermias und mich interessierten nur die Preise, die wir für die Karawanentiere würden zahlen müssen, da Hermias wußte, daß er mit dem fernen Norden Handel treiben wollte, und ich wartete darauf, daß er zurückkam, um diese gottverfluchten Sandbänke im Westen der Stadt neu zu kartieren, an denen ich vor Jahren um ein Haar auf Grund gelaufen wäre.

Wir nahmen Quartier, luden die Waren von meinem Schiff und fingen an, Millionen und Abermillionen Dinge für Hermias' Reise einzukaufen.

Am dritten Tag, ziemlich spät, als ich mit Hermias in seinem Quartier einen letzten Trunk nahm, klopfte der Wirt an die Tür und sagte, ein Mann wünsche uns zu sprechen.

›Um diese Uhrzeit‹, erklärte ich Hermias, ›können die Absichten dieses Mannes – wie die meisten Angelegenheiten hier in Jeypur – nur unehrenhaft sein ... oder blutig.‹

Hermias lachte. ›Bisher, liebste Kapitänin, hat dieser Reise noch das rechte Abenteuer gefehlt. Den einen oder anderen Wegelagerer könnten wir noch gebrauchen, um die Mär lebendiger zu gestalten, mit der wir heimkehren werden.‹ Er wies den Wirt an, unseren späten Besuch hereinzuführen und ihm zu bringen, was immer er trinken wolle.

Ich drehte meinen Stuhl herum, damit ich mit dem Rücken zum Schott saß und achtete darauf, daß meine Klinge in Reichweite war. Noch wußte Hermias nicht, daß es besser ist, Abenteuer zu erzählen, als sie zu erleben.

Der Mann, der eintrat, sah eher gewöhnlich aus. Er war unauffällig, wenn auch teuer gekleidet, und wirkte nüchtern. In einer Menschenmenge hätte ihn kaum jemand bemerkt, und wenn doch, hätte man ihn für einen Verweser oder vielleicht einen Angestellten des Hohen Rates gehalten. Er stellte sich als Pelvat vor.

Hermias fragte ihn nach seinem Metier, und der Mann warf ihm einen verschlagenen Blick zu und sagte: ›Vielleicht sollten Mylord mich als Erntehelfer betrachten. Andere nennen mich vielleicht einen Gärtner.‹

›Da wir nicht länger als eine Woche in Jeypur sein werden‹, sagte

Hermias, ›haben wir sicher keinen Bedarf an Gärtnern. Obwohl ich vermute, daß Ihr mit Euren Worten ein wenig ungenau wart.‹

›Ganz und gar nicht‹, sagte Pelvat. ›Ein Gärtner geht über sein Land und entscheidet, welche Pflanzen Blumen sind, die man wässern und pflegen sollte, und bei welchen es sich um Unkraut handelt, das gejätet und weggeworfen werden muß. Einen solchen hat man mich genannt, obwohl ich meist in der Stadt und unter Menschen arbeite.‹

›Ein Attentäter!‹ sagte ich, und fast hätte sich mir der Magen umgedreht.

Pelvat erwiderte nichts darauf, und auch seine Miene blieb dieselbe. Er schenkte mir keine Beachtung, denn schließlich war Hermias der Herr, dessen Obhut er suchte.

Hermias selbst holte tief Luft, und ich sah seinen angespannten Unterkiefer. ›Ich bin ein Antero‹, sagte er. ›Wir haben keine Verwendung für Mörder. Nicht jetzt, nicht später. Was um alles in der Welt bringt dich dazu, zu mir zu kommen?‹ Ich sah, wie der Mann errötete, als er merkte, wem er gegenübersaß, und daß diesem der Zorn in die Augen stieg. Pelvat erhob sich. ›Verzeiht, wenn ich Eure Lordschaft zu so später Stunde und wegen eines solchen ... Mißverständnisses gestört habe. Doch war es ganz naheliegend, da ein Verwandter von Euch vor einigen Jahren meine Dienste gern in Anspruch genommen hat. Er fand meine Sense scharf und genau.‹

›Wer?‹ wollte Hermias wissen.

›General Antero höchstpersönlich. Ihr glaubt doch nicht, daß diese Ratsherren, die so passenderweise krank wurden und trotz größter Bemühungen der Zauberer und Ärzte verstarben, nur unter dem Zorn der Götter zu leiden hatten, oder?

Ein geschickter Gärtner weiß nicht nur, die Blumen vom Unkraut zu trennen, sondern auch, wie man Pflanzen destilliert, um die Aufgabe der Verschönerung leichter und weniger – wollen wir sagen – offensichtlich zu machen.‹

Hermias wurde bleich vor Wut. ›Hinaus!‹ zischte er, und seine Hand fuhr zum Tisch, auf dem sein Dolch in der Scheide lag. Auch ich griff nach meiner Waffe.

Doch bestand dafür kein Grund. Pelvat verneigte sich kaum merklich und schlich in die Nacht hinaus. Wir haben von ihm nie mehr etwas gehört oder gesehen.

Noch im Morgengrauen waren Hermias und ich wach und redeten. Irgendwie, Herr, hatten wir das Gefühl, als hätte der Mörder die Wahrheit gesagt, zumindest so weit, wie er sie kannte.«

Sie beendete ihre Geschichte, wandte sich verlegen von mir ab. Es dauerte so manchen Augenblick, bis ich etwas sagen konnte. Schließlich kämpfte ich mich durch die schwere Brandung meiner Emotionen. »Kele, ein weiteres Mal hast du mir einen guten Dienst erwiesen, nicht nur als meine Dienerin, sondern auch als Freundin.«

»Das hoffe ich«, sagte sie, und ihre Miene wirkte sorgenvoll.

Es gab nichts mehr zu sagen. Wir trennten uns, und ich kehrte in meine Villa zurück. Ich ließ Quartervals sämtliche Verabredungen für den Tag absagen und zog mich in die Abgeschiedenheit meiner Studierstube zurück, wo ich stundenlang vor mich hin brütete.

Irgendwie machte die Verwendung von Gift das Verbrechen nur noch schlimmer. Ein Giftmischer ist jemand, der sich an der dunklen Macht des Todes weidet, in die nur er oder sie eingeweiht ist, jemand, der mit Vergnügen zusieht, wie sein Opfer sich krümmt und verendet.

Cligus, mein Sohn.

Am nächsten Tag erwachte ich bemerkenswert erfrischt ... freudig beinah. Im trüben Licht des Morgengrauens hatte ich mir den Prozeß gemacht, Beweise zusammengetragen und mich als schlechtester Vater in der Geschichte Orissas für schuldig befunden. Doch was geschehen war, war geschehen, und wenn man bedachte, daß ich ein Alter erreicht hatte, in dem man mehr Zeit vergeudet, als man noch Jahre zu leben hat, beschloß ich, daß es jetzt geraten sei, den festen Boden der Tat zu betreten.

Ich ließ Janela rufen, und als sie sich im Garten zu mir gesellte und auf dem alten Teppich, den mir die Diener stets auf dem Gras ausbreiteten, einen bequemen Platz an meiner Seite gefunden hatte, kam ich direkt auf den Punkt. Jeder, der mein sanftes Händlergesäusel kennt, weiß, wie wenig es mit mir zu tun hat. Doch hatte ich genug von den Duellen voller Geistesblitze. Ich wollte ehrliche Antworten auf ehrliche Fragen.

»Ihr habt mir gezeigt, daß Janos und ich getäuscht wurden«, sagte ich. »Jetzt sagt mir, woher Ihr sicher wißt, wie sich dieser Fehler korrigieren ließe. Inwiefern haben wir die Legenden von den Fernen Königreichen mißverstanden?«

Janela spürte meine angespannte Stimmung, und nach einem verwunderten Blick in meinen sorgenvollen Augen stieß sie direkt zum Kern der Sache vor.

»Ihr habt die Mythen keineswegs mißverstanden, edler Lord«, sagte sie. »Unseligerweise handelt es sich dabei – alt, wie sie sind – um Skelette, vergleicht man sie mit den Originalen, aus denen sie entstanden. Als Forscherin, das müßt Ihr wissen, hatte ich den Vorteil, in die Fußstapfen meines Großvaters treten zu können. Ich lernte, daß es zwei Arten von Mythen gibt. Die neuesten beginnen kurz nach der Gründung und der ersten Blüte Irayas. Wie Ihr wißt, wurden Irayas und ganz Vacaan auf den Ruinen der Großen Alten errichtet.«

Ich nickte. Greycloak hatte die Antworten auf das Geheimnis der Natur selbst in den weisen Büchern gesucht, welche jenes geheimnisvolle Volk hinterlassen hatte.

»Die anderen Mythen begannen, als das Zeitalter der Finsternis endete. Als – wie jedes Schulkind weiß – die Großen Alten vernichtet wurden.«

Auch ich hatte mich als Junge an Abenteuern ergötzt, die nicht meine eigenen waren, und meine Lieblingsgeschichten waren stets die Mythen vom Güldenen Volk gewesen, das angeblich einst über das Land geherrscht haben sollte. Wir seien Kinder, kaum Wilde, verglichen mit jenem weisen Volk, behaupteten die Erzähler. Alles Wissen stand ihnen zur Verfügung, alle Kunst, aller Gesang, kurz: alles, was Schönheit war und das Leben lebenswert machte. Tausend Jahre oder mehr zuvor, war großes Unglück über sie gekommen und die Großen Alten waren verschwunden und hatten nur ihre imposanten Ruinen zurückgelassen, uns zu beunruhigen und zu demütigen.

»Ich fand die erste Spur jener alten Mythen«, fuhr Janela fort, »als ich dem Ursprung meines eigenen Volkes nachspürte. Anfangs waren wir Nomaden, von mittlerweile vergessenen Feinden aus dem Land unserer Vorväter vertrieben. Als wir über die Ruinen der Großen Alten und ihre Schatzkammern des Wissens stolperten, war unser zukünftiger Ruhm gesichert. Auch wir hatten Geschichten von den Fernen Königreichen gehört, und einige glaubten vielleicht sogar, Vacaan sei einst dieser Ort gewesen. Dann begannen auch Menschen in anderen Ländern zu glauben, *wir* seien das sagenumwobene Volk, und da es unseren eigenen Zwecken diente, förderten wir die neuen Mythen. Dieses weckte die Furcht möglicher Feinde, erlaubte unseren Herrschern, uns vor üblem Einfluß zu schützen und – um ehrlich zu sein – gab es uns ein Gefühl der Überlegenheit gegenüber anderen.«

Diesen Charakterzug kannte ich. Gleich zu Beginn meines Aufenthaltes in Irayas war mir aufgefallen, daß die Menschen nur wenig Interesse an den Errungenschaften anderer hatten und glaubten, alles, was wir Barbaren zu tun vermochten, könnten sie selbst weit besser. Einer meiner Mitreisenden – Sergeant Maeen, glaube ich – hatte damals gesagt, die Menschen von Irayas trügen ihre Nasen so hoch, daß sie Gefahr liefen zu ertrinken, wenn es regnete. »Den ersten Widerspruch, der mir auffiel«, berichtete Janela, »fand ich in den alten Geschichten – aus der Zeit, noch bevor mein Volk dort eintraf – in denen behauptet wurde, das sagenumwobene Land liege auf der anderen Seite des östlichen Meeres. In diesen Geschichten nannte man sie ›Die Fernen Königreiche der Nacht‹. Danach suchte ich nach allen Legenden, die sich auf einen solchen Ort bezogen. Überall, wohin ich fuhr, suchte ich diese Mythen. In staubigen Wälzern, in Gewölben von Zauberern, selbst in den Lagern der Nomaden, in denen die Geschichten seit zahllosen Generationen in voller Länge weitergereicht wurden. Diese Mythen sind sich darin einig, daß die Großen Alten einen furchtbaren Krieg gegen einen unvorstellbar mächtigen und bösen Feind geführt haben. Die Überlebenden zogen sich über das östliche Meer zurück, wo sie nun auf ihre mögliche Rückkehr warten.«

Sie tätschelte ihren Beutel. »In einem dieser Lager fand ich das tanzende Mädchen«, sagte sie. »Nach der Hexe zu urteilen, von der ich sie erworben habe, gelangte das Amulett vor langer Zeit in den Besitz ihres Volkes, als dieses die letzte Karawane überfiel, die Handel mit den Königreichen der Nacht trieb.«

»Das *muß* sehr lange her sein«, sagte ich. »Es gibt nur wenige Kaufmannsmärchen, die ich nicht kenne, und noch nie habe ich von jemandem gehört, der diese Gewässer durchfahren hätte.«

»Einmal habe ich es versucht«, sagte Janela. »Doch wurde ich von unseren Küstenwächtern zurückgewiesen. Ohne die Verbindungen meiner Familie hätten sie mich sicher verurteilt und hingerichtet.«

Ich war zutiefst beeindruckt, nicht nur wegen ihres Mutes und der Tatkraft, sondern weil eine solche Reise gen Osten in ihrem Volk verboten war. Obwohl Vacaan nach dem höchsten Gott der Großen Alten benannt wurde, zeigte sich Janelas Volk doch höchst beunruhigt, wenn die Altvorderen erwähnt werden. Angst war sicher ein Teil des Grundes dafür. Aber ich glaube, es liegt eher daran, daß die Vacaaner den Vergleich mit einem derart mächtigen Volk nicht ertragen können.

Dennoch ehren sie die Großen Alten auf vielfältige Weise. Beispielsweise gibt es einen Gipfel jenseits der Stadt Irayas, auf dem stets der den Altvorderen heilige Wind wehte, ein Berg, auf dessen Hochebene finstere Ruinen der Großen Alten stehen. Wenn ein mächtiger Zauberer Vacaans stirbt, verbrennt man seine Leiche auf einem Scheiterhaufen zu Asche, damit der Wind seinen Rauch – seine Essenz – über das östliche Meer trägt, wo angeblich die Götter wohnen sollen. Dort oben hatte ich an Janos eine ebensolche Zeremonie vollzogen.

»Wußtet Ihr«, murmelte ich, »daß Janos glaubte, das Licht selbst besäße physische Eigenschaften? Daß es sich tatsächlich krümmt, wenn es der Rundung des Horizontes folgt?«

Oberflächlich betrachtet hatte meine Frage mit unserem Gespräch nichts zu tun. Doch augenblicklich ging sie auf meine Anspielung ein.

»Ja«, sagte sie. »Und das hat meine Phantasie beflügelt, als ich die letzten Zeilen Eures Buches las. Ihr habt die Vision beschrieben, die Ihr von der Faust der Götter hattet. Es war keine Vision. Ein Gaukelbild – gekrümmtes Licht – hat Euch jene Berge offenbart.«

Mit kaum verhohlener Erregung riß sie ihren großen Beutel auf. Aus diesem nahm sie eine verwitterte Karte und entrollte sie zwischen uns. Ich beugte mich vor, sah die Küste von Vacaan und dahinter das östliche Meer. Jenseits dieses Meeres lag eine Küste, und zahlreiche Bilder zeigten Berge, Flüsse und Wüsten. Im Inland – weiter, als sich die meisten vorzustellen wagen – erblickte ich die grobe Skizze eines faustförmigen Bergrückens. Darunter stand »Anteros Vision«.

»Ich begann diese Karte«, sagte Janela, »als ich meine Studien aufnahm. Hier hielt ich jeden Hinweis fest, den ich in den Mythen von den Fernen Königreichen der Nacht fand.« Sie lächelte trübe. »Wir Ihr an dem Durcheinander sehen könnt, das ich hier angerichtet habe, entpuppten sich viele dieser Hinweise als Fehlschlag.«

Ich stimmte in ihr Lachen ein. Die Oberfläche der Karte war an manchen Stellen verschmiert, wo sie ihre Fehler ausradiert hatte.

Dann sagte ich: »Wo fangen wir an?«

Ich hörte, wie Janela nach Luft schnappte.

»Ihr habt Euch entschieden!« jubelte sie.

»Ja«, sagte ich ausdruckslos und verbarg meine eigene Aufregung. »Ich komme mit Euch.«

Janelas Augen stahlten siegesgewiß. Doch tat sie es mir nach und zwang sich zur Ruhe. Mit einem schlanken Finger zeigte sie auf die Karte.

»Dort«, sagte sie. »Der Ausgangspunkt ist Irayas selbst!«

Ich ließ starke geistige Getränke bringen, um unseren Pakt zu besiegeln.

Als der Diener einschenkte, sagte sie: »Ich muß noch etwas fragen, auch wenn ich fürchte, es könnte Eure neugewonnene Entschlossenheit schwächen. Bitte, sagt mir, edler Lord, welcher Beweis hat Euch zu meinen Gunsten entscheiden lassen?«

Und ich antwortete: »Ach, warum schreiben wir es nicht einfach den Überredungskünsten zu, die Ihr von Eurem Großvater geerbt habt?«

»Das akzeptiere ich, Herr«, sagte sie. »Auch wenn Eure Antwort mehr Honig als Substanz hat.«

Damit hatte sie wohl recht. Mein Entschluß war auf den Ruinen meines Sohnes entstanden. Ich hatte bei Cligus versagt. Ebenso wie ich nach wie vor glaubte, bei Janos versagt zu haben. Doch schwor ich, denselben Fehler mit *dieser* Greycloak nicht zu machen.

Das war ich Janos schuldig.

Ich hob meinen Kelch zu einem Trinkspruch. »Diesmal«, sagte ich, »machen wir es richtig.«

Kapitel Drei

Der Wolf im Palast

Wenige Tage nach meinem Entschluß plagte mich ein seltsames Gefühl der Unruhe. Ich schlief schlecht, auch wenn ich nie mehr wirklich gut geschlafen hatte, seit Omerye tot war. Doch nun erwachte ich noch vor dem Morgengrauen voller Angst. Ich kam mir vor wie ein Junge, der für sein ungehöriges Betragen eine Strafe zu erwarten hatte.

Anfangs dachte ich, es sei nur eine vorgetäuschte Sorge, da ich meiner Familie noch nichts von meinen Plänen erzählt hatte. Dann dachte ich, vielleicht wäre ich inzwischen schon wie so viele alte Männer aus meinem Bekanntenkreis und ließe meinen Körper müßig dasitzen und seltsame Säfte hochkochen, wie das Öl der Bitterkeit, das düstere Gedanken fördert.

Ich nahm Übungen auf, nicht nur, um meinen Geist zu reinigen, sondern auch, weil ich natürlich nicht als der Tattergreis, der ich nun mal war, hinaus in die Wildnis schlurfen konnte. Ich erinnerte mich der soldatischen Aufbauübungen, die Janos seinerzeit bevorzugte, und übte morgens und abends. Nach dem Mittagsmahl schwamm ich eine Stunde lang im Gartenteich. Ich engagierte einen Fechtmeister und brachte mehrere Stunden wöchentlich taumelnd auf der Matte zu. Doch waren dies leichte Aufgaben, verglichen mit der drückendsten von allen. Jeden Morgen in der Dämmerung entkleidete ich mich – ob Regen oder Sonnenschein – bis auf ein Tuch um meine Lenden und lief, in Quartervals' Begleitung. Jeden Tag war er gelaufen – ob in Sommerhitze oder Winterstürmen – seit er in meinem Haus arbeitete, und ständig erzählte er davon, wieviel frischer er sich dadurch fühle. Ich war der Ansicht, er peinige sich, um schon in relativ jungen Jahren auf die unausweichlichen Schmerzen und Qualen des hohen Alters vorbereitet zu sein. Um die Wahrheit zu sagen, war ich nur kurze Zeit Quartervals' Begleiter, da ich schon bald zurückblieb, während er zum Berg Aephens und zurück lief, wobei er die vollen drei Wegstunden zum Berg hin rannte, dann die hohen Klippen hinauf und wieder hinunter.

Anfangs hatte ich kaum die Villa hinter mir gelassen, als ich schon auf die Knie sank, pfeifend wie eine gierige Hafenrobbe, der ein Fisch quer im Schlund steckt, doch jeden Tag stolperte ich ein Stückchen weiter. Es war ein echter Sieg, als ich eines Tages weit genug kam, um den Berg Aephens aus dem Morgennebel aufragen zu sehen.

Was meine Diät anging, so hatte diese niemals ein Problem dargestellt, da ich kein Fett angesetzt hatte, und nach Omeryes Tod waren Tafelfreuden ohnehin nichts mehr für mich.

Was mein Personal von all dem hielt, wußte ich nicht, aber dann machte ich den Fehler, Quartervals danach zu fragen.

»Nun, sie denken, Ihr wollt Euch stärken, um das Frauenzimmer hart genug durchrütteln zu können, damit sie sich noch den einen oder anderen Augenblick daran erinnert.«

Ich hatte niemandem erzählt, wer Janela wirklich war, und auch nicht, was wir planten – bis auf Quartervals und noch einem oder zwei weiteren – nur hatte ich vergessen, daß die Menschen sich ihre eigenen Geschichten ausdenken, wenn Fakten fehlen, und die anzüglichste von allen wird stets von den meisten geglaubt und breitet sich am schnellsten aus.

»Ich danke Euch, mein Freund«, knurrte ich. »Jetzt weiß ich, warum der Stamm, von dem ihr kommt, so *sehr* klein ist.«

Quartervals lachte hämisch, doch fühlte er sich nicht beleidigt. Es war bemerkenswert, daß er im Gegensatz zu den meisten Menschen, die stolz auf ihren Wahrheitssinn sind, so ungeheuer dickfellig sein konnte.

Zögernd berichtete ich Janela von dem Problem, da ich um ihren Ruf fürchtete. Ich hoffte, wir könnten uns eine Erklärung für ihre Anwesenheit ausdenken, die sich auf eine Region oberhalb der Geschlechtsteile bezog.

Sie lachte nur. »Was, Amalric, glaubt Ihr, haben die Leute jedesmal gesagt, wenn ich mich einem Lehrmeister unterworfen habe?« Sie hörte das Echo ihrer Worte und lachte erneut. »Ja, manchmal habe ich tatsächlich genau das getan, doch dann war es mein Entschluß, nicht der ihre.«

Ich sagte, ich sei erstaunt, daß sie so viele vernünftige und verständnisvolle Menschen gefunden habe, mit denen sie lernen und leben konnte. Ich selbst kannte allzu viele Meister, die glaubten, ihre Macht über die Dienerschaft schlösse selbstverständlich das Schlafzimmer mit ein.

»Nicht Verständnis«, sagte sie, »sondern Worte – manchmal magische, manchmal nicht – können das Denken eines Mannes ändern, falls er in einem solchen Augenblick tatsächlich *denken* sollte. Es hat mich immer überrascht, wie schnell sich ein harter

Hammer mit einem Scherz in einen schlappen Lappen verwandeln läßt.«

Ich erwiderte, sie müsse nicht die Königreiche suchen, um Reichtum zu erwerben, denn ich könne ihr ein Dutzend Haushalte in Orissa nennen, in denen die Mägde freudig einen Wochenlohn zahlen würden, um solche Worte zu lernen.

Sie lächelte und sagte, im Augenblick interessiere es sie nicht, was die Leute redeten, und daher könnten wir das Problem, soweit es sie beträfe, damit auf sich beruhen lassen.

»Wenn Ihr das ablehnen solltet, wäret Ihr der erste Mann mit grauem Bart, der etwas dagegen einzuwenden hätte, daß die Leute tuscheln, er hätte etwas unter seiner Tunika, mit dem sich eine junge Frau die Zeit vertreiben könne.«

Somit war *das* geklärt, und ich zog mich zurück, etwas überrascht, daß ich in meinem Alter noch erröten konnte. Janelas etwas unflätige Offenheit hätte selbst Janos zur Ehre gereicht.

Nichts von alledem änderte etwas an dem Gefühl der Furcht, das mich verfolgte. Ich fragte mich sogar, ob mein Verstand wohl langsam nachließ und ich bald schon einer dieser wirren Geister sein würde, die in den Parks herumsitzen, in der Sonne nicken und versuchen, sich an den Weg dorthin zurück zu erinnern, wo in Milch geweichtes Brot ihr zahnloses Vergnügen darstellte.

Dann erinnerte ich mich. Ich hatte dieses Gefühl schon einmal gehabt. Doch brachte mir das Wissen darum nur schwachen Trost, da ich mich außerdem erinnerte, wann und wo.

Es war, als Janos Greycloak die Fernen Königreiche suchte, das Land, das jetzt als Vacaan bekannt ist. Zauberer hatten nach uns gesucht, hatten sich aus verschiedenen Richtungen ins Zeug gelegt, uns zu finden und zu vernichten. Zuerst waren es die Archonten von Lycanth gewesen, und unwillkürlich spuckte ich bei dem Gedanken an sie aus, in der Hoffnung, daß ihre toten Seelen nach wie vor in den Armen eines Dämons schreien mochten. Weit schlimmer wurde diese Suche durch denjenigen, der die beiden Archonten lenkte. Prinz Raveline hieß der Zauberer, der Janos verleitet und ihm dann dabei geholfen hatte, sich selbst zu vernichten, der Höllenfürst, den ich mit Hilfe meines toten Bruders in jener finsteren Stadt oberhalb Irayas' erschlagen hatte.

Erneut fühlte ich mich *beobachtet*, oder besser gesagt *gesucht* von einem, der wie ein Jäger das Dickicht nach dem Hirschen durchforstet, der sich ganz sicher darin verbirgt. Von wem ich gesucht wurde, wußte ich nicht zu sagen. Doch irgendwie wußte ich, daß dieses Wesen, was immer es sein mochte, zu meiden wäre.

Also versuchte ich, nicht an ihn zu denken – dabei konnte ich nicht einmal sicher sein, ob es sich um einen er oder eine sie handelte – was dumm war, als wollte man einem ehrlichen Mann anbieten, man würde seine Manteltaschen mit Gold füllen, wenn er für die Länge eines Glases *nicht* an ein blaues Schwein dächte.

Glücklicherweise gab es anderes, um daß es sich zu kümmern galt, wobei die Fertigstellung der *Ibis* sicher Vorrang hatte. Darüber hinaus ließ ich zwei der Schiffe, die in Redond jenseits des Schmalen Meeres lagen, von einem schnellen Kurierboot rufen, um sie entsprechend meinen Anweisungen für eine Handelsexpedition vorbereiten zu lassen, und zwar in einer Gegend, in der schwere Stürme zu erwarten wären. Auf diese Weise hätten die Kapitäne keine Vorstellungen von meinen Absichten und wären dennoch bereit für eine Hochseefahrt und alles, was am Ende dieser Seereise warten mochte. Als sie fertig waren, wies ich sie an, abzulegen und draußen vor der Mündung des Flusses zu ankern, wo in den letzten zehn Jahren ein Hafen gewachsen war, und dort auf weitere Anweisungen zu warten.

Lieber noch hätte ich drei Schiffe wie die *Ibis* gehabt, doch soviel Zeit blieb uns nicht. Diese beiden, Schwesterschiffe mit Namen *Leuchtkäfer* und *Glühwurm*, waren Leichter mit einem Deck, kleiner als die *Ibis*, weniger handlich und luxuriös, doch so weit wie möglich Schiffe, die jedem Problem gewachsen waren, das ich mir vorstellen konnte.

Dies alles war höchst dringlich, doch während die Schiffe hin- und herfuhren, Amalrics Mumm schrumpfte und schrumpfte und seine Fähigkeit, von hier nach da zu traben, wuchs und wuchs … geriet etwas in Vergessenheit.

Was es war, entdeckte ich eines Abends kurz nach Sonnenuntergang. Frischer Wind wehte, eine Erinnerung an die Winterstürme mit kurzen Regenschauern, ein Abend, der einen Mann dankbar werden läßt, wenn er sein Heim aus der Finsternis aufragen sieht, die Fenster erleuchtet von einem Feuer, das jemand mitfühlend für ihn entzündet hat, und seine Gedanken zu warmem Branntwein, würzigem Truthahnbraten und vielleicht einer Decke um die Knie schweifen. Solcherart waren meine Gedanken, als ich mich in meinen Umhang wickelte, während Quartervals unsere Kutsche aus dem Herzen Orissas lenkte, wo ich einen anstrengenden Nachmittag in einem meiner Bankhäuser zugebracht hatte, um sicherzustellen, daß man dort unsere neue Wechselkurspolitik auch tatsächlich verstand.

Ich spürte, wie etwas meinen Nacken berührte. Nicht Sorge, nicht Furcht, sondern … eine Warnung vielleicht. Sie warnte nicht vor Gefahr, sondern gab mir eher das Gefühl eines Mannes, der ausgeritten ist und sich nicht erinnern kann, ob er seine Tür unverriegelt gelassen hat oder nicht, und deshalb umkehrt.

»Quartervals«, sagte ich. »Zur Werft. Ich möchte die *Ibis* sehen.«

Ich sagte ihm nicht genau, was ich fühlte, denn in neun von zehn Fällen kehrt der Mann zu seinem Haus zurück und stellt peinlich berührt fest, daß die Tür nicht nur sicher verriegelt, sondern der Bolzen vorgeschoben und dazu drinnen das Schnappschloß eingerastet ist.

Janela weilte sicher noch beim Schiff, da ich ihr zwei Tage zuvor gesagt hatte, welche Kajüte die ihre wäre, und gegen ihre nicht ganz ernstgemeinten Einwände hatte ich erklärt, sie könne diese einrichten, wie sie wolle, da sie auf unserer Reise lange Stunden darin würde verbringen müssen. Weiterhin solle sie bedenken, daß sie dort möglicherweise hohen Besuch zu empfangen hätte. Diese Anweisungen hatten einen ganzen Schwarm von Händlern, Anstreichern und Schiffsausrüstern auf den Plan gerufen, dazu ein eilig unterdrücktes Aufstöhnen meinerseits, als mir klar wurde, was die meisten Orissaner und nicht nur mein eigenes Personal vom lüsternen Amalric Antero denken mußten, der sein »Handelsschiff« in ein schwimmendes Schlafzimmer verwandelte, um seiner neuesten Obsession für die Frau mit dem kurzen schwarzen Haar und dem durchdringenden Blick zu frönen.

Doch fürchte ich, daß ich mir die Sorge anmerken ließ, als ich Quartervals bat, die Pferde in Trab zu bringen. Scharf sah Quartervals mich an, schlug die Zügel den Pferden an den Rücken und richtete seinen Schwertgurt, damit er die Klinge parat hatte. Schon wollte ich ihm sagen, *so* schlimm sei es nun auch wieder nicht, ich sei nur ein streitsüchtiger alter Mann.

Die Arbeiter waren fort, und die Werft lag verlassen da, als wir uns näherten. Ich murrte, da ich sah, daß der Laternenanzünder seine Pflichten vernachlässigt und die Fackeln entlang dem Anleger zu entfachen versäumt hatte. Doch brannten zwei Laternen an der Landungsbrücke des Schiffes, und ich sah ein weiteres Licht im Fenster von Janelas Kajüte. Alles wirkte friedlich.

Um so mehr fühlte ich mich wie ein Narr, als ich aus der Kutsche stieg und zum Schiff ging. Quartervals warf mir einen skeptischen Blick zu, doch folgte er mir.

Kaum hatten wir das Tor durchschritten, da hörte ich einen Schrei von der *Ibis* her, den wütenden, überraschten Schrei einer Frau.

»Janela!« sagte ich, doch Quartervals rannte schon, riß dabei sein Schwert aus der Scheide. Ich lief ihm nach, so schnell ich konnte, und verfluchte mich, daß ich ein so feister, fauler Trottel war.

Quartervals lief die leichte Anhöhe zum Kai hinauf, da sprangen zwei Männer hinter einigen Ballen Ladung hervor und machten sich über ihn her. Ich sah Stahl blitzen, als Quartervals auf den einen einhieb, und er schrie wütend, doch der zweite traf ihn mit einem Knüppel und schickte meine Leibwache taumelnd vom Kai ins Wasser hinab.

Dann wandte sich der Mann mir zu, den Knüppel hoch erhoben, während ich keuchend näher kam. Früher einmal, als ich noch ein Haudegen war, hätte ich ihn beim Kragen gepackt und ihm wie einem tollen Hahn den Hals verrenkt, doch nun nicht mehr, nicht mit all den Jahren auf dem Buckel. Mir blieb nur Zeit, meinen Umhang abzunehmen und ihn wie ein Fledermausnetz auf Hüfthöhe herumzuschleudern. Den Göttern sei Dank, daß die Wolle schwer und naß genug war, den Kerl stolpernd zur Seite abzudrängen, daß er um sein Gleichgewicht kämpfte, dann auf ein Knie fiel.

Bevor er sich wieder fangen konnte, sah ich eine lange Stange, eine Art Werkzeug, und griff danach. Am einen Ende hatte sie eine schwere Kugel, und ich schwang sie, so wild ich konnte. Das Gewicht traf meinen Angreifer am Kopf und warf ihn um. Reglos lag er da, doch mußte ich sichergehen und trat ihm hart an die Gurgel.

Ich fühlte mein Herz hart an den Brustkorb schlagen, als wollte es sich einen Weg in die Freiheit bahnen. Nicht weit entfernt lag die Leiche eines Mannes, des Laternenanzünders – niedergestreckt, bevor er seine Pflicht erfüllen konnte, damit die Finstermänner den Vorteil der Dunkelheit nutzen konnten. Ich hielt die Stange in Händen, mit welcher er die Dockslaternen entzündete, ein langer Stock mit einer schweren Kugel von geteertem Zwirn am Ende.

An Deck der *Ibis* sah ich Gestalten, und wieder schrie Janela wütend auf. Ich rannte, stolperte im Grunde den Kai hinab, Hanswurst mit einem Streichholz bewaffnet.

Im Vorüberlaufen bemerkte ich, wie Quartervals einen Poller erreichte und mühsam versuchte, sich aus dem Wasser zu ziehen.

Die *Ibis* war neben mir, ihr Deck und das Schanzkleid nicht höher als der Anleger.

Auf dem Schiff befanden sich vier ringende Gestalten. Eine davon war Janela, und ich sah den Schimmer ihres Dolches, als sie auf einen Angreifer einhieb. Die anderen drei trugen Schwerter und dunkle Kleidung. Hilflos stand ich da, versuchte, zu entscheiden, was ich tun konnte. Dann nahm ich staunend wahr, wie Janela sich verteidigte.

Niemals ... *niemals* zuvor hatte ich jemanden auf diese Weise kämpfen sehen, und ich war – zu Demonstrationszwecken oder auch zur praktischen Anwendung – Zeuge Tausender von Möglichkeiten gewesen. Wahrscheinlich ist es am besten zu verstehen, wenn ich beschreibe, was ich sah, und nicht versuche, es zu erklären. Ein Mann machte sich über Janela her, doch schon als er sein Handgelenk für den Hieb spannte, hatte Janela seine Deckung durchbrochen, und ich hörte einen Schrei. Ein zweiter Mann hob sein Schwert – eine mächtige Klinge, die beidhändig zu halten war – über den Kopf, doch als er zuschlug, trat Janela zur Seite, und die Klinge drang ins hölzerne Deck und blieb dort stecken. Bevor er sie befreien konnte, hatte Janela ihm schon den Dolch in die Brust getrieben.

Der dritte Mann zielte auf ihren Rücken, doch wiederum war sie nicht da und somit nicht zu treffen. Doch hatte sie so schnell sein müssen, daß ihre Waffe noch in der Brust des zweiten Mannes steckte, als dieser rückwärts taumelte.

Nun war Janela unbewaffnet, und der erste Mann schlug zu. Seine Attacke durchschnitt nur Luft.

Es war, als könne sie voraussehen, was ihre Angreifer tun würden, und ginge entsprechend vor. Doch trotz dieser erstaunlichen Fähigkeiten saß sie nun in der Falle und sah sich mit leeren Händen zwei bewaffneten Männern gegenüber.

All das nahm ich in mich auf, als ich keuchend die Landungsbrücke hinauflief, und mit einem dröhnenden Rauschen in den Ohren betrachtete ich die Szenerie wie aus dem Inneren einer Höhle.

Ich war geistesgegenwärtig genug, die Stange des Lampenanzünders an eine der Laternen zu halten, und sie flammte auf. Das Licht ließ einen der Männer herumfahren. Er rief etwas und stürzte sich auf mich. Ich war zwar alt und spürte meine Jahre, doch niemand mit einem Drei-Fuß-Speer – denn als solches verwendete der Mann sein Schwert – kann erfolgreich einen anderen durchbohren, der eine Zehn-Fuß-Lanze bei sich trägt.

Ich stieß ihm den brennenden Teerball ins Gesicht, als er mich angriff, und er heulte gequält auf und taumelte rückwärts, als seine langen Locken Feuer fingen.

Der letzte Mann sah seinen Kameraden sterben und merkte, daß Janela das Schwert ihres Angreifers aus dem Deck riß und ihm mit der mächtigen Klinge so leichtfüßig entgegenstürmte, als hielte sie nur ihren Dolch. Nun war er an der Reihe, vor Angst zu schreien, und er rannte zur Reling, wollte hinüber zum Anleger springen.

Dort jedoch wartete – mit einem langen Holzscheit in der Hand – Quartervals. Der Halunke saß fest. Er drehte sich um, und schon war Janela da. Ich sah, daß er ein ausgebildeter Schwertkämpfer war, denn trotz seiner Angst nahm er die Deckung auf und stieß zu. Und wieder waren weder sie noch ihr Schwert da ... doch anderthalb Fuß Stahl ragten aus den Schulterblättern des Burschen auf, er gurgelte Blut hervor und war tot.

Quartervals sprang an Deck, und sein Gesicht war eine Miene des Zornes und der Schande über sein Versagen, mich zu schützen. Er öffnete den Mund, doch hieß ich ihn schweigen.

»Janela! Bist du verletzt?«

»Nein. Nein«, brachte sie hervor. »Die Schweinehunde haben mich überrascht, als sie in die Kabine stürzten. Aber ich bin nicht zu Schaden gekommen.« Sie sah sich an Deck um. »Drei Mann hoch.«

»Zwei weitere standen vorn am Anleger Wache«, sagte ich. »Quartervals hat einen getötet, und ich habe den anderen erwischt.«

Janela nickte mit bebender Brust, als sie wieder zu Atem kam. Ich merkte, daß ich noch immer die Fackel des Lampenanzünders hielt, und warf sie über Bord. Sie zischte, als sie ins Wasser fiel.

»Eine große Bande für so schnöde Beute«, sagte sie. »Nur der erste hätte seine Freude an mir gehabt.« Sie lächelte angespannt und freudlos. »Und in meiner Börse ist nur wenig Gold.«

»Nein«, sagte ich. »Ich glaube nicht, daß es Diebe waren.«

Sowohl Quartervals als auch Janela sahen mich an.

»Diebe, Schänder, Mörder ... das sind Feiglinge«, erklärte ich. »Noch nie habe ich gesehen, daß solche Gestalten aufrecht kämpfen, nur wenn man sie stellt, und dann zeigen sie die Wildheit eines Tiers, das in die Ecke getrieben wurde. Diese Männer sind nicht zurückgewichen. Im Grunde hätten sie fliehen sollen, sobald sie Quartervals und mich sahen.«

Quartervals nickte. »Noch nie habe ich von Räubern gehört, die willig zurücktreten und Wache stehen, wenn die anderen ... Gold gefunden haben«, sagte er unangenehm berührt, da er nicht sagen wollte, was sie Janela zugedacht hatten.

Janela lächelte. »Lord Antero«, sagte sie und befleißigte sich in Quartervals' Gegenwart einer förmlichen Anrede, »ich weiß, Ihr haltet Euch für alt und hilflos. Dennoch kamt Ihr stolz wie ein Krieger den Anleger herab.«

Ich murmelte etwas vor mich hin. Schon als Junge hatte ich Lob nicht anzunehmen gewußt, und noch immer habe ich diese Lektion nicht gelernt, auch wenn ich zugeben muß, daß mein Auftritt mich selbst erstaunt hatte.

Um das Thema zu wechseln, trat ich zu einer der Leichen, dem Mann, den Janela erdolcht hatte. Er lag auf dem Bauch und trug billige, grobe Kleidung und eine Mütze wie jeder beliebige Schläger aus dem Armenviertel der Stadt.

»Ich gehe die Wache holen, Lord Antero«, sagte Quartervals.

»Warte einen Augenblick.« Mit der Fußspitze drehte ich die Leiche um und fluchte. Auch von Janela war ein überraschter Ausruf zu hören.

Um den Hals des Mannes lag ein schwerer Ring aus purem Gold, mit Juwelen besetzt. Er glitzerte im Licht der Laterne.

»Das ist keine Beute«, sagte Janela. »Seht Euch dieses Hemd an.« Zarte grüne Seide umschimmerte den Halsring, zeigte sich nun, da die grobe Verkleidung zur Seite gefallen war.

Halsring und Seide waren mir keine Überraschung gewesen. Ich hatte den Mann erkannt.

Und ich wußte, daß die Probleme dieser Nacht eben erst begonnen hatten.

»Lord Palic, ja?« sagte der Sergeant der Wache. »Es überrascht mich nicht, ihn in seinem eigenen Blut zu sehen. Lord Antero, Ihr und Euer Diener Quartervals habt Orissa einen wahren Dienst erwiesen. Vielleicht sehen ein paar von seinen Freunden, die durch die Straßen torkeln und denken, sie stehen über den Gesetzen, nun endlich, wohin all das Nasenschlitzen und die Schlägereien führen. Aber das ist wohl nur eine Hoffnung und eine schwache dazu. Die da gehören zu denen, die es niemals lernen.«

Er wandte sich seinen Männern zu. »Bringt ihn und die anderen fort, Männer«, sagte er. »Ich schicke jemanden zu seiner Familie, damit man sich darum kümmern kann, welcher Priester dafür Gold kassiert, daß er sich die Nase zuhält und beim Begräbnis sein Sprüchlein aufsagt.«

Der Sergeant zog ein Stück Tuch über das Gesicht des verblichenen Palic und erhob sich, während die Wachmänner die Leiche auf eine Bahre zerrten und sie von der *Ibis* dorthin trugen, wo bereits die Überreste seiner vier Häscher lagen.

»Wollt Ihr Schadenersatz fordern, Lord?«

»Nein, will ich nicht.«

»Sir, ich möchte Eure Aussage heute nacht nicht aufnehmen. Vielleicht denkt Ihr im Laufe des Tages noch einmal darüber nach. Lord Palics Familie wurde seinetwegen wiederholt gewarnt, auch von mir selbst, aber sie wollten nicht hören und sagten, der Junge sei nur selbstverliebt und hätte eben gern seinen Spaß. ›Junge‹ haben sie ihn genannt, und er ist schon fast dreißig.« Der Sergeant schien ausspucken zu wollen, erinnerte sich daran, wer ich war, und schluckte angestrengt. »Er hat noch zwei Brüder, die sich alle Mühe geben, es ihm nachzutun, und vielleicht – wenn Ihr die Sache verfolgt und Hand an etwas legt, was denen lieb und teuer ist, nämlich ihre Schatztruhe – könnten sie es sich möglicherweise anders überlegen.«

»Ich meine, was ich sage, Sergeant.«

»Also schön, Lord Antero. Aber ich glaube ... ach, ist auch egal, was ich glaube.« Einen Moment lang schwieg er. »Ich dachte nur, Lord Palic könnte seinen Lebenswandel geändert haben, da wir seit einem Jahr oder anderthalb nichts mehr von seinen Auftritten gehört haben, die in seinen Augen sicher Abenteuer waren. Was bin ich nur für ein blauäugiger Ochse. Gute Nacht, Lord. Meine Dame.« Und er schritt über die Landungsbrücke seinen Männern nach.

Neugierig sah Janela mich an. Ich wartete, bis der Sergeant und sein Trupp gegangen waren, dann winkte ich Quartervals und sie in die Kajüte, wo kein Fremder meine Worte belauschen konnte.

Palic war tatsächlich eine rechte Landplage gewesen. Seine Familie war älter als die meine, nicht Kaufleute, sondern Gutsbesitzer. Mehrere Ratsherren waren im Laufe der Zeit aus ihren Reihen gekommen. Palic war ohne Sorge um Geld oder Leben aufgewachsen. Er und seine Freunde, etwa fünfzehn an der Zahl, liebten es, des nachts durch die Straßen zu schleichen und sich mit denen zu amüsieren, die ihnen über den Weg liefen. Nasenschlitzen war nur eine ihrer Vergnügungen. Weitere, von denen ich gehört hatte, reichten von eher unschuldigen Streichen wie dem Einkreisen eines Passanten mit gezückten Schwertern, den man mit dem Ruf »Ihr wagt es, einem Edelmann den Rücken zuzuwenden?« so lange in den Hintern stach, bis er kreiselnd dem Wahnsinn anheimfiel ... bis hin zu dem »Sport«, Opfer in Fässer zu nageln, diese in den Hafen zu rollen und zu wetten, ob die Insassen sich würden befreien können, bevor sie ertranken. Palic gehörte zu dem, was meine Zeitgenossen die ›Gräßliche Generation‹ nannten, obwohl ich sie daran erinnern mußte, daß er nicht viel übler war als einige der reichen Herumtreiber, mit denen wir aufgewachsen waren. Deren Bosheit war entweder abgeklungen, man hatte sie tot in einer Gasse aufgefunden, oder sie hatten als heiliges Opfer beim Kuß der Steine geendet.

Ich wußte mehr über diesen Mann als der Sergeant. Sein Benehmen hatte sich nicht wirklich gewandelt, sondern er hatte einen Förderer für seine Missetaten gefunden. Hätte er nicht der Nobilität angehört, hätte man gesagt, er sei »in Diensten von« gewesen, doch natürlich nahm niemand von so hohem Rang jemals »Arbeit« an.

Statt dessen war Palic der »Karrierebegleiter« eines unserer neuesten und am rasantesten aufgestiegenen Ratsherren gewesen, eines Mannes namens Senac. Ich hatte gehört, Palic sei derart von seinem Mentor fasziniert, daß er nur noch dessen Befehlen folgte.

Daher schlug ich vor, noch am selben Abend Lord Senac einen Besuch abzustatten, um in Erfahrung zu bringen, welchen Auftrag, falls es tatsächlich einen solchen gegeben habe, Palic an Bord der *Ibis* auszuführen hatte.

Janela runzelte die Stirn. »Von diesem Senac habe ich noch nie gehört, Amalric. Gibt es einen Grund, wieso er uns feindlich gesonnen sein könnte?«

»Ich wüßte keinen. Was genau der Grund ist, warum ich mit ihm sprechen möchte.«

Quartervals sah mich an. Ich nickte ... er könne vor Janela offen sprechen.

»Seid Ihr sicher, daß Ihr nicht Nebel am Berg seht und daraus auf einen Sturm schließt, Lord Amalric? Vielleicht hatte der Sergeant recht, und Palic spielte nur verrückt.«

Ich schüttelte den Kopf; ich wußte nicht, warum ich mir so sicher war, aber genauso war es.

»Es könnte«, sagte Janela, »eine Möglichkeit geben, eine Bestätigung für unsere Annahmen zu finden.«

Sie zückte ihren Dolch und ging hinaus.

Quartervals schloß die Tür hinter ihr sorgfältig. »Herr«, sagte er, »ich habe heute abend versagt. Ich glaube, ich sollte eine andere Möglichkeit finden, meine Schuld bei Euch zu begleichen, als Euer Leibwächter zu sein. Ein Narr, der wie ich in eine Falle tappt, hat ebensowenig Recht, ein Schwert zu tragen, wie einem Priester das Recht zusteht, eine Blutschuld einzuklagen.«

»Halt den Mund«, fuhr ich ihn an. »Auch ich habe nicht gemerkt, daß etwas verdächtig war.«

»Aber ...«

»Die Frage steht nicht zur Diskussion. Wenn du deine zahlreichen Sünden wiedergutmachen willst, lüg mich einfach das nächste Mal an, wenn ich dich wieder um deine Meinung bitte.«

Quartervals zischte unwillig, doch fügte er sich meiner Weisung. Ich sagte ihm nicht, daß er nicht der einzige war, der sich wie ein verdammter Narr benommen hatte. Ich selbst hatte mich im vollen Bewußtsein dessen auf Janelas Plan eingelassen, daß uns Gefahr drohte, doch war mir entfallen, daß eine solche Seereise vom selben Augenblick an ein Wagnis ist, in dem sie beschlossen wird, und trotzdem war ich – von meiner scharfen Zunge abgesehen – unbewaffnet geblieben. Ein Schwert hätte ich wohl nicht wieder anlegen sollen, das hätte nur noch mehr Gerede verursacht, aber sicher hätte ich eines in meiner Kutsche verstecken und mehr als nur einen

Leibwächter bei mir haben sollen. Mir fiel etwas ein, was Janos gesagt hatte, vor langer Zeit bei einem Waffenschmied, als wir uns auf unsere Reise vorbereiteten.

Ich hatte ein Schwert gekauft, und er mir einen Dolch gereicht, mit den Worten: »Damit kannst du dir Unterholz, Kadaver oder Diebe vornehmen, und du kannst es immer bei dir tragen. Das Schwert wird unbequem werden, und gerade, wenn du es am dringendsten bräuchtest, wird dir einfallen, daß du es am Sattel oder am Lagerfeuer zurückgelassen hast. Dieser Dolch kann deine Rettung sein.«

Dafür konnte ich sorgen, und von nun an würde Janela Wachen um sich haben und ich nicht mehr vor die Tür gehen, wenn nicht neben Quartervals noch zwei Mann in meiner Begleitung wären. Außerdem wollte ich dafür sorgen, daß unsere Villa bei Tag und bei Nacht ordentlich bewacht wurde.

Janela kam zurück; sie trug ihren Dolch ausgestreckt vor sich wie eine Priesterin, die vom Opfer heimkehrt. An der entblößten Klinge klebte dunkle, geronnene Flüssigkeit.

»Das Blut wird sprechen«, sagte sie, trat an ihre Tasche und begann, darin herumzusuchen. Quartervals sah mich an.

»Lord Antero, ich warte draußen«, und bevor ich etwas sagen konnte, war er schon fort.

»Wieder einer, der sich an der Zauberei stößt«, sagte Janela, als sie einen kleinen Beutel voller Fläschchen herausnahm.

Sie klappte die Beine eines kleinen Pfännchens auseinander und streute Gewürze aus einem der Fläschchen darüber. »Gelbwurz ... Myrrhe ... Silberweide ...«

Sie kratzte das trocknende Blut von der Klinge ihres Dolches, daß es auf die nackten Planken rieselte.

»Euren Schiffszimmerern wird es nicht gefallen«, sagte sie, »aber Stahl gibt dem kahlen Kreidestrich erst seinen rechten Biß. Außerdem wurden bestimmte Worte über diese Klinge gesprochen, um ihr in solchen Situationen Kraft zu verleihen.«

Sie ritzte zwei Halbmonde ins Deck und einen Kreis um das Blut, und ich sah, daß es ein Auge sein sollte. Darüber, darunter und zu beiden Seiten wurden vier Figuren eingeritzt, Buchstaben oder Worte in einer Schrift, die ich nicht kannte. Sie hielt ihre Finger über die Pfanne und flüsterte Worte, die ich nicht verstehen konnte. Rauch wehte auf, und ich roch die Kräuter, bis ihr Duft den Raum erfüllte. Dann sang sie:

»Blut kann sehen
Blut kann sagen
Der Mann ist fort
Geheimes liegt bloß.«

Dreimal sagte sie es, und über dem Pfännchen bildete sich ein Schimmer zwischen den nah beieinander liegenden Rauchsäulen, und es war, als spähten wir durch ein Guckloch in eine luxuriöse Kammer. Ein Mann stand dort vor uns, lief redend auf und ab, und ich blinzelte, versuchte auszumachen, wer es war.

»Ich will es nicht größer machen, weil ich fürchte...«, und während Janela noch sprach, erkannte ich den Mann. Es war Lord Senac. Dann folgte ein Blitzen, doch nicht von Licht, sondern von Dunkelheit wie eine Nachtwolke, die sich über der Pfanne bildete, und Janela nahm noch ein Fläschchen und sprenkelte Kräuter. Ich roch etwas Fauliges, dann den süßen Duft eines herbstlichen Waldes, und die Kugel aus Finsternis, aus Nacht, verschwand.

Verwirrt sah ich Janela an.

»Dieser Mann...«, begann sie.

»Es war Lord Senac«, unterbrach ich. »Der Mann, für den Palic arbeitete.«

»Ich wollte mit Hilfe von Palics Blut rückwärts durch die Zeit reisen, um nachzusehen, ob ich seine letzten Stunden nachvollziehen konnte«, sagte sie. »Und dann kam dieser... Fluch. Ich weiß nicht genau, was er bedeutet. Hätte ich diese Beschwörung benutzt, um einen Zauberer auszuspionieren, wäre ich jetzt sicher, daß man mich entdeckt hätte, was der Grund ist, warum ich Eichenrindenpulver in die Pfanne gestreut habe, um den Kontakt zu unterbrechen. Aber Lord Senac ist doch kein Geisterseher, oder?«

»Ich habe nie gehört, daß er etwas mit der Zauberei zu tun hätte«, sagte ich. »Das ist eine weitere Frage, die wir ihm stellen sollten.«

Janela begann, ihre Pulver zu verstauen. Als sie fertig war, schloß sie die Tasche und sah mich mit sorgenvoller Miene an.

»Wir müssen umsichtig vorgehen, Amalric. Ich spüre, daß dieser Pfad sich windet, seit wir ihn betreten haben.«

Lord Senac war der Erbe einer der ältesten Adelsfamilien Orissas. Seine Familie hatte schwere Zeiten durchgemacht und war vor einigen Generationen sogar gezwungen gewesen, aus der Stadt zu ziehen, um auf einem der wenigen noch nicht verkauften Güter zu leben. Dieses lag weit südöstlich der Stadt auf Grund und Boden, der sich nur zur Viehhaltung eignete. Ihr Herrenhaus in Orissa hatten sie nicht veräußert, doch hatte es verlassen dagelegen und Eulen und Ratten als Schlupfwinkel gedient. In meinen Kinderjahren war das düstere, abgelegene Anwesen einer meiner liebsten Spielplätze gewesen. Wir hatten am dunklen Teich unter alten Bäumen gesessen und einander Gespenstergeschichten erzählt. Immer wieder kämpften wir gegen Lycanther und Barbaren oder forderten kleinere Jungen heraus, bei Nacht mit nur einem Kerzenstumpen bewaffnet dorthin zu gehen.

Vor etwa zwanzig Jahren war in aller Stille verkündet worden – wie alle großen Familien von der Geburt bis zum Tod stets alles verkündeten – daß die Senacs das Glück gehabt hatten, auf ihrem Grund und Boden Gold zu finden. Dieser guten Nachricht folgte eine weitere: Ihr jüngster Erbe hatte erfolgreich eine Sorte Vieh gezüchtet, welche die Zähigkeit von Kamelen besaß und dennoch genügend Milch gab und vorzüglich schmeckte. Viehzüchter pilgerten zu ihnen und zahlten saftige Gebühren, um ihre Jungkühe mit den Bullen der Senacs zu paaren. Auch ich schickte ihnen einige Tiere und stellte angenehm überrascht fest, daß die Behauptungen sehr wohl zutrafen. Auf diesem Wege war ich in der Lage, eigene Ländereien zu nutzen, die ich für unfruchtbar gehalten hatte.

Der Reichtum der Senacs wurde wiederhergestellt und das Familienhaus in Orissa neu aufgebaut. Nur feinster Marmor und steinerne Intarsien fanden Verwendung, und mit exotischsten Pflanzen und Bäumen formte man Parks und Irrgärten. Das Anwesen wurde mit Dornenbäumen aus der Wüste eingefaßt, so daß nachts keine kleinen Jungen mehr hineinschlichen. Ich bezweifle, daß es überhaupt noch jemand gewagt hätte, da man sich Geschichten erzählte, Lord Senac habe Geisterseher eingestellt, die das Grundstück mit einem Wachzauber belegten. Er besaß keine menschlichen Wachen, nicht einmal Hunde, und führte ein ausgesprochen schlichtes Leben mit nur einer Handvoll Dienern.

Als alles fertig war, zog Lord Senac ein. Er gab kleinere Gesellschaften und vier große Feste im Jahr, jeweils zu Beginn der neuen Jahreszeit, und die Einladungen dazu waren heiß begehrt, da nur die oberste Schicht der orissanischen Gesellschaft geladen wurde. Jedoch war Lord Senac kein Laffe. Die Oberschicht schloß in seinen Augen Kaufleute und Soldaten ebenso ein wie Geisterseher und Ratsherren. Es schien, als wäre jeder, den zu kennen es lohnte, dort, vorausgesetzt natürlich, er erfreute sich der entsprechenden Empfehlungen. Senac hatte keine Zeit für den letzten Schrei in bildender Kunst, Musik oder sonstigem und verabscheute zutiefst jeden, der in seinem Denken radikal war. Tatsächlich wurde Lord Senac zum Sprecher jener Orissaner, die ständig das Wiederaufleben besserer Tage, besserer Zeiten herbeiwünschten, in denen man sicher gewesen war und ein götterfürchtiger Mann zur Welt kommen, leben und sterben konnte, ohne sich jemals darum sorgen zu müssen, was wohl als nächstes geschehen mochte.

Nie war er so reaktionär, daß er eine Rückkehr zur Sklaverei gefordert hätte, obwohl man ihn hatte sagen hören, daß Institutionen, die Jahrhunderte überleben konnten, sicher irgendeinen Vorteil haben *müßten*.

Derlei Ansichten werden wohl stets populär bleiben, und innerhalb weniger Jahre ernannte man Lord Senac zum Ratsmitglied. Dabei war es kein Hindernis, daß er schlank, jung, gutaussehend und für seinen stillen Witz und seine intelligente Konversation bekannt war.

Bei drei oder vier Gelegenheiten hatten wir zusammen gegessen, obwohl er um meine Ansichten bezüglich der Sklaverei gewußt haben muß. Ich fand ihn höchst charmant, stellte jedoch fest, daß sein Ruf als geistreicher Gesprächspartner auf dem Umstand beruhte, daß er ein ausgezeichneter Zuhörer war, was gewiß eine Möglichkeit darstellte, gesellschaftlichen Erfolg zu haben. Da auch ich lieber zuhöre, als meine Ansichten den Göttern zu verkünden, waren unsere Begegnungen in gewisser Weise nicht eben funkensprühend. Politisch hatten er und ich nie Grund gehabt, die Schwerter zu kreuzen, selbst wenn unsere Ansichten recht gegensätzlich waren.

Nun fragte ich mich, was seine Einmischung in dieser Angelegenheit bedeutete, und war entschlossen, es umgehend herauszubringen.

Ich fügte mich Janelas Rat, obwohl ich ohnehin nicht geplant hatte, wie eine blauäugig lächelnde Maid auf seinem Grund und Boden aufzutauchen. Wir fuhren zu meinem Haus, und ich weckte vier gute Männer – Yakar, Maha, Chons und Otavi – und bewaffnete sie gut. Yakar und Chons waren Gärtner, Maha ein Küchenhelfer und Otavi – wie sein Vater J'an – mein oberster Stallknecht.

Zufällig war J'an einer der Burschen gewesen, die unerschütterlich neben mir gestanden hatten, als der Pöbel unter dem Einfluß der Zauberkünste Irayas' glaubte, er könne die Anteros vernichten. Otavi hatte sicher den doppelten Umfang seines Vaters, eines Mannes, der bequem eine Schlachteraxt als Lieblingswaffe geschwungen hatte und ein höchst einsilbiger Mensch gewesen war. Mir fiel auf, daß er seinem Sohn nicht nur die Schweigsamkeit vererbt hatte, da sich Otavi auf eine riesige Axt stützte, mit der wir üblicherweise Rinderkadaver spalteten, wenn wir sie für die Küche geschlachtet hatten.

Als sie sich bereit machten, nahm Janela mich zur Seite. »Als mein Zauber gebrochen wurde«, sagte sie, »könnte diese Kugel von Finsternis der Beginn eines Gegenzaubers gewesen sein. Ich frage mich, ob ich mir die Zeit nehmen sollte, dem Ganter einen Happen hinzuwerfen.«

»Du erwartest wirklich Zauberkräfte?«

Ihre Augen bekamen einen harten Glanz, der mich an Janos erinnerte, wenn er dachte, jemand oder etwas wolle sich zwischen ihn und die Fernen Königreiche stellen.

»Ich erwarte alles, und ich erwarte nichts«, sagte sie knapp. »Nur bereite ich mich auf alles vor.« Sie bat, ein Diener möge sie in die Küche führen und ihren Anweisungen folgen. Als die Männer ausgerüstet waren, kehrte sie zurück und trug ihre Tasche und einen kleinen Beutel aus Öltuch bei sich.

»Würdet Ihr Eure Männer bitten, sich nebeneinander aufzustellen«, bat sie höflich. »Ich brauche von jedem etwas Speichel.«

Sie alle fügten sich, wenn auch nur widerstrebend, da niemand gern etwas von sich in die Hände eines Zauberers gibt ... alle bis auf Yakar. Störrisch schüttelte er den Kopf, preßte die Lippen aufeinander und sagte nur: »Damit will ich nichts zu tun haben.«

Otavi zog eine finstere Miene und fragte, ob ich einen anderen Diener rufen wolle.

Bevor ich antworten konnte, sagte Janela: »Kein Mensch sollte gezwungen werden, etwas gegen seinen Willen zu tun. Wenn er es doch tut, würden die Vorteile, die eine Beschwörung bringt, nur negiert oder geschwächt.«

Yakar wirkte zutiefst beruhigt. Janela nahm einen Zauberstab aus der Tasche an ihrem Gürtel und berührte mit diesem das Tuch, an dem die Spucke war, dann holte sie zwei runde Spiegel hervor und berührte beide mit dem Stab.

»Soviel zum Unsichtbaren. Jetzt zum Sichtbaren«, sagte Janela und ging in die Waffenkammer.

Sie betrachtete die Waffenregale mit der entspannten Ruhe einer Expertin, dann wählte sie ein schmales Schwert, fast schon ein Rapier, nur mit scharfer Klinge und verziertem Heft und Stichblatt. Ich fand ein Lieblingsschwert aus alten Zeiten, ein gewelltes Breitschwert mit schlichtem Stichblatt, das für die Schlacht gedacht war, nicht als Ausstellungsstück, und nahm es vom Gehenk.

Schließlich zogen wir dünne Kettenhemden unter unsere Kleidung und arrangierten alles so diskret wie möglich. Ganz sicher wollten wir nicht den Anschein erwecken, als wären wir auf dem Kriegspfad.

Nachdem wir den gesellschaftlichen Erfordernissen genügten, machten wir uns auf den Weg zu Lord Senac.

Wir nahmen abgelegene Straßen zu Lord Senacs Anwesen, da wir so wenig Aufmerksamkeit wie möglich erregen wollten. Und als wir dort waren, banden wir unsere Pferde in einem Forst nahe des Hauses an. Wir schlichen zum Tor, und ich winkte meinen Männern, sie sollten leise sein, da Janela ihre Sinne vorausschickte und die Luft witterte wie eine große Katze auf der Pirsch. Dann runzelte sie die Stirn und winkte mich heran.

»Sehr seltsam«, sagte sie. »Ich fühle keine magischen Kräfte, und ganz sicher hätte ich den Wachzauber gespürt, wenn es einen solchen gäbe.« Sie wirkte besorgt.

Das steinerne Tor war groß, doch – wie ich wußte – so geschickt ausbalanciert, daß es sich mit einem Finger öffnen ließ, wenn es nicht verriegelt war, was zu dieser nachtschlafenden Zeit jedoch der Fall sein würde. Wir hatten einen umwickelten Enterhaken und ein Seil mitgebracht, doch das wenige an Fachwissen, das ich von einem angeblich gebesserten Dieb in meinen Diensten übernommen hatte, entpuppte sich als weit größere Hilfe. Er hatte mir gesagt, eine der besten Stellen, in ein Haus einzudringen, befände sich gleich neben dem Posten, den die Wachmänner am aufmerksamsten im Auge hätten. Beispielsweise sei es leichter, durch den Haupteingang in einen Palast zu schleichen, als Glas zu zerbrechen, Gitter zu verbiegen und durch ein Fenster zu klettern.

Und so war es auch hier. Die Dornenbäume überragten das Tor. Doch als ich mein ganzes Gewicht zwischen das Tor und den ersten Baum daneben zwängte und die Äste beiseite schob, entstand dort eine brauchbare Lücke, ein Durchgang, der vom Landschaftsgärtner, welcher zweifelsohne stolz war, daß er den Maurern Raum zum Arbeiten gelassen hatte, sicher nicht geplant gewesen war. Das Eindringen würde uns nur einige wenige Dornenstiche kosten. Ich winkte meine Männer heran, doch Janela streckte die Hand aus. Sie pflückte einen langen Grashalm, bog ihn hierhin und dorthin, berührte mit ihm einen der Dornen am Baum, dann bog sie ihn erneut und flüsterte:

»Dies ist deine Base
Fühl, wie sie sich biegt
Wind wendet sie
Regen weicht sie
Schließe dich der Base an
Nur für eine Stunde
Schließe dich der Base an.«

Sie nickte mir zu, ich solle weitergehen. Die Dornenstiche, die wir erwartet hatten, blieben aus, und wie Halme bogen sich die Spitzen zur Seite. Mein Weg hindurch war nicht schwerer, als würde ich mich durch einen dichten Busch schieben.

Als alle auf dem Grundstück waren, wartete ich, bis Janela nach magischen Wachen gesucht hatte, doch auch hier fanden sich keine. Quartervals faßte mich an der Schulter, und im trüben Licht sah ich, daß seine Hand einen Kreis beschrieb. Ich nickte, und er verschwand im Dunkel, lautlos wie ein Tier auf der Jagd. Augenblicke später kehrte er zurück und breitete die Arme aus. Auch menschliche Wachen waren nicht zu sehen.

Wir entriegelten das Schloß am Tor, schwangen es auf, und ich schickte Maha und Chons, daß sie die Pferde holten. Als sie wiederkamen, schlossen wir das Tor wieder, und ich ließ die beiden zurück, damit sie uns den Rückweg sicherten, und flüsterte ihnen zu, sie sollten kommen und uns warnen, falls sie etwas hörten.

Zu fünft liefen wir eilig die lange, gewundene Auffahrt zum Haus hinauf. Quartervals hatte gesagt, wir sollten durch den Garten robben, doch solches hatte ich abgelehnt. Schon jetzt glichen wir einer Mörderbande, und ich wollte Lord Senac als Ebenbürtiger gegenübertreten, nicht als mitternächtlicher Finsterling. Ich war froh, daß Senac seine Auffahrt gepflastert und nicht – wie die meisten – mit Schotter bestreut hatte.

Die wenigen Geräusche, die wir machten, wurden vom tobenden Wind und gelegentlichen Regenschauern überdeckt. Es war in der Tat eine Nacht für finstere Taten.

Vor uns waren Lichter zu sehen. In Lord Senacs Haus war noch jemand wach. Direkt vor dem Haus gingen wir hinter schlanken Bäumen in Deckung, deren Äste schlaff herunterhingen, unsere Gesichter mit klammen Fingern berührten und mir einen Schauer über den Rücken jagten.

Auf dem Hof standen weder Pferde noch Kutschen. Nur zwei

große Fackeln flackerten auf beiden Seiten des mächtigen Eingangs zum Herrenhaus. Dieser stand offen, und ein langer Lichtstrahl fiel über den Hof. In der Mitte dieses Lichtstrahls lag ein Mensch.

Nichts rührte sich, bis auf das Peitschen der Bäume im Wind, und man hörte nur die Äste und den Regen auf dem Pflaster. Ich zückte mein Schwert und schlich voran, um nachzusehen. Die vertrauten Bewegungen kamen zurück. Wie man kriecht, wie man schleicht, wie man huscht, auch wenn ich sicher bin, daß es nach wie vor höchst lächerlich gewirkt haben muß, als ich über die freie Fläsche huschte und mich über diesen Menschen beugte. Er lag auf dem Rücken, und bei seinem Anblick wollte sich mir der Magen umdrehen. Ich mochte schon Schlimmeres gesehen haben, doch war es Jahre her, und der Magen pflegt Erinnerungen an das Grauen nicht. Trotz des verwüsteten Gesichts erkannte ich in dem Mann Lord Senacs Kastellan, und die zerlumpten Reste seiner Uniform gehörten zur Livree des Lords. Ich möchte mich nicht weiter darüber auslassen, wie die Leiche aussah, doch wenn man sich einen Mann vorstellt, der von verspielten Hyänen zu Tode gequält wurde, weiß man genug.

Ich winkte die anderen heran, doch trat ich von der Leiche zurück. Quartervals und vielleicht auch Janela mochten sehen, was von dem Mann übrig war, ohne daß ihnen übel wurde, doch nicht so die anderen beiden. Quartervals sah hin, und die Muskeln an seinem Unterkiefer spannten sich. Er schrieb ein Fragezeichen in die Luft... Hatte ich eine Ahnung, was ihn getötet haben mochte? Oder warum? Ich schüttelte den Kopf. Wir alle hatten unsere Waffen bereit, bis auf Janela. Mir fiel auf, daß sie nur diesen kleinen Beutel aus Öltuch bereithielt, und fragte mich, was für einen Zauber sie wohl vorbereitet hatte.

Sie beugte sich zu mir und flüsterte: »*Jetzt* wittere ich Zauberei. Es stinkt förmlich danach.«

Ich schickte Quartervals, die anderen beiden zu holen. Hier oben hatten wir bessere Verwendung für ihre Schwerter. Wenige Augenblicke später trabten sie aus der Dunkelheit hervor. Meine Männer waren höchst verwundert, schier ratlos. Ich hatte ihnen erklärt, wir wollten zu Lord Senac, um mit ihm über eine Hinterlist zu sprechen, für die er möglicherweise Verantwortung trug, doch was war hier geschehen? War das Haus des Lords angegriffen worden? Waren wir jetzt auf einer Art Rettungsmission? Unsicher sahen sie mich an, und ich gab mir Mühe, entschlossen zu wirken, wußte jedoch ebensowenig wie sie.

Wir liefen die breite Treppe zum Haus hinauf und traten ein. Das Haus war hell erleuchtet, als erwartete man Gäste, doch die lange Eingangshalle stand leer. Wir waren so leise wie möglich, doch schwöre ich, man konnte hören, wie unser Atem von den schimmernden Marmorwänden und -böden widerhallte. Wir liefen den langen Gang hinab, der zum Speisesaal führte, und auch dessen Türen standen offen.

Wir traten durch das Portal, und hinter mir hörte ich, wie einer der Männer scharf einatmete.

Drei lange Tische standen im Raum und reichten von einem Ende zum anderen. Sie waren für ein Bankett gedeckt. Feine Porzellanteller standen auf weißestem Leinentuch, wo silberne Gedecke und kristallene Kelche prunkvoll glitzerten, und rote Samtvorhänge verliehen dem Raum etwas Majestätisches. Doch gab es keine Gäste, keine Diener.

Die Teller waren nicht leer, sondern warteten, daß die Gäste eintraten und das Mahl begannen, waren mit Speisen überhäuft, die Kelche voller Wein. Es war, als hätte man das Bankett vor sechs Monaten begonnen und beendet. Die Speisen waren schwarz, und man roch den Gestank der Verwesung.

Doch wußte ich, daß Lord Senac keine zwei Abende zuvor in diesem Raum ein Fest gefeiert hatte. Ich hörte das Summen der Fliegen, die sich an der Mahlzeit gütlich taten.

Der Gestank nahm zu. Ich trat zurück, und meine Männer folgten mir. Quartervals stand an der Tür, sah hinaus, übernahm aus Gewohnheit die Nachhut. Inzwischen schien der Gestank das ganze Haus zu erfüllen.

Wir liefen den Gang hinab. An seinem Ende ragte eine Treppe auf, die – wie ich vermutete – zu den Privatgemächern und Schlafkammern führte, doch war ich nie über das Erdgeschoß hinausgekommen und kannte auch niemanden, der vom ersten Stock hätte berichten können. Rechts von uns war die verschlossene Tür zu Lord Senacs Sitzungssaal, teils Bibliothek, teils Galerie, teils Museum, berühmt für seine Sammlung fremder und wundersamer Dinge – manche davon bekannt, doch meist aus Ländern, die kein Orissaner je gesehen hatte. Man sagte, in ihren besten Zeiten seien die Senacs eine weitgereiste Familie gewesen.

Blut – eine große Lache – war mitten im Gang zu sehen. Es reichte von einer Wand zur anderen und schien mehr zu sein, als ein einzelner Mensch in sich haben konnte. So vorsichtig wie möglich traten wir auf, doch als wir weitergingen, ließ jeder von uns eine klebrig rote Spur auf dem weißen Marmor zurück. Weder eine Leiche noch Anzeichen eines Kampfes waren zu sehen, auf beiden Seiten des blutigen Teiches nicht.

An der Treppe angekommen, stieg ich die Stufen hinauf, dann beschloß ich, einen Blick in den Sitzungssaal zu werfen. Leise öffnete ich die Tür. Feuer glommen zu beiden Seiten des hohen, mit dunklem Holz furnierten Saales.

In der Mitte des Raumes hockte das Grauen.

Es war blutgetränkt, und ich sah Fetzen dessen, woran es sich gütlich getan hatte, am Boden liegen, faulend auf dem Teppich.

Man stelle sich einen Schattenwolf vor, doch einen Schattenwolf, der größer ist, als jeder noch so betrunkene Pelzjäger ihn sich vorstellen kann, wohl zwanzig Fuß hoch. Dann stelle man sich ein solches Untier ohne Fell, doch mit pergamentgelber Haut vor, unfaßbar stramm gespannt, so daß die Kreatur wie verhungert oder mumifiziert wirkte. Während die Augen eines Schattenwolfes gelb glühen, schimmerten diese rot wie Kohlen im Feuer. Seine krummen Reißzähne waren braun und fleckig. Statt Wolfspfoten hatte das Untier gebogene Krallen wie ein Löwe, welche es unablässig ein- und ausfuhr. Ich roch es durch den ganzen Raum, ein Gestank von Leichen und Verwesung.

Es machte ein Geräusch, teils Knurren, teils hohes Jaulen, wie ein Hund, der eine Fährte aufnimmt.

Der Dämon kam aus der Hocke und schlich ohne Eile in unsere Richtung. Es gab keinen Grund zur Eile... wir hätten es nicht bis zum Ausgang schaffen können, selbst wenn er ein sterbliches Untier gewesen wäre.

Entsetzen packte mich, wie ich es seit Jahren nicht erlebt hatte, doch wehrte ich mich gegen seine Umklammerung. Instinktiv verteilten wir uns wie Jäger, die einen gestellten Wolf oder Keiler einkreisten.

Janela hatte ihren Zauberstab gezückt, beschrieb erst einen kleinen Kreis, dann einen über ihrem Kopf, dann wieder einen kleinen Kreis vor sich. Sie begann zu sprechen, und ich war erstaunt, denn ihre Stimme klang so ruhig und sicher, als spräche sie über ihre Pläne für den kommenden Tag:

»Laß den Spiegel lügen, laß das Bild verschwimmen
Wir wenige sind viele, wir wenige sind stark
Der Stahl bei uns verdoppelt sich
Der Haß schießt auf
Die Furcht ist fort, die Furcht ist fort
Sie fließt wie Wasser
Hin zum Feind.
Das Recht gilt hier, das Recht gilt jetzt
Die Regeln dieser Welt und keiner anderen

Laß jenes von anderen regieren
Laß jenes auf anderes achten
Der Tod ist hier
Der Tod ist wahr
Es gibt kein Tor und keine Tür
Es gibt auch keine Wiederkehr
Sein Untergang ist jetzt.«

Und wirklich, die Furcht war verflogen, und unser Mut erblühte neu. Ich hörte wütendes Knurren meiner Männer, als der Zauber auch von ihnen Besitz ergriff.

Auf der anderen Seite des Raumes jaulte der Dämon noch immer, doch war die Tonlage jetzt höher, als hätte ihn unser Eifer erschreckt.

Auch der erste Teil von Janelas Beschwörung hatte gewirkt, und ein Blick auf meinen kleinen Trupp der Diener in Kriegermontur zeigte mir nur ein Spiegelbild in einem welligen Teich. Erst sah ich einen, dann mehrere, dann viele, die schimmerten, sich wandelten.

Wir alle ... bis auf einen, und das war Yakar, der Mann, der sich dem Zauber entzogen hatte. Das Knurren des Dämons wurde lauter, und er trottete uns entgegen. Yakar mochte sich vor der Zauberei gefürchtet haben, doch nun zeigte er enormen Mut. Er brüllte, keinen Schlachtruf, sondern einen Schrei von blinder Wut, und griff an, schwang drohend sein Schwert. Er war kein Soldat, kein Krieger, und wedelte mit der Waffe wie mit einem Knüppel herum.

Der Dämon hieb einmal mit der Vorderpranke nach ihm und riß seinen Leib fast in zwei Hälften. Yakar wankte schon. Bevor er fallen konnte, schnappten die Kiefer des Dämons zu und rissen einen Fetzen Fleisch aus der Leiche meines armen Gärtners. Die Kreatur schluckte und brüllte triumphierend, daß die Mauern um uns bebten.

Ich zwang mich vorwärts, und Quartervals rannte dem Untier

seitlich entgegen. Der Dämon schlug nach Quartervals, doch dieser wich aus und hieb nach dem Vorderbein der Kreatur. Der Dämon heulte, und sein Blut – kein ehrliches Rot von dieser Welt, sondern dunkles, fauliges Grün mit goldenen Flecken darin – spritzte hervor.

Sein Kopf wandte sich mir zu, mit triefenden Fangzähnen, und ich schwöre, ich sah die Einsicht in den Augen blitzen. Das Untier kannte mich, ich war die eigentliche Beute, wie ein Keiler aus denen, die ihn stellen, einen Jäger wählen wird.

Er schlug nach mir, und ich versuchte auszuweichen, doch die alten Knochen ließen mich im Stich, auf dem glatten Boden des Raumes gaben meine Beine nach, und ich stürzte schwer. Doch als ich schon aufschlug, schaffte ich es doch, zur Seite wegzurollen und riß mein Schwert hoch, hieb weniger, als daß ich versuchte, einen Schlag abzuwehren, und bohrte die Klinge tief in die Pfote des Dämons, als diese auf mich herniederkam.

Wieder schrie das Grauen vor Schmerz, falls es das war, was es fühlte, schüttelte seine Pfote, warf mein Schwert von sich, wie ein Tier einen Dorn abschütteln würde, und riß das Maul weit auf. Ich sah, daß Quartervals und die anderen mir zu Hilfe kamen, doch waren sie langsam und wären zu spät gekommen.

Erneut hörte ich Janelas Stimme, obwohl ich nicht sehen konnte, wo sie stand oder was sie tat. Noch immer klang sie ruhig, noch immer sicher, doch diesmal erfüllte sie den ganzen Raum.

»Diese Fäulnis ist nicht unsere
Dieser Schrecken ist ein fremder
Erde gib acht
Erde beschütze
Erde gib von dir
Gib mir Wüstensand
Gib mir Wüstenwind

Erde tritt vor
Erde gib
Hilf deiner Tochter
Mutter Erde, hör mir zu
Höre du mein Flehen.«

Zwischen mir und dem Dämon entstand ein kleiner Wirbelsturm, nicht mehr als ein Staubteufel, wie ich ihn in der Einöde jenseits der Ruinen von Gomalalee gesehen hatte, aber dann fühlte ich, wie die Sandkörner auf mich niederprasselten und mir ins Gesicht stachen, während der Wind zunahm und härter wurde, und ich sah ihn grau und immer schwärzer werden.

Der Dämonenwolf knurrte und schnappte danach, dann kläffte er beinah wie eine Erdenkreatur, als die kleinen Körnchen in ihn drangen.

Immer stärker wurde der Wind, und ich trat zurück, spürte, wie er mich an sich sog. Der Dämon heulte, doch der Wind heulte immer lauter, bis ich sonst nichts mehr hören konnte.

Der Zyklon reichte vom Boden bis zur Decke und begann sich zu bewegen, schwankend, verführerisch wie die Hüften einer Tänzerin, und er näherte sich dem Dämon und schloß ihn in die Arme.

Das Monstrum brüllte in seiner Pein, kam aus der Hocke hoch, und ich konnte es kaum noch sehen, als die bohrenden Körnchen von Sand es peitschten, es schnitten wie Millionen und Abermillionen Rasiermesser, und wieder sah ich sein grünes Ichor spritzen und spürte, wie der klebrige Regen mein Gesicht überzog.

Ein letzter Schrei war zu hören, und der Wind war fort, auch wenn es einige Augenblicke dauerte, bis ich merkte, daß ich nur noch das Rauschen in meinen Ohren hörte.

Der Dämon sank auf seine Vorderbeine, und seine Haut war fort, abgeschält vom Wind; er tropfte vor »Blut«. Einmal noch brüllte er, ein Heulen von Zorn und Verrat, als hätten diese Welt und seine kümmerlichen Bewohner eigentlich keine Rettung gegen ihn wissen sollen, dann sank er schwer in sich zusammen und rollte auf die Seite.

Noch immer wand er sich und zuckte im Todeskampf, doch Quartervals schenkte seinen Qualen keine Beachtung und stürmte vor, das krumme Schwert erhoben. Er hackte einmal, zweimal zu, dann war Otavi neben ihm – mit seinem Schlachterbeil –, schlug zu, und der Kopf des Untiers rollte fort von dessen Leib.

Ich konnte wieder hören, und im Raum war alles still. Ich vernahm das leise Knistern ersterbender Feuer zu beiden Seiten des Raumes.

Ich raffte mich auf. Da der Tod – zumindest für den Augenblick – nicht mehr unter uns war, gestattete sich mein Körper den Luxus, den Schmerz des Sturzes wahrzunehmen.

Janela war schon neben mir. »Ich... war nicht sicher, ob es funktionieren würde. Ich habe ihn vorher erst einmal gesprochen, und das war im Studierzimmer eines Geistersehers.« Nun klang ihre Stimme nicht mehr fest und sicher, sondern zittrig, und sie war blaß wie wir alle, als uns klar wurde, was wir eben erlebt hatten.

Schon wollte ich fragen, welche Gunst ich ihr erweisen solle, weil sie mir das Leben gerettet hatte, als ich Quartervals eine Verwünschung rufen hörte.

Mitten auf dem Boden – in einer Lache Blut, wo eben noch der Kopf des Dämons gewesen war – lag der abgeschlagene Schädel Lord Senacs.

Kapitel Vier

Die Reise beginnt

Im Galopp verließen wir Lord Senacs Anwesen. Hinter uns ging das Gebäude in Flammen auf, und überall in der Stadt lösten Feuergongs Alarm aus. Wir hatten das Haus bewußt in Brand gesteckt, um zu verbergen, was geschehen war, obwohl ich ahnte, daß die Geschehnisse dieser Nacht so leicht nicht zu bereinigen wären. In mehreren Zimmern hatten wir Feuer entfacht und weitere Leichen gefunden, allesamt aus Senacs Gefolge, allesamt auf so grauenhafte Weise geschlachtet wie der Kastellan. Wir wagten uns nicht nach oben ... Janela sagte, es stänke förmlich nach Magie, und sie fürchtete, dort könne noch immer ein Wachzauber lauern. Diese Anweisung war uns allen willkommen, denn keiner verspürte auch nur den leisesten Wunsch, das Haus eines Dämons zu erkunden, nicht einmal nach dessen Tod.

Ich selbst steckte die Bibliothek in Brand, und während die Flammen schlugen, beobachtete ich, wie sich die Leiche von ihrer wölfischen Form wieder in die menschliche Gestalt Senacs verwandelte. Janela vermutete, eine mächtige Beschwörung müsse gesprochen worden sein, damit das Untier noch im Tode seine unnatürliche Form behielt.

So bald wir konnten, ritten wir über offenes Land und gelangten über einen Umweg zu meiner Villa. Wir wurden nicht gesehen und auch von niemandem aufgehalten.

In der Villa weckte ich zwei Männer und wies sie an, sich um die Pferde zu kümmern. Die anderen führte ich in meine Studierstube. Schon dämmerte der Morgen, das Küchenpersonal war wach, und die Feuer brannten. Doch nach Yakars Tod und dem Entsetzlichen, dessen Zeugen wir gewesen waren, verspürte keiner von uns Appetit.

Ich nahm den kleinen Trupp mit in meine Kammer, ließ Wein, Gewürze und einen Topf bringen, und Janela erhitzte das Gebräu über dem Feuer. Ich gab ein Quentchen Branntwein in jeden Humpen, als ich einschenkte. Meinen drei Dienern schien nicht ganz wohl dabei zu sein, daß ihr Herr sie bediente, doch sagten sie nichts.

Ich sprach ein Gebet für Yakar und gelobte, in seinem Andenken morgen oder übermorgen ein Opfer zu bringen. Er stammte aus einem Dorf außerhalb Orissas, doch niemand wußte, ob er dort Familie hatte. Ich sagte den anderen, ich würde es herausfinden und mich, wenn nötig, der Hinterbliebenen annehmen.

Als die drei ihre Humpen geleert hatten, sagte ich ihnen, sie sollten in ihre Quartiere gehen und versuchen zu schlafen. Ich bat sie, sich zurückzuhalten und niemandem von den Vorfällen der vergangenen Nacht zu erzählen, was sie dann auch gelobten.

Als sich die Tür hinter ihnen schloß, sagte Quartervals: »Ich erinnere mich noch an meine erste Schlacht und das erste Mal, als ich schwarze Magie sah. Ich wette, sie werden noch stundenlang ins Leere starren.«

»Sie werden schlafen«, sagte Janela. »Ich habe den Wein mit einigen Worten bedacht, als ich die Gewürze hinzugab.«

Quartervals bemühte sich um ein Lächeln und stand auf. »Dann will auch ich in meine Kammer gehen, bevor der Zauber beginnt und ich flach auf dem Flur liege. Ich möchte nicht, daß man mich für einen simplen Säufer hält.« Er ging hinaus.

Janela trank von ihrem Becher und sah mich neugierig an. »Eine Frage, nein, zwei Fragen, Amalric. Ihr hättet mich bitten können, sie mit einem Schweigezauber zu belegen. Oder Ihr hättet ihnen Gold bieten können, damit sie den Mund halten. Warum habt Ihr keine der beiden Möglichkeiten gewählt?«

»Das hätte ich tun können«, stimmte ich zu. »Doch Gold bringt immer Gerede mit sich. Ich werde sie beizeiten auf stillere Weise belohnen. Und was einen Zauber der Verschwiegenheit oder der Vergeßlichkeit angeht, so glaube ich nicht, daß jemand das Recht hat, Gefolgschaft per Magie zu erzwingen. Es sei denn, er wäre ein Tyrann.«

Janela nickte zustimmend und wechselte das Thema. »Das Ganze ist eine wirklich finstere Geschichte.«

Ich brachte ein schiefes Grinsen zustande. »Irgendwo auf deinen Reisen mußt du gelernt haben, die Untertreibung zur Perfektion zu treiben. Einer der geachtetsten Ratsherren Orissas ist ein todbringender Dämon... ja, das würde ich wohl finster nennen. Oder zumindest ›zwielichtig umrandet‹.«

Janela lachte. »Ich meine damit, daß ich zu keinem Zeitpunkt Senacs Gegenwart gespürt habe, und für gewöhnlich verbreiten Dämonen eine Aura, die selbst ein Nichtzauberer spüren kann. War er jemals ein Mensch? Und was hatte er vor? Ich bin noch nicht lange in Orissa, so daß ich keine Vorstellung davon habe.«

»Ich fürchte, der, den wir als Senac kannten, war niemals sterblich. Denk nur an die ungemein günstigen Umstände, daß eine verarmte Familie, die in einer abgelegenen Gegend wohnt, plötzlich zu Reichtum kommt und in der Lage ist, triumphierend nach Orissa heimzukehren. Das ist der Stoff, aus dem Romanzen sind. Ich glaube, es handelte sich dabei eher um einen umfassenden Zauber oder eine Reihe von Beschwörungen über Jahre hinweg. Wann es begann … ich habe keine Ahnung. *Warum* ist eine bessere Frage, und das ist es, was mich ängstigt.«

Wartend saß Janela da. Ich erzählte ihr von der Angst, die mich seit einigen Wochen quälte, und wie lange es gedauert hatte, bis mir klargeworden war, daß ich beobachtet wurde, wie damals schon, zu Janos' Zeiten.

Janela stieß einen Fluch aus. »Auch ich habe ein so seltsames Gefühl gehabt«, gestand sie ein. »Seit einigen Monaten schon. Ich habe es noch nie zuvor gespürt und hatte deshalb nichts, womit ich es vergleichen und somit erkennen konnte. Ich dachte, es wären nur die Strömungen, die jeden begleiten, der Zauberei betreibt.«

»Also stehen wir beide unter Beobachtung.«

»Ja? Habt Ihr dieses Gefühl noch immer?«

Ich rang die Empfindungen nieder, die mich erfüllten … die Erschöpfung, die Trauer über Yakars Tod, das Entsetzen über den Dämon und den Kampf, die Sorge um die Zukunft, und versuchte zu »lauschen«. Ich erschauerte. Ich spürte es, wenn auch sehr schwach, sehr fern.

Janela las meine Miene. »Ich auch.«

»Also war Senac nicht der Dreh- und Angelpunkt. Er hat … hatte einen Herrn und Meister.«

»Vielleicht«, überlegte Janela, »jemanden aus den Königreichen der Nacht. Oder jemanden … etwas … aus anderen Welten. Es macht keinen Unterschied, zumindest jetzt noch nicht. Doch schon jetzt haben wir einen mächtigen Feind, und unsere Suche hat noch nicht einmal begonnen.«

»Uns bleibt nur eine Chance«, sagte ich, da ich wußte, daß sie recht hatte. »Wir müssen uns beeilen. Früher oder später wird es einen anderen Lord Senac geben, oder ganze Heerscharen von ihnen.«

Janela lächelte hintergründig. »Jetzt weiß ich, warum mein Urgroßvater dachte, Ihr wärt der rechte Mann für seine Suche. Ihr denkt nie daran, umzukehren.«

Darauf sagte ich nichts, trank nur meinen Becher aus.

»Drei Wochen«, entschied ich. »Dann segeln wir mit dem, was wir haben.«

Es war schon einige Zeit her, seit ich die Planung einer Expedition persönlich überwacht hatte, und ich befürchtete, ein wenig eingerostet zu sein, besonders da diese Reise gefährlicher werden würde als jede andere, die ich je unternommen hatte, vom Tag unserer Abreise bis dorthin, wo sie enden würde, wenn unsere Knochen über irgendeine verdorrte Heide verstreut würden oder später, in den Königreichen der Nacht. Darüber hinaus schien es mir, als würden meine Schwierigkeiten durch die gebotene Eile nur noch verstärkt, unmittelbarer noch durch das Problem, daß mein Nachfolger den Großteil meiner Aufmerksamkeit in Anspruch nahm.

Es war dann allerdings überraschend viel einfacher und dauerte keine anderthalb Wochen. Ich hatte geschätzt, daß ich etwa siebzig Mann für drei Schiffe brauchen würde. Die beiden Leichter hatten bereits Mannschaften von etwa fünfzehn Leuten an Bord, was die Zahl derer, die ich noch finden mußte, verringerte.

Wir hängten es nicht an die große Glocke und schickten auch keine Ausrufer herum, die von unserer Reise künden sollten. Und doch breitete sich die Nachricht unter denen aus, die es hören wollten. Es mochte an der Tür klopfen, und ein Mann, den ich seit zehn Jahren nicht gesehen hatte, stand mit dem Hut in der Hand da. Stotternd sagte er, er habe gehört, Lord Antero würde wieder eine Art Handelsexpedition zusammenstellen, und angeblich solle diese in gewisser Weise etwas Besonderes sein, und vielleicht würde der

Lord sich ja an ihn erinnern, von damals, als wir den ersten Kontakt zu den Sumpfbewohnern von Bufde'ana hergestellt hätten, und welch furchtbare Zeiten es gewesen seien, aber, naja, er sei mehr als bereit mitzufahren, denn Orissa habe nicht recht mehr den Reiz für ihn, den es einmal hatte...

...und wieder war einer angeheuert.

So ging es. Er mochte einen Freund haben, oder drei meiner früheren Mitabenteurer schickten vielleicht einen Abgesandten. Oder manchmal war es ein Mann aus längst vergangenen Zeiten, gebrochen vom Alter oder den Wunden, die er in meinen Diensten erlitten hatte, und dieser schickte mir einen Sohn oder Vetter oder Neffen.

Andere wählte ich selbst, nicht nur Männer, die mit mir auf anderen Expeditionen gewesen waren, sondern manchmal auch Konkurrenten, kleine Händler, die selbst auf eigene Faust bemerkenswerte Reisen zu fremden Ufern unternommen hatten.

Manche dieser Männer stammten aus meinem eigenen Haushalt. Otavi kam zu mir und sagte, wenn ich es wünschte, hätten er und die anderen beiden, die mit mir bei Lord Senac gewesen seien, nichts dagegen einzuwenden, wenn sie mit mir reisen dürften.

»Da wir schließlich von Anfang an dabei waren«, sagte er, »schätze ich, daß ich wissen will, wie es ausgeht. Außerdem kann dann keiner mehr sagen, es gäbe keine Männer mehr wie zu meines Vaters Zeiten.«

Das freute mich ungemein, besonders als ich hörte, daß Maha, der Küchenhelfer, kurz davor stand, zum Lernkoch befördert zu werden. Mir ist aufgefallen, daß Expeditionen eher an den Untiefen einer Magenverstimmung scheitern als an feindlichen Speeren, und ich hatte nicht die Absicht, diesem Beispiel Folge zu leisten. Wie Quartervals es formulierte: »*Jeder* Tropf kann traurig sein, wenn er will, ohne daß er sich viel Mühe geben müßte.«

Ich erklärte Kele die Einzelheiten unserer Expedition und fragte sie, ob sie die Admiralin der winzigen Flotte sein wolle. Kele grinste und sagte, sie habe sich schon Sorgen gemacht, weil sie nicht gefragt wurde, und hätte entweder sich oder mich ermordet, wenn ich es jetzt nicht getan hätte. Außerdem verbreitete sie die Nachricht in den Hafenspelunken und sammelte genügend erfahrene Seeleute für die *Ibis* und die Mannschaften der beiden Leichter zusammen.

Quartervals selbst brachte zwölf Männer, allesamt ehemalige Grenzkundschafter. Anscheinend kehrten nicht alle Soldaten des Regiments nach ihrer Pensionierung oder Entlassung in die Heimat zurück. Manche blieben in Orissa und machten, wie Quatervals es nannte, »alles, was sich bietet, wenn es Rechtens scheint«.

Sie waren ein hartgesottener Haufen von Haudegen, manche jung, manche alt, und mit Freuden hieß ich sie willkommen. Aus ihren Reihen würde ich höchstwahrscheinlich meine Unteroffiziere wählen.

Es mag solche geben, die glauben, daß Männer, die Reisen mitten ins Zentrum der Gefahr unternehmen, wie ich sie plante, von besonderem Schlag seien. Das sind sie auch, doch nicht wie jene, die den Epen lauschen, sie sich vorstellen mögen. Wahrscheinlich denken sie sich einen jungen Mann mit blondem Haar, wachem Blick, Muskeln wie Eisenbändern, still, entschlossen, geübt in geheimen Künsten von Nomadensprachen bis hin zum Töten ohne Waffen ... abgesehen von jenen, welche die Götter ihm ohnehin gegeben haben. Ein Mann, der sich nichts sehnlicher wünscht, als sich in die Höhle des Löwen zu stürzen, ein Lächeln auf den Lippen und im Herzen ein Lied.

Einen derart unerschrockenen Burschen suche ich seit Jahren, und ich bin entschlossen – sollte ich ihn dereinst finden – Orissa um die Wiedereinsetzung der Sklaverei zu ersuchen, damit dieser Mann für immer und ewig in meinen Diensten bleibt.

Laß mich den epischen Helden mit Pip, einem meiner *wahren* Recken, vergleichen. Stand Pip aufrecht, was selten genug vorkam, fehlte ihm eine volle Daumenbreite an einem Meter fünfzig. Auf der Waage brachte er hundert Pfund nicht aus dem Gleichgewicht und war so mager, daß Quartervals einst sagte, er müsse sich dreimal verbeugen, um einen Schatten zu werfen. Pips stammte aus dem Armenviertel der Stadt, und bis ich ihn vor nunmehr fast zwanzig Jahren angeheuert hatte, war er noch nie über die Grenzen Orissas hinausgekommen und glaubte, alles Grüne sei wahrscheinlich angemalt. Pip war mein bester Kundschafter. Die Verschlagenheit, die ihn in den Straßen von Orissa am Leben gehalten hat, tat uns jenseits von Laosia und in den Einöden westlich der Felsenschlucht gute Dienste. Pip konnte keinen Satz ohne einen Fluch beenden, und wenn eine Reise vorüber war, konnte er einen ganzen Tag mit dem Klagen darüber zubringen, daß er nicht sicher sei, ob man ihn nicht um seinen gerechten Anteil am Gold betrogen habe. Ohne ihn wäre ich ebensowenig gereist wie ohne mein Schwert oder Quartervals.

Laß mich nun also kurz die Qualitäten beschreiben, die ich in einem Abenteurer suche, Hermias, mein Erbe, falls du kommen willst, um nach meinen sterblichen Überresten zu suchen.

Erstens muß der ideale Mann oder die ideale Frau Sinn für Humor haben, vor allem sich selbst gegenüber. Falls sie nicht über ihre mißliche Lage lachen können, wenn sie in ein Schlammloch stolpern – nachdem sie mit einer Meute von Jägern den ganzen Tag über einen behaarten Elefanten niederstrecken wollen – und dann feststellen müssen, daß es kein Wasser zum Baden gibt, dann reisen sie sicher nie mit mir. Ich würde sagen, ein angemessener Kandidat darf auch nicht dumm sein, doch kann ich Dummheit nicht näher definieren. Ist jemand, der zehn Sprachen spricht, jedoch nicht lernen kann, wie man liest und schreibt, dumm? Ich glaube nicht.

Sie müssen sauber sein und sich und ihre Ausrüstung stets perfekt in Ordnung halten, zumindest so perfekt, wie Straße und Wetter es erlauben. Sie müssen hart arbeiten können, aber auch eine wartende Aufgabe erkennen und sich ohne Anweisung daran machen. Sie sollten gesund sein, auch wenn ich schon Männer und Frauen hatte, von denen ich hätte schwören können, daß sie dem Tode nah waren, als sie Stunde um Stunde neben mir herstolperten.

Was Fähigkeiten und Begabungen angeht... sie alle lassen sich erlernen. Es stört nicht, wenn einer meiner Begleiter zehnmal hintereinander mit seinem Messer im Laufen aus zwölf Schritten Entfernung unfehlbar die Mitte einer Münze trifft, doch hätte ich ebenso gern jemanden, der spürt, daß ein Kampf bevorsteht, und der sanfte Worte findet, diesen abzuwenden... oder aber einen Nebenausgang, den man nehmen könnte. Fähigkeiten lassen sich vermitteln, von Sprachen übers Töten bis hin zum Verhandlungsgeschick, obwohl ich gern glauben möchte, daß es *einen* Bereich gibt, in dem die Begabung an erster Stelle steht, und daß die Anteros auf diesem Feld besonders bewandert sind.

Eine letzte Qualität, beziehungsweise ein Paar von Qualitäten gibt es noch, und ich bin nicht sicher, wie ich sie umschreiben soll. Der ideale Gefährte muß das friedliche Leben unerträglich langweilig finden, so langweilig, daß er alles zu tun bereit ist, unter anderem eben, sich unklugerweise einer Expedition anzuschließen, die ihm eher einen qualvollen Tod und ein vergessenes Grab als Ruhm und Reichtum beschert. Der andere Teil des Paares ist, daß er kein rechtes Zuhause haben sollte. Mit einem Mann, der sich schon nach Orissa sehnt, wenn der Fluß ihn nur außer Sichtweite des Palastes der Geisterseher trägt, sollte man so viel Mitleid haben, ihn augenblicklich wieder am Ufer abzusetzen. Heimweh kann ebenso blind machen wie Erschöpfung oder Dummheit.

Ich war sehr stolz an jenem Tag, als ich meinen fünfundsiebzigsten Helden – oder heldenhaften Narren – gefunden hatte, und dann fragte ich mich, wie ich auf höfliche Weise die anderen hundertfünfzig zurückweisen konnte, die mir entweder in den Sinn gekommen waren, die sich vorgestellt hatten oder die von Quartervals oder Kele vorgeschlagen wurden.

Einen Tag später bestellte mich Palmeras in den Palast der Geisterseher.

Etwas in der Art hatte ich schon erwartet. Jenes Feuer, das Lord Senac und seinen gesamten Haushalt getötet hatte, war nach wie vor das beliebteste Thema auf dem Marktplatz, und ich war kaum weltfremd genug, zu glauben, daß einige Minuten Werk der Flammen vor Orissas Geistersehern – geschickt wie Bluthunde im Aufspüren magischer Fährten – verbergen konnten, was geschehen war.

Selbst wenn das Geschehene unerklärt bliebe, so konnte ich doch Orissa, meine Heimat, meinen Stolz, nicht verlassen, ohne die Warnung auszusprechen, daß erneut dunkle Ereignisse die Stadt bedrohten. Doch war ich mir nicht gänzlich sicher, wie ich diese Angelegenheit unterbreiten oder zu wem ich damit gehen sollte. Selbst ein Antero kann nicht in den Palast der Geisterseher oder die Zitadelle des Hohen Rates spazieren und in aller Ruhe verkünden, daß er, nun ja, einen der führenden Ratsherren Orissas erschlagen mußte, wenn auch in Notwehr, aber keine Sorge, er war eigentlich gar kein richtiger Mensch, sondern ein Dämon, und man solle vorsichtig sein, da vielleicht weitere Dämonen in unserer Mitte weilten oder bald mit ihrer Höllenkutsche vorfahren sollten.

Als die Vorladung kam, war ich, da diese Sache mit Zauberdingen zu tun hatte, froh, daß sie von einem Geisterseher stammte und nicht von einem Ratsherrn. Sicher konnte ich in dieser Frage keinen besseren Berater als Palmeras finden.

Ich gebe zu, daß ich nervös war, als ich am Palast eintraf. Einer von Palmeras' Beratern empfing mich auf das höflichste, ein alter Zauberer mit roter Schärpe über der Robe, nicht in Begleitung von Wachen – ein gutes Zeichen. Ich wurde in ein Vorzimmer geführt, nicht in die riesige, dunkle Höhle, in der die heiligsten und gefährlichsten Anhörungen abgehalten wurden, was ebenfalls gut war.

Man bot mir keine Erfrischungen an, was nicht so gut war. Und

Palmeras trat in seiner Dienstrobe ein, was ebensowenig angetan war, mich zu ermutigen.

Palmeras bat mich, Platz zu nehmen, und setzte sich mir gegenüber an einen rechteckigen Tisch. Eine lange Weile sagte er nichts, wahrscheinlich, weil mich die Pracht und die Herrlichkeit seiner Diensträume überwältigen sollten. Doch das Warten liegt einem Kaufmann im Blut. Endlich sprach er.

»Ich bin mir sicher, Lord Antero«, und es gefiel mir überhaupt nicht, daß er mich mit meinem Titel ansprach, »daß Ihr vom merkwürdigen Ableben Lord Senacs gehört habt.«

»Das habe ich, Lord.«

»Es gibt einige ... seltsame Aspekte dieser Angelegenheit, die mich interessieren ... und auch andere Mitglieder unseres Rates.«

»Das überrascht mich nicht.«

Der Anflug eines Lächelns zuckte über Palmeras' Lippen. »Amalric, ich will dir nichts vormachen. Sei so gut und erzähl mir, was vorgefallen ist. Ich schwöre, daß alles, was du mir sagst, nicht offiziell angehört werden wird, auch wenn ich dich warnen muß, daß es sich um eine ernste Angelegenheit handelt, und sollte sich keine zufriedenstellende Erklärung finden lassen, könnte sie zu einer Anklage auf allerhöchster Ebene führen.«

Wäre mir solches von einem Ratsherrn erklärt worden, hätte ich meinen Mund gehalten und mich geweigert, auch nur das Geringste außerhalb des Gerichtssaales zu äußern. Doch das hier war etwas anderes. Ich zählte Palmeras zu meinen Freunden, zumindest insoweit, wie es einem Antero möglich ist, wenn es um Geisterseher geht.

Ich sagte, ich wolle ihm alles erzählen. Doch bestand ich auf einem Eid der Verschwiegenheit. Sollten die Vorfälle hinsichtlich Lord Senacs nicht eine Anklage aufgrund von Ungesetzlichkeiten erforderlich machen, dürfe nichts von dem, was ich ihm berichtete, an die anderen Mitglieder des Rates weitergegeben werden, *bis Zeit und Umstände es unumgänglich machten.*

Wieder zuckten Palmeras Lippen, doch diesmal hielt sich das Lächeln. »Nur ein Antero«, seufzte er, »besitzt die Unerschrockenheit, dem Obersten Geisterseher Orissas Bedingungen in einer Angelegenheit zu stellen, die den Kuß der Steine nach sich ziehen könnte. Ich stimme dem nur zu, weil ich wahrscheinlich mehr weiß, als du ahnst.

Kaum Stunden nachdem das Feuer gelöscht war, wurde ich zu Lord Senacs Anwesen gerufen, oder dem, was davon übrig war, und zwar von einem Wachoffizier, der sich seit Jahren für die Zauberei interessiert. Er bat mich, die Gegend nach Emanationen abzusuchen. Ich vermute, der Mann besitzt mehr als nur ein wenig magisches Talent, auch wenn er das abstreitet. Ich war ein wenig verstimmt, daß er einen Mann von meinem Rang bat, und nicht einen der untergeordneteren Geisterseher. Doch fügte ich mich seinem Wunsch und entdeckte einige höchst ungewöhnliche Dinge. Jetzt erzähle du mir deine Geschichte.«

Das tat ich, vom Eintreffen Janelas bis zu dem Zeitpunkt, als wir Lord Senacs Haus verließen. Ich mußte eine Pause einlegen, nachdem ich ihm erzählt hatte, wer Janela war, und daß ihrer Überzeugung nach die wahren Fernen Königreiche nie gefunden worden seien. An dieser Stelle ließ er Wein bringen, und während dieser geholt wurde, ging er in seine Gemächer, kehrte mit Zauberutensilien zurück und schuf einen Dom der Stille um uns herum, damit nicht einmal die anderen Geisterseher belauschen konnten, was hier gesprochen wurde.

Dann beendete ich meine Geschichte.

»Ich sagte *ungewöhnliche* Dinge«, sinnierte er. »Doch diese sind weit finsterer, viel weitergehender, als ich mir erträumt hatte. Ich will gleich sagen, daß ich dir vollkommen glaube. Unter anderem fand ich – als ich mein magisches Netz der Sinne durch die Ruinen von Senacs Haus warf – Anzeichen für eine Art von Magie, die nicht von dieser Welt ist, zumindest nicht von irgendwelchen irdischen

Künsten, die ich erlebt oder von denen ich gelesen hätte. Anfangs glaubte ich, sie könnten von dieser jungen Frau stammen, von der ganz Orissa glaubt, du hättest eine wilde Affäre mit ihr, doch diese Spuren reichten mehr als sechs Jahre zurück.«

»Das«, erinnerte ich mich, »war die Zeit, als Lord Senac – oder was auch immer unter diesem Namen lebte – aus der Provinz hier eintraf und das Herrenhaus neu bauen ließ.«

»So ist es. Es machte mich *sehr* neugierig, und so habe ich weitere Beschwörungen gesprochen. Ich könnte in die Einzelheiten dessen gehen, was ich herausgefunden habe. Die erschlagenen Gefolgsleute, von deren Leichen ich Präparate nehmen konnte, waren erst Stunden zuvor getötet worden, zu einem Zeitpunkt, als du noch vom Sergeanten der Wache unten am Hafen verhört wurdest. Oder manche Dinge, die ich über Lord Palics plötzliche Begeisterung für Zauberei und Knechtschaft herausgefunden habe. Aber wir sind hier nicht vor Gericht, Amalric, auch wenn ich noch immer auf Wissenssuche bin, nur jetzt in weit größerem Maßstab.

Was soll nun geschehen? Du und Lady Greycloak ... ihr *müßt* eure Suche fortführen. Ich muß zugeben, daß ich noch immer etwas bestürzt bin, daß die Nachfahrin des großen Janos Greycloak in unserer Stadt weilt, und wünschte, die Zeiten wären andere und wir könnten einen solchen Anlaß angemessen begehen. Ich akzeptiere fraglos, daß es ein *wahres*, oder zumindest ein größeres Land gibt, das man die eigentlichen Fernen Königreiche oder die Königreiche der Nacht nennt, welches von dieser unserer Welt aus zu erreichen ist.

Nur, was ist mit Orissa? Was hat die Anwesenheit dieses Dämons zu bedeuten? Ich erinnere mich, daß du in deinem Bericht über die Suche nach den Fernen Königreichen von Spähern geschrieben hast, die magische Wächter des verstorbenen Königs Domas waren, möge die Erinnerung an ihn noch lange leuchten. War dieser Senac ein Späher ganz anderer Art? Für jemand anderen, an einem anderen Ort?«

Ich antwortete wahrheitsgemäß. Ich wußte es nicht, und die wenigen Beschwörungen, die Janela vorsichtig gesprochen hatte, da sie nicht mehr Aufmerksamkeit erregen wollte als ohnehin schon geschehen, hatten nichts herausgebracht.

»Ich weiß nur«, endete ich, »daß Orissa auf der Hut sein muß. Fast als wären wir in Kriegszeiten, obwohl ich bezweifle, daß es Armeen sein werden, die gegen unsere Tore marschieren, zumindest eine ganze Weile nicht.«

Lange Zeit saß Palmeras nachdenklich da.

»Ja«, sagte er schließlich. »Wir ... oder zumindest jene Geisterseher, die ich mit deiner Erlaubnis in dieses Geheimnis einweihe, müssen Späher werden. Späher und sogar Krieger. Ich habe einmal gehört, daß es unweigerlich interessant wäre, in der Nähe eines Antero zu sein, doch der Mensch, der es mir erzählte, fügte eilig hinzu, er wünsche sich nichts sehnlicher, als daß sein Leben endlich zur trüben, tristen Langeweile zurückkehren möge.

Was brauchst du von uns, Amalric? Wie kann Orissa dir von Nutzen sein?«

»Indem Ihr schweigt, Lord Palmeras, so lange wie möglich.« Ich war mir nicht sicher, woher ich wußte, daß es lebenswichtig wäre, doch war es das. »Ansonsten haben wir alles, was wir brauchen. Möglicherweise werde ich noch um einen Gefallen bitten ... falls Janela Bedarf an Zauberutensilien haben sollte, könnte ich sie von Euch bekommen? Ich werde Quartervals, dem ich traue wie mir selbst, als Kurier schicken, da ich vermute, daß Janelas Besuch in diesem Palast einigen Aufruhr verursachen würde.«

»So sei es.«

Palmeras hob den Zauber der Stille auf und führte mich zur Tür. »Ich wünschte«, sagte er ein wenig sehnsüchtig, »ich hätte die Möglichkeit, mit Lady Greycloak zu sprechen. Falls, wie du sagst, die magische Gabe vererbt wurde, könnte es – trotz des immensen Wissens, das die Leute mir zuschreiben – für mich einiges zu lernen geben. Ach ja. Das Leben, so denke ich gelegentlich, ist manchmal nicht mehr als eine Reihe versäumter Gelegenheiten.

Eins noch, Lord Antero«, sagte er, und seine Stimmung wandelte sich, als er wieder förmlich wurde. »Es gibt noch eine Sache, die vor der Abreise entschieden werden *muß*.«

Sein Geisterseherblick durchbohrte mich. Er sagte nichts weiter. Es war nicht nötig. Ich wußte, worauf er anspielte.

Ich handhabte die Sache nicht gut. Ich hätte eine stille Untersuchung hinsichtlich des Vorfalls in Jeypur einleiten sollen. Außerdem hätte ich Hinweise auf weitere Sünden sammeln sollen, von denen ich sicher war, daß Cligus sie begangen hatte. Dann hätte ich meinen Sohn mit ernster Miene zu mir rufen und ihn – gestützt auf einen Stapel mit Berichten, die seine Verbrechen detailliert auflisteten – damit konfrontieren sollen. Ihm sagen, daß er als Sohn und sicher auch als Mensch versagt habe und eine schwere Enttäuschung sei. Weiterhin hätte ich ihn aus Orissa verbannen und ihn an irgendeinen fernen Ort ins Exil schicken sollen. Und sollte er dieses Exil verlassen, würden ihm nicht nur sämtliche Gelder gesperrt, sondern die Liste seiner Verbrechen würde öffentlich gemacht.

An all diese Dinge dachte ich, doch am Ende fehlte mir der Mut. Nachdem ich Hermias meinen Entschluß mitgeteilt hatte, setzte ich ein Testament auf, in dem ich ihn als Erben benannte, und zum Ausgleich für Cligus befahl ich, daß ihm für den Rest seines Lebens jährlich ein erklecklicher Prozentsatz vom wachsenden Reichtum des Anteroschen Handelsimperiums gezahlt werden solle.

Cligus gab sich damit keineswegs zufrieden.

»Wie kannst du mir das antun, Vater?« schrie er, nachdem ich ihm meine Pläne bei einem Gespräch unter vier Augen in meiner Studierstube erläutert hatte. »Du vernichtest mich!«

»Im Gegenteil«, sagte ich. »Ich habe dich gerade eben zu einem sehr reichen Mann gemacht.«

»Aber ich bin dein Sohn«, sagte er. »Alle werden glauben, du hättest mich enterbt.«

»Wenn du dir den Wortlaut meines Testaments vor Augen hältst«, sagte ich, »wirst du sehen, daß ich dich für dein militärisches Können gepriesen und erklärt habe, daß ich es für das beste halte, wenn du Orissa in deiner Funktion als General dienst.«

»Sie werden es für eine Lüge halten«, sagte er. »Ich werde zum Gespött der ganzen Stadt und aller meiner Freunde werden.«

Er schlug auf meinen Tisch. »Es ist Hermias, habe ich recht?« donnerte er. »Er hat gegen mich gesprochen. Hat dir mit Verleumdungen über mich in den Ohren gelegen.«

»Hermias hat kein einziges Wort gegen dich geäußert«, sagte ich.

»Ich werde dagegen angehen, Vater«, sagte er. »Ich werde nicht ruhen, bis dieses Testament geändert wird. Das schwöre ich.«

Ich seufzte. Es wurde Zeit, die Rute zu zeigen.

»Falls du das tust«, sagte ich, «wirst du tatsächlich ruiniert sein. Ich habe ein Kodizil beigefügt, in dem steht, daß du – sollte Protest gegen meine Entscheidungen eingelegt werden – gar nichts bekommst.«

»Mein ganzes Leben«, sagte er, »habe ich in deinem Schatten gestanden. Was immer ich auch tue, bin ich stets nur der Sohn des Amalric Antero. Eine normale Existenz war mir verwehrt. Ebenso die Möglichkeit, mich zu beweisen. Und jetzt verdammst du mich dazu, ebendiesen Weg auf ewig weiterzutrotten, selbst wenn du nicht mehr bei uns bist. Nur wird es dann noch schlimmer sein. Jetzt werden die Leute sagen, ich sei ohnehin nicht gut genug, ich sei es nicht wert. Man wird mich verschmähen. Verspotten.«

Tränen traten in seine Augen. »Warum tust du mir das an, Vater? Was habe ich getan, daß ich so etwas verdiene?«

»Möchtest du wirklich, daß ich dir diese Frage beantworte?« fragte ich, ungerührt von seinem Schmerz. »Soll ich dir deine Missetaten aufzählen? Angefangen mit einem Mann namens Pelvat?«

Cligus erbleichte. Dann sah ich Haß in seinem Blick aufflammen. »Also«, sagte er, »*hast* du mit Hermias gesprochen!«

»Ich habe genügend eigene Quellen«, sagte ich. »Dachtest du wirklich, ich würde es nie erfahren?«

Mein Sohn wurde ganz ruhig. Er stand auf. Lange und durchdringend starrte er mich an. Mir wurde bewußt, daß ich in die Augen eines Feindes blickte. Ich sah, daß er einen Entschluß faßte.

Dann sagte er: »Also gut, Vater. Wenn du es so haben willst.« Und er machte auf dem Absatz kehrt und marschierte hinaus.

Als die Tür hinter ihm laut ins Schloß fiel, fragte ich mich ein weiteres Mal, wie ein solcher Mann mein Sohn sein konnte.

Am folgenden Tag machte ich meine Entscheidung öffentlich. Der Rat gab augenblicklich seine Zustimmung bekannt, während Investoren meine Handelsbüros belagerten, um ihr Gold gegen Anteile an unserem Unternehmen einzutauschen.

Armer Cligus. Die Stadt hatte mit barer Münze abgestimmt und seine Schande besiegelt.

Kaum einen Monat später setzten wir die Segel. Inzwischen hatten die Klatschmäuler genug von ihren Tavernenspekulationen, warum ich Hermias Cligus als Familienoberhaupt vorgezogen hatte. Es gab keinen Pomp, der unsere Abreise begleitet hätte, weder Paraden noch ausgiebige Feierlichkeiten, keine aufwühlende Musik zur Ermutigung der Reisenden, welche sich auf eine derart gefahrvolle Fahrt begaben. Nur einige wenige versammelten sich am Anleger, um unserer kleinen Flotte Lebewohl zu sagen und sich die schlichte Segnung anzusehen, die Janela sprach, um die Götter dazu zu bewegen, daß sie uns beistanden. Fast schon war es, als segelten wir heimlich. In gewisser Weise entsprach das auch den Tatsachen, denn ich hatte aller Welt gesagt, ich wolle mich auf eine Rundreise zu sämtlichen Besitztümern der Anteros begeben, eine Reise, die mindestens zwei Jahre in Anspruch nehmen würde.

In der ganzen Stadt wußte nur Palmeras von unseren wahren Absichten, und ich hatte ihn gebeten, sich fernzuhalten, damit seine erlauchte Anwesenheit keinen Verdacht weckte. Bevor wir an Bord gingen, nahm ich Hermias zur Seite und gab ihm einen Brief mit dem wahren Ziel unserer Mission. Ich wies ihn an, diesen erst zu öffnen, wenn wir einige Zeit unterwegs wären.

Wir schlossen einander in die Arme, und Hermias schwor, er wolle sein Leben dafür einsetzen, dem Namen unserer Familie alle Ehre zu machen. Was Du, dessen bin ich mir sicher, getan hast, lieber Neffe.

Am Morgen unserer Abreise hatte es geregnet, und Orissa glitzerte in seiner ganzen Schönheit unter dem klaren, sonnengeküßten Himmel. Frischer Wind, duftend nach Heim und Herd, füllte unsere Segel, trug uns zügig den Fluß hinab.

Als Janela und ich an der Reling standen und beobachteten, wie die Stadt immer kleiner wurde, stieg und fiel mein Gefühlsbarometer mit jedem Schlag des Herzens. Kurz bevor wir um die Biegung kamen, sah ich einen Regenbogen über der Stadt, der sie mit Farben strahlendster Versprechungen umrahmte.

Und als wir außer Sichtweite waren, wurde mir bewußt, daß ich meine Heimat nie mehr wiedersehen würde.

Kapitel Fünf

Rückkehr nach Irayas

Wie oft ich auch in die Mündung des mächtigen Flusses eingefahren sein mochte, der sich wie eine Schlange vom Östlichen Meer her durch das Königreich von Vacaan bis zu dessen Hauptstadt Irayas schlängelte, war ich doch stets aufs neue beeindruckt, und das nicht nur eingedenk jener fernen Tage, als Janos Greycloak und ich in Sichtweite dessen kamen, was wir damals die Fernen Königreiche nannten.

Immer schien es, als sei der Tag sonnig, die See ruhig, und der Wind wehte duftig und sanft von Land her. So schien es auch diesmal, zehn Jahre fast, seit ich Vacaan zuletzt gesehen hatte.

Unsere Überfahrt von Orissa war ruhig gewesen, das Wetter eher einem milden Sommer gleich als einem Frühlingsanfang, und keiner der Stürme, in den wir gerieten, dauerte länger als einen Tag. Zeit genug für unsere Seeleute, sicherzustellen, daß alles so tipptopp war, wie Kele und die Kapitäne der beiden Leichter es verlangten. Diese Kapitäne, Berar und Towra, stammten aus Redond und waren seit langem schon in Diensten des Hauses Antero. Was uns freudig überraschte, war das Ausbleiben von Raufereien, die nur allzu oft vorkommen, wenn Männer mit starkem Willen ihre Differenzen zu Beginn einer harten und gefährlichen Reise austragen müssen. Wir hatten eine gute Wahl getroffen.

Obwohl wir durch Gewässer segelten, die man kaum als befriedet bezeichnen konnte, erwarteten wir keine Probleme mit Piraten und bekamen tatsächlich auch keine. Vier Segel stürmten vom Horizont her auf uns zu, doch als deren Ausguck sah, was auf unsere Segel gemalt war, flohen sie, so schnell sie konnten. Es handelte sich um eine meiner geheimen »Waffen« ... vor vielen Jahren hatte Domas, damals König von Vacaan, der Familie Antero gestattet, bei Fahrten zu oder in seinem Reich sein königliches Banner aufziehen zu dürfen, und so fand sich auf unseren Großsegeln das Wappen mit der riesenhaften, eingerollten Schlange vor einem Sonnenrad.

Als nach Domas' Tod sein Sohn Gayyath den Thron bestieg, hatte es mehrerer feinfühliger Appelle meines Vertreters im Königreich bedurft – eines sehr tüchtigen Mannes namens Hebrus – bis das Privileg erneuert wurde. Hebrus zählt zu jenen Helden, die auf keinem Tempelfries zu finden sind. Er war der einzige noch Lebende all jener Männer, die uns auf unserer letzten Expedition begleitet hatten. Er war ein oder zwei Jahre jünger als ich, sah jedoch zehn Jahre jünger aus. Bevor er sich freiwillig gemeldet hatte, mit mir ins Unbekannte zu reisen, war er Musiklehrer gewesen, der – wenn er sich langweilte – liebend gern Tempelmauern und Palastwände erklomm, wobei er sich von einem Spalt zur nächsten Ritze ohne Leinen oder Sicherungen fortbewegte. Hebrus war mir einmal beschrieben worden als »kaum kräftig genug, mehr als ein Blatt zur Zeit von einer Blume zu pusten, ohne in Ohnmacht zu fallen«. Doch habe ich gesehen, wie er – ohne zu schwitzen – zusätzlich zu seinem eigenen Gepäck das zweier weiterer Männer schleppte, nachdem die beiden in die Knie gegangen waren und ihre Bündel auf einem langen, eiligen Marsch zurücklassen mußten.

Hebrus hatte beschlossen, in Irayas zu bleiben und nicht nach Orissa heimzukehren, weil die Sitten in Vacaan seinen Vorlieben gegenüber toleranter waren. Wenige Jahre später hatte ich ihn zu meinem Verwalter gemacht. Er war nie mehr in seine Heimatstadt zurückgekehrt, sondern dort geblieben, im Laufe der Jahre begleitet von einer langen Reihe jüngerer und immer hübscherer Männer. Auf ihn zählte ich, was die nötigen Genehmigungen für unsere Reise in den Osten anging, und ebenso eine ehrliche Darstellung dessen, was sich in Irayas verändert hatte, seit ich zuletzt dort gewesen war. Natürlich hatte er regelmäßig Berichte geschickt, doch wurden alle Briefe aus Irayas nach wie vor vom Hof zensiert, ein weiteres Relikt aus den Zeiten, als das große Königreich wie ein Einsiedlerkrebs in seiner isolierten Schale hockte.

Wie ich schon sagte, schien die Reise flußaufwärts anfangs ganz normal. Es kam mir vor, als sende der Spiegel auf dem smaragdenen Wachturm an der Mündung des Flusses seine neugierigen Lichtblitze etwas länger aus, als ich erinnerte. Und die Kriegsvögel, die auf uns herabstürzten – Kampfsporen und mörderische Schnäbel unter grellen Farben verborgen – flogen länger als üblich ihre Eskorte. Doch damals hielt ich das alles nicht für wichtig.

Was mir auffiel, waren die vielen Wachboote auf dem Fluß. Vacaan hatte seine Zugänge stets gut bewacht, und doch, früher hatte der Stahl in gewisser Weise in einem samtenen Handschuh gesteckt. Nun nicht mehr. Zehn Boote zählte ich in unserer ersten Stunde flußaufwärts. Sie waren auch nicht geschickt als Fischer- oder Ausflugskähne getarnt. Es waren kleine Ruderboote, nicht mehr als dreißig Fuß lang, und sie schienen einen flachen Kiel zu haben. Jedes Boot war offen, mit einem Baldachin mittschiffs, vom

Bug bis halbwegs zum Heck. Dieser bestand aus gehämmertem Metall, weniger ein Regenschutz als eine Panzerung gegen Pfeile und Speere.

Ich fragte Quartervals nach seiner Meinung. »Das ist die Art von Schute, die man verwenden würde, wenn man ein Land besetzt hat, aber nur die Flüsse und Häfen hält. Solche Boote befrieden die Wasserwege, eskortieren Steuereintreiber oder bringen in wenigen Minuten einen Landetrupp ans Ufer.« Eine Besatzungsarmee? Im eigenen Land?

Seltsam waren auch die Männer, mit denen diese Boote besetzt waren. Die Ruder waren mit zerlumpten, zerzausten Burschen bemannt, die Sklaven oder verurteilte Verbrecher sein mochten. Zwei oder drei Seeleute schienen an Bord jedes Schiffes zu sein, doch der Rest der Mannschaft, etwa zehn pro Boot, waren Soldaten in einer Uniform, wie ich sie noch nie zuvor gesehen hatte. Es waren enge, schwarze Kniebundhosen, ein Waffenrock mit blutroter Weste darüber und ein engsitzender Helm von derselben Farbe.

Ich fragte Janela, doch sie wußte nichts darüber. Als sie Vacaan verlassen hatte, hatte es keine solche Armee gegeben.

Eines dieser Wachboote – eine kleine Flagge an seinem Jackstag wies darauf hin, daß es sich um den Flottillenführer handelte – näherte sich der *Ibis*, und sein Offizier grüßte uns. Er bat – im Tonfall eher ein Befehl – um die Erlaubnis, einen Mann an Bord schicken zu dürfen. Kele sah mich an, und ich zuckte die Schultern. Das alles war neu, doch sicher kein Problem.

Ein Mann im Schwarzrot der Soldaten mit einem kleinen Bündel auf dem Rücken sprang energisch vom Bug des Wachbootes, fand festen Halt in einer der Klampen an der Bordwand und schwang sich über die Reling; er ignorierte die ausgestreckten Hände, die ihm helfen wollten. Ein Seemann brachte ihn zu uns.

Der Mann hatte harte Züge, und eine rissige Narbe zog sich an seinem Hals hinab. Sein Schwertgurt war alt und abgewetzt wie auch die Griffe von Dolch und Schwert, die beide darin steckten. Er hieß uns willkommen, oder grüßte uns – besser gesagt – mit Namen, was niemanden überraschte. Die Zauberer von Vacaan waren mehr als kompetent genug, uns schon Tage im voraus draußen auf dem Meer auszuspionieren. Es schien, als zuckte Spott über sein Gesicht, als er Janela ansprach, doch sollte dies der Fall gewesen sein, so war der Spott augenblicklich wieder verschwunden. Er sagte, er hieße Rapili und sei unsere Eskorte nach Orayas.

»Eskorte«, wunderte sich Kele. »Wußte gar nicht, daß wir einen Lotsen brauchen. Hab noch nie einen gebraucht.«

»Kein Lotse«, sagte Rapili. »›Eskorte‹ habe ich gesagt und auch gemeint.« Sein Auftreten war kalt und förmlich.

»Es hat eine Veränderung stattgefunden, seit wir zuletzt in Euer Königreich eingefahren sind«, sagte ich und klang etwas kleinlaut. »Neue Sitten, so scheint es.«

»Sitten wandeln sich mit der Zeit«, sagte er. »Und die Zeiten sind gefährlicher, als sie es einmal waren.«

Ich wartete auf weitere Ausführungen, doch kamen keine, und irgendwie wollte ich nicht weiterfragen. Wir boten ihm Speisen und Getränke, doch lehnte er beides mit den Worten ab, es sei üblich, daß Wächter sich selbst versorgten. Er sagte jedoch, er hätte gern eine Kajüte, da er uns den ganzen Weg flußaufwärts bis zu unserem Zielort begleiten werde.

Ich wies Quartervals an, er möge ihm eine Unterkunft beschaffen, und wartete, bis er unter Deck war, bevor ich Janela zur Seite nahm und sagte: »Sein eigenes Essen und Trinken? Glaubt er, wir wollen ihn vergiften?«

Janela schüttelte den Kopf. »Das weiß ich nicht. Aber es war ein ziemlich spröder Ersatz für einen Willkommensgruß. Wenn sie *uns* schon so behandeln, würde es mir sicher nicht gefallen, hier neu zu sein und mit diesen Leuten Handel treiben zu wollen.«

»*Diese* Leute?« sagte ich, halb lächelnd. »Du meinst dein eigenes

Volk, oder?« Sie antwortete nicht. Ich zuckte die Achseln. »Als wir zum ersten Mal zu den Fernen ...«, und ich hielt inne, doch dachte ich noch immer so von Vacaan, »... nach Vacaan kamen, wurden auch wir nicht wie lang verlorene Verwandte begrüßt. Wir haben ihre Meinung von uns geändert, zumindest bis zu einem gewissen Grad. Und wie der Soldat schon sagte: Sitten ändern sich.«

Janela wollte eben etwas antworten, dann stockte sie, und ihr Blick kam ins Schweifen. Ich drehte mich um, und dann stand auch ich staunend da, als die *Ibis* um eine Biegung mit hoch aufragenden Ufern kam. In der Ferne lag jener große, blaue Berg, manch Tagesreise weiter entfernt, als es den Anschein hatte. Darunter lag Irayas, Vacaans Hauptstadt, die herrlichste Stadt der ganzen uns bekannten Welt, ein Ort der Wunder über Wunder.

Der Berg war von tiefem Blau, so blau wie der Fluß, auf dem wir fuhren. Doch der Himmel darüber paßte nicht dazu. Er war grau. Ein Sturm hing über Irayas.

Dieser Berg ließ mich stets in doppelter Hinsicht erschauern. Erstens aus Freude. Doch zweitens, stärker noch, aus Furcht. In einer Höhle unterhalb des Bergplateaus hatte mich Prinz Raveline dem Tode nahgebracht, und in der schauerlichen Ruinenstadt oberhalb davon hatte ich ihn erschlagen. Hinzu kam, daß ich auf einer Ebene im östlichsten Vorgebirge die Leiche Janos Greycloaks verbrannt hatte, nachdem ich ihn getötet und seinen Geist zum Himmel hatte aufsteigen lassen.

Auf diesem Berg würde es eine neuerliche Zeremonie geben, sobald wir Irayas erreichten.

Ich riß meinen Blick los und wandte mich wieder dem Fluß zu, während unsere drei Schiffe wie Schwäne auf sommerlichem Teich flußaufwärts glitten. Hinter uns jedoch fuhren stets mindestens zwei, meist mehrere Wachboote samt ihrer rotberockten Krieger.

Kurz vor Einbruch der Dämmerung segelten wir an der riesigen Hafenstadt Marinduque vorüber, Handelszentrum der siebzig Fürstentümer, aus denen sich Vacaan zusammensetzte. Stets hatte mich ihre Sauberkeit und Tüchtigkeit beeindruckt. Nun nicht mehr. Nicht, daß die Stadt in Trümmern gelegen hätte, doch jetzt sah sie nicht anders aus als Redond, Jeypur oder Luangu und schien nicht mehr als ein großer Hafen zu sein, in dem ein Kaufmann Ladung kaufen oder verkaufen, und ein Seemann so viel oder wenig Ärger finden konnte, wie er wollte. Außerdem wirkte Marinduque längst nicht mehr so wohlhabend, und als wir daran vorübersegelten, sah ich eine lange Reihe von baufälligen, halb versunkenen Booten an etwas vertäut, was ihr letzter Liegeplatz sein mochte, nahe den Ruinen eines Lagerviertels, und die Boote waren voller Menschen, die auf ihnen wohnten. Natürlich hatte auch Vacaan seine Armen, doch nie hatte ich Menschen gesehen, die so weit heruntergekommen waren.

Die Zeiten *hatten* sich hier geändert, und das nicht eben zum Guten.

Rapili gesellte sich beim Abendessen zu uns, auch wenn er seinen eigenen Proviant von seinem eigenen Teller aß. Ich versuchte, ihn nach den Veränderungen zu befragen, und wie es Vacaan unter König Gayyath erging. Er gab knappe, unverbindliche Antworten, aß eilig, entschuldigte sich dann und ließ uns unbefriedigt zurück.

Ich bat Kele und Janela, mich an die Heckreling zu begleiten und achtete darauf, daß sowohl Wachoffizier als auch Steuermann außer Hörweite waren.

»Ich hatte angenommen«, begann ich, »daß der Aufenthalt hier in Vacaan nicht mehr als eine kleine Formalität sein würde, um die Billigung König Gayyaths für unsere Reise einzuholen. Aber irgendwas stimmt hier nicht, und ich bin mir nicht ganz sicher, was es ist.«

»Ich bin derselben Ansicht«, sagte Janela. »Ich habe ein paar vorausschauende Beschwörungen gesprochen, aber es war, als wollte ich durch eine Nebelbank sehen. Ebensowenig kann ich voraus*spüren*, wie es in Irayas aussehen mag. Ich schlage vor, wir machen uns auf alles gefaßt.«

Kele gab brummend ihr Einverständnis, und von diesem Abend an postierten wir zwei zusätzliche Leute am Ausguck vorn und hinten, welche ihre Waffen unauffällig bereithielten. Sollte Rapili sie gesehen haben, so sagte er davon nichts.

Janela war es, der die nächste Veränderung auffiel. Eines der größten Wunder Irayas' war es gewesen, wie der Fluß sorgsam von den Zauberern des Königreichs gelenkt wurde. Es gab keine Schleusen oder Portagen im Zuge des gewundenen Verlaufes, den der Fluß durchs Land nahm. Nur ein Schimmern zeigte an, wo man einen Zauber gesprochen hatte, um den Wasserstand des Flusses zu verändern. Diese Zaubersprüche funktionierten in gewisser Weise noch immer, doch nun gab es eine merkliche Strömung, und wir mußten die Ruder bemannen, um voranzukommen. Es war, als kämpften wir uns durch Stromschnellen voran.

Weiterhin fielen mir Spuren von Überflutungen auf, wo der Fluß über seine Ufer getreten war. Ich erinnerte mich, wie gut organisiert früher alles gewesen war, wobei Hoch- und Niedrigwasser von einem Zauber gelenkt wurden, der sich den Bedürfnissen der Bauern anpaßte, welche entlang der Ufer arbeiteten. Niemand hielt es für weise, Rapili danach zu fragen, da für diese Angelegenheit ein Zauber von höchster Stelle nötig war und es für einen Ausländer unziemlich schien, sich dafür zu interessieren, und wenn er noch so lange Ehrengast gewesen sein mochte.

Zwei Tage nachdem wir den Fluß befahren hatten, ereilte uns der erste wahre Schrecken. Wir kamen an den brandgeschwärzten Ruinen einer kleinen Stadt vorbei. Ich wagte es, Rapili zu fragen, was geschehen sei. Mit gänzlich gleichgültigem Tonfall erklärte er mir, die Stadt habe sich gegen König Gayyath erhoben, und es sei nötig gewesen, an ihr ein Exempel zu statuieren. Ich zwang mein Glück und fragte nach weiteren Einzelheiten.

Rapili sagte: »Nur einer von vielen vermaledeiten Bauernaufständen. Früher oder später werden sie es lernen, das Unglück den Göttern anzukreiden, nicht unserem guten König. Falls nicht ...« Mehr sagte er nicht.

Einer von *vielen* Aufständen? Und was hatte es mit dem Unglück auf sich? Zwar waren Hebrus' Berichte stets zensiert worden, doch er *hatte* geschrieben, Vacaan kämpfe mit ähnlich schweren Problemen wie Orissa. Doch ... Rapili sah mich forschend an, also dankte ich ihm, und nach wenigen Augenblicken fand ich eine Ausrede, nach unten gehen zu können.

Mir fiel auf, daß die Menschen, an denen wir vorüberkamen – Fischer, Arbeiter, Händler – mitnichten so zufrieden waren, wie es einst den Anschein gehabt hatte. Einige von ihnen wandten uns den Rücken zu oder starrten uns nur mit leeren Mienen an, als sie das königliche Emblem auf unseren Segeln sahen, als paradierte ein grausamer Herrscher vorbei.

Etwas hörte ich weniger als früher ... Gelächter. Das verbreitetste Geräusch auf diesem Fluß war das schrille Lachen glücklicher Kinder gewesen. Nun hörte man es nur noch gelegentlich, und die Mienen der Jungen, an denen wir vorüberkamen, waren stumpf, wie die von Menschen, die nur wenig Freude kannten und für die das Unglück ein steter Gefährte war.

Wir schlängelten uns durchs Königreich, Tag für Tag, Stadt auf Stadt. Es gab keine Gleichmäßigkeit in dem, was wir sahen. Manche Ländereien waren fruchtbar, grün, manche Städte strotzten vor Leben. Andere Böden waren trocken, öde und kaum fruchtbar, und auch die Städte drumherum hatten es schwer.

Ich wußte kaum noch, was ich denken sollte, und ehrlich gesagt, fürchtete ich schon, wie Irayas selbst wohl aussehen möge. Falls diese Traumstadt sich verändert hatte, verletzt von den Wunden der Zeit ... ich konnte mich kaum dazu bringen, daran zu denken.

Wir erreichten Irayas im Morgengrauen, und der Flußkanal,

schon jetzt eine halbe Meile breit, wurde zu einem See mit tausend grünen, leuchtenden Inseln, als die Finger der Sonne die Stadt berührten. Sie hatte noch immer ihren Zauber. Die frisch entzündeten Feuer des Tages warfen Prismen von Farbe durch die Türme aus Kristall und sandten von goldenen Domen blendende Strahlen aus. Nun hörte man Vögel singen, und ich glaubte, Musik zu vernehmen, als die vielen Brunnen Fontänen in die frische, klare Luft versprühten.

Nein. Irayas hatte sich nicht verändert. Tatsächlich war es noch herrlicher, als ich es in Erinnerung hatte.

Ich sah Quartervals an. Seine harte, lederne Bergbewohnermiene verriet das schlichte Staunen eines Kindes, bevor er merkte, daß ich ihn ansah, und er sich zur Ruhe zwang. Es war das erste Mal, daß er nach Vacaan kam.

»Nun?«

Quartervals überlegte lange, bis er langsam sagte: »Es kommt nicht oft vor, daß man weiß, man sieht etwas, das die Götter erschaffen haben, nicht?«

Rapili, der hinter ihm stand, lauschte, lächelte angespannt, und auch *seine* Gedanken konnte ich lesen ... es war gut, daß die Fremden erkannten, was sie sahen. *Natürlich* konnte es in dieser Welt und auch in allen anderen nichts geben, was dem Ruhm Irayas ebenbürtig wäre.

Janelas Miene war nicht zu durchschauen. Ich trat nah neben sie und sagte ganz leise: »Und was hält die Damenwelt davon?«

Sie antwortete ebenso leise: »Nur daß man – wie sehr man auch glauben mag, seine Gefühle für etwas abgeschüttelt zu haben, was so etwas wie Heimat ist, besonders, wenn man so behandelt wird ... wie man mich behandelt hat... feststellen muß, daß man ihm unrecht getan hat.«

Ich wußte, was sie meinte. So viele Übel Orissa den Anteros auch angetan haben mochte – und es hatte so manche gegeben – verspürte ich doch jedesmal brennende Freude, sobald ich die Stadt wiedersah.

Aber weder Irayas noch Orissa sollten unsere Gedanken bestimmen. Verstand und Augen sollten auf unseren nächsten Schritt gerichtet sein. Ich fragte Rapili, wo wir anlegen würden.

»Wäret Ihr nicht, wer Ihr seid, und hätte ich nicht Anweisung von Hofe, würde man Euch mit den anderen zum Händlerhafen schicken. Doch seid Ihr persönliche Gäste des Königs. Laßt Euren Kapitän dem Boot dort folgen.« Er winkte einer Gondel zu, an der eine große, schwarzweiß gestreifte Flagge hing. »*Das* ist Euer Lotse. Damit melde ich mich ab.«

Die Gondel kam längsseits, Rapili warf sein Bündel an Deck und sprang hinterher, ohne ein Wort des Dankes oder des Abschieds.

Das Boot führte unsere drei Schiffe durch das Labyrinth des Kanalsystems Irayas'. Meilenweit breitete sich die Stadt aus, mit einigen ärmeren Vierteln auf größeren Halbinseln oder Sandbänken, und den Palästen der Nobilität jeweils auf einer eigenen Insel oder allein auf Pfeilern, die man in den Grund des Sees getrieben hatte. Irayas war in kunstvoller Unordnung angelegt, die nicht zufälliger war als der gewundene Pfad durch einen Garten, angelegt von einem meisterlichen Gartenbauer, und oft schon hatte ich mich gefragt, ob die Großen Alten die Inseln wohl mit Zauberkraft angelegt hatten. Doch antwortete niemand auf meine Fragen.

Nun überlegte ich, ob Janelas Theorie stimmte und sich die Großen Alten in das sagenhafte Königreich der Nacht zurückgezogen hatten. Erschauernd stellte ich mir vor, wie sie wohl sein mochten. Und ob sie die Zauberer von Irayas so weit übertrafen, wie diese sämtliche westlichen Geisterseher übertroffen hatten, als Janos und ich damals zum ersten Mal hergekommen waren.

Wahrscheinlich war es ein absurder Gedanke, doch fragte ich mich, was hinter Gold und Diamanten lauerte, wenn Gold eine so simple Umwandlung war, und man jedem Stein mit ein paar Worten eines Entsprechungszaubers Facetten und Glanz geben konnte.

Dankenswerterweise unterbrach Kele meine Gedanken. »Was ist dieser Handelshafen, von dem der Scherge gesprochen hat? So was hat es nicht gegeben, als wir hier zuletzt vor Anker gegangen sind.«

Für mich war es keine Überraschung. Hebrus hatte mir schon vor Jahren davon geschrieben. Anscheinend fürchtete König Gayyath, sein Volk werde durch allzu ausschweifenden Kontakt zu Fremden korrumpiert, sogar zu den wenigen Händlern, die sich flußaufwärts jenseits von Marinduque aufhalten durften, und so hatte er befohlen, eine Insel mit ausreichend tiefem Ankerplatz für ihre Schiffe anzulegen, einen abgetrennten Stadtteil für Handel und luxuriöse Villen, in welchem die Kaufleute wohnten. Alle Fremden hatten sich unter Androhung der Verbannung oder gar Hinrichtung auf dieses Viertel zu beschränken.

Durch Hebrus hatte ich eine sorgfältig formulierte Protestnote an König Gayyath gesandt, nicht nur im Namen aller Kaufleute, sondern auch, weil es eine Rückwendung zu Vacaans schlechten alten Sitten darstellte, als man sich hinter der Zauberei und dämonischen Beschützern versteckte, sich gegenseitig versicherte, die höchste Form kreatürlichen Lebens zu sein und zuließ, daß die Kultur versteinerte. Ich hatte nie eine Antwort bekommen ... wahrscheinlich war für mich ohnehin schon der Gedanke unziemlich, anderen Leuten zu sagen, was sie vielleicht falsch machten, besonders wenn ich bedachte, wie unbekümmert sich mein eigenes Orissa mit Selbstgefälligkeit ummauerte.

Wir befuhren einen breiten Kanal, der direkt in die Lagune führte, und darüber war ich höchst erfreut. Obwohl sich unsere Schiffe für Flüsse ebenso wie für das offene Meer eigneten, waren sie mitnichten so handlich wie die Gondeln und Barkassen von Irayas.

Wir kamen in die Lagune, und ich erschrak, konnte den Schrei nicht unterdrücken, der mir über die Lippen kam. Vor uns lag die

Burg, in welcher wir Quartier nehmen sollten ... und es war dieselbe Burg, die ich bewohnt hatte, als wir zum ersten Mal nach Vacaan kamen. Hier hatte ich um Omeryes Hand angehalten, und einen Moment lang verschwammen die Türmchen, Gärten und Kuppeln vor meinen Augen. Hier hatte Janos seinen Verrat begonnen, und von hier hatten mich Ravelines Häscher zur Folter entführt.

»Lord Antero?« Kele war neben mir, mit starker Hand. Ich schüttelte den Kopf.

»Nichts. Nur die Sonne.«

Doch wandte ich mich von der Burg ab und trat an die Heckreling, blickte zurück, während ich um Fassung rang.

Janela legte mir die Hand auf die Schulter. »Es ist derselbe Ort?« Mehr sagte sie nicht. Ich nickte nur.

»Nun«, sagte sie mit harter Stimme, »spielt Euch hier jemand einen grausamen Streich ... oder zollt er nur unbeholfen Respekt, indem er zeigt, daß er Eure Vergangenheit kennt?«

»Ich weiß es nicht.«

»Ich auch nicht. Nur, wenn es ersteres ist ... was ich von meinem Urgroßvater geerbt habe, ist seine lange und makellose Erinnerung an Übel, die man ihm und seinen Lieben angetan hat ... und seinen Ideenreichtum im Heimzahlen dieser Schuld.«

Ich sah sie an. Einen Moment lang berührte sie den Knauf ihres Dolches. Dann lächelte sie. »Für den Augenblick jedoch halte ich es für besser, davon auszugehen, daß man uns in Ehren hält. Es sei denn, die Erinnerung wäre allzu schrecklich?«

Schon wollte ich antworten, dann hielt ich inne. »Nein«, sagte ich. »Manchmal kann das Echo der Vergangenheit, und mag sie noch so übel sein, tröstlich wirken.« Das entsprach der Wahrheit.

Noch einmal sah mich Janela seltsam an. »Auch das«, sagte sie fast zu sich selbst, »ist etwas, das geändert werden muß«.

Der Augenblick verstrich ... unangetastet. Ich wandte mich zuerst ab.

»Käpt'n Kele«, sagte ich förmlich. »Wir legen an dem langen Pier dort an. Und es könnte sein, daß wir in Eile wieder ablegen müssen. Bitte gebt das Signal an die anderen Schiffe weiter.«

»Aye, Sir«, und Keles Stimme wurde zu einem Bellen. »Wache unten raustreten! Wir brauchen mittschiffs und achtern Taue und Springleinen an backbord. Schwingt die Hufe!«

Ganz wie ich vermutet hatte, traten wir vom Schiff aus mitten in seidenen Luxus. In diesem Palast war genug Platz für das Kontingent einer kompletten Kriegsflotte, genug, daß jeder ein eigenes Zimmer bekam. Es amüsierte mich, daß die meisten es vorzogen, ihr Quartier mit einem oder zwei Freunden zu teilen. Ich hatte einige Beschwerden erwartet, als ich befahl, die Hälfte jeder Schiffsbesatzung solle jeweils an Bord bleiben – die Waffenständer entriegelt und die Wache auf der Hut – doch kamen keine Klagen. Meine Begleiter hatten nicht nur Erfahrung an fremden und nicht selten feindlichen Küsten, sondern wir alle waren von Staunen ergriffen, tatsächlich in jenem Land zu sein, das wir für die Fernen Königreiche hielten.

Keiner von uns, von meiner Wenigkeit bis hin zur Bedienung auf der *Glühwurm*, litt irgendeinen Mangel. Neue Kleider wurden verteilt, wenn unsere zerschlissen waren, ansonsten standen Näherinnen zur Verfügung, falls wir unsere Sachen lieber behalten wollten. Die Küchen standen uns stets offen, und alles, was ein Seemann sich nur vorstellen kann, wurde von Dienern gebracht, die entweder ausdruckslose Mienen zeigten oder fröhlich lächelten. Noch größerer Überfluß herrschte an Getränken, doch in diesem Punkt suchte ich den Kastellan des Palastes auf – einen lebensfrohen Gnom mit Namen Lienor, der kaum aussah wie Gayyaths Spion, welcher er ganz sicher war – und ließ alle geistigen Getränke verschließen, bis auf die Mahlzeiten und zwei Stunden nach dem Abendessen. Seeleute, egal wie zielstrebig und argwöhnisch sie auch sein mögen, werden sich *niemals* von einem Faß Wein abwenden, bis es geleert ist.

Auch für andere Zerstreuung war gesorgt, was ich schon erwartet hatte. Das Volk von Vacaan war der Ansicht, daß Glück nur zu erlangen sei, wenn *sämtliche* Bedürfnisse befriedigt waren. Somit hatte jede Kammer ein oder mehrere Zimmermädchen, und für die Frauen unter uns gab es männliche Diener, die keine speziellen Pflichten zu haben schienen, bis auf solche, die man sich von ihnen wünschte.

Vier Frauen sorgten sich um meine Bettstatt, zwei sehr junge und schöne, zwei etwas ältere, vollbusige, mit dem erfahrenen Lächeln von Frauen, die wußten, wie *wahre* Freuden zu spenden waren. Allen vieren gegenüber war ich freundlich, doch in meinem Alter machte ich mir kaum Illusionen über meine Fähigkeiten, und so schlief ich allein, mit Quartervals in der vorderen Kammer. Für etwa eine Stunde verschwand er mit einer der älteren Frauen, doch danach blieb er so züchtig wie ich, trotz meines Drängens.

Janela bekam ihren eigenen Flügel auf der anderen Seite des Gebäudes, in Räumen, die ebenso luxuriös waren wie die meinen. Falls sie Bettgefährten gehabt haben sollte, so bekam ich diese nicht zu sehen.

Oberflächlich betrachtet schien alles friedlich, doch nach einigen Tagen machte sich Sorge breit.

Wo war Hebrus?

Am sechsten Tag nach unserer Ankunft bat Lienor um Janelas und meine Anwesenheit am Haupteingang. Dort wartete ein weiterer Wächter, dieser mittleren Alters, doch ebenso hart und narbig, wie Rapili es gewesen war. Lienor stellte ihn als Chares vor, Herr über sämtliche Wächter. Ich fand es amüsant zu beobachten, daß sich Lienor dem Mann gegenüber demütig gab, als sei Chares sein Herr und nicht ich.

Ich fragte Chares nach seinem Rang, damit ich ihn korrekt ansprechen konnte. Chares sagte: »Wir Wächter haben keine Titel, und unser Rang zählt nur untereinander. Wir sind Gleiche unter Gleichen, allesamt der Sicherheit Vacaans verschrieben.«

Ich fragte, wie ich ihm zu Diensten sein könne.

»Ich komme, um Euch zum König zu geleiten«, sagte Chares, und ein Hauch von Eigendünkel klang in seiner Stimme mit. »Er hat Euch eine Audienz gewährt.«

Das überraschte mich. König Domas, Gayyaths Vater, hatte Neuankömmlinge sofort empfangen und dann viel Zeit verstreichen lassen, während er sein weiteres Vorgehen durchdachte. Ich hätte erwartet, daß Gayyath diese Praxis übernehmen würde.

»Das ist eine gute Neuigkeit«, sagte ich. »Ich freue mich, König Gayyath nach so langer Abwesenheit wiederzusehen.«

»Darüber hinaus«, fuhr Chares fort, »bringe ich auch schlechte Nachrichten. Euer Verwalter Hebrus ist vor einer Woche umgekommen.« Dem Klang seiner Stimme nach hätte er ebenso verkünden können, daß das Mittagsmahl einige Minuten später stattfinden würde.

Es traf mich schwer. In meinem Alter kann man nie sicher sein, wie der Tod einen angeht. In meinem Alter kennt man mehr Leute auf dem Friedhof als auf der Straße, und somit müßte man sich daran gewöhnt haben. Das trifft manchmal zu, manchmal auch nicht. Nun spürte ich, wie mir Tränen in die Augen stiegen. Hebrus war nicht nur ein guter Mensch gewesen, sondern mit seinem Tod starb auch der letzte Teil meiner Jugend. Chares starrte mich an, und sein Blick war mitleidslos. Zweifellos hielt er mich für einen Schwächling.

Sanft klopfte mir Janela auf die Schulter. Ich holte dreimal tief Luft und schob die Angelegenheit beiseite. Später, wenn wir von Hofe heimkehrten, würden wir die angemessenen orissanischen Riten zu seinen Ehren abhalten.

»Wie ist das geschehen?«

Chares wirkte verlegen. »Vielleicht«, sagte er, »sollten wir uns in ein anderes Zimmer zurückziehen, um darüber zu sprechen.«

Ich führte Chares in einen Garderobenraum. Als ich es tat, entdeckte ich ein Grinsen auf Lienors Gesicht, als sei er in die Sache längst eingeweiht und fände das alles wirklich ausgefallen.

Ohne seinen Tonfall zu ändern, sagte Chares: »Euer Verwalter wurde ermordet.«

»Von wem?«

»Das wissen wir noch nicht.«

»Unter welchen Umständen?« wollte ich wissen.

Wiederum sah Chares aus, als sei es ihm unangenehm. »Lord Hebrus hatte die Angewohnheit, zu seinem persönlichen Vergnügen bestimmte Viertel, bestimmte Tavernen aufzusuchen. Die Partner, die er wählte, waren für ihre – um es schroff zu sagen – Härte und ihren Hang zur Gewalt bekannt. Lord Hebrus suchte sich den falschen Mann – vielleicht auch die falschen Männer – denn er wurde erschlagen in seinem Schlafgemach aufgefunden. Seine Mörder hatten gestohlen, was sie konnten, bevor der Lärm Hebrus' Diener weckte.

König Gayyath möchte seinem Mitgefühl Ausdruck verleihen. Er sagt, die nötigen Zeremonien für Lord Hebrus' Geist seien abgehalten worden, und man habe ihn außerdem nach unseren eigenen Riten geehrt und ihn zum Ehrenbürger Vacaans ernannt, was die höchste Auszeichnung ist, die wir einem Ausländer verleihen können. Eine angemessene öffentliche Einrichtung wird nach ihm benannt werden, und ich kann Euch persönlich versichern, daß man seine Mörder finden und nach den härtesten Bestimmungen des Königlichen Gesetzbuches bestrafen wird, ganz so, als sei Lord Hebrus Mitglied des Königshauses gewesen.«

»Warum wurde ich bei meiner Ankunft nicht über den Tod meines Verwalters in Kenntnis gesetzt? Er war ein wichtiger Mitarbeiter, und sein Tod könnte sehr wohl Auswirkungen auf die Angelegenheit haben, deretwegen ich nach Vacaan gekommen bin.«

Chares zögerte. »Da Lord Hebrus ein wichtiger Mann war, schien es nötig, daß ein Vertreter des Hofes ... meine Wenigkeit ... die Nachricht überbringen sollte. Unseligerweise war ich in einem anderen Landstrich mit Angelegenheiten des Königs beschäftigt und konnte mich nicht so umgehend davon freimachen, wie ich es gern gewollt hätte.«

Ziemlich dünn, dachte ich. Niemand anderes aus Gayyaths großem Hofstaat hatte die Nachricht überbringen können? Glücklicherweise fand ich meine Fassung wieder und schwieg. Janela, deren Hand auf meinem Arm lag, muß gespürt haben, wie meine Muskeln sich spannten, denn ihr Blick zuckte erst zu mir, dann zurück zu Chares.

Die Veränderungen in Vacaan waren schlimmer, als ich gedacht hatte. Ich wußte, daß alles, was Chares sagte, eine Lüge war. Hebrus mochte eine Schwäche für jüngere Männer gehabt haben, doch die Sorte, in die er sich verliebte, war ganz so, wie er selbst gewesen war ... vergeistigte, sanfte Jungen, für die oftmals er der erste Liebhaber war. Und Hebrus war monogam, blieb jedem dieser Männer treu, bis die Affäre eines natürlichen Todes starb. Und wenn er neue Begleitung suchte, ging er in Bibliotheken, Konzerthallen oder Kunstgalerien. Außerdem hatte Hebrus *niemals* getrunken.

Mir wurde kalt. Stets war Vacaan gefährlich gewesen und hatte seine tödliche Bedrohung hinter einem Lächeln verborgen. Jene, die Anstoß erregten, verschwanden einfach, und es war, als hätten sie nie gelebt.

Hebrus war ermordet worden, jedoch nicht aus Leidenschaft. Ein geschäftliches Problem vielleicht. Doch fand ich die Überlegung interessant, daß wir vor einer Woche schon vor der Küste Vacaans gewesen waren und die Zauberer Irayas' unser Eintreffen vorhergesehen haben mußten. All meine Sinne schienen zu beben. Ich hielt mich nicht für einen Schwarzseher. Nicht nach der Begegnung mit dem Dämon, der sich Senac nannte, und der Gewißheit, daß man uns bei der Suche nach den Königreichen der Nacht Steine in den Weg legen würde.

Ich wollte mir die Zeit nehmen, Hebrus' Tod zu untersuchen, und meinen Freund – wenn möglich – rächen. Doch das mußte vorerst warten.

Jetzt war nur Zeit für König Gayyath.

»Wie kommt es«, fragte Chares Janela sanft, als unsere Gondel durch die Kanäle hin zum Palast des Königs glitt, »daß Ihr nie dem Hofe vorgestellt wurdet, bevor Ihr Vacaan verlassen habt? Sicher wäret Ihr das Juwel einer jeden Gesellschaft. Und Eure Familie ist edel genug.«

Janelas Augen weiteten sich für einen winzigen Moment, dann fing sie sich. »Ich danke Euch für dieses Kompliment, Chares. Doch war mir der Besuch Vacaans verboten, als Strafe für ein verschmähtes Eheangebot, weil ich dafür meine Studien der Zauberkünste hätte aufgeben müssen. Ich hatte gedacht, das wüßtet Ihr.«

»Unbedeutenden Dingen wie der Mißachtung des Protokolls schenke ich nur wenig Aufmerksamkeit«, sagte der Soldat. »Die Zeiten sind allzu prekär für Trivialitäten.«

Ich unterbrach ihn. »Chares, unsere Eskorte nach Vacaan, Rapili, sagte, es habe Aufstände gegen den König gegeben, weigerte sich jedoch, Näheres darüber zu berichten.«

»Rapili ist ein guter Soldat«, gab Chares zurück. »Es wäre nicht angemessen gewesen, eine solche Angelegenheit mit einem Ausländer zu besprechen. Allerdings war er sich Eures ... speziellen Verhältnisses zur königlichen Familie nicht bewußt.«

Das bezweifelte ich, doch sagte ich nichts.

»Folgendes soll nur für Eure Ohren bestimmt sein«, sagte der

Offizier. »Es hat einige Narren gegeben, die der irrigen Annahme waren, König Gayyaths Gnade sei unbegrenzt, und sie könnten ihn für ein gewisses Unglück verantwortlich machen, das die Götter über uns brachten. Es hat falsche Propheten, Volksverhetzer gegeben, mehr als genug Ärger, mit dem sich ein jeder Soldat über mehrere Dutzend Lebensspannen beschäftigen könnte.«

Chares versuchte, menschlich zu wirken, womit ich »erschöpft« meine, doch spürte ich sein Gefallen an solchem Schlachten. Ich war zu alt und zu reich, mich von Männern wie ihm narren zu lassen.

Er fuhr fort: »Ich fürchtete, es wurde notwendig, bestimmte Maßnahmen zu ergreifen und gelegentlich scharfe Mittel einzusetzen.«

»Einige Spuren davon haben wir auf unserer Reise gesehen«, sagte Janela.

»Nicht wirklich«, sagte Chares. »Eine Ruinenstadt oder eine Region, über die der König eine Handelssperre verhängen mußte ... das sind nur geringfügigere Beispiele. Schließlich möchten wir Neuankömmlingen nicht gleich das ernstere Gesicht unseres königlichen Herrschers präsentieren.«

»Könntet Ihr damit genauer werden?« fragte ich.

Chares' Blick war kalt. Lange sah er mir in die Augen, dann an mir vorbei über das blau schimmernde Wasser hinweg, wo sich eine Fontäne erhob und golden in der Sonne funkelte.

Ich erinnerte mich an Beispiele der Magie in Vacaan ... an seiner Grenze eine schützende Stadt, bewohnt ausschließlich von wiederbelebten Leichen, und an ein Land, das von Zauberkraft versengt war, und plötzlich fühlten sich die Sonnenstrahlen eisig an.

Königs Gayyaths Palast zeigte keinerlei Spuren von den Problemen des Reiches. Er nahm fünf Inseln im Zentrum Irayas' ein, und noch immer sandten seine Dome aus purem Gold den grellen Glanz der Sonne in den Himmel zurück. Die Gärten waren nach wie vor ein

Wunder an Perfektion, und die magisch gezähmten Tiere und Vögel, die darin herumwanderten und -flogen, waren ganz so, wie ich sie in Erinnerung hatte. In den Parks schlenderten sorglos prunkvoll gekleidete Edelleute mit ihrem Gefolge. Andere liefen auf und ab, sorgten sich um ihre Bittschriften, und die Schmarotzer, die zu jedem Hof gehörten, blickten lauernd in die Runde, immer auf der Suche nach dem nächsten Skandal. Doch hier fand sich eine weitere Veränderung. Zu anderen Zeiten hätten hier auch gewöhnliche Bürger und Kaufleute darauf gewartet, daß ihre Bittschriften an die Reihe kämen. Vielleicht hatte König Gayyath andere Möglichkeiten für die Probleme kleiner Leute geschaffen, oder vielleicht war heute ein Tag, an dem nur die Oberschicht Zutritt zum Hofe bekam.

Janela, das konnte ich trotz ihrer offensichtlichen Bemühungen, weltgewandt zu wirken, sehen, war so ehrfürchtig, wie ich es bei meinem ersten Besuch gewesen war ... oder, um ehrlich zu sein, wie ich es in diesem Augenblick war, ganz benommen noch von der funkelnden Wunderwelt.

Unsere Gondel legte an, und wir wurden von einer Ehrenwache begrüßt. Als Janos und ich zum ersten Mal nach Irayas kamen, trug die Palastgarde gold und weiß, und ihre Waffen waren archaisch und von eher schmückendem Wert. Nun waren es Wächter, makellos in Rot und Schwarz, die Waffen poliert, modern und sehr wohl in Benutzung. Mir fiel die förmliche, wenn auch entspannte Art und Weise auf, mit der die Männer Chares grüßten, und obwohl ich – den Göttern sei Dank – selbst nie Soldat gewesen war, wußte ich, daß dieses auf eine kriegserfahrene Elitetruppe hindeutete.

Als wir über die breite, gewundene, von vielfarbigem Elfenbeinbesatz eingefaßte Straße gingen, erkundigte ich mich bei Chares nach seinen Wächtern.

»Wir haben nur eine einzige Aufgabe ... König Gayyaths Wünschen in jeder Hinsicht zu entsprechen und sein Leben und das

Königreich selbst höher zu schätzen als alles andere, unser eigenes Leben eingeschlossen.« Chares klang, als zitierte er seinen Eid.

Ich täuschte Besorgnis vor. »Die Garde, die ich bei früheren Besuchen gesehen habe, hatte eher zeremonielle Aufgaben als Eure Einheit. Ich hoffe, es war nicht jemand so verrückt, seine Hand etwa... gegen den König selbst zu erheben?«

»Noch nicht«, sagte Chares grimmig. »Aber wir sind auf alles vorbereitet.«

»Also hat König Gayyath selbst die Wächter ins Leben gerufen?« fragte Janela.

»Nein. Formiert hat uns Lord Modin.«

Weder Janela noch ich kannten ihn, und auch in Hebrus' Depeschen war er nie erwähnt worden.

»Verzeiht mir, Chares«, sagte ich. »Es ist mir peinlich zuzugeben, daß ich von diesem Lord noch nie gehört habe. Würdet Ihr mir ein wenig von ihm erzählen? Ich hasse es, im unklaren zu sein, besonders wenn es jemanden betrifft, der so wichtig ist, wie es der Lord offenbar sein muß.«

Chares willigte ein. »Lord Modin ist einer von König Gayyaths vertrautesten Beratern. Außerdem zeigt er großes Interesse an unserer Einheit. Nur hat er keinen Sinn für Macht oder Prunk und zieht es vor, im Hintergrund zu bleiben, um so Vacaan und unserem König besser helfen zu können.«

Chares war sich nicht darüber im klaren, aber damit verriet er mir mehr, als er beabsichtigte. Modin also war oder sah sich zumindest gern als die Macht hinter dem Throne?

Modin, beziehungsweise die Tatsache, daß es jemanden wie Modin gab, überraschte mich nicht. König Domas, Gayyaths Vater, war ein typischer großer Monarch gewesen. Allzu viele große Könige haben eine ebenso große Schwäche... sie sind nicht in der Lage, ihre eigene Sterblichkeit zu bedenken und somit unfähig, eine brauchbare Nachfolge zu sichern. So erging es ihm, das hatte ich im

Laufe der Jahre erfahren, mit seinem ältesten Sohn. Ich war nur ein- oder zweimal mit dem Prinzen zusammengetroffen und hatte dabei gespürt, daß König Domas ihn absichtlich vom Thron und dem Umgang mit der Macht fernhielt. Ich wußte nicht, warum Domas sich so verhielt, ob Gayyath irgendwie Anstoß erregt hatte oder mit seiner Anwesenheit Domas schlicht daran erinnerte, daß er eines Tages dem Dunklen Sucher würde gegenübertreten müssen.

Ich selbst hatte damals Probleme mit Cligus, und – ehrlich gesagt – war ich es müde, über einen Mann und seinen Sohn zu urteilen. Ich vermied den Gedanken an die Schwierigkeiten, empfand nur einige Sorge für das Volk von Vacaan und wie es nach Domas' Tod regiert würde. Ich fragte mich, ob Domas seinen Fehler vielleicht in den letzten Lebensjahren eingesehen und gemerkt hatte, daß Gayyath eine Art graue Eminenz brauchen würde, um weise und gut regieren zu können. Ich bezweifelte es, da ich von Modin schon früher gehört hätte, wenn dem so gewesen wäre. Und doch wagte ich die Frage.

»Lord Modin«, antwortete Chares knapp, »war bis vor sechs oder sieben Jahren Herr über eine abgelegene Provinz. Durch seine Weisheit und sein Geschick ist König Gayyath auf ihn aufmerksam geworden, und unser König war hocherfreut, als er feststellte, daß Lord Modin ein Zauberer ersten Ranges ist, der außerdem Interesse an der Politik hat.«

Ich dachte an ein anderes Wesen aus einer abgelegenen Provinz, dem ich erst kürzlich begegnet war, und zwang meine Überlegungen in eine andere Richtung. Doch war der Gedanke, der mir kam, nicht beruhigender, als ich die roten und schwarzen Wächter bemerkte, die sich durch die Menge der Adligen und deren Gefolge außerhalb des Palastes schoben.

Rot und schwarz ... man füge eine Farbe hinzu – gold –, und man hatte die Hausfarben von Prinz Raveline, Janos' Verführer, dem Monstrum, welches ich auf dem Gipfel des schwarzen Berges jenseits von Irayas erschlagen hatte.

Noch eine Neuerung fiel mir auf, als wir uns dem Palastgebäude näherten: ein fünfstöckiger Bau abseits des Hauptkomplexes. Auch dieser war aus Gold, kunstvoll filigran mit etwas bearbeitet, was Elfenbein zu sein schien. Ich sprach Chares darauf an.

»Nein«, sagte er. »Das könnt Ihr damals nicht gesehen haben. Es ist neu... König Gayyaths Serail.«

Ich ließ mir nichts anmerken, zeigte meine Überraschung nicht. Was König Gayyath zu seinem persönlichen Vergnügen tat, war mir nie bekannt gewesen. Seine Privatangelegenheiten waren für Fremde und selbst seinen Hofstaat ein wohlgehütetes Geheimnis.

Chares ging ein paar Schritte vor uns, und ich sah Janela an, die den Bau anstarrte. Jetzt, da wir näher kamen, sah ich, daß die Filigranarbeiten keine Zierde waren, sondern Gitterstäbe verbergen sollten.

»Zweifelsohne von Eunuchen bewacht«, murmelte sie. »Männer kastrieren und Frauen einkerkern... königliche Macht vom Allerfeinsten.«

Das meiner Ansicht nach größte Wunder Irayas' befand sich im Inneren des aus drei Ebenen bestehenden Audienzsaales. Die unterste Ebene war den Bürgerlichen vorbehalten, und hier hatten sich früher die Menschen gedrängt. Jetzt war sie fast leer. Chares führte uns eine Treppe zur zweiten Ebene hinauf, welche die Nobilität bevölkerte, und dann auf die dritte Ebene, die Zauberern und den höchsten Hofbeamten vorbehalten war. Darüber erhob sich der goldene Thron des Königs.

Doch das, worauf jedermanns Blick gerichtet war, füllte den Großteil dieser dritten Ebene aus: ein riesenhaftes Abbild Vacaans. Alles war da, von den Städten über die Bauernhöfe und den Fluß bis hin zum schwarzen Berg jenseits der Stadt. Ich wußte, wenn man das Modell näher betrachtete, konnte man Boote finden, Tiere, sogar Vögel. Es war keine Einbildung und auch kein Kunstwerk, sondern ein mächtiges Werkzeug, mit dem man das Reich regieren, überwachen und kontrollieren konnte. Was man per Zauberkraft dem Abbild zufügte, geschah ebenso mit dem Land selbst, sei es nun Überschwemmung, Regen oder bestes Wachstumswetter. Das Abbild konnte aus der Ferne belohnen und bestrafen und war, so dachte ich, das größte Werk von Zauberhand, das ich je gesehen hatte.

Gewöhnlich war es ein ruhiger Ort, an dem die Zauberer, die dieses Simulacrum kontrollierten, ohne Hast herumliefen und ihren Zauber fest an Ort und Stelle hielten. Nicht so an diesem Tag. Es kam mir vor, als uferten die Beschwörungen aus oder wären nicht korrekt gesprochen, denn plötzlich schimmerten bestimmte Bereiche des Königreichs und waren nur schwer noch zu erkennen, als erblickte man sie durch flimmernde Hitze, oder sie verschwanden vollständig und gaben den feingeschnitzten Boden darunter preis. Verschiedene Teile drehten sich leicht und ohne Bezug zu den anderen, und die Perspektive verschob sich, als stünde das Abbild auf einer Drehscheibe.

Das Problem blieb nicht unbeachtet. Zwanzig oder mehr schwitzende Zauberer waren wohl dort, umgeben von ihren Akoluthen, sprachen Beschwörungen, schwenkten Zauberstäbe oder Weihrauchfässer. Kleine Pfannen entlang des Weges ließen ihren wohlriechenden Rauch aufsteigen, und überall um das Abbild waren eilig mit Kreide angeschriebene mystische Symbole zu sehen.

Der oberste Zauberer – oder zumindest der zuständige Beamte – war ein schlanker, gutaussehender Mann, nicht viel älter als Janela und vielleicht drei bis fünf Zentimeter kleiner als ich. Er erinnerte mich eindringlich an einen Fuchs, und das meine ich nicht verächtlich, sondern vielmehr, daß sein spitzes Gesicht – im Gegensatz zu den meisten bei Hofe glattrasiert – wach wirkte, und sein Blick stetig von hier nach da zuckte, auf daß ihm nichts entginge. Außerdem bewegte er sich wie ein Fuchs, schnell, agil, lief von einem Zauberer zum nächsten und bellte Befehle. Er runzelte die Stirn, bemühte sich offenbar, seine Wut im Zaum zu halten.

Der Mann trug eine blaue Seidentunika und Hosen und hatte eine hellrote Schärpe um seine Hüften gelegt. Er war der einzige im ganzen Haus, der Rot trug – abgesehen von den Wächtern – und so erkannte ich ihn augenblicklich.

»Das muß Lord Modin sein«, riet ich.

»So ist es«, sagte Chares, und sein Tonfall zeigte tiefen Respekt.

Wir näherten uns dem Thron, und ich wandte meine Aufmerksamkeit dem Mann zu, der darauf saß ... oder besser: darauf lümmelte. Ich kniff die Augen zusammen. König Gayyath war ... gewachsen, seit ich ihn zuletzt gesehen hatte. Sein Vater Domas war groß und barengleich gewesen, und so war auch Gayyath. Doch während Domas von mächtiger Gestalt gewesen war und einen Raum durch seine bloße Anwesenheit dominierte, war Gayyath aus der Form geraten. Sein Wanst wölbte sich unter der weiten Robe, und seine Wangen waren teigig und schlaff. Das dunkle Haar war sehr kurz geschnitten, entweder aus Bequemlichkeit, oder um es zu schnellem Wachstum zu ermutigen, damit es die sich ausbreitende Glatze verbarg. Er sah nicht so sehr aus wie ein König, sondern eher wie ein ruhender Schlemmer. Hatte sein Vater ein schlichtes Goldband als Krone getragen – oder besser gesagt, damit herumgespielt – besaß Gayyath eine kunstvoll gearbeitete Krone mit Juwelen. Nachdem mir von seinem Serail erzählt worden war, hatte ich fast schon erwartet, ihn von Haremsdamen umgeben zu sehen, doch so tief war er – zumindest bisher – noch nicht gesunken.

Ich hatte erwartet, daß Chares uns melden würde, und war überrascht, als die Stimme des Königs donnerte:

»Lord Amalric Antero von Orissa und Lady Lycus von Vacaan,

die es mittlerweile vorzieht, sich Lady Janela Kether Greycloak zu nennen ... Ihr dürft Euch uns nähern.«

Erneut überraschte er mich ... entweder war König Gayyath ein Herrscher, der mehr auf Details achtete, als ich ihm zutraute, oder jemand meinte, unser Eintreffen sei wichtig und solle beachtet oder zumindest von der Menge unterschieden werden.

Seine Stimme war ein Wunder, ein tiefer, dröhnend sonorer Ton, für dessen Ausprägung ein Herold, ein Geisterseher, ein Ratsherr oder General Jahre gebraucht hätte. Wie wir später erfuhren, bewunderte jedermann, was er sagte, wenn er sprach ... bis man versuchte, einen Sinn dort zu entdecken, wo meist keiner war.

Janela verneigte sich, und ich stand aufrecht, wie König Domas es mir vor vielen Jahren befohlen hatte.

»Wir heißen Euch in Vacaan willkommen«, fuhr Gayyath fort, »möge sich Euer Aufenthalt fruchtbar und angenehm gestalten, und mögen Eure Wünsche uns nach Kräften Befehl sein.«

Im Augenwinkel sah ich eine hastige Bewegung, und Lord Modin stand neben dem Thron. Seine Miene zeigte den Zorn, der schon vor Minuten zu sehen gewesen war, dann zwang er sich zur Gelassenheit und setzte ein höfliches Lächeln auf.

Gayyath nickte in seine Richtung. »Das ist Lord Modin, liebe Leute. Mein guter Freund und engster Berater.«

Modin verneigte sich andeutungsweise. »Ich danke Euch, Hoheit. Ich bin aufs höchste erfreut, unsere Reisenden kennenzulernen.«

Wir tauschten Verbeugungen aus. Sein Blick glitt über mich, dann blieb er an Janela hängen. Die Augen zumindest zeigten keine Ähnlichkeit mit einer unterwürfigen Kreatur, sondern sandten den intensiven, brennend schwarzen Blick eines Meistergeistersehers aus. Man hatte sich seinem Wunsch zu unterwerfen, sagte dieser Blick, ohne Frage, ohne Zögern, und er kannte jedes deiner Geheimnisse.

Dann sagte er: »Der König und ich würden gern unser Bedauern über den Verlust Eures Verwalters zum Ausdruck bringen, der darüber hinaus, soweit ich weiß, Euer Freund war.«

»Ja, ja«, sagte Gayyath. »Dieser Händlerbursche. Ich glaube, ich habe ihn mal gesehen, oder?«

Das war die Antwort. Gayyath hatte gut auswendig gelernt. Ich fragte mich, warum Lord Modin gewollt hatte, daß er so höflich war, als sei unsere Ankunft von Interesse.

»Das habt Ihr«, sagte Modin, zum König gewandt, »aber Ihr hattet ihn eine Weile nicht gesehen und Euer Bedauern darüber kundgetan, kurz bevor er sein unglückliches Ende fand.«

»Natürlich, natürlich«, polterte Gayyath. »Und wie geht es in Orissa? Gut, hoffe ich, und hoffe außerdem, Ihr habt keine Probleme mitgebracht, die wir für Euch lösen sollen. Wir haben unseren eigenen Hassel und Schlamassel, wie Ihr seht.« Vage winkte er zum Simulacrum hin.

»Nein, Eure Majestät. Wir bitten nur um einen Gefallen.«

»Das scheint das einzige zu sein, was alle von uns wollen«, fuhr Gayyath fort. »Und dann werden diese verdammten Gefallen zu einem kleinen Anwesen und dann zu einem größeren Anwesen und etwas Land für die Familie und vielleicht ein wenig Gold, o ja, man fügt ein Unternehmen hinzu oder vielleicht ein Regiment Soldaten ...« Seine Stimme verklang zu etwas, von dem ich schwören konnte, daß es Echos waren.

»Eigentlich«, sagte Janela, »brauchen wir nicht so sehr einen Gefallen als eher eine einfache Erlaubnis.«

Gayyaths Blick blieb auf sie gerichtet, und ich wurde daran erinnert, daß er ein Schwadroneur sein mochte, dennoch aber auf dem Thron des mächtigsten Königreiches der uns bekannten Welt saß und es bisher keine erfolgreichen Versuche gegeben hatte, ihn zu stürzen.

»So sprecht.«

»Wir bitten um Erlaubnis«, sagte Janela barsch, »gen Osten segeln zu dürfen.«

»Warum? Da ist nichts als Wasser. Die Götter stehen solchen Expeditionen nicht wohlwollend gegenüber. Mein eigener Vater hat einst von einem Vorfall gesprochen, der sich ereignet hat... verdammt, ich kann mich nicht erinnern, aber es muß vor der Zeit des Vaters seines Vaters seines Vaters gewesen sein. Hat ein böses Ende gefunden oder ist irgendwie verschwunden. Außerdem solltet Ihr als Vacaanerin wissen, daß nichts Gutes davon kommen kann, nach Osten zu blicken. Bisher nicht, und auch in Zukunft nicht.«

Ich entschloß mich einzugreifen. »Majestät, wir bitten Euch, nachsichtig gegen einen Ausländer – mich selbst – und Lady Greycloak zu sein. Wie Ihr seht, gehen meine Jahre zur Neige, und ich habe eine Todesangst davor, an Langeweile daheim in meinem Bett zu sterben.«

»Ich nicht«, sagte Gayyath. »Ich hoffe, genau dort dahinzuscheiden, wenn auch nicht aus Langeweile.« Er kicherte anzüglich.

»Ich bin kein König«, fuhr ich fort, »sondern ein Kaufmann und Reisender, der am glücklichsten ist, wenn er Dinge sieht, die er noch nie gesehen hat.«

»Kann ich nicht verstehen«, fuhr Gayyath fort. »Das macht einen doch nur müde. Und wenn die Wilden, die da leben, nicht versuchen, Eure Leber zum Frühstück aufzuschneiden, bilden sie sich am Ende ein, so zivilisiert zu sein wie wir. Aber wahrscheinlich muß es das wohl auch geben.«

Er wandte sich Modin zu. »Haben Eure Zauberer nichts dazu zu sagen? Das mit dem Reisen nach Osten, meine ich. Hat es nicht der eine oder andere Gott verboten?«

»Ich kenne keinen entsprechenden Bann für Fremde«, sagte Modin. »Natürlich gibt es einen solchen für unsere Bürger, Hoheit. Wie Ihr Euch erinnern werdet, unterhalten wir aus diesem Grunde eine Küstenwache. Doch für Ausländer, zu denen – wie ich sagen muß – auch Lady Greycloak zählt, da sie auf ihr Geburtsrecht verzichtet hat, wurde ein Bann weder in unseren Gesetzen festgehalten noch gewohnheitsmäßig praktiziert.«

»Gefällt mir nicht«, fuhr Gayyath fort. »Im Osten ist nur Übles zu finden. Jeder weiß das.«

Das war die Reaktion, die wir erwartet und gegen die wir diverse Argumente gesammelt hatten, um Gayyaths Meinung zu ändern. Wir hatten sogar überlegt – falls unser Gesuch abgelehnt würde – dennoch zu reisen und die ferne Rache der Zauberer Vacaans zu riskieren, falls sie von unserem Verrat erführen. Das milde Interesse und die mangelnde Sorge von Modins Seite kam unerwartet, und ich wunderte mich darüber sehr.

Plötzlich gähnte Gayyath. »Nicht, daß es einen Unterschied machen würde«, sagte er. »Wie Ihr schon sagtet, Fremde machen solche Sachen. Kümmert Ihr Euch darum, Lord Modin.«

»Danke, Hoheit. Ich weiß, Ihr habt drängendere Probleme«, sagte Modin.

»Ja, ja«, sagte Gayyath, dann lächelte er Janela an. »Wie immer Ihr Euch auch entscheidet, Lady, hoffe ich doch, Euch bei Hofe wiederzusehen. Ihr seid wunderschön, und Schönheit ist etwas, das ich ungemein bewundere.«

Wir verneigten und empfahlen uns, sagten, selbstverständlich würden wir nicht reisen, ohne dem König Lebewohl zu sagen, wollten die Ehre einer weiteren Audienz nutzen, und wurden auf eine niedrigere Ebene geleitet. Ich hatte erwartet, von Lord Modin in ein Hinterzimmer geführt zu werden, wo wir uns eingehender auf das Thema einlassen würden. Statt dessen nahm er uns an einem Geländer zur Seite.

»Gen Osten, ja?« sinnierte er. »Könnte es ein anderes Motiv geben, abgesehen von reiner Neugierde, welches Ihr *mir* anvertrauen möchtet, falls es Euch vor dem König peinlich war?«

»Nein . . .« Ich ließ die Pause bewußt lang werden. »Außer einem vielleicht. Ich mag alt sein, bin aber immer noch Kaufmann. Falls uns etwas begegnet, das von wirtschaftlichem Interesse für Orissa sein könnte...«

»... dann müßt Ihr hierher nach Irayas zurückkehren und die Angelegenheit mit einem Kammerherrn besprechen, um sicherzugehen, daß solcher Handel Rechtens und im Interesse Vacaans ist«, endete Modin.

»Natürlich.«

Dann kam die letzte Überraschung. Ich hatte erwartet, daß er uns entlassen und sagen würde, wir bekämen seine Antwort später. Statt dessen erklärte er:

»Wie ich bereits dem König sagte, wüßte ich keinen Grund, warum man Euch nicht gestatten sollte, Eure Reise anzutreten, auch wenn ich sie für ausgesprochen tollkühn halte. Es ist Euch untersagt, einen Bürger unseres Königreiches mitzunehmen, und aller Proviant, den Ihr benötigt, muß mit Gold bezahlt werden und wird nicht als Kredit gewährt. Wie der König schon sagte, kehrt niemand aus dem Osten zurück, und ich möchte sicherstellen, daß keine ausstehende Schuld den Namen Antero befleckt. Außerdem wünsche ich, daß Ihr innerhalb der kommenden zwei Wochen reist.«

Ich glotzte ganz unverblümt, wie auch Janela, in reinstem Erstaunen. Lord Modin ließ ein Lächeln über seine Lippen gleiten.

»König Gayyaths Vater ließ Geschäfte stets ewig dauern«, sagte er. »Wir haben neuere Methoden eingeführt. Wenn eine Entscheidung offensichtlich ist, gibt es keinen Grund, sie nicht sofort zu fällen.

Somit habt Ihr unsere Erlaubnis. Doch, wie der König bereits sagte, nehmt doch an einigen Festivitäten bei Hofe teil. Ihr werdet Eure Freude daran haben, besonders wenn Ihr lange Tage und Wochen auf See sein werdet, nur von Wasser und Leere umgeben. Wenn Ihr mich nun entschuldigen wollt. Ich werde Euch von einer

Eskorte zu Eurem Quartier bringen lassen.« Er verneigte sich und eilte hinauf zu seinem in Auflösung befindlichen Simulacrum.

Janela und ich sahen uns mit großen Augen an, doch sagten wir nichts, da zwei Wächter herantraten und sich verbeugten.

Es war zu einfach. Zuerst war König Gayyath über unsere Ankunft informiert, dann wurde unser Begehren angehört und sogleich geklärt. Fast war es, als sei unser Wunsch bereits bekannt gewesen, und man habe die Entscheidung schon vor unserem Eintreffen gefällt. Das ließ nichts Gutes ahnen.

Irgend etwas stimmte hier ganz und gar nicht. Wir sollten uns schnellstens auf den Weg machen.

Kapitel Sechs

Die unsichtbare Schlinge

Es gab an unseren Schiffen nur wenig zu tun, um sie für die Expedition bereitzumachen. Die Lebensmittel, die wir auf der Reise bisher verzehrt hatten, waren ersetzt und weiterer Proviant in jeder verfügbaren Ritze verstaut. Alles, was zerbrochen oder abgenutzt war, wurde ausgetauscht und ein angemessener Vorrat an Tauschwaren angelegt, eher um der Mär zu entsprechen, daß wir auf eine Handelsreise gingen, als aus anderen Gründen.

Wir warteten nur noch auf eines … die richtige Mondphase für eine bestimmte Zeremonie, welche unseren Glauben an die Königreiche der Nacht festigen oder – wie alle Magie – nichts als Enttäuschung bringen sollte. Der entsprechende Tag sollte in genau zwei Wochen sein.

Es war gut, daß wir fast alles, was wir brauchten, mitgebracht hatten, denn in Irayas gärte es gefährlich, und für Fremde war es besser, in Sicherheit zu bleiben. Wir sahen es, wenn wir von unserer Inselburg aus Fahrten in die Handelsviertel der Stadt unternahmen. Ich weiß nicht genau, wie ich es sagen soll... Irayas war nach wie vor die herrlichste Stadt, die ich je gesehen hatte, in der noch die übelste Straße mit poliertem Porphyr gepflastert war, welchen ein Zauberer Vacaans aus schlichtem Kopfsteinpflaster umgewandelt hatte, und Ladenzeilen, die verschwenderisch mit kostbaren oder halbwegs kostbaren Materialien dekoriert waren.

Doch nun sah es aus, als sei die Stadt nicht instand gehalten worden, als seien die zuständigen Arbeiter nicht mit dem Herzen bei der Sache und hätten sich damit abgefunden, dem Rost sein Recht zu lassen und auch dem Ruß, und selbst eine zerbrochene Scheibe mußte eine Weile warten, bis man sie ersetzte.

Auch die Menschen waren anders. Sie starrten unverblümter und gaben eher Kommentare zu Leuten in teurer Kleidung ab als zuvor... und sie achteten nicht mehr so sehr darauf, ob man ihre Sticheleien hörte.

Quartervals formulierte es am treffendsten. »Es ist, als warteten sie auf etwas. Ich bin mir nicht sicher worauf, aber ich möchte nicht hier sein, wenn es soweit ist.«

Wir gingen grüppchenweise aus, zumindest paarweise, und nie allein. Janela wurde trotz ihrer Proteste von Chons begleitet, der offenbar eine vollständig andere Vorstellung von der Verwendung von Klingen hatte als die meisten Gärtner.

Immer wieder jedoch schlich sie ohne ihn hinaus und sagte, als ich sie dafür schalt, ganz unschuldig: »Ein Mensch kann unsichtbar sein, zwei niemals.«

Sie war mit einer Reihe geheimnisvoller Besorgungen beschäftigt, und ich wurde an die Gewohnheit ihres Großvaters vor vielen Jahren erinnert, als wir meine Suche antraten. Doch Janos' Heimlichtuerei in Lycanth war nötig gewesen, da er in einer Zeit Zauberutensilien kaufte, in welcher deren Besitz jedem nicht lizensierten Geisterseher verboten war. Doch hier in Irayas schien es keinen Unterschied zu machen. Schließlich fand ich heraus, daß die Zauberer Irayas' sie mit Einladungen überschüttet hatten. Anfangs dachte ich, sie seien begierig, zu erfahren, welche Geheimnisse sie bei ihren Studien und Reisen ergründet hatte, wurde jedoch bald daran erinnert, daß die Zauberer hier – wie alle Bürger Vacaans – der Ansicht waren, daß jenseits ihrer Grenzen nichts als Barbarei und Ignoranz zu finden seien. Die Einladungen beruhten in erster Linie auf Neugier und dem Wunsch, der Langeweile entgegenzuwirken, die dadurch entstand, daß man auf den immer gleichen Versammlungen die immer gleichen Zauberer traf.

Janela gewöhnte sich an, meinen Gemächern stets einen Besuch abzustatten, wenn sie von einem solchen Ereignis heimkehrte, und wir tranken ein letztes Glas Wein oder Branntwein zusammen und redeten ... manchmal über das, was geschehen war, manchmal über das, von dem wir hofften und glaubten, es läge vor uns, und manchmal redeten wir einfach nur. Sie war – wie ihr Ahnherr – gut im Erzählen von Geschichten und noch besser, wenn es ums Zuhören ging. Ich ertappte mich dabei, wie ich von Dingen sprach, von denen ich noch nie gesprochen hatte, von Dingen, die geschehen waren, als mein erstes Buch geschrieben war und von denen außer Omerye niemand wußte, oder von Dingen, die nach ihrem Tod geschehen waren.

Bei einem dieser beiläufigen Gespräche hatte ich eine Idee, wie wir zu weiteren Informationen kommen konnten, wenn wir erst einmal auf See wären. Informationen, mit denen man – falls meine Überlegungen korrekt waren – die Notizen und das Gekritzel auf Janelas zerfetzter Karte ergänzen konnte.

Eines Abends kam Janela etwas angetrunken und einigermaßen aufgebracht von einer Geheimsitzung der Zauberer zurück. Sie schenkte sich einen Becher voll Branntwein ein und setzte sich.

»Ich habe gerade den verdammt langweiligsten Abend meines Lebens verbracht... schlimmer noch als damals, als ich bloß Akoluthin war und beflissen lauschen mußte, wenn meine Meister mir darlegten, warum die Sterne mehr Einfluß auf mein Leben hätten als ich selbst.«

»Bei wem warst du zu Gast?« fragte ich.

»Großmagier Euboae, der weiseste und angesehenste Zauberer von allen, sabbernd und senil und umgeben von nicht minder hirnlosen Jüngern. Keiner von denen weiß irgendwas! Janos hatte recht, als er sagte, es gebe so gut wie keine klugen Männer in diesem Land. Jeder einzelne von denen geht rein mechanisch vor. Seit den Zeiten ihrer Großväter hat sich nichts daran geändert.«

»Du klingst wie eine Greycloak«, sagte ich grinsend.

»Im Augenblick bin ich dermaßen bedient von diesen engstirnigen Narren, daß ich mich über meinen Großvater wundern muß. Wenn Janos so weise war, wieso ist er Prinz Raveline dann so leicht in die Falle gegangen?«

Mein Lächeln verflog. Ich sah, daß Janela nicht nur einer Laune nachgab, sondern ernsthaft zornig war.

»Warum stellst du ihn an den Pranger?« fragte ich, so sanft ich konnte.

Janela sah mich an, dann zum offenen Fenster und den Lichtern von Irayas. Ich meinte, sehen zu können, daß ihre Augen feucht glänzten.

»Es ist nur, weil ich mich manchmal so verdammt einsam fühle«, sagte sie. »Manchmal kann ich diese Gesetze, die Janos aufzustellen versuchte und die deine Schwester Rali verstehen wollte, *fühlen*. Und ich kann auch *fühlen*, wie sie sich zu einem großen Bild zusammensetzen, und dann zerfließt dieses Bild wie Quecksilber zwischen den Fingern meiner Gedanken.

Ich wünschte, es *gäbe* einige kluge Männer unter ihnen. Vielleicht ist es das, was ich zu finden hoffe, wenn wir am Ziel sind.«

»Wenn?« sagte ich. »Du klingst sehr sicher.«

»Oh, das bin ich, das bin ich«, sagte sie. »Nur wird es wahrscheinlich, wenn wir ankommen, so sein, wie Janos es befürchtete, als er die Beschwörungen der Großen Alten studierte ... sie werden gewohnheitsmäßig vorgehen, nicht nach der Vernunft, genau wie hier in Irayas.«

Um sie zu trösten, sagte ich: »Janos hielt es für möglich, daß sich nicht alle unter den Großen Alten im Kreis bewegen, sondern manche denselben Weg verfolgen, den er selbst ging.«

»Und was ist dann mit ihnen geschehen?« sagte Janela. »Wo ist das von den Göttern gesegnete Goldene Zeitalter, das Erde, Wasser und Himmel lenkt?«

»Vielleicht werden wir genau das herausfinden«, sagte ich.

Janela erwiderte meinen Blick. Wut und Unsicherheit verflogen schnell wie ein Sommergewitter, und sie lachte dieses strahlende Lachen, das ich so sehr lieben gelernt hatte.

»Amalric, wieder einmal sehe ich, warum du als Abenteurer so erfolgreich warst. Für dich ist die Dunkelheit nur die Zeit zwischen zwei Lichtern. Zwischen Abend und Morgen.«

Ich lachte und trank ihr zu. Sie leerte ihren Becher und schüttelte den Kopf, als ich auf die Karaffe deutete. Gähnend stand sie auf, und ihre Wut war der Müdigkeit gewichen. Auch ich stand auf. Sie legte die Arme um mich und ihren Kopf an meine Brust.

So standen wir lange Zeit, dann drückte sie mich kurz an sich und trat zurück.

»Du hast recht. Uns wird noch alles klarwerden. In den Fernen Königreichen.«

Ich selbst hatte eine finsterere Aufgabe zu bewältigen, für die ich Quartervals Hilfe benötigte. Er knurrte, es sei wichtiger, mich zu beschützen, doch erinnerte ich ihn daran, daß ich stets bewaffnet sei, und hatte außerdem Otavi, J'ans Sohn mit dem Schlachterbeil, dazu abgestellt, mir den Rücken zu decken. Otavi mochte weder die Ausbildung noch die angeborene Umsicht meines ehemaligen Grenzkundschafters haben, doch schon seine bloße Anwesenheit genügte, die meisten Meuchelmörder zögern zu lassen.

Quartervals meldete einen kompletten Fehlschlag, was mir ebenso viel sagte, als hätte er Erfolg gehabt. Ich hatte ihn gebeten, Diener von Hebrus zu finden, um sie zu belohnen, weil sie ihrem Herrn so lange und so gut gedient hatten. Darüber hinaus hatte ich dieses offen verkünden lassen. Es hatte keinerlei Antwort auf meine Ankündigung gegeben, und auch Quartervals hatte sich nun glücklos gezeigt.

»Kein einziger«, murmelte er. »Keine Scheuermagd, kein Kastellan, kein Zimmermädchen, kein Bootsführer.«

Ich nickte, war nicht überrascht. »Entweder hat man sie bezahlt, damit sie fortbleiben, gewaltsam an einen anderen Ort verbracht oder ...« Ich beendete meinen Satz nicht, da es nicht nötig war. »Quartervals, heute abend, gegen Mitternacht, werden wir – du, Chons und ich – ausgehen.«

Wir drei – dazu Janela – taten genau das, und zwar in einem der kleinen Beiboote, die ich hatte ausbringen und gleich hinter der Treppe unseres Anlegers vertäuen lassen. Ich ließ Janela einen Zauber über mein Quartier sprechen. Ich hatte einen Nebel vorgeschlagen, oder Verwirrung, doch ihr war Besseres eingefallen. Sie nahm ein Löschblatt vom Schreibtisch, hielt es an Wand und Stühle, dann streute sie Kräuter – unter anderem Rosmarin, Mädesüß, Mohn, Belladonna – auf das Löschblatt. Dann tränkte sie dieses mit einer Flüssigkeit. Ich fragte sie, was es sei, und sie sagte: »Elixier des Lebens. Ich könnte Löschblatt und Kräuter verbrennen, aber das Elixier wird die Substanz befreien und sich langsam mit der Luft vermischen. So hält der Zauber länger an.

Dem Mißtrauen eines *wahren* Magiers wird er nicht länger standhalten als ein ordentlicher Durchdringungszauber«, sagte sie.

»Aber ich glaube nicht, daß wir derart unter Verdacht stehen. Zumindest hoffe ich es nicht.«

Sie flüsterte eine Beschwörung, und Qualm stieg so wirksam von dem Löschblatt auf, als hätte sie tatsächlich eine Pfanne, Kohle und ein Feuer verwendet. Schweigend gingen wir hinaus und achteten darauf, daß wir nicht Lienor oder einen der anderen Diener weckten. Falls uns jemand sah, wäre es einfach zu sagen, wir wollten nur etwas von einem unserer Schiffe holen, die am Anleger vertäut lagen. Doch war niemand zu sehen.

Die Nacht war ruhig, still und klar. Das Wasser des Sees spiegelte die Lichter von Irayas, welche die ganze Nacht über brannten, dazu die Sichel des Mondes über uns. Noch immer hörte ich aus verschiedenen Richtungen Fetzen von Musik. Irayas war eine Stadt, die niemals schlief.

Chons und Quartervals ruderten uns über den See und durch die sich windenden Kanäle. Unser Ziel war der Händlerhafen, an dem Hebrus sein Haus gehabt hatte. Meine Erinnerung – selbst nach all den Jahren und den Windungen der Kanäle Irayas – trog nicht. Ich nahm die Lichter von Gayyaths Palast als Orientierungspunkt, mein »Norden«, und nach einer Stunde waren wir da.

Nach den Maßstäben von Irayas war Hebrus' Haus nicht groß, was bedeutete, daß es in Orissa ganz enorm gewesen wäre. Er hatte es nur zu einem Viertel bewohnt, da er ein Mensch war, der Protzerei haßte und der einen Palast nur bewohnte, weil er meinte, das Haus Antero habe diese Pracht verdient. Das Haus stand auf der großen Insel, an der sich nun der Händlerhafen ausbreitete, und war aus verziertem Stein gearbeitet.

Schon wollten wir direkt darauf zurudern, als Quartervals ein Boot entdeckte. Wir drehten die Riemen flach und duckten uns unter den Dollborden, hofften, daß man uns nicht sehen würde. Das andere Boot passierte uns in kaum fünfzig Metern Entfernung, und ich konnte im Mondlicht erkennen, daß es ein Patrouillenboot der Wächter war. Über der Reling waren nur drei Köpfe zu erkennen, zwei Männer als Ausguck und ein Steuermann. Selbst die Wächter wurden vor Langeweile nachlässig, wenn sie einem Viertel zugeteilt waren, in dem nie viel passierte und ihre einzige Pflicht darin bestand, die Kaufleute drinnen und die Bewohner draußen zu halten.

Als das Boot nicht mehr zu sehen war, ruderten wir eilig zu Hebrus' Anleger und liefen den Pier zu seinem Haus hinauf. Wiederum – wie beim Eintreten in Senacs Anwesen – ging Janela mit all ihren magischen Sinnen voraus, Quartervals dahinter, dann ich und schließlich Chons. Keiner von uns hatte die Waffe gezückt, was es leichter machen würde, uns herauszureden, falls man uns entdecken sollte.

Ich sah Janelas Umrisse vor dem Hintergrund des steinernen Hauses. Alle paar Schritte hielt sie inne, »lauschte« und schüttelte den Kopf. Nichts. Keine magischen Wachen. Weder Quartervals noch ich sahen etwas, und auch Chons schwieg. Wir stiegen zur steinernen Terrasse hinauf und traten an eine der Türen, die gänzlich aus Glas zu bestehen schien, geschickt mit Schnitzereien überzogen, deren Vertiefungen in unzähligen Farben schimmerten. Offensichtlich hatte Hebrus keine Sorge gehabt, daß jemand einbrechen würde. Wir fanden keinerlei Hinweise auf Riegel oder schwere Schlösser. Kaum angemessen für einen Mann, der brutale Schläger als Bettgefährten bevorzugte.

Quartervals winkte Chons, und die beiden beugten sich über die Tür. Ein Klicken war zu hören, und Quartervals stieß die Tür auf. Chons strahlte vor Stolz. Ein weiteres Mal fragte ich mich, wie mein Gärtner seine Zeit verbrachte, wenn er nicht mein Grundstück pflegte. Mit Sicherheit legte er einige Talente an den Tag, die nur wenig mit der Kunst des Gartenbaus gemein hatten.

Drinnen traten wir von der Tür zurück, und Janela flüsterte Worte über einer Handvoll Feuerperlen. Ich ging voraus zu jenem

Teil des Hauses, den Hebrus bewohnt hatte. Die Räume, durch die wir kamen, waren so gut wie leer, gerade soweit möbliert, daß sie nicht verlassen wirkten.

Ich fand Hebrus' Räume ohne Schwierigkeit. Janela erhöhte die Wirkungskraft der Feuerperlen, und wir sahen uns um. Ich hatte erwartet, was ich sah... die meisten Schätze und Kuriositäten, welche Hebrus im Laufe der Jahre gesammelt hatte – Gegenstände, die aus einem Haus ein Heim machen – waren verschwunden. Janela öffnete ihre Tasche und nahm einen Zauberstab hervor, mit dem sie zuvor ein Buch aus meinem Besitz berührt hatte, welches Hebrus einst für die Händler der Anteros geschrieben hatte, um sie auf die Sitten Vacaans vorzubereiten... traurigerweise die einzige Erinnerung, die ich an einen meiner treuesten Diener besaß.

Sie gab sich der Kraft des Zauberstabes hin, und dieser drehte sich herum, ausgestreckt wie die Zunge einer wartenden Schlange, suchend, ohne je zu finden.

Nach einiger Zeit ließ sie den Stab sinken. Nichts. Wir durchsuchten die anderen Räume, darunter auch Hebrus' Schlafzimmer. Noch immer nichts.

Es war, wie ich erwartet hatte. Wir verließen das Haus so leise, wie wir gekommen waren, und kehrten unentdeckt in unser Quartier zurück. Ich entließ Chons und bat Quartervals und Janela, mir in meine Gemächer zu folgen. Sie zerstreute den Qualm des Löschblattes und ließ ihre Sinne suchen. Es hatte keinerlei »Erkundigungen« gegeben, keine »Augen« hatten hier etwas gesucht. Soweit sie es beurteilen konnte, erklärte sie, hatte die Täuschung gewirkt.

Ich erzählte Quartervals, wonach wir gesucht und was wir nicht hatten finden können. Irgend jemand hatte nicht nur alle bedeutsamen physischen Reste Hebrus' aus dem Haus entfernt, sondern auch – wie Janelas Zauber zeigte – selbst die geistige Gegenwart vertrieben, die ein Mensch ausstrahlt und die an allem hängenbleibt, was er berührt – je näher er den Dingen ist, desto stärker. Es war, als hätte ein unsichtbarer Besen jede Erinnerung an Hebrus ausgekehrt.

»Warum?« wunderte sich Quartervals. »Wußte Hebrus etwas Wichtiges? Etwas, das mit unserer Reise zu tun hat?«

»Ich weiß es nicht«, sagte ich. »Weder hatte ich Zeit, ihm zu schreiben, noch hätte ich etwas Derartiges erwähnt, da sämtliche Korrespondenz von Beamten des Königs gelesen wird. Soweit ich weiß, hat er keinerlei Nachforschungen hinsichtlich der Länder im Osten unternommen.«

»Dann«, sagte Quartervals, »muß er sich einen Feind gemacht haben, der fürchtete, Ihr würdet bei Eurem Eintreffen eine Blutfehde beginnen.«

Hier sprach der wahre Grenzsoldat. Ich selbst dachte nicht so.

»Eine plausiblere Erklärung«, sagte Janela, »könnte sein, daß er Zeuge der Veränderungen Vacaans wurde, seit du zuletzt hier warst... und jemand wollte nicht, daß Amalric Antero *irgendwelche* Informationen über *irgend etwas* bekommt.«

Das war die einzige Folgerung, der ich mich anschließen konnte, so vage sie auch sein mochte. Ich konnte sie noch einen kleinen Schritt weiter treiben... der Anstifter war Lord Modin, da die erlogene Geschichte von Hebrus' Tod von seinen Wächtern übermittelt wurde. Nur warum?

Ich wußte es nicht... nur, daß ich in dem Berater des Königs einen Feind gefunden hatte. Warum nur hatte er unserem Wunsch so bereitwillig entsprochen?

Ich hatte Fragen, doch keine Antworten, und so wurde es Zeit, zu Bett zu gehen.

Otavi, Quartervals und ich besorgten einige Dinge, die Janela für die bevorstehende Zeremonie benötigte. Der fragliche Laden lag am Ende eines schmalen Kanals, so ließen wir unser Boot zurück und gingen durch eine gewundene Gasse, ganz nach den Anweisungen, die Janela uns gegeben hatte.

Wir fanden den Laden, nahmen ein kleines Paket von einem sehr alten Mann entgegen, der wie einer der Wüstennomaden aus meiner Kindheit gekleidet war, und gaben ihm dafür die einigermaßen erstaunliche Menge Goldes, die er verlangte.

Wir wollten eben zum Boot zurück, als uns der Mob einfing und Geschrei aus den Gassen zu hören war, wütendes Gebrüll. Nachdem wir uns jedoch instinktiv mit den Rücken an eine Mauer gestellt hatten und schon unsere Schwerter ziehen wollten, wurde mir klar, daß sie nicht uns angriffen. Es war ein Ausbruch reinster Wut, und ich sah, wie ein Mann aus seinem kleinen Lebensmittelladen rannte, sich wild umsah, schrie und Pflastersteine aufnahm, um sie ziellos um sich zu werfen. Der Mob wuchs an, während Auslagen umgestoßen, schattenspendende Seidenmarkisen abgerissen und Scheiben eingeworfen wurden. Wir mochten vielleicht nicht das Ziel sein, doch bald würde die rohe Gewalt auch uns treffen. Ich suchte nach einem Laden, in dem wir uns verstecken konnten, doch in diesem Augenblick wandelte sich das Geschrei der Menge von Zorn und Entsetzen, und eine feste Mauer aus Rot stürzte auf sie ein.

Es war eine Phalanx aus Wächtern, deren vorderste Reihe mit beinah meterlangen Knüppeln bewaffnet war, und die Reihen dahinter trugen Speere, die sie als Stachelstock benutzten. Ohne jeden Befehl, die Menge zu zerstreuen, arbeiteten sich die Soldaten durch das Volk, schwangen die Knüppel wie Metronome. Ich meinte, ein- oder zweimal Stahl blitzen zu sehen, und erkannte einen Dolch in der Hand eines Wächters.

Es schien kein Entkommen zu geben, aber dann fanden die Leute Fluchtwege, als würde kochender Wein einen verschlossenen Topf sprengen. Männer und Frauen strömten davon, und plötzlich war die Straße leer.

Einer der Wächter bemerkte uns, runzelte die Stirn, und dann nickte er, als hätte er sich eben einer Anordnung erinnert, daß diese Ausländer nicht zu belästigen seien.

Zwei bellten Befehle, die Soldaten formierten sich und waren schon verschwunden.

Zehn Tote zählte ich, die dort auf der Straße lagen, das Blut in Lachen auf dem türkisfarbenen Pflaster leuchtend wie die Uniformen jener Männer, die sie getötet hatten.

An diesem Abend bekamen wir Antwort auf allzu viele unserer Fragen. Ich zog mich frühzeitig zurück, um für unsere Reise im voraus zu schlafen. Statt dessen wälzte ich mich, überlegte endlos, was geschehen würde, ob wir eine Überlebenschance hatten, was daheim in Orissa vor sich gehen mochte und so weiter und so fort.

Schließlich dämmerte ich ein und träumte Träume, an die ich mich nicht erinnern möchte. Ein Klopfen an der Tür holte mich aus diesem unruhigen Schlaf. Ich stieg aus dem Bett, fand mein Schwert und bemerkte irgendwo in meinem Hinterkopf ein Gefühl von Stolz darüber, daß der Abenteurer in mir und auch seine Umsicht zurückkehrten.

Lautlos trat ich an die Tür, dann riß ich sie auf. Draußen, umrissen vom Licht der verglühenden Kerzen im Flur, stand Janela. Sie hatte die Schultern hochgezogen, als sei Winter und nicht fast schon Sommer. Ich nahm ihren Arm und zog sie herein, sah an ihrer Haltung und dem wenigen, was ich von ihrer Miene erkennen konnte, daß etwas nicht stimmte.

Sie stand mitten im Zimmer, reglos, und ich enthüllte das Nachtlicht und blies hinein, bis es flackerte, dann hielt ich es an zwei der Öllaternen in der Kammer, bis mir auffiel, daß ich so gut wie nackt war. Janela schien gar nicht wahrzunehmen, daß ich mein Schwert auf den Tisch legte und mir hastig ein Handtuch um die Lenden wickelte.

»Was ist los?«

Sie leckte sich die Lippen, suchte nach Worten.

Ich erinnerte mich meiner Manieren, holte ihr einen Stuhl und den Rest Branntwein aus der Karaffe. Den hielt sie sich nur an die Lippen.

»Ich weiß jetzt«, sagte sie ohne Vorrede, »oder zumindest kann ich eine begründete Vermutung wagen, warum Hebrus ermordet wurde.«

Ich schluckte einen Fluch herunter, trat an den Schrank, nahm eine neue Flasche Branntwein, brach das wächserne Siegel und schenkte uns beiden ein, kümmerte mich nicht erst um die feine Karaffe.

»Warum ... oder«, sagte ich, »... erst mal: Wer?«

»Modin. Oder einer seiner Wächter oder Mietlinge.«

»Warum?«

»Weil Modin wollte, daß du nichts, aber auch gar nichts von dem erfahren solltest, was hier in Vacaan in den letzten zehn Jahren passiert ist, ganz wie ich es mir gedacht hatte.«

»Sprich weiter.«

»Modin fürchtet dich, Amalric. Er fürchtet dich, und er fürchtet uns zusammen. Er läßt dich gen Osten ziehen – ohne jegliche Informationen, die Hebrus dir wahrscheinlich hätte geben können – weil er will, daß du ohne die Rüstung reist, die aus Wissen entsteht. Er will, daß du da draußen umkommst, Amalric, daß du umkommst, wie seiner Ansicht nach alle Reisenden aus Irayas umgekommen sind ... beziehungsweise von Dämonen vernichtet wurden.«

»Er fürchtet *mich*?« Ich versuchte, mich Stück für Stück durch ihre hervorgestoßenen Worte zu arbeiten und nicht in dieser plötzlichen Flut fortgespült zu werden. »Wie könnte ich ihm eine Bedrohung sein? Denkt er, ich wollte ihn vernichten? Oder bin ich in gewisser Weise eine Gefahr für König Gayyath oder Vacaan selbst?«

»Er weiß es einfach nicht. Er fürchtet das, was ihr einmal wart, du und Janos Greycloak. Irgendwie habt ihr beide allen Widrigkeiten getrotzt, seid nach Vacaan gekommen und habt die Welt von den Inseln des Westens bis nach Irayas selbst erschüttert. Vacaan dämmerte gemütlich vor sich hin, bis ihr kamt, Amalric, ganz wie Orissa. Nun bist du mit einer Nachfahrin Janos Greycloaks zurückgekehrt, und er hat panische Angst vor dem, was wir dieser Welt antun könnten.«

»Offenbar«, sagte ich, »kauft er uns die Geschichte nicht ab, daß wir nur einfache Reisende sind, die nach neuen Handelsmöglichkeiten suchen.«

»Natürlich nicht«, sagte sie. »Das hatten wir ja auch nicht wirklich angenommen. Er ist nicht so weit aufgestiegen, weil er ein Dummkopf ist. Wenn wir ihm allein gegenübertreten könnten, würde ich ihn zweifellos in jeder magischen Schlacht mit Waffen seiner Wahl übertreffen. Falls gleiche Chancen bestünden. Doch die bestehen nicht. Wir sind auf seinem Territorium, und er hat das Können sämtlicher Zauberer Vacaans zu seiner Unterstützung und zur Stärkung seiner Kunst.«

Ich drehte mein Branntweinglas zwischen den Fingern, dachte über das nach, was sie soeben gesagt hatte, und fand den genauen Wortlaut für meine nächste Frage.

»Das ist keine gute Neuigkeit«, sagte ich. »Aber es war doch nicht das, was dich erschauern ließ wie ein junges Reh, das eben gesehen hat, wie seine Mutter von Jägern erlegt wurde.«

»Ich bin mir nicht sicher, ob ich dir mehr erzählen sollte.«

»Warum nicht?«

Sie holte tief Luft. »Weil du ein Mann bist... und es könnte sein, daß es Einfluß auf dein Denken nimmt.«

»Janela, jetzt verwirrst du mich vollkommen. Erzähl mir einfach, was passiert ist... egal was es ist. Wir sind Weggefährten und, wie ich hoffe, Freunde, oder? Allerdings vermute ich, daß ich zumindest zum Teil erraten kann, was du mir verheimlichst.«

»Kannst du?«

»Modin hat mit dir geschlafen, oder er wollte es zumindest.«

»Sein bloßer Wille genügt mir schon. Der Gedanke daran, es tatsächlich mit ihm zu tun ...« Erneut erschauerte sie. »Nur will er es nicht aus Lust, zumindest nicht aus reiner Lust.«

Meine Augen wurden groß, als mich eine Ahnung dessen durchzuckte, was nun folgen würde.

»Ich sehe, du könntest es erraten haben«, sagte sie. »Eine Nachfahrin von Janos Greycloak? Eine Liebesnacht mit ihr – mit Hilfe der Magie – würde ihm große Macht verleihen. Dessen ist er sicher.

Heute abend habe ich in Erfahrung gebracht, daß er die Farben der Wächter und seines Banners ganz bewußt aus Bewunderung für Raveline gewählt hat ... aus Bewunderung für den Mann, der geholfen hat, meinen Großvater zu vernichten. Als wir kamen, war es ihm, als wäre er Raveline selbst geworden und hätte nun eine zweite Chance, Janos Greycloak zu besitzen, ihn vollkommen von sich besessen zu machen und vielleicht irgendwie – in dem Augenblick, in welchem Körper und Seelen gemeinsam im leeren Raum schweben – zu verstehen und das Geheimnis zu umfassen, das Janos zu ergründen suchte.

Dein Buch«, sagte sie mit plötzlich ruhiger Stimme, »ist offensichtlich weit über Orissas Grenzen hinausgekommen.«

Ich trat ans Fenster und blickte in die Nacht hinaus. Janela hatte recht gehabt ... ein Teil meiner selbst reagierte wie ein heißblütiger Liebhaber. Ich wollte mir Stahl umlegen, Modin aufsuchen und herausfordern, selbst wenn Janela und ich keineswegs die Bettstatt teilten. Und sie auch nie teilen würden. Es war nicht Eifersucht allein, die ich verspürte, sondern auch die Wut darüber, daß Modin Janela mit einem Liebeszauber ihrer Kraft berauben wollte. Ich erinnerte mich an Frauen, die Janos benutzt und weggeworfen hatte, und plötzlich fiel mir eine Nacht vor langer Zeit auf Janos' Burg hier in Irayas ein, als ich eine Mutter gesehen hatte, die zusammengekauert in einem Boot hockte und bitterlich um ihre

Tochter weinte, und an den Geruch von etwas, das verbranntes Lammfleisch sein mochte, es jedoch nicht war, und an einen Topf mit dunkler Flüssigkeit, die von einem durstigen Wesen – nicht menschlicher Art – getrunken wurde.

»Eine Nacht der Leidenschaft sollte ihm das also alles geben«, brachte ich schließlich hervor, und ich glaube, meine Stimme klang gelassen.

»Nein. Er will, daß ich hier bei ihm bleibe. Amalric, vielleicht hast du nicht richtig zugehört, als ich sagte, er fürchtet *uns* mehr als dich oder mich allein.«

»Wir *sind* ein höllisches Paar«, sagte ich in dem Versuch, etwas Frohsinn in den Raum zu bringen und die Mordlust aus meinem Blick zu bekommen, der immer wieder zu dem Schwert wanderte, das auf dem Tisch in seiner Scheide lag. »Helden von ehedem und das alles.«

»Es ist mehr als das. Einer von uns beiden ist der Eisenklumpen. Der andere ist Lehm. Modins Meinung nach warten im Osten ein mächtiger Waffenschmied und sein glühendes Schmiedefeuer, die uns zu etwas machen, das die Welt in ihrem Mark erschüttern kann.«

»Möge er recht behalten!« knurrte ich.

»Jetzt weißt du ebensoviel wie ich.«

Angestrengt dachte ich nach. »Zwei Tage noch, bis wir den Heiligen Berg besteigen. Innerhalb einer Woche danach könnten wir ablegen. Ich glaube nicht, daß es klug wäre, sich am Tag nach der Zeremonie davonzustehlen. *Das* würde Modin sicher zur Raserei bringen und ihn böse Zauber oder vielleicht sogar Kriegsschiffe aussenden lassen. Bleibt uns so viel Zeit?«

»Ich weiß es nicht«, sagte Janela.

»Hat Modin dir eine Art Ultimatum gestellt?«

»Nein. Kein besonderes.«

»Dann machen wir es so. Ich glaube kaum, daß wir die Zeremonie absagen und es wagen können, augenblicklich abzufahren. Also können wir nur hoffen, daß Modin nicht aktiv wird.«

Lange Zeit war alles still im Raum.

»Eines gibt es, was wir tun könnten«, sagte Janela. Ich wandte mich zu ihr um, und sie blickte zur Wand. »Modin weiß, daß wir nicht... nicht miteinander vertraut sind. Kein Liebespaar, meine ich. Das ist der Grund, warum er sein Angebot gemacht hat. Er glaubt, wenn er mit mir schläft, bevor du es tust... es ist fast so, als meinte er, ich sei noch Jungfrau, und er könnte meine Kräfte an sich reißen, wenn er mich zuerst bekäme.«

Ich spürte die Hitze auf meinen Wangen, und plötzlich wurde die ganze Situation etwas komisch. »Wenn er sich um *meine* unbändige Lust sorgt und meine Konkurrenz fürchtet, sind seine Kräfte wohl so dosiert, daß er sich am besten als Wache über König Gayyaths Konkubinen eignen würde. Ist er sich meines Alters nicht bewußt?«

»Willst du mir helfen, Amalric?« fragte sie.

»Natürlich«, sagte ich. »Sagst du mir, wie?«

Janela antwortete nicht, sondern stand auf, ging erst zu einer Laterne, dann zur anderen und drehte deren Dochte herunter, bis kein Licht mehr in der Kammer war, nur noch das Nachtlicht und der Mondschein durch die Fenster.

»Er mag ein Zauberer sein«, sagte sie. »Aber er kann nicht *alles* wissen.«

Sie stieg aus ihren Kleidern, und ihr Leib war wunderschön und leuchtete im trüben Licht. Dann blies sie das Nachtlicht aus, und alles war finster. Ich hörte sie flüstern, das Rascheln des Bettzeugs, dann das Knarren von ledernen Bettfedern.

»Lord Modin hat so viel gesehen, wie er sehen kann«, sagte sie. »Ich habe uns mit einem Sperrzauber umgeben, und jetzt denkt er ganz sicher das Schlimmste von mir.«

Ich stand da und fühlte mich albern. Janela kicherte.

»Keine Sorge«, sagte sie. »Deine Tugend ist nicht gefährdet.«

Ich ging zu Bett, unbeholfen wie ein Bräutigam, und fiel beinah über einen ihrer Stiefel. Ich saß auf dem Bett und überlegte, ob ich versuchen sollte, in ein Handtuch gewickelt zu schlafen. Dann wurde mir die Komik meines Aufzugs bewußt, ich warf ihn von mir und glitt unter die Decke. Allerdings hielt ich mich nah am Rand des Bettes.

Es war ganz still im Zimmer. Von draußen hörte ich das Wasser plätschern und weit entfernt die Glocke an einer Gondel schlagen. Janelas Atem wurde ruhiger und dann sehr regelmäßig.

Fast schlief ich schon, als sie näher rückte, ihren Kopf an meine Schulter lehnte und einen Arm über meine Brust gleiten ließ. Sie murmelte etwas im Schlaf, und ich spürte, wie ihr weicher Körper sich an meine Seite schmiegte.

Ich fühlte, wie sich etwas seltsam und unziemlich regte. Schließlich hätte sie meine *eigene* Enkelin sein können. Darüber hinaus hatte sie so großes Vertrauen zu mir, daß sie mein Bett benutzte, um Modin zu benebeln.

Dann seufzte sie erneut, und auch meine Lider wurden schwer. Als nächstes spürte ich, wie Sonnenstrahlen durch das Fenster brannten und mich ruckartig aufschrecken ließen.

Der Weg den Heiligen Berg hinauf war härter und steiniger, als ich ihn in Erinnerung hatte, für Geist und Körper gleichermaßen. Die Wunden kehrten zurück, beinah so tief, wie sie vor langen Jahren gewesen waren, als ich Janos' sterbliche Überreste eingeäschert und seinen Geist nach Osten hin entsandt hatte. Es war kaum Morgengrauen, als wir die Ruinen des Altars der Großen Alten erreichten. Wir waren zu viert: Otavi, Quartervals, Janela und ich. Ich erklärte den beiden Männern, sie sollten ihr Gepäck absetzen und den Berg hinabsteigen, außer Sichtweite. Diese Zeremonie konnte keine Verfälschung durch Blicke brauchen, die ihre Bedeutung nicht erkannten.

Janela nahm sechs kleine Farbtöpfe und einen Pinsel aus ihrem Bündel und begann, Buchstaben an den Altar zu malen, Buchstaben einer Sprache, wie ich sie noch nie gesehen hatte.

Ich stand nur da und wartete. Es mag kalt gewesen sein, dort oben auf dem Berg. Falls es das war, so habe ich nichts davon gemerkt.

Das Plateau war leer. Die Menschen von Vacaan fühlten sich an diesem Ort nicht wohl, da sie an jene erinnert wurden, die verschwunden waren und eine Macht besessen hatten, die ihre eigene übertraf.

Ich meinte, einen Fleck auf dem Altar zu sehen, doch war es wohl nur Phantasie. Die Asche des Feuers, mit dem ich Janos befreit hatte, war schon lange von den Winterstürmen fortgewaschen.

Janela öffnete die beiden Bündel und nahm zwei Handvoll Holzscheite hervor. Diese ordnete sie auf dem Altar zu einem geometrischen Muster. Die Scheite hatten wir von Orissa her mitgebracht. Einige hatte ich von einer Schmuckschatulle genommen, die angeblich aus Kostroma, dem Geburtsort Janos Greycloaks, kommen sollte. Andere stammten von einer Tür, die ich bei der Garde des Hohen Rates erworben und zersägt hatte, der Tür, die zu Janos' damaligem Zimmer führte. Ein weiteres Stück stammte von einem Stuhl meines Vaters, auf dem Janos gern gesessen hatte, wenn sie gemeinsam tranken. Der letzte stammte vom Anleger der Burg, in welcher er gewohnt hatte.

Janela goß Öl auf die Scheite, und wir warteten.

Die ersten Sonnenstrahlen kamen über den Horizont. In diesem Augenblick sprach Janela drei Worte, und donnernd flackerte das Altarfeuer auf ... Flammen so groß, als steckten wir ein Freudenfeuer zur Sommersonnenwende an.

Wie schon einmal kräuselte sich der Rauch über dem Altar, als wartete er. Aus dem Nichts wehte ein Wind gen Osten, und er packte den Rauch und sandte ihn wirbelnd über die Klippen hinweg.

Doch dann zögerte die kleine Wolke, wandte sich gegen den Wind, legte sich um den Altar und auch um uns, als wollte sie Janela und mich in ihre Arme schließen.

Es roch nicht nach Feuer oder altem Holz oder den Lacken, mit denen das Holz überzogen war, sondern nach dem Salz der See, dem Hauch von Teer am Tau eines Schiffes und noch anderen seltsamen Gerüchen, wie Myrrhe vielleicht, ganz sicher Orangenblüten, Honig, Wacholder, Gemeiner Kalmus.

Ich starrte direkt in die Sonne, doch war ich nicht geblendet, sah es nicht, sah ganz etwas anderes.

Schon einmal hatte ich auf dem Gipfel dieses Berges eine Vision gehabt, eine Vision von einer hohen Bergkette, die aussah wie eine geballte Faust, überzogen mit glitzerndem Schnee. Ich hatte einen ähnlichen Berg gesehen und ihn mit Janos überwunden, in dem Glauben, ich hätte die Faust der Götter gefunden. Dann, an jenem Tag, als ich Janos' Leiche verbrannte, hatte ich die Vision gehabt, die mich verfolgte, bis Janela kam, mir zu erklären, was daran nicht stimmte.

Und nun wußte ich mit Sicherheit, daß sie recht hatte.

Ich blickte über Irayas hinaus, über das Land hinaus, durch das sich der Fluß zum östlichen Meer hin wand. Ich sah, daß sich dieses Meer weiter erstreckte, als Menschen es zu befahren wagten, dann sah ich Land. Ich sah die Mündung eines mächtigen Flusses, größer noch als jener, der nach Irayas führte. Hinter der Mündung verschwamm meine Vision, doch konnte ich dennoch weiter sehen, und es war, als wäre ich ein Vogel, der mit übernatürlicher Geschwindigkeit flog. Unter mir war Land, doch konnte ich es nicht erkennen.

Mein Blick war an eine hohe Bergkette geheftet, die wie die Faust eines Riesen aufragte. Eines Riesen ... oder Gottes.

Nun war ich mir sicher. Ja, ich war aus tiefstem Herzen sicher.

»Sieh nur«, flüsterte Janela, und ich zwang meinen Blick zur

Seite. Sie hielt die silberne Figur der Tänzerin, und wieder wurde diese zu Fleisch, und wieder tanzte sie vor einem exotischen Hof, einem Hof voll ansehnlicher Männer und Frauen und Dämonen. Der König und die Königin saßen noch auf ihren Thronen, und dieser Dämon mit der Wolfsschnauze betrachtete noch immer lüstern die Tänzerin. Mein Blick jedoch wanderte dorthin, wo ein offenes Fenster auf den Burghof mit seinen Gärten und die darunter liegende Stadt hinausging.

Doch es war nicht das einzige, was das Auge reizte. In weiter Ferne – als kleine Szenerie am Horinzont – sah ich Berge, eine Reihe von Gipfeln, die nur die andere Seite der faustförmigen Bergkette sein konnten, welche ich eben erst als Vision gesehen hatte.

Einen Augenblick später war sie fort, und meine Augen tränten, als die Sonne mich blendete.

Weder Janela noch ich sagte etwas.

Worte waren nicht nötig.

Es wurde Zeit, daß wir zu den Königreichen der Nacht aufbrachen.

Nun waren wir für die baldige Abfahrt bereit, nachdem wir die drei Dinge erledigt hatten, um die wir uns in Irayas kümmern wollten: Janelas Behauptungen bestätigen, unsere Schiffe verproviantieren und, was das wichtigste war, die Erlaubnis von König Gayyath einholen, so dürftig diese Erlaubnis auch ausfallen mochte. Ich hatte mich gefragt, wie man sich auf die Abreise vorbereiten könne, ohne daß Lord Modin und der König augenblicklich durch ihren Spitzel Lienor und die anderen Spione, die ich unter unserem Personal ausgemacht hatte, davon erführen. Ich beabsichtigte, offiziell bei Hofe Abschied zu nehmen, jedoch so kurz vorher, daß für irgendwelche Maßnahmen, die Modin planen mochte, keine Zeit mehr wäre.

Ich hatte die List ersonnen, eine Inspektion sämtlicher Männer und Frauen und auch der Schiffe daraufhin vorzunehmen, ob sie reisefertig wären. Waren die Bündel erst geschnürt und die Schiffsladungen ordentlich verstaut, konnten wir tatsächlich sehr kurzfristig ablegen. Um sicherzustellen, daß es nur wie eine bloße Inspektion wirkte, hatte ich für schmutzige Ausrüstung oder Kajüten, die nicht tipptopp waren, harte Strafen wie zwei Wochen Küchendienst, einen Monat Nachtwache oder Ausgangssperre für eine Woche angedroht, alles Strafen, die darauf hindeuteten, daß wir noch länger bleiben wollten.

Die Vision auf dem Gipfel des Berges hatte Janela und mich gleichermaßen erschüttert; ich war vom Aufstieg noch erschöpft und verfluchte meine morschen Knochen, denen man die Jahre trotz regelmäßiger körperlicher Mißhandlung durch Quartervals wohl anmerkte.

Kurz nach unserer Rückkehr ließ Janela mich rufen, ich solle eilig zu ihr kommen. Ich saß in meinen Gemächern und sehnte mich nach einem Nickerchen, mußte mir jedoch anhören, wie Pip darüber schwadronierte, er habe ja nicht gewußt, wie die ganze Sache sich entwickeln würde, und ganz sicher habe er unter diesen Umständen nicht angeheuert, aber bestimmt sei der großzügige Lord Antero gewillt, die Vereinbarungen über seine Entlohnung dahingehend zu diskutieren, daß diese einen Passus hinsichtlich des unwahrscheinlichen Falles behinhalteten, daß er nicht nach Orissa heimkehren könne und so weiter und so fort.

Es war Pips altes Lied, das ich schon auf anderen Expeditionen gehört hatte. Ich lachte und sagte, wenn er mehr Gold wolle, solle er am besten mehr Arbeit leisten und hoffen, daß es als Gegenleistung einen angemessenen Bonus gäbe. Nachdem unser altbekanntes Schauspiel zu Ende ging, suchte ich Janela auf.

Sie hatte ihre Tasche offen auf dem Tisch stehen und die Zauberutensilien ausgebreitet. Ein Becher mit eklig wirkender, übelriechender Flüssigkeit stand vor ihr.

»Amalric«, sagte sie ohne Vorrede, »wir haben Probleme.«

»Als würde ich das nicht wissen.«

»*Das* hier weißt du nicht, und ich fürchte, ich muß es dir zeigen. Es reicht nicht, davon zu erzählen. Setz dich. Streck einen Finger aus. Ich brauche etwas von deinem Blut.«

Ich fügte mich, und sie stach mich mit einer winzigen Silbersichel – nicht mit einer goldenen, wie ich sie sonst bei Beschwörungen sah. Sie hielt meinen Finger über den Becher und drückte drei Tropfen Blut hervor.

»Vielleicht hat mich die Zeremonie auf dem Berg empfindsam gemacht«, sagte sie. »Schon wieder habe ich dieses Gefühl der Furcht, der Bedrohung, als beobachteten mich unbekannte Feinde. In den letzten Stunden habe ich es nicht nur hier gespürt, was ich Modin, seiner Zauberei und dem, was uns im Osten erwartet, zuschreibe, sondern auch hinter uns. Von dem unerwarteten Ort. Mehr sage ich nicht.

Nun heb deine Hände, mit den Handflächen nach oben.«

»Du sagst, du hättest nichts von dem Talent, was ich für falsch halte ... schscht, ich habe genug von diesem Streit. Ich werde dich im Geiste über den Fluß zurück zum Meer schicken. Dann südöstlich ... nach Orissa. Ich fürchte, ich weiß, was du dort sehen wirst. Falls mein Zauber nicht wirkt, werde ich dir sagen, was meiner Ansicht nach geschieht, und jeden Eid schwören, den du hören willst, um sicherzustellen, daß du mir glaubst.«

Ein wenig erbost, ließ ich die Hände sinken. »Janela. Hör auf damit. Ich brauche keinen Eid von dir.«

»Hierfür ... vielleicht doch.« Sie sah mich an, und ihr Gesicht zeigte unendliche Trauer. »Es tut mir leid, lieber Amalric. Sehr leid sogar.«

Sie streckte die Hände aus wie eine Priesterin und stimmte ihren Singsang an:

»Blut findet Blut
Blut sucht Blut
Blut wird finden
Blut wird sehen
Blut wird finden.«

Mit normaler Stimme: »Nun trink den Saft.«

Das tat ich, hielt den Becher unbeholfen zwischen den Handballen, bis zum letzten Tropfen. Er schmeckte süß, dann bitter, dann gallig, daß es mir fast die Kehle zuschnürte.

Bevor ich würgen, protestieren oder auch nur den Becher abstellen konnte, wurde ich aus meinem Leib gerissen und durch die Luft geschleudert.

Als ich ein kleiner Junge war, hatte es in Orissa eine allgemeine Begeisterung für Rundgemälde gegeben. Es waren Bilder auf langen Stücken Leinwand. Die Betrachter saßen auf Stühlen, und das Rundgemälde wurde vor ihren Augen von einem Zylinder zum anderen gerollt. Auf diese Weise konnte man eine Bootsfahrt von Orissa bis zur Mündung des Flusses oder entlang der Zitronenküste erleben oder per Kutsche von der Stadt in die Berge fahren. Diese Gemälde waren hochgeschätzt ob ihrer Detailtreue und Länge.

Jetzt war es, als hinge ich über einem solchen Rundgemälde, das mit irrwitziger Geschwindigkeit gedreht wurde. Der Fluß wand sich unter mir wie eine geköpfte Schlange, ich sah Marinduque, und schon raste ich übers Meer, zurück nach Orissa. Unter mir auf der endlosen See entdeckte ich Punkte und tauchte zu ihnen hinab. Dann wurden diese Punkte zu zehn Schiffen, und freudig sah ich das Banner Orissas an ihren Großmasten flattern.

Ich erkannte die Schiffe ... es waren meine, ein Teil der Handelsflotte der Anteros. Doch waren sie zum Krieg gerüstet ... Netze gegen Enterer waren von den Rahen gespannt, und Katapulte oder Steinwurfmaschinen auf den Vorderdecks postiert. Auf ihren

Decks standen Männer in lederner Kampfmontur und übten mit ihren Waffen.

Dann war ich an Bord eines Schiffes, des Flaggschiffs, wie ich ahnte, und hing in der Luft, unsichtbar über dem Achterdeck. Unter mir stand Cligus! Warum war *mein Sohn* auf dem Weg nach Irayas?

Cligus war für die Schlacht gerüstet und mit einem seiner Gardeoffiziere in ein Gespräch vertieft, den ich schon früher gesehen hatte, als er um ihn herumgeschwanzelt war, an dessen Namen ich mich jedoch nicht erinnerte. Verzweifelt wollte ich ihr Gespräch belauschen, und dann gelang es mir. Nicht so deutlich, als stünde ich neben ihnen, sondern eher, als wäre ich auf halbem Weg in einen Tunnel oder hörte sie im Fieber, so daß nur hin und wieder ein Wort zu verstehen war: *»... was wir können... verhaften... einen Prozeß natürlich... Genehmigungen... Erklärungen... Überläufer... wenn ich zurückkehre... Beweis... ganz Orissa wird es wissen... und dann wird Hermias gemeinsam mit ihm verdammt sein.«*

Dann, fast deutlich, während Cligus einen Blick von gespielter Trauer zeigte, der das Vergnügen in seinen Augen nicht verbarg:

»Mein eigener Vater! In Te-Dates Namen, wie kann ich mit dieser Schande leben?«

Ich wurde zurück nach Irayas gerissen, kehrte in meinen Körper zurück, sank auf einen Stuhl in Janelas Zimmer. Sie schaute mich an, wußte, was ich gesehen hatte, stand auf und trat ans Fenster, wandte sich bewußt ab. Ich rang um Fassung und scheiterte. Nutzlose Tränen kamen mir, dann breitete sich Zorn aus. Mit ausdrucksloser Stimme berichtete ich genau, was ich gehört und gesehen hatte. »Wie konnte ...« – ich schaffte es, noch während ich sprach, andere Worte zu finden – »... Orissa darauf hören?«

»Amalric, ich weiß, es ist ein harter Schlag, aber du *mußt* dir deinen scharfen Verstand bewahren. Du hast mir erzählt, Cligus habe etwas in der Art gesagt wie, ganz Orissa werde es erfahren, wenn er mit dem Beweis oder mit dir selbst heimkehrte. Und du sagtest, es seien deine

Schiffe gewesen. Zuvor sagtest du, Cligus habe einflußreiche Freunde. Ich vermute, er war in der Lage, sich eine Expedition genehmigen zu lassen, auf seine Kosten, um Anschuldigungen zu untersuchen, die er selbst ausgeheckt hat. Bis jetzt hat man dich noch nicht durch Orissas Verrätertor getrieben. Ganz sicher hast du dort noch Freunde. Cligus hat deinen Erben Hermias verflucht, also sieht es so aus, als sei dieser noch sicher und ungefährdet. Und ich kann nicht glauben, daß Palmeras irgend etwas glauben würde, was Cligus ihm erzählt.«

»Da bin ich mir ganz sicher.«

»Wichtig ist, daß man dich zurückholen will. Glaubst du, Cligus sagt die Wahrheit, was seine Absichten angeht?«

Lebend konnte Cligus mich nicht zurückbringen. Wie viele Beweise oder falsche Zeugen er auch beschafft haben mochte, die Anschuldigungen waren nicht aufrechtzuerhalten, wenn ich erst wieder in Orissa war. Also hatte Cligus kaltschnäuzig etwas geplant, das nur im Vatermord enden konnte.

»Wie konnte er das tun?« Es war eine sinnlose Frage aus meinem Munde, doch kam sie von Herzen.

»Ich werde mich hüten, das zu beantworten ... er ist, was er ist, und ich will dir nicht noch mehr Schmerz zufügen. Nur gibt es noch ein weiteres Wie ... eine eher praktische Frage. Wie konnte Cligus mit einer derart dreisten Farce Erfolg haben? Ich sagte, ich hätte Zauberkraft gespürt, eine übelwollende Macht voraus und jetzt auch hinter uns, als ich merkte, daß jemand uns verfolgt, den ich für Cligus hielt. Die Macht hat denselben Ursprung. Jemand ... etwas ... im Osten hat sich mit Cligus vereint.«

»Eine Macht wie Senac?«

»Mit großer Wahrscheinlichkeit.«

»Weiß Cligus es«, fragte ich, klammerte mich an einen Strohhalm, »oder ist er nur ihre Schachfigur?«

»Das kann ich nicht beantworten. Vielleicht ist er nur ihr Werkzeug, obwohl das nur ein schwacher Trost sein kann, da eine reine Seele nicht zu korrumpieren ist. Ob er jedoch bewußt mit unseren Feinden unter einer Decke steckt, da bin ich mir nicht sicher. Es könnte sein, daß es nicht so ist, da sich mir keine allzu große Zauberkraft entgegenstellte, als ich meinen Besuch abstattete. Ich denke, wenn tatsächlich ein Dämon an Bord dieser Schiffe wäre, hätte ich das sofort herausgefunden und augenblicklich fliehen müssen.«

Wieder nahm Trauer von mir Besitz. Ich vergrub mein Gesicht in den Händen.

»Ich glaube, du hast recht«, stieß ich hervor. »Ich bin ganz durcheinander. Ich brauche Zeit, meine Gedanken zu ordnen.«

»Uns bleibt keine Zeit, Amalric. Deshalb habe ich dich so eilig rufen lassen. Cligus' Schiffe sind keine zwei Wochen von Irayas entfernt, und wir brauchen mindestens eine Woche, um flußabwärts bis ans Meer zu segeln.«

Sie hatte recht. Ich saß da wie ein Stein, wie ein Fels. Dann sammelte ich von irgendwoher Kraft. Vielleicht sandte mir Janela etwas von der ihren, welche sie über so viele Jahre durch manches Reich getrieben hatte. Ich *war* ein Fels, ein Berg. Stärke wuchs in mir. Was ich für Cligus empfand, das wollte ich ein andermal vertiefen. Auch was dagegen zu unternehmen war, mußte warten. Doch konnte ich hier nicht sitzen und heulen wie ein Greis. Es hatte schlimmeren Schmerz gegeben ... der Tod meiner geliebten Deoce und meiner erstgeborenen Tochter Emilie, der mich fast hatte aufgeben, die Umarmung des Flusses und des Dunklen Suchers hatte suchen lassen. Auch das hatte ich überlebt.

Dunkle, kalte Ruhe kam über mich. Ich stand auf.

»Ich kümmere mich um unsere sofortige Abreise«, sagte ich, »und schicke dem König eine Nachricht mit der Bitte um eine Abschiedsaudienz.«

Janela streckte mir eine Hand entgegen. Doch ich ergriff sie nicht.

Wenn ich zuließ, daß auch nur ein Riß deutlich wurde, mochte der Fels, der Berg, in sich zusammenstürzen.

Es sollte noch schlimmer kommen.

Eine Stunde später traf eine Depesche ein. Sie kam von Lord Modin, der um die Ehre meines und Lady Lycus' – nun bekannt als Greycloak – Besuches bat, und zwar im königlichen Audienzsaal in der vierten Stunde nach Sonnenaufgang, zwei Tage von nun an. Wir sollten uns bereithalten, bestimmte Fragen zu beantworten, die uns der Allerhöchste möglicherweise stellen würde.

Diese Nachricht wurde nicht von einem Palastfunktionär überbracht, sondern von einem Wächter, den zwei Bewaffnete begleiteten.

Wir saßen in der Falle. Ich hatte keine Ahnung, welche Fragen König Gayyath haben mochte oder was zu glauben ihm von Modin eingegeben worden war, doch der kalte Tonfall des Sendschreibens, das Janela mit ihrem Geburtsnamen ansprach, dazu die bewaffneten Soldaten, ließen mich wissen, daß es weder beiläufig noch freundlich gemeint war.

Selbst wenn diese Fragen zu beantworten wären, würde es sicher länger als eine Woche dauern, bis wir die Genehmigung zur Abreise bekamen ... und bis dahin wäre uns Cligus auf den Fersen.

Gefangen im Schraubstock spürte ich, wie er sich fest um uns schloß und konnte nicht denken, hatte keine Pläne, keine Ideen. Ich beschloß, hinunter zu den Docks zu laufen und aufs Wasser zu starren. Wir Orissaner haben am Fluß stets Ruhe gesucht, um Ideen und Frieden zu finden. Vielleicht würde mir etwas einfallen, oder zumindest würde ich mich weniger wie ein Dummkopf fühlen, und später konnte ich mich mit Janela besprechen.

Der Abend dämmerte, als ich die Burg verließ.

Ich tat, als bemerkte ich Quartervals nicht, der weit hinter mir zurück blieb und sich alle Mühe gab, unsichtbar zu bleiben.

Ich saß auf dem Rand der Kaimauer, sah, wie kleine Wellen gegen unsere Schiffe schlugen, die inzwischen so sorgsam ausgerüstet waren, daß sie aussahen, als wären sie noch nie benutzt worden.

Etwas fiel vom Himmel, taumelte wie eine Feder, eine Schneeflocke. Ich streckte eine Hand aus und fing ein Stückchen Asche.

Dann blickte ich auf und sah Irayas in Flammen.

Der Himmel hellte auf, als hätte die Sonne ihren Kurs verkehrt. Ein Feuersturm kam auf. Nicht ein Brand, sondern Brände, wie ich bemerkte, als ich weiteres Glühen über den Himmel flackern sah. Ich schätzte, das nächstgelegene Feuer müsse etwas südlich vom Königspalast liegen, dort wo Irayas' Armenviertel zu finden war.

Ein Feuer mochte Zufall sein ... doch das hier? Ich zählte drei, nein, acht, die im Entstehen waren. War ein Feind Irayas' in die Stadt geschlichen und hatte diese angegriffen? Unmöglich. Es konnte nur einen Feind geben, der sich so gut verbarg. Das eigene Volk mußte sich erhoben haben.

Quartervals stand neben mir. Ich wußte genau, was zu tun war. Der Anblick des Infernos hatte alle Unentschlossenheit, alle Unsicherheit in mir verbrannt.

»Laß die Männer raustreten«, befahl ich. »Wir fahren in zwei Stunden. Trag Sorge dafür, daß kein Spion die Burg verlassen und die Nachricht überbringen kann.«

Ein breites Grinsen zog sich über Quartervals' Gesicht. »Den Göttern sei Dank! Endlich sind wir vor den Halunken und ihren Intrigen sicher.« Er rannte zu den Toren der Burg, rief nach seinen Sergeanten und den Kapitänen.

Ich wollte zu Janelas Gemächern, doch stand sie schon auf dem Burghof, hatte ihren Beutel über die Schulter geworfen und ihr Schwert umgeschnallt.

»Wie ich sehe, haben einige Götter zu unseren Gunsten eingegriffen«, sagte sie ganz ruhig. »Sollen wir die Gelegenheit nutzen, mein Freund?« Sie klang ganz genau wie ihr Großvater im Augenblick

der Schlacht, wenn alle um uns der Panik anheimfielen und Janos immer kühler und vernünftiger wurde.

Wir brauchten keine Stunde. Lienor und sein Personal wurden in einem der inneren Bankettsäle eingeschlossen, die Türen zu den Diensträumen und Küchen vernagelt und Möbel hoch dagegen gestapelt. Einer oder zwei Leute, so fand ich später heraus, bestürmten die Bootsmänner, ihre Geliebten an Bord zu lassen, wurden jedoch abgewiesen.

Quartervals hatte mein Gepäck an Bord der *Ibis* gebracht, doch blieb ich an Land, wollte unbedingt der letzte sein, der an Bord ging, so sehr ich mir auch wünschte, in Sicherheit und weiter Ferne zu weilen.

Inzwischen gab es keinen Zweifel mehr daran, daß in Irayas ein Bürgerkrieg ausgebrochen war. Ich hatte gesehen, wie ein Patrouillenboot der Wächter wild aus dem Kanal jagte, gehetzt von mehreren schäbigen Lastengondeln. Die Männer und Frauen, die sich auf diesen drängten, brüllten und schwenkten Fackeln und Waffen. Die Gondeln keilten das Wachboot ein, und Hilfeschreie waren zu hören. Als sie erstarben, war ich nah genug, um sehen zu können, was eine Frau am Ende ihres Bootshakens schwenkte. Es war der Kopf eines Mannes, der noch seinen roten Helm trug.

Meine Männer und Frauen drängten an mir vorbei zu den Schiffen, und bald stand Quartervals gleich neben mir, grüßte und sagte etwas, doch ging es in Keles Bellen unter: »Einzeln am Heck Aufstellung nehmen!« Seeleute kamen eilig in Bewegung. »Wir können segeln, Mylord!«

Ich lief zur Landungsbrücke, und kaum war ich an Deck der *Ibis*, wurde die Planke schon an Bord gezogen. Die Ruder fuhren aus, besetzt mit je zwei Mann.

»Ruder hart rechts«, rief Kele. »Backbordruderer ... haut rein, verdammt«, und einer der Maate der *Ibis* begann seinen Rudersingsang. Gleichmäßig entfernte sich der Bug unseres Schiffes vom Anleger.

»Werft die Heckleine«, orderte Kele, und der letzte Tampen fiel ins Wasser. Wir waren frei und unterwegs. »Halt das Ruder fest, Mann ... halten ... jetzt das Ruder mitschiffs ... alle Riemen pullen! Steuert die Einfahrt zum Kanal an. Korrigiert den Kurs, wenn Ihr es für nötig haltet!«

»Aye, Käpt'n.«

Leuchtkäfer und *Glühwurm* folgten in unserem Fahrwasser.

»Quartervals«, setzte ich zu einem Befehl an. »Ich will Bogenschützen ...«

Er streckte seine Hand aus, deutete auf etwas, und ich sah bewaffnete Soldaten auf dem Vordeck. Sie hatten die Bögen bereit, die Pfeile aufgelegt und weitere in ihren Gürteln stecken. »Wünschen Eure Lordschaft eine Änderung in der Schlachtordnung ... so geringfügig sie auch sein mag?«

Ich brachte ein Lächeln zustande und wünschte mir einen Augenblick lang, die *Ibis* wäre ein Kriegsschiff, überreich mit Soldaten bemannt, deren einzige Pflicht die Schlacht war, ein Maß an Besatzung, das sich kein vernunftbegabter Kaufmann leisten konnte. »Nein, Quartervals. Geh nur und halte dich bereit.« Er salutierte und hastete vom Achterdeck.

Je zwei Mann saßen an den Riemen und schwitzten sich die Seele aus dem Leib, während der Maat mit seinem Singsang immer schnellere Schläge forderte. Auf dem Achterdeck war nur Platz für Kele, ihren Steuermann, Janela und mich selbst. Der See war ruhig, und es wehte eine sanfte Brise.

Wir ruderten zur Einfahrt des Kanals und in den Höllenschlund. Krieg, eine Schlacht, ist niemals schön, doch ein Bürgerkrieg, in dem sich die Menschen gegeneinander wenden, ist das Häßlichste von allem. Einmal sah ich einen Löwen mit einem Speer in seinem Leib sich winden und voller Pein nach den eigenen Eingeweiden schnappen, als diese hervorquollen, und in seinem Wahn fraß er sie tatsächlich auf. So war Irayas an diesem Abend.

Te-Date sei Dank, daß die Kanäle von unserem Quartier zum Fluß hin breit waren, sonst wären wir wahrscheinlich mit hineingezogen worden. Feuer und Zerstörung regierten an den Ufern zu beiden Seiten.

Anfangs blieben wir unbemerkt. Der Mob war zu sehr damit beschäftigt, zu plündern und sich ins eigene Fleisch zu schneiden, als daß Zeit geblieben wäre, auf etwas anderes als sich selbst zu achten. Ich sah, wie ein Mann stolz aus einem Laden stolperte und ein hölzernes Schaukelpferd schwenkte, als sei es der schönste Preis, den man sich vorstellen konnte. Ich sah einige Männer vor einer Destille in Reih und Glied stehen und Weinflaschen herausreichen, während die Taverne in Flammen aufging. Jeder Mann nahm einen Schluck, wenn er die Flasche bekam, und wer sie leergetrunken hatte, warf sie fort.

Ein nacktes Mädchen kam schreiend aus der Dunkelheit gelaufen, zwei brüllende Rüpel im Nacken, die bis zur Hüfte entkleidet waren. Quartervals schrie, und durch das Krachen und Donnern hörte man zwei Bogensehnen, und die beiden Vergewaltiger verzerrten die Gesichter, als ihnen je ein Grauganspfeil in die Brust drang. Das Mädchen rannte weiter und verschwand, merkte nicht, daß sie nicht mehr verfolgt wurde. Es waren Pfeile, die wir hätten sparen sollen, doch – den Göttern sei Dank – hatte Quartervals noch Soldatenehre im Leib.

Der Anblick wurde übler, je weiter wir kamen. Bürger standen gegen Bürger, Männer gegen ihre Brüder. Doch der Feind, gegen den sich alle verbündeten, waren die Wächter. Im Vorüberfahren sah ich weitere rotbehelmte Köpfe auf Spießen, und dann schwarzrot gekleidete Leichen, die derart geschändet waren, daß der Tod ihnen als allergrößter Segen erschienen sein mußte. Dann wurden wir entdeckt, und das Chaos wollte uns in seine Arme schließen.

Manche, die uns sahen, schrien vor Haß ... niemandem konnte gestattet werden, dem Inferno zu entkommen. Schutt, Steine, Flaschen wurden geworfen. Es standen auch besser bewaffnete Männer am Ufer. Die *Glühwurm* verlor einen weiblichen Maat, als ein Speer aus dem Nichts kam und die Frau ans Deck nagelte. Auf der *Ibis* bekam ein Soldat einen Pfeil in den Oberschenkel.

Wir gerieten in ein langes, gerades Stück mit einer hoch aufragenden Brücke über dem Kanal. Dort standen Männer, die uns kommen sahen. In tumbem Einklang rissen sie eine schwere Holzbank aus den Ankern und taumelten damit zur Brücke, wollten sie auf uns fallen lassen, wenn wir darunter fuhren. Pfeile flogen auf, und die Bank stand allein da, von Leichen umgeben.

Eine kleine Schmack stieß unter einem Anleger hervor, von langen Stecken angetrieben. Ich habe keine Ahnung, welche Absichten die Männer und Frauen an Bord verfolgten. Wir trafen sie voll mit unserem Bug und drückten sie unter Wasser. Ein Mann sprang von der Schmack, als sie zerbarst, und klammerte sich an unsere Reling, bis ein Seemann ihn mit seinem Knüppel davon löste.

Andere wollten Hilfe, die wir nicht leisten konnten. Das bescherte uns den schrecklichsten Anblick jener Nacht. Eine Frau lief zu einem kleinen Vorsprung, während wir vorüberfuhren. Sie trug ein Bündel in den Armen und schrie etwas. Brände donnerten so nah, daß ich nicht verstehen konnte, was sie sagte. Sie winkte mit dem Bündel zu uns herüber, wollte unsere Aufmerksamkeit erregen, und dann, bevor wir etwas tun konnten, warf sie es zu uns herüber. Es fiel ins Wasser und öffnete sich, und ich konnte sehen, daß es ein in Decken gewickeltes Kind war. Ich weiß nicht, was wir hätten tun können, doch bevor das Bild des Auges den Verstand erreichte, war das Kind auch schon verschwunden.

Wieder schrie die Frau, und diesmal hörte ich sie. Dann sprang sie in den Kanal, und ihr Haar wehte im Fallen über ihr. Sie schlug ins Wasser und verschwand.

Es gab noch mehr, noch weit mehr Schrecken, doch dann kamen wir zu dem kleinen See und der Einfahrt zum Fluß. Fast hatten wir uns von Irayas befreit. Nur ein Feind blieb noch, um den ich mich sorgte ... die Wächter, die auf dem Fluß patrouillierten. Doch verflog meine Sorge, als ich fünf Boote voller Wächter in die Stadt rudern sah. Sie würdigten uns keines Blickes. Da Irayas nun in Anarchie stürzte, war eine kleine Handvoll Orissaner nicht mehr von Interesse.

Starker Wind kam auf, wehte uns fort von der Stadt, trieb uns gen Osten.

Und so, mit Feuer, Tod und Niedertracht im Rücken, setzten wir die Segel voll und brachen auf ins Unbekannte.

Zweites Buch
Die ferne Küste

Kapitel Sieben

Piraten

Wir erreichten die Mündung des Flusses und das offene Meer, ohne Cligus' Flotte zu begegnen. Wir nahmen Kurs Nordost in Richtung Tropen, wie Janelas mehrfach überarbeitete Karte es vernünftig erscheinen ließ.

Wir sprachen keinen Zauber und keine Beschwörungen, da wir keine Fährte zurücklassen wollten, der Modin und seine Geisterseher folgen konnten, sobald der Aufruhr niedergeschlagen war. Obwohl Janela keine Spuren von möglichen Zauberern auf Cligus' Schiffen wahrgenommen hatte, wußte ich doch, daß er sicher manch ehrgeizigen Geisterseher hätte finden können, der mit ihm segelte, so groß Palmeras' Einwände dagegen auch gewesen sein mochten.

Wir waren erschüttert von den Ereignissen, die Irayas heimsuchten. Ein so mächtiges Reich in Scherben zu sehen war ein fast so schwerer Schlag, als handelte es sich um Orissa selbst. Mich schmerzte das alles noch weit mehr, da ich König Domas gekannt und die Pracht Vacaans über die Jahre oft genossen hatte.

Dies waren keine guten Zeiten, weder für Orissa noch für irgendein anderes mir bekanntes Land. Diesen Gedanken behielt ich jedoch für mich, da ich nicht wie einer dieser senilen Greise aus meiner Jugend klingen wollte, die ständig darüber lamentierten, daß alles abwärtsging und früher so viel besser gewesen sei.

Besorgt kam Quartervals zu mir, doch brauchte ich keinen Rat von einem Soldaten, der mir sagte, was zu tun sei. Die drei Kapitäne wurden angewiesen, regelmäßig beschwerliche Übungen durchführen zu lassen, von »Mann über Bord« bis hin zu »Feuer im Ankerraum«, Tag und Nacht, damit niemand Zeit bekam, trübe vor sich hin zu brüten. Quartervals übernahm persönlich den Drill der Soldaten.

Ich nahm so oft wie möglich daran teil, und langsam fühlte ich, wie wahre Stärke in mir wuchs, wie ich sie seit Jahren nicht verspürt hatte.

Janela bemerkte etwas Ungewöhnliches, als wir etwa eine Woche jenseits von Vacaan waren. Es war ein goldener Tag mit frischem Wind im Rücken, so daß die Mannschaft volle Segel setzen und sich ansonsten lümmeln konnte, in der Hoffnung, daß Kele, Towra und Beran etwas Mitgefühl zeigten und sie den Tag in Ruhe verbringen ließen. Ich war auf dem Achterdeck, nur mit einem Lendenschurz bekleidet, und versuchte, mich dazu zu bringen aufzustehen und meine Muskeln zu strecken, beobachtete jedoch nur, wie der Kajütjunge die Gläser prüfte und das alte Spiel spielte... wenn das Minutenglas gewendet wird... und dann vielleicht das Viertelstundenglas... und schon war ich fast eingeschlafen.

Janela hatte sich ganz in meiner Nähe ausgestreckt und wartete, ob der Delphin, der uns seit ein paar Stunden folgte, auftauchte. Sie rollte sich auf die Seite, gähnte, dann sagte sie sanft: »Na so was. Amalric, ich dachte immer, dein Haar wäre weiß.«

»Das ist es auch«, brummte ich, ich wollte weiterdämmern und nicht auftauchen. »Ist auch gut so. Dadurch lauschen die Leute aufmerksamer meinem haltlosen Geschwätz. Eines der Privilegien hohen Alters.«

»Ich meine es ernst.«

»Dann muß es das Licht sein. Oder die Salzluft. Da sieht jeder jünger aus.«

Janela murrte, zog ihren Beutel heran und holte einen kleinen Spiegel hervor.

»Sieh selbst, Großvater.«

Das tat ich, blinzelnd im grellen Licht. Ich brauchte einen Moment, es zu erkennen, da Janelas Augen schärfer waren als die meinen, doch – bei Te-Date – sie hatte recht. An den Seiten meines Kopfes und über den Schläfen begann mein Haar, sich zu röten. Nicht das strahlende Feuerrot meiner Jugend, doch wandelte es sich langsam. Staunend kratzte ich mich am Kopf und fühlte auf der Haut die Stoppeln. Neues Haar wuchs nach. Ich bat Janela, es sich aus der Nähe anzusehen, und sie erklärte, auch dieses sei rot.

»Das macht mir wirklich Sorge«, sagte ich und versuchte, die Angelegenheit von ihrer lustigen Seite zu nehmen. »Jemand hat einen Jugendzauber über uns gesprochen, und bald muß ich dich in Windeln wickeln.«

»Einen solchen Zauber gibt es nicht«, schnaubte Janela. »Wenn es ihn gäbe, würde keiner mehr auch nur einen Furz für Gold geben und sicher nicht die Königreiche der Nacht suchen, hab ich recht?«

»Wahrscheinlich doch, das würden sie, obwohl sie in mir keinen Kunden finden würden«, sagte ich, nachdem ich etwas darüber nachgedacht hatte. »Was für ein schreckliches Schicksal! Ich weiß noch, wie ich in jungen Jahren war, ekstatisch am einen Tag, niedergeschmettert am nächsten, und beides ohne Grund.«

»Ich bleib in deiner Nähe«, sagte sie, »um sicherzugehen, daß du uns mit deinen jugendlichen Torheiten keine Schande machst.«

Ich glaubte tatsächlich, mir alles nur eingebildet zu haben, doch die Verjüngung setzte sich im Laufe der Tage fort. Erst fiel sie auch Kele auf, dann Quartervals und schließlich allen anderen. Man möge mich nicht falsch verstehen. Ich war nicht plötzlich ein Bürschchen geworden, das sich eben auf die Suche nach seinem Eigenen Wind, seine erste Handelsreise, gemacht hatte. Eher schon sah ich aus, wie ich vor fünfzehn Jahren ausgesehen hatte. Oder vielleicht vor zwei Jahren, kurz vor Omeryes Tod. Seitdem war ich schnell gealtert, das wurde mir nun klar, weil ich aufgegeben und beschlossen hatte, daß mein Platz am Kamin sein sollte, in eine Decke gewickelt, murrend über die Gegenwart, trauernd über die Vergangenheit und wartend auf den Dunklen Sucher.

Ein düsterer Gedanke kam mir in den Sinn. Ich erinnerte mich an die Tänzerin, die Janos mir gezeigt hatte, ein Geschenk aus seiner Kindheit. Anfangs war sie angelaufen und zerbrochen gewesen, doch je weiter östlich wir reisten und je näher wir den vermeintlichen Fernen Königreichen kamen, desto unversehrter wurde die Figur, bis sie mir fast neu erschien. Ich erinnerte mich auch an das letzte Mal, als ich sie gesehen hatte, angelaufen und zerbrochen, in diesen allerletzten Augenblicken, bevor wir Schwerthiebe, nicht mehr Worte wechselten. Vielleicht, so dachte ich, sollte es mir auch eine Warnung sein. In meiner Jugend hatte ich mich unbestechlich gefühlt, und als solches hatten mich auch andere bezeichnet. Ich kannte die Menschen und mich selbst besser und war sicher, daß wir alle unseren Preis haben und dem Ehrlichen vielleicht nur noch nicht der Preis geboten wurde, den er für angemessen hält.

Für Janos war es Wissen und vielleicht auch Macht gewesen, die dazu nötig waren. Für mich? Ich wußte es nicht. Ich überlegte einen Augenblick und hoffte, es sei nur ein zynischer Gedanke, daß Janela jene finstere Seite Janos Greycloaks geerbt haben sollte, dann verdrängte ich diesen Gedanken. Blut – trotz aller Warnungen der Priester und Mythensänger – nimmt meist nicht den direkten Weg.

Wir fuhren weiter, hielten unseren Kurs. Zwei Wochen jenseits von Vacaan bat ich Janela, einen bestimmten Zauber zu sprechen. Ich dachte, wir würden vielleicht auf Fischgründe stoßen. Es war eine der wenigen Ergänzungen gewesen, die ich zu Janelas Plänen hatte beisteuern können. Anfangs hatte sie gen Westen segeln wollen, bis wir auf Land stießen. Dann wollte sie mit Hilfe ihrer Zauberkraft und den verschiedenen, unzusammenhängenden Teilen der Legenden, die sie auf ihrer Karte eingetragen hatte, entscheiden, ob wir uns gen Norden oder Süden wenden wollten, bis wir Spuren von Zivilisation fänden. Sollte etwas Derartiges dort existieren, würde man uns vielleicht bei unserer Suche nach einer Bergkette mit der Form einer Faust helfen. Wenn wir Ruinen vergangener Größe fanden, mochte dies ein noch besserer Hinweis sein und sich die Wahrscheinlichkeit feindlicher Begegnungen verringern.

Das alles kam mir ziemlich vage vor, obwohl Te-Date weiß, daß ich schon mit weniger Informationen und weit mehr bloßer Hoffnung auf reiche Gewürze und Seidentücher auf Handelsreise gegangen war.

Mir fiel etwas ein, was Janela mir einmal erzählt hatte, und fragte: »Du sagtest, du hättest dich schon einmal zu jener fernen Küste aufgemacht, wärst aber von der Küstenwache eingefangen worden.«

»Das stimmt«, sagte sie.

»Ich weiß, daß die Menschen von Vacaan furchtbar abergläubisch sind, was den Osten angeht … in all den Jahren habe ich große Angst beobachtet, was dieses Thema betrifft. Aber existiert diese Küstenwache *nur*, um tollkühne Entdecker abzufangen?«

»Nein«, sagte sie. »Sie hält auch Fischer auf, die im Osten nach neuen Fischgründen suchen wollen, hauptsächlich aber soll sie Piraten in ihre Schranken weisen.«

»Piraten, ja? Ich kann mir nur schwer vorstellen, daß hier Piraten sind, es sei denn, wir sprächen von ein paar Halunken, die als Beute nur gelegentlich einen Abenteurer oder Fischer brauchen, den sie sich schnappen können. Ein solcher Freibeuter, glaube ich, dürfte ziemlich dürr und hungrig sein.«

Janela dachte nach, dann verstand sie und lächelte.

»Falls es Piraten gibt«, fuhr ich fort, »muß es auch Opfer geben, genau wie Haie Schwärme von Fischen brauchen, wenn sie sich ernähren wollen. Diese Opfer müssen im Osten leben ...«

Janela beendete den Satz für mich: »... und somit dürften auch die Piraten mit jenen Ländern vertraut sein.«

»Bin ich nicht brillant, o edle Holde?« sagte ich und gab mir Mühe, so selbstgefällig wie möglich zu klingen.

»Brillant, liebenswert und ungemein bescheiden, Lord Antero«, sagte sie, und das war der Beginn unseres Planes.

Die Beschwörung, mit der wir begannen, war – so dachte ich anmaßenderweise – ausgesprochen hintergründig. Wir gingen davon aus, daß sich jeder Seeräuber mit einigermaßen Selbstachtung eher Zugang zur Zauberkunst verschaffte, als hin und her zu kreuzen, in der Hoffnung, daß ihm ein Opfer blindlings in die Arme segelte. Nachdem ich – so kam es mir jedenfalls vor – im Laufe der Jahre ausreichend Begegnungen mit Piraten gehabt hatte, wußte ich, daß Korsaren *niemals* eine Schlacht mit einem bewaffneten und wachsamen Schiff riskieren. Piraten – trotz des romantischen Namens und all der Balladen – sind nicht mehr als finstere Meuchelmörder. Kein Wegelagerer würde je daran denken, im offenen Kampf um den Geldbeutel eines Mannes zu ringen, sondern lieber auf Frauen, Krüppel und Trunkenbolde warten, um sich bei ihnen zu bedienen.

Obwohl unsere drei Schiffe keine Schlachtschiffe waren, mochten wir dennoch kriegerisch erscheinen, und so wurde der Zauber gesprochen.

Tatsächlich sollten es zwei Sprüche werden, entschied Janela. Die erste Beschwörung war für die Seher der Piraten gedacht – falls sie solche hätten – der zweite sollte auf dem ersten reiten und war ein Glaubenszauber, damit niemand, der Zeuge des Phänomens wurde, welches wir erschaffen wollten, auch nur den leisesten Zweifel haben konnte. Ebenso wie ich die sichtbaren Waffen der Piraten mit Verachtung strafte, nahm Janela deren Zauberer nicht recht ernst.

»Warum«, sagte sie, »sollte ein böswilliger Zauberer mit Talent einen salzwasserdurchtränkten Beruf ergreifen, der für gewöhnlich am Strick endet, wenn er doch trocken, warm und sicher als Leib- und Magenzauberer eines Barons Böses tun könnte?«

Eine breite Messingschüssel wurde mit Meerwasser gefüllt. In dieses Wasser streute Janela Visionskräuter. Die Schüssel wurde in die Mitte eines Kreises gestellt, der mit blauer Farbe aufs Deck gemalt wurde, darüber eine rote Windrose mit Symbolen an allen Ecken.

»Ich bin gespannt«, sagte Janela. »Bisher hatte ich noch nie Gelegenheit, es zu probieren, zumindest nicht auf See. Etwas Ähnliches habe ich schon mal gemacht, als ich – sagen wir – ein bestimmtes Königreich Hals über Kopf verlassen und meine Verfolger davon überzeugen mußte, daß ich in eine Sackgasse lief.«

»Und, hat es funktioniert?« fragte Quartervals – beide halfen wir ihr bei den Vorbereitungen.

Janela winkte ab. »Mehr oder weniger. Irgendwie zumindest. Die Soldaten des Grafen stürmten – ganz wie beabsichtigt – in die Schlucht, in der Annahme, ich säße in der Falle. Unseligerweise lockte der Zauber außerdem eine Art Ungeheuer von den Klippen, das beschlossen hatte, ich solle die Seine werden. Ich *hoffte*, es wäre nur zum Abendessen, doch fürchte ich, dem war nicht so. Es bedurfte einiger ... interessanter Argumente, bevor mir das Untier gestattete, meinen Weg fortzusetzen.«

»Vor Bergbewohnern muß man sich in acht nehmen«, fügte

Quartervals hinzu. »Ob Dämonen oder Menschen. Jeder, dem ein Ort gefällt, an dem alles, was nicht schroff aufragt, zumindest schroff abfällt, sieht die Welt wahrscheinlich ganz anders als andere.«

»Die Worte eines wahren Bergmenschen«, sagte ich. »Sind wir soweit?«

»Ich glaube schon.«

Janela beugte sich über die Messingschüssel und deutete auf die Kompaßspitze, während sie einen Zauberspruch flüsterte. Sie winkte, als sie fertig war.

»Paßt auf, daß ihr nicht auf eine dieser Kraftlinien tretet«, warnte sie.

Ich beugte mich vor und blickte in die Schüssel.

Das Wasser war zu einem Spiegel geworden, und darauf segelten drei winzige Repliken unserer Schiffe.

»Soviel zur Wahrheit«, sagte sie. »Jetzt kommt die Lüge.«

Neben ihr an Deck standen zwei kleine Modelle, die der Schiffszimmermann geschnitzt hatte. Sie hatten keine Ähnlichkeit mit unseren Schiffen, waren eher kleine Schaluppen, wie sie in Vacaan bevorzugt wurden. Janela sagte, sie hätte keine Ahnung, welche Art von Schiffen an der fernen Küste gefahren würden, hielt es jedoch für wahrscheinlich, daß sie denen aus Vacaan ähnlich wären. Der Schiffszimmerer hatte sie geschickt nach Janelas Anweisungen geschnitzt und mit winzigen Masten und Segeln versehen.

»Sie werden sturmgebeutelt und ziemlich hilflos erscheinen«, erklärte sie. »Wir verwenden zwei anstelle von dreien, so daß selbst dem vorsichtigsten Seeräuber bei dem Gedanken daran, uns zu kapern, das Wasser im Munde zusammenläuft.«

Sie ließ die Modelle in der Schüssel treiben, dann schnitt sie sorgsam Gelatine – hergestellt aus der sonnengetrockneten Schwimmblase eines Fisches – in Scheiben und ließ diese über das Wasser treiben. Sie löste sich auf, und das Bild wandelte sich, als stiegen zwischen uns und der Schüssel Hitzewellen auf. Sie fügte dem Wasser noch einige Kräuter hinzu, darunter getrocknete Blutwurz und Rhododendron. Dann sang sie:

»Augen streben vor

Blicken weit
Blicken lang
Sehen dies
Nur dies

Schiffe lang auf See
Schiffe fern von ihrem Kurs
Schiffe schwach und voller Schäden

Augen streben vor
Augen saugen auf

Sehen Eure Beute
Sehen sie ganz klar

Ihr könnt nicht wenden
Ihr dürft nicht wenden
Ihr wollt nicht wenden
Kommt zu uns
Kommt zu uns.«

Sie winkte, und wieder blickte ich in die Schüssel. Jetzt sah ich zwei beschädigte Handelsschiffe, die sich übers Meer schleppten. Ich meinte, braune, zerfetzte Segel, herabhängende Leinen und sogar hilflose Seeleute an Deck erkennen zu können.

»Ich will es nur versiegeln«, sagte Janela, die so zufrieden mit ihrer Arbeit schien, wie sie es verdient hatte, »dann können wir saubermachen und Käpt'n Kele ihr Deck wieder überlassen.«

»Dann warten wir auf die Piraten, Mylady?« fragte Quartervals.

»Ganz genau.«

»Das gefällt mir«, sagte Quartervals bewundernd. »Die erste Falle, die ich je auf offener See gestellt habe.«

»Falls es geht«, sagte sie. »Wenn nicht... wir könnten auch weitersegeln, bis das Meer zu Ende ist... oder auch selbst von einer Korsarenflotte in die Falle gelockt werden, die reiche Beute sucht, weil welche protzig zur Schau gestellt wird.«

»Das liebe ich an dir am meisten, Janela«, murmelte ich. »Du hast den gleichen Sinn für Romantik wie dein Großvater.«

Wir segelten noch anderthalb Wochen, in denen wir keine fremden Schiffe sahen. Kele, die anderen Kapitäne und ich achteten mit spitzen Ohren auf etwaige Unzufriedenheiten. Allzu oft fangen Seeleute auf unbekannten Meeren weitab vom Land an, sich zu sorgen. Sorge kann schnell zur Meuterei führen. Doch wiederum war ich stolz auf unsere Mannschaften, denn es kamen nur die üblichen Klagen hinsichtlich der Rationen, des Wetters, des brackigen Wassers, des Mangels an Wein und ähnliches, für gewöhnlich angeführt von Pip. Ich war erleichtert, denn wäre so etwas nicht passiert, hätte ich tatsächlich Grund zur Sorge gehabt: Ein Seemann, der nicht seine gegenwärtige Lage beklagt, ist entweder tot oder führt Übles im Schilde.

Besonders froh war ich, weil diese Gewässer uns so fremd waren. Wir entdeckten Dinge, die ich nie zuvor gesehen hatte, und auch meine Leute nicht.

Eines Tages sahen wir ein massiges Ding an uns vorübertreiben und änderten unseren Kurs. Es schien eine Art Qualle zu sein, bedeckte jedoch fast fünfzig Quadratmeter und trieb auf der seichten Dünung, eklig durchscheinend und reglos.

»Keine Qualle«, meinte Kele. »Toter Kuttelfisch. Vielleicht von einem Wal getötet und aus der Tiefe aufgeschwemmt. Nur hab ich einen so großen noch nie gesehen. Muß hier ziemlich tief sein.«

Als wir daran vorübersegelten, drehte ich mich um und sah, wie ein einzelnes, mächtiges Auge blinzelnd aufging und dann das ganze Ding in aller Stille untertauchte.

Wir riefen der Wache zu, sie solle sich bereit halten, und bewaffneten uns, doch nichts geschah. Das Tier, was immer es gewesen sein mochte, war offenbar friedlicher Natur.

Etwa einen Tag später – als wir mit eingeholten Segeln trieben, bis der Wind wieder drehte und uns hart gen Osten wehte – begegneten wir echten Quallen, doch waren diese riesenhaft, fast von der Größe einer Barkasse. Sie hatten farbenfrohe Kämme, die zehn Fuß hoch oder mehr aus dem Wasser ragten, Segel, mit denen sie den Wind nutzten. Ich zählte mindestens dreißig von ihnen, bevor ich aufgab.

Wir segelten nah genug daran vorbei, daß ich durch das kristallklare Wasser ihre Fäden erkennen konnte, die in die Tiefe hingen. In der uns am nächsten schwimmenden Qualle hatte sich ein Fisch verfangen, vielleicht ein Albacore, wenn auch einer von wohl siebzig Fuß Länge. Irgendwie konnten diese Fäden fangen und töten, und so machten wir einen weiten Bogen um sie und beobachteten, wie die Quallen weitersegelten, mit dem Wind, südwestlich zu unentdeckten Ufern.

Zur Freude unsere Soldaten warfen wir dann die Leinen aus. Die Seeleute probierten stets nur den fadesten Weißfisch, und auch das nur widerwillig. Jedes Meerestier, das häßlich oder von dunklem Fleisch war, ließ sie erschauern. Die Leinen nützten eher uns anderen, und die Seeleute ernährten sich von Pökelfleisch aus Fässern.

Eine Zeremonie, die wir für alle abhielten, verhalf uns zur Gabe der Zungen. Als ich ein kleiner Junge war, machte das ständige Lernen von Sprachen das Leben eines Kaufmanns bisweilen eher spröde. Janos hatte mich die am wenigsten beschwerliche Art und

Weise gelehrt, eine fremde Sprache zu erlernen... such dir eine Bettgefährtin, die dieser Sprache mächtig ist, und lerne sie mit Freuden, besonders, wenn es um die Bezeichnungen von Körperteilen geht. Vacaan jedoch hatte uns diese Freude genommen, und zwar durch die magische Gabe, die mit Hilfe einer kleinen Zeremonie und einem mit Zauberkraft bearbeiteten klaren Schwamm leicht zu verteilen war. Nachdem ich König Domas einst einen besonderen Gefallen getan hatte, an den ich mich – offen gesagt – kaum noch erinnere, bat ich ihn, mir dieses Wissen zu überlassen. Er überlegte es wohl und erklärte dann, da sein Volk nur wenig über seine Grenzen reise, könne es wohl nicht schaden. So kam die orissanische Weisheit einen großen Schritt voran.

Um sicherzustellen, daß die Gabe ihren Dienst tat, verbanden wir Orissaner dieses Wissen mit dem magischen Elixier, das Rali auf ihrer Reise zu den Königreichen von Konya erlebt hatte und zu dem Zutaten wie lokale Früchte, Fleisch oder Getreide nötig waren.

Die Schwämme hatten wir aus Orissa mitgebracht, und die lokalen Zutaten stammten vom ersten Fetzen seltsam wirkender, abgetriebener Vegetation, den niemand identifizieren konnte und von dem wir annahmen, daß es sich um ein Produkt der fernen Küste handele.

Dann setzten wir unser Warten fort und fuhren immer weiter östlich.

Was mir fehlte, war meine Bettgefährtin. Natürlich schlief Janela, nachdem wir Modins gierigen Blicken entronnen waren, wieder in ihrer eigenen Kajüte.

Wehmütig stellte ich mir von Zeit zu Zeit vor, ich wäre noch in Irayas, döste in halbwachem Zustand und hörte ihren sanften Atem, kaum eine Armeslänge entfernt, oder spürte sogar, wie sie ihren Kopf an meine Schulter lehnte. Das jedoch rief höchst beunruhigende Träume hervor, so daß ich, wenn mir solche Gedanken kamen, mit aller Kraft versuchte, mein Denken in andere Kanäle zu lenken.

Einmal lächelte Janela, als wir zur Nacht nach unten gingen und sie in ihrer Tür stand. »Manchmal«, sagte sie sanft, »bringt selbst der schlechteste Zauberer noch etwas Gutes zustande. Soviel habe ich gelernt.« Sie ging hinein und schloß die Tür.

Eine weitere Woche verstrich, und wir waren weit im Östlichen Meer.

Es war früher Morgen, und Quartervals hatte unsere Handvoll Soldaten und die Seeleute, welche wachfrei hatten, an Deck antreten lassen. Er hatte Janela um einen Gefallen gebeten.

»Mylady«, sagte er, »ich habe gesehen, wie Ihr gekämpft habt, als dieser Dämonensklave Palic Euch in Orissa angriff. So etwas habe ich noch nie gesehen. Vielleicht könntet Ihr diesen Wichten hier, aus denen ich Soldaten machen soll, ein paar Eurer Tricks zeigen?«

Janela hatte gezögert, doch dann zugestimmt.

Nun stand sie an Deck, ausgewählte Waffen neben sich, und hatte Quartervals zu ihrem Sparringspartner erklärt. Die Art und Weise, wie sie ihre Fähigkeiten demonstrierte, war ungewöhnlich. Anstelle des üblichen Waffenklirrens auf dem Übungsplatz bewegte sie sich ganz langsam, wie unter Wasser, und bat Quartervals, es ihr nachzutun.

»Es sind die Augen«, versuchte sie zu erklären. »Ihr müßt den Gegner oder die Gegnerin immer im Auge behalten. Wendet Euch nie ab. Im Augenwinkel werdet ihr erkennen, wie das Schwert kommt, und habt noch Zeit zum Kontern. Ihr müßt *fühlen*, daß Euer Gegner angreift. Quartervals, komm langsam. Seht hin, Männer. Seht, wie seine Augen sich weiten, wenn er sich bereit macht. Seht ihr, wie er den rechten Fuß leicht hebt und seine Muskeln spannt? Seht, wie sein freier Arm automatisch nach außen geht, um abzuwehren und sein Gleichgewicht zu halten. Wenn ihr das erkennt, ist es einfach, zu kontern und beiseite zu treten. Seht es, lernt es, seid schnell, und ihr wißt alles, was ich weiß.«

»Verdammt schwer«, brummte Maha, ein weiterer aus meiner Mannschaft, der dem Dämon Senac einen Besuch abgestattet hatte.

»*Sterben* ist viel schwerer.«

Otavi schaute trotzig drein und hielt seine Axt vor sich wie ein Amulett. »Ich laß sie immer kommen. Man kann nichts falsch machen, wenn man den anderen losschlagen läßt.«

Janela schenkte beiden Bemerkungen keine Aufmerksamkeit, sammelte nur einen Dolch vom Deck auf.

»Quartervals, ziel fest und schnell auf mein Herz.«

Quartervals überlegte, nickte, tänzelte kurz seitwärts und stach zu. Doch genau wie an jenem Abend vor einiger Zeit auf der *Ibis* war Janela einfach nicht mehr da. Sie fuhr herum, drehte sich wie eine Tänzerin und war schon außerhalb von Quartervals' Reichweite. Sie tippte ihm mit ihrer freien Hand an die Schläfe, fuhr erneut herum, und die Spitze ihrer Klinge berührte seinen Hals. Ihre Faust hätte ihn besinnungslos zu Boden geschlagen, ihr Messer ihn in die Arme des Dunklen Suchers geschickt.

»Wie ihr seht«, sagte sie etwas ungeduldig, »macht die Waffe *keinen Unterschied.* Das wichtigste ist, nicht da zu sein, wenn der Angreifer vortritt. Dann könnt ihr alle Maßnahmen ergreifen, die ihr für nötig haltet. Ihr könnt kämpfen, fliehen oder eurem Feind schlicht in den Arsch treten. Und jetzt, Quartervals, prüfe sie auf Herz und Nieren. Langsam, ich sehe zu.«

Sie kam zu mir, setzte sich neben mich auf die Planken.

»Wahrscheinlich war das keine so gute Idee«, sagte sie leise, zu mir gewandt.

»Warum nicht?«

»Zwei volle Jahre habe ich diese Technik geübt, bis ich sie beherrschte. Und ich fürchte, Quartervals und die anderen verstehen nicht, wie wichtig es ist, zu spüren, was der Feind beabsichtigt, und *in dem Moment auszuweichen, in dem er angreift.* Ich wüßte nicht, wie ich es anders ausdrücken sollte, und der alte Mann, der mich diese Kunst gelehrt hat, sagte, ich würde ebensolche Schwierigkeiten haben, sie an andere weiterzugeben, wie er sie mit mir hatte.

Zwei Jahre«, fuhr sie fort, »dann hat es eines Tages klick gemacht, und ich habe es *gefühlt.*«

Ich begann zu verstehen. »Ich wüßte nicht, wie eine Armee eine solche Kunst lehren könnte.«

»Nein. Soldaten müssen zuviel Zeit mit dem Polieren ihrer Rüstung und als Kammerdiener ihrer Offiziere vertun, als daß sie Zeit für das Soldatenhandwerk hätten. Außerdem gibt es noch zwei Dinge, die ich ihnen nicht gesagt habe. Erstens ist die Fähigkeit, die Kunst als solche, wichtig, nicht die Waffe. Wenn sie nur einen Teil dessen lernen, was ich weiß – sagen wir, ein Schwert oder ein Messer auszuwählen – hätten sie weniger als nichts gelernt. Waffen sind Krücken, können einen Menschen humpeln lassen und noch von Nutzen sein, wenn die Wunde schon verheilt ist. Das zweite ist, daß diese meine Kunst am besten wirkt, wenn man einem echten Feind gegenübersteht, jemandem, er einen töten will.

Hier, wo keiner dieser Männer eine echte Gefahr darstellt, ist es nur ein Spiel. Und selbst in Augenblicken der Gefahr gibt es Momente, in denen diese Fähigkeit nicht schnell genug zu Tage tritt.«

Sie berührte den Rücken ihrer Nase, wo sie gebrochen und nie mehr richtig verheilt war. Wahrscheinlich wollte sie eben weitersprechen, doch da kam ein Schrei vom Masttop:

»Segel in Sicht! Drei Strich backbord!«

Wir hatten unsere Piraten gefunden.

Oder besser: Sie hatten uns gefunden.

Wir zählten zehn Sturmsegel, doch das war keineswegs so schlimm, wie es klingen mag. Die Segel waren klein, nicht größer als die einer Schmack. Eine Flotte von Stechmücken griff uns an. Wir waren ausreichend gewarnt, da unser Ausguck höher saß als der der gegnerischen Boote, und so blieb uns die Ehre, ihrer zuerst gewahr zu werden. Für sie waren die Rümpfe unserer Schiffe noch immer unterhalb des Horizonts und sollten es noch einige Minuten bleiben.

Ich nutzte diesen Vorteil und befahl Kele, die Segel der *Ibis* einholen zu lassen, *Leuchtkäfer* und *Glühwurm* dagegen anzuweisen, mit voller Geschwindigkeit zum Angriff überzugehen. Wir wußten, daß es sich um Piraten oder Kriegsschiffe handeln mußte, da sich niemand einem fremden Schiff nähert, ohne entsprechende Vorsichtsmaßnahmen zu ergreifen, es sei denn, man wollte dem anderen Schaden zufügen.

Janela hatte bereits mehrere unserer Beutel mit Windzauber geöffnet, und sie wehten stark, unterstützt vom ohnehin heftigen Wind, der von Süden her kam und sowohl unsere Schiffe als auch die Piraten zwang, immer wieder zu wenden, um auf Kurs zu bleiben.

Inzwischen lagen wir fast eine Meile hinter unseren anderen beiden Schiffen und hatten Raum genug zum Manövrieren. Hinzu kam der Vorteil des Windes, als wir Kurs Südost nahmen und diesen zwei Drehungen des Glases hielten. Dann nahmen wir neuen Kurs direkt gen Osten und kreuzten luvwärts, so gut die *Ibis* konnte. Kele selbst stand am Ruder, behielt die Topsegel im Auge und steuerte jedesmal leewärts, wenn sie umsprangen. Ich hatte die Absicht, um die Piraten herumzusegeln und sie dann überraschend von der Flanke her anzugreifen, während sie mit *Leuchtkäfer* und *Glühwurm* beschäftigt waren.

Ich wußte, daß wir im Dreieck gefahren waren, als ich wieder Segel sah, die beiden von *Leuchtkäfer* und *Glühwurm* zu unserer Linken, die Sprenkel verwitterten Leinentuches, das den Piraten gehörte, und dann noch etwas Neues. Weit hinten, nordöstlich der Piratensegel, meldete der Ausguck ein weiteres Schiff. Zwar fühlte ich mich immer noch nicht besonders jung und fürchtete abzustürzen, wußte jedoch, daß ich sehen mußte, was dort war, und so wagte ich, die Webeleinen selbst hinaufzuklettern.

Das Schiff war ganz allein. Es war größer und schien ein Dreimaster zu sein. Das erklärte etwas, was ich mich schon gefragt hatte: Wie konnten sich die winzigen Piratenschiffe so weit vom Land entfernen? Ich hatte mir schon überlegt, ob sie vielleicht von einer nahen Insel kamen. Der Dreimaster war das Mutterschiff.

Ganz vorsichtig kletterte ich wieder hinab. Dem Abenteuer ist es nicht eben dienlich, wenn man von einem Tau abrutscht und sich den Schädel einschlägt, bevor die Schlacht begonnen hat.

An Deck gab ich neue Befehle aus: Kurs direkt aufs Mutterschiff, Dann versuchten wir eine neue Erfindung, die Kele und Janela entwickelt und auf dem Weg hierher getestet hatten ... eine wunderbare Idee, die in drei von fünf Fällen funktionierte.

Vom Segelmacher der *Glühwurm* hatten sie sich ein gutes Stück von leichtem Tuch geben lassen. Darauf malte man Flaggen im Kleinformat, jeweils dreimal, Duplikate der großen Signalflaggen, mit denen wir von Schiff zu Schiff Zeichen gaben. Dann wurden diese winzigen Wimpel, die aussahen, als wären sie für ein luxuriöses Schiff auf einem Bootsteich gedacht, zerschnitten, und Janela sprach einige Beschwörungen. Theoretisch glichen sie einander, und wenn man mit einer Flagge etwas tat, sollten die anderen darauf reagieren.

Das taten sie. Zumindest manchmal.

Nun legten wir vier dieser Miniaturflaggen aus: Volle Segel, gen Osten, folgen und Angriff. Janela sammelte sie auf und sagte:

»Sprich nun
Sprich mit deiner Schwester
Ruf du ihren Namen
Daß sie auf dich hört.«

Vorsichtig schüttelte sie die eine, dann legte sie sie ab. Viermal sandte sie die Botschaft aus.

Wenn Beran und Towra aufmerksam waren, würden sie sehen, wie sich die entsprechenden Flaggen auf dem Ständer neben den Kompaßhäusern ihrer Schiffe bewegten, dann die Lücken ausfüllten und die Piratenboote überholen, was nicht allzu schwierig sein sollte, wenn sie volle Segel gesetzt und ihre Enternetze eingeholt hatten. Den Piraten blühte ohnehin eine Überraschung, da unser ursprünglicher Plan vorsah, die bewaffneten Männer bis zum letzten Augenblick unterhalb des Schanzkleides zu verstecken. Auf Befehl hin sollten sie sich über die Korsaren hermachen, in der Hoffnung, diese schon beim ersten Angriff zu zerstreuen und sie dann einzeln zu vernichten, während sich die Angreifer noch die Haare rauften, weil sie in eine Falle gelaufen waren. Doch jetzt wollte ich, daß meine anderen Schiffe mir folgten und das Mutterschiff attackierten.

Dies alles mag man für Tollkühnheit oder Dummheit halten, da wir nur fünfundsiebig Mann auf allen drei Schiffen hatten. Doch ging ich davon aus, daß auch den Piraten nicht mehr Leute zur Verfügung standen. Sie teilten Beute nur ungern unter allzu vielen auf.

Außerdem hatten wir noch einen anderen Vorteil. Unsere Schiffe waren fast neu, mit sauberen Rümpfen, was uns Geschwindigkeit und Manövrierbarkeit verlieh, meine Männer waren zur Eroberung entschlossen, und schließlich hatten wir die Überraschung auf unserer Seite. Nichts entsetzt einen im Hinterhalt wartenden Angreifer mehr, als selbst aus dem Hinterhalt heraus angegriffen zu werden.

Unser Schiff lag weit auf der Leeseite, als wir uns dem Mutterschiff näherten, die Segel hart im Wind, Gischt sprühte am Bug, und endlich konnten wir unseren Gegner richtig ausmachen. Beinahe hätte ich laut aufgelacht, als ich meine Vermutung bestätigt sah. Das Schiff der Seeräuber war schmutzig, alt, kaum mehr als ein Hulk. Es war groß, wahrscheinlich ein ehemaliges Handelsschiff, und besaß drei Masten. Es ähnelte einer Schiffsart, wie ich sie oft in Valaroi gesehen hatte und die sich »Flöte« nannte, auch wenn es sich von diesen doch so weit unterschied, daß kaum die Vermutung aufkommen konnte, es wäre auf einer uns bekannten Werft gebaut worden.

Sicher diente es den kleinen Piratenbooten zum Anlegen, um eine Geisel an Bord zu nehmen und sie zu jenem finsteren Hafen zu entführen, aus dem sie kamen, doch kaum zu mehr. Auch das überraschte mich nicht. Diebe investieren weder Zeit noch Geld ins Polieren ihrer Schwerter und kümmern sich nicht darum, ob ihre Prügel heil sind. Ein Halunke trägt nur eine soldatisch gepflegte Waffe bei sich, wenn er sie der Leiche eines armen Soldaten gestohlen hat.

Kele hielt ihren Kurs auf die Flanke der Piraten zu, als wollte sie diese rammen. Inzwischen waren wir nah genug, Schreie zu hören, und langsam, behäbig wendete das Schiff. Ich sah nur wenige Leute an Deck... natürlich waren die meisten mit den Enterern unterwegs. Im letzten Augenblick legte Kele das Ruder um, bis wir beinahe einen parallelen Kurs fuhren, uns dem Hulk jedoch noch immer näherten. Keles Obermaat Ceram rief den Männern hoch oben in der Takelage Befehle zu, wir holten die Segel ein und waren Seite an Seite mit dem Piraten. Mein Schwert lag schon in meiner Hand. Ich sah zu Janela hin, und auch ihre Klinge war gezückt. Ein angespanntes, freudloses Grinsen lag auf ihrem Gesicht.

Quartervals rief, und drei Männer schleuderten Enterhaken hinüber, deren Stacheln sich tief in das Schanzkleid der Flöte bohrten, dann zogen sie uns zueinander, peitschende Enterleinen fest um Klampen gewickelt, und Quartervals führte den Entertrupp über die Reling. Janela und ich waren gleich dahinter und schwärmten auf beiden Seiten des Keils aus, zu dem Quartervals seine wenigen Soldaten formiert hatte. Otavi hatte einen Mann mit der flachen Seite seiner Axt geschlagen, dieser taumelte in den langen Dolch, den Pip bevorzugte, und ging mit hervorquellendem Gedärm zu Boden. Ich sah Chons, der seine Klinge aus einem weiteren Mann zog, dann stach ein anderer mit seiner Hellebarde unbeholfen auf mich ein, und ich schlug sie beiseite und stach ihn nieder, während wieder ein anderer mich mit seiner Machete angriff. Ich duckte mich darunter hinweg und spießte ihn auf.

»Die Brücke«, rief ich, »nehmt die Brücke ein«, und schon rannten wir, hatten nur wenige gegen uns, und liefen den Niedergang zum Achterdeck hinauf. Zwei Mann und eine Frau standen dort, die Frau am Ruder und einer der Männer in Angriffsposition. Er hielt die Klinge wie ein geschickter Schwertkämpfer.

»Fleht um Gnade, und ihr sollt leben«, bellte ich. Das ließ sie einen Augenblick lang innehalten, wie ich es erwartet hatte... Schiffe von Küstenwache oder Marine ließen gefangene Piraten *niemals* leben, und nur wenigen wird je der Prozeß gemacht, bevor sie ihren letzten Seufzer am Ende einer Rahnock tun.

Höhnisch spuckte der Schwertkämpfer aus und griff mich an, doch war Janela zwischen uns. Ihre Klinge zuckte, blitzte in der Mittagssonne, zuckte erneut, stieß seinen Hieb beiseite und schoß wie eine Schlange im Angriff, tief in den Arm des Mannes hinein. Der schrie vor Schmerz und ließ die Klinge fallen. Dann stand er da und erwartete Janelas Todeshieb. Statt dessen knurrte sie: »Fleh um Gnade, du Narr«, und wartete, bereit, ihn niederzumachen, falls er eine andere Bewegung wagen sollte als diejenige, die er dann schließlich machte... er streckte beide Hände aus, die Handflächen nach oben.

Andere auf den Decks sahen ihn, und das Klappern von Waffen, die auf Deck fielen, war zu hören, dazu ein Chor von Stimmen, die riefen »Gnade, Gnade«, und das in einem Wirrwarr von Sprachen. Wir hatten die Piraten übermannt.

Ceram stand am Flaggenstock, holte das Banner ein, das die Piraten »Flagge« nannten. Natürlich war es schwarz mit einem

Haifischmaul in Weiß, und einen Augenblick lang überlegte ich, wer zum Teufel eigentlich noch auf der *Ibis* war, da alle Mann dem Entertrupp anzugehören schienen, dann sah ich, daß *Glühwurm* und *Leuchtkäfer* zu uns herüber segelten, mit den Piratenschiffen, denen sie sich nicht hatten stellen wollen, dicht auf den Fersen.

Die Unterhaltung, die nun beginnen sollte, würde sicher höchst interessant ausfallen.

Der Piratenkapitän – nur wenige Jahre jünger als ich – war gänzlich unscheinbar und wäre in jedem Hafen der Welt als arbeitsamer Schiffsoffizier durchgegangen, mit einem Unterschied ... um seinen Hals zog sich eine rote Narbe. Sein richtiger Name war Lerma, doch einer seiner Männer sagte, er sei außerdem als der »Halbgehängte« bekannt, da jemand in der Vergangenheit die Meere schon beinahe einmal von diesem Schurken befreit hätte.

Für einen Dieb und Mörder war er fast charmant. Ich ließ ihn, Maat und Rudergängerin fesseln und auf dem Vordeck zurück, während ich mich um die anderen kümmerte.

Die Piraten in den kleinen Booten hatten sich nicht weiter gewehrt, besonders weil wir nicht nur von oben kamen – da wir von Schiffen mit Decks aus kämpften und sie nur kleine Boote hatten – sondern auch, weil wir das einzige Schiff besetzt hatten, mit dem man dem nächsten Sturm trotzen konnte.

Ich ließ sie an Bord der Flöte gehen, deren liebreizender Name, wie ich hörte, *Heuchler* war. Ich brachte sie im Bauch des Schiffes unter und besetzte Back und Achterdeck mit Bogenschützen. Ich erklärte ihnen, sie seien Gefangene, und da sie sich ergeben hätten, würde ihnen Gnade gewährt. Doch sollte einer von ihnen auch nur tief Luft holen, zöge ich meine Gnade zurück. Ich fragte, wer ihr Zauberer sei, und einer der Männer sagte, der sei umgekommen, als wir das Schiff geentert hatten.

Ich ließ meine Leute die Laderäume unter Deck durchsuchen und alles von Wert oder etwaige Waffen heraufbringen. Es fand sich eine erstaunliche Menge an todbringenden Gerätschaften, doch nur sehr wenig Gold und Juwelen.

»In diesen Gewässern Pirat zu sein muß ein hartes Brot sein«, bemerkte Quartervals jovial zum Halbgehängten Lerma.

Lerma blickte nur finster drein, doch sein Maat, der Duellist, ein narbiger Mörder, der sich Feder nannte, verzog das Gesicht und murmelte, die Götter seien nun schon fast ein Jahr gegen sie, und dies sei jetzt der Todesstoß.

»Na dann«, sagte ich, da ich eine Gelegenheit sah, »da wir offenbar von den Göttern gesegnet sind, wird Eure Bereitschaft, uns zu helfen, sie ohne Zweifel dazu bewegen, Gnade vor Recht ergehen zu lassen.«

Beide Männer warfen mir einen Blick abgrundtiefen Mißtrauens zu. Ich zuckte die Schultern. Der Versuch hatte sich schon deshalb gelohnt, weil ich sehen wollte, ob sie abergläubisch waren. Selbst wenn nicht, konnte es nicht schaden, ihnen die Idee in den Kopf zu setzen.

Nachdem nichts mehr unter Deck war, was die Piraten als Waffe benutzen konnten, falls sie ihr Schiff zurückerobern wollten, trieben wir sie in den Laderaum und nagelten die Luken dicht.

Somit blieben nur Lerma, Feder und die Rudergängerin, die in der Nähe hockte und teilnahmslos darauf wartete, was geschehen würde. Früher einmal mochte sie ganz hübsch gewesen sein. Ich hielt sie für die Tochter irgendeines Fischers, die man aus ihrem Dorf entführt und dann wegen ihrer Qualitäten als Seefahrerin oder sonstiger Talente befördert hatte.

Feder und die Frau ließ ich in Kajüten am Achterschiff bringen und getrennt einschließen.

Währenddessen war Quartervals beschäftigt. Er hatte eine kleine Pfanne gefunden, darin ein Feuer entfacht und Kohlen nachgelegt, während es wuchs. Fröhlich pfeifend breitete er eine Reihe von

Utensilien aus, die er an Deck gefunden hatte... Segelnadeln verschiedener Größen, einige metallene Splißhörner, eine Pike, eine Rolle Tau, Zangen, ein Hackebeil vom Koch. Dann hob er mit Otavis Hilfe ein Bodengitter an und vertäute dieses an der Reling. Janela und ich schwiegen dazu, und Lermas Blick folgte Quartervals. Der Mann war nicht dumm, und es dauerte nicht lange, bis all diese Utensilien, das Gitter, das Lerma selbst zweifellos zum Auspeitschen benutzte, und die Pfanne, nur einen Gedanken nahelegte.

»Ihr habt mir Gnade gewährt«, stieß er heiser hervor.

»Gnade bedeutet Leben«, sagte ich beiläufig. »Es garantiert nicht notwendigerweise ein Leben mit vollständigem Zubehör wie Augen, Fingern oder Beinen.«

»Außerdem«, sagte Janela, »seit wann darf man sein Wort gegenüber einem Dieb und Mörder nicht brechen?«

Lerma blickte uns tief in die Augen, und ich gab mir größte Mühe, wie jemand zu erscheinen, der verregnete Nachmittage für gewöhnlich damit zubrachte, Piraten zu foltern. Offenbar hatte ich damit Erfolg, denn er erblaßte, und die Brandnarbe um seinen Hals trat noch heftiger hervor als sonst.

»Wer seid Ihr?«

»Wahrheitssuchende«, sagte ich. »Wanderer der Meere. Wenn du vielleicht etwas von deinem Seefahrerwissen mit uns teilen würdest... ungemein interessante Belohnungen könnten dich erwarten.«

»Wie zum Beispiel«, fügte Quartervals ein, »die Sonne am Morgen aufgehen zu sehen.«

»Was wollt Ihr wissen?« Die Frage kam zurückhaltend. Lerma war noch nicht gebrochen.

»Was liegt im Osten? Welches Land? Wie ist es dort? Wo kann man an Land gehen? Wie sind die Menschen? Wie steht es mit feindlich gesinnten Städten? Ist es dort zivilisiert?

»Wie wollt Ihr wissen – wenn ich es Euch sage ... falls ich es Euch sage – daß es die Wahrheit ist?«

»Selbst ohne meinen Freund dort mit seinen Überredungsgeräten«, sagte ich, »müssen wir dich nur – wenn wir erst mit dir fertig sind – in eine hübsche, abgeschiedene Kajüte stecken und deine Freunde heraufrufen. Sollten sich deren Antworten von den deinen unterscheiden, nun, dann wären wir *sehr* enttäuscht. So enttäuscht, möchte ich sagen, daß jede Lüge dich einen Finger kostet, dann einen Zeh, und dann überlegen wir weiter, wenn uns die abstehenden Körperteile ausgegangen sind.«

»Und selbst wenn du und dein Freund zufällig die gleichen Lügen erzählen«, fügte Janela an, »werde *ich* es wissen. Ich habe Zauberkräfte«, und sie streckte eine Hand zu Lerma aus, eine sanfte, zärtliche Frauenhand. Mit der anderen Hand fuhr sie darüber, und plötzlich wurde diese Frauenhand zur grünen Klaue eines Dämons. Lerma kreischte auf und versuchte wegzurollen. Dann war Janelas Hand wieder normal.

»Alles, was Ihr wollt«, stotterte er dann. »Ich will nicht lügen. Ich habe Karten, zumindest ein paar Karten, in meiner Kajüte. Ich zeige sie Euch. Alles, was Ihr braucht, Ihr müßt es nur sagen.«

Ich ließ Quartervals Lerma losschneiden und ihn auf die Beine stellen. »Es gibt keinen Grund«, sagte ich, »warum dieses Gespräch nicht auf zivilisierte Art und Weise geführt werden sollte. Wir treffen uns unten.«

Als Quartervals Lerma zum Niedergang stieß, hatte ich eine Frage an Janela.

»Wie hast du *das* gemacht? Das mit der Hand, meine ich.«

Janela setzte ein geheimnisvolles, überhebliches Lächeln auf. »Weißt du nicht mehr, was deine Schwester geschrieben hat? Daß aller Zauber nur Rauch und Spiegelung und Firlefanz ist?«

Ich nickte. »Wenn du es sagst.« Und dann folgten wir Quartervals.

Bis zur Abenddämmerung hatten wir Lerma ausgewrungen, wie ein Seemann es mit seinem allerletzten Weinschlauch tun würde. Er wußte viel, wie ich es schon vermutet hatte, da ein erfolgreicher Pirat nicht nur die Meerestiefe kennen muß, sondern auch den Küstenverlauf und Buchten, in denen er lauern oder sich verstecken kann. Die Menschen muß er entweder meiden oder sich zur Beute machen.

Natürlich war die ferne Küste bewohnt. Erst fragten wir Lerma nach fernen Zivilisationen. Es gab keine, von denen er gewußt hätte, zumindest keine, die so gefürchtete Küstenpatrouillen aussenden konnten wie jene Vacaans, was auch der Grund war, warum er seine Übeltaten lieber auf den Osten beschränkte. Die Menschen, die entlang der Küste lebten, waren Fischer, Bauern und kleine Händler. Wie jeder Reisende hatte er Geschichten von wunderbaren Städten gehört, doch keine davon hatte sich je bestätigt.

Janela nickte. Es war genau so, wie die alten Mythen es hatten vermuten lassen.

Dann fragten wir nach alten Ruinen, Geschichten über Städte, welche die Götter schwer geprüft hatten. Lerma sagte, das Land sei voller Hinweise darauf, daß der Mensch einst wie ein Gott gewesen, doch wegen seiner Sünden tief gefallen sei.

»Ich habe diesen Geschichten keine weitere Beachtung geschenkt«, sagte er, »denn wenn man ein Gott ist, wer will einen dann für seine Sünden strafen? Andere Götter? Genauso wenig wie eine Jungfrau Chancen bei einer Orgie hat, weil die Leute viel zu beschäftigt damit sind, ihre Dochte zu versenken oder ihren Feinden von hinten den Dolch in den Rücken zu rammen, als daß sie Zeit für eine Jungfer hättten. Götter sind Götter, Menschen sind Menschen. Was wir sind, das sind wir und sind es immer schon gewesen.«

Auf seine theologische Lektion gingen wir nicht ein, sondern fragten gezielt nach den Ruinen. Davon gebe es viele, sagte Lerma.

»Allerdings habe ich sie nie beachtet, weil sich alter Stein in der Taverne nicht rentiert. Wir haben uns ein paar davon angesehen, aber keinen Schatz gefunden. Die waren schon geplündert, bevor sich unsereiner aus dem Mutterleib gewunden hat.«

Ihm kam eine Erinnerung, und er zog die Schultern hoch, als wehte kalter Wind durch die Kajüte.

»Eine war anders«, sagte er. »Wir hatten Geschichten davon gehört, und einmal hatte ich mir mit ein paar anderen Kapitänen gedacht, all die Geschichten könnten vielleicht doch Früchte tragen. Wir kamen nah genug heran, um die Gemäuer zu sehen, doch irgendwas hielt uns zurück.«

»Was? Wurdet ihr angegriffen? Habt ihr Geister gesehen? Dämonen?«

»Nein. Nichts Greifbares. Nicht mal Träume. Nur wußte ich, wußten wir alle gleichzeitig, daß wir – sollten wir an Land gehen, wo der große Fluß sich mit dem Meer vereint – dran glauben müßten.«

»Wo ist das?« Janela war ganz aufgeregt.

»Gute Frau«, sagte Lerma. »Wir sind weder Träumer noch Angsthasen. Was wir empfunden haben, war real. Ich wußte es damals, ich weiß es noch heute. Ich wünsche es Euch nicht.«

»Ich habe etwas gefragt.«

Lerma starrte sie an, zuckte die Achseln und trat an den Tisch, auf dem seine Karten ausgebreitet lagen. »Karten« ist vielleicht das falsche Wort, da es andeutet, es handele sich um verläßliche Navigationshilfen. Was wir hier vor uns hatten, war skizzenhaft, ungenau, mit großen, freien Flächen, Gekritzel, Fragezeichen und offensichtlichen Ungenauigkeiten. Lerma murmelte einen Augenblick lang vor sich hin, dann stieß er mit dem Finger zu.

»Hier etwa. Auf der Karte ist es nicht eingezeichnet, aber hier führt ein Fluß ins Inland. Großer Fluß, fast eine Tagesreise über die Mündung. Nicht leicht zu befahren, weil Sandbänke den Großteil der Mündung versperren, und der ganze Fluß übel verschlammt ist. Aber hier, am nördlichen Ufer, gibt es eine steinerne Statue. Ragt auf wie ein Leuchtturm oder so was. Von Menschen ... oder Dämonen errichtet. Gleich am Ende eines künstlichen Hafens. Dorthin wollten wir segeln, vor Anker gehen und sehen, was was ist.

Sind nie weiter als eine Meile rangekommen, weil wir wußten, daß wir da nichts zu suchen hatten. Wir sind weitergesegelt, ohne auch nur ein Boot an Land zu schicken, und haben uns andere Orte für unsere Vergnügungen gesucht.« Bei dem Gedanken lief ihm ein Schauer über den Rücken.

Schon wollte ich etwas sagen, doch Janela schüttelte den Kopf und erklärte Quartervals, er solle Lerma hinausbringen. Bevor er fortgeführt wurde, nahm sie etwas von seinem Haar, ein wenig Blut von einer kleinen Wunde und einen Tropfen Speichel.

Als Lerma außer Hörweite war, holte Janela ihre eigene Karte hervor.

»Sieh mal. Hier. Irgendwo nördlich von da, wo wir jetzt sind. Siehst du das?«

Ich las ihre kleine Inschrift. Schamane vom Stamm der Jayotosha berichtet von Träumen. Ferne Küste. Fluß. Stadt. Verflucht. Die Großen Alten. Furcht vor dem, was flußaufwärts liegt. Etwas Mächtiges, jenseits des Guten, jenseits des Bösen.

»Ein Fluß, eine Stadt«, sagte ich. »Nicht das Herz des Königreichs, sondern vielleicht ein Hafen? Wie Marinduque der Hafen für Irayas ist. Vielleicht wohnten die Großen Alten gern flußaufwärts, fern von Stürmen und Seeräubern? Könnte das ihre Art gewesen sein? Als sie auf das stießen, was wir heute Vacaan nennen, haben sie absichtlich nach einem befahrbaren Fluß gesucht, an dem sie sich niederlassen konnten?«

Janela schüttelte den Kopf. »Ich weiß es nicht. Aber wir haben ein Stück von einem Vexierspiel, das einem anderen Stück eines anderen Vexierspiels sehr ähnlich ist.«

»Und der Zauber«, sagte ich, »vorausgesetzt, Lerma sagt die Wahrheit, wäre dann etwas, das über der verfallenen Stadt zurückgeblieben wäre.«

»Vielleicht. Aber wenn es einen solchen Zauber gibt, müssen wir uns kaum Sorgen darum machen. Es wäre leicht, einen Gegenzauber auszusprechen, so daß wir eine solche Warnung gar nicht bemerken würden.«

Janela lief an Deck auf und ab, konnte ihre Aufregung kaum verbergen. Dann platzte sie heraus: »Haben wir es gefunden, Lord Antero?«

Ich lächelte. Ich hatte mir allergrößte Mühe gegeben, keinen Juchzer auszustoßen, wie es ein fünfzig Jahre jüngerer Mann getan hätte und schaffte es, eine gewisse Steifheit zur Schau zu stellen. Diese löste sich nun auf, und auch ich vollführte einen kleinen Tanz an Deck.

»Nach reiflicher Überlegung – so glaube ich – haben wir es gefunden, Lady Greycloak.«

Unsere Hände trafen sich über dem kleinen Punkt auf der Karte.

Nach Einbruch der Dunkelheit segelten wir weiter, nicht ohne Maßnahmen ergriffen zu haben, um sicherzustellen, daß unsere Piratenfreunde harmlos wären, zumindest für eine Weile. Nachdem wir sie befragt hatten, nahmen wir auch von Feder und der Rudergängerin Proben von Blut, Haar und Spucke. Die Frau wußte nichts von dieser Stadt ... das war vor ihrer Zeit gewesen. Feder wußte es genau und bestätigte Lermas Bericht.

Wir holten die drei zusammen und zeigten ihnen die Proben. Janela erklärte, falls die Geschichten falsch seien oder sie vergessen hätten, uns von der einen oder anderen Gefahr zu erzählen, bliebe ihr – bevor uns die Dämonen holten – noch genügend Zeit, einen Zauber zu sprechen, der die Meere dieser Welt nach den dreien absuchen würde. Also gelobten sie Ehrlichkeit, Genauigkeit und

Wahrhaftigkeit, nachdem sie aus ihrer Erinnerung etwas hervorgekramt hatten, auf das sie schwören konnten und das uns vor Unglauben nicht laut lachen ließ.

Wir entließen die Piraten aus dem Laderaum und befahlen ihnen zuzusehen, was wir taten. Wir versenkten sämtliche Angriffsboote bis auf drei, die als Rettungsboote nötig werden mochten, falls der Hulk sank. Sämtliche Waffen wurden über Bord geworfen, bis auf vier Dolche. Diese vier klemmte Quartervals mit der Spitze voran zwischen Decksplanken und brach die Spitzen ab, so daß sie nicht mehr Waffen, sondern Seemanswerkzeug waren. Aller Wein, aller Branntwein ging über Bord. Drei Segel ließ ich ihnen, genug, um in den Hafen heimzukehren, den sie Heimat nennen mochten. Ein leises Stöhnen war zu hören, als die Piraten sahen, wie ihr winziger Schatz auf unsere Schiffe verladen wurde. Das Gold interessierte mich wenig, doch wollte ich diese Schurken erniedrigt und gebrochen sehen.

Schließlich ließen wir jeden einzelnen von ihnen an einer Reihe Bewaffneter vorüberschreiten. Wie schon ihren Anführern wurden auch ihnen Proben von Haar und Blut genommen und in einem unserer leeren Windbeutel verwahrt. Ein paar Korsaren versuchten vergeblich, sich zu wehren.

Das war alles. Wir gingen an Bord unserer eigenen Schiffe. Ich stand an der Reling der *Ibis* und erklärte den Piraten, sie seien von nun an meine Sklaven. Ich hätte mein Wort gehalten und ihnen nicht nur Gnade erwiesen, sondern ihnen auch die Freiheit geschenkt. Sie sollten gehen und sich ehrliche Berufe suchen. Täten sie es nicht ... Ich schwenkte den Beutel voller blutgetränkter Büschel über meinem Kopf. Gemurmel und Stöhnen war zu hören. Ich achtete nicht darauf, sondern wandte mich um und befahl Kele, auf Kurs Ostnordost zu gehen.

Wir beobachteten die *Heuchler*, bis sie nur mehr ein kleiner Punkt am Horizont war.

»Glaubt Ihr«, sagte Otavi, und ich zuckte zusammen, da der stämmige Mann nur selten sprach, wenn man ihm keine direkte Frage stellte, *»alle* von denen suchen sich Arbeit, oder nur ein paar? Weil sie denken, Ihr haltet Euch an Euren Fluch und verzaubert sie?«

Janela und ich fingen an zu lachen. Sie nahm den Beutel mit den Locken der Piraten und warf ihn über Bord.

Otavi sah, wie er in unserem Fahrwasser tanzte, dann grinste auch er.

»Ich schätze, wenn ich Euch so durch die Welt folge, Lord Antero, sollte ich besser nicht allzuviel Zeit damit vergeuden, mich zu überreden, daß die Menschen besser wären, als sie eigentlich sind, hm?«

Dreizehn Tage schleppten sich bleiern vorbei.

Der Wind hielt sich, wehte gen Osten, und die See war einigermaßen ruhig. Und doch schien unsere Reise ewig zu dauern. Es wurde heiß, schwül, und ich meinte, den düsteren, schweren Duft des Dschungels riechen zu können. Wie angekündigt sprach Janela einen Schutzzauber über unsere Männer, um unnötige Sorge zu verhindern.

Im vierzehnten Morgengrauen erwachte ich zu dem Ruf: »Land! Land ho! Land direkt voraus in Sicht!

Ich zog mir etwas an und stürmte an Deck, doch trotz meiner Hast war ich doch einer der letzten, die dort ankamen. Janela trug nicht mehr als einen Umhang, vielleicht ihre Decke, doch weder sie, ich, noch irgend jemand sonst achtete darauf, daß sie fast nackt war.

Jenseits unseres Bugs lag die Mündung eines Flusses, so mächtig, daß ich nur ein Ufer nördlich von uns ausmachen konnte. Das Land voraus war grün, tropisch, ein Dschungel.

Weit in der Ferne, so weit, daß sie nur eine blaue Erscheinung am Horizont war, erhob sich eine riesenhafte Bergkette.

Einzelheiten konnte ich keine erkennen, ganz zu schweigen von Klippen, welche die Faust der Götter sein mochten.

Näher jedoch, aufragend aus dem seicht werdenden Meer, stand uns der weiße Finger des Monolithen.

Kapitel Acht

Stadt der Verdammten

Als wir uns dem Monolithen näherten, wehte ein eisiger Sturm der Erinnerung aus meiner Vergangenheit. Es war die riesenhafte Statue einer Kriegerin. Sie war unglaublich schön, wenn auch der Zahn der Zeit den Stein, aus dem sie gearbeitet war, mit Pocken überzogen hatte. In einer Hand hielt sie den Stumpf eines zerbrochenen Schwertes empor.

Neben mir hörte ich, wie Janela Kele fragte: »Glaubst du, es war einmal ein Leuchtturm?«

Die Kapitänin antwortete, doch hörte ich nicht zu. Statt dessen erinnerte ich mich, wann ich dieses Bildnis zum ersten Mal gesehen hatte. Es war im Mondschein gewesen, und ich hatte in einer Kutsche gesessen, nicht auf einem Schiff. Man hatte mich zu Prinz Ravelines Palast bestellt, und als ich mich dem Wohnsitz des schwarzen Zauberers näherte, hatte ich mich plötzlich zwei steinernen Wächterinnen gegenübergesehen, deren Mienen so kalt und gnadenlos waren, daß sie nur Furcht auslösten und keineswegs ein Staunen über ihre Schönheit, die nicht von dieser Welt sein konnte. Es war lange her, und Raveline schon lange tot, doch als ich nun die Statue an der Hafeneinfahrt erblickte, fühlte ich in meiner Brust, daß dort die Angst wie eine böse Schlange zischte.

Wir passierten den Monolithen, ließen die Mole neben uns, und ich hörte die anderen keuchen, als sie die Rückseite der Statue sahen. Ich drehte mich um, obwohl ich nicht hinsehen mußte, um zu erfahren, was sie dort sahen. Wie Ravelines Wächterinnen hatte auch diese Frau ein zweites Gesicht, das nach hinten blickte, und dieses Gesicht war ein höhnisch grinsender Dämon mit reißenden Zähnen. Wie in jener Nacht vor langer Zeit, als Verschwörung und Verrat im naßkalten Wind umgingen, fragte ich mich, ob sich der Künstler, als er das Original schuf, an Phantasie oder Realität gehalten hatte.

Ich schüttelte das Netz der greisen Erinnerung ab und sah mich um. Die Mündung, die wir durchsegelten, war wahrlich immens. In der Ferne sah ich etwas, das eine Ahnung des anderen Ufers sein mochte. Der Kanal war mit Sandbänken durchzogen, die sich im Laufe der Zeit angesammelt hatten und die Navigation erschwerten. Ich vermutete, daß die ursprünglichen Bewohner Wachen an der Statue postiert hatten, damit jeder, der versuchte, flußaufwärts zu segeln, den geforderten Wegezoll entrichtete. Manche dieser Sandbänke waren so groß, daß der Fluß schon lange aufgegeben hatte, sie zu durchbrechen, und aus ihnen waren kleine Inseln geworden, auf denen sich Bäume und Büsche drängten.

Von der Statue aus erstreckte sich eine Mole landeinwärts. Obwohl die Steine, aus denen sie gebaut war, noch standen, hatten sich Zeit und Witterung schon lange durchgesetzt. Die Einfahrt war ein Trichter mit der Mole auf der einen und Sandbänken auf der anderen Seite, so daß sie nicht breiter sein konnte als die hundert Fuß, welche die Statue hoch war. Der Kanal hatte die Form einer Glocke, so daß er aussah wie ein Fischfalle, die Kinder in Untiefen ausgelegt hatten, um Köder zu fangen. Die Form war von seinen Erbauern sicher so geplant gewesen. Ein seefahrender Feind wäre leicht einzuschließen, und man hätte sich dann einen nach dem anderen vornehmen können.

Doch waren die Verteidiger des Hafens schon lange fort. An den meisten Stellen hatte dichter Dschungel alles, was jemals an Uferbefestigung bestanden haben mochte, überwuchert. Es herrschte drückende Hitze im Delta, und dichter Nebel stieg vom Wasser auf, brachte den Gestank von Verwesung über uns. Wolken von Insekten summten durch den Nebel, verfolgt von grellbunten Vögeln, die herabstürzten und kreischten, wenn sie ihre kleine Beute schnappten. Große Echsen mit schweren Kiefern erhoben sich an schlammigen Ufern, um uns mit gelben Augen nachzublicken, und ganze Affenschwärme verspotteten uns von den Bäumen herab. Hier und da konnte ich steinerne Stümpfe erkennen, die einst Pfeiler von Anlegern gewesen waren, und die Reste alter Hafengebäude bildeten einen idealen Lebensraum für dicke Schlingpflanzen, die sich durch die Ruinen wanden.

Janela stieß mich an. »Dort drüben«, sagte sie leise. Wir befanden uns an einem Ort, an dem man instinktiv flüsterte. In einiger Entfernung, ein Stück weit ins Land hinein, ragten die Ruinen einer alten Stadt auf, fest im Würgegriff des Dschungels. Am Ende der Mole waren einmal Zoll und Wachtposten gewesen, stellte ich mir vor, und auf besser zu verteidigendem Boden dann die Stadt selbst. Das alles war ein finsterer Torweg zum dahinter liegenden Fluß.

Es prickelte auf meiner Haut, und ich sah, wie Janela angestrengt die Stirn runzelte, als sie ihre magischen Sinne vorausschickte.

»Spürst du Gefahr?« fragte ich.

Ihr Blick wurde noch angestrengter, dann schüttelte sie den Kopf.

»Ich kann es nicht mit Bestimmtheit sagen, Amalric«, sagte sie. »Es hat hier einmal viel Leid gegeben. Eine Schlacht vielleicht. Und Zauberei. Von der schwärzesten Sorte. Doch das ist lange her.«

»So lange wie die Großen Alten?« fragte ich und dachte an den Monolithen ... und Ravelines Wächterinnen.

»Ja«, sagte sie einen Moment später. »Vielleicht so lange.«

»Lassen wir die Finger davon«, sagte Kele. »Suchen wir uns eine andere Stelle, um an Land zu gehen.«

Ich wollte ihr zustimmen, wollte den Befehl geben, der uns alle Segel hissen und die Küste nach einer angenehmeren Einfahrt zur Küste des Ostens absuchen ließe.

Dieser Ort gefiel mir nicht. Er schien ein Reich kurzen Lebens und rachsüchtiger Geister zu sein.

Doch Janela nahm ein paar Knochen aus ihrer Tasche und kniete nieder, um sie aufs Deck zu werfen. Ich hörte das trockene Klappern und sah die Form, die sie annahmen, als sie zur Ruhe kamen. Vielleicht war es meine übereifrige Einbildungskraft, doch für mich sahen sie der Dämonenfratze der Statue nicht unähnlich.

Sie blickte auf, mit blitzenden Augen. »Wir *müssen* hier beginnen«, sagte sie.

Kele knurrte, doch dann machte sie sich mit voller Kraft ans Werk, als ich die Befehle ausgab. Die Menschen von der Pfefferküste sind ein fatalistischer Haufen.

»Außerdem«, hörte ich sie einen nörgelnden Seemann tadeln, »würde nur ein Trottel mit 'nem Furunkel als Kopf und Eiter im Hirn mit einem Knochenwerfer streiten.«

Gern hätte ich ihr Zutrauen gehabt. Von Zeit zu Zeit ist mir mit schweißnassen Händen der Gedanke gekommen, wieso man sich eigentlich nichts dabei denkt, die Würfel zu prüfen, wenn eine fette

Börse auf dem Spiel steht, doch niemals einen Zauberer in Frage stellt, auch wenn die eigene Haut vom Ergebnis des Wurfes abhängt.

Vorsichtig gingen wir an Land. Janela und ich wollten einen kleinen Trupp ins Herz der Stadt führen, der aus Pip, Otavi, drei von Quartervals' Kundschaftern und vier harten Bauernburschen, den Brüdern Cyralian – bekannt für ihr Talent im Pirschen und Bogenschießen – bestehen sollte.

Wir wollten uns zur Stadt aufmachen und wären, so warnte ich Kele und Quartervals vor, höchstwahrscheinlich gezwungen, dort bis zum nächsten Tag zu bleiben, da ich nicht die Absicht hatte, herauszufinden, welche Überraschungen der Dschungel nach Einbruch der Dunkelheit zu bieten hatte.

Unsere drei Schiffe sollten auf einen möglichen Angriff von See her achten, und Quartervals wollte sich mit einem Landetrupp bereithalten. Wären wir im Laufe des kommenden Vormittags nicht zurück oder hörte er Schlachtenlärm noch in der Nacht, sollte er uns bei Tagesanbruch zu Hilfe kommen.

Aufgebracht widersprach er dieser Vereinbarung und erklärte, sein Platz sei an meiner Seite. Ich sagte, wir erwarteten nur wenig Schwierigkeiten. Feinde, die im Dschungel lauern mochten, ließen sich mit den Bögen der Brüder Cyralian und Janelas Zauberkraft abwehren.

Außerdem wollte ich, daß meine Kämpfer unter dem Befehl eines erfahrenen Führers an Bord der Schiffe blieben. Ich verspürte keineswegs den Wunsch, auf dem trockenen zu sitzen, bevor unsere Reise erst richtig begonnen hatte. Quartervals erwähnte diese kleinen Flaggen, die Janela und Kele hergestellt hatten, doch Janela schüttelte den Kopf und sagte, an einem Ort, der so voll uralter Zauberkräfte sei, würden sie nicht funktionieren.

Ihm gefielen unsere Argumente nicht, und sicher lagen ihm entsprechende Erwiderungen auf der Zunge, aber ich war nicht in der Stimmung, mich provozieren zu lassen, und so hielt er klugerweise den Mund und tat, was ich von ihm verlangte.

Wir landeten unser Boot auf einem schmalen, schlammigen Schelf an. Von diesem Schelf führte eine kurze, von Büschen überwachsene Treppe nach oben, und dort konnten wir etwas ausmachen, das einmal die Straße in die Stadt gewesen war. Eilig stellte Janela einen kleinen Messingdreifuß auf. Vorsichtig reichte ich ihr den verzierten Topf voll glühender Zauberkohlen, den ich auf meinen Knien balanciert hatte, seit wir das Schiff verlassen hatten. Sie hängte ihn an den Dreifuß, drehte ihn und sammelte verschiedene Dinge vom Boden auf: Moos von einem Stein, ein trockenes Blatt, das von einem Baum gefallen war, und einen kleinen grünen Käfer, der unter diesem Blatt hervorgekrabbelt war.

Während sie arbeitete, spürte ich eine Unruhe, als erwachten *Dinge*, aus einem unruhigen Schlaf. Ich hörte das dumpfe Murmeln vieler Stimmen und sah mich unvermittelt um, wie auch die anderen aus unserem Trupp. Doch gab es nichts zu sehen. Auf der einen Seite rührte sich etwas Schweres im dichten Gebüsch, das die Treppe ausfüllte. Wie ein Mann hoben die Brüder Cyralian ihre Bogen an. Mittlerweile hatten auch die anderen ihre Schwerter gezückt oder die Speere angehoben, um den Brüdern Zeit zu geben, ihre tödlichen Talente auszuüben.

Das Gebüsch brach auseinander. Ein mächtiger Schatten trat hervor. Es war kein Wesen aus Fleisch und Blut. Ich konnte den Dschungel dahinter erkennen, wenn auch nur schwach, so finster war unser Besucher. Er hob, was ich nur als seinen Kopf bezeichnen kann. Ein Loch ging auf, wo der Mund sein sollte. Ein Chor von Stimmen drang heraus, als bestünde die Gestalt aus vielen Seelen.

Die Kreatur trat vor. Wir konnten die Abdrücke mächtiger Füße im Schlamm erkennen.

»Ruhig«, sagte ich meinen Männern.

Das Ding kam immer näher, Schlamm quoll unter seinem Gewicht hervor. Es bewegte sich langsam, doch mit so großen Schritten, daß es nur noch Augenblicke dauern konnte, bis es bei uns war.

Die Brüder spannten ihre Bogen.

»Noch nicht«, sagte ich.

Janela stand am Dreifuß, ließ Moos, Käfer und andere Dinge in den kochenden Topf fallen. Bitter stinkender Qualm stieg auf.

Die Gestalt kam näher, und die Stimmen wurden lauter und immer lauter.

Ich hörte Janelas Singsang:

»Ihr Großen Alten.
Große Geister.
Wir kommen Eures Wissens wegen.
Wir kommen, Euch zu ehren.
Wanderer aus dem Westen
Wo Ihr einst geherrscht.«

Wenige Schritte vor unserer Gruppe kam die dunkle Gestalt zum Stehen. Die Stimmen wurden zu leisem Gemurmel.

Janela tropfte Wasser aus einer Phiole in die Glut des Topfes. Es stammte aus unserem Fluß in Orissa.

Flammen schossen auf, so hell, daß es mich blendete. Ich rieb mir die Augen, dann sah ich in die Runde, und das Schattenwesen war fort.

Pip setzte seinen Stiefel in einen der schlammigen Fußabdrücke. Er verschwand beinah darin.

Ein koboldhaftes Grinsen schimmerte durch seinen zottigen Bart. »Mindestens doppelt so groß wie meiner«, sagte er. »Ich finde, für diesen Auftrag sollten wir auch doppelten Lohn bekommen.« Die Männer lachten.

Der größte und jüngste der Brüder musterte Pip von oben nach unten. Dafür brauchte er nicht lange. »Ich denke, du hast recht«, sagte er. »Aber *alles* ist doppelt so groß wie du, Pip! Lord Antero wird das Geld ausgehen, bevor wir unseren kleinen Spaziergang ins Grüne auch nur angefangen haben.«

Irgendwo heulte ein Dschungeltier.

Pip schnitt eine Grimasse. »Ein echter Ausflug ins Grüne«, sagte er.

Alle lachten, wenn vielleicht auch etwas lauter, als es der Scherz verdiente.

Janela ignorierte das Geplänkel. Sie bereitete einen weiteren Zauber vor, griff in ihre wundersame Tasche und verteilte Phiolen und kleine Beutel auf ihrem Umhang, den sie neben dem Dreifuß am Boden ausgebreitet hatte. Die wollene Seite war umgedreht, so daß all die grellen Symbole der Geisterseher zu sehen waren.

Mir wurde klar, daß sie gehandelt hatte, bevor das erste Anzeichen von Gefahr auch nur zu erkennen war.

»Wußtest du, was geschehen würde?«

»Nein«, sagte sie. »Ich wußte nur, daß *etwas* geschehen würde. Und dann habe ich eine zutreffende Vermutung gewagt. Te-Date sei Dank hatten wir es nur mit ein paar verschrobenen alten Geistern zu tun. Wäre es ein Dämon gewesen wie der verstorbene Lord Senac, hätten wir dran glauben müssen.«

»Das ist ja sehr beruhigend«, knirschte ich durch zusammengebissene Zähne.

Janela lachte voll jugendlicher Kühnheit und Zuversicht. »Fürchte dich nicht«, sagte sie. »Ich bin sicher, daß mir etwas eingefallen wäre. Zumindest hoffe ich es.«

Sie pumpte winzige Blasebälge und brachte die Kohlen im Topf erneut zum Glühen. Dann sprenkelte sie Kräuter darüber, einen Spritzer Zauberöl, und ein lebendiges, farbenfrohes Feuer knisterte und qualmte dort im Gefäß.

Ich fragte mich, was sie vor hatte, und stellte überrascht fest, daß ich ihre geschmeidige Figur und die anmutigen Bewegungen mit keineswegs großväterlichem Interesse betrachtete. Offenbar hatte meine neugewonnene Lebenskraft nicht nur die Farbe von Haaren und Bart aufleben lassen. Es machte mich verlegen, und als ich merkte, daß sie mir einen seltsamen Blick zuwarf, fragte ich schnell, was sie dort tat.

»Wenn wir die Stadt erkunden wollen«, sagte sie, »werden wir eine Art Führer brauchen.«

Sie zerknüllte Pergament zu einem Ball und sang dabei:

»Die Macht der Götter
Stirbt niemals
Doch wandelte sie sich
und wartet auf jene
die suchen.«

Janela warf den Ball ins Feuer. Der Ball explodierte, und Janela rief:

»Schaut den Dunklen Sucher!«

Ihre Arme schossen hoch, und der Flammenball stieg von den Kohlen auf, bis er direkt vor ihren Augen schwebte. Sie blies ihn an, und er begann sich zu drehen, schneller und immer schneller, bis er kaum noch zu erkennen war, wie die Spindel einer fleißigen Garnspinnerin. Dann schoß er davon, als sei eigenes Leben in ihm. Er flog zu der alten Treppe und setzte dort das Gebüsch in Flammen, welches so schnell verbrannte, daß es schon nach wenigen Augenblicken nur noch Asche war. Der brennende Ball hing wie wartend darüber.

»Wir müssen ihm nur folgen«, sagte Janela. Sie fing an, ihre Sachen wieder einzupacken.

»Wohin?« fragte ich.

Janela schüttelte ihren Umgang aus. Die Luft vibrierte, und ich nahm den kühlen Duft von Frühlingsblüten war.

»Es muß einen Sitz der Macht gegeben haben«, sagte sie. »Einen Thron oder einen Ort, an dem die wichtigsten Beschwörungen gesprochen wurden. Ich hoffe, es sind noch genügend magische Reste vorhanden, diesen Ort aufzuspüren.«

Sie legte den Umhang zu einer Tornisterrolle zusammen, nahm einen Lederriemen aus der Tasche und schlang sich den Umhang um den Rücken.

Der Pergamentball zuckte vor und zurück und hüpfte auf und ab und zog einen Schwanz von dickem Rauch hinter sich her, so daß er aussah wie ein ungeduldiger, kleiner Hund.

Ich lachte über seine Mätzchen. Janela grinste und sagte: »Ich dachte, ich versuche mal was anderes als Günstling. Meine Zauberlehrer haben immer dieselben grimmigen kleinen Dinger geschaffen, mit Reißzähnen und Krallen und Schuppen.«

»Du hast vergessen, den Hang zum Bösen und den üblen Körpergeruch zu erwähnen«, sagte ich.

»Auch das«, sagte Janela. »Günstlinge mit bösen Seelen haben sicher ihre Berechtigung, aber in diesem Fall kann es nicht schaden, ein bißchen Spaß zu haben.«

Das Lachen der Männer bestärkte sie, und selbst Pips Nörgelei klang freundlicher, als sie sich formierten und wir uns zur Stadt aufmachten.

Der Pergamentball schoß die Treppe hinauf, und wir folgten ihm, suchten uns einen Weg über das geborstene Pflaster dessen, was einst eine breite Hauptstraße gewesen war, die vom Hafen heraufführte.

Noch immer war die breite Promenade zu erkennen, einstmals sicher ein geschäftiger Marktplatz mit frischen Speisen und exotischen Waren aus allen Ecken des Reiches der Großen Alten. Die Straße führte zu einem mächtigen Tor – schon lange ohne Pforten –

an dem der Boden und die dicken Mauern mattschwarz und verzogen waren, als seien sie mit immenser Kraft gesprengt worden und dann von großer Hitze geschmolzen. Unser kleiner, flammender Führer zögerte, dann stürmte er über die Mauern.

»Ich glaube, er will, daß wir klettern«, sagte Janela.

Und so erklommen wir – mit einiger Mühe wegen der glatten Oberfläche – die Mauer. Oben war sie breit genug, daß ohne weiteres Lastkarren darauf hätten fahren können, und wir sahen die Ruinen von Türmen, strategisch verteilt. Sicher war die gesamte Stadt von dieser Mauer umfaßt, eine fast unüberwindbare Barriere. Sie breitete sich vor uns aus, die Straßen wild überwuchert, viele Gebäude aus ihren Fundamenten gerissen, während Dschungelbäume durch andere hindurchgewachsen waren und nun über den Resten aufragten. Weit drüben auf der anderen Seite der Stadt ragte ein Gebäude mit zwei Kuppeln auf. Blankes Metall spiegelte die Vormittagssonne und blendete uns.

Der Pergamentball bog zu den beiden Kuppeln ab, und wir folgten seinem Kurs, hielten uns oben auf der Mauer und umkreisten die Stadt auf dem Weg zu unserem Ziel.

Es war einmal eine wirkliche Metropole gewesen, mit breiten Alleen, hübschen Parks und geräumigen öffentlichen Bädern, gespeist von frischen unterirdischen Quellen. Die Gebäude waren aus dikkem Stein, verblendet mit weißem Marmor. Manche waren hoch, andere lang und flach, doch sie alle ließen meisterliche Baukunst erkennen. Hier und da fanden sich die Reste von Fresken und merkwürdigen Skulpturen, die von den Großtaten eines würdevollen Volkes, eines Volkes mit Geschmack, mit Charakter kündeten. Eines Volkes, das verdammt war. Nun war die Stadt kaum mehr als ein Kadaver. Dschungel erstickte ihre Straßen. Ranken mit hoch aufschießenden braunen Wurzeln verwüsteten die marmornen Fassaden. Tiere schlichen durch die Parks, und von der sicheren Mauer aus sahen wir, wie sich ein Trupp Paviane in einem der Badehäuser mit einem Rudel Schakalen einen Kampf lieferte.

Die Narben des Krieges zeigten uns, als wir die Stadt umrundeten, daß sie keines natürlichen Todes gestorben war. Häuser waren gesprengt, Steine zerschlagen und von den Belagerern der Stadt geschmolzen worden. Statuen von Göttern und Helden waren umgestürzt. Auf dem kahlen Grund von etwas, das einst eine Arena gewesen war, sahen wir verstreute Menschenknochen. Wenn so viele die Ewigkeit überdauert hatten, konnte das nur bedeuten, daß es ein furchtbares Gemetzel gegeben hatte, welches sich in der Geschichtsschreibung sehr wohl wiederfinden müßte.

Es war erschreckend zu sehen, wie die Großen Alten trotz ihrer mythischen Macht und Weisheit erniedrigt worden waren. Wer waren ihre Feinde gewesen? Lebten sie noch irgendwo? Und was war das Verbrechen gewesen, dessen sich die Großen Alten schuldig gemacht hatten – ob nun real oder nur eingebildet – daß sie eine derart furchtbare Strafe verdient hatten?

Diese harten Nüsse röstete ich in Gedanken, als Geschrei aus den überwucherten Straßen unter uns heraufschallte. Wir alle blieben stehen, die Waffen bereit. Ein anderer Schrei antwortete dem ersten, doch schien er aus größerer Entfernung zu kommen.

»Da drüben!« sagte Janela.

Ich drehte mich gerade noch so rechtzeitig um, daß ich einen muskulösen, pelzigen Arm erkennen konnte.

»Irgendeine Art Tier«, sagte ich.

»Besser als Geister, Herr«, sagte Pip. »Wenn der uns mit seinen Kumpanen zu nah kommt, kann ich ihm immer noch einen Warnschuß zwischen die Augen setzen.«

Laut klappte sein Mund zu, als – wie zur Antwort auf seine Prahlerei – ein ganzer Chor von Schreien zu hören war.

Donner zahlloser Flügel erklang, als aufgeschreckte Vögel flogen. Das ständige Kreischen der Affen hörte plötzlich auf, und es herrschte Stille, nur vom steten Summen der Insekten unterbrochen.

»Die Schreie sind offenbar von dort hinten gekommen ... hinter uns«, sagte Janela, was unseren zügigen Rückzug gefährden mochte, falls ein solcher nötig werden sollte.

Ich deutete auf die Kuppeln, die nur noch einen Marsch von einer Viertelstunde entfernt schienen: »Dann können wir ebensogut weitergehen«, sagte ich.

Wir liefen weiter, doch ohne uns umzusehen und nun schnelleren Schrittes. Immer wieder setzte das Schreien ein, doch stets hinter uns oder seitlich. Wir bekamen unsere Verfolger – falls es sich um solche handelte – nicht wieder zu sehen, obwohl wir gelegentlich Fußgetrappel und knackende Zweige hörten.

Schließlich erreichten wir eine Stelle, an der wir die relative Geborgenheit der Mauern verlassen mußten. Direkt unter und vor uns lag ein überwucherter Park. Jenseits dieses Parks – vielleicht zweihundert Meter entfernt – waren die Kuppeln. Sie saßen auf einem intakten Bau mit breiten, geborstenen Stufen, die zum klaffenden dunklen Auge eines Eingangs führten. Der Pergamentball stürmte mit langem Rauchschwanz über den Park hinweg. Er kam zu den Stufen, schwebte dort für einen Augenblick, dann schossen Flammen hervor ... und unser Stadtführer löste sich in einer Rauchwolke auf.

Wir hatten unser Ziel erreicht.

Vorsichtig stiegen wir von der Mauer herab, und eine Gruppe sicherte die andere, als wir hinunterkletterten.

Die Hitze ließ nicht nach, je weiter wir in den dunklen Schatten der Bäume vordrangen, auch wenn das Gefühl der Gefahr wuchs. Die Haut in meinem Nacken prickelte, und meine Schwerthand schmerzte, weil ich den Griff so fest umklammerte. Doch durchquerten wir den Park bis zum Hof des Gebäudes ohne Zwischenfall.

Pip und zwei Männer stiegen die Stufen hinauf und prüften das Innere des Baus, während wir im Pulk unten warteten. Sie blieben lange fort, doch sprachen wir nicht miteinander und bewunderten auch nicht die Reste einer seltsamen Statue, die auf dem Hof verstreut lagen, sondern kümmerten uns nur darum, wie wir gut Dekkung finden konnten.

Pip winkte und sagte, alles sei in Ordnung.

Und wieder, wie zu seinem Hohn, brach das Geschrei aus. Doch diesmal war es direkt bei uns. Es blieb kaum Zeit zu zwinkern, bis wir angegriffen wurden.

Es waren keine Menschen, es waren keine Tiere ... nur das Böseste von beidem. Graue, schlurfende Gestalten brachen aus dem Busch hervor und stießen unheimliches Kriegsgeheul aus. Die hatten mächtige, bucklige Schultern, Arme von der Größe eines dicken Menschentorsos und Köpfe mit flacher Stirn, gefletschten, gelben Zähnen und blutroten Augen. Bewaffnet waren sie mit Steinäxten und dicken, knorrigen Knüppeln. Ich hörte, wie die Brüder Cyralian eine Salve abfeuerten, und vier der Kreaturen starben mit heiserem Schrei. Dann machten sich die anderen über uns her. Eine Riesenpranke griff nach mir, doch schlug ich sie mit meinem Schwert beiseite. Ich hört Janela stöhnen, als sie ihre Klinge in einen der Angreifer rammte. Die Viecher kamen immer näher, und wir zogen uns über die Treppe zurück. Ein Monstrum sprang über die Balustrade, und Otavis Axt traf es im vollen Schwung.

Eine heulende Welle nach der anderen stürzte auf uns ein, und auch wenn wir jede davon zurückschlugen, setzten sich die Angriffe mit zunehmender Wut und Gegnerzahl fort. Ein halbes Dutzend Mal wäre ich beinah auf dem geborstenen, blutbesudelten Pflaster ausgeglitten. Einmal fing mich Janela im Stolpern, und als ich mich aufrichtete, ragte hinter ihr ein Kopf mit roten Augen auf, ein erhobener Knüppel. Sie fuhr herum, bevor ich eine Warnung rufen konnte, und machte die Kreatur nieder.

Dann traten wir den Rückzug ins Gebäude an. Im Korridor gingen wir in Stellung, und eingestürzte Steinmauern schützten uns von beiden Seiten. Die Brüder Cyralian hatten ihre Bogen ob der engen Bewegungsfreiheit beiseite gelegt und schwangen ihre Äxte. Die Kreaturen bedrängten uns, doch der enge Korridor war zu unserem Vorteil, und draußen auf der Treppe stapelten sich die grauen Leichen.

Ich hörte ein Brüllen, fuhr herum und sah, wie ein ledergepanzerter Koloß draußen über eine umgestürzte Statue sprang, jenseits der grauen Monstren, und in unsere Richtung lief. Es war ein Mensch, ein Bär von einem Mann, mit weißem, geflochtenem Bart und langem Silberhaar, das unter seinem Helm hervorquoll. Ein gutes Dutzend Tiermenschen verfolgte ihn. Mit Hohngeschrei griff er die Gruppe an, die uns bedrängte, und hackte sich einen Weg hindurch, dann fuhr er herum und fügte sich in unsere Linien ein.

Obwohl unsere Zahl nur um diesen einen zugenommen hatte, schienen die Tiermenschen den Mut zu verlieren. Die Gegenwart des neuen Verbündeten schien unseren sinkenden Mut neu anzufachen, und wir traten vor, machten unsere Angreifer mit der Leichtigkeit eines Trupps von Riesen nieder.

Dann waren sie fort, und wir rangen nach Atem, schlugen einander auf die Schultern, freuten uns, am Leben zu sein. Doch konnte es keinen Zweifel daran geben, daß die Tiermenschen jederzeit zurückkommen konnten, und dann in noch größerer Zahl. Ich gab Befehle an die Männer aus, sich für den nächsten Angriff bereitzuhalten. Während Janela sich davonschlich, den Tempel zu inspizieren – denn um einen solchen handelte es sich – wandte ich mich unserem neuen Kameraden zu.

Er hatte seine Rüstung und die Feldflasche abgelegt, lag auf dem mit Schutt übersäten Boden und tupfte mit einem dreckigen Lumpen, den er aus dem Helm gezogen hatte, an einer Unmenge kleinerer Wunden herum. Er war groß, beinah schon fett, mit einem Faß von einem Brustkorb, einem Wanst von einem Bauch und einer haarigen Melone als Kopf. Ein Schopf dichter weißer Locken bedeckte Brust und Rücken.

Er blickte auf, als ich herantrat, und ein Grinsen von der Größe eines Schiffsmastes wurde an den geflochtenen Tauen gehißt, aus denen sein Bart bestand.

»Käpt'n Mithraik ist mein Name, Herr«, sagte er mit einer Stimme, die aus tiefen Höhlen kam. »Auch wenn ich momentan nicht mal einen geknickten Fieselschweif zu befehligen habe. Und wenn Eure Lordschaft einen Tropfen harten Stoff bei sich hätte, so würde Mithraiks Leben Euch gehören, Herr.«

Ich lachte und reichte ihm die Feldflasche mit dem Branntwein, die an meinem Gürtel hing.

»Das ist wohl das mindeste, was ich tun kann, Käpt'n Mithraik«, sagte ich. »Wir waren schon fast hinüber, als Ihr Euch zu uns geselltet.«

Er entkorkte die Flasche mit den Worten: »Für mich sah es aus, als hieltet Ihr Euch gut, Herr.«

Mithraik ließ den Schnaps durch seine Kehle rinnen. Als er fertig war, schüttelte er die Flasche, um zu sehen, ob sie leer war, dann sah er mich verlegen an und reichte sie mir wieder. »Ich muß mich für das gierige Tier entschuldigen, das von mir Besitz ergriffen hat, Herr«, sagte er. »Aber es ist schon verdammt lange her, daß mein Gedärm zuletzt einen ordentlichen Schluck zu trinken hatte.«

»Keine Sorge«, sagte ich. »Wir sind gut bestückt.«

Wieder zeigte er sein breites Grinsen. »Ich hoffe, Eure Freundlichkeit wird kein Ende nehmen, Herr«, sagte er. Er rülpste und reckte die Arme, wobei die müden Gelenke Geräusche verursachten wie altes Fett auf einem heißen Herdstein.

Er gähnte. »Ich schätze, Ihr habt einen Haufen Fragen, die Ihr beantwortet haben wollt, Herr«, sagte er. »Wo Ihr seht, daß ich doch hier ein Fremder bin und so. Aber wenn es Euch nichts ausmacht, Herr, roll ich mich vorher für ein kleines Nickerchen zusammen. Dann könnt Ihr mich ausfragen.«

Ich nickte mitfühlend, doch bevor ich auch nur ein weiteres Wort sagen konnte, hatte sich Mithraik in eine gewaltige Kugel verwandelt und gab Schnarchgeräusche von sich, welche die Mauern erbeben ließen.

Janela kam herangelaufen. Sie sprudelte derart über vor Erregung, daß sie Mithraik nur einen flüchtigen Blick zuwarf.

»Ich glaube, ich habe gefunden, was wir suchen«, sagte sie. »Ich brauche nur etwas Licht und Hilfe.«

Ich fragte, was sie mir denn zeigen wolle, doch sie schüttelte nur den Kopf und sagte, ich solle es mir selbst ansehen. Sie grub ein paar Feuerperlen hervor, flüsterte den Zauberspruch, der sie zum Leben erweckte, und reichte mir eine davon. Ich ließ Mithraik von einem meiner Männer bewachen, da ich in diesen Landen keinem Fremden traute, und folgte ihr den langen, düsteren Korridor hinab.

Dieser führte in ein riesenhaftes Gewölbe, an dessen Wänden und Boden gigantische Schatten tanzten, während wir hindurchliefen, die Feuerperlen hoch in unseren Händen. Weiteres Flüstern von Janela, und die Perlen leuchteten heller, jagten die Schatten zurück. Sie deutete zur Mitte des Raumes, und ich sah vier steinerne Figuren, quadratisch angeordnet, allesamt nach innen gewandt.

In einem Areal von etwa zwanzig Fuß Breite und einem ähnlichen Maß an Länge war ein Pentagramm in den Boden gemeißelt. Innerhalb des Pentagramms gab es alle möglichen Arten seltsamer Symbole und Zeichnungen und etwas, das Worte aus einer unbekannten Sprache sein mochten. Innerhalb der Umrisse – tief eingemeißelt – fand sich das Bild eines tanzenden Mädchens, anmutig die Arme angehoben, in der einen Hand eine Feder, in der anderen einen Schleier.

Meine Gedanken rasten. »Es ist dasselbe Mädchen, das Janos bei sich trug«, sagte ich.

»Und auch ich«, sagte Janela und hielt die Silberkette hoch, die sie mir damals in meiner Villa gezeigt hatte.

Tatsächlich ähnelte es eher ihrem Zauberbild, da hier auch eine Hofgesellschaft – ähnlich derjenigen, die ich gesehen hatte, als meine Berührung Janelas Talisman zum Leben erweckte – gezeigt wurde. Man sah einen Monarchen und seine Königin auf identischen Thronen sitzen. Dann waren da die Höflinge ... und unter ihnen die seltsamen Besucher. Und, ja, da war auch der Dämonenkönig, der lüstern das Mädchen anstarrte. Nur stand er jetzt neben den Königsthronen. Es gab noch andere Unterschiede, am auffälligsten das fortgeschrittene Alter des Monarchen. Gesicht und Leib des Königs waren fülliger geworden, und Sorgenfalten durchzogen seine Miene. Auch die noch immer wunderschöne Königin war gealtert, matronenhafter, und sie wirkte gedankenverloren, brütend, als habe sie manch Unrecht erfahren.

Nur die Tänzerin schien unverändert.

Der Dämonenkönig wirkte noch arroganter als zuvor, und seine Klauen griffen nach dem tanzenden Mädchen, kamen ihm so nah, daß er es fast berührte, so nah, daß ich mir vorstellte, sie müsse vor Angst eine Gänsehaut bekommen.

Ein Schauer lief mir über den Rücken. »Ich hoffe, du denkst nicht daran, irgendeinen Zauber zu sprechen«, sagte ich, »um diese Szenerie zum Leben zu erwecken.«

»Ich könnte es tun, Amalric«, sagte Janela. »Aber ich will es nicht. Hier wurde schwarze Magie angewandt. Das ist der Grund für dieses Pentagramm. Ich möchte lieber nicht sehen, was für eine Art Dämon sich darin befindet.«

»Warum sollten die Großen Alten so etwas tun?« fragte ich.

»Sie waren es nicht«, sagte Janela. »Die Originalszene stammt von ihnen, da bin ich sicher. Doch das Pentagramm wurde später gemeißelt.«

»Von denen, die diese Stadt zerstört haben?« mutmaßte ich.

Janela nickte. »Von ihnen«, sagte sie. Dann fügte sie hinzu: »Ich brauche keine Zauberkraft, damit sie unseren Zwecken dient.«

Sie zeigte mir eine Ecke des bearbeiteten Steins. Anfangs sah ich nur gebogene Linien und seltsame Formen. Dann merkte ich, daß es sich um eine verzierte Karte handelte, eine Karte dieser Region ... und dahinter unsere vertrauten Welten.

Ich erkannte Orissa und die Halbinsel, auf der einst Lycanth gestanden hatte. Von dort aus konnte ich den Weg nach Irayas zurückverfolgen oder abzweigen und mir die Route ansehen, die Rali auf ihrer großen Reise in den Westen genommen hatte. Es gab noch andere Gegenden, die ich erkennen konnte, doch manch andere auch nicht, und alles war derart detailliert dargestellt, daß ich den Mann oder den Dämon, der diese Karte angelegt hatte, um sein umfassendes Wissen unendlich beneidete. Er hatte eine Welt gekannt, welche die Zeit – oder was auch immer – mir und meinesgleichen gestohlen hatte.

Doch das war nicht, was Janela in Aufregung versetzte. Die Karte zeigte außerdem das östliche Meer, das wir durchfahren hatten, die verfallene Küste, an der wir standen, und dahinter ...«

»... die Königreiche der Nacht«, hauchte Janela und faßte meine Gedanken in Worte.

So einfach war es nicht, doch schien vieles darauf hinzuweisen. Ich sah einen Fluß, der sich vom Hafen her schlängelte und durch viele Meilen der Wildnis wand. Er endete in einem großen See. Jenseits des Sees lag eine kurvige Straße, die zu hohen Bergen aufstieg, hin zu einem Symbol, das nur die Faust der Götter darstellen konnte. Die Straße durchschnitt diese Bergformation und führte dann schnurgerade zu den Miniaturtürmen eines Palastes ... unseres Ziels. Flüsternd sprach ich ein Gebet zu Te-Date, daß mein Wunschdenken mich nicht in die Irre führen möge.

Janela sagte etwas, was mich wieder in die Wirklichkeit holte.

»Bitte?« sagte ich.

»Ich möchte eine Kopie anfertigen«, antwortete sie. »Sei so nett und hilf mir, die Karte zu beleuchten.«

Sie gab mir ihre Feuerperlen, und ich hielte beide so hoch, daß sie sehen konnte. Janela nahm ein kleines, stoffumwickeltes Ding aus ihrer Tasche. Als sie die Hülle entfernt hatte, sah ich, daß es ein Kohlestift war, den sie über jenen Teil der Karte rieb, der uns besonders interessierte. Sie ging sorgsam vor, achtete darauf, daß sämtliche eingemeißelten Striche geschwärzt wurden. Als sie fertig war, hatte sie den gesamten Kohlestift verbraucht. Dann breitete sie das Stück Stoff aus, in dem der Stift verwahrt gewesen war.

Sie lächelte mich an. »Naja, nur ein klitzekleiner Zauberspruch vielleicht«, sagte sie.

Janela faltete das Leinentuch zu einem Quadrat, dann wieder zu einem Quadrat, bis es ganz klein war. Sie drückte es zwischen ihren Handballen, flüsterte einen Spruch und öffnete das Tuch. Das Leinenbündel entfaltete und entfaltete ... und entfaltete sich, bis es groß genug war, die Karte zu bedecken. Sie legte es über die geschwärzte Fläche, drückte es fest an, dann rieb sie mit dem Heft ihres Messers über das Tuch. Wiederum ließ sie sich Zeit, so daß jede Rille ihr Recht bekam.

»Als Kind habe ich das oft gemacht«, sagte sie, während sie arbeitete. »Ich hatte eine Reihe von Kinderbildern, die in Holz geschnitzt waren. Phantastische Dinge: feuerspeiende Echsen, Menschen mit riesenhaften Füßen, die auf dem einen standen und unter dem anderen Schatten suchten, Waldkobolde und Feenköniginnen. Du weißt schon, alberne kleine Geschichten für kleine Mädchen. Als ich zu alt dafür wurde oder wenigstens wollte, daß die anderen glaubten, ich sei zu alt dafür, fertigte ich Reibdrucke an, genau wie diesen hier. Immer, wenn ich ein Geschenk für jemanden hatte, wickelte ich es in einen der Reibdrucke ein.«

Ich sah sie an. Sie hatte Kohle auf ihrer Wange verschmiert ... und auch an ihrer Nase.

»Damals habe ich immer viel Dreck gemacht«, sagte sie und kicherte über ihre Kindheitserinnerungen.

»Aber, edle Lady Greycloak«, sagte ich mit gespieltem Erstaunen, »das kann ich mir gar nicht vorstellen.«

Sie verstand meinen Unterton. »Ich habe es an der Nase, stimmt's?« sagte sie.

»Und auch an der Wange«, sagte ich.

Janela seufzte resigniert. »So viel zur Würde einer Zauberin.« Dann schlug sie das Leintuch zurück und hielt es hoch. Es war eine perfekte Nachbildung, wenn auch spiegelverkehrt.

»Genau das, was wir brauchen«, sagte ich.

Janla sah es sich an und schien zufrieden. Und sie sagte: »Jetzt müssen wir uns nur noch darauf konzentrieren, am Leben zu bleiben, damit wir sie auch nutzen können.«

Als wir zurückkamen, stellten wir fest, daß die Männer aus dem Schutt im Korridor eine niedrige Barrikade errichtet hatten. Die Brüder Cyralian wachsten ihre Bogen, und Otavi strich mit einem weichen Stein über die Schneidefläche seiner Axt, während Pip und die anderen ihre Waffen schliffen. Ein Lagerfeuer war entfacht worden, und Suppe blubberte darüber in einem Topf. Mithraik schnarchte noch immer friedlich vor sich hin.

Draußen war es Nacht geworden. Der Mond stand in seinem ersten Viertel und leuchtete nur schwach. Grimmige Geräusche aus dem Dschungel hallten durch die Dunkelheit, und ein Schwarm von Leuchtkäfern blinkte an und aus.

Pip zog ein finsteres Gesicht und starrte ins Freie. »Quartervals spielt sicher nicht den Helden und stapft trotz Eures Befehls durch den Morast.«

»Bei unserem Aufbruch habe ich ihm gesagt, er soll auf keinen Fall versuchen, uns bei Nacht zu erreichen, falls wir Schwierigkeiten bekommen«, sagte ich. »Es würde nur einen Hinterhalt und eine

Katastrophe provozieren. Außerdem ist unsere Stellung gut befestigt.«

Pip schüttelte den Kopf. »Geschieht mir recht, wenn ich mich freiwillig melde«, murmelte er, an niemand bestimmten gewandt. »Ich hätte auf meine gute Mutter hören sollen. Hätte mir einen friedlichen Beruf suchen sollen ... wie mein Papa. Bester Taschendieb im ganzen Armenviertel von Orissa.«

Ich ignorierte ihn, und Janela und ich schlichen hinaus, um mehr über unsere Feinde zu erfahren. Wir untersuchten die Leiche eines besonders großen Scheusals, das neben dem Eingang am Boden lag. Sah man über seinen Wanst und den Knüppel hinweg, den es noch in der mächtigen Pfote hielt, sah es nicht mehr so grausig aus. Eigentlich wirkte es eher mitleiderregend ... weit aufgerissene Augen starrten in tödlicher Überraschung, die Lippen vor Schmerz verzerrt. Abgesehen von der flachen Stirn war sein Gesicht erstaunlich menschlich, verwundbar, fast kindlich.

»Armes Vieh«, sagte Janela. »Fast könnte man denken, es läge einige Wahrheit in den Geschichten, die man hört.« Sie erschauerte. »Wenn ja ... dasselbe könnte uns passieren.«

»Was meinst du?« fragte ich.

»Nach einigen Legenden zu urteilen«, sagte sie, »ist das mit den Menschen passiert, die einst über diese Stadt geherrscht haben.«

Ich erschrak, doch sagte ich nichts, wartete nur, daß sie es mir erklärte.

»Als die Großen Alten den Westen verließen«, sagte sie, »bildete diese Stadt die erste Verteidigungslinie ihres Östlichen Reiches. Das zumindest berichten die Mythenerzähler. Ich vermute lediglich, daß hier die Hafenstadt ist, auf die sich die Mythen bezogen. Ihr Name ging im Laufe der Zeit verloren. Dennoch gab es eine große Schlacht und eine Belagerung, die viele Jahre dauerte.«

Die Narben der Schlacht, die wir gesehen hatten, bestätigten Janelas Vermutung, daß es sich um eben jene Stadt handeln mußte.

Sie fuhr fort: »Verrat aus den eigenen Reihen ließ die Mauern stürzen. Die Einwohner wurden massakriert, bis nur noch eine Handvoll übrig war. Sie alle waren Frauen oder Mädchen an der Schwelle zum Frausein.«

Janela deutete auf die Leiche. »Es ist gut möglich, daß er einer ihrer Nachfahren ist.«

»Ich sehe nicht, wie das sein könnte«, sagte ich und dachte an die anmutigen Gestalten, die ich an den Fresken auf dem Weg zum Tempel gesehen hatte.

»Es ist nur eine Geschichte«, sagte Janela. »Du könntest sie mit Recht anzweifeln. Es wäre mir auch lieber, wenn du es tätest. Denn die Geschichte fährt fort, daß der feindliche König abscheuliche Kreaturen aus dem Äther holte und sie sich mit den Frauen paaren ließ. Die daraus entstandenen Kinder waren halb Mensch, halb Tier, verdammt, für alle Zeiten als Scheusal zu vegetieren.«

Noch einmal sah ich mir den Tiermenschen an, doch nun mit einer Mischung aus Mitleid und Furcht. Falls Janelas Geschichte der Wahrheit entsprach und kein Mythos war, und falls der Feind, der dieses Volk verdammt hatte, hinter den geheimnisvollen Übeln stand, die Orissa und Vacaan heimsuchten, dann vermutete ich zu Recht, daß unsere Expedition wichtig war und nicht nur die Marotte eins Abenteurers. So Te-Date wollte, mochte die Antwort auf diese Frage in den Königreichen der Nacht zu finden sein.

Ein verirrter Leuchtkäfer stieg zwischen Janela und mir auf, und sein pulsierendes Licht beruhigte mich in gewisser Weise. Sie hob die Hand und fing ihn ein, hielt ihn sanft zwischen den Handflächen gefangen. Sie formte eine kleine Öffnung zwischen ihren Daumen, und ich sah Licht blinken. Janela runzelte die Stirn, und dann entspannte sie sich, als ihr eine Idee kam.

»Ich muß etwas finden, wo hinein ich meine kleine Schwester setzten kann«, sagte sie und kehrte zum Korridor um, mit mir in ihrem Fahrwasser.

Mithraik war wach und kauerte am Feuer, löffelte Suppe aus dem Topf. Ich nahm eine Flasche Wein und hockte mich neben ihn auf einen bequemen Stein.

»Hier ist der Trunk, den ich Euch versprochen habe«, sagte ich und reichte ihm die Flasche. »Ich tausche sie gegen genauere Angaben, wer Ihr seid und wie Ihr hierherkommt.«

Mithraik packte die Flasche, bellte ein Lachen hervor. »Man muß mich fürs Reden nicht bezahlen, Herr. Jeder weiß, daß Mithraik nichts lieber tut als plaudern.« Er sah die Flasche an, und seine Zähne blitzten weiß. »Natürlich geht nichts über einen guten Tropfen, der mir die Kehle benetzt. Und ich danke Euch sehr.«

Er gurgelte ein gerüttelt Maß herunter und gab mir die Flasche zurück. Ich trank und reichte sie Janela, die sich zu uns gesellt hatte. Ich sah, daß sie eine winzige Schachtel in ihren Stiefel schob und vermutete, daß es sich um das neue Heim des Leuchtkäfers handelte. Doch war ihre Aufmerksamkeit gänzlich auf Mithraik gerichtete, den sie einzuschätzen suchte.

Sie erkannte den Spitzbuben in ihm und sagte: »Wird es eine von diesen Geschichten, die beginnen mit: ›Ich geriet in schlechte Gesellschaft‹?«

Mithraik brach in schallendes Gelächter aus und schlug sich auf die Knie. »Genau das wollte ich eben sagen, Mylady«, prustete er. »Ihr habt mich gleich mit Eurem ersten Hammerhieb getroffen.«

Er trank, wurde dann ernst und sagte, an mich gewandt: »Aber es ist die Wahrheit, Herr. So leid es mir tut. Meine Familie trieb hier schon Handel, seit dieses Meer nicht mehr als eine Träne im Auge irgendeines Gottes war. Ehrliche Seeleute, Herr, ehrlicher Handel. War der Stolz meines Vaters, Herr, und auch der meiner Mutter. Bin bis zum Kapitän aufgestiegen, jawohl, und es gab eine Zeit, da sah es aus, als würde ich am Ende mein eigenes Schiff bekommen. Könnte den Eigner spielen, Herr, und die erste Runde in der Taverne spendieren.«

Die anderen Männer hatten sich um uns versammelt. Sie grinsten und schüttelten die Köpfe, konnten Mithraiks Träume nachempfinden. Ich sah, daß sie ihre Waffen an Janela weiterreichten, die ein paar Tropfen magischen Öls auf jede gab und sie dann zurückreichte. Pip hielt währenddessen Wache, die großen Ohren gespitzt, damit er die Geschichte unseres Besuchers hören konnte.

Mithraik nahm einen mächtigen Schluck und gab die Flasche an die Männer weiter. Er fuhr fort: »All das hätte so sein können, Herr, doch bin ich mit wildem Wesen und streitbarer Zunge verflucht. Immer habe ich den Eignern gesagt, was sie tun sollen, weil ich dachte, ich wüßte es besser.«

Diese Sorte kannte ich. Auch ich hatte Kapitäne wie ihn in meinen Diensten gehabt. So war, was er als nächstes sagte, keine Überraschung. »Jedes Jahr bekam ich immer weniger Fahrten, Herr, und schlechte noch dazu. Ich fing an, Abkürzungen zu nehmen, wenn Ihr wißt, was ich meine.«

Das tat ich allerdings. Ladestücke wurden gestohlen, Diebstähle vertuscht, indem man die Stücke als beschädigt oder im Sturm verloren deklarierte. Manchmal mochte das Schiff in noch verbotenere Vorgänge verwickelt sein.

»Hab zu meiner Schande sogar das Piratendasein aufgenommen, Herr«, sagte Mithraik. »Hab das Schiff des Eigners benutzt und dazu eine handverlesene Mannschaft aus Burschen, von denen ich wußte, daß sie korrupt waren. Sie haben es schnell kapiert, und schon bald mußte ich rennen, um meinen Kopf auf den Schultern und meine Arme am Leib zu behalten. Es war nur eine Frage der Zeit, Herr, bis ich mich den echten Piraten anschließen mußte. Und von da an bin ich ein Schurke geblieben.«

»Warum die plötzliche Reue?« fragte ich. »Du klingst, als hättest du deinen Irrtum eingesehen, und es täte dir leid.«

Mithraik nickte feierlich. »Das habe ich, Herr«, sagte er. »Das habe ich. Vor vielen Monaten schon haben mich meine Kameraden hier ausgesetzt. Sie haben mich beschuldigt, ich hätte ihnen etwas vorenthalten, Herr. Sie sagten, ich kassierte mehr, als mir zustehe. Aber das ist eine verdammte Lüge!« Sein Blick war zornerfüllt, als wollte er damit die Wahrheit seiner Worte beweisen. Ich gab ihm die Flasche, und er seufzte tief, dann beruhigte er sich mit einem Schluck.

»Aber es war nicht mit ihnen zu reden, Herr«, fuhr er fort. »Und sie haben mich hier ausgesetzt, hier zwischen diesen Viechern. Seitdem bin ich nur auf der Flucht. Sie sind nicht besonders schlau, müßt Ihr wissen. Besonders wenn man allein ist wie ich. Man kann sich bedeckt halten, sie verwirren, wenn sie einen entdeckt haben, und dann zu seinem Versteck laufen, bevor sie es überhaupt merken. Das also habe ich getan, Herr, seit meine Kameraden mir so übel mitgespielt haben. Und um die Wahrheit zu sagen, Herr, habe ich die ersten Monate geschworen, sollte ich je den Weg aus diesem Hafen finden, wollte ich es ihnen heimzahlen. Rache üben. Und danach wollte ich der größte Pirat werden, der je gelebt hat, Herr. Die Geißel der Meere. Nur, je mehr Zeit verging, Herr, desto mehr habe ich an meine geliebte Familie und an die Schande gedacht, die ich über sie gebracht habe ... weil sie doch ehrliche Leute sind und alles ...«

Er hob den Kopf und sah mich mit großen kuhbraunen Augen an. »Was sagt Ihr also, Herr? Wollt Ihr den alten Mithraik von diesem gräßlichen Ort mitnehmen und ihm eine Chance geben, alles wiedergutzumachen?«

Ich nickte. »Kämpft an unserer Seite«, sagte ich, »und falls wir überleben, könnt Ihr bei uns bleiben.« Mithraik war merklich erleichtert. Daher fand ich es nur fair, ihn zu warnen, indem ich sagte: »Ihr solltet allerdings wissen, daß wir nicht auf einer Handelsreise sind. Es ist eher eine Expedition ... um neue Märkte zu suchen.«

»Wollt Ihr in erster Linie auf dem Wasser reisen, Herr?« fragte Mithraik.

»Ja«, sagte ich. »Sobald wir wieder bei meiner Flotte sind, werden wir flußaufwärts segeln.«

»Ich kenne den Fluß«, sagte Mithraik. »Bin auch schon ein Stück weit darauf gefahren. Er ist etwas tückisch, sollte aber kein großes Problem darstellen, da Eure Schiffe flache Kiele haben.«

Mir stellten sich die Nackenhaare auf. Doch bevor ich etwas äußern konnte, sagte Janela scharf: »Woher kennt Ihr die Form unserer Schiffe? Habt Ihr uns kommen sehen?«

Mithraik wirkte verwirrt, dann versetzte er seinem Schädel einen handfesten Hieb. »Nein, das habe ich nicht, Mylady. Also frage ich mich, woher der alte Mithraik wußte, daß Ihr flache Kiele habt. Und ich finde keine Antwort. Ist mir so in den Sinn gekommen. War plötzlich da. Als hätte es mir jemand ins Ohr geflüstert.«

Er sah sich im Korridor des Tempels um und schauderte: »Ich werde diesen Hafen nie verlassen, Herr. Die Geister machen mich verrückt.«

Dann rief Pip eine Warnung, und wieder heulten diese seltsamen Schlachtrufe durch die Nacht.

Wir sprangen zur Barrikade und sahen, daß aus der Finsternis eine graue Masse von Tiermenschen angriff. Sie kamen von allen Seiten, und hinter ihnen sah man Heerscharen weiterer, die voranschlurften, um die Stelle derer einzunehmen, die fallen würden.

Die Brüder Cyralian schossen Pfeile ab, die mit Janelas Zauber bedacht waren. Diese Pfeile explodierten, kurz bevor sie ihr Ziel erreichten, und allzu menschliche Schmerzensschreie waren zu hören. Doch machte es für die Überlebenden keinen Unterschied, und die zottige Woge aus Grau rollte weiter, fing Salve über Salve auf, während die Brüder den Tod auf ihre Reihen niederregnen ließen.

Kurz bevor sie uns überrannten, zog Janela die kleine Schachtel aus ihrem Stiefel. Sie öffnete sie, murmelte dem Leuchtkäfer ein paar Zauberworte zu und warf ihre kleine »Schwester« in die Luft. Dann zog sie ihr Schwert und gesellte sich im Kampf zu uns.

Unsere magisch verstärkten Waffen ließen es zu einem Schlachtfest werden, bei dem Schädel gespalten, Torsen durchbohrt wurden und überall das Blut spritzte... und jene von uns, die überleben sollten, waren von diesem Tag an mit bösen Träumen verfolgt.

Ich tötete, bis ich keuchte, die Arme bleiern, die Beine wie Stein, dann tötete ich weiter. Mithraik bewies seinen Eifer in der ersten Woge. Einer der Tiermenschen übersprang die Barrikade, bevor wir unsere Reihen ordnen konnten. Doch Mithraik riß ihm den Knüppel aus der Hand und zerschmetterte ihm den Schädel. Dann kämpfte er wie ein Wilder, ein geliehenes Schwert in der einen Hand, den steinbesetzten Knüppel in der anderen. Er sprang ein, wo immer er gebraucht wurde, füllte Lücken, die unter dem Druck des Angriffs entstanden waren, stach einmal über Pips Kopf hinweg, um einem heranstürmendem Vieh die Kehle zu durchbohren.

Doch gab es kein Nachlassen. Die Kreaturen kämpften weiter. Manche starben nur, um einen Stein von der Barrikade zu lösen. Andere starben absichtlich, indem sie ihre Leiber unseren Schwertern boten, damit ein Kamerad Zeit bekam, uns anzugreifen, bevor das Schwert aus der Leiche gezogen war. Einer der ehemaligen Kundschafter fand auf diese Weise den Tod, und Otavi rächte ihn, indem er seinen Mörder köpfte. Ein weiterer erlitt schon früh in der Schlacht schwere Verletzungen, doch kämpfte er ebenso unnachgiebig weiter wie unsere Feinde, wobei sich sein eigenes Blut um seine Füße sammelte. Dann sackte er auf der Barrikade zusammen, und seine tote Hand hielt das Schwert noch aufrecht, als wollte er helfen, die grauen Horden abzuwehren.

Schließlich kam ein Augenblick, in dem mir klar wurde, daß wir keine Stunde mehr durchhalten würden, und ganz sicher keine ganze Nacht.

Trockener Wind kam auf, und über das Getöse hinweg hörte ich ein Rascheln.

Ich hörte Janela rufen: »Komm, kleine Schwester!« Ich blickte auf und sah eine schwarze Wolke, die sich über dem Schlachtfeld sammelte – eine lebende Wolke – und von dort her kam der trokkene Wind, brachte den Lärm zahlloser Insektenflügel, ein chitinisches Scharren am Himmel selbst.

Die Nacht wandelte sich zu goldenem Tag, als die Wolke zu leuchten begann und über uns eine kleine Sonne formte.

Es war derart verblüffend – diese Masse verzauberter Glühwürmchen – daß ich beinah die Schlacht vergaß und gerade noch rechtzeitig ausweichen konnte, als ein Knüppel dorthin schlug, wo eben noch mein Kopf gewesen war. Als ich meinen Angreifer niederstach, breitete sich die leuchtende Wolke aus wie ein enormes Netz, das aus brennender, tropischer See gezogen wurde.

Janela rief etwas in einer fremden Sprache, und das Netz senkte sich herab. Es sank tiefer und tiefer, fiel über die Köpfe und Schultern unserer Feinde. Sie heulten vor Schmerz, schlugen hilflos um sich und sanken zu Boden, wo sie erschauerten und starben.

Nur wenige entkamen dem flammenden Netz, und jene, die es taten, zerstreuten sich entweder in der Dunkelheit oder wurden von uns auf der Barrikade erschlagen.

Janela klatschte in die Hände... und das Netz verschwand... ließ nur eine reiche Ernte grauer Leichen für den Dunklen Sucher zurück.

Erschöpft sanken wir auf die Barrikade.

Doch blieb in jener Nacht kein Zeit für Ruhe, ganz zu schweigen von der Trauer über gefallene Freunde oder dem Lob für Janelas Geistesgegenwart und Zauberkunst.

So schnell wie möglich wollten wir zum Ufer zurück, bevor sich die Tiermenschen neu formieren konnten, und so mußten wir den gefährlichsten aller Rückzüge wagen... bei Nacht durch einen Dschungel. Wenn wir uns beeilten und nicht in einen Hinterhalt gerieten, würden wir Quartervals begegnen, wenn er eben im Morgengrauen mit dem Rettungstrupp anlandete. Als wir jedoch unsere

Spuren auf der Mauer zurückverfolgten, grübelte ich darüber nach, daß Janela in mancher Hinsicht Greycloaks Zauberkunst gewachsen war. Und selbst, wenn sie es nicht wäre, hatte sie doch denselben seltsamen Blickwinkel, der ein magisches, todbringendes Netz in etwas so Kleinem und Unschuldigen wie einem Leuchtkäfer sehen konnte.

Dann rannten wir die Steintreppen hinab und zum schlammigen Ufer hinaus. Die aufgehende Sonne glitzerte auf den Schilden unserer wartenden Kameraden. An ihrer Spitze ragte Quartervals auf, und als er mich sah, überflutete Erleichterung seine Miene.

Er stürmte herüber, doch an Stelle des erwarteten Anrufs von »Te-Date sei Dank, Ihr lebt!«, sagte er: »Ihr müßt Euch sputen, Herr. Der Ausguck hat eine nahende Flotte gesichtet!«

An Bord der *Ibis* spuckte Kele wütend Befehle aus und stellte sicher, daß alles bereit wäre, falls die fremden Schiffe uns nicht wohlgesonnen waren.

»Welche Flagge zeigen sie?« fragte ich, obwohl ich vermutete, die Antwort bereits zu kennen.

Sie schüttelte den Kopf. »Nicht nah genug, sie jetzt schon zu erkennen, Herr«, sagte sie.

»Wie schnell ist deine Pinasse?« fragte ich.

»Ein Rennen gewinnt sie.«

»Dein bester Ruderer ... und halte dich zum Ausbringen bereit«, befahl ich, dann nahm ich Janela beiseite.

»Falls es die sind, die wir fürchten, sind wir in diesem Hafen gefangen, bevor wir es flußaufwärts schaffen können«, sagte ich. »Wir brauchen eine Verzögerungstaktik.«

Janela nickte. Ich erklärte, was ich mir von ihrer Zauberkunst erhoffte.

Sie runzelte die Stirn. »Ich weiß nicht«, sagte sie langsam. »Hier wurde schon ein sehr starker Zauber gesprochen. Man hat ihn geschaffen, um alle Stürme gegen diese Küste zu lenken.« Sie seufzte. »Ich schätze meine Chancen nicht sehr hoch ein... aber uns bleibt wohl keine Wahl, was?«

»Eins noch«, sagte ich. »Kannst du es auf Befehl geschehen lassen?«

Sie schnaubte. »Du bist bescheiden«, sagte sie.

Janela stürmte davon, rief nach dem Schiffszimmermann, und wenige Minuten später kam sie mit ein paar Stücken Holz zurück.

Die Mannschaft stand schon an den Riemen. Wir kletterten über die Dollborde, Kele rief Befehle, und die Mannschaft ließ unser Boot ins Hafenwasser hinab.

Der Steuermann hißte ein kleines Sprietsegel, und die Ruderer machten sich an die Arbeit, ließen uns übers Wasser gleiten, lavierten mit dem Ostwind an der Mole entlang, bis wir an ihr Ende kamen, wo der Monolith stand.

Während wir segelten, schnitzte Janela mit einer kleinen goldenen Sichel an dem Holzstück herum. Mir fiel auf, daß das Holz offenbar von Trockenfäule befallen war. Immer wieder fluchte Janela, und ich hörte, wie sie einmal brummte, sie wolle verdammt sein, wenn das Ding auch nur *entfernt* so aussah, wie es aussehen sollte.

Wir ruderten zur Mole und kletterten auf die alten Steine. Janela lief direkt zum Sockel der Statue und begann ihre Beschwörung.

Ich ging zum Ende des Hafendamms, spähte hinaus und sah die Schiffe. Es waren dieselben zehn orissanischen Schiffe, die ich in meiner Vision gesehen hatte. Nur daß sie jetzt zwei weitere Banner über dem unserer Stadt gehißt hatten... die blaue, gewundene Schlange vor einem goldenen Sonnenrad – das Wappen Vacaans – und darunter das Rot und Schwarz der Wächter.

Dann waren die Schiffe nah genug, daß ich das Achterdeck des Flaggschiffs ausmachen konnte. Erneut sah ich Cligus, und wieder traf es mich hart. Schlimmer noch war, daß neben ihm Lord Modin stand. Mein Sohn jagte mich, und er hatte sich einen mächtigen schwarzen Zauberer zum Verbündeten gemacht, einen Zauberer mit eigenen Männern und eigenen Plänen.

Ich glaubte zu sehen, daß mein Sohn mich entdeckte und überrascht seinen Blick hob. Für ein solches Detail war die Entfernung zu groß, doch deutete er in meine Richtung, und Modin wandte den Kopf, um herüberzuschauen. Augenblicklich riß er die Arme hoch, und Zauberblitze zuckten vom Himmel herab, verfehlten die Mole nur knapp und ließen das Meer bei ihrem Einschlag wütend zischen. Der Gestank von Ozon lag in der Luft.

Ich hörte einen Aufschrei von Janela, drehte mich um und sah, daß sie in die Pinasse stieg. Ich lief zu ihr, und eilig ruderten wir zur *Ibis* zurück. Ich sah Janela an, die meine Befehle erwartete und das verrottete Stück Holz mit beiden Händen hielt. Ich sah, daß es ein grobes Modell des Monolithen war.

»Jetzt!« sagte ich.

Und Janela zerbrach das Modell.

Feuer sprühte am Fuß der Statue auf, schoß über den gräßlichen Kopf hinweg. Es gab eine Explosion wie bei einem Vulkanausbruch, welche den Sockel der Statue zerstob und uns mit kleinen, brennenden Schuttstücken überschüttete.

Langsam kam die Statue ins Kippen, zögerte für einen Augenblick in der Bewegung, dann stürzte sie um und wühlte gewaltige Wassermassen auf, welche die Pinasse hoch über die fernen Bäume des Dschungels hoben, als die Welle unter uns hindurchfuhr.

Dann sanken wir hinab, und ich sah, daß der umgestürzte Monolith die Einfahrt blockierte. Dahinter konnte ich die Segel unserer Verfolger entdecken, die aussahen wie Meeresungeheuer, die wütend ihre Beute packen wollten.

Wir würdigten sie keines weiteren Blickes, sondern kletterten an Bord der *Ibis*, und meine drei Schiffe stürmten den Kanal hinab zur Mündung des Flusses.

Eine Stunde später segelten wir jenen Fluß hinauf, von dem Janelas Karte behauptete, er könne uns ans Ziel bringen. Nur war er jetzt keine Einfahrt mehr, sondern unser einziger Fluchtweg.

Kapitel Neun

Der Wasserweg

Ich zweifelte nicht daran, daß Cligus und seine Truppen bald eine Möglichkeit finden würden, den versperrten Kanal freizubekommen, so daß es dringend erforderlich war, zügig zu reisen. Ich hatte nur zwei Hoffungen gehabt ... erstens, daß Cligus seine Jagd nicht über Irayas hinaus fortsetzen würde, und zweitens, falls er es doch täte, daß er damit zu kämpfen hätte, keinen so geschickten Geisterseher wie Janela an Bord zu haben. Diese Hoffnungen wurden zerschlagen, als ich ihn vor der Ruinenstadt in Modins Begleitung sah.

Als Waffen blieben uns der Verstand und unsere Schiffe. Die flachkieligen, ruderbesetzten Gefährte würden es auf dem Fluß leichter haben als Cligus' eilig umgebauten Handelsschiffe. Diese brauchten Tiefgang unter ihren Kielen, um nicht auf Grund zu laufen. Cligus wäre außerdem auf die Launen des Windes angewiesein. Und im Augenblick jedenfalls schien der Wind eine Richtung zu bevorzugen – direkt flußaufwärts zu jenen fernen Bergen – und füllte die Segel an Cligus' Schiffen. Schon bereute ich meine Gebete, daß die Winde stets gen Osten wehen sollten. Meine Seeleute teilten diese Empfindung selbstverständlich nicht. Sie wußten, daß wir noch früh genug die Riemen aus ihrer Halterung unter der Reling lösen würden und dann die Arbeit erst beginnen sollte.

Hätten wir diesen gigantischen Fluß nicht vom Meer her befahren, wäre es leichtgefallen, sich vorzustellen, wir befänden uns auf einem von vielen kleineren Flüssen. Die Gewässer im Delta waren wie Finger, bogen sich, kreuzten einander, trafen auf andere oder mündeten in diese und dann, ganz plötzlich, fuhren wir auf einem Strom, der so breit war, daß man die beiden Ufer nicht mehr sah. Eine Stunde später zwängten wir uns durch einen so schmalen Kanal, daß die Schiffe hintereinander fahren mußten. Dennoch wußten wir, daß wir auf dem rechten Weg waren, denn regelmäßig sahen wir – entweder auf Inseln oder mitten ins Flußbett gerammt – Säulen mit demselben doppelgesichtigen Kopf, den der Monolith an der Einfahrt des Flusses auf seinen Schultern getragen hatte.

Dieser Strom war die Straße ins Königreich der Nacht.

Zur Verwirrung unserer Verfolger überlegte ich, Männer anzulanden und die Monolithen umzustürzen oder mit einem Tau von Schiff zu Schiff zumindest die im Wasser umzureißen. Ich verwarf die Idee, als mir klar wurde, daß uns das nur aufhalten würde. Darüber hinaus wehrte sich etwas in mir dagegen, so alte Monumente zu zerstören, besonders solche, die Reisenden helfen sollten, den Weg durch die Wildnis zu finden.

Im Fluß herrschte Leben. Schwärme von Fischen brachten das Wasser zum Schäumen, flüchteten vor unsichtbaren Feinden in der Tiefe. Wir warfen Angeln aus und mußten sie regelmäßig kappen ... wie ein Fischer, der etwas an der Leine hat, das offenbar beabsichtigt, *ihn* selbst zu fangen. Pip wurde einmal beinah von einem plötzlichen Ruck über Bord gerissen und von Otavi gerettet, der ihn um die Hüfte packte und den sturen kleinen Narren anschrie, die Leine loszulassen. Danach schwor mein kleinwüchsiger Mäkler den fischigen Freuden ab: »Ich muß nicht vor einem Fisch zu Kreuze kriechen, der mich dringender fressen will als ich ihn.«

Einmal sah ich, daß sich im Wasser etwas bewegte, und bemerkte eine keilförmige Kreatur, die sich in unsere Richtung bewegte. Es mochte ein Nerz oder Otter sein, doch dann hob sich der Keil auf einem langen, schlangenartigen Hals, wurde zu einem Kopf und starrte mich neugierig an. Ich schwöre, in diesem Blick lag mindestens soviel Intelligenz wie in dem jedes verblüfften Menschen. Dann war es fort, und im Wasser bildeten sich Strudel von diesem Wesen, das dort vorüberschwamm.

Wir bemerkten ein weiteres seltsames Tier, das direkt vor uns den Fluß überquerte. Alles, was wir sahen, war ein plumper Kopf, der glotzte, als Pip sagte: »Häßlicher als ein Fischweib im Hafenviertel von Orissa, auch ohne die Goldzähne.«

Mithraik erklärte den Männern, die ihn umringten, das Ungetüm werde nicht hübscher, wenn der Wanst aus dem Wasser käme. »Groß und fett, Herr, ganz wie ein Fischweib. Und so schnell wie ein Hausierer, der eine Geldkassette sieht. Steht niemals zwischen ihm und dem Fluß, wenn es am Ufer grast, Herr, es sei denn, ihr wolltet ihm als Landungsbrücke dienen!

Hab sie vom Kanu aus gejagt. War ein seltenes Vergnügen. Hab Harpunen benutzt und die Leinen an der Ruderbank vertäut. Das Vieh zieht einen mächtig, Herr, schneller als zwei Pferde. Vorausgesetzt, es überrollt einen nicht.« Er verzog das Gesicht. »Hab mal gesehen, wie eins von ihnen ein Kanu gepackt und wie Papier zermalmt hat. Dann hat es den Mann genommen und wie ein Zuckerstück zerkaut. Aber wir haben es ihm heimgezahlt, Herr, indem wir es getötet und zu Mittag verspeist haben.«

»Hat es gut geschmeckt?« fragte Otavi.

»Fettig«, sagte Mithraik. »Mußte es abkochen und dann rösten. Selbst dann schmeckte es noch wie Tran vom Wal.«

»Hab nie verstanden, wieso man was jagen muß«, sagte Maha, mein Küchenhelfer, der zum Koch aufgestiegen war. Früher einmal hatte ich ihn verdächtigt, auf Nachbargrundstücken in aller Seelenruhe gewildert zu haben. »Warum soll man was töten, das nicht versucht, einen zu fressen, das man weder selbst essen oder dessen Fell man nicht mit Gewinn verkaufen kann?«

»Aus der Haut kann man gute Peitschen machen«, sagte Mithraik. »Und feucht – wenn man sie um etwas wickelt – trocknet sie eisenhart.«

»Trotzdem«, sagte Otavi, »ich würde das Vieh seiner Wege schwimmen lassen, solange ich den meinen gehen kann.«

Es gab noch mehr in diesem Delta. Nicht selten hatte ich das Gefühl, wir würden beobachtet. Nicht mit Mitteln der Magie, sondern von Wesen, die verborgen am Ufer hockten. Mehrmals sahen wir, wie grob gehauene Kanus am Ufer hochgezogen wurden, und einmal sogar die Hütten eines Dorfes weit hinten im Busch.

Janela wagte ein paar Zaubersprüche – da Cligus ohnehin wußte, wo wir waren – um zu erfahren, ob er Fortschritte machte. Ich fand, sie waren geschickt ausgestreut, so sanft und fein – sagte sie – wie ein Netz für Elritzen. Doch fing sich nichts in den Maschen. Janela sagte, sie spüre nur Modin irgendwo hinter uns, woraus sie folgerte, daß der Zauberer einen Gegenzauber ausgesprochen hatte. Sie konnte nicht sagen, ob unsere Verfolger noch immer mit dem Monolithen rangen oder in Bewegung waren. Doch wußte sie, daß sie nicht aufgegeben hatten. Ich fragte mich im stillen, wie Cligus es geschafft hatte – eine mörderische Jagd ans Ende der Welt, nun in Begleitung eines Zauberers mit ganz eigenen, ruchlosen Plänen.

Janela und ich sprachen darüber, was Modin planen mochte. »Ich bezweifle«, sagte sie trocken, »daß es pure Faszination für meine hübsche, weißhäutige Figur ist, oder auch nur dieser erotische Zauber, den er anwenden will. Ich kann nur zwei Vermutungen wagen. Möglicherweise wurde König Gayyath durch die Aufstände gestürzt oder sonstwie gezwungen, ein Opferlamm für die Übel seines Regimes zu finden, und er hat Modin und seine Wächter dafür ausgewählt – was ich aber bezweifle.

Mein bester Gedanke – kaum mehr als eine Vermutung – ist, daß einiger Gewinn daraus zu ziehen wäre, uns zu den Königreichen der Nacht zu folgen. Allerdings kann ich mir nicht vorstellen, was genau er sich davon erhofft.«

»Es sei denn, die Menschen dort wären uns feindlich gesonnen und er hätte eine Art Pakt mit ihnen geschlossen«, sagte ich. »Ständig muß ich an den Dämon und die Rose im Bild der Tänzerin denken.«

Janela nickte. »Auch das ist eine Möglichkeit. Glücklicherweise haben wir nicht die Wahl, uns feige oder vernünftig zu verhalten und unsere Reise abzubrechen.«

»Nicht«, sagte ich, »daß du daran denken würdest aufzugeben.«

»Ich nicht«, sagte sie mit einem Lächeln. »Und du auch nicht.«

Sie hatte recht.

Das Delta ging zu Ende, und nun stand uns ein halbes Dutzend Wege offen. Wir fuhren durch dichtbewachsenen Dschungel, doch war er anders als jeder Urwald, den ich je gesehen hatte. Bäume ragten mehr als zweihundert Fuß hoch auf und hingen übers Wasser, doch hatte ich noch nie zuvor Bäume mit tiefroten Stämmen und dreifingrigen, hellroten Blättern von der Größe einer Menschenhand erblickt. Grüne und sogar blaue Ranken wanden sich um diese Stämme, und die grellen Farben flimmerten vor den Augen. Es gab mächtige Bäume, die nur aus monströsen Stämmen mit vielen Untergliederungen zu bestehen schienen, ganz wie verknotete Taue, so dick wie unsere Schiffe breit. Leuchtend rote, bienenfressende Vögel saßen in Schwärmen auf den Bäumen, und einmal, in der Abenddämmerung, stürzte ein vierflügliger Nachtvogel herab und flatterte direkt vor mir, als wollte er mich grüßen. Ich sah Tulpen, fast so groß wie ein Menschenkopf, und Mithraik sagte, man könne sie abschneiden und ihren Honig trinken.

Es war wunderschön, sofern man behaupten kann, ein Dschungel sei wunderschön und nicht das, was er tatsächlich ist: kalt, still, neutral... und er wartet, daß du einen einzigen Fehler machst, damit er dich töten kann. Und wie in jedem Dschungel gab es auch hier Ärgernisse. Es regnete fast ununterbrochen, und wenn nicht, dann war die Luft von Fliegenschwärmen erfüllt, kleinen Wesen, die mit bloßem Auge kaum zu sehen waren, überall hineinkrochen und wie winzige, rotglühende Schürhaken stachen. Wir hatten einen Ballen dünnes Musselin mitgebracht, aus dem sich Moskitonetze fertigen ließen, und stellten aus diesen einen Kopfschutz her, um vom Summen nicht verrückt zu werden, aber trotzdem erwies es sich als Schwerstarbeit zu essen, ohne mindestens ein Dutzend der ekligen kleinen Biester zu verschlucken. Chons behauptete, er halte den Rekord damit, daß er tatsächlich zwei Mundvoll von seinem Teller hatte nehmen und unter das Netz schieben können, ohne etwas Lebendiges zu verdauen, doch keiner glaubte wirklich, daß er derart geschickt sei.

Es gab noch andere Wesen in diesem Dschungel, Wesen von der Größe halb ausgewachsener Hausschweine, die wie Ratten aussahen, aber schwammen wie die Robben. Eines davon jagten wir mit Speeren und schlachteten es, und Maha kochte uns einen Eintopf mit Zwiebeln und Kartoffeln. Es war – wie soll ich sagen? – eßbar. Wieder einmal wurde mir klar, daß für die meisten Menschen guter Geschmack eher eine Frage der Vertrautheit als der eigentlichen Empfindung ist.

Wir sahen Affen in den Bäumen, die uns fasziniert beobachteten und sich geschmeidig von einem Ast zum nächsten schwangen, die Blicke stets auf uns geheftet, als machten sie Notizen für ein Boot, das sie selbst bauen wollten. Sie waren die Beute der Dschungelkatzen, Tieren, die kleiner waren als die Affen, doch wilder, mit fleckigem Fell von dunklem Ocker, Braun und Beige, wodurch es fast unmöglich wurde, sie zu sehen, wenn sie sprangen.

Irgendwie schienen wir die Affen verärgert zu haben, denn sie fingen an, uns mit Geschossen zu bewerfen. Das war von nur geringer Bedeutung, solange wir nicht nah ans Ufer kamen. Sie begannen, mit erstaunlicher Reichweite und Genauigkeit Obst zu schleudern, dann gingen sie zu Steinen über. Mithraik wollte ein paar von ihnen töten, um die anderen einzuschüchtern, doch ich lehnte das ab. Ich schickte die Brüder Cyralian mit stumpfen Pfeilen an den Bug, mit welchen man Vögel und Kaninchen betäubt, und etwa eine Stunde lang segelten wir nah am Ufer. Hin und wieder war die Sehne eines Bogens zu hören, und ein Affe heulte und schlitterte durch die Baumwipfel. Danach hatten wir mit versteckten Scharfschützen keine Probleme mehr.

Inzwischen wehte der Wind nur noch sporadisch, und gelegentlich waren wir gezwungen, die Ruder zu benutzen.

Eines späten Abends verbreiterte sich der Fluß zu einer Lagune. Verschiedene Inselchen lagen in seiner Mitte verstreut, und an einer von diesen machten wir für die Nacht fest. Einige unvorsichtige Enten quakten auf dem See, und ich schickte Chons und ein paar Seeleute in einem kleinen Boot mit Netzen aus. Das Quaken wurde wütender, und Minuten später hatten wir unser Abendessen. Maha röstete sie mit Milch aus Nüssen, Chili, Zwiebeln und anderen scharfen Gewürzen, und als Gemüse gab es grüne Bananen, mit Salzfleisch gekocht.

Ich schlenderte zum Bug, satt und zufrieden, und fragte mich, ob es möglich wäre, auf Abenteuersuche zu gehen und dabei zuzunehmen, während das Zwielicht verlosch und die letzten dieser höllischen Fliegen verschwanden. Eher träge betrachtete ich die größte der Inseln und glaubte, im vergehenden Licht etwas erkennen zu können. Es schien mir ein kleines Steinhaus zu sein, eine Villa vielleicht. Mit Sicherheit sah sie erheblich kultivierter aus als die groben Hütten, die wir am Fluß gesehen hatten. Ich fragte mich, ob die Insel bewohnt sei, und wenn ja, von wem.

Ein delikater Duft schlich sich in meine Nase. Ich bin nicht mehr sicher, wie ich ihn beschreiben soll, und wußte es auch damals nicht. Es war nicht nur ein Geruch, sondern viele, und sie alle waren einladend, begehrenswert. Es mag der Duft einer nachtblühenden Pflanze gewesen sein, die vor einem Sommerhaus wuchs, oder der Duft eines heimeligen Feuers, das flackert, um die Jäger im Winter zurück ins Lager zu locken. Vielleicht war noch das Parfum einer Geliebten aus alten Tagen hineinverwoben, wie Blüten auf einem herbstlichen Feld. Und würzige Äpfel, ein köstlicher Punsch, ein Garten, der dich nach einem harten Tag stets aufs neue beruhigt.

Dann war der Duft verflogen, und ich machte mich wieder daran, mir das Haus anzusehen, das in der hereinbrechenden Nacht bald verschwand. Ich fragte mich, was dort wohl lag. Sicher etwas Reizvolles, etwas Sehenswertes, etwas Schönes, oder vielleicht etwas Wichtiges für unsere Expedition. Nicht, daß es Eile hätte, dachte ich benommen.

Schon machten wir die Leinen los, das fiel mir noch auf, und Seeleute hielten die Riemen bereit, um zu jener hübschen Insel zu rudern, wo uns etwas Unbezahlbares erwartete.

Noch einmal gähnte ich und machte mich vom Vordeck auf nach unten, um den Männern zu helfen, als Janela schrie: »Hört auf! Hier ist ein Zauber am Werk!«

Ich hielt inne, runzelte die Stirn. Wie konnte sie unterbrechen, was ich eben vorhatte? Es war mir wichtig... uns allen war es wichtig, zu dieser Insel zu gelangen, wo etwas – oder jemand – uns erwartete.

Janela packte einen der Seeleute beim Arm, als er mit seinem Paddel an die Reling trat, und ließ ihn rückwärts taumeln. Noch einmal rief sie: »Zauberei!« Ich hörte jemanden knurren, und dann kam ich wieder zu mir.

»Kele!« rief ich und hörte einen Antwortschrei vom Achterdeck. »Ruf die Wache raus!«

Stille. Und dann fing auch Kele an zu brüllen, und das zarte Willkommen der Nacht zögerte, zog sich zurück, wie Schlaf von einem weicht, wenn man ihn sucht. Dann wandte sich etwas anderes an uns.

Noch immer war es unsichtbar, doch nun befahl es, umgarnte uns nicht mehr: *Die Insel. Ihr müßt zur Insel fahren. Dort ist jemand, der Euch braucht. Fahrt zur Insel.*

Ich hörte Janelas Singsang:

»Wir sind Holz
Wir sind Stahl
Wir schneiden
Wir schützen
Wir sind nicht zu wenden
Wir stehen fest
Wir hören nicht
Wir riechen nicht
Wir bleiben da
Wir bleiben fest.«

Der Bann war gebrochen, und auf den Achter- und Mitteldecks der Schiffe flackerten die Lampen. Janela stand neben dem Großmast, eingefaßt vom Schein einer Laterne, und hielt einen gewöhnlichen Marlpfriem über ihren Kopf. Alle drei Schiffe waren losgemacht worden und trieben in der Strömung, bevor Janela die Gefahr erkannt hatte.

Wir waren wieder wir selbst, und Sekunden später hatten wir die Riemen schon mit je zwei Mann besetzt und fegten flußaufwärts über die Lagune hinweg. Wir ruderten die ganze Nacht, bis in den Tag hinein, bevor ich es wagte, eine Ruhepause zuzulassen.

Was war es gewesen? Ein Zauberer, eine Zauberin, die uns umgarnen wollte? Ein Dämon? Ein Schemen? Ein Gespenst? Vielleicht nicht mehr als nur ein einsamer Erdengeist, der niemandem Übel wollte und sich nach Gesellschaft sehnte? Ich weiß es nicht, doch würde ich nie wieder in einer Lagune verweilen, die Frieden und einladende Düfte bietet, dort oben in jenem schlangenartigen Fluß, der vom Ostmeer kommt... nicht, wenn ich klug wäre.

Im Laufe der Tage fiel mir am Glas auf, daß sich das Land erhob, obwohl wir weder einem Wasserfall noch Stromschnellen begegneten. Ich begann, näher hinzusehen und erkannte erneut jenes seltsame Schimmern, welches das Wasser kreuzte, und dann hoben wir uns auf eine geringfügig höhere Ebene. Es war derselbe Zauber, mit dem der Fluß zwischen Marinduque und Irayas kontrolliert wurde. Ich wies Janela auf die nächste magische Stelle hin, und wir erfreuten uns daran. Ich fragte mich, ob der Zauber so mächtig war, daß er noch aus den Zeiten der Großen Alten stammte, oder ob er regelmäßig erneuert wurde, was darauf hingedeutet hätte, daß wir nicht ausschließlich leere Ruinen vorfinden würden, an denen sich nur Altertumsforscher freuen konnten.

Dann verbreiterte sich der Fluß zu einem riesigen Sumpf, und die befahrbaren Wasserwege wurden schmaler und schmaler, wanden sich sogar noch mehr als die im Delta. Navigieren konnten wir nach dem Kompaß und diesen unheimlichen Seezeichen.

Nach drei Tagen im Morast hatten wir uns verirrt. Die Dämonen/Frauenzeichen verschwanden, oder vielleicht hatten wir irgendwo eine Abzweigung verpaßt. Schlimmer noch: Die Winde waren unbeständig, wehten entweder aus der falschen Richtung – kaum mehr als laue Lüftchen – oder sie erstarben gänzlich und ließen uns in einer Flaute zurück, in der es kaum Geräusche gab, nur das Klatschen der Wellen am Rumpf, das Klappern der schlaffen Segel, das

Summen der Mücken und dann das Geschrei der Obermaate, den Ausguck und die Riemen zu bemannen.

Immer wieder nahmen wir eine vielversprechende Einfahrt, nur um festzustellen, daß sie von Unkraut überwuchert war, bogen direkt nach Westen ab, wo sich der Weg in Marschland verlor und an einem matschigen Etwas endete, das man kaum als Insel bezeichnen konnte. Manchmal war der Kanal von einem umgestürzten Baum blockiert, und wir schickten Arbeitstrupps in Booten aus, um das Pflanzenreich zu stutzen, oder – schlimmer noch – wateten in hüfttiefem, braunem Schlamm und wagten nicht, uns vorzustellen, was im verborgenen neben einem schwimmen mochte. Allzu oft erschöpften wir uns damit, die monströsen Hölzer zu zerhacken, und hinter der nächsten Biegung war dann der Weg erneut versperrt.

Dann mußten wir umkehren, uns einen Rückweg bahnen und es mit einem anderen Kanal versuchen. Wir fuhren auf und ab und hin und her, bis wir unseren Kompaß anzweifelten. Wenn die rankende Vegetation es erlaubte, erhaschten wir vom Masttop aus gelegentlich einen Blick auf die verschwommen am Horizont liegenden Berge, die nicht näher schienen, als sie es beim ersten Anblick gewesen waren. Niemand sagte etwas, doch wir alle sorgten uns darum, daß Cligus und seine Truppen aufholten, während wir durch dieses Labyrinth irrten. Es würde keine andere Möglichkeit geben, als von Schiff zu Schiff zu kämpfen, und auf diesen schmalen Wasserwegen war kein Platz für Geschicklichkeit und Tricks.

Es war, als wären wir in einem Alptraum gefangen und entflohen einem grauenvollen, namenlosen Monstrum, durch Treibsand, der an unseren Schenkeln zerrte und uns hielt, während wir uns nicht umzudrehen wagten und jeden Augenblick befürchteten, daß die Zähne in unsere Nacken schlugen.

Nicht nur verirrten wir uns immer wieder – auch wenn verirren nicht das treffende Wort ist, da es andeutet, es hätte einen richtigen

Weg durch diesen Irrgarten gegeben – sondern liefen außerdem ein- bis zweimal am Tag auf Grund. Unsere Schiffe blieben unbeschädigt, und auf Grund laufen war keineswegs dramatisch, ließ das Schiff nur langsam auf eine verborgene Schlammbank sacken. Mit den Rudern versuchten wir dann, uns abzustoßen, oder wollten uns mit den Booten ins Freie rudern, doch immer wieder mußten wir verholen. Das war eine besonders anstrengende Aufgabe. Die Boote wurden mit einem Anker an Bord zu Wasser gelassen und ruderten, bis die Kette stramm war. Dann wurde der Anker geworfen, wobei er hoffentlich hielt. Die Ankerwinde wurde bemannt, und wir stemmten uns gegen die Stangen, hörten nichts, fühlten, wie die Adern an unseren Stirnen hervortraten und das Blut in unseren Ohren rauschte, dann ein KLINK, wenn wir einen Fuß an Länge gewonnen hatten und der Pall einrastete. KLINK ... dann wieder ... KLINK, KLINK, KLINK, immer schneller, während wir uns freischaufelten. Dann holten wir den Anker ein ... bis wir erneut auf Grund liefen.

Diese Tage waren für die Mannschaft der *Ibis* besonders hart. Da wir kleiner, handlicher und flacher waren, fiel uns die Aufgabe zu, vorauszufahren und Wege zu suchen, bevor die Leichter uns nachdümpelten.

Es kam vor, daß alle drei Schiffe festsaßen und wir uns zu dritt verholen mußten, bis wir wieder auf dem Wasserweg waren, den wir als Hauptkanal bezeichneten, obwohl er sich von dem, aus welchem wir uns eben freigegraben hatten, kaum unterschied.

Die Klagen der Mannschaft wuchsen zu einem Rausch, der mir keine Sorgen machte. Eher schon fing ich an, unruhig zu werden, wenn sie schwiegen. Soweit war es gar nicht schlimm. Zumindest wurden wir nicht von Fieberkrankheiten oder sonstigen Malaisen heimgesucht, die einen auf den meisten tropischen Flüssen anfallen, und es hatte keine ernsthaften Verletzungen oder Tote gegeben. Eine verbreitete Klage lautete, was denn die Zauberei schon half. Da hatten wir die Urenkelin von Janos Greycloak persönlich an Bord – sehr wohl in der Lage, Beschwörungen zu sprechen – die Dämonen vernichtete und Stürme beruhigte, und sie konnte nicht einmal irgendeine Kreatur rufen, die uns als Führer diente, oder sich selbst vielleicht im Geiste in die Lüfte werfen und unser Vorankommen sichern.

Ich hatte Janela danach gefragt, und ihre Antwort machte mir Sorge. Sie sagte, sie habe es ein halbes Dutzend Mal versucht, doch keiner ihrer Zaubersprüche zeige Wirkung. Sie erklärte, sie habe ihre Kraft nicht verloren, doch läge eine Art prophylaktischer Zauber über dieser Gegend.

»Es ist«, sagte sie, »als wolle, wer auch immer ihn gesprochen hat, aus dieser Gegend eine Falle machen. Vielleicht steht hinter dem Fehlen der Seezeichen eine Absicht. Vielleicht war es eine Falle der Großen Alten, um Feinde abzulenken, wie Zuckersirup Fliegen vom Tisch fernhalten kann. Oder vielleicht ist der Zauber auch neueren Datums. Ich kann es nicht sagen.«

Schlimmer noch, sagte sie, sei es, daß sie bei jedem Versuch, einen Zauber zu wirken, jene Bedrohung spüre, die uns erwartete, und deren wachsende Bosheit. Anstatt der Mannschaft davon zu erzählen – da ich wußte, daß sie das erschrecken würde – sagte ich nur, wir fürchteten nach wie vor, von Modin und dem Todeszauber, den er senden mochte, entdeckt zu werden. Das brachte die Kritik zum Schweigen.

Eines Tages hatten wir Glück. Der Kanal, dem wir folgten, führte uns direkt gen Osten, war tief genug, daß wir nicht auf Grund liefen, und – was das beste war – am späten Nachmittag stießen wir auf eine kleine, feste Insel. Sie war eigentlich nicht mehr als ein Hügel, aber wenigstens konnten die Männer zur Abwechslung eine Nacht an Land verbringen. Sie wollten baden, und selbst wenn der schlammige Fluß sie wahrscheinlich noch schlammiger werden ließ als vorher, konnten sie sich doch den Schweiß abwaschen.

Ich wies Quartervals an, Wachen aufzustellen, die sowohl das Wasser als auch das Land im Auge behalten sollten, und ließ der Mannschaft freien Lauf. Ohne noch zu warten, legten die Männer ihre Kleidung ab und torkelten ins Wasser. Ich lächelte, dann merkte ich, daß die Frauen trostlos auf einem Haufen standen. Schon wollte ich Quartervals anweisen, vier weitere Wachen abzustellen und den Frauen vorzuschlagen, sie sollten auf der anderen Seite der kleinen Insel schwimmen, als Janela eine einfachere und bessere Lösung fand.

Sie hatte nur Sandalen getragen, ein Paar feste Leinenhosen, die der Segelmacher für fast alle von uns angefertigt hatte, da sie garantiert reißfest waren und dazu eine ausgefranste Tunika. Ohne viel Federlesens davon zu machen, zog sie die Tunika aus, stieg aus ihrer Hose, lief zum Ufer des Flusses und hechtete hinein.

Ausgelassene Freudenschreie der Männer waren zu hören, die begeistert zusahen, wie ihre Geisterseherin herumtollte, als wäre sie ein ganz normales Mädchen. Die Frauen sahen einander an, und Kele war die erste, die ihre Kleider ablegte.

Janela schwamm ein paar Meter, dann kehrte sie ans Ufer zurück. Sie ging zu ihren Kleidern, nahm sie auf und kam zu mir.

Plötzlich erinnerte ich mich an eine peinliche Begebenheit aus meiner Jugend. Es war der elfte Sommer meines Lebens, mit mehreren meiner Freunde hatte ich einen beliebten Badeplatz besucht, und wir tollten herum, als eine Gruppe von Mädchen vorüberging. Offensichtlich war es auch deren Lieblingsbadeplatz. Sie hatten sich besprochen, dann entkleidet und sich zu uns gesellt. Zuerst glotzten wir alle ungläubig, was mir wie eine halbe Ewigkeit erschien. Ich bin mir nicht sicher, warum. Es gab mehr als ausreichend nackte Statuen in Orissa, so daß niemand Zweifel an der Form einer weiblichen Figur haben konnte. Fast alle waren schon in eines der Viertel geschlichen, die für Kurtisanen vorgesehen waren, von denen manche das Be- und Entkleiden als Zeitverschwendung ansahen, solange Quantität ihr Geschäft bestimmte. Und manche von uns behaupteten sogar, sie seien schon von älteren Basen, Spielkameradinnen oder einer der Hausdienerinnen verführt worden. Der eine oder andere mochte sogar die Wahrheit gesagt haben.

Jedenfalls weigerten wir uns plötzlich allesamt, die Wasseroberfläche unterhalb des Nabels wandern zu lassen. Schließlich kam dann ein Mädchen zu mir geschwommen, das ich vom Sportplatz her kannte, und fragte mich ganz unverblümt, ob ich zur anderen Seite um die Wette schwimmen wolle. Das Problem, das sich mir damals stellte und das mir an diesem schlammigen Flußufer – endlose Meilen jenseits von Orissa – wieder einfiel, war der unbändige Drang, an dem Mädchen herabzusehen, und mein Hals, der gelähmt war und es nicht zulassen wollte.

Ich bin mir sicher, daß ich errötete, und ich bin mir ebenso sicher, daß Janela es bemerkte. Doch sagte sie nur: »Du schuldest mir einen Krug Wein, Amalric, weil ich den Weg geebnet habe.«

Ich erwiderte irgendwas, und sie ging fort, um sich den anderen Frauen anzuschließen, die aus dem Wasser kamen und ihre Kleider einsammelten. Mit der Anmut einer Nymphe begann sie sich anzuziehen.

Die Lähmung an meinem Hals löste sich.

Janela Greycloak war ... ist ... die hübscheste und wohlgeformteste Frau, die ich je gesehen habe. Eilig wandte ich mich ab, vollständig durcheinander, als ich merkte, daß meine Bewunderung für Janela – so schön in den ersterbenden Strahlen der Sonne – allzu offensichtlich war.

Als ich mich umdrehte, hörte ich ein tiefes Lachen. Es war weiblich. Schlimm genug. Doch was weit schlimmer war: Ich glaubte nicht, daß es Janela gewesen war.

Ich löste eine Wache ab, um meine Fassung wiederzufinden. Doch nach einigen Minuten kam ich mir ganz komisch dabei vor. Wahrscheinlich wird niemand jemals wirklich erwachsen, und dieser ewige Tanz zwischen Mann und Frau degradiert uns eher zu Narren und Tölpeln als alles andere.

Die Männer entstiegen dem Fluß, so sauber wie eben möglich. Nur drei von ihnen vergnügten sich noch im Wasser. Plötzlich waren es nur noch zwei. Einen Augenblick lang dachte ich, einer von ihnen sei untergetaucht, doch dann kam sein verzerrtes Gesicht an die Oberfläche – der Mund klaffend in tonlosem Schrei – und Blut spritzte, färbte das Wasser dunkel.

Ich rief eine Warnung, auch andere schrien auf, und die beiden im Wasser kämpften sich ans Ufer. Einer kreischte auf und war verschwunden, und dann trieb seine Leiche an die Oberfläche, in zwei Teile gerissen. Nun war nur noch einer da, und das kaum mehr als ein paar Fuß vom Land entfernt. Es war Ceram, Keles Obermaat. Wir rannten zu ihm hin, hofften, ihm helfen zu können, schrien, und dann stolperte er aus dem Wasser, keuchte um Atem. Bis dahin hatten wir noch nichts gesehen und somit keine Ahnung, was die beiden Männer aus unserer Mitte gerissen hatte.

Ceram war gut fünfzehn Fuß vom Fluß entfernt, als wir den Mörder sahen. Es war ein monströses Krokodil, das – wie ich später schätzte – fast zwanzig Fuß lang sein mußte. Die meisten Menschen glauben, diese Todesechsen seien langsam, träge und dumm, da man meist nur – sofern einen nicht das Pech verfolgt – ein balkenförmiges Schuppending und ein Paar Augen sieht, oder vielleicht ein kleineres Tier, das außerhalb des Wassers im Sand schläft.

Ich wußte es besser. Ich hatte gesehen, wie ein solches Tier volle fünf Fuß aus dem Wasser sprang, eine Gazelle packte, die eben zum Trinken ans Ufer gekommen war, und im nächsten Augenblick verschwunden war.

Dieses Vieh bewegte sich noch schneller. Es brach aus dem braunen Wasser hervor wie eine angreifende Schlange, graugrün vom Alter, ragte einem Mann bis an die Hüfte, raste über den

Strand und hatte sich mit aufgerissenem Maul auf Ceram gestürzt. Es schlug die Zähne in sein Fleisch, und der Hieb mußte den Seemann wohl getötet haben, doch hielt das Reptil den armen Kerl zwischen den Kiefern und wand sich, zerrte, riß ihn fast in Stücke wie ein Terrier, der eine Ratte schüttelt.

Es hätte umkehren und mit seiner Beute zurück ins Wasser laufen sollen, doch statt dessen ließ es Cerams Leiche fallen und brüllte uns an... ein seltsam zischendes Brüllen.

Nun kehrte der Verstand zurück, und wir suchten in Panik nach Waffen. Otavi war der einzige unter uns, der nachgedacht hatte, und er trat vor. Doch an Stelle seiner Axt hatte er einen Speer genommen und stieß ihn dem Monstrum mit aller Kraft in den Schädel, gleich hinter den Kieferknochen. Es schrie, doch war sein Schrei nicht jenes hohe, pfeifende Klagen, das man von einem Krokodil erwartete, sondern etwas anderes, beinahe Menschliches.

Keiner von uns konnte sich rühren. Das Krokodil legte eine Vorderpfote auf das Heft des Speers und zerrte daran, riß ihn heraus. Blut sprudelte in den Sand, und nun wandte sich das Tier dem Fluß zu. Doch Otavi versperrte ihm mit erhobener Axt den Fluchtweg, und Mithraik hockte neben ihm, das untere Ende des Speeres in die Erde gerammt, zum Angriff bereit. Dann schoß Janela von der Seite hinzu, bohrte dem Tier einen weiteren Speer in die Flanke und sprang wieder in Deckung. Ich nahm einem der Männer seinen Speer ab und schleuderte diesen, daß er das Vieh zwischen die Schuppen traf und sich tief hineinbohrte.

Wiederum schrie das Krokodil, dann rannte es, doch nicht zum sicheren Wasser, sondern fort in die kargen Büsche, die den Hügel überzogen. Während es Schutz suchte, surrten Bogensehnen, und vier Pfeile gruben sich in seinen Rücken. Wieder schrie das Monstrum auf, und dann war es verschwunden. Männer wollten ihm folgen, doch Quartervals rief: »Halt! Das Scheißvieh wartet nur im Hinterhalt!«

Ein Schrei und wieder einer, und das Unterholz schlug hin und her, als wehte starker Wind ... dann war alles still.

Otavi trat vor, doch hielt ich ihn zurück. »Nein. Wir warten eine volle Drehung des Glases.«

Das taten wir. Dann folgten wir dem Krokodil, suchten die breite Spur, die es mit seinem gewaltigen Körper geschlagen hatte. Wir fanden eine Leiche, keine zwanzig Fuß von dort, wo das Krokodil verschwunden war.

Doch es war die Leiche eines Mannes.

Einen Augenblick lang war die Welt ein Chaos, toste um uns herum. Mancher fluchte, andere ächzten, wieder andere wurden nur blaß. Dann fanden wir in die Realität – so wie sie sich uns bot – zurück. Ich trat vor, das Schwert bereit, Janela und Quartervals gleich neben mir.

Die Leiche lag auf dem Bauch und war nackt bis auf Armbänder, Fußbänder und etwas um den Hals. Anzeichen von Gewalt waren nicht zu erkennen. Mit dem Fuß drehte ich sie um. Es war ein Mann, glattrasiert, mit kurzgeschorenem Haar und mit einem Gesicht, das von der Stirn bis zum Kinn blau tätowiert war.

»Ein Wechselwesen«, sagte Kele. »Ich habe von ihnen gehört, aber noch nie eines gesehen.«

»Ist er das?« überlegte ich. »Sieh hin.«

Ich deutete auf die Leiche. Sie zeigte keine Spur von Gewalt, und das Gesicht war ganz friedlich, als wäre der Mann im Schlaf gestorben.

»Ich habe immer gehört, man würde an Werwesen, wenn sie erlegt werden, Wunden sehen, die man ihnen in ihrer anderen Gestalt zugefügt hat.«

Janela kniete neben der Leiche. »Dieselbe Geschichte kenne ich auch«, sagte sie zerstreut. »Aber so ein Wesen habe ich noch nie gesehen, und auch niemand, dem ich vertraut hätte, hat je behauptet, eins erblickt zu haben. Aber seht her.«

Die Armbänder, Fußbänder und das, was ich nun als lederne Halsbänder erkannte, bestanden sämtlich aus Krokodilshaut.

»Zum Teufel mit Wunden«, sagte Pip. »Ich glaube nicht, daß dieses Ungeheuer rein zufällig dort vorbeigekommen ist, wo sich dieser Kerl ebenso zufällig zum Sterben gebettet hat.«

»Nein. Natürlich nicht«, sagte Janela. »Aber es ist höchst merkwürdig.« Sie klang wie eine Schulmeisterin, die in ihrer Kammer saß und einen außergewöhnlich gemusterten Schmetterling begutachtete, den ein Schüler ihr gebracht hatte.

»Abstammungsfragen können wir auch später besprechen«, sagte ich. »Wir gehen an Bord und fahren augenblicklich flußaufwärts.«

Doch es war zu spät.

Schon kam die Dämmerung, als wir wieder am Strand waren. Wir hatten nah am Ufer angelegt, nur sechs Boote zum Landgang genommen und vier Mann als Ankerwache an Bord der Schiffe zurückgelassen. Die Boote lagen nah am Wasser im Sand. Es waren keine hundert Meter, wenn überhaupt, zu unseren Schiffen. Doch zwischen uns und ihnen trieb mindestens ein Dutzend verdächtiger Schatten. Weitere Krokodile, manche fast so groß wie jenes, das uns angegriffen hatte.

»Wir werden zweimal fahren müssen, um zu den Schiffen zu gelangen«, sagte Kele. »Und selbst dann sind die Boote bis an die Dollborde voll. Schaffen wir das, bevor es dunkel wird?«

»Das sollten wir lieber lassen«, sagte Chons. »Was könnte diese Viecher davon abhalten, die Boote einfach umzukippen und sich dann einen von uns auszusuchen, wenn wir schon am Ertrinken sind?«

»Du hast recht«, sagte Janela. »Hier am Strand sind wir über Nacht sicherer. Ich kann Wachen aufstellen, die sie uns heute nacht vom Leib halten, und einen großen Zauber vorbereiten, der uns am Morgen schützt.«

Erschrockenes Gemurmel kam auf. Wir alle waren der Ansicht,

daß es in diesem unwirtlichen Land Sicherheit nur an Bord unserer Schiffe gäbe. Doch Kele und Janela hatten recht. Zumindest waren wir nicht wie komplette Tölpel an Land gegangen. Wir alle hatten unsere Waffen dabei, und einige von uns hatten sogar eiserne Rationen in ihren Gürteltaschen mitgebracht.

Unsere Kameraden an Bord der Schiffe hatten einiges von dem, was vorgefallen war, gesehen, und Kele signalisierte ihnen den Rest der Geschichte und unser Vorhaben. Sie wies sie an, weiter auf der Hut zu bleiben und die Fackeln brennen zu lassen, obwohl niemand von uns glaubte, daß die Krokodile an Bord der Schiffe gelangen konnten, nicht einmal an Bord der *Ibis* mit ihrem niedrigen Freibord. Auf Janelas Vorschlag hin durfte nach Einbruch der Dunkelheit – außer der Wache – *niemand* an Bord gehen, auch nicht, wenn es schien, als wäre es Kele persönlich.

»Vielleicht ist das übertrieben«, sagte Janela, »aber wenn man *einen* Wandel der Gestalt als Möglichkeit akzeptiert, wieso sollte es dann nicht ebenso einfach sein, als du oder ich zu erscheinen?«

Unwahrscheinlich, doch Vorsicht tat not.

Wir machten uns ans Werk, teilten uns in Gruppen auf, marschierten landeinwärts und beschnitten Büsche und die wenigen knorrigen Bäume für unser Feuer. Ich fürchtete, uns werde noch vor dem Morgen das Licht ausgehen, doch Janela erklärte, das zumindest sei kein Problem. Sie nahm Utensilien aus ihrem Beutel und suchte sich ein Stück Holz. Dann holte sie zwei Spiegel hervor und hielt sie einander gegenüber, dazwischen das Holz, welches sich endlos spiegelte. Dann sprach sie einen Zauber und befahl Pip, das Holz mit einem Dolch in zwei Stücke zu zerschneiden.

Sie trennte jeden Splitter vom anderen und sprach eine weitere Beschwörung. Meine Augen schmerzten, als die Splitter sich wanden und wuchsen und eine lange Reihe von Scheiten zu sehen war, jedes Stück dem anderen gleich. Sie sagte den Spruch noch zweimal, und wir hatten Holz genug, um eine ganze Stadt abzubrennen.

Wir entzündeten vier Feuer in je fünfzig Metern Abstand, gleich dort, wo das Unterholz begann, und so weit abseits des Wassers wie möglich. Wir vergruben den zerfetzten Leib Cerams und sprachen, was wir an Gebeten kannten, auch für die beiden anderen Seeleute, in der Hoffnung, ihre Geister müßten dadurch nicht für alle Ewigkeit durch dieses schauerliche Land wandern.

Keiner von uns war hungrig oder müde. Quartervals zwang mir ein Stück Dörrfleisch auf, und ich kaute daran herum, ohne etwas zu schmecken. Leise erklärte er mir, er wisse, daß es sich bei den Krokodilen um Wechselwesen handele, eingeborene Zauberer, die ihre Seelen für die Fähigkeit getauscht hatten, ihr eigener Totem zu werden, denn noch nie habe er gehört, daß ein Krokodil tötete und gleich wieder tötete. Sie nahmen ihre Beute sonst, versteckten sie in der Tiefe, um sie reifen und rotten zu lassen, dann fraßen sie, und wenn die Sättigung nach Tagen oder Wochen nachließ, suchten sie das nächste Opfer.

Ich nahm Mithraik beiseite und dankte ihm, daß er so standfest geblieben war, als das Krokodil an Land kam. Er sah mich seltsam an, nickte dankend und sagte: »Ich bin nicht hier, um den Tod zu finden, Herr. Wenigstens nicht auf diese Art.« Ich hielt das für eine ungewöhnliche Formulierung, sagte jedoch nichts.

Janela bereitete sich auf einen weiteren Zauber vor. Leise sagte sie zu mir: »Ich weiß nicht, ob es wirkt, weil ich keine Ahnung habe, welchen Gesetzen diese Menschen oder Tiere oder was zum Teufel sie auch sein mögen, unterworfen sind. Aber wenigstens werden ein paar Worte sie beruhigen.«

»Was ist mit morgen früh?« wollte ich wissen. »Könnten wir bei Tagesanbruch dasselbe Problem wieder haben, wenn wir versuchen, zu den Schiffen zu gelangen?«

»Nein. Das kann ich garantieren. Ich kann einen Zauber sprechen, indem ich die Sonne nutze und meine Worte und Hilfsmittel so einsetze, daß sich nichts auf der Welt mir widersetzen kann.«

Ich seufzte erleichtert, doch dann mußte Janela es verderben, indem sie mit schiefem Grinsen sagte: »Oder zumindest glaubte der Mann, der mich diesen Zauber gelehrt hat, daran. Wir werden sehen, wir werden sehen.«

Inzwischen war es sehr dunkel und sehr still. Das einzige Licht war jenes von den Schiffslaternen und unseren großen Feuern, zumindest, bis man etwa einen Schritt weit aus dem Lichtkreis trat.

Dann sah man – draußen auf dem Wasser – das Leuchten der Augen.

Wartend und wachend.

Janela baute mit einem Band einen Zaun, verbrannte ein paar trockene Zweige, die ihrer Aussage nach von einem Dornenbusch stammten, fügte etwas Duftstoff hinzu, der von getrockneten Kaktusblüten stammte, und schließlich einen Bannspruch, den sie auf ein Stück Pergament geschrieben hatte.

Ich sah ein Schimmern zwischen uns und dem Fluß… dann nichts.

Wir setzten uns und warteten.

Gegen Mitternacht hörte ich ein Brüllen aus der Dunkelheit, als hätte eines der Krokodile versucht, an Land zu kommen und sei zurückgetrieben worden. Bogenschützen sandten flüsternde Pfeile in die Richtung, aus der das Geräusch gekommen war, schienen jedoch nichts zu treffen. Scheinbar hielt Janelas Zauber den Ungeheuern stand.

Er hielt bis in die frühen Morgenstunden. Trotz aller Gegenwehr wurde ich müde, und dann hörten wir ein Platschen.

Es kam ein Schrei von Towra, der das Kommando über die Stellung direkt am Fluß innehatte: »Sie kommen!« Und schon waren wir auf den Beinen.

Das erste Vieh stürzte aus der Finsternis, und es war, als stürmte es in ein unsichtbares Netz, verfing sich, kämpfte, riß daran, versuchte, sich auf uns zu stürzen. Neben ihm kamen weitere, und es schien mir, als arbeiteten sie zusammen, rissen gemeinsam daran, und es gab noch andere, die überall entlang der magischen Barriere aufbegehrten. Ich fürchtete, der Zauber könne schwächer werden, da schwirrten schon die Speere. Einige schlugen hart in die ungeschützten Flanken der Ungetüme, doch allzu viele prallten von der dicken Haut am Rücken der Tiere ab. Eins heulte diesen Menschenschrei, als sich ein Pfeil fast bis ans Heft in sein Auge bohrte, dann rollte es ab, schnappte und wälzte sich vor Qualen.

Speere nagelten andere in den Sand, und dann sah ich, wie das wohl größte von allen gegen die Barrikade anstürmte. Auf dem Altar eines jeden Gottes würde ich schwören, daß das Untier anderthalb Mal so groß war wie jenes, das wir zuerst getötet hatten, doch kann es nicht sein. Es stürmte heran, und ich dachte, die Barriere bräche zusammen, stürze ein. Das Krokodil brüllte im erwarteten Triumph, als ich einen brennenden Holzscheit aus dem Feuer nahm und es dem Biest in den offenen Schlund warf.

Es schrie und schrie erneut, zappelte wie ein gestrandeter Fisch oder vielleicht ein Wal, was andere kleinere Ungeheuer umstieß. Während sie zappelten, lagen ihre weichen Bäuche frei. Meine Krieger hatten leichtes Spiel, und ein Schwall von Pfeilen traf, von Speeren dicht gefolgt.

Sand und Wasser wurden aufgewühlt, Heulen war zu hören, und dann standen wir, keuchten, hielten unsere Waffen bereit, dann war nichts als Nacht um uns herum, das Flackern der Feuer und das Summen der Moskitos. Irgendwann – wohl eine ganze Lebensspanne später – ging die Sonne auf.

Janela sprach ihren Zauber und schickte eine Gruppe in die Boote. Sie bestand darauf, das führende Boot zu kommandieren. Sie wollte das erste Opfer sein, falls ihr Zauber nicht wirkte. Ich blieb am Strand. Ich würde der letzte sein, der diese höllische kleine Insel verließ, die uns einen Augenblick Atempause versprochen und sich dann gegen uns gewandt hatte. Die Boote erreichten die Schiffe, und die Männer kletterten an Bord. Die Boote kehrten zurück, und irgendwie zwängten wir uns alle Mann hinein.

Als wir der *Ibis* näher kamen, sah ich vier Leichen, die mit dem Gesicht nach unten im Wasser trieben. Sie alle trugen diese Schmuckringe – falls es sich um solche handelte – wie wir sie an dem Mann im Unterholz gesehen hatten. Keine von ihnen zeigte Spuren von Gewalt.

Wir gingen an Bord, hievten die Boote hoch und bemannten die Ruder. Es wehte genug Wind gen Osten, so daß wir die Segel setzen konnten, doch wollten wir alles tun, alles, was in unserer Macht stand, um diesem Ort zu entkommen.

Kele rief, wir sollten über die Reling blicken. Ich sah, wie ein Krokodil auftauchte, eine der Leichen schnappte und verschwand, wobei es kaum mehr als einen Wirbel im Wasser zurückließ.

»Fressen und gefressen werden«, sagte Kele. »Nun, Lord Antero, da Ihr doch immer alles wißt … war das eine Echse, die einen Menschen frißt … oder frißt hier ein Mensch den anderen?«

Ein Schauer lief über meinen Rücken.

Kapitel Zehn

Durch die Schlucht

Ganz plötzlich nahm der Schlamm ein Ende, und der Fluß kehrte in sein normales Bett zurück, durchzog Ebenen mit vereinzelten Bäumen, an den Ufern standen dichte Büsche. Janela und ich stellten Vermutungen zu der Gegend an, die wir gerade passiert hatten. Die Großen Alten hätten nicht zugelassen, daß sich ihr Hauptverkehrsweg urplötzlich in einen Sumpf verwandelte. Irgend etwas mußte fehlgeschlagen sein. Vielleicht hatte ein entscheidender Zauber einfach nachgelassen, oder vielleicht kannten die Krokodilmenschen selbst einen starken Erdenzauber, der die mit der Zeit geschwächte alte Magie überwinden konnte.

»Entweder das«, sagte Janela, »oder wir sind in eine Falle der Großen Alten getappt, die jeden abfangen sollte, der weder die passenden Beschwörungen kannte, noch den richtigen Führer hatte.«

Es kümmerte keinen. Es genügte schon, daß unsere Fahrt jetzt einfacher wurde, ohne Rudern, ohne Verholen, und der Wind stetig von Westen her wehte. Allerdings mußten wir Männer am Bug postieren, da es Sandbänke gab, und hin und wieder dichtgedrängte Vegetation, in der wir uns verfangen konnten.

Das Land war grün. Wir sahen kleine Bewässerungsgräben, die vom Fluß landeinwärts führten, und nicht viel später stießen wir auf vereinzelte Hütten und grasende Tiere. Eine kleine Herde kam zum Trinken ans Ufer und gab uns Gelegenheit, sie aus der Nähe zu betrachten. Es waren Rinder, wenn auch höchst seltsam anmutende, mit hohen Höckern, geschwungenen Hörnern, die sich entlang ihrer Flanken ringelten, und Haar, das lang genug war, es um der Wolle willen zu scheren. Hin und wieder sahen wir Hirten mit Lederschürzen und Tunikas und mit Speeren bewaffnet. Doch waren sie nicht unbedingt primitiv, oder sie trieben zumindest Handel mit Leuten, die es nicht waren, denn wir sahen das helle Glitzern von Eisen an den Speerspitzen. Wir winkten, und manchmal winkten die Hirten zurück, wenn auch eher halbherzig, als interessierten sie sich nur mäßig für uns.

»Das sieht dem Landvolk ähnlich«, rief Beran einmal zu uns herüber, als die *Glühwurm* nahe genug vorübersegelte. »Es ist so lange her, daß sie was Neues gesehen haben, daß es gar nicht bis in ihre kleinen Hirne dringt. Weckt es in dir nicht den Wunsch, Bäuerin zu werden, Kele?«

Keles Antwort war eine eher vulgäre Geste.

Eines Tages lagen wir etwa eine Stunde lang in einer Flaute, und Quartervals entdeckte einen der Hirten nicht weit vom Ufer entfernt. Er schien uns gar nicht wahrzunehmen, hockte vor einem seiner Tiere und starrte es konzentriert an. Quartervals bat um Erlaubnis, an Land gehen und den Versuch wagen zu dürfen, ob er aus dem Mann nicht etwas herausbringen könne. Ich sagte, er solle Pip mitnehmen, damit der etwas zu meckern hätte, und eilig zurückkommen, wenn wir das Signal gaben oder wieder Wind aufkam.

Wir brachten ein Boot aus, und die beiden gingen an Land und nahmen ein paar Perlen und Früchte aus dem Delta als Präsente mit. Pip blieb ein paar Meter zurück, und Quartervals trat an den Hirten heran. Quartervals winkte, dann hockte er sich hin und fing an, mit dem Mann zu reden. Offensichtlich war das Gespräch unergiebig, denn bald schon stand er wieder auf, winkte Pip und kehrte zum Boot zurück. Noch immer hatten sie unsere Geschenke bei sich.

Alle versammelten sich, als die beiden an Bord kamen, wollten wissen, was geschehen und wer dieser Mann war, alles, wenn es nur das Einerlei unserer Reise auflockerte.

Quartervals trug eine amüsierte Geste zur Schau. Der Name des Mannes sei Vindhya, so glaubte er. Oder vielleicht war das sein Stamm... selbst mit dem Zauber der Zungen war die Aussprache des Hirten nur schwerlich zu verstehen gewesen.

»Und«, fügte er hinzu und unterdrückte jeglichen Ausdruck in seiner Stimme, »der Name der Kuh ist Soenda. Er hat uns einander vorgestellt.«

Janela kicherte.

»Wieso wollte er den Plunder nicht?« fragte einer der Männer. »Zu stolz?«

»Nein. Es war«, und ich sah, daß Quartervals sich sehr anstrengen mußte, eine ernste Miene zu behalten, »weil wir ihn bei seinem Gottesdienst gestört haben.«

»Wie bitte?«

»Vindhya, oder vielleicht auch *die* Vindhya... sie verehren das Vieh.«

Nun war allgemeines Hohngelächter zu hören, das noch lauter wurde, als Otavi sagte: »Na, das ist mal eine ungewöhnliche Idee. Wenn dir dein Gott nicht Gutes tut...ißt du ihn zum Abendessen.

Oder auch sie ... um es genau zu sagen. Wahrscheinlich kann man seinen Glauben hier sogar melken.«

»Der Grund, warum Vindhya nicht viel reden wollte«, fuhr Quartervals fort, »und nicht einmal sehen wollte, was wir ihm zu schenken gedachten, liegt darin, daß er über Soenda nachdenken mußte. Er sagte, sie sei seine Lieblingskuh, und wenn er nur ausreichend Zeit mit ihr verbrächte, ihr ganz nah sei und so weiter«, fuhr Quartervals fort, »würde er ihre Kuhheit gänzlich in sich aufnehmen.«

»Kuhheit?« sagte ich ungläubig.

»Kuhheit war das Wort, das er benutzte.«

Als das Gelächter verklang, kratzte sich Pip nachdenklich am Kopf. »Te-Date sei Dank haben wir nicht gefragt, wie ihr *Liebesleben* aussieht. Wär' schon komisch, einen Mann zu sehen, der um den Huf seiner Färse anhält. Wir sollten uns nach Leuten umsehen, die halb Mensch, halb muhende Kälber sind.«

Solches führte das Gespräch in die zu erwartenden Niederungen der Unflätigkeit. Ich zog mich zurück, zu sehr Ehrenmann, als daß ich mich an derart fragwürdiger Unterhaltung beteiligt hätte.

Kuhheit, kaum zu glauben.

An diesem Abend wagte es Janela, einen Teil ihres Geistes auf dem Weg zurück zu schicken, den wir gekommen waren, denn sie wollte sehen, was Cligus tat.

Sie hatte mich um meinen Beistand gebeten, für den Fall, daß sie entdeckt würde. Die Methode, die sie anwendete, unterschied sich von jener, die meine Schwester und der große Geisterseher Gamelan angewendet hatten. Im Schneidersitz saß sie an Deck in der Mitte eines konzentrischen Kreises, in den ein Auge gezeichnet war. Vier Pfännchen formten ein Quadrat um sie herum und sandten schlängelnde Rauchfahnen auf. Als sie den Zauberspruch beendet hatte, konnte ich tatsächlich *fühlen*, wie ihr Geist den Körper verließ. Sie schien sich nicht zu verändern, doch saß ich neben einer leeren Hülle.

Lange Augenblicke verstrichen, dann rührte sie sich und schlug die Augen auf. Sie sahen nicht *mich* an, sondern etwas Schreckliches. Sie streckte die Hände aus, greifend, versuchte zu sprechen, doch kam nur ein krächzendes Gurgeln hervor.

Ich wartete nicht länger, sondern schüttete Wasser auf die Pfännchen. Sie zischten und verloschen. Bevor noch der letzte Rauch verflogen war, nahm ich den Dolch, der neben mir lag, und durchschnitt den Kreis. Der Zauber war gebannt, Janela kam zurück.

Sie war blaß und bebte. Ich rief nach Branntwein, und Quartervals brachte uns etwas davon. Sie spülte ihren Mund, spie aus, dann nahm sie einen großen Schluck.

»Sie kommen«, sagte sie endlich. »Und zwar schnell. Sie sind irgendwo jenseits des Sumpfes.«

»Sie haben dich gesehen«, sagte ich.

»Modin ... und er hat nach mir *gegriffen*. Fast hatte er mich schon, und ich war bereit, ihn zu bekämpfen, Geist gegen Fleisch auf seinem Terrain, aber du hast mich zurückgeholt. Nächstes Mal ...«

»Es wird kein nächstes Mal geben«, befahl ich. »Zumindest nicht so. Diese Expedition hat nur diese eine Geisterseherin, und wenn sie keine andere Möglichkeit zur Erkundung weiß, dann müssen wir eben blindlings fahren.«

»Vielleicht geben die Krokodile ihnen den Rest«, sagte Quartervals.

Janela schüttelte den Kopf. »Nein. Sie bleiben unversehrt. Eine Frage des gemeinsamen Hintergrunds.« Ich brachte ein schwaches Lächeln zustande.

Noch immer war sie von Modins Angriff erschüttert. Ich vermutete, der Zauberer habe seine Falle schon lange vorher eingerichtet. In Zukunft würden wir bessere Vorsichtsmaßnahmen ergreifen müssen.

Ich half Janela in ihre Kabine. Ich half ihr beim Entkleiden, und sie taumelte direkt ins Bett und schloß die Augen. Ich saß noch da und hielt ihre Hand, bis ihr Atem regelmäßig ging, dann berührte ich mit einem Finger erst meine Lippen und dann die ihren. Ein Lächeln kam und ging, und ich zog mich still zurück.

Das Land wurde trockener und erhob sich um uns herum, bis wir in eine tiefe Schlucht einfuhren, deren steinerne Wände zwei- bis dreihundert Fuß hoch aufragten. Obwohl der Fluß fast eine Viertelmeile breit war, hätte das Wasser wie ein Sturzbach durch die Schlucht drängen müssen. Statt dessen ließ ein uralter Zauber es ruhig und still dahinfließen. Die Strömung mochte stärker sein, doch ebenso der Wind, der durch die Schlucht gepreßt wurde und unsere Segel ächzen und knarren ließ, während wir voranstürmten.

Große und kleine Fische gab es in den Gewässern um uns herum, und Raubvögel, die sie jagten. Fischadler mit Flügelspannen von beinah einer Schiffsbreite schossen herab und schnappten zu. Einmal sah ich, wie ein Falke dem Wasser zu nahe kam und etwas aufsprang, den Vogel schnappte und verschwand, bevor ich sehen konnte, ob es ein Fisch oder Reptil war. Danach verloren die wenigen Männer, die noch fischten, wenn sie wachfrei hatten, jegliches Interesse an diesem Sport, und wir ernährten uns nur noch vom Schiffsproviant.

Trotz der Tatsache, daß wir verfolgt wurden, segelten wir nur bei Tage, da wir nicht Gefahr laufen wollten, blindlings auf Felsen oder mögliche Feinde zu stoßen.

Die Schlucht schlängelte sich voran, und wenn wir kein Ziel im Auge und keinen Feind im Nacken gehabt hätten, hätten die Tage endlos so weitergehen können. Es war stets mild, und wenn es regnete, dann nur in sanften Schauern. Morgens war es freundlich, mit Dunst und Regenbogen, die sich vor uns über der Schlucht wölbten. In gewissen Abständen fanden sich große Höhlen in der steinernen Wand.

Schiffsanleger waren in den Stein gehauen, und Stufen führten dorthin, wo man die Höhlen oberhalb der Springflutmarken gebaut hatte. Ich erinnerte mich an die Straße, die man in den Stein entlang des Flusses gehauen hatte, als wir über den Paß nach Irayas gekommen waren, und wußte, daß hier dieselben Hände am Werk gewesen sein mußten. Doch damals hatte es sich um nur eine Straße mit gelegentlichen Ausweichstellen gehandelt. An diesem Fluß hatte man kleine Dörfer in den Stein gehauen, mit Kabinen, dachlosen Häuschen, in denen man schlafen konnte, offenen Plätzen für Märkte, Bänken und Tischen, allesamt aus dem Herzen der Schlucht gemeißelt, jedes davon etwa eine Tagesreise vom nächsten entfernt. Reisende in jener Zeit konnten von einem Lager zum anderen fahren und mußten nie an Bord unbequemer Schiffe oder gar unter freiem Himmel nächtigen.

Kele hatte gefragt, ob wir sie für unsere Übernachtungen nutzen sollten, doch wurde ein Chor von Einwänden laut. Es gab keinen Grund, gegen ihren Aberglauben anzureden, da es mehr als ausreichend kleine Inseln im Fluß gab, an denen man festmachen konnte, um dort auf festem Boden zu schlafen. Wir postierten Wachen mit Bogen und schafften es, mehrmals Netze für unsere Verpflegung auszuwerfen, ohne selbst gefischt zu werden.

Eines Abends, abgefüllt mit einem besonders feinen Weißfisch, den Maha mit wilden Pilzen und getrockneten Tomaten gebacken und dann mit einer würzigen Sauce aus Flußkrabben aus unserem Ködernetz zubereitet hatte, saßen Janela und ich etwas abseits der anderen und plauderten. Sie hatte ihre Stiefel ausgezogen und malte mit dem Fuß im Sand.

»Ich frage mich«, sagte sie, »was mein Großvater gedacht hätte, wenn ihr über Irayas hinaus gefahren wäret und du mit ihm an diesem Strand sitzen würdest.«

»Ich bezweifle, daß er sich hier im Sand ausruhen würde«, sagte ich. »Höchstwahrscheinlich würde er versuchen, seinen Geist vorauszuschicken, um zu sehen, was vor uns liegt. Er würde sich vermutlich anstrengen, eine Möglichkeit für die Reise bei Nacht zu finden, oder – falls es ihm nicht gelänge – endlos weitere Hinweise zum Wesen der Magie studieren. Auch wenn Janos manche Tugend sein eigen nannte ... das Genießen träger Augenblicke gehörte sicher nicht dazu.«

»Ich war früher ebenso«, sagte Janela. »Dann willigte ich ein, bei einem Meister zu studieren, der versprach, mich zu lehren, wie man sich eins mit der Welt fühlt und spürt, wie alle Dinge miteinander verbunden sind. Da auch das Teil der Überzeugungen meines Großvaters zu sein schien, willigte ich ein.

Er setzte mich mit einer gelben Blume in den Regen und wies mich an, sie zu studieren. Ich sah keinen Sinn darin, doch tat ich, wie er mir befahl. Stundenlang konnte ich nur daran denken, wie wund mein Hintern war, wie starr meine Muskeln, und wenn ich noch viel länger sitzen sollte, würde ich mich im Regen erkälten. Am nächsten Tag beschloß ich, härter daran zu arbeiten, was ich auch tat. Ich konzentrierte mich ausschließlich auf die Blume. Es mag geholfen oder es mir noch erschwert haben, daß der nächste Tag klar und sonnig war. Nach einigen Stunden jedenfalls klarte sich mein Verstand auf, und ich war von der Essenz der Blume erfüllt.«

»Danke den Göttern, denen du huldigst, daß du nicht vor einer Kuh gesessen hast«, stichelte ich.

»Es hätte ebensogut sein können«, sagte sie lächelnd. »Mehrere Wochen verstrichen, während derer ich nur wenig sprach. Auch mein Meister sprach nur wenig, es sei denn, er lehrte mich den Vorgang der Konzentration oder, da ich außerdem eingewilligt hatte, seine Dienerin und Köchin zu sein, wenn er mir Befehle gab.«

»Ich habe von solchen Philosophen gehört«, sagte ich. »Ein paar davon leben in der Wildnis jenseits von Orissa. Ich habe schon oft daran gedacht, sie zu besuchen, aber nie die rechte Zeit dafür gefunden.«

»Ich weiß nicht, ob es zu deinem Vor- oder Nachteil war«, sagte Janela. »Ich habe etwas Geduld bei diesem Mann gelernt. Fast vier Monate war ich bei ihm. Dann wurde mir eines Tages ein größerer Zusammenhang bewußt, und ich verließ ihn noch am selben Nachmittag. Er wurde wütend, sagte, ich hätte die Vereinbarung gebrochen und bereit sein müssen, mindestens fünf Jahre bei ihm zu verbringen. Bis dahin hätte ich dann eine Entscheidung über den Rest meines Lebens gefällt.

Nur war diese Entscheidung längst gefallen ... ich wollte die Königreiche der Nacht suchen.«

»*Das* war dein größerer Zusammenhang?«

»Nein. Ich habe mich nur gefragt, wieso es mein Ziel sein sollte, so wenig Gedanken wie möglich zu haben. Dumme Menschen denken weniger als intelligente Menschen. Warum also sollte ich fünf Jahre dem Vorhaben widmen, dümmer zu werden?«

Ich lachte leise. »Ich bin mir sicher«, sagte ich, »daß dein Meister anderer Ansicht war.«

»Nicht nur das, sondern er lächelte nicht einmal, als ich es ihm mitteilte. Einmal mehr habe ich mich gefragt, warum die meisten, die eine Art spirituelles Leben wählen, darüber hinaus offenbar ihren Sinn für Humor verlieren.«

»So war auch Janos«, erinnerte ich mich, »in späterer Zeit.«

»Das sollte mich nicht wundern«, sagte sie. »Könige und solche, die es werden wollen, lachen anscheinend auch nicht viel, es sei denn über den Verdruß der anderen.«

Eine Weile saß ich da und dachte nach. »Weißt du«, sagte ich, »einmal habe ich mir deinetwegen Sorgen gemacht ... darum, daß du zu sehr wie Janos sein könntest.«

»Du meinst, bereit, mich gegen alles und jeden zu stellen«, sagte sie, »um die magische Krone der Weisheit zu besitzen? Weisheit, die wahre, weltliche Macht verleiht? Ich glaube nicht, daß ich es tun würde. Ich habe nie Respekt vor solchen Männern oder den wenigen Frauen auf Thronen gehabt, denen ich begegnet bin.

Sieh dir die Männer an, die uns folgen. Modin hat oder hatte zumindest große Macht, und jetzt skullt er in unserem Kielwasser einer Sache hinterher, von der ich bezweifle, daß er viel davon versteht. Abgesehen davon, daß sie von uns für Wert ist. Und Cligus? Was hätte Cligus gewonnen, wenn er dich gefangennehmen und mit dir verfahren könnte, wie er wollte? Nichts. Orissa wird auch weiter bestehen, Cligus wird, was Reichtümer und ganz sicher was Weisheit angeht, nicht mehr erben, als er ohnehin besitzt.

Ich habe viel zu viele Fehler meines Großvaters geerbt und besitze dazu manche ganz eigene. Es gelüstet mich ebenso sehr nach Wissen wie Großvater Janos, und ich sehne mich danach, dieses eine Gesetz zu entdecken, das mir alle Welten und Weisheiten offenbart.

Aber dann dieses Wissen nutzen, um weltliche oder auch spirituelle Macht zu besitzen? Macht um ihrer selbst willen ist nicht das, was ich mir wünsche. Aber ich will ehrlich sein, Amalric. Dieses Diadem ist momentan auch nicht in Reichweite. Wenn wir in den Königreichen der Nacht eintreffen, solltest du mich besser gut im Blick behalten. Wenn ich aufhöre, Witze zu reißen, greif nach deinem Dolch.« Sie lächelte leise, dann wurde sie ernst.

»Etwas habe ich von diesem Meister gelernt«, sagte sie. »Eine Bereitschaft, mit meinen Gedanken allein zu sein. Ich stellte fest, daß ich in der Lage war, Dinge zu bedenken, von denen ich vorher nie gewußt hatte, wie ich mit ihnen umgehen sollte. Wie zum Beispiel, was mein Großvater eigentlich war. Es war ungeheuer wichtig, mich damit auseinanderzusetzen, da er derjenige war, der mir einen Namen und ein Ziel gegeben hat. Nur ist es schwer, den Umstand hinzunehmen, daß mein Großvater, mein Held – wie ich ihn wohl nennen muß – in mancher Hinsicht ein Ungeheuer war.

Verdammst *du* ihn deswegen, weist du ihn zurück? Oder tust du, was die meisten von uns tun, übertünchst seine Laster und singst laut von seinen Tugenden? Ich war... bin dazu in der Lage – zumindest glaube ich es ehrlich – Janos Greycloak als ganzen Menschen wahrzunehmen und ihn dennoch als großartig und wert zu erachten, ihm bis zu einem gewissen Grad zu folgen.«

»Das zu tun«, sagte ich, »ist sehr schwierig. Ich dachte, als ich den Ritus der Einäscherung ausführte, hätte ich ihm verziehen. Doch als ich dann meinen Reisebericht schrieb, wurde mir klar, daß ich noch immer ablehnende Gefühle ihm gegenüber hegte und auch selbst so manches Schuldgefühl in mir herumtrug. Zwei Reisen behandelt dieses Buch. Eine war die Suche nach den Fernen Königreichen. Die andere war die Suche nach einem Mann, den ich einmal als meinen Freund betrachtet hatte.«

»Meiner Meinung nach«, sagte Janela, »war das die erfolgreichste Reise. Du magst Vacaan fälschlicherweise für die Fernen Königreiche gehalten haben. Aber Janos Greycloak hast du in deiner abschließenden Einschätzung nicht falsch gesehen.«

Aus Gründen, die sich mir nicht eröffnen wollten, nahm ich ihre Hand. Schweigend saßen wir lange Zeit dort in der Nacht. Schließlich brüllte irgendwo oben auf dem Plateau über uns ein jagender Löwe zufrieden auf, und wir gingen an den Wachen vorüber zu unserem Bettzeug, das im Sand ausgebreitet lag.

Zwei Abende später waren wir gezwungen, in einem der Höhlendörfer zu übernachten, da bis zum Nachmittag keine Inseln in Sicht gekommen waren. Ich könnte lügen und sagen, nur die abergläubischeren Männer hätten Angst gehabt, doch das werde ich nicht tun, da wir uns alle fürchteten. Nach dem Verführungsversuch auf der Insel und den Krokodilmenschen... wer konnte schon sagen, welch seltsamer Zauber in diesem Land jenseits der Meere wartete?

Janela versuchte eine Weissagung, als wir anlegten, und sagte, sie spüre keine Bedrohung, keinerlei Gefahr. Doch riet sie uns, nah zusammenzubleiben, da hier allerlei Zauberkräfte wirkten und ihre Sinne noch nicht gänzlich auf diese eingestellt seien. Man mußte uns nicht warnen. Doch nichts geschah, und wir fanden das kleine Versteck höchst angenehm, besonders da es sich überzogen hatte und Regen drohte. Solange wir in unserem Schlupfwinkel über dem Fluß saßen, konnte es stürmen, soviel es wollte.

Nach dem Essen machten sich einige der mutigeren Männer – Chons und die Brüder Cyralian – sogar auf Erkundungsgang. Chons kam aufgeregt zurückgerannt und sagte, er habe eine Treppe entdeckt, die zum Land oberhalb der Schlucht führen mochte. Janela und ich beschlossen nachzusehen, was hoch über uns wartete. Quartervals behauptete zwar, er wolle lieber ein Nickerchen machen, doch in Wahrheit war er froh über die Bewegung, und er packte ein paar Fackeln aus, für den Fall, daß die Nacht hereinbrach, bevor wir zurück wären. Die Brüder Cyralian, Chons und drei weitere, gut bewaffnete Männer begleiteten uns auf unserem langen Aufstieg.

Die Treppe stieg im Zickzack an, parallel zur Schlucht. Hohe Fenster waren in den Fels gehauen, und es gab genügend Licht, um klar sehen zu können. Jahrhundertelang hatten Reisende die Mitte der Stufen abgewetzt, wodurch mir deutlich wurde, vor wie langer Zeit unsere Schutzhöhle eingerichtet worden war. Als wir nur noch ein paar Stufen vom oberen Ende entfernt waren, flüsterte ich eine Warnung, und bis auf Janela zückten wir alle unsere Waffen. Ich wußte nicht, was es eigentlich genau zu fürchten gab, doch war es unvernünftig, die Unschuld vom Lande zu spielen.

Auf den letzten Stufen lagen Knochen verstreut. Ich sah sie mir im trüben Licht aus der Nähe an und kam zu dem Schluß, daß es sich um Pferd und Reiter handeln mußte. In den Treppenschacht getrieben, wo sie zu Tode stürzten ... getrieben wovon? Ich wußte es nicht. Noch vorsichtiger gingen wir weiter.

Wir traten aus einem flachen Steingebäude, das man ohne weiteres für einen kleinen Hügel hätte halten können. Zu beiden Seiten gab es Geländer, und nicht weit entfernt Umzäunungen. Der Schlupfwinkel unten mußte ein Treffpunkt für Kaufleute aus dem Inland und Flußhändler gewesen sein.

Das Land um uns herum war karg, kahl, unbewässert. Es gab seltsam anmutende Bäume, die sich um des Wassers willen, das nur selten in diese Wüste kam, zum Himmel hinauf wanden. Wir blickten weit ins Ödland und fanden keine Anzeichen für Leben. Woher die Händler auch gekommen sein mochten ... entweder war der Ort zerstört, oder er lag in weiter Ferne.

Wir krochen zur Schlucht und sahen hinab. Weit, weit unten – wie winzige, reglose Wasserkäfer – lagen *Ibis*, *Glühwurm* und *Leuchtkäfer* am Anleger vertäut.

Quartervals murmelte, was er wohl für Gesang hielt: *»... zu sehen, was wir sehen würden. Doch alles, was wir sahen/Doch alles, was wir sahen/War mehr und mehr zu sehen/War mehr und mehr zu sehen ...«*

Einer der Brüder zischte scharf – zweifelsohne einer ihrer geheimen Wilderersignale – und deutete flußaufwärts. Ich suchte, doch konnte ich nichts finden.

»An den Wolken.« Er flüsterte, obwohl es dafür eigentlich keinen Grund gab. »Seht Ihr die Lichter?«

Inzwischen war es fast schon dunkel, und ich reckte den Hals, sah nichts, dann fand ich ihn, ganz schwach, dann gut erkennbar, den Widerschein von Lichtern an der Wolkendecke.

»Dort drüben wohnen Menschen«, sagte er. »Genug, daß es wie eine Stadt aussieht. Zumindest wie ein großes Dorf.«

Wir warteten noch eine Stunde, und dann war deutlich, daß wir nicht eine Spiegelung des Mondes sahen, sondern Licht von einer Siedlung. Ich konnte nicht schätzen, wie weit flußaufwärts sie lag, und auch kein anderer traute sich eine solche Berechnung zu.

Vorerst bedeutete es nur eine Warnung für den morgigen Tag. Wir wandten uns wieder der Treppe zu, und Chons machte ein verdutztes Gesicht. »Ich schwöre«, murmelte er, »ich schwöre, ich höre Musik. Von irgendwo da drüben, wo die Lichter sind.«

Ich lauschte, doch hörte ich nichts, und auch keiner der anderen. Die Brüder Cyralian ärgerten Chons ein wenig und sagten, er habe sie schon jetzt beeindruckt und könne mit ihnen wildern – Verzeihung, Lord Antero – jagen gehen, wenn wir wieder in Orissa wären. Er habe es nicht nötig, Geschichten über etwas zu erfinden, was er sehen oder hören könne. Chons zog eine sture Miene, preßte die Lippen aufeinander und sagte kein Wort mehr.

Wir zündeten die Fackeln an und schlichen treppabwärts, achteten nur auf den Weg, bis wir wieder bei den anderen waren.

Janela und ich versammelten die drei Kapitäne um uns, erklärten ihnen, was wir gesehen hatten, und wir überlegten, wie vorzugehen sei. Sollten wir der Stadt unverblümt entgegensegeln und verkünden, daß wir friedliche Absichten verfolgten?

Kele grunzte und sagte: »Die Chancen, daß es gutgeht, stehen nicht eben günstig, Herr, wenn man bedenkt, daß der freundlichste Mensch, den wir hier getroffen haben, dieser zottige Ochse da hinten war.«

»Kann es andererseits nicht auch bedeuten«, fügte Towra an, »daß uns das Glück verläßt? Oder etwas in der Art?«

Ich wußte es nicht. Vielleicht sollten wir eine unserer Regeln brechen, kurz vor der Stadt festmachen und dann in aller Stille und in der Tiefe der Nacht vorübersegeln. Das schlug ich vor, doch widersprach man mir. Mit Sicherheit hätte die Stadt Wachtposten entlang des Ufers aufgestellt, und jeden, der sich vorbeizuschleichen versuchte, würde man als Feind betrachten, besonders in diesen Zeiten, da niemand sonst auf dem Fluß war. Keiner der Kapitäne glaubte, wir hätten auch nur die geringste Chance, nicht gesehen zu werden, selbst wenn wir die Segel einholten und die

Ruder nähmen ... es sei denn, der Fluß verbreitere sich, und die Chancen dafür standen nicht sonderlich gut.

Janela hörte zu, und während sie es tat, bereitete sie einen Zauber vor. Sie zeichnete einen Kreis mit einem V darin, das flußaufwärts zeigte, dem entgegen, was wir gesehen hatten, und ein Halbkreis schloß das breite Ende des Vs. Sie stellte eine kleine Kerze etwa einen Fuß weit vor den Pfeil und steckte diese an. Sie zog die Figur mit einer Salbe aus ihrer Tasche nach, dann bat sie einen Bogenschützen um eine seiner Pfeilspitzen. Sie ritzte sich damit in den Finger, berührte die Augenlider, dann legte sie den Pfeil in die Mitte des Vs und sang:

»Geh nun
Geh schnell
Trage mich
Hin zum Licht
Sieh das Licht
Suche das Licht.«

Sie warf den Pfeil in die Finsternis, dann setzte sie sich eilig hin. Einen Augenblick später zuckte ihr Kopf nach hinten, als säße sie auf einem Hengst, der eben durchging, dann kam er ruckartig nach vorn, die Augen fest verschlossen. Sekunden später schlug sie die Augen auf und sog Luft in ihre Lungen, schüttelte den Kopf.

»Nichts«, sagte sie. »Ich weiß nicht, ob der Zauber nicht gewirkt hat oder ob es Wächter gibt, aber ich habe da draußen nichts gespürt, rein gar nichts.« Einen Moment lang dachte sie nach, dann fuhr sie fort. »Sehr seltsam, wenn ich darüber nachdenke, denn ich konnte nicht mal die Kraft von Tieren spüren, die doch sicher dort draußen sind. Der Zauber hat wohl einfach nicht gewirkt.«

Sie fing an, ihre Sachen zusammenzuräumen und blickte zu uns auf. »Es tut mir leid. Aber ich weiß nicht mehr als alle anderen.«

»Also«, fügte Beran langsam ein, »bleibt uns nur, die Köpfe in die Schlinge zu stecken, ja?«

Und so war es dann. In jener Nacht verdoppelten wir die Wachen und weckten alle Mann vor Morgengrauen. Sobald wir das Wasser erkennen konnten, machten wir die Leinen los und hißten unsere Segel.

Zum ersten Mal machte die Schlucht sorgsames Navigieren nötig. Felsspitzen ragten vom Grund des Flusses auf, fast so hoch wie die ganze Felswand, oder schlimmer noch, nur bis wenige Zentimeter oberhalb des Wassers, bereit, sich in den nächstbesten Schiffsrumpf zu bohren. Die Winde waren etwas unbeständig, und wir sahen uns gezwungen, vor und zurück zu lavieren und uns den Weg flußaufwärts langsam und mühselig zu erarbeiten.

Gegen Mittag hatten wir die Stadt oder das Dorf – oder was immer es sein mochte – noch immer nicht erreicht, und ich hatte entschieden, daß wir das nächste Höhlendorf ansteuern und uns dann am nächsten Tag mit dem auseinandersetzen würden, was der Morgen bringen mochte. Doch war nichts zu finden, kein Schutz, keine Insel, nicht einmal Felsspitzen, an denen wir hätten festmachen können.

Wir segelten weiter, und es wurde immer später.

Hinter einer Biegung stießen wir auf eine Stadt. Die Schlucht verbreiterte sich, und an dieser Stelle hatte man die Stadt gebaut. Sie war groß, so groß wie Redond in meiner Jugend gewesen sein mochte. Doch war keine Spur von Leben zu entdecken. Es lagen keine Schiffe im Hafen, und auch keine Boote. Nichts rührte sich an den Docks, und auch Licht war nicht zu sehen. Ich wies die Mannschaft an, Rüstungen anzulegen und sich für die Schlacht bereit zu halten, und wir segelten näher heran.

Die Stadt war verlassen.

Sie lag nicht in Trümmern und war weder überwachsen wie die Stadt an der Mündung des Flusses noch leergefegt wie die Städte in den Sagen, wo alles perfekt in Ordnung zu sein scheint, das Essen noch auf dem Tisch steht, Küchenfeuer glimmen und Kleider an den Haken hängen, doch keine Menschenseele zu sehen ist.

Je näher wir kamen, desto mehr Schaden konnte ich erkennen, als hätte vor einiger Zeit ein Sturm in dieser Stadt gewütet und die Einwohner sie schlicht aufgegeben, um weiterzuziehen. Eine geborstene Tür hing in einem Eingang, und ich sah Gebäude, deren Dächer eingedrückt waren.

Ich wartete, daß Janela etwas sagte, doch sie schüttelte nur den Kopf. »Tot«, sagte sie schließlich. »Ich fühle nichts, niemanden.«

»Sollen wir es wagen weiterzusegeln?« fragte ich Kele. »Vielleicht gibt es eine Insel oder wenigstens eine Stelle flußaufwärts, an der wir festmachen können.«

»Ich werde es tun, wenn Ihr es mir befehlt, Lord Antero. Aber wir würden die Boote bereithalten müssen, und ich sage Euch ganz offen, daß ich nicht dazu rate. Ich rechne uns keine großen Chancen aus, da ich annehme, daß die Klippen und Sandbänke so weitergehen wie bisher. Da Lady Greycloak nichts Böses gespürt hat ... ich kann es nicht sagen, Herr. Es ist Eure Entscheidung.«

Ich zögerte lange, doch lag die Entscheidung allein bei mir.

Es gefiel mir zwar nicht, aber ich sah keine andere logische Möglichkeit, also wies ich Kele an, die Schiffe an einem Dock anlegen zu lassen, auf das ich deutete, da es nah an einem offenen Platz lag. »Nimm eine kurze Heck- und eine lange Bugleine, so daß wir zum Fluß hin blicken, zur Strömung hin«, befahl ich ihr, »und laß Seeleute mit Äxten dabeistehen, bereit, uns bei einer Warnung augenblicklich loszuschlagen.« Ich wollte eine vollbesetzte Wache, rund um die Uhr.

Unsere drei Schiffe fuhren ein, zögerliche Seeleute betraten den steinernen Anleger und machten uns fest, wie ich es befohlen hatte. Maha legte Scheiben von geräuchertem Rinder-, Enten- oder Schweinefleisch in aufgeschnittenes Brot, welches der begabte

Koch der *Glühwurm* zwei Tage zuvor gebacken hatte, fügte eine Soße aus Öl, Essig und Gewürzen hinzu, und das war – wenn wir Posten standen, zusammen mit einem kleinen Bier – unser Abendessen. Während wir aßen, starrten wir auf die sturmgebeutelte Stadt hinaus und überlegten, was vorgefallen sein mochte. Es gab Schäden, die jetzt aus der Nähe besser zu sehen waren, doch nicht genug, um die Einwohner zum Aufgeben und Auswandern zu veranlassen.

»Verflucht waren sie«, sagte Pip.

»Was für ein Fluch?« fragte jemand beinah flüsternd.

»Fluch ist Fluch«, sagte er. »Gibt nur eine Sorte, sehen nur verschieden aus. Götter, Dämonen, die kochen alle nur mit Wasser. Wenn du verflucht bist, rennst du weg, aber es nützt dir nichts. Der Fluch hat sie wahrscheinlich eingeholt, als sie gerade wieder aufbauen wollten. Alle tot. Keine Frage.«

Jemand brachte ob dieser Fröhlichkeit eine freundliche Verwünschung zustande ... die auf Pip abzielte.

Vor Einbruch der Dunkelheit kam Quartervals mit einer Idee zu mir.

»Ohne Mylords Taktik kritisieren zu wollen ... darf ich einen Vorschlag äußern? Ich glaube, es wäre klüger, Wachen auf dem Platz zu postieren, an Land, und uns nicht hier zu drängeln, wo wir nicht vorgewarnt sind, falls jemand aus diesen Gassen dort drüben kommt. Ich schlage Wachtposten dort ... dort ... und dort vor«, sagte er mit einer Geste.

»Und falls tatsächlich etwas kommt?«

»Wir suchen solche aus, die bekanntermaßen schnell laufen könnnen und gute Ohren haben und sagen ihnen, sie sollen Alarm geben und dann zu den Schiffen stürmen.«

Mir gefiel die Vorstellung nicht, hier jemanden an Land zu schikken, auch wenn bisher nichts zu sehen oder zu befürchten war und auch Janela nach wie vor keine Bedrohung spürte. Nur ...

»Also gut«, entschied ich. »Du suchst die Männer aus. Ich werde mich mit dir da drüben an dem ausgetrockneten Brunnen abwechseln.«

Quartervals kam näher und flüsterte: »*Lord* Antero, ohne respektlos erscheinen zu wollen, *Herr,* nur gibt es Zeiten, *Mylord,* in denen ich glaube, Te-Date muß nicht ganz bei Trost gewesen sein, als er Euch ein Hirn gab. Ich soll Euch am Leben halten, nicht die anderen Wiesel da, was bedeutet, daß Ihr Euren Arsch hier auf dieses gottverdammte Deck setzt und alles andere meine Sorge sein laßt!«

»Vielen Dank für deine Meinung und deine Fürsorge, *Bürger* Quartervals«, entgegnete ich. »Aber mein Befehl steht. Ich übernehme die erste Runde. Gegen Mitternacht kannst du mich ablösen.«

Doch dazu sollte es nicht kommen.

Der Maat an Bord der *Ibis* hatte eben die Mittlere Wache eingeläutet, als der Klang der Glocken wie ein Signal in der toten Stadt nachhallte.

Plötzlich waren Menschen auf dem Platz, prunkvoll gekleidet, riefen durcheinander und sangen, während wir noch unsere Waffen hervorkramten. Ein Mann, soviel merkte ich gerade eben noch, war auffällig betrunken, taumelte mir entgegen, und als ich ihm mit der flachen Seite meines Schwerts den Weg versperren wollte, marschierte er *durch* mich hindurch. Im selben Augenblick wurde mir klar, daß ich gar keine karnevalistischen Klänge hörte.

Der einzige Lärm kam von meinen Schiffen und den Wachposten, die Alarm gaben.

Es war eine Stadt von Geistern, und kaum war mir das klargeworden, da spülte schon der ganze Lärm einer Stadt in wüstem Bacchanal über uns hinweg. Mit dem Schwert in der Hand kam Janela zu mir gelaufen.

»Amalric«, sagte sie, »es ist erst vor Sekunden aufgetaucht. Mir blieb kaum Zeit, die Geister zu erahnen, da waren sie schon da.«

»Kannst du sagen, was sie wollen?«

»Ich weiß es nicht. Aber wir müssen uns schnell auf die Schiffe zurückziehen. Ich fürchte das Schlimmste.«

Die meisten Wachtposten waren schon – meiner Order entsprechend – wieder an Bord der Schiffe. Quartervals kam eben mit meinem Rettungstrupp die Landungsbrücke der *Ibis* herunter, als wir das Schiff erreichten. Mit den Rücken zum Schiff gewandt kehrten wir an Bord zurück und staunten.

Nun waren die Gebäude wie neu, frisch gestrichen und mit Bannern verziert, und der trockene Brunnen, neben dem ich gestanden hatte, schickte Explosionen verschiedenfarbigen Lichts in die Luft. Zahlreiche Kapellen aus zahlreichen Vierteln der Stadt spielten laut auf, als kämpften sie um die Ohren der Bürger dieser Stadt.

Die Geister setzten ihren Trubel fort, schenkten uns keinerlei Beachtung.

»Sollen wir ablegen?« wollte Kele wissen.

Janela schüttelte den Kopf. »Noch nicht. Nicht, wenn es nicht sein muß. Ich spüre kein Übel, das sich gegen uns richten will. Doch könnte sich das so schnell ändern, wie uns die Geister erschienen sind.«

Ich gab ihr recht und befahl, alle Männer sollten in voller Rüstung die Waffen bereithalten, obwohl ich nicht wußte, was weltlicher Stahl gegen Nachtmahre ausrichten sollte.

Nun hatten wir Zeit, uns die Menge anzusehen und uns vorzustellen, was eigentlich vor sich ging. Es war eine Art Festtag, so nahm ich an, da niemand, nicht einmal das gesellige Volk von Irayas, derart gleichbleibend und frenetisch feiern konnte. Ich fühlte, wie die Spannung an Bord nachließ, während die Seeleute zum Platz hinüberspähten und die einzelnen Zelebranten begutachteten:

»Sieh sie dir an. Splitterfasernackt.«

»Aye. Sollte verboten werden, wenn Leute so fett sind.«

»Bei den Göttern, der da hat eben eine doppelhändige Flasche leergemacht und steht noch auf den Beinen... nein... da geht er hin...«, sagte jemand, als er sah, daß der fragliche Geist im Kreise taumelte und dann in sich zusammensank.

»Da drüben. Seht euch die beiden an, die aufeinander losgehen.«

»Keine Sorge, die sind beide so betrunken, daß sie nichts sehen können... Teufel auch! Eben hat er seinen Dolch gezückt! Bei Te-Date, beide stechen gerade... und jetzt liegen sie da und sterben!«

»Verdammt will ich sein... so ein Chaos habe ich noch nie gesehen«, brummte Kele. »Es ist, als wäre es der letzte Tag der allerletzten Feier.«

Bevor ich reagieren konnte, gellten Hörner über die Musik hinweg, und alle Geister auf dem Platz fuhren herum. Schwarzgekleidete Armbruster kamen anmarschiert, gingen in Stellung, die Waffen bereit. Die Hörner wurden lauter, und dann ergoß sich aus einer Hauptstraße eine Woge von Männern und Frauen. Von Männern, Frauen und Dämonen, korrigierte ich mich selbst, als ich etwas mit dem Körper einer Frau und dem Kopf eines Schakals sah, hinter dem etwas Spinnengleiches kroch, aus dessen Mitte der Schädel eines Mannes ragte. Manche dieser Wesen waren bekleidet, manche nackt. Sie waren trunken, in einer Ekstase, wie ich sie in nur wenigen Ländern erst gesehen habe, bei primitiven Zeremonien, mit denen dunkle Götter und Dämonen erweckt werden sollten. Diese Wesen paarten sich wahllos, Mann mit Mann, Frau mit Tier, Tier mit Mann. Andere hieben mit Messern auf sich selbst ein und brüllten vor Freude, wenn das Blut spritzte. Sie alle schrien, kreischten, sangen, so laut sie konnten.

An Deck hörte ich, wie ein Seemann ein Gebet sprach und ein anderer sich übergab.

Ich spürte, daß eine schwarze Woge mir entgegenkam, ein Meer von Bosheit dieser Geister. Ich wandte mich Janela zu und sah ihre Miene, die meiner zu gleichen schien.

Bevor einer von uns beiden etwas sagen konnte, betrat noch etwas anderes diesen Platz. Ich weiß nicht recht, wie ich es beschreiben soll. Falls es ein Dämon war, dann einer, wie ich ihn noch nie gesehen hatte. Trotz seiner krallenbesetzten Klauen schien er mir ein Mann zu sein, obwohl Janela mir später sagte, sie habe ihn als Frau gesehen. Doch wandelte er ständig seine Gestalt, und jedesmal, wenn er sich wandelte, wurde er obszöner, bösartiger. Ich weiß nicht, warum mir der Gedanke kam, aber ich dachte, daß dieses... dieses Etwas das Böse in uns allen widerspiegelte, es spiegelte und festhielt. Es war riesenhaft, überragte selbst die Häuser.

Doch war es mehr als nur eine Erscheinung... dieses Wesen war greifbar. Dort war eine Gruppe von Kindern, an Halsbändern zusammengekettet, und das Monstrum bückte sich, heulte vor Lachen und zog sie an der Kette hoch. Ich konnte die Schreie hören, als sie stranguliert wurden und starben. Der Moloch warf sie beiseite, wie ein Kind eine Blumenkette von sich wirft, bückte sich und fand eine Frau, hob sie an, dann zerschmetterte er sie am Boden, und ihr Leib zerschellte auf den Pflastersteinen des Platzes.

Käfige auf Rädern wurden auf den Platz gerollt, Käfige voller Männer, Frauen, Kinder, die den Dämon sahen und um Gnade flehten, jedoch keine fanden, da das Monstrum einen Käfig anhob, das Dach abriß, die Gefangenen in eine Hand nahm und zerquetschte. Und wieder waren Schreie zu hören.

Ich kam zu mir und rief, man solle die Leinen durchhauen, uns losmachen, als der Dämon, dieses Etwas, uns urplötzlich bemerkte. Als er es tat, taten es ihm die grausigen Zelebranten auf dem Platz nach. Das Gejohle der Festivität wurde zu wütendem Geschrei, und jemand nahm einen Pflasterstein und schleuderte ihn uns entgegen. Inzwischen waren diese Geister Wirklichkeit geworden, denn der Pflasterstein schlug höchst real an unserem Deck auf, verpaßte Maha nur um weniges. Gleich danach bohrte sich der Pfeil einer Armbrust neben mich ins Schanzkleid.

Kele und die anderen Kapitäne riefen Befehle, Äxte schlugen, und die Leinen waren los. Janela blickte flußaufwärts, deutete, schrie, und ich fuhr herum.

Eine gigantische Welle, die von einer Wand der Schlucht zur anderen reichte, rollte uns entgegen, und ihr Donner war schon lauter als die Menge. Die Mauer aus Wasser war von schier unbeschreiblichem Ausmaß, reichte fast bis zum Plateau, höher als die Häuser der Stadt oder selbst der Dämon, der sein Schicksal auf sich zukommen sah und wieder brüllte, doch zeigte dieses Brüllen nun Angst und Wut.

Wieder hörten wir die Schreie der Untoten, erwidert von unseren Seeleuten, je näher die Verdammnis kam. Es blieb uns keine Zeit, und es hätte auch keinen Sinn gehabt, den Bug des Schiffes noch flußaufwärts zu wenden, um den Schlag irgendwie aufzufangen.

Ich wußte, der Dunkle Sucher ritt auf dieser Welle, und nun endlich würde der Tod zu Amalric Antero kommen, doch wollte ich verdammt sein, wenn ich aufgab. Ich packte Janela und riß sie zu Boden, legte den anderen Arm um den Fockmast, getrieben von der verzweifelten Hoffnung, daß wir den Schlag überleben würden. Der Donner der Woge wurde lauter, erfüllte die Welt, und sie ragte über uns auf, über der Stadt. Die Schreie wurden unter dem Lärm der Zerstörung begraben, und ich sog Luft in meine Lungen, zum letzen Mal, nur wollte ich sie halten, solange ich konnte.

Doch kam kein Wasser über uns, obwohl ich einige Sekunden brauchte, bis mir das klar wurde. Ich schlug die Augen auf, und alles war friedlich, still, bedeckt. Ich setzte mich eben noch rechtzeitig auf, um sehen zu können, wie der Rest der Woge über die Stadt ging, das obszöne Grauen unter sich begrub und dabei die Häuser zerschmetterte. Dann war sie fort, und ich starrte zur verlassenen, mondbeschienenen Stadt hinüber, die von etwas zerstört war, das ich für einen Sturm gehalten hatte, doch war ich nun eines Besseren belehrt.

Janela hob den Kopf, sah sich um. Meine Männer kamen auf die Beine. Erstauntes Schweigen wog erst schwer, dann setzte allgemeines Gemurmel ein, als wir merkten, daß wir noch lebten.

Noch immer starrten wir offenen Mundes die Ruinen an, die jene große Woge vor langer Zeit zurückgelassen hatte, als Janela – schneller als wir alle – scharf sagte: »Was wir eben gesehen haben, ist vor Jahren und Jahrhunderten geschehen. Doch war es kein Traum. Käpt'n Kele, wir müssen augenblicklich segeln. Die Großen Alten, die Götter, ich weiß nicht wer, haben diese Stadt zerstört, doch der Fluch ist immer noch präsent.«

Wir wußten, daß sie recht hatte, und benommen, wie in einem Traum, holten wir die Segel hervor, bemannten die Riemen und schickten Männer mit Fackeln zum Bug, damit sie nach Felsen Ausschau hielten. Niemanden kümmerte es sonderlich, ob wir auf unsichtbare Hindernisse laufen würden oder nicht.

Es reichte schon, daß wir noch lebten. Keiner von uns würde den Schrecken dieses finsteren Karnevals jemals vergessen, und auch nicht seinen Untergang.

Als wir um eine Biegung kamen und die Stadt flußabwärts hinter uns verschwand, meinte ich plötzlich, etwas zu hören.

Ich lauschte gespannt.

Hinter uns erklang Musik, und ich sah Licht, das von der Wolkendecke reflektiert wurde.

Wir hörten den Donner, lange bevor wir dort ankamen. Wir alle zuckten bei dem Geräusch zusammen, fürchteten den Angriff der nächsten Riesenwelle, und daß diese nun real sein würde. Unsere Nerven lagen bloß, obwohl wir, dank Te-Date, nur wenig Opfer zu beklagen hatten. Doch Schrecken hatte es allzu viele gegeben, die nur aus weiter Ferne wie Wunder schienen, zu viele Gefahren, zu viel Blut. Selbst die morgendliche und abendliche Schönheit der Schlucht nutzte sich mit der Zeit ab. Wir mußten offenes Land sehen, offenes Wasser, wo wir Zeit hätten, uns auf Feinde einzurichten, bevor sie sich über uns hermachten.

Das Segeln wurde schwieriger, je mehr die Strömung zunahm, und immer öfter wechselte der Wind die Richtung. Wieder und wieder mußten wir rudern und kamen selbst so nur schwerlich voran.

Der Fluß bog ab, und uns war der Weg versperrt.

Ein breiter Teich, eigentlich ein kleiner See, erstreckte sich vor uns, und darüber donnerte der größte Wasserfall, den ich je gesehen hatte. Unvorstellbare Tonnen von Wasser stürzten in den See hinab und sandten Wellen über seine Oberfläche. Dunst stieg fast bis an den Rand des Plateaus auf, und das alles war ein tödlicher Malstrom aus Steinen und Wasser. Es gab keine Pause, kein Erbarmen... dort, wo der Fluß Hunderte Fuß tief im freien Fall vom Plateau hinab in die Schlucht stürzte.

Überrascht und bestürzt biß ich die Zähne zusammen. Nun mußten wir die Schiffe zurücklassen. Schlimmer noch war, daß ich, als ich die Felswände der Schlucht nach Stufen, nach Tunneln absuchte, die nach oben führten, nichts als grünfleckigen, tropfenden Fels sah.

Kele kam hoch, fluchend. »Selbst jemand, der nicht mehr alle Dübel unter Putz hat, wäre klug genug, es gar nicht erst zu versuchen«, sagte sie. »Die Blattern sollen diese Großen Alten kriegen. Vielleicht sind ihnen ja Flügel gewachsen, daß sie mit ihrem Gepäck unter den Flügeln heimgeflogen sind.«

»Wohl kaum«, sagte Janela. Sie schloß die Augen, wandte den Kopf und blähte die Nasenflügel wie ein witterndes Tier. »Nein«, sagte sie. »Wir können weiterfahren.«

»Da hinauf?«

»Seht doch! Da drüben«, sagte sie. »Mitten durch den Dunst.« Ich spähte und meinte, etwas zu sehen, etwas Dunkles hinter dem Wasserschleier. »Käpt'n«, sagte Janela, »nehmt Kurs auf das Herz des Kataraktes.«

Kele klappte den Mund auf, dann zu, dann bellte sie Befehle. Ich hörte Protest, doch wie stets fügte sich die Mannschaft. Von *Glühwurm* und *Leuchtkäfer* wurden Fragen herübergerufen, und Kele antwortete, man solle ihr folgen. Ich hätte schwören können, daß die Leichter Widerwillen zeigten, als sie sich einreihten. Hin und her lavierend näherten wir uns dem Wasserfall, und der Donner wurde lauter und lauter. Dunst stieg auf, schloß uns in seine Arme, und ich wartete, daß das Wasser auf unser Deck stürzte.

Einiges davon tat es auch. Vielleicht ein Dutzend Eimer voll, dann hatten wir das Portal durchfahren, in dem Janelas Augen und übermenschlichen Sinne den Ausweg gesehen hatten, dort hindurch, wo das Wasser nur leicht fiel, hinein in eine riesenhafte Höhle jenseits des Wasserfalls.

Hier im Donner des Wassers hinter und neben uns konnte man sich nicht mit Worten, sondern nur mit Zeichen verständigen, als wären wir im Sturm auf hoher See. Wir durchruderten die Höhle bis an ihr Ende. Ich dachte, es würde immer dunkler werden, doch hielt sich das Zwielicht. Ich weiß nicht, ob es dort geschickt gemeißelte Portale gab, mit denen man die Sonne hereinließ, oder magische Beleuchtung, jedenfalls sah ich von beidem keine Spur.

Nicht, daß ich lange gesucht hätte, denn mein Blick war wie gebannt auf ein wahres Wunder gerichtet.

Zauberei ist für gewöhnlich mit Beschwörungen verbunden, und die meisten von uns denken bei Magie kaum an Maschinen. Doch ist es machbar, wenn sehr begabte Geisterseher mit den geschicktesten Handwerkern zusammenwirken. Vermutlich war das Modell Vacaans im Zentrum von König Gayyaths Palast Ergebnis einer solchen Zusammenarbeit. Und meine Schwester Rali hatte die Schicksalsmaschine zerstört, die der letzte Archon gebaut hatte, um damit Orissa zu vernichten und sich selbst zum Gott zu machen. Diese Maschinen waren in der Tat bewundernswert, doch in gewisser Hinsicht war diese hier ein Meisterstück.

Ein mächtiges Rad erhob sich vor uns aus dem Wasser, ein Zahnrad, auf dem eine riesige, endlose Kette lief, mit Gliedern fast von der Größe jener Kette, die einst Lycanths Hafen versperrt hatte. Die Kette lief unter Wasser in die eine Richtung – so vermutete ich – und auf Höhe der Oberfläche in die andere.

Als wir uns ihr näherten, wurde der Donner immer lauter, und mit einem Kreischen fing das Rad an, sich zu drehen, und Kettenglieder knirschten aus dem Wasser hoch, liefen über die Zähne und dann ganz langsam fort in die Ferne. Ich war mir sicher, daß ein gewisser Zauber diese Maschinen antrieb, denn trotz des hohen Alters war weder am Eisenrad noch an der Kette auch nur ein Hauch von Rost zu sehen, und sie wirkten wie neu, als wären sie eben erst in einer unvorstellbar großen Gießerei gehämmert worden.

Ich sah, daß ein Seemann auf die Knie fiel und zu beten begann, dann aber von einem Maat hochgerissen und an seine Pflichten erinnert wurde.

Janela beugte sich vor, brüllte mir ins Ohr: »Der Zauber der Großen Alten spürt uns nach wie vor. Ich nehme an, das Ding bringt uns nach oben.«

Ich wußte nicht wie, und so blickte ich nach vorn.

Die Kette hob sich ein Stück auf ihrer Reise, dann konnte ich sehen, daß ihr eine gigantisch große Wanne folgte, die nach oben fuhr – breit genug für das größte Handelsschiff in meiner Flotte – und in der Ferne verschwand. Die Wanne war in einem Winkel von beinah zehn Grad angebracht, und Wasser lief heraus, wenn auch nicht so sintflutartig, wie es hätte sein sollen. Auch hier war Zauberkraft am Werk.

Janela ging zu Kele, deutete darauf und sprach, doch Kele nickte bereits, als wisse sie, was zu tun sei. Sie hastete an Deck herum, packte Männer und trieb sie an, brüllte ihnen unhörbare Befehle in die Ohren. Ich konnte nichts verstehen, doch sah ich, daß die

Seeleute sich fügten, die Ankerkette vom Anker lösten, sie an Deck legten, dann unten aus dem Ankerkasten die Ersatzkette holten und auch diese der Länge nach hinlegten. Andere Seeleute bauten die Reling des Vorderdecks ab, als führen wir in einen Hafen ein. Wieder andere verlegten Taue von den Rahen des Fockmasts zu den Enden der Ketten, spuckten in die Hände und hoben die Ketten an, bis sie über dem Deck baumelten, ein Stück weit über Bord.

Kele muß mein Staunen gesehen haben, denn sie stürmte an meine Seite. »Ganz wie ein Spielzeug, das L'ur mir einmal mitgebracht hat, als ich noch klein war, Herr.«

Noch immer hatte ich keine Ahnung, doch blieb ihr keine Zeit für mich. Drei der besten Seeleute der *Ibis* waren abgestellt, und Kele befahl den Ruderern, uns nah an die Kette heranzubringen. Wenigstens *eine* wußte, was sie tat. Die Männer warteten auf ihren Augenblick und kletterten über Bord, bis sie auf dieser mächtigen, wandernden Kette standen. Unsere eigenen Ankerketten wurden herabgelassen und befestigt, erst mit einer Leine, dann mit Tauen, und wir waren an der großen Kette fest und wurden mitgetragen, hin zu diesem mächtigen Schacht.

Erst da begriff ich: Dieser gigantische Apparat war nicht mehr als eine endlose Eimerkette, wie Bauern sie benutzten, um ihre Felder zu bewässern, oder eine Drahtseilbahn, wie sie ein orissanischer Spekulant einmal mit Seilen und Kisten hatte errichten lassen, um jene, die zu faul, zu alt oder gebrechlich waren, zum Berg Aephens hinaufzufahren. Sie hatte sich einen ganzen Sommer lang gehalten und war dann von den Winterwinden fortgerissen worden. Doch, bei Te-Date, wie großartig dieser Zauber und diese Maschine waren! Auch dieses war ein Apparat der Großen Alten zum Schutze ihres Landes.

Es gab keinen Anlaß, einen Feind zu bekämpfen, der versuchte, sie flußaufwärts anzugreifen. Sie mußten nur den Zauber aufheben, der den Apparat bewegte, und den Motor abstellen oder eine schlichte, sichtbehindernde Beschwörung sprechen, damit der schmale Spalt im Wasserfall nicht zu erkennen wäre. Mir kam etwas in den Sinn, das Janos einmal gesagt hatte: »Der größte Krieger, den ich je kannte, war einer, der niemals eine Schlacht schlug, sondern die Kriege seines Landes mit List und Tücke gewann.«

Zweifelsohne würde der Zauber ein Schiff erspüren, welches oben flußabwärts kam, automatisch das Zahnrad umkehren und die Kette in die andere Richtung laufen lassen. Ich grinste ... wurde ich schon so selbstsicher, daß ich glaubte, einer von uns würde das alles überleben? Einen Tag zuvor noch war ich in Furcht und Finsternis gefangen gewesen, und nun, da etwas in unserem Sinne zu funktionieren schien, fühlte ich mich plötzlich so überschwenglich und unbeschwert, als wäre ich tatsächlich so jung, wie ich aussah.

Kele stand auf dem Achterdeck und gab Handsignale, Janela neben ihr arbeitete mit diesen winzigen Signalflaggen, und schon waren wir im Kanal und wurden ins obere Land geschleppt. Ich sah Arbeitstrupps an Deck der *Leuchtkäfer* und der *Glühwurm* herumlaufen und wußte, daß Towran und Beran verstanden hatten, was zu tun war.

Die Kette hob uns langsam immer höher in eine andere Grotte, wo ein weiteres Zahnrad per Kette eine zweite Wanne bewegte, ganz wie eine Treppe. Wir hatten mehr als genügend Zeit, uns von der Kette zu befreien, bevor sie unter Wasser und wieder nach unten ging. Es folgten noch zwei weitere Schächte, und wieder fuhren wir Stunde um Stunde aufwärts. Dann kamen wir aus einem hohen Tunnel hinaus ins helle Sonnenlicht und waren wieder auf dem Fluß, der nun die Hochebene durchzog. Wir lösten die Ketten zum letzten Mal und frohlockten, als die beiden anderen Schiffe aus dem dunklen Loch gefahren kamen.

Flußabwärts hörten wir den Donner der Wasserfälle, die in jene Schlucht stürzten, die wir vor Stunden erst verlassen hatten.

Ich hätte schwören können, daß ich die wahren Fernen Königreiche förmlich *roch*.

Wir segelten voran, das Land um uns herum so kahl und verdorrt wie dort, wo wir die Treppe am Höhlendorf weit hinter uns erklommen hatten. Es war nichts zu sehen, es gab nichts zu tun, bis auf die wenigen Pflichten, die wir erfüllen mußten, um unseren Kurs zu halten, da der Wind stetig in die Richtung wehte, in welche wir wollten, und so lagen wir nur, schwitzend und hechelnd wie Hunde, an Deck. Wir hißten Sonnensegel, nur kam der Wind heiß und trocken, wehte Wüstensand über unsere Decks und in unser Essen.

Dennoch waren wir alle frohen Mutes, da wir wußten, daß eine weitere Phase unserer Reise abgeschlossen war. Vielleicht wartete die nächste Schlucht oder ein weiterer Sumpf gleich hinter der nächsten Biegung, doch würden wir damit fertig werden, ganz, wie wir mit allem anderen fertig geworden waren, und, sollte uns das Glück verlassen, könnten wir uns beizeiten Cligus und Modin widmen, falls sie uns einholten. So ist der Mensch, taumelnd zwischen Überschwang und Verzweiflung.

Eines Abends kam am Horizont ein Lichterschein in Sicht. Wir wurden nervös, erinnerten uns an jene Geisterstadt weit hinter uns. Doch war das Licht noch immer da, als die Sonne aufging, und während wir uns dem Schein näherten, Stunde um Stunde, wurde er zu einer vertikalen Feuersäule, die in der kahlen Wüste aufragte.

»Magie«, sagte einer der Seeleute.

»Nicht unbedingt«, sagte Janela. »Hast du noch nie gesehen, wie aus der Erde klebriges Öl blutet oder wie Teer einen Sumpf überzieht? Falls sich so etwas entzünden ließe – vermute ich – würde es in etwa so aussehen wie das, was wir dort sehen.«

Als wir näher kamen, sahen wir Hütten entlang des Ufers verstreut, nicht mehr als eine Wegstunde von der Feuersäule entfernt. Wir sahen Menschen, die dort standen und uns betrachteten.

Wir riskierten, näher heranzufahren, hatten die Waffen jedoch zur Hand, bereit, zurückzuschießen und zur Mitte des Flusses zu entfliehen, falls man uns feindlich gesonnen war. Doch das war nicht der Fall.

Es gab einen grob gehauenen Anleger. Wir gingen nicht weit davon vor Anker und ließen ein Boot zu Wasser. Janela, Quartervals, Pip und ich gingen an Land, mehr um uns die Beine zu vertreten als in der Hoffnung, etwas zu erfahren oder zu finden.

Gut, daß wir keine großen Erwartungen hatten, denn das Völkchen erwies sich als armseliger Haufen. Es überraschte nicht, daß sie sich in ihrer eigenen Sprache den »Flammenstamm« nannten und behaupteten, sie seien die letzten eines ehemals mächtigen Volkes, das mit Schwert und Feuer dieses Ödland beherrscht hatte. Doch die Götter hätten ihnen die Pferde genommen.

Götter? fragten wir.

Die da oben leben, und sie deuteten voraus, flußaufwärts.

Wer waren sie? Wie sahen sie aus? Wie weit war es bis dorthin? Hatte einer ihrer Generation die Götter je *gesehen?*

Allgemeines Kopfschütteln. Was ihnen zugestoßen war, hatte sich zu Zeiten der Großväter ihrer Großväter ihrer Großväter ereignet und so weiter.

Sie hatten nur wenig zu tauschen, nur Trinkwasser aus einem Brunnen, doch eher aus Mitleid denn aus einem anderen Grund füllten wir unsere Fässer nach und ließen die elenden Gestalten mit einigem Spielzeug und Zuckerwerk zurück.

Einem wohl siebenjährigen Jungen gab ich eine Zuckerstange. Er war fast nackt, und an seinem Geruch und dem der anderen wurde deutlich, daß sie dem Schwimmen nicht viel abgewinnen konnten. Mir fiel auf, daß er an einem Band ein Haustier hielt, eine Echse von Armeslänge. Ich fragte ihn, ob sie einen Namen habe, und er schüttelte nur den Kopf.

Er sagte, es sei nicht gut, ihr einen Namen zu geben, da sie eine große Echse sei und von jenen Streitrössern abstamme, welche die Götter ihnen genommen hätten. Erstaunt sah ich ihn an und bückte mich, um mir das kleine Wesen anzusehen.

Es öffnete sein zahnbesetztes Maul und spuckte mich an, und sein Speichel qualmte und brannte wie Feuer. Ich riß die Hand zurück und fluchte.

Der Junge nickte. »Mit mir macht sie das auch.«

Er nuckelte an seiner Zuckerstange, und seine Miene wurde verträumt, als er offenbar einen Geschmack entdeckte, den er nie zuvor gekannt hatte.

Ich sah die Echse an, wunderte mich ein wenig, wußte jedoch, daß ich nicht mehr in Erfahrung bringen würde.

Wir gingen an Bord zurück und segelten davon.

Am sechsten Tag danach sahen wir über dem Land voraus einen Schimmer, der von einem Horizont zum anderen reichte.

Kaum wagten wir zu hoffen oder gar zu beten und segelten näher und immer näher heran, bis sich vor uns ein großer See ausbreitete.

Direkt dahinter erhoben sich die Berge.

Kapitel Elf

Das Volk am See

Jedes Fußvolk ist fasziniert davon, wo etwas seinen Anfang und sein Ende hat. Wir sitzen am Ufer unseres Flusses und betrachten das endlose Kommen und Gehen, träumen davon, wie es wäre, sich einer solchen Prozession anzuschließen. Manche von uns sind so davon besessen, daß sie zu Wanderern werden, stets den Ursprung aller Dinge suchen, sogar darum beten, die ersten zu sein, die solche Wunder sehen. Es ist ein großartiges, wenn auch kindliches Gefühl, welches einem für einen kurzen Augenblick gestattet, sich einzubilden, man wäre nicht ein winzig kleines Menschlein, das vor einem Berg steht und hinaufblickt, sondern ein edler, altersloser Recke, der vom Gipfel herab in die Tiefe schaut. Viele Male in meinem Leben habe ich solch flüchtige Momente schon genossen. Doch nicht oft genug, daß die Freude schal geworden wäre. Als wir nun also auf den großen See kamen, aus dem der Fluß entsprang, war ein Teil meiner selbst vorsichtig, versuchte neuerliche Gefahren in der schweren Luft zu wittern, während der andere Teil vom schweren Wein der Entdeckung noch ganz trunken war. Denn die Großen Alten mochten hier zwar vor einem Jahrtausend oder mehr geherrscht haben, doch war es ein Ort, den niemand aus meiner Welt jemals erblickt hatte.

Der Fluß schien fast so breit wie ein kleines Meer. Janelas Karte zeigte, daß wir bis an die entfernteste, nicht auszumachende Küste im Osten segeln mußten. Nebelbänke stiegen von der kühlen Oberfläche des Sees auf, und die Luft schimmerte unter der strahlenden Sonne, daß er aussah wie ein magischer Spiegel. Zu dieser Jahreszeit war der Wasserstand niedrig, und nah am Ufer wuchsen die Bäume direkt vom Boden des Sees aus, einzeln oder geballt wie kleine Wäldchen. Wasserlilien von der Größe prächtiger Teller auf dem Tisch eines Palastes trieben blühend an seichten Stellen, erfüllten die Luft mit ihren Düften. Ungeheure Libellen mit strahlend schönen Flügeln schossen hierhin und dorthin, immer auf der Suche nach dem anderen Geschlecht, während smaragdgrün gefiederte Vögel – halb so groß wie ein Mensch – auf Stelzenbeinen durch das Wasser staksten, die Hälse anmutig wie Schwäne, die puterroten Schnäbel wie lange, schlanke Dolche, stocherten zwischen den Lilien nach Nahrung herum.

Eine leichte Brise trug den kühlen, feuchten Duft federgleicher Farne herüber, ausgebreitet unter Bäumen, die erstaunlich hoch und direkt zum Himmel wuchsen. Dicke Wolken ballten sich unter dem Gewölbe dieses Himmels und gaben allem ein erdentrücktes, friedliches Aussehen ... als stünden wir am Eingang eines Reiches, in dem alles rein und schön und gut wäre.

Aus diesem See entsprang der Fluß, brachte all jenen Leben, die dort unten wohnten. Nach Monaten der Kälte, wenn der Schnee auf den Bergen schmolz, donnerten wundersame Wasserfälle von zerklüfteten Klippen, und zahllose Ströme sprengten ihre engen Ufer, füllten den See bis an den Rand, bis er überquoll und den Fluß zu einem prächtigen Untier machte, das über all jene beschwerlichen Meilen stürmte, die wir durchfahren hatten, bis es dann das Meer erreichte. In glücklicheren Gegenden feierten Dörfer und Städte Feste, um den Göttern für eine solche Ernte zu danken. Es gab Musik und verliebte Pärchen und gluckende Großmütter, die ob solcher Vorgänge den Kopf schüttelten.

Ich grinste, lachte in mich hinein, als ich mich der Jahre erinnerte, in denen meine Triebe wie ein neugeborener Fluß über die Ufer zu treten drohten. Es hatte so manche Maid gegeben, mit der sich schäkern ließ, um dem Geschwätz der fingerzeigenden Großmütter neue Nahrung zu geben.

»Was amüsiert dich so, Amalric?« fragte Janela.

Als ich es ihr erzählte, lächelte sie und sagte: »Bist du sicher, daß diese Jahre vorüber sind, mein Freund?«

Ich fühlte meine Wangen glühen, was sie noch breiter grinsen ließ, und ihre Augen blitzten vor Freude über mein Unbehagen. Es war nicht abzustreiten, daß ich mich sehr verändert hatte, seit wir uns zum ersten Mal in meiner Villa begegnet waren. Kräftiger war ich geworden, gepflegter ... die Glieder schwer von neuen Muskeln, mit schmaler Hüfte, die Brust nicht länger eingefallen. Mein Altmännerbuckel war fort, und ich stand wieder aufrecht, lässig in meinen Stiefeln, zielstrebig in meinem Gang. Ich brauchte keinen Spiegel, um herauszufinden, daß die Spuren des Alters auch aus meinen Zügen verschwunden waren, und daß meine weißen Lokken einem Schopf von rotem Haar wichen, das wie ein Ofenfeuer leuchtete. Ich mußte nur die gelegentlich verwunderten Blicke meiner Gefährten sehen, um zu erkennen, daß ich ein Mann im vierten Jahrzehnt zu sein schien, nicht ein Bursche mit fast doppelt soviel Jahren auf dem Buckel.

Doch anstatt mich in meiner wiedergewonnenen Jugend zu sonnen, sah ich mich nun in seltsame Schuldgefühle verstrickt, nachdem mich Janela an mein äußeres Erscheinungsbild erinnert hatte. Das Alter hatte mir die Freunde genommen, wie auch meine liebe Omerye. Warum sollte ich davon ausgenommen sein? Falls ich denn ausgenommen war… denn ich konnte mir nicht sicher sein, ob die Götter mich verfluchten oder segneten.

»Was geschieht mit mir, Janela?« fragte ich.

Beruhigend legte sie eine Hand auf meinen Arm. »Ich bin nicht sicher«, sagte sie. »Nur würde ich mir keine Sorgen machen, daß die Veränderung von Übel wäre.«

Ich sah sie an und wunderte mich, woher sie meine trüben Gedanken kannte.

«Ich habe die Knochen geworfen«, fuhr sie fort, »und meine Erinnerung nach Berichten von Männern oder Frauen durchforstet, die ähnliche Erfahrungen hatten machen dürfen. Man hat mir von Menschen berichtet, die vor der Zeit alt wurden, selbst Hexen, die über Nacht zu häßlichen, alten Weibern geworden waren… und am Ende nur noch ein Büschel Haar und ein Häufchen Staub. Doch habe ich noch nie gehört, daß sich das Altern umkehren ließe, auch wenn es sicher ein langgehegter Wunsch so manchen Zauberers ist. Ich kann nur sagen, daß du – je näher wir unserem Ziel kommen – immer jünger zu werden scheinst. Auch wenn sich dieser Vorgang in letzter Zeit verlangsamt. Ich bezweifle stark, daß es so weitergeht, bis du ein heulender Balg wirst, der sein Schwert als Beißring nutzt.«

Ich lachte. »Daran hatte ich noch nicht gedacht«, sagte ich. »Jetzt hast du mir etwas Neues gegeben, worum ich mich sorgen kann.«

»Tu es nicht«, sagte sie. »Vergleiche es mit dieser kleinen Figur, die mein Großvater bei sich trug, und wie sie immer neuer und unversehrter wurde, je näher ihr der Verwirklichung eurer Träume kamt.«

Da sah ich die Entwicklung in günstigerem Licht. Ich dachte, wie glücklich ich jetzt wäre, wenn Omerye bei mir sein könnte, wir gemeinsam jünger würden und uns jede Nacht bis zum Morgengrauen Freuden spenden könnten.

Barsch wurde meine Träumerei unterbrochen. Direkt voraus ragte eines der Dämonen/Frauenzeichen am Rande des Kanals auf. Die ansehnlichere Seite stand uns zugewandt, spähte kühl herab, majestätisch, als verhöhnte sie meine albernen Träume. Ich mußte ihre Dämonenseite gar nicht sehen, um daran erinnert zu werden, daß die süßesten Versprechen des Lebens die allergrößten Lügen sein können.

Die erste Lüge war der See, bei dem es sich um eine nur dünne Wasserschicht handelte, die Schlamm bedeckte, dessen Grund wir mit unseren Stangen nicht ertasten konnten. Die Dämonen/Frauenzeichen zeigten uns den Kanal, den die Schiffe der Großen Alten einst genommen haben mußten. Nur wenige jedoch waren nach so langer Zeit noch heil geblieben. Die meisten waren unten am Sockel abgebrochen, doch obwohl diese steinernen Stümpfe knorrig wie die Zähne einer alten Vettel waren, ragten sie höher auf als unsere Reling, und an den verkrusteten Schalentieren auf ihrer rauhen Oberfläche wurde deutlich, daß das Wasser zu anderen Jahreszeiten hoch genug stand, um darauf segeln zu können. Momentan allerdings stand das Wasser so niedrig, daß die Durchfahrt selbst für unsere flachkieligen Boote schwierig, wenn nicht gar unmöglich wäre.

Ich sandte Kundschafter in kleinen Booten aus, und sie kehrten zurück und berichteten, es sei überall dasselbe, so weit sie sich vorgewagt hätten, auch wenn es klare, tiefe Stellen entlang des Weges gäbe, wo wir gute Fortschritte machen würden.

Ich rief alle zusammen – darunter auch Quartervals, Beran von der *Leuchtkäfer* und Towra von der *Glühwurm,* um zu entscheiden, was wir als nächstes tun wollten.

»Vielleicht wird es Zeit, das Wasser zu verlassen«, sagte Quartervals. »Lady Greycloaks Karte zeigt, daß wir ohnehin nach und nach über Land gehen müssen. Was hindert uns daran, es gleich zu tun?«

Kele schnaubte. »Landratte«, sagte sie. »Geschwollene Muskeln vom vielen Laufen und kein Hirn – aus Mangel an Verwendung. Steht vor einem kleinen Problem und will sich gleich wieder auf den Rücken dieser armen Tiere werfen.«

Quartervals schäumte. »Man muß nicht besonders schlau sein, um zu erkennen, daß wir in der Klemme sitzen«, sagte er. »Schiffe können im Schlamm nicht segeln. Selbst Ihr müßt das zugeben, Käpt'n. Ich sage, wir lassen die verdammten Dinger hier und gehen zu Fuß um den See.«

Ich wandte mich Janela zu, die sich brütend über ihre Karte beugte. »Wie ist die Gegend um den See beschaffen?« fragte ich.

»Das läßt sich nicht sagen«, erwiderte sie. »Das Ding, nach dem diese Karte gefertigt wurde, diente eher zeremoniellen Zwecken. Eigentlich zeigt es nur die traditionelle Route, den einfachsten Weg, den die Großen Alten mit ihren Waren nehmen konnten.«

Quartervals unterbrach sie. »Aber es muß doch eine Art Straße um den See gegeben haben«, beharrte er. »Mit Städten und Dörfern und ähnlichem.« Wütend funkelte er Kele an. »Menschen können nicht auf dem Wasser leben, zumindest nicht ständig.«

Bevor die Verteidiger der Seereise mit denen der Reise zu Lande weitere Geschosse austauschen konnten, ging ich dazwischen.

»Warum schicken wir nicht einen Trupp aus, der nachsieht?« fragte ich. »Wir könnten etwas frisches Fleisch gebrauchen und eine Jagdgesellschaft schicken. Um doppelt sicherzustellen, daß wir keine Zeit vergeuden, könnten wir die Schiffe so gut wie möglich weitertreiben. Wenn ich mir den Sumpf voraus ansehe, dürften wir kaum in der Lage sein, so weit vorzudringen, daß wir den Landtrupp verlieren, und nach den Seezeichen der Großen Alten zu schließen, scheint der Kanal nicht weit abseits vom Ufer zu liegen, so daß Quartervals uns bei Bedarf aufspüren und Zeichen geben oder nach einem Boot rufen könnte.«

Augenbrauen wurden hochgezogen, und bei meiner Erwähnung vergeudeter Zeit finstere Blicke gewechselt, doch niemand sagte etwas. Es war kaum nötig, uns daran zu erinnern, daß wir bei all den anderen Schwierigkeiten noch einen Feind an unseren Fersen hatten, dessen Gebet an die Dämonen Antwort fände, wenn sie uns gestrandet in diesem Sumpfloch stellten.

Ich versuchte, die Stimmung aufzulockern, grinste Kele an und sagte: »Davon abgesehen, beste Freundin, wieviel Anteile unseres Unternehmens würdest du gegen eine frische Keule Wildbret tauschen, die über einem Feuer knistert?«

Kele lachte und schlug Quartervals auf den Rücken. »Bring uns etwas wilde Minze mit, alter Knabe, dann kann ich dir vielleicht sogar verzeihen, daß du eine Landratte bist.«

Man einigte sich darauf, den mittleren Weg zu nehmen und die Flotte so weit wie möglich voranzutreiben, während sich Quartervals mit einem Trupp an Land begab, um dort zu jagen oder wichtiger noch, einen Weg über Land zu finden. Fünf Tage war er fort, Tage, die für uns andere mit einer Arbeit erfüllt waren, die sich als so dreckig, so scheußlich entpuppte, daß Kele am Ende zugeben mußte, daß zwei Beine nicht notwendigerweise das übelste Fortbewegungsmittel waren.

Um die Schiffe zu bewegen, mußten wir sie eines nach dem anderen ziehen, während unsere Ruderer an den Riemen risssen, als ginge ein Dämon zwischen ihnen auf und ab und schlüge seine schwarze Peitsche. Zur Hilfe der Ruderer erleichterten wir erst einmal die einzelnen Schiffe, stapelten sämtliche Waren in das zurückbleibende. Dann befestigten wir Leinen an den Booten und wechselten uns beim Rudern dieser Boote ab, spannten jeden Muskel, um das Schiff mit einem Ruck ein paar Fuß weit voranzubringen, ganz wie wir es schon im Delta getan hatten. Doch selbst der langsame Fortschritt, den wir machten, wäre nicht möglich gewesen, hätten wir nicht außerdem die steinernen Kanalzeichen genutzt, um uns mit ihrer Hilfe voranzuziehen. Eine Leine wurde dann an den Steinen des Pfeilers festgemacht, hin und her um ihn gewickelt und dann zum Schiff zurückgeführt, wo die Männer mit aller Kraft daran rissen, um uns unserem Ziel entgegenzuziehen. Die Luft war erfüllt vom Stöhnen und Fluchen, dem Knacken der Knochen und Sehnen, während wir zerrten oder ruderten. Und dann, wenn das Schiff am Zeichen war, mußten wir alles wieder von vorn beginnen ... Ladung und Güter stauen und dann das nächste Schiff durch den schlammigen Kanal ziehen.

Sobald der gesegnete Augenblick der Ablösung kam, brachen wir an Deck zusammen, zu müde, selbst die Blutegel zu entfernen, die den Morast bevölkerten und seit einer Ewigkeit darauf zu warten schienen, daß die Blutegelgötter sie mit einem leckeren Festmahl wie uns segneten. Unsere Kameraden mußten die kleinen Ungeheuer mit Salz abreiben oder mit einem brennenden Holzscheit quälen, damit sie sich zurückzogen und nicht ihre Köpfe im Fleisch zurückließen, um uns damit zu vergiften.

Hin und wieder kamen wir an eine tiefe Stelle, dann krächzten wir Jubelgesänge hervor, wenn die Flotte wieder unterwegs war und uns die Ruderer für etwa eine Meile oder mehr mit Leichtigkeit vorantrieben. Dann wurde das schlammverklumpte Bleilot eingeholt und mit einem scharfen Aufschrei die Tiefe verkündet, wir begannen wieder unsere Mütter zu verfluchen, weil sie so unglückliche Kinder geboren hatten, und abermals ging es in die Boote zurück oder zu den Männern an der Winde, um die hölzernen Gebirge durch den Schlamm zu ziehen.

Der fünfte Tag begann grau und trostlos mit kaltem Regen, der unser Unglück komplett machte. Wir arbeiteten den ganzen Morgen, das Licht wurde trüber, der Regen nahm zu, doch dann, gegen Mittag, wurde unsere Stimmung besser, als sich der Kanal plötzlich weit genug vertiefte, daß die Schiffe fahren konnten, und wir machten langsam – aber weniger anstrengend – Fortschritte.

Schlammbänke breiteten sich zu beiden Seiten aus, und bald schon sahen wir erst wenige, dann Unmengen von Schlammkegeln, die gut zwölf Fuß hoch oder mehr aufragten. Ich wußte nicht, was ich von ihnen halten sollte, nur daß sie etwas wie die großen Hügel aussahen, die ich einmal in einer wilden Steppe gesehen hatte. Dabei hatte es sich um Bauten eines holzfressenden Insekts gehandelt, und ich konnte mir nicht vorstellen, daß sich solche Wesen Schlammbänke zum Nestbau suchten. Und statt weniger sah ich plötzlich Hunderte dieser Dinger im Schlamm, blubbernd vor Feuchtigkeit, atmend, dann bläschenbildend im stetigen Rhythmus, beinah, als ob sie lebten.

Der Kanal trug die *Ibis* nah an einen dieser Kegel, und als ich mich hinauslehnte, um ihn mir genauer anzusehen, schoß ein großer, flacher, diamantenförmiger Kopf hervor, zischte wie eine wütende Echse. Der Kopf war albinoweiß mit einer einzelnen schwarzen Perle als Auge. Vier scharfe Unterkiefer umrahmten ein Maul aus gesprenkeltem Rosa, und sie schnappten wütend zu. Vor Überraschung und Furcht zog ich mich zurück. Meine Reaktion kam gerade noch im rechten Augenblick, da das Wesen ausholte und einen Schwall faulig gelber Flüssigkeit ausspuckte, die sich über die Reling und das Deck ergoß. Das Holz warf Blasen und qualmte, und ich hörte einen Schmerzensschrei, als das Wesen wieder spuckte und ein unglücklicher Seemann getroffen wurde. Er faßte sich an die nackte Brust, die feuerrot geworden war, als wäre er verbrannt, und stürzte an Deck, wand sich vor Schmerz.

Der Pfeil einer Wache grub sich in das Wesen. Es gurgelte und zuckte in seinen schlammigen Bau zurück.

Direkt vor uns verbreiterte sich der Kanal zu einem tiefen Teich. Ich rief Kele zu, sie solle sich beeilen, und gab dem Signalmann Order, den anderen anzuzeigen, daß sie es uns nachtun sollten.

Doch da rief der Ausguck eine Warnung, und seine Warnung wurde von uns allen wiederholt, als wir die Bedrohung entdeckten.

Tausende der Kreaturen schwärmten aus ihren Bauten und schäumten uns von überall her entgegen. Sie waren etwa so lang wie ein Kind, doch hätte niemand sie für ein so unschuldiges Ding halten können. Ihre Leiber – ein schimmerndes Graubraun hinter weißen Köpfen – waren anderthalbmal so dick und röhrenförmig, so daß sie einer riesenhaften Nacktschnecke glichen, aber mit stämmigen Beinen mit paddelähnlichen Füßen, zehn auf jeder Seite, mit denen sie in beängstigender Geschwindigkeit über die Schlammlandschaft rasten.

Zwanzig oder mehr erreichten den Kanal und sprangen ins Wasser, unseren Schiffen entgegen, so unglaublich energisch, daß sie höher als unsere Reling hüpften, wie stumpfe Speere aus dem Kanal aufschossen und ihren tödlichen Speichel regnen ließen, während ihre Beine scharrend an der Reling Halt suchten. Zwei von ihnen fielen zu beiden Seiten neben mich, und einen schlug ich mit dem Schwert in zwei Teile, doch bevor ich herumfahren und mich des anderen entledigen konnte, glühte meine ganze Seite schmerzlich auf, als er mich mit dickem gelben Schnodder traf.

Ich taumelte vor Schmerz, Otavi hieb das Vieh mit seiner Axt in zwei Hälften, bevor es die Kiefer in mich schlagen konnte, dann schrie auch er, als eine dieser Kreaturen an Deck sprang und ihn mitten ins Gesicht traf. Chons spießte das Vieh auf, nagelte es ans Deck, wo es mächtig zappelte, um ihn zu erwischen, doch dann trat Janela dazwischen und machte es einen Kopf kürzer. Mithraik, der sich als ungewöhnlich guter Kämpfer entpuppte, hieb mit seinem Schwert um sich und hackte auf jedes dieser ekelhaften Viecher ein, das sich ihm näherte. Überall an Bord hörte ich die Männer schreien und fluchen oder heulen vor Schmerz, während sie versuchten, die Tiere am Entern zu hindern. Ich erholte mich soweit, daß ich einem Angreifer die Vorderbeine abschlagen konnte, und er stürzte von der Reling ins Wasser, wo sich fünf oder mehr seiner Gefährten auf ihn stürzten und verschlangen, und das Wasser kochte von ihrem wilden Kampf darum, wer das meiste fressen konnte. Jeder einzelne, den wir töteten und über Bord traten, schien die Aufmerksamkeit seiner nicht allzu wählerischen Freunde abzulenken, die ihre eigenen Gefährten ebenso gern fraßen wie uns. Wahrscheinlich war es das, was uns rettete. Das Deck war rutschig vom Regen und brennendem Schleim, und selbst für die besten unter uns war es schwierig, nicht den Halt zu verlieren, ganz zu schweigen vom Verstand.

Die *Ibis* stieß aus dem schmalen Kanal in den Teich vor. Hinter uns kämpften unsere Kameraden noch darum, sich zu befreien. Ich sah einen Mann über Bord gehen, in dessen Kehle sich eines dieser Schneckenviecher verbissen hatte. Die anderen versuchten, noch zu ihm zu gelangen, wurden jedoch von einem giftigen Schauer zurückgetrieben.

Die Schreie des Mannes waren fürchterlich, und kurz bevor sie erstarben, meinte ich zu hören, daß er meinen Namen rief.

Dann waren alle drei Schiffe im Freien, doch die Gefahr noch nicht gebannt. Die Kreaturen schienen nur für einen Augenblick am Rande des Kanals zu verharren, dann stürzten sie uns nach, verteilten sich in mehreren Reihen zu einem weiten Halbkreis. Sie schwammen wie die großen, flugunfähigen Vögel, die im Eis der gefrorenen Südsee lebten, tauchten eine Körperlänge tief, dann schossen sie auf, durchbrachen die Wasseroberfläche und machten sich für den nächsten Tauchgang bereit.

Janela rief mich, und ich sah, daß sie ein leeres Ölfaß schleppte. Sie schnitt sich mit einem Messer in den Arm und ließ Blut in das Faß laufen. Ich hielt mich fest, als sie mit diesem Messer nach mir ausholte, doch wandte sie sich im letzten Augenblick ab und schnitt nur ein Stück von meinem Haar. Eilig stopfte sie die rote Locke in einen kleinen Beutel am langen Band. Sie wirbelte den Beutel um ihren Kopf und sang dabei:

»Dämonenträumer
welcher in der Tiefe ruht;
Erwache du für mich!
Dämonenträumer,
Hör' mein Flehen!
Erwache!
Erwache!«

Der Beutel brach in Flammen aus. Janela warf ihn in das Faß. Die Ölreste entzündeten sich, und unheiliges Feuer flackerte auf.

Janela rief um Hilfe und griff in das brennende Faß.

Ich stählte mich. Beide packten wir das Faß – die Hitze des Feuers so intensiv, daß sie fast unerträglich war – und warfen es über Bord.

Mir blieb kaum Zeit, mich zu wundern, warum die Hitze meine Hände nicht versengt hatte, als ein Kreischen – nicht von dieser Welt – ertönte, wie aus dem Bauch der Erde, und die Wasseroberfläche schäumte und kochte.

Das brennende Faß explodierte, und eine Woge erfaßte die *Ibis* und schleuderte uns seitwärts.

Aus der Tiefe stieg ein unbeschreiblich großer Dämon auf, wie ich ihn noch nie gesehen hatte. Er war von weiblicher Gestalt, üppig wie eine Kurtisane, aber wie eine Echse mit Schuppen überzogen. Ihr Haar war lang und tropfte, und die Farbe war ein ekelhaftes Grün. Ihr Gesicht war das einer alten Vettel mit langen, gefeilten Zähnen. Sie hatte die Hände einer Leiche, knochig und lang, mit nadelspitzen Krallen als Nägeln.

Die Dämonin blickte hierhin und dorthin, die schwarzen Augen von gelblichen Flecken durchzogen. Furcht ergriff mich, als ich glaubte, ihr Blick sei auf mich gefallen, doch zog er weiter, bis sie die schwimmende Masse schneckenartiger Viecher entdeckte.

Noch einmal stieß sie ihren Schrei aus, so laut, daß es in meinen Ohren noch Stunden später klingelte, und stürzte sich auf die

Würmer. Augenblicklich schwenkten unsere Angreifer ihr entgegen.

Die Dämonin gurgelte vor Freude, griff zwanzig oder mehr davon mit ihren riesenhaften Händen auf. Lachend verschlang sie diese ganz und bückte sich nach mehr. Die Schneckenwesen blieben unbeeindruckt, stürzten sich auf die Dämonin. Bald schon war sie von ihnen bedeckt, schrie vor Schmerz, als die Ungeheuer an ihrer Schuppenhaut rissen, doch selbst da noch schaufelte sie welche auf und schlang sie dann herunter.

Wir waren länger unfreiwillig Zeugen dieser Schlacht, als ich mich erinnern möchte. Und es war eine Schlacht ohne erkennbaren Sieger, denn am Ende sank die Dämonin – während noch die letzten Schneckenviecher an ihr hingen – ins Wasser. Und als wir flohen, kochte die Wasseroberfläche noch, bis sie schließlich außer Sichtweite geriet.

Schließlich glaubten wir, es sei sicher genug anzuhalten. Der Regen hatte endlich aufgehört, und die Sonne nahm sich die Freiheit, hervorzukommen und zuzusehen, wie wir Schleim vom Deck schrubbten und unsere Wunden mit einer Salbe behandelten, die Janela zusammengestellt hatte. Damit ließen sich die Verätzungen heilen, die durch das Gift der Kreaturen entstanden waren.

Ich half ihr, Otavi zu behandeln, der der Erblindung nur knapp entronnen war, und sie bemerkte eben, daß seine säuerliche Miene ohnehin von der Narbe nicht zu verschandeln sei, als der Ausguck rief, er sähe Signale von Quartervals Trupp am Ufer. Die Jagdgesellschaft war zurückgekehrt, und nach ihrer fetten Last zu urteilen, war alles gutgegangen.

Als wir sie abholten, fragte Kele als erstes: »Ihr habt nicht rein zufällig diese Straße gefunden?«

Quartervals schüttelte den Kopf. »Keine Spur«, sagte er. »Und obwohl es reichlich Wild gibt, ist der Wald doch so dicht, daß wir Monate bräuchten, um dahin zu gelangen, wohin wir wollen.«

»Das ist wirklich schade«, sagte Kele. Quartervals glotzte sie an, überrascht von einem derart schnellen Wandel der Gesinnung. »Ich habe schon gebetet«, fuhr sie fort, »daß wir endlich von diesem verdammten See runterkommen.«

Quartervals hatte auf seiner Reise nicht nur schwieriges Gelände gefunden.

»Wir hatten Glück, Mylady«, sagte er zu Janela, »daß Ihr so weitsichtig wart, uns auf das Schlimmste vorzubereiten.«

Bevor seine Gruppe auf die Reise gegangen war, hatte Janela über jeden Mann einen Schutzzauber gesprochen, ihm Knochenstaub ins Gesicht geblasen und ihm einen Ring gegeben, der aus dem schwarzen Fell eines affenähnlichen Tieres gewoben war, das man für seine Fähigkeit, ungesehen durch den Wald zu laufen, kannte.

»Ich kann euch nicht unsichtbar machen« hatte sie Quartervals erklärt, »aber wenn ihr euch als Waldbewohner übt, kann ich es schwieriger machen, euch zu bemerken. Ihr werdet die friedliche Aura von etwas Harmlosem, wenn auch Übelschmeckendem verbreiten. Außerdem werdet ihr lahm und dumm erscheinen, so daß euch Hexen oder Dämonen, falls es dort welche gibt, links liegenlassen, weil ihr deren Aufmerksamkeit nicht wert seid.«

»Ist da draußen nun also etwas?« fragte ich Quartervals.

Seine Miene verfinsterte sich. »Allerdings, Herr«, sagte er. »Und hätte Lady Greycloak nicht diesen Zauber über uns gesprochen, stünde ich nicht hier, um die Geschichte zu erzählen.«

Quartervals hatte sich aufgemacht, erst einen Landweg zu finden, dann auf dem Rückweg frisches Fleisch zu jagen.

»Die ersten beiden Tage und Nächte ging alles gut, Herr«, sagte er. »Obwohl wir nichts fanden, was einer Straße ähnlich gewesen wäre, gab es doch reichlich Fährten von Wild, die kreuz und quer verliefen.« Er schüttelte den Kopf. »Einen solchen Wald habe ich noch nie gesehen. Die Bäume sind so hoch und dick, daß am Boden fast finstere Nacht herrscht. So dunkel, daß einige Pflanzen ihr eigenes Licht erzeugen, große Dinger, die aussehen wie Pilze, welche eine Hexe dort aufgestellt hat. Sie glühen rot und blau und geben einen ekligen Gestank von sich, wenn man auf sie tritt. Und manche ernähren sich von Fleisch, nicht vom guten Mutterboden und Wasser. Hab gesehen, wie eins davon ein kaninchenähnliches Tier gefangen hat. Das arme Vieh kam ihr zu nah, und der verdammte Pilz ging auf wie ein Regenschirm. Hatte große Zähne rundherum und einen roten, haarigen Schlund. Er verschlang seinen Imbiß schneller, als ich es erzählen kann, dann hat er sich wieder drangemacht, den unschuldigen Pilz zu spielen.«

Quartervals sagte, an einigen dieser Bäume wüchsen die Früchte direkt an der Rinde und nicht an Zweigen. »Uns wurde ganz anders«, sagte er. »Die Frucht war groß und von kränklichem Grün. Dadurch sahen die Bäume eher aus wie Pestkranke ... mit Beulen überzogen. Und noch nie habe ich so viele Fledermäuse gesehen! Die hingen bei Tage von den Bäumen, als wären sie dort verwachsen, dann flogen sie bei Nacht zum Fressen davon. Schienen die Baumfrucht, von der ich gesprochen habe, zu mögen, so daß ich mir keine Sorgen machen mußte, ob sie sich an uns gütlich tun wollten. Trotzdem, bei ihrem Anblick ist mir ein Schauer nach dem anderen über den Rücken gelaufen.«

Bei der Erinnerung daran erbebte er. »Besonders weil die Bäume, in denen sie lebten, der sicherste Ort waren, an dem man schlafen konnte. Alle möglichen Raubtiere kamen nachts heraus, ganz wie man es erwarten würde. Einmal habe ich einen Tiger gesehen, aber der hat uns keinen Ärger gemacht. Dank Lady Greycloaks Zauber sah er nur in die Richtung, in der wir hockten, dann hat er beschlossen, uns zu ignorieren und weiterzuschleichen. Ebenso die Bären, die wir sahen. Zwei davon ... so groß wie kleine Häuser schienen sie. Natürlich waren wir ziemlich nervös, und so war es wohl nur meine Phantasie, die mich überlegen ließ, wie es wohl wäre, wenn sie es sich in den Kopf setzten, die Bäume zu erklimmen. Doch das schlimmste war ein Bursche, der wie eine verdammt große Echse wirkte, nur mit einem Fell. Und er stellte sich auf die Hinterbeine, um seine Beute auszumachen. Schien diese kaninchenähnlichen Dinger zu bevorzugen, von denen ich schon gesprochen habe. Wenn er eines davon sah, schrie er wie verrückt. Das Blut gefror einem in den Adern und auch im Kopf, daß man nicht denken konnte, so sehr man sich auch mühte. Wenigstens kam es uns so vor, und auch den kaninchengleichen Viechern muß es so ergangen sein, denn sie standen da, als wären sie aus Stein, und wurden von der Echse einfach aufgesammelt.«

Kele schnaubte. »Soweit hört es sich an wie ein angenehmer Spaziergang durch den Wald, verglichen mit dem, was hier so passiert ist.«

Quartervals nickte. Er hatte unsere Geschichte gehört und ob unserer Torturen die angemessenen Worte des Bedauerns und Erschreckens geäußert.

»Und damit hättet ihr fast recht«, sagte er. »Denn das war es auch ... größtenteils. Wir hatten uns schon beinahe daran gewöhnt. Doch alles änderte sich am dritten Tag.«

Quartervals und die anderen hatten sich an diesem Morgen aus den Bäumen befreit, gegessen, sich gewaschen und besprochen, wie sie weiter vorgehen wollten, als es geschah.

»Es klang ein wenig wie ein Horn«, sagte Quartervals. »Das lauteste Horn, das je zu hören war, seit uns die Götter aus einem Klumpen Ton geknetet haben. Es klang tiefer als Donner und traf uns wie der Wind im Monat der Stürme. Der erste Ton warf uns beinahe um, und die Bäume bebten so stark, daß wir mit Ästen und Blättern übersät wurden. Der zweite Ton war tiefer als der erste. Ließ einem die Knochen erzittern. Doch war der Wind nicht so heftig. Und der dritte Ruf – denn als solcher stellte sich der Ton heraus, worauf ich sofort zu sprechen kommen werde – war ... sanfter, anders kann ich es nicht beschreiben. Schien mehr Musik zu sein, irgendwie. Gab einem ein gutes Gefühl. Ließ einen überlegen, wieviel schöner es wäre, sich dieses Horn aus der Nähe anzuhören.«

Janela starrte ihn an. Sie ahnte ein wenig von dem, was nun kommen sollte. »Mein Zauber hätte euch davor schützen sollen.«

Quartervals nickte. »Das hat er auch«, sagte er. »Es war nicht so, als *müßten* wir gehen. Eher als ... na ja ... daß es schön wäre, mehr nicht.«

Er sah mich an. »Meine Mutter hat keinen Narren großgezogen, Herr«, sagte er. »Daher wußte ich sofort, daß es sich um eine Art Zauber handeln mußte. Hab dann mit den anderen geredet, und die sagten dasselbe. Eine Stunde oder mehr haben wir uns darüber unterhalten, und die ganze Zeit hat das Horn getönt. Fast haben wir uns da schon entschieden umzukehren, auf dem Weg etwas Fleisch zu besorgen und zu berichten, was wir gesehen haben. Doch je mehr wir redeten, desto klarer wurde uns, daß Ihr mehr als das erfahren wolltet. Als Kundschafter war es unsere Pflicht, daß wir uns genauer umsahen, und wir sollten so nah herangehen wie nur irgend möglich.«

»Der Gedanke war korrekt«, sagte ich und gratulierte mir erneut dafür, einen Mann wie Quartervals gewählt zu haben, der so kühl und vernünftig denken konnte. »Fahr fort.«

»Einen halben Tag lang haben wir versucht, diesen Ton aufzuspüren«, sagte Quartervals. »Wenn möglich nahmen wir Tierpfade oder schlugen uns selbst einen Weg. Alle Tiere wußten irgendwie, daß etwas los war. Nicht mal ein Vogel war zu hören. Als wir aufblickten, sahen wir sie in den Bäumen sitzen, ohne daß sie auch nur mit dem Schnabel im Gefieder herumgepickt hätten, um die Flöhe loszuwerden. Wir stolperten über ein paar Tiere, die sich im Unterholz oder hinter umgefallenen Stämmen versteckten. Sie flohen nicht und drohten nicht, falls es ihnen von der Größe her möglich gewesen wäre, sondern schlichen nur davon, um sich ein anderes Versteck zu suchen.

Die ganze Zeit über sind wir bergauf gestiegen. Einmal haben wir einen Mann auf einen Baum geschickt, und er sagte, der See läge mindestens ein paar hundert Fuß weit unter uns. So überraschte es mich nicht, als wir auf einen Kamm kamen, die Erde unter uns wegbrach und der Wald sich lichtete. Unten am Fuße dieses Hügels war die Stelle, von welcher das Horn erklang. Wir sahen uns um und fanden eine steinige Lichtung voller Felsbrokken, die zum Kundschaften gerade richtig waren. Also habe ich genau das getan.«

Quartervals' Stimme war heiser geworden, ob von der Erschöpfung, die Geschichte zu erzählen, oder davon, diese Vorfälle noch einmal zu durchleben, konnte ich nicht sagen. Ich ließ Wein holen, um beides zu beruhigen, dann drängte ich ihn weiterzuerzählen.

»Ich sah in eine Schlucht hinab«, sagte er. »Vielleicht doppelt so groß wie Orissas Amphitheater. Ein Bach lief durch ihre Mitte, und die Erde drumherum war kahl und steinig. Das erste, was mir auffiel, waren die vielen Menschen. Ich könnte nicht sagen, wie viele, denn sie kamen von überall her. Hasteten von allen Seiten aus dem Wald, nur nicht von da, wo wir waren ... den Göttern sei Dank. Sie kletterten in die Schlucht hinab, dann rannten sie im Bach oder daneben ... es schien ihnen egal zu sein. Tatsächlich war alles egal. Ich sah sie fallen, sah sie sich die Zehen an den Steinen stoßen oder an den Felsen schürfen. Egal. Sie standen auf und wischten das Blut fort, selbst wenn sie sich am Kopf verletzt hatten und es ihnen in die Augen lief. Und sie hasteten dem Klang des Horns entgegen.

Es waren ganz unterschiedliche Leute. Langbeinige Männer und Frauen, die nur Lendenschurze aus Borke trugen. Kleine Kerle, die mir kaum bis an die Hüfte gereicht hätten, von Kopf bis Fuß in Tierhäute gekleidet. Manche waren schwarz wie die Nacht. Andere von schmutzigem Weiß. Und wieder andere waren mit allen möglichen Farben bemalt, so daß ich ihre Haut nicht sehen konnte. Jedenfalls war zu erkennen, daß sie nicht vom selben Stamm kamen, sondern von überall her aus dem Wald, und sie trugen nur ihre Kinder im Arm.«

Man reichte uns den Wein. Quartervals lächelte mich dankbar an, trank, dann drängte er voran.

»Ich wollte sehen, wohin sie gingen«, sagte er, »und dort, wo die Schlucht endete und der Bach sich in den See ergoß, sah ich das Horn. Es war vielleicht zwanzig Fuß lang oder mehr, mit einer mächtigen Glocke am einen Ende, und es ruhte auf einem hölzernen Rahmen. Von dort entwickelte sich das Blasrohr, wurde immer enger, bis zu dem Ende, wo ein Bursche stand und hineinblies. Er war fett wie ein Ochse, mit einer Brust von ähnlichem Ausmaß. Zwei Männer hielten ihn aufrecht, während andere ihm das Horn stützten, so daß er nur blasen mußte. Und er blies. Er holte Luft, bis es schien, als müsse er davonfliegen, dann fing er an zu blasen. Und heraus kam dieser Ton, den wir schon den ganzen Morgen suchten. Nur waren wir jetzt so nahe dran, daß ich verstehen konnte, was all diese Leute taten. Denn ich hätte mich ihnen am liebsten angeschlossen. Mir die Kleider vom Leib reißen, die Stiefel auch, und dann in die Schlucht hinab, hin zur Musik.

Doch als ich eben glaubte, es nicht mehr ertragen zu können, fingen meine Finger an zu brennen. Unter dem Ring, den Lady Greycloak mir gegeben hatte. Da fürchtete ich mich, und mir wurde klar, daß etwas Schreckliches geschehen würde.«

Quartervals bebte beim Atemholen, wischte sich Schweiß aus den Augen und nahm noch einen Schluck Wein. Er faßte sich für das, was noch kommen sollte.

»Ich sah näher hin«, sagte er, »und fand wohl hundert weitere Leute wie den Mann mit seinem Horn. Sie waren nicht so fett wie er, sondern breitschultrig, mit dicken Muskeln und etwas untersetzt. Sie trugen eine Art Rüstung aus Leder und Holz mit metallenen Beschlägen und Nägeln. Sie hatten Helme, im Nacken weit geschwungen, nach oben hin spitz zulaufend. Ihre Waffen waren Speere, Schwerter, Knüppel, Bogen ... solche Dinge. Doch nur wenige davon schienen aus Metall zu sein. Und was an Haut zu sehen war, hatte man feuerrot gefärbt, wie die Farbe Eures Haars, Lord Amalric, wenn Ihr mir den Vergleich verzeihen wollt. Auch ihre Gesichter waren rot bemalt, bis auf Augen und Lippen, die sie mit Schwarz bestrichen hatten.

Die meisten von ihnen kümmerten sich um diesen Pferch, den man dort aufgestellt hatte. Das Horn stand dahinter, gleich am Eingang ... und das Tor stand offen, so daß die Menschen in den Pferch laufen mußten, um nah am Horn zu sein. Einige der Krieger, denn für solche hielt ich sie, stießen jeden, der zögerte, hinein. Vielleicht zwanzig Mann oder mehr bewachten ein kleineres Tor auf der Seite. Nahmen Leute heraus, peitschten andere in die Reihe zurück, damit man sie in Ketten legte. Zogen andere herüber, um ...« Quartervals leckte sich die trockenen Lippen und schüttelte den Kopf.

»Es war eine Art Steinofen, nehme ich an. In Form eines Dämons. Zwei Löcher als Augen, aus denen Rauch hervorquoll. Und eine Öffnung – breiter als drei Speere lang – als Mund. Mit Fängen, die man drumherum geschnitzt hatte. Dahin jedenfalls brachten sie die zweite Gruppe. Ich weiß nicht, wie man sie auswählte, die armen Seelen. Manche davon warf man lebend hinein. Um sie zu rösten. Anderen wurde das Hirn eingeschlagen. Und man schlachtete sie auf der Stelle.« Quartervals hustete. »Man schnitt sie in dünne Scheiben und breitete das Fleisch zum Dörren auf Gittern aus.«

Einen Augenblick lang hielt er inne. Janela strich über sein Knie. Das schien ihn zu trösten, und er fuhr fort.

»Denjenigen, die Ketten trugen«, sagte er, »legte man Halseisen an und band sie zusammen, dann führte man sie gruppenweise in den Wald. Ich weiß nicht, wie viele. Sie kamen und gingen die ganze Zeit über, während ich zusah. Zwei Stunden. Länger konnte ich es nicht ertragen.«

»Sah es so aus, als hätte jemand das Kommando?« fragte ich. »Ein Häuptling? Ein Schamane?«

Quartervals überlegte, dann nickte er. »Drüben beim Ofen«, sagte er, »hatten sie einen ... Altar, nehme ich an. Dort stand ein Mann, den alle behandelten, als sei er wichtig. Und so war er auch gekleidet. Er trug einen Umhang, ganz golden und lang. Er sah aus, als sei er aus Federn gefertigt, auch wenn ich einen solchen Vogel nie zuvor gesehen hatte. Seine Beine waren nackt, die Sandalen hoch bis zu den Knien geschnürt, und um seine Hüften lag eine Art Lendenschurz. Gewoben aus Garn jeder vorstellbaren Farbe, dekoriert mit goldenen Reifen und Dingen, die daran hingen. Darüber eine gerippte Brustplatte, wie man sie auf nackter Haut trägt. Und auf dem Kopf saß – aus dem hohen Kragen der Robe heraus – ein Tierschädel als Hut. Konnte nicht sagen, worum es sich handelte, nur war er gefleckt und hatte lange Reißzähne.«

Quartervals seufzte. »Es war etwas Bösartiges, wie ich annehme. Obwohl der Mann, der ihn trug, sicher das Bösartigste war, das ich je gesehen habe, so daß ich es einfach vergessen haben könnte. Ich weiß nur noch, daß ich das Ding für eine Krone hielt.«

»Ich wundere mich, daß wir das Horn nicht gehört haben«, sagte ich.

»Vielleicht«, sagte Quartervals, »sollte es nicht sein. Vielleicht ruft es nur jene, die reif sind, gepflückt zu werden.«

Eine lange, beklemmende Stille setzte ein, und jeder von uns war in seiner eigenen Furcht gefangen. Janela und ich tauschten Blicke aus. Sie nickte grimmig, wußte, was ich dachte ... daß wir dem Mann mit der goldgefiederten Robe und der knurrenden Krone früher oder später begegnen würden.

Te-Date lächelte uns am nächsten Tag. Der Kanal blieb tief und wandte sich vom Ufer ab zur Mitte des Sees hin. Frischer Ostwind füllte unsere Segel und erleichterte uns die Arbeit. Selbst die Dämonen/Frauenzeichen wirkten nicht mehr so abschreckend, als wir mehrere Stunden lang sanft dahinglitten und kleine bewaldete Inseln oder riesenhafte Bestände von Schilfrohr umfuhren. Gelegentlich konnten wir sogar unser Ziel sehen ... den schmalen blauen Streifen, der das gegenüberliegende Ufer anzeigte.

Ich versuchte eben, einen Blick darauf zu werfen, als ich verblüfft sah, daß uns ein winziges Kanu entgegenkam. Eine noch winzigere Gestalt ruderte wie außer sich und schrie vor Angst. Es war ein Kind, ein nacktes kleines Mädchen von acht oder zehn Sommern. Ihr Kanu war nichts als Leder, das über einen zerbrechlichen Rahmen gespannt war, so klein, daß kaum Platz für das kniende Kind blieb, und mit so wenig Freibord, daß das Wasser bis auf Zentimeter an den Rand kam. Das Kind blickte sich um, schrie erneut und schaufelte mit aller Kraft das Paddel.

Es hatte allen Grund zu schreien, denn ihm folgte eine gigantische Schlange, die mühelos in seinem Kielwasser trieb. Das Mädchen war derart verängstigt, daß es uns nicht bemerkte, und bevor wir ihm eine Warnung zurufen konnten, stieß das Kanu schon gegen die *Ibis* und kippte um, warf das Kind beinahe in den Schlund der Schlange.

Ohne nachzudenken packte ich einen Speer aus dem vorderen Waffenständer. Wenige Monate zuvor noch wäre meine Mühe umsonst gewesen, und der Speer hätte – getrieben von meinen schlaffen Altmännermuskeln – kaum Kraft gehabt, wenn er überhaupt getroffen hätte. Doch nun fühlte ich ein Aufwallen meiner neugewonnenen Jugend, als ich warf und die Klinge mit sattem Geräusch in den Leib der Kreatur fuhr.

Das Wasser brodelte vom Todeskampf der Schlange, doch zu unserem Entsetzen war von dem Kind nichts mehr zu sehen. Janela schrie auf, und wir sahen das Mädchen an die Oberfläche steigen, wo es bewußtlos trieb. Aus dem Schilf kamen zwei Echsen mit klaffenden Mäulern, die sich unbedingt holen wollten, was die Schlange zum Verzehr geplant hatte. Janela sprang über die Reling und packte das Kind beim Haar. Die Armbrüste der Brüder erklangen unisono, und vier Pfeile gingen los, um die Echsen aufzuhalten. Als diese gequält aufschrien, sprangen Pip und Chons ebenfalls ins Wasser, um Janela mit ihrer kleinen Last zu helfen.

Wenige Augenblicke später waren wir alle wieder an Bord, und die Mannschaft jubelte, als das Kind die Augen aufschlug, um sich verwundert umzusehen und dann Wasser zu erbrechen.

Pip schüttelte den Kopf, sagte: »Ist nicht gut, daß sich so ein Kind ohne seine Mutter draußen rumtreibt.«

Später, nachdem Janela das Kind in ihrer Kajüte verarztet, es in warme Decken gewickelt und ihm eine stärkende Brühe eingeflößt hatte, versuchten wir, eine Antwort auf Pips unausgesprochene Frage zu finden. Was machte das Mädchen hier, und wo war seine Familie?

Anfangs war die Kleine zu verängstigt, etwas zu sagen, bibberte und schüttelte den Kopf, als verstünde sie nicht. Ich dachte mir, es läge daran, daß wir Fremde und von daher verdächtig waren, doch Janela wußte es besser.

»Sie hat Angst, daß sie bestraft wird«, erklärte sie mir mit einem leisen Lächeln. Dann, an das Kind gewandt: »Deine Mutter weiß nicht, daß du hier draußen bist, nicht wahr, meine Kleine?«

Das Mädchen schüttelte den Kopf, feierlich.

»Möchtest du denn wieder nach Hause?« fragte Janela.

Das Kind nickte.

»Nun, aber wie können wir dich heimbringen, meine Kleine«, sagte Janela, »wenn du uns nicht sagst, wo du wohnst?«

Darüber dachte die Kleine einen Augenblick lang nach, dann zuckte sie die Schultern. Sie schlürfte ihre Brühe, als wäre sie fern der Heimat ganz glücklich. Sie war ein hübsches kleines Ding mit kleinem, schildförmigen Gesicht und langen schwarzen Locken, noch feucht von ihrem Abenteuer im See. Janela setzte sich neben sie, trocknete ihr Haar, und das Mädchen rollte sich wie selbstverständlich bei ihr zusammen, hielt die Tasse mit der Brühe in beiden Händen.

»Willst du mir deinen Namen sagen, meine Süße?« fragte Janela.

Wieder dachte die Kleine nach, dann nickte sie. Doch sie antwortete nicht.

»Nun?« sagte Janela sanft. »Wie heißt du?«

»Shofyan«, sagte das Kind, wenn auch so leise, daß man es kaum hören konnte.

Janela strich ihr über die Wangen. »Shofyan«, wiederholte sie. »Das ist ein hübscher Name.«

Das Kind nickte, überzeugt von der Richtigkeit dieser Aussage.

»Ich denke mir, daß sich deine Mutter große Sorgen um dich macht«, sagte Janela. »Sie würde einem kleinen Mädchen nicht einen so hübschen Namen geben, wenn sie es nicht sehr lieben würde.«

»Ja«, sagte Shofyan ein wenig lauter. »Das tut sie wohl. Wahrscheinlich.«

»Ich habe eine Idee, meine Kleine«, sagte Janela. »Wie wäre es, wenn wir dich heimbrächten und deiner Mutter erzählten, wir hätten uns verirrt und nicht gewußt, wohin, doch dann hättest du uns gerufen und gesagt, wir könnten mit dir kommen und eine Weile bei dir bleiben?«

Shofyan strahlte. »Du meinst, ich hätte euch gerettet?«

»Ganz genau«, sagte Janela. »Du hast uns gerettet.«

»Dann aber los«, sagte Shofyan. Sie konnte es kaum erwarten loszufahren, nachdem sich die Gefahr elterlichen Mißfallens verringert zu haben schien. »Ich zeige euch den Weg.«

Und das tat sie dann. In eine Decke gewickelt und auf Pips Schultern hockend, wies sie uns die Richtung so gebieterisch wie der beste Lotse, der je ein Deck betreten hatte.

Bevor wir ihr Dorf erreichten, näherten wir uns einer Insel, die von dichtem Schilf umgeben war. Shofyan erkannte sie, wurde merklich lebhafter und sagte, ihr Zuhause sei »nur noch ein wenig weiter«. Doch bevor wir die Insel umrunden konnten, schossen sechs Kanus aus dem Schilf hervor. Es waren große Boote mit jeweils zehn Kriegern an Bord, allesamt mit schweren Armbrüsten bewaffnet. Vier Boote stürmten uns entgegen, während uns das hohe, klagende Kriegsgeheul eine Gänsehaut über den Rücken trieb. Die anderen eilten davon, zweifellos, um Alarm zu geben. Als wir näher kamen, bemerkte ich erstaunt, daß sämtliche Krieger Frauen waren, bis zur Hüfte nackt und nur mit kurzen Röcken aus bunt eingefärbtem und zu komplizierten Mustern verwobenem Seegras bekleidet.

Ich hörte, wie Waffen klirrend blank gezogen wurden, und Mithraik, der gleich neben mir stand, knurrte: »Jetzt sind wir dran«, und zog die Augenbrauen hoch.

Das wies ich von mir, fuhr ihn an: »Du solltest es besser wissen! Tut nichts, bevor ich es nicht befehle!« Er brummte etwas, doch schenkte ich ihm keine weitere Beachtung, denn nun sah eine der Frauen im ersten Kanu das Kind auf Pips Schultern und rief den anderen zu: »Sie haben Shofyan!«

Das wütende Geschrei wurde nur noch wütender. Manche hoben ihre Bogen. Doch die Frau rief: »Nicht! Ihr könntet sie verletzen.«

Bevor ich handeln konnte, trat Janela vor, nahm Shofyan von Pips Schultern und hielt das Mädchen hoch, daß alle sie sehen konnten.

»Wir wollen ihr nichts tun«, rief sie der Frau zu, die jung und schön war, mit kleinem, dreieckigem Gesicht wie Shofyan. Das Mädchen kreischte freudig auf, als es seine Mutter sah.

»Sieh mal, was ich gefunden habe, Mutter!« rief es und machte eine große Geste, die unsere drei Schiffe umfaßte. »Sie hatten sich verirrt, und ich habe sie gefunden.«

Das führende Kanu schlug gegen die Seite der *Ibis*, Shofyans Mutter sprang wie eine große Katze aufs Deck. Sie zeigte keine

Furcht, sondern stolzierte hinüber zu Janela und nahm das Kind aus deren Armen. Shofyan schlang ihr die Arme um den Hals und hielt sich ganz fest.

»Es geht mir gut, Mutter«, sagte sie.

Die Mutter streichelte sie sanft, doch funkelte sie uns nach wie vor bösen Blickes an. Dann kamen weitere Frauen an Bord, und obwohl sie zum Kämpfen bereit schienen, wies ich meine Leute an, ihnen nicht zu drohen.

Die Mutter des Kindes sagte, da sie annahm, Janela sei die Kommandantin: »Wer seid Ihr? Was wollt Ihr?«

»Sei nicht böse, Mutter«, flehte Shofyan. »Sie ist wirklich nett. Und eigentlich habe ich sie auch nicht gefunden. Sie heißt Janela, und sie hat mich gerettet. Sie ist ins Wasser gesprungen und hat die Schlange getötet, bevor sie mich fressen konnte.«

»So ist es gewesen?« fragte die Frau.

Janela zuckte die Achseln. »So etwa in der Art«, sagte sie. Sie deutete auf uns alle. »Den anderen gebührt dieselbe Ehre.«

Die Frau betrachtete uns mit einiger Geringschätzung, als danke sie bloßen Männern nur höchst widerstrebend.

Sie wandte sich wieder Janela zu und sagte: »Ich bin Taisha, die Mutter dieses ungehorsamen kleinen Rackers.« Sie streichelte Shofyans Locken. »Ich schulde Euch Dank. Doch kann ich nichts tun, ohne vorher mit Königin Badryia, meiner Mutter, gesprochen zu haben. Sie herrscht über das Volk am See. Ihr werdet mit mir kommen und hören, was die Königin beschließt.« Uns andere beehrte sie mit weiterer Geringschätzung. »Diese ... Männer ... müssen hierbleiben.«

Ich trat vor. »Verzeiht, Lady Greycloak«, sagte ich in meinem unterwürfigsten Ton, um die Vermutung dieser Frau zu stützen, daß Janela unsere Kommandantin war. »Darf ich Euch begleiten?«

Janela nickte gebieterisch, fügte sich dem Spiel. »Wäre das erlaubt?« fragte sie Taisha. »Dieser Mann ist Amalric Antero, mein, mh, Großvater mütterlicherseits. Er ist weise ... für einen Mann ... außerdem habe ich meiner Großmutter versprochen, daß ich mich um ihn kümmern würde.«

Taisha zögerte, dann sagte sie: »Wenn Ihr es wünscht. Aber nur, damit Ihr Eurer Großmutter nicht sagen müßt, es sei Taisha gewesen, die Euch gezwungen hätte, Euren Eid zu brechen.«

Janela dankte ihr, dann wandte sie sich Kele zu, die mich amüsiert betrachtete. »Das ist Kapitänin Kele«, sagte sie zu Taisha. »Sie kommandiert das Schiff – und diese Männer – während meiner Abwesenheit.«

»Zum Gruße, Schwester«, wandte sich Taisha nun an Kele. »Weitere Kriegerinnen werden bald eintreffen, um Euch zu bewachen. Doch werden sie nichts tun, was diesen Männern schaden könnte, sofern Ihr sicherstellt, daß uns ihre Schwächen keine Schwierigkeiten machen.«

Kele unterdrückte ein Lachen. »Seid unbesorgt, Schwester«, sagte sie. »Ohne meinen Befehl wird sich hier kein Mann trauen, mehr zu tun, als auch nur zu atmen.«

Taisha nickte zufrieden. Hinter ihr sah ich Dutzende weiterer Kanus voller Kriegerinnen nahen. Sie verteilten sich, umringten die Flotte.

»Das ist gut«, sagte sie. »Ihr müßt von einem weisen Volk sein, daß Ihr Eure Männer so gehorsam haltet.« Dann winkte sie Janela. »Kommt«, sagte sie. »Königin Badryia wartet.«

Ich folgte Janela in Taishas Kanu. Eine Zeitlang ruderten wir zügig, verließen den Hauptkanal nach etwa einer Meile und umfuhren so manche kleine, bewaldete Insel. Wir kamen in eine große Lagune mit zahlreichen runden Hütten, die auf Stelzen über dem See thronten und von denen Strickleitern baumelten. Die Hütten – allesamt prächtig geschmückt – besaßen kegelförmige Reetdächer, die sich hochrollen ließen, um die frische Brise hereinzulassen, oder herunter, um Schatten zu bekommen oder den kalten Winter auszusperren. Leute starrten aus ihren Stelzenheimen, als wir vorüberkamen, und mir fiel auf, daß die einzigen männlichen Bewohner entweder Heranwachsende oder Kinder waren.

Shofyan rief einigen Kindern – offenbar ihren liebsten Spielkameraden – etwas zu, als wir vorüberpaddelten, und prahlte lauthals mit ihren Abenteuern und den neuen Freunden. Sie alle lachten und klatschten und drängten, sie bald zu besuchen, damit sie mehr zu hören bekämen.

Wir steuerten die mächtige Plattform an, die fast so groß war wie ein Handelsschiff. Das kegelförmige Dach, das auf dem Bau ruhte, war noch farbenfroher als die anderen, und als wir näher kamen, konnte ich sehen, daß der untere Teil der Plattform mit glorreichen Szenen von Frauen bemalt war, die sich mit allerlei Aktivitäten beschäftigten: dem Aufspießen großer Fische dem Abwehren von Angreifern – sowohl menschlicher Natur als auch dem See entstiegen – oder in aller Ruhe: mit Kindern, die spielten oder an ihren Brüsten nuckelten. Als wir zu der Leiter kamen, die unter dem baumelte, was ich für das Haus der Königin hielt, packten Frauen die Stelzen, um das Kanu zu sichern, während die anderen das Seil hielten, damit wir hinaufklettern konnten.

Janela steuerte schon darauf zu, doch Taisha ermahnte sie zu warten. »Es gibt ein Sprichwort in meinem Volk«, sagte sie, »daß Schönheit der Willensstärke vorangehen sollte.« Taisha grinste mich an. »Und wenn Ihr mir die Bemerkung verzeihen wollt, Schwester, so ist Euer Begleiter wirklich ganz ansehnlich… für einen Großvater, meine ich.«

Janela zögerte, dann lachte sie und gab ihr recht. »Wir haben ein ähnliches Sprichwort«, sagte sie und warf mir einen verschlagenen Seitenblick zu. »Und ich muß zugeben, daß ich erstaunt war, als Großmutter erlaubte, daß Amalric mich begleiten dürfe.« Sie stieß Taisha an, dann flüsterte sie ihr ins Ohr. Taishas Augen wurden dabei groß, offenbar vor Entsetzen.

»Welch eine Verschwendung guten Samens«, sagte Taisha laut. »Wie konnte sie das zulassen?«

Janela zuckte mit den Achseln. »Obwohl Amalric ihr der liebste ist, hat sie doch auch andere Männer zur Verfügung«, sagte sie. »Außerdem hofft sie, daß diese Reise ihn derart zufriedenstellen wird, daß er sich solche Albernheiten in Zukunft aus dem Kopf schlägt.«

»Eine weise Frau, Eure Großmutter«, sagte Taisha. »Ich für mein Teil wäre versucht, ihn den Stock spüren zu lassen. Aber ich bin auch nicht eben für mein ruhiges Temperament bekannt.«

Dann deutete sie auf mich. »Du zuerst, Süßer.«

Vor Wut errötend fragte ich mich, was Janela geflüstert hatte, und erklomm die Leiter. Jemand kniff mich anerkennend ins Hinterteil, doch trotz brüllenden Gelächters der anderen Frauen im Kanu schaffte ich es immerhin, mit einiger Würde hinaufzusteigen.

Oben angekommen ließ man uns warten, während Taisha dafür sorgte, daß man sich um Shofyan kümmerte, und sich dann um eine Audienz bei der Königin bemühte.

Ich nutzte die Gelegenheit, Janela zu fragen, was gesagt worden war.

Janela lachte leise. »Ich habe dich nur vor Annäherungsversuchen bewahrt«, sagte sie. »Diese Frauen scheinen ein lüsterner Haufen zu sein.«

Erneut errötete ich, als ich mich an das Kneifen erinnerte. »Das habe ich gemerkt«, sagte ich trocken.

»Ich weiß nicht, welche Art von Traditionen sie pflegen«, fuhr sie fort, »aber es läßt sich leicht vermuten, daß hier alles umgekehrt ist und man die Männer als das schwächere Geschlecht ansieht, so hitzköpfig, daß sie nicht im Dorf wohnen dürfen.«

Ich dachte an die vielen Kinder, die herumliefen. »Wenn auch nicht vollständig verbannt«, sagte ich. »Denn woher sollten sonst die Kinder kommen?«

Janela grinste. »Oh, sie lassen hin und wieder Besucher zu, vermute ich«, sagte sie. »Fruchtbarkeitsfeste oder ähnliches. Und wenn du nicht zum Objekt einer spontanen Festivität werden willst, so schlage ich vor, daß du bei dem bleibst, was ich Taisha erzählt habe.«

»Was wäre?« knirschte ich hervor.

»Daß du glaubst, du seist mit einem Besuch unserer Göttin gesegnet gewesen und hättest auf ihr Geheiß hin geschworen, im Zölibat zu leben«, sagte Janela. »Weiterhin, daß deine Frau, meine Großmutter, dir erlaubt hätte, mit mir auf diese Reise zu gehen, in der Hoffnung, daß du geheilt von deiner männlichen Narretei heimkehren würdest.«

Ich war schockiert. »Sie müssen mich für verrückt halten!« zischte ich.

Janela nickte. »Höchstwahrscheinlich.«

Ich wollte mich beklagen, dann bemerkte ich mehrere Kriegerinnen, die mich anstarrten, untereinander flüsterten und eindeutige Gesten machten.

Ich seufzte. Seltsam, wie ... schmutzig ... man sich fühlte, wenn man sich demselben Drängen ausgesetzt sah, mit dem Frauen in Orissa leben mußten. »Dann bin ich also verrückt«, sagte ich.

Eine große Frau trat aus dem offenen Eingang des reetgedeckten Palastes hervor.

»Königin Badryia heißt Euch willkommen«, sagte sie, zu Janela gewandt. »Euch und Eurem Begleiter soll die Ehre einer Audienz zuteil werden.«

Janela verbeugte sich dankend, wie auch ich.

»Kommt«, sagte die Frau und winkte uns.

Der Innenraum war von Bändern aus Muscheln erhellt, die leuchteten wie Feuerperlen, dazu von der zentralen Feuerstelle, über der ein großer irdener Topf blubberte und die Luft mit schwerem Duft erfüllte. In diesem runden Raum schien es keine Möbel zu geben, doch über den Köpfen der neugierigen Frauen, die sich um uns drängten, sah ich Hocker und Grasmatratzen, die von Gestellen hingen, die in der Finsternis verschwanden, dazu Waffen und Fischereigerät. An den Wänden standen Rohrkisten, in denen vermutlich der Besitz derjenigen verwahrt wurde, die hier bei der Königin lebten. Trotz der Düsternis schien es ein Ort der Freude zu sein, in dem Frauen freizügig über unseren Besuch spekulierten und überall Kinder herumliefen und vor Freude quiekten.

Etwa fünfzig Fuß jenseits des Feuers hatte man ein Netz im weiten Bogen drapiert. Bunte Muscheln hingen von diesem Netz und schufen eine glitzernde Laube für die dort wartende Frau.

Königin Badryia hob ihren majestätischen Kopf, als wir uns ihr näherten. Ausgestreckt ruhte sie auf einer mächtigen, fellüberzogenen Liege. Selbst liegend war sie eine der imposantesten Monarchinnen, die ich je gesehen hatte. Sie war groß – groß wie Ralis riesenhafte Freundin Polillo – ohne weiteres sieben Fuß. Wie die anderen Frauen war sie dunkel, vielleicht Ende Fünfzig, mit dreieckigem Gesicht wie Shofyan und Taisha. Sie besaß diese Art Schönheit, die dem Alter trotzt, mit hohen Wangenknochen und edler Stirn. Als wir näher kamen und sie sich aufsetzte, öffnete sich ihre blaugrüne Robe und legte große, geschmeidige Brüste frei, fest wie die eines jungen Mädchens. Ihr Haar trug sie aufgetürmt zu einer Krone, und darin befestigt fanden sich allerlei strahlende Gemmen, gefaßt in seltenes Metall, dazu ein paar leuchtende Muscheln. Sie trug fächerförmige Ohrringe aus Federn, die fast bis auf die Schultern hingen. Ein Dutzend Armreife zierte beide Arme, und dicke Bänder von Perlen lagen um ihren Hals.

Wir verneigten uns tief, und ich hörte ihre Juwelen klappern, als sich die Königin vorbeugte, um jene näher zu betrachten, welche die Frechheit besessen hatten, in ihr feuchtes Reich einzudringen.

Wir sagten nichts. Unter solchen Umständen spricht die Majestät zuerst.

Ich hörte ein Wispern und wagte einen Blick, der mir zeigte, daß Taisha neben ihrer Mutter hockte und ihr ins Ohr flüsterte. Ich meinte, Janelas Namen zu hören. Als Taisha fertig war, nickte die Königin.

Dann sagte sie: »Wie ich höre, schulde ich Euch Dank, weil Ihr eine Schlange daran gehindert habt, sich meine Enkelin einzuverleiben.«

Schon wollte ich antworten, erinnerte mich jedoch meiner Rolle als demütiger Berater.

»Ihr seid höchst gnädig, Majestät«, sagte Janela. »Doch verdienen wir keinen Dank, denn wir haben nur getan, was die Pflicht eines jeden Sterblichen ist, der ein Kind in Gefahr sieht.«

Und ich dachte: Gut gesprochen, Mädchen!

Die Königin lachte tief und sonor. Dann wurde ihre Stimme kühler: »Ihr könnt Euch glücklich schätzen, Lady Greycloak, daß die kleine Shofyan heute ungezogen war. Sonst würde Euch *diese* Königin vielleicht nicht so freundlich aufnehmen.«

Janela antwortete: »Glücklich fürwahr, Eure Majestät. Die Göttin hat uns allen heute gelächelt. Dem Kind, weil es Freunde traf, als es sie am dringendsten brauchte. Und uns, weil wir dasselbe fanden.«

Ich dachte: Wirklich gelungen!

Königin Badryia muß ähnliches gedacht haben, denn sie belohnte uns mit einem weiteren kehligen Lachen.

»Eure Mutter hat Euch wohl erzogen, kleine Schwester«, sagte die Königin. »Nun sagt mir, und antwortet ehrlich, falls Euch an meiner Gutmütigkeit gelegen ist.«

»Ich werde mein Bestes tun, Majestät«, sagte Janela.

Mit klappernden Juwelen beugte sich die Königin vor. »Seid Ihr eine Hexe?«

»Ja«, sagte Janela. »Ich bin mit solcher Macht begabt.«

Zufrieden nickte Badryia. »Das habe ich mir gedacht.«

Sie wandte sich Taisha zu. »Habe ich es nicht gesagt... noch bevor Shofyan vermißt wurde... daß ich Zauberkräfte spüren konnte?«

»Das habt Ihr allerdings, Majestät«, sagte ihre Tochter.

Die Königin wandte sich wieder um. »Auch ich besitze ein wenig Talent«, sagte sie. »Genug, um ein paar unschöne Kreaturen am Ende des Sees zu erschaffen.« Offenbar meinte sie die Schneckenwesen und die Dämonin. Badryia rümpfte ihre Nase. »Tut mir leid, wenn sie Euch Ungelegenheiten gemacht haben, meine Liebe«, sagte sie. »Aber wir Seebewohner bemühen uns, Überraschungsbesuche weitestgehend auszuschließen.«

»Und erschreckend sind die Wesen allerdings«, sagte Janela. Die Königin lächelte breit, freute sich der Komplimente. »Nur rein zufällig habe ich die Dämonin des Sees gespürt, die Ihr dort postiert habt.« Janela schauderte, ob tatsächlich oder als Teil des Komplimentes, konnte ich nicht sagen. »Was sie verraten hat, war ihr Hunger. Er war so groß, daß mein eigener Magen zu knurren begann, obwohl ich um mein Leben bangen mußte... und um das Leben meiner Gefährten. Dann, als ich ihre Gegenwart spürte, versuchte ich, diesen Hunger auf unsere Angreifer abzulenken.«

Ich lauschte so gespannt wie alle anderen, denn auch ich hatte mich gefragt, wie Janela der Lebensrettungstrick gelungen war.

Wieder ein sonores Lachen der Königin. »Arme Salamsi«, sagte sie und meinte offenbar die Dämonin. »Es war schon lange Fütterungszeit, aber ich hatte so viel zu tun, daß ich keine Zeit fand, mich um sie zu kümmern.«

»Ich hoffe, sie wurde nicht verletzt«, sagte Janela.

Die Königin zuckte mit den Schultern. »Von diesen kleinen Beißwürmern? Wohl kaum. Seid unbesorgt, nur ihre Würde wurde angegriffen, weil man sie genarrt hat. Allerdings würde ich an Eurer Stelle nicht wieder an ihrem wäßrigen Domizil vorüberfahren, wenn Ihr zurück in die Heimat wollt.«

Schweigend nahmen wir ihren Rat entgegen, denn die Miene der Königin war nachdenklich geworden. Während sie überlegte, ließ sie Hocker bringen, damit wir es uns bequem machen konnten, dazu Speisen und Getränke, um unser Fasten zu brechen. Wir knabberten an Delikatessen wie Schalentieren mit einem Klecks scharfer Sauce herum und nippten leichten Wein, der den scharfen Beigeschmack einer morgendlichen Brise besaß und einen wach und offenherzig machte.

Schließlich unterbrach die Königin ihre Überlegungen und ergriff das Wort. »Ihr habt noch nicht gesagt, was Ihr hier tut.«

»Wir sind auf heiliger Mission«, sagte Janela. »Wir leben in einem Land weit im Westen. Und in letzter Zeit ist manches Übel über uns gekommen.«

Die Königin machte eine Handbewegung. »Ihr meint Seuchen, Dämonen und ähnliches?«

»Ja, Majestät«, sagte Janela. »Seuchen, Dämonen und ähnliches. Die Lage wurde so kritisch, daß unsere Hexen schließlich in einer großen Ratsversammlung zusammenkamen. Diese Versammlung hat zu unserer Göttin gebetet, die uns die Ehre einer Vision hat zuteil werden lassen.«

Janela zögerte einen Augenblick, erfand ohne Zweifel einige griffigere Wendungen in ihrem weithin verwässerten Bericht über die Vorkommnisse in Orissa. Doch die Königin war von der Dramatik ihrer Erzählung ganz mitgerissen und winkte ihr höchst ungeduldig.

»Nun«, sagte Janela. »Die Göttin erschien, und sie erklärte den Hexen, daß die Lösung unserer Probleme in einem fernen Land zu finden sei ... weit im Osten. Ein Königreich, in dem noch heute die Großen Alten herrschten.«

»Ihr meint Tyrenia«, sagte die Königin.

»Tyrenia?« platzte ich heraus, vergaß mich ganz. »Könnte es vielleicht das Land sein, das man ›Königreiche der Nacht‹ nennt?«

Entsetztes Schweigen begegnete meiner Indiskretion. Die Königin betrachtete mich lange. Dann wandte sie sich Taisha zu. »Du hast recht«, sagte sie. »Er *ist* ein hübsches Ding. Obwohl ich mein Fleisch gern jünger mag.«

Dann sagte sie zu mir: »Man sagt mir, du hättest ein Keuschheitsgelübde abgelegt, mein Lieber.«

Ich nickte, wackelte wie ein Narr mit dem Kopf, um meiner Rolle als verwöhntes, leicht verrücktes Spielzeug einer reichen und mächtigen Frau zu entsprechen.

»Das habe ich, Majestät«, sagte ich. »Fast hätte meine Frau die Gerte gegen mich erhoben, als ich diesen Eid ablegte. Doch als ich ihr erklärte, daß die Göttin es mir abverlangt habe – und sagte, ich müsse gemeinsam mit Janela das Land der Großen Alten finden – schlug sie mich nur wenig, dann wies sie Janela an, mich mitzunehmen, damit ich meine Dummheit überwinden könne.« Dann plötzlich gab ich mich hochnäsig. »Von wegen Dummheit«, sagte ich mit zutiefst verletzter Stimme. »Unsere große Göttin kam zu mir und sagte, daß ich – Amalric Antero von Orissa – jenes Reich in meinem reinsten Zustand suchen müsse, und daß ich nicht zulassen dürfe, daß sich mir Mann, Dämon oder Frau in den Weg stellte.«

Die Königin lachte, schlug sich die Schenkel. »Er hat Feuer!« sagte sie zu Janela. »Ich mag es, wenn im Bett das Feuer brennt. Schade, daß er verrückt ist.«

Janelas Finger beschrieb einen Kreis um ihre Schläfe. »Meine Großmutter sagt dasselbe, Majestät.«

»Ihr solltet unsere Tradition übernehmen«, sagte die Königin. »Wir schicken unsere Männer fort, sobald die ersten Anzeichen zu erkennen sind, daß sie die Kindheit hinter sich lassen. Sie müssen auf den Inseln leben und sich – so gut sie können – allein durchschlagen, bis wir ihnen gestatten, uns zu bestimmten Zeiten am See zu besuchen, wenn wir bekanntermaßen fruchtbar sind. Für sie ist es sicher ein schweres Leben. Aber sie schaffen es ganz gut, auch wenn wir hin und wieder welche verlieren. Wir halten sie uns mit kleinen Geschenken warm und feiern auch noch einige andere Feste, die ich mir – um ehrlich zu sein – spontan ausdenke. Es geht doch nichts über eine kleine Balgerei ohne den Gedanken an die Pflicht des Kindergebärens, wenn die Wangen einer Frau leuchten sollen.«

Janela warf mir einen Blick zu, lächelte und sagte: »Das System gefällt mir gut, Majestät. Ihr könnt sicher sein, daß ich es meiner Großmutter vorschlagen werde, wenn wir nach Orissa zurückkehren.«

Badryia nickte höchst zufrieden. »Sagt meiner Schwester in Orissa, daß es tatsächlich die einzig vernünftige Art und Weise ist, sie auf ihren Platz zu verweisen, die armen Dinger. Wirklich, es ist eine Schande, daß die Göttin sie so erschaffen hat. Ich bin eine Frau, die sich auf der Welt ebenso auskennt wie im Himmel, und noch immer verstehe ich nicht, wie sich Männer von so liebenswerten kleinen Wesen wie Kindern zu so großen Langweilern entwickeln können, die uns Frauen nichts als Sorgen bereiten, sofern man sie läßt, und sich immer noch benehmen, als wären sie Kinder, deren Charaktere schließlich noch nicht ausgeformt sind und man ihnen somit verzeihen muß. Doch als Männer stolzieren sie wie Hähne umher, als wäre das, was sie zwischen den Beinen haben, mehr als etwas, was die Göttin ihnen gegeben hat, um uns damit Freude zu bereiten. Streit suchen, das können sie, und ihn mit einem Kampf an Stelle eines Gespräches lösen. Und sie können so sauertöpfisch sein, meint Ihr nicht? Bei der kleinsten Kleinigkeit sind sie beleidigt und meinen, die Göttin höchstselbst würde gegen sie intrigieren. Und schmollen! Sie schmollen mehr als jedes Kleinkind!«

Die Königin lachte über eine Erinnerung. Dann sagte sie: »Meine Großmutter hatte einmal einen Mann, der wegen einer unsinnigen Sache gekränkt war, weil er glaubte, sie hätte diese absichtlich übersehen. Und das auf ihrer Hochzeitsreise, müßt Ihr wissen, als sie sich alle Mühe gab, ihm zu gefallen. Und könnt Ihr Euch vorstellen, daß er einen ganzen Tag nicht mit ihr gesprochen hat? Er hockte nur übellaunig in seinem Kanu herum, strafte sie mit Schweigen. Als sie heimkehrten, hat er seinen Freunden gegenüber sogar damit geprahlt.«

»Was hat sie getan, um ihn wieder für sich zu gewinnen, Majestät?« fragte Janela und warf mir wieder einen amüsierten Blick zu.

»Sie hat ihm die Zunge herausgeschnitten«, sagte die Königin. »Danach hatte er allen Grund zu schweigen.«

»Ich wünschte, Ihr könntet persönlich mit mir in unsere Heimat fahren, Majestät«, sagte Janela leidenschaftlich. »Jede Frau im Westen würde Euren Namen zum Himmel beten.«

Die Königin nickte ... das war eine majestätische Wahrheit, die keines weiteren Kommentars bedurfte.

»Dann solltet Ihr bei noch einer anderen Sache auf mich hören, kleine Schwester«, sagte sie. »Diese Eure Reise ... nach Tyrenia? Ich vermute, das ist der Ort, den Ihr sucht, auch wenn ich mit dem Namen nicht vertraut bin, den Ihr verwendet ... wie war das?«

»Königreiche der Nacht, Majestät«, sagte Janela und frischte ihr Gedächtnis auf.

»Ja, wahrlich, Königreiche der Nacht! Welch Dramatik! Welch Dummheit! Es muß ein Mann gewesen sein, der sie so benannt hat.« Janela nickte und lächelte, ja, genau so sei es gewesen. Die Königin fuhr fort. »Ich kenne die Geschichte gut. Wir erzählen sie unseren Kindern, um die Langeweile des Winters zu vertreiben. Es ist ein Märchen von nie endendem Sonnenschein und warmen Winden, derer sich die Menschen von Tyrenia das ganze Jahr über erfreuen, dank ihrer Zauberer, die so weise wie auch freundlich sind. Und weiterhin heißt es, die Stadt sei auf dem Gipfel eines herrlichen Berges gelegen, und smaragdene Türmchen schimmerten im Sonnenlicht.«

»Das ist eben jene Geschichte, die auch wir gehört haben«, stimmte Janela zu. »Doch in unserem Land sagt man außerdem, die

Stadt werde von dunklen Mächten bedrängt, die mit jedem Jahr stärker würden, und sollte die Stadt fallen, würden diese bösen Mächte uns alle umfangen.«

»Ja, ja«, kicherte die Königin. »Wir sprechen von demselben Land. Denn soweit ich weiß, gab es eine solche Stadt vor langer Zeit. Doch bezweifle ich stark, daß sie noch heute existiert.«

Majestätisch hob sie einen Arm, deutete auf ihren reetgedeckten Palast... und darüber hinaus. »Wir haben Beweise genug für die Großen Alten, überall um uns herum«, sagte sie. »Ruinen der Vorfahren in solcher Menge, daß es kein Wunder ist, wenn sie die Phantasie anregen. Doch muß ich Euch sagen, daß wir – das Volk am See – länger als jeder andere zwischen diesen Symbolen ehemaliger Macht der Großen Alten leben. Wir haben die Wracks ihrer gigantischen Schiffe gefunden, die einst diese Gewässer durchpflügten. Wir haben ihre Waffen in unseren Netzen an Land gezogen. Wir sind sogar auf Teile ihres Zauberwissens gestoßen, das in unser eigenes eingeflossen ist.

Nur eines will ich Euch sagen, kleine Schwester: Die Großen Alten – wer immer ihr Feind auch gewesen sein mag – sind untergegangen. Ihr Ruhm ist ein Ding aus ferner Vergangenheit, und wer kann schon sagen, ob es schade darum ist? Wir haben uns hier ein Zuhause geschaffen. Und wir leben gut. Unsere Zeit ist gekommen. Deren Zeit ist vorüber. Lobpreisen wir die Göttin und freuen uns an diesem schlichten Umstand.«

»Ihr seid sehr weise, o Königin«, sagte Janela, »und daher widerspreche ich Euch nur mit allergrößtem Widerstreben. Doch darf ich Euch folgendes fragen: Steht in Eurem Reich tatsächlich alles nur zum besten? Sind neue Schwierigkeiten aufgekommen, Schwierigkeiten, die durch schwarze Magie entstanden sein könnten?«

Königin Badryias Stirn zeigte tiefe Furchen. Sie war es nicht gewöhnt, daß man ihr Wort anzweifelte. Doch konnte ich noch etwas anderes in diesen gebieterischen Augen sehen: ein kleines, wenn auch wachsendes Licht der Einsicht.

Ganz langsam sagte sie: »Ja. Es hat in letzter Zeit einige Dinge gegeben, die mich verwundern.«

»Wie etwa der Zauberer mit seinem großen Horn«, sagte Janela, »dessen Musik einen so mächtigen Zauber bewirkt, daß die Menschen willentlich dem Tod entgegeneilen?«

Plötzlich wurde die Königin zornig. »Azbaas«, zischte sie. Ihre Wachen umfaßten die Griffe ihrer langen Dolche, als warteten sie auf Badryias Befehl, uns die Kehlen zu durchschneiden. Dann sagte sie: »Woher wißt Ihr von König Azbaas?«

»Einer unserer Jagdtrupps ist ihm begegnet«, sagte Janela ruhig. »Glücklicherweise wurden sie nicht gesehen, und wiederum glücklicherweise schützte sie der Schutzzauber, den ich gesprochen hatte, vor dem Ruf des Horns.«

Badryia nickte besänftigt, wenn auch nur ein wenig. »Wie ich schon zuvor bemerkt habe, kleine Schwester«, sagte sie, »seid Ihr eine vom Glück gänzlich gesegnete Frau. Es hätte Euch nicht gefallen, in Azbaas' Klauen zu geraten.«

»Er ist Euer Feind, Majestät?« fragte Janela.

Die Königin zuckte die Schultern, entspannte sich sichtlich. »Feind? Nicht wirklich. Sagen wir, wir sind übereingekommen, einander im Auge zu behalten.« Sie nippte an ihrem Wein, dachte nach, sagte dann: »Er ist ein neuer König. Seit zehn Jahren oder mehr herrscht er über die Epheznunen. Sie sind der größte unter den wilden Waldstämmen, doch bis zu seiner Machtergreifung waren sie vollkommen ungeordnet, stritten ständig untereinander. Azbaas war ein kleiner Schamane mit großem Talent, dem Volk Angst einzuflößen. Dieses Talent hat er so geschickt eingesetzt, daß seine Gegner mit der Zeit allesamt auf die eine oder andere Weise unterworfen wurden. Inzwischen hat er die Epheznunen geeint, so daß sie nur auf ihn hören.«

»Unter Anwendung schwarzer Magie, wie ich vermute, Majestät?« fragte Janela.

Badryia seufzte. »Ich fürchte ja. Man sagt, er habe eine Vereinbarung mit den Dämonen getroffen. Normalerweise höre ich auf solche Dinge nicht, aber bei Azbaas ... wer weiß? Er gehört zu dieser Sorte König, der man solche Dinge durchaus zutraut, auch wenn sie nicht wahr sein mögen. Er hat keine Macht über den See, wie ich keine Macht über den Wald habe. Zuweilen treiben wir Handel, und sollte sich jemand aus meinem Volk in sein Reich verirren, schickt er ihn unverletzt zurück. Und ich mache es genauso.«

»Aber Ihr traut ihm nicht, Majestät?« sagte Janela.

»Auch abgesehen von seinen widerwärtigen Praktiken«, sagte sie, »ist er ein ehrgeiziger König. Ich bezweifle, daß er sich damit zufrieden gibt, die Epheznunen zu beherrschen. Bedenkt seine Angriffe auf die anderen Waldbewohner! Vielleicht ist Euch aufgefallen, wie viele verschiedene Rassen in dieser Gegend leben.«

Ich nickte gemeinsam mit Janela, erinnerte mich Quartervals' Beschreibung der grundverschiedenen Arten von Menschen, die dort hirnlos ihrem Schicksal entgegengestolpert waren.

»Man sagt«, fuhr Badryia fort, »wir alle in dieser Gegend seien von überall aus dem Reich der Großen Alten hergebracht worden, und unsere Vorfahren hätten für sie die Arbeit getan, viele wohl als Sklaven. Das habe ich stets akzeptiert, denn wie sonst wären die großen Unterschiede zu erklären?«

»Das ist eine gute Frage, Majestät«, murmelte Janela.

»Wie man es auch sieht«, fuhr sie fort, »kommt man doch zum selben Schluß. Bevor jedoch Azbaas auf den Plan trat, schienen sich alle damit zufrieden zu geben, im eigenen Land zu bleiben ... wenn auch natürlich mit gelegentlich aufflammenden Blutfehden. Doch waren diese leicht zu überwinden, denn das Leben in dieser Gegend ist nicht leicht, und Kriege schwächen die Kraft, die man für Wichtigeres bräuchte ... wie etwa, dem Hungertod die Stirn zu bieten.«

»Aber nachdem König Azbaas kam«, sagte Janela, »war die Lage nicht mehr so unbeschwert.«

»Nein«, sagte Badryia. »Das war sie nicht.«

Eindringlich sah sie Janela an. »Glaubt Ihr, kleine Schwester, daß seine wachsende Macht etwas mit dem zu tun hat, was möglicherweise Euer eigenes Land heimsucht?«

»Das kann ich nicht sagen, Majestät«, sagte Janela. »Doch die Wahrscheinlichkeit läßt sich nicht bestreiten.«

»Solltet Ihr auf Eurer Reise bestehen«, sagte die Königin, »so fürchte ich, dürfte Eure keimende Theorie auf die Probe gestellt werden. Denn, abgesehen von dem Weg, den Ihr gekommen seid, gibt es keine Route fort vom See, die Azbaas nicht kontrollieren würde.«

Janela und ich sahen einander an. Die nächste Hürde stellte sich uns in den Weg.

»Ich schätze, wir werden es herausfinden müssen, Majestät«, sagte Janela schließlich. »Wenn Ihr uns passieren laßt, müssen wir uns um eine Audienz bei König Azbaas bemühen und zur Göttin beten, daß er uns ebenso wohlwollend aufnimmt, wie Ihr es getan habt.«

Die Königin schnaubte. »Unwahrscheinlich.«

Sie wandte sich Taisha zu, um mit ihr im Flüsterton zu konferieren. Nach langem Gespräch kam sie zu einer Entscheidung.

»Ich muß gestehen, daß mir nicht gefällt, was ich nun tun werde«, sagte die Königin. »Es bedeutet nämlich, eine Frau, die meinen Respekt gewonnen hat, für meine eigenen Zwecke zu benutzen. Aber ich hoffe, Ihr versteht, daß ich an mein eigenes Volk denken muß. Und daß eine Möglichkeit zur Sicherstellung seiner Zukunft darin besteht, daß Ihr Euer Leben und das Eurer Gefährten riskiert.«

»Dann laßt Ihr uns reisen, Majestät?« sagte Janela.

Die Königin nickte. »Ja, Ihr könnt fahren. Und ich werde meine

Spioninnen anweisen, genau acht zu geben, was vor sich geht. Ich kann viel über Azbaas in Erfahrung bringen, wenn ich sehe, wie er Euch behandelt.« Sie hielt inne, um etwas zu überlegen, dann sagte sie: »Außerdem werde ich Euch mit einem Dokument von meiner Hand ausstatten«, sagte sie. »Es wird ein Brief an meinen ...«, und ihr Tonfall wurde spöttisch, »guten Freund und Mitmonarchen sein.« Sie schenkte uns ein schmales Lächeln, dann fuhr sie fort: »Ich werde ihm sagen, ich wäre Euch einen großen Dienst schuldig, und es wäre sehr freundlich von ihm, wenn er Euch willkommen heißen und auf jede erdenkliche Weise unterstützen würde.«

»Danke, Majestät«, sagte Janela für uns beide. »Das Volk von Orissa wird auf immer in Eurer Schuld stehen.«

Die Königin schüttelte den Kopf. »Das bezweifle ich«, sagte sie. »Wahrscheinlicher ist, daß Ihr mich verflucht, weil ich Euch in Azbaas' Klauen getrieben habe.«

Majestätisch hob sie eine Hand, um anzuzeigen, daß unsere Audienz damit beendet wäre.

Doch als die Wachen uns von dannen führten, rief sie noch ein letztes:

»Solltet Ihr jedoch überleben«, sagte sie, »und sollte Tyrenia tatsächlich existieren ... sagt den Großen Alten, daß Königin Badryia ihnen wärmste Grüße schickt. Und daß das Volk am See ihnen viel Glück wünscht ... jetzt und für immerdar.«

Kapitel Zwölf

König Azbaas

Kalter Wind beschleunigte unsere Abreise aus Königin Badryias Reich. Der Himmel war grau, die Luft feucht und schwer, und obwohl es nicht regnete, blieben die fernen Gipfel doch hinter schwarzen Sturmwolken verborgen. Blitze zuckten aus diesen Wolken hervor, zeigten furchteinflößende Bilder, daß einem unwillkürlich Gebete über die Lippen und Erinnerungen an vergangene Sünden in den Sinn kamen.

Es war ein Wetter zum Nachsinnen, und die Gespräche an Bord der *Ibis* beschränkten sich auf das Notwendigste ... Befehle von Kele und den Maaten, oder manchmal raunten die Männer einander etwas zu, was die anstehenden Aufgaben betraf. Selbst der Spitzbube Mithraik schien davon befallen. Ich sah ihn mit etwas, das eine Art von Amulett zu sein schien, über einer Reling lehnen. Er hatte die Augen geschlossen und murmelte wie im Gebet. Ich lächelte und fragte mich, zu welcher Art von Göttern ein Pirat wohl beten mochte.

Je näher wir der Gegend kamen, die nach Königin Badryias Aussage König Azbaas' Domäne war, desto näher rückten die Berge dem Ufer. Das Wetter wurde kälter, windiger, und die Wellen stellten die Mägen der Landratten unter uns auf eine harte Probe. Ich konnte sehen, daß sich Stürme über den Hügeln zusammenbrauten. Die Bäche, die zum See drängten, waren zur Größe kleiner Flüsse angeschwollen, und stellenweise tauchten Wasserfälle auf, erfüllten die Luft mit Donner. Der See stieg sichtlich an, näherte sich den Marken, die frühere Überflutungen am Ufer hinterlassen hatten.

Kele war erleichtert und meinte, dadurch würde es unwahrscheinlich, daß wir unsere Arbeit im Schlamm wieder aufnehmen müßten.

Janela hingegen blieb nicht so gelassen. »Das wird es auch Cligus und Modin erleichtern«, sagte sie.

Derselbe Gedanke hatte auch bereits an mir genagt. »Meinst du, diese Stürme hätten etwas mit Modins Zauberei zu tun?«

»Ich habe nicht den geringsten Zweifel daran, daß es sich um Modins Werk handelt.«

Ich fragte sie, ob es etwas gäbe, was wir tun könnten.

»Ich habe es bereits versucht«, sagte sie. »Leider sind seine Beschwörungen so stark, daß ich unseren Standort preisgeben müßte, um sie zu überwinden. Statt dessen habe ich einen Verwirrungszauber gesprochen. Wenn er sein magisches Lot auswirft, wird er alle möglichen widersprüchlichen Informationen bekommen. Schwache Spuren, die anzeigen, daß wir sonstwo auf dem See sein könnten.«

Ich entspannte mich. Der See war groß. Wir würden längst schon auf dem Weg sein, bevor er uns aufspürte.

Doch was Janela dann sagte, ließ diese friedvolle Blase platzen.

»Was mir Sorgen bereitet«, sagte sie, »ist der Umstand, daß Modins Kräfte mit jedem Tag zuzunehmen scheinen. Als würde jemand oder etwas ihm helfen. Ich sorge mich nicht darum, daß er mich überflügelt. Zu meiner Freude bin auch ich stärker geworden. Doch meine Stärkung kam auf natürliche Weise durch stetiges Üben, und – wie ich glaube – durch tieferes Verständnis zustande.«

»Wir wußten von Anfang an«, sagte ich in dem Versuch, sie zu beruhigen, »daß sich uns mächtige Feinde in den Weg stellen würden. Wie wir auch wußten, daß sie, je näher wir unserem Ziel kämen, immer gefährlicher würden. Die Möglichkeit, daß sie mit Cligus und Modin gemeinsame Sache machen könnten, ist uns ebenfalls nicht entgangen. Dennoch haben wir Fortschritte gemacht. Und das schneller, als ich es mir erhofft hatte. Vergiß nicht, daß Janos und ich drei Versuche brauchten, um nach Irayas zu gelangen. Sollten uns die Götter auch weiterhin wohlgesonnen sein, brauchen wir diesmal nur einen.«

Janelas sorgenvolle Miene entspannte sich. »Manchmal vergesse ich, mit wem ich reise«, sagte sie. »Es ist beruhigend, daß du schon Schlimmeres erlebt... und überwunden hast.«

Ich errötete, murmelte angemessen bescheidenen Unsinn. Janela legte eine Hand auf meinen Arm.

»Bin ich dir eine Hilfe, wie mein Großvater?« fragte sie.

»Mehr noch«, sagte ich. »Zum Beispiel habe ich keine Zweifel an der Ehrlichkeit deiner Absichten.«

Janela drückte meinen Arm. »Dann vertraust du mir?«

Ich blickte in ihre dunklen Augen. Wieder sah ich ihre Ähnlichkeit mit Janos. Die Kraft. Die Intelligenz. Die brennende Neugier. Was ich nicht sah, war das Funkeln des Wahns, der Janos' Fluch und Segen zugleich gewesen war. Dann stieg ein schwacher Moschusduft ihres Parfums auf, und ich bemerkte vielleicht mehr, als sie preisgeben wollte.

Sie senkte ihren Blick, sagte: »Ich sehe, daß du mir vertraust.« Sie zog ihre Hand zurück, und der Augenblick verstrich.

Kurz bevor die Nacht das Grau des Tages schluckte, kamen wir zu einer kleinen Insel, einem mächtigen bewaldeten Hügel, der steil aus dem See aufragte. Die Kuppe war kahl, bis auf einen riesenhaften Baum mit Ästen, die den gesamten Hügel mit Schatten zu überziehen schienen. Stufen waren in den steinigen Sockel der Insel gehauen, und sie führten zu einem verschlungenen Pfad, der einen hinauf zur Kuppe brachte.

Janela wurde ganz aufgeregt und sagte: »Wir müssen hier halten, sei so gut.«

Als ich fragte warum, erklärte sie, es sei ein magischer Ort. »Nur geht es hier nicht um Magie von Menschen oder Dämonen. Er besitzt eine Aura von Erde... und großem Frieden. Ich habe das Gefühl, es könnte sehr hilfreich sein, wenn wir uns dort umsehen.«

»Wir haben Zeit«, sagte ich. »Ich dachte ohnehin, daß es klug wäre, über Nacht anzulegen. Bald schon müßten wir in König Azbaas' Reich sein, und ich würde es vorziehen, ihm bei Tageslicht zu begegnen.«

Ich gab Befehle aus, und als Kele und die anderen Kapitäne die Anker werfen ließen, nahmen Janela und ich ein kleines Boot und ruderten zu der kleinen Insel hinüber. Das Wetter hatte sich beruhigt, der Wind war zu einer leichten Brise geworden, die Kälte schnitt nur noch wenig. Als wir an den Resten eines alten Anlegers festmachten, bahnte sich der Mond seinen Weg und leuchtete uns. Wir stiegen die Stufen hinauf und fanden den Pfad. Er war grob und vielerorts gerissen, doch stieg er nur sanft an, so daß es, obwohl wir fast eine Stunde brauchten, um die Kuppe zu erreichen, ein leichter Anstieg war. Eine Quelle ergoß sich über die letzten Meter des Pfades. Janela bückte sich, um eine Handvoll Wasser zu trinken. Überrascht zog sie die Augenbrauen hoch.

»Probier mal«, sagte sie.

Das tat ich, und die erste Überraschung war, wie kalt sich das Wasser anfühlte, als ich meine Hand hineinsteckte. Fast betäubte es die Finger, und als ich trank, schmerzten meine Zähne. Doch der Geschmack war so rein wie geschmolzener Schnee auf dem höchsten aller Gipfel. Ich fragte mich, wie das möglich war. Wir befanden uns in der Mitte eines riesigen Sees, und die Berge waren meilenweit entfernt. Janela war weitergegangen, so daß ich nichts dazu sagte, sondern ihr nur folgte.

Der Baum auf der Kuppe war noch größer, als wir gedacht hatten, mit dicken, wuchernden Wurzeln, die sich fast so hoch krümmten wie der Wald nahe meiner Villa in Orissa. Seine Blätter waren ähnlich geformt wie die einer Eiche und schimmerten silbrig im Mondlicht. Leise raschelten sie in der Brise – angenehme, friedliche Musik, wie Reisig an bronzenen Tempelschalen. Der Baum besaß dicke, stämmige Äste, so gleichmäßig geordnet, daß man sich fragte, ob ein meisterlicher Gärtner sie seit tausend Jahren liebevoll beschnitten hatte. Am Rande hatten die Wurzeln einen großen, flachen Stein aufgestemmt. Darunter drang die Quelle hervor. Ich hob meine Feuerperlen an und sah Zeichen auf dem Stein.

Die Zeichen waren kaum erkennbar, und Janela rieb mit einer Hand darüber, runzelte die Stirn. »Ich kann sie nicht lesen«, sagte sie, »obwohl ich keinen Zweifel daran habe, daß es sich um magische Symbole handeln muß.«

Ich entdeckte eine Einbuchtung in der Mitte des Steins und sagte: »Was ist das?«

Wir sahen näher hin. Dort, tief eingemeißelt, um Jahrhunderte scharfen Windes zu überdauern, war die Figur der Tänzerin zu sehen. Sie war von einem Viereck eingefaßt, um welches wiederum eine abgeschrägte Rinne verlief. Janela blies Staub und Schmutz beiseite, legte die Rinne frei.

»Es sieht aus wie eine Art Behälter«, sagte sie. »Ein Behälter, der in den Stein eingelassen ist.«

Schon hatte sie die Tasche von der Schulter genommen und wühlte einen Moment lang darin herum. Dann zog sie ein schlankes Stück Metall hervor.

Janela lachte, als sie sah, wie neugierig ich es betrachtete. »Es hat keine Zauberkraft«, sagte sie. »Es ist nur etwas, das wir als Stemmeisen benutzen können.«

Eine Weile bearbeitete sie den Behälter, schlug die dicke Schmutzschicht ab und blies den Staub fort. Schließlich nahm sie ihr Messer hervor und stemmte den Behälter aus dem Loch. Er war etwa so breit wie meine Handfläche, vielleicht doppelt so tief und aus weichem, milchigem Stein gearbeitet... wie die Wände des Königshofes, an dem sich die Tänzerin vor dämonischem Publikum drehte. Janela hielt die kleine Schatulle hierhin und dorthin, löste das Geheimnis, wie sie zu öffnen war und klappte den Deckel auf. Beide blickten wir hinein.

Ein einzelnes Rosenblatt war dort zu sehen. Es war von tiefem, sattem Rot und so vollendet geformt, daß ich kaum widerstehen konnte, es zu berühren. Ich nahm es heraus und stellte überrascht fest, daß es aus feinem Glasgespinst bestand. Ich hielt es hoch, und Mondlicht glitzerte auf seiner Oberfläche, wobei kleine Lichterfunken aufstiegen.

Die Musik der raschelnden Blätter wurde lauter, klang nun wie ferne, singende Stimmen. Ich merkte, daß ich lächelte und wandte den Kopf in verschiedene Richtungen, um zu verstehen, was die Stimmen sagen mochten. Ich meinte, meinen Namen zu hören, und dann auch Janelas, doch konnte ich nicht sicher sein, denn die Stimmen schienen aus weiter Ferne zu kommen. Ich fühle mich benommen, wenn auch auf angenehme Weise, als hätte ich eben schweren Wein getrunken. Dann war ich *sicher*, daß ich meinen Namen hörte, und trat einen Schritt vor, um besser zu verstehen. Doch als ich es tat, war mir, als verließe ich meinen Körper. Ich fühlte mich frei und leicht und froh, alle irdischen Bürden abgelegt zu haben. Ich sah Janela an, die mich erstaunt betrachtete. Silberne Blätter regneten vom Baum, verwehten im Wind. Sie fielen wie ein Sommerregen, und ich fühlte mich rein und frisch und unbeleckt von Habsucht oder Trauer, ganz wie ein Neugeborenes. Dann hob ich die Hand, die das Blatt hielt, und sah, daß meine Haut ganz fahl und leuchtend war, als hätte sie keine Substanz. Ich lachte: Es klang wie die Glocken der Windharfe in meinem Garten, so daß ich wieder lachte, nur um diesen Klang zu hören.

Janela streckte eine Hand aus und nahm das Blatt an sich. Ich sah, daß sie es wieder in die Schatulle legte und den Deckel schloß. Augenblicklich wurde meine Hand zu einer ganz normalen Hand. Ich fühlte mich schwerfällig, müde und begriffsstutzig. Laut stöhnte ich über meinen Verlust, und das Geräusch tat in den Ohren weh.

Ich weinte, ohne zu wissen warum, und Janela hielt mich, bis die Tränen bebend ein Ende nahmen. Branntwein glühte auf meinen Lippen und kratzte auf der Zunge, als sie mich zwang, aus ihrer kleinen Feldflasche zu trinken. Er schien mit einem ihrer Aufbaumittel gewürzt zu sein, denn bald schon fühlte ich mich besser.

Ich erzählte ihr alles, was geschehen war, nachdem ich die Rose berührt hatte. »Es war, als wäre ich ein Geist geworden«, sagte ich. »Kein totes Ding wie ein Gespenst. Nein, ein Geist von derart pulsierendem Leben und Körper, daß selbst der Dunkle Sucher vor dem Licht geflohen wäre, das ich ausstrahlte.«

»Und genau so sahst du auch aus, Amalric«, sagte Janela. »Tatsächlich wart ihr zu zweit. Dein Körper, bestehend aus Fleisch und Blut. Und dann trat dein ... Geist ... daraus hervor. Dieses Ich gab ein ganz wundersames Licht ab. Und ich glaubte, du würdest lachen, doch was ich hörte, waren ...« Ihre Stimme erstarb, als sie nach einem Vergleich suchte.

»Glocken?« sagte ich. »Klang das Lachen wie die Glocken einer Windharfe?«

»Genau das war es«, sagte sie. »Geheimnisvolle Glocken, wie ich sie nie zuvor gehört hatte. Es tut mir leid, daß ich dich unterbrechen mußte. Ich konnte sehen, daß es dir Schmerzen bereitete, doch war ich nicht sicher, was als nächstes geschehen würde.«

»Es war mir egal«, sagte ich trübe.

Sie streichelte mich. »Das weiß ich«, sagte sie. »Doch was geschah, war nicht unbedingt gut. Das Böse trägt nicht immer einen schwarzen Umhang. Dämonen sind nicht immer häßlich. Und die größte Freude, die ich je erfahren habe, hätte mich getötet – oder Schlimmeres – wenn ich mich nicht zurückgezogen hätte, bevor es zu spät war.«

Ich sah sie an, fragte mich, was es wohl gewesen sein mochte.

Sie fing die Stimmung mit einem Lächeln auf. »Frag nicht«, sagte sie. »Es hat mit Zauberei zu tun, und du würdest es sicher besser verstehen, als meine Selbstachtung ertragen könnte.«

Janela hielt den kleinen Steinkasten hoch. »Darf ich ihn behalten?« fragte sie. »Nach allem, was geschehen ist, habe ich das Gefühl, als gehörte er eigentlich dir. Nur würde ich gern seinen Zweck erforschen. Mit allen Sicherheitsmaßnahmen, die ich ergreifen kann.«

Ich sagte, ja, natürlich könne sie das, doch als sie ihn in einen seidenen Beutel mit einem Zugband steckte und diesen in ihrer Tasche verstaute, wollte ich schreien: Ich habe gelogen! Gib ihn wieder her! Ich hielt den Mund, bis nur noch ein schwacher, wenn auch bleibender Verlust zu spüren war. Zu diesem Gefühl gesellten sich manch andere: Ein ganzes Leben all jener kleinen Qualen, die uns beim Wandern auf jener Straße ereilen, welche die Götter vor uns ausgebreitet haben. Habe ich mehr davon als die meisten, so nur, weil ich auch älter bin als die meisten. Manchmal, wenn ich in den Spiegel blicke und sehe, wie viele Verwüstungen der Zeit aus meinem Gesicht radiert sind, vermisse ich die Narben des Alters, die zu erlangen ich so hart gearbeitet habe.

Wir verließen die Insel ohne weitere Worte, machten nur Pause, um noch einmal vom süßen, kalten Quellwasser zu trinken. Ich schlief fest, wenn auch nicht gut. Und am nächsten Morgen setzten wir unter dem schieferfarbenen Himmel und einer Sonne, die so trostlos war wie unsere Stimmung, erneut die Segel.

Unser erster Blick auf König Azbaas' Hauptstadt ließ Böses ahnen, ebenso wie der kalte Wind, der uns dorthin wehte. Wir waren von Nebel umfangen, so daß wir ohne Vorwarnung aus dem schmierigen Dunst in eine lange, schmale Bucht gerieten. Die Stadt lag in einem Tal zwischen zwei hohen Klippen, auf welchen zur Sicherung der Bucht mit Holzzäunen umgebene Festungen standen. Lange, flache Anleger breiteten sich vor der Stadt aus, und diese Anleger dienten Unmengen von Flößen, bemannt mit nackten Sklaven beiderlei Geschlechts, die man mit Ketten und Eisen an die Flöße gebunden hatte. Nur wenige primitive Boote durchpflügten das Wasser, was Königin Badryias Behauptung bestätigte, daß Azbaas auf dem See nur wenig Einfluß hatte. Die Stadt, die – wie wir später erfuhren – Kahdja hieß, war eher eine hölzerne Festung als ein aufstrebender Ort arbeitsamer Seelen. Ein hoher Palisadenzaun reichte von einer Klippe zur anderen, und in Abständen von fünfzig Fuß waren Wachttürme aufgestellt. Ein astloser Wald von Holzhäusern erstreckte sich jenseits der Palisaden, stieg langsam vom See her den Hang hinauf. Bei dem Tal, das erklärte man uns später, handelte es sich um ein altes Flußbett, das vor langer Zeit verschlammt war. Stadt auf Stadt war in dem ehemaligen Flußbett errichtet worden, bis nur noch wenig an seinen ursprünglichen Zweck erinnerte. Nachdem ich Azbaas kennengelernt hatte, schien es mir nur angemessen, daß jeder Fluß, über den er die Befehlsgewalt hatte, ein derart armseliges, totes Ding sein mußte.

Als wir näher kamen, konnte ich sehen, daß die Klippen – gelb wie das Grinsen einer alten Vettel mit Zahnlücken – von diversen Höhlen durchzogen waren. Im Eingang dieser Höhlen sah ich Bewegung und die kleinen Gestalten speerbewehrter Soldaten, die auf Pfaden und in die Klippen gehauenen Treppen Wache standen.

Ich rief, man solle unsere am wenigsten zerfledderten Flaggen hissen, und beschwatzte eine kleine Gruppe von Amateurmusikern, zum Gruße eine ungeschlachte Melodie auf Flöten und Trommeln zum besten zu geben. Wir warteten, wenn auch nicht lange. Die Palisadentore gingen auf, und ein kleines Gefolge einflußreich wirkender Männer hastete heraus. Sie kletterten an Bord eines Dings, das ich erst für einen Anleger hielt, doch vor meinen Augen erhob sich darauf ein farbenfroher Zeltpavillion, und eine Unmenge von Sklaven stöhnte unter Peitschenhieben, stemmte und stieß, bis sich der Anleger vom Ufer löste und ich merkte, daß es sich um eine große königliche Barkasse handelte, die uns entgegenkam.

Drei Mann stiegen an Bord der *Ibis*, und ich tat mein Bestes, sie davon zu überzeugen, daß ich ein genialer Mann mit unschuldigen Zielen und einflußreichen Freunden wäre, die meine Rückkehr dringlichst erwarteten. Wir alle hatten unsere besten Kleider angezogen, und die Mannschaft bildete ein respektvolles Spalier, durch das Janela und ich gingen, um unsere Besucher zu begrüßen.

Ihre rot bemalten Gesichter waren von tiefen rituellen Narben durchzogen. Ihre Augen waren schwarz umrahmt, und schwarze Streifen zogen sich von ihren Mundwinkeln. Lange Lederumhänge, die sie über einer Rüstung aus Holz und Leder trugen, hingen von ihren Schultern, und sie hatten Helme mit hohen Spitzen, die sie größer scheinen ließen, als sie tatsächlich waren. Es war genau die stämmige, muskulöse Sorte Mann, die Quartervals in der Schlucht gesehen hatte.

Der Mann in der Mitte, um dessen Hals ein großes goldenes Amtsabzeichen hing, spannte seine Stammesnarben zu einem Lächeln.

»Ich bin Lord Fizain«, sagte er. »Ich bringe Euch Grüße und heiße Euch im Namen König Azbaas' herzlich willkommen.« Seine

Stimme war dünn und hoch. Dennoch klang er wie ein Mann, der es gewohnt war, Befehle zu erteilen.

Ich verbarg meine Überraschung darüber, daß man uns so umgehend akzeptierte. »Ich bin Lord Amalric Antero«, sagte ich, »und das hier ist Lady Greycloak, meine...«

Fizain unterbrach mich. »Vorstellungen sind nicht nötig«, sagte er. »Wir kennen Euch, Lord, wie wir auch wissen, daß Lady Greycloak eine Zauberin von hohem Ansehen ist.«

Er verneigte sich tief. Dann sagte er: »Ich vermute, Ihr habt ein Sendschreiben von unserer guten Freundin, der Königin Badryia, bei Euch.« Er streckte eine Hand aus. Benommen reichte ich ihm das zusammengerollte Pergament der Königin.

»Ich muß gestehen, edler Lord«, sagte ich, »daß Ihr uns gegenüber im Vorteil seid. Wir sind nur müde Reisende auf einer heiligen Mission für unser Heimatland. Wie wurde uns die Aufmerksamkeit seiner hochherrlichen Majestät zuteil?«

Fizain lachte; ein quiekendes Geräusch, das beunruhigend klang aus dem Mund eines derart grimmigen, muskulösen Mannes. Er sagte: »Wußtet Ihr nicht, daß unser König der mächtigste Schamane in der Geschichte der Epheznunen ist? In seinem Reich gibt es nichts, das ihm entginge. Und nur wenig in den Regionen jenseits davon.«

Janela schüttelte den Kopf, als wunderte sie sich. »Ich kann es kaum erwarten, den König kennenzulernen«, sagte sie. »Vielleicht könnten wir den einen oder anderen magischen Leckerbissen tauschen.«

Fizain machte ein bedauerndes Gesicht. »Eine solche Zusammenkunft«, sagte er, »wäre ganz im Sinne seiner Majestät. Doch fürchte ich, sie wird ein paar Tage warten müssen. Er ist mit wichtigen Staatsgeschäften beschäftigt.«

»Natürlich«, sagte ich. »Ein so wohlhabendes und mächtiges Reich muß eine Bürde für den Zeitplan Eures Königs sein. Doch hoffen wir, ihm einen kleinen Augenblick dieser Zeit stehlen zu können, denn leider müssen wir uns ansonsten mit den Grüßen begnügen, die Ihr so trefflich überbracht habt. Der wichtigste Grund, ihn aufzusuchen, besteht für uns darin, von ihm Erlaubnis zu bekommen, friedlich durch sein Reich reisen zu dürfen. Vielleicht beschenkt er uns auf unserer Rückreise mit dem einen oder anderen Moment seiner Gegenwart.«

Fizain schüttelte den Kopf. »Ich habe nur geringen Zweifel daran, daß unser König Euch die Durchfahrt erlauben wird«, sagte er. »Unseligerweise hat er mir keine entsprechenden Anweisungen gegeben. Er bat Euch nur, seine Gastfreundschaft für ein paar Tage anzunehmen, und sobald seine Pflichten es erlauben, würde er sich freuen, Euch persönlich kennenzulernen.«

Mir blieb nur, diesen Vorschlag anzunehmen. Es ist nicht klug, mit einem König zu streiten. Tust du es, mußt du sicherstellen, daß die Entfernung zwischen dir und dem Thron größer ist als deine offene Verachtung. Somit verneigte ich mich tief – ebenso wie Janela – und gab so manche Lüge von mir, wie dankbar ich sei, mich dem Willen des Königs unterwerfen zu dürfen.

Und mit diesen Verbeugungen wurden wir Gefangene.

Schon früher hatte ich das zweifelhafte Vergnügen solchen Arrestes genossen. In luxuriösen Kerkersuiten bin ich ebenso auf- und abgelaufen wie in Zellen voller Ungeziefer, in Hörweite der Gesänge des Folterknechts. Das Quartier, welches Azbaas für Janela und mich vorgesehen hatte, lag irgendwo dazwischen. Sie brachten uns in den höchsten Turm einer der Festungen oben auf den Klippen. Drei geräumige Zimmer bekamen wir, allesamt mit fröhlichen Feuern, um die kühle Feuchtigkeit vom See her zu vertreiben. Das mittlere Zimmer bot einen Blick aufs Wasser, und wir konnten sehen, daß unsere Schiffe in einer schmalen Bucht vertäut lagen. Unsere Mannschaft durfte die Schiffe nicht verlassen und stand unter schwerer Bewachung, um sie vor aufsässigen Splittergruppen der Epheznunen zu schützen ... das zumindest hatte Lord Fizain gesagt. Selbstredend waren auch für uns ähnliche Schutzmaßnahmen nötig, und Tag und Nacht standen Wachen vor unserer Tür.

»Obwohl unser Königreich ausgesprochen friedliebend ist«, hatte Fizain gesagt, »gibt es doch gewisse außenstehende Elemente, die unseren guten König hassen und alles tun, um seine Bürger aufzuschrecken. Sie haben sogar Hexen unter uns gebracht, Hexen, die unsere schwächeren Brüder und Schwestern heimsuchen und sie böse Dinge tun lassen. Daher muß man ständig auf der Hut sein. Und jeder ist verdächtig ... bis die Unschuld ihrer Absichten über jeden Zweifel erhaben ist.«

Kurz gesagt meinte er, wir stünden unter Quarantäne und seien keineswegs eingekerkert wie jene Unglücklichen, die sich in den Höhlen der Klippen unter uns drängten. Ich sah sie, als wir in Azbaas' königlicher Barkasse an Land gebracht wurden. Die Menschen in den Höhleneingängen entpuppten sich als Hunderte, wenn nicht Tausende, die der König für Schwerverbrecher hielt. Die Höhleneingänge waren vergittert, und ich konnte das Stöhnen der Gefangenen und das Fluchen der Soldaten hören, welche sie bewachten, als wir darunter hindurchfuhren.

Man gab uns mehrere Sklaven, die sich um unsere Bedürfnisse kümmerten, was mich mehr plagte als unsere erzwungene Lage. Ich nutzte mein Privileg als Lord, um mich darüber zu beklagen, daß ich die zartfühlende Sorge meiner eigenen Diener vermißte. Man gestattete mir, sie gegen Quartervals und Mithraik auszutauschen, der mich tief beeindruckt hatte, weil er sich stets aus üblen Lagen befreien konnte. Sie wurden in Räumen unter uns einquartiert, und da man sie für untergeordnete Diener hielt, erfreuten sie sich in der Festung einer etwas größeren Bewegungsfreiheit.

Mithraik bewies sofort, daß er das in ihn gesetzte Vertrauen wert war, indem er auf mehrere gangbare, wenn auch riskante Fluchtwege verwies.

Sein bester Plan bezog die Kamine mit ein, die ständig nachgelegt und geschürt wurden, um die Kälte zu vertreiben.

»Das Leben eines Seemanns besteht nicht nur aus frischen Brisen und gutem Pökelfleisch, Herr«, erklärte er mir. »Der alte Mithraik hat hin und wieder auch in Städten rumgelungert. Das hab ich tatsächlich, Herr. Besonders als ich ein barfüßiger Bursche ohne Hirn im Kopf war und bei jedem Wetter auf jeden beliebigen Mast klettern wollte, um mich dem Käpt'n zu empfehlen. Hab eine schlimme Zeit als Schornschweinfegersgehilfe mit dem übelsten, faulsten Käpt'n über Besen und Asche zugebracht, den man sich nur vorstellen kann. Von daher weiß ich also das eine oder auch das andere über Schornschweine, das kann ich wohl behaupten.«

Ich stutzte kurz, dann wurde mir klar, daß er mit »Schornschwein« einen Schornstein meinte, wie er über dem großen Kamin im mittleren Zimmer aufragte.

»Sprich weiter«, sagte ich.

»Naja, Herr«, fuhr er fort, »das Ding an Schornschweinen ist, daß sie den Rauch rausschaffen sollen, Herr. Aber außerdem müssen sie auch Luft reinlassen, wenn Ihr versteht, was ich meine.«

Ich verstand es nicht, ließ ihn aber dennoch weitersprechen, und bald schon wurde es mir ziemlich klar. Wenn es mehr als einen Kamin gäbe, erklärte er, teilten sich diese für gewöhnlich einen gemeinsamen Schlot, der nicht nur groß war, sondern auch auf eine Art und Weise konstruiert, daß der Rauch leicht aufsteigen konnte, während das Feuer Luft ansog, um sich davon zu nähren.

»Erst gestern war ich draußen, Herr«, sagte er. »Hab sie überredet, mich mit dem Quartiermeister auf den Markt gehen zu lassen, damit ich Euch ein ordentliches Abendessen besorgen konnte. Und das erste, was dem alten Mithraik aufgefallen ist, Herr, waren die Unmengen von Kaminen in dieser Festung hier. Allerdings habe ich nur zwei Stellen entdeckt, an denen Rauch aufstieg. Man muß nicht besonders schlau sein, Herr, um zu erkennen, daß die Kamine irgendwie mit einem Schlot verbunden sein müssen, der groß genug ist, daß ein Schiff durchsegeln könnte.«

Er schlug vor, diesen Schlot zu nutzen, um auf das Dach der Festung zu gelangen. Von dort könnten wir hinunterklettern, uns zu den Palisaden durchschlagen, das Tor passieren und über eine Mauer klettern, kein Problem, sagte Mithraik, wenn ein Seemann wie er uns half. »Obwohl«, wie er höflich sagte, »ich keinen Zweifel daran habe, daß man munteren Leuten wie Euch beiden und Quartervals bestimmt kaum helfen muß.« Von dort könnten wir in den Wald fliehen, der die Stadt umgab, und uns verstecken, bis die Gefahr vorüber wäre.

Es war kein so schlechter Plan. Allerdings brachte er mit sich, daß wir unsere Kameraden auf den Schiffen zurücklassen mußten.

Mithraik grinste. »Hab mir schon gedacht, daß Ihr es nicht wollt, Herr«, sagte er. »Nicht einer wie der, hab ich mir gesagt, Aber der alte Mithraik hätte seine Pflichten vernachlässigt, Herr, wenn er Euch nicht darauf hingewiesen hätte.«

Ich gratulierte ihm zu seinem scharfen Blick und seinem gewitzten Verstand und ermutigte ihn, mir weitere Ideen vorzuschlagen, falls ihm welche kommen sollten.

Quartervals dagegen hatte seinen Wert im Bett bewiesen. Er hatte eine Küchenfee von rundlicher Figur beeindruckt, die eine lebhafte Phantasie hinsichtlich der Freuden besaß, welche ein Fremder aus fernen Landen in seiner Hose verbergen mochte. Ihre Schwester war Dienerin im Speisesaal des Königs und ihre Mutter eine seiner zahlreichen Köchinnen.

Er hatte sie offenbar nicht enttäuscht, denn im Laufe der Zeit versorgte sie ihn mit wertvollem Klatsch über die Vorgänge im Hause des guten Königs Azbaas.

Es schien, als hätte Azbaas erst kurz vor unserer Ankunft von uns gehört. Als er davon erfuhr, hatte es einige eilige Besprechungen zwischen dem König und seinen Beratern gegeben, mit einer Menge mitternächtlicher Zauberei, was dem Küchenpersonal abverlangte, jene Würdenträger weit über die normale Arbeitszeit hinaus mit Erfrischungen zu versorgen.

»Noch immer brennen die Öllampen bis spät in die Nacht«, sagte Quartervals. »Anscheinend ist der König schwer von sich beeindruckt. Er sieht in uns eine seltene Gelegenheit. Nur ist er wohl nicht sicher, inwiefern.«

»Falls er Lösegeld will«, sagte ich, »werde ich ihm versprechen, seine gesamte Armee und unsere Haftentlassung zu erwerben, und dann sehen wir mal, welche Überraschungen wir Lord Modin und meinem abtrünnigen Sohn bereiten können.«

Quartervals schüttelte den Kopf. »Ich weiß nicht, Herr«, sagte er. »Mir scheint, man braucht mehr als goldene Münzen für Leute wie König Azbaas.«

Das wußte ich selbst, doch hatte ich eine große Sammlung von Kaufmannstricks im Ärmel, mit denen ich den bohrenden Blick schon so manches Prinzen erweicht hatte.

Es war Quartervals, von dem wir Azbaas' Vorgeschichte erfuhren, ebenso wie die seiner Hauptstadt Kahdja.

Wie Königin Badryia gesagt hatte, war der König einst einer von vielen Schamanen gewesen, welche den verstreuten Stämmen dienten, aus denen sich die Epheznunen zusammensetzten. Doch war es nicht Azbaas gewesen, der diese Stämme einigte.

»Er war oberster Schamane des größten, stärksten Stammes«, sagte Quartervals. »König dieses Stammes war ein habgieriger Bursche, der niemandem – wirklich niemandem – traute, bis auf Azbaas. Azbaas, der kein Dummkopf war und auf dem Weg nach oben eine Menge Erfahrung im Beseitigen anderer Schamanen gesammelt hatte, spielte auf diesem König wie auf einer Tempeltrommel. Er achtete besonders darauf, daß er jedermann gegenüber mißtrauisch blieb. Jeder kluge Kopf, der dem König auffiel, wurde als Verräter gebrandmarkt, und man sagt, Azbaas habe persönliches Vergnügen daran gefunden zuzusehen, wie sie für ihre Klugheit bestraft wurden.«

Mit einer Reihe von Kriegen schuf sich der Prinz, dem Azbaas diente, sein eigenes Königreich. Doch kurz nach der grausamen Zeremonie, mit der sein Anrecht auf den Thron festgeschrieben wurde, verlor der König den Verstand und wurde ein derart nutzloser, geschwätziger Klotz, daß er sich nicht wehren konnte, als Azbaas eine Revolte anführte und ihn hinrichten ließ. Von diesem Punkt an war es ein einfacher, wenn auch blutiger Griff nach der Krone.

Quartervals schüttelte den Kopf. »Es ist kein Geheimnis, daß er sich mit einem Dämon verbündet hat, um diesem armen Burschen den Verstand zu rauben«, sagte er. »Und es war das Bildnis des Dämons, das ich unten in der Schlucht sah.«

Ich wandte mich Janela zu. »Meiner Erfahrung nach«, sagte ich, »verliert ein Zauberer, der mit einem Dämon einen Handel eingeht, für gewöhnlich mehr, als er gewinnt.«

Janela nickte. »Besonders einer, den man dazu verleitet, sich von Menschenfleisch zu ernähren.«

Ich fragte sie, was sie meinte, und sie sagte: »Man läßt den Zauberer glauben, er nähme die Kraft seiner Feinde in sich auf. Im Grunde jedoch schwächt er sich ... und sein Volk, wenn sie es ihm nachtun sollten, und ihr Hunger wächst mit jedem Tag. Am Ende können nur Wahnsinn und Chaos stehen. Allein der Dämon gewinnt an Macht.«

»Das mag so sein«, sagte ich bedrückt. »Doch im Augenblick sind wir in Azbaas' Hand. Wir haben keine Zeit, seinen endgültigen Niedergang abzuwarten.«

Janela antwortete nicht. Sie war damit beschäftigt, den Inhalt ihrer Tasche zu sortieren, als sei dies die wichtigste und fesselndste Beschäftigung der Welt.

Später jedoch, als Quartervals und Mithraik wieder in ihrem

Quartier waren, sagte sie: »Wir müssen nicht mehr lange warten, bis wir dem König gegenüberstehen. Er versucht uns schon seit unserer Ankunft auszuhorchen, doch habe ich das jedesmal abgewehrt.« Sie lächelte. »Augenblicklich haben wir einen höchst entmutigten, unbändig neugierigen Zauberkönig. Und wenn mich nicht alles täuscht, wird er uns bald zu sich rufen.«

Sie hob den Beutel mit der Schatulle, die wir auf der Insel gefunden hatten. »Es wird Zeit, daß wir uns für eine solche Begegnung bereit machen«, sagte sie.

Ich betrachtete den kleinen Kasten, als sie ihn hervornahm, und erschauerte bei der Erinnerung an das Erlebte. »Ich dachte, du sorgst dich um die Quelle der Macht dieses Dings«, sagte ich. »Oder hast du seinen Sinn schon ergründet?«

»Nein, das habe ich nicht«, sagte sie. »Meine Instinkte sagen mir, daß es eine Macht des Guten ist. Gut für uns. Doch es könnte sich auch um eine Falle handeln. Ein Zauber, der uns weismachen soll, alles wäre zum besten. In jedem Fall jedoch war die Zauberkraft, durch welche dieser Talisman entstanden ist – denn um einen solchen wird es sich wohl handeln – so stark, daß ich sie nutzen kann, um mit ihr meinen eigenen Zauber zu verstärken, ohne Angst haben zu müssen, in eine Falle zu tappen.«

Sie stellte den Kasten zwischen uns. Ich starrte ihn an, die Lippen ganz trocken vom plötzlichen Drang, ihn zu öffnen. Das Gefühl verflog, als Janela mich mit einem süßlich riechenden Öl salbte, meine Schläfen und die Innenseiten der Handgelenke abtupfte. Dasselbe tat sie auch mit sich, dann tropfte sie Öl auf die Schatulle, bis es das Relief des tanzenden Mädchens ausfüllte. Sie entzündete das Öl mit einer goldenen Kerze. Eine blaue Flamme züngelte auf, nahm die taumelnde Gestalt der Tänzerin an. Meine Haut wurde warm, wo Janela mich mit Öl bestrichen hatte ... wenn auch nicht unangenehm.

Janela sang:

»Sie, die tanzt
Im Saale des Dämonen;
Nicht wankt und niemals
Ihre Anmut je verliert;
Nicht altert
Weder müde wird,
Noch weint.
Des Dämons Lust
Ist unsere Macht;
Des Dämons Herz
Von Stein umfaßt.«

Flackernd erstarb das Feuer, und die milde Wärme auf meiner Haut verschwand.

»Bist du sicher, daß der Zauber wirkt?« fragte ich. »Ich habe fast nichts gespürt.«

Janela lachte. »Gehörst du zu jenen, die glauben, die beste Medizin muß auch am ekligsten schmecken? Oder die unangenehmste Wirkung auf den Körper haben?« Ich muß verwirrt dreingeblickt haben, denn sie tätschelte meine Hand. »Dieser Zauber war notwendigerweise milde, damit wir den König nicht warnen ... und ganz besonders nicht seinen Dämonenfreund.«

Janela steckte die Schatulle in den Beutel und verstaute diesen in ihrer Tasche. »Außerdem hat es einen doppelten Grund«, fuhr sie fort. »Ich interessiere mich zunehmend für des Königs Dämon.«

»Warum das?« fragte ich.

»Ich spüre, daß er eine ausgesprochen grobe, primitive Macht ist«, sagte sie. »Er erinnert mich an den Dämon Lord Elam, dem deine Schwester im westlichen Meer begegnet ist. Er behauptete, ein Zauberer habe ihn gerufen, falls du dich erinnerst, und als der Zauberer erschlagen wurde, konnte Elam nicht mehr in seine eigene Sphäre zurück.«

»Ich höre den Zweifel in deiner Stimme«, sagte ich.

»Ich hatte Zweifel, als ich es las«, erwiderte Janela. »Nichts kann gänzlich verloren gehen. Vergessen vielleicht. Fehlgelenkt. Unerreichbar. Sogar verriegelt und verrammelt. Nur nicht verloren. Wenn eine Zauberin etwas will, stellt sie sich dessen Standort vor, sein Zuhause. Mit einem Gesang kann sie ihre Phantasie erweitern oder mit magischen Elixieren oder Objekten ihre Kraft verstärken. Mein Großvater glaubte an eine alles bestimmende Ordnung – grundlegende Gesetze, die alle Dinge lenken – in dieser Welt wie in den Sphären, in welchen Dämonen wie Elam leben.

Wie du weißt, gibt es Zauberer, die bezweifeln, daß diese Sphäre existiert. Deine Schwester jedoch hat diesen Teil von Janos' Theorien bewiesen, als sie dem Archon in den Äther folgte. Sie hat verschiedene, unterschiedliche Welten beschrieben, die sie am Ende ihrer Jagd besuchen mußte.

Sorgsam hat sie in ihrem Bericht ihre Meinung von den Fakten getrennt. Bei der Beschreibung Elams beispielsweise wies sie gezielt darauf hin, daß es Chahar, der weibliche Günstling des Dämons, war, der sagte, daß sein Herr sich verirrt hatte. Rali hatte keinen anderen Beweis als das Wort dieses schlichten Gemüts.«

»Was, glaubst du, ist geschehen?« fragte ich.

»Ich glaube, Elam war ein Ausgestoßener«, sagte sie. »Wie könnte ein derart mächtiger Dämon sonst je in den Bann eines Zauberers geraten? Ich glaube, seine Artgenossen haben ihm verboten, in seine angestammte Heimat zurückzukehren.«

»Du meinst, er war so böse – selbst für einen Dämon – daß man ihn ins Exil geschickt hat?« fragte ich.

Janela lachte leise. »Ich meine nichts dergleichen«, sagte sie. »In Fragen von Gut und Böse stimme ich mit meinem Großvater nicht mehr überein. Beide Zustände existieren – und Dämonen sind definitiv böse. Da habe ich keinerlei Zweifel. Aber es kann auch kein Zweifel daran bestehen, daß viele Dämonen gemeinsame Ziele verfolgen und eine geordnete Sichtweise kultivieren, wie dieses Ziel zu erreichen wäre.«

»Wie jene, die sich uns entgegenstellten?« fragte ich.

»Genau«, sagte sie. »Niemals dürfen wir die Schärfe des Intellekts unserer Gegner unterschätzen. Da sie böse sind, erwägen sie sicher Methoden, uns zu unterwerfen, an die wir nicht einmal zu denken wagen. Sie sind große Verführer, große Raubtiere menschlicher Schwäche. Außerdem stehen ihnen ganze Legionen untergeordneter Geister zu Verfügung. Viele allerdings drängen danach, allein zu herrschen. Und deshalb können wir jene wilden Dämonen gelegentlich nach unseren Zielen formen. Oder einen Handel eingehen – wie Azbaas es getan hat – mit einem mächtigen Wesen, das entweder seinen Herren trotzt oder denen noch nicht aufgefallen ist.«

»Elam war ein solcher Dämon?« fragte ich.

»Das glaube ich«, sagte Janela. »Und er war verbannt – nicht verirrt – als Strafe für seinen Widerstand. König Azbaas' Dämon hingegen besitzt zu wenig Macht – und Intelligenz –, ein Elam zu sein. Er ist kein Ausgestoßener, sondern eine wilde, vergessene Macht in dieser seit langem schon verlassenen Region.«

»Wie sieht dein Plan aus?« fragte ich.

»Es ist nicht unbedingt ein Plan«, sagte sie. »Nenn es eine Idee, mein lieber Amalric, nicht mehr.«

Schon wollte ich sie drängen, doch bevor ich dazu kam, wurde die Tür zu unserer Kammer aufgeworfen, und Fizain trat ein.

»Es tut mir furchtbar leid, Euch Umstände bereiten zu müssen, edler Lord... edle Lady«, sagte er. »Doch müßt Ihr Euch eilig bereithalten. Euch wird die Ehre zuteil, zum König gerufen zu werden.«

Sie setzten Janela und mich in eine große, vergoldete Sänfte, die acht muskulöse Sklaven trugen. Quartervals und Mithraik trotteten hinterher, als wir schwerbewacht durch die Stadt trabten. Fizain saß steif und aufrecht in einem ähnlichen Stuhl und wurde uns vorausgetragen. Es war Mittag und die Stadt seltsam leer und still. Türen standen offen, Fenster waren unverriegelt, und die einzigen Lebenszeichen, derer wir gewahr wurden, stammten von ein paar Hunden und verkrüppelten Bettlern, die sich in den Gassen tummelten. Auch der Marktplatz war leer, doch vor den Ständen stapelten sich die Waren, als seien Händler und Kunden eben erst entflohen. Die Hauptstraße endete an hohen hölzernen Toren, die auf Fizains Ruf hin aufgeworfen wurden, und wir verließen die Stadt auf ihrer Rückseite und trotteten über eine breite Straße, die aus grobem Holz beschaffen war. Eine Stunde oder länger wand sich die Straße durch dichten Wald. Die Sklaven wurden langsamer, als wir zu einem steilen Hügel kamen, doch knallende Peitschen und niederträchtige Flüche spornten sie zu schnelleren Schritten an.

Als wir oben ankamen, blickte ich hinab und sah unser Ziel. In einem öden Tal befand sich ein immens großes Amphitheater. In seiner Mitte stand ein mächtiges, rot-gelbes Pavillonzelt, dessen Wände man aufgerollt hatte, um die frische Brise hereinzulassen. Neben diesem Pavillon – darüber aufragend – stand die massive Statue eines Dämons. Janela stieß mich an, sagte jedoch nichts. Das Götzenbild hatte den Leib eines hockenden Hundes, doch sein Kopf war eher menschlich. Wie die viel kleinere Figur, die Quartervals gesehen hatte, schien auch diese als Ofen zu dienen. Schwarzer Rauch quoll aus den Augenhöhlen, und Flammen züngelten aus dem steinernen Mund.

Als wir das Amphitheater erreichten, öffneten sich auch hier die Tore auf Fizains Befehl hin. Peitschen knallten, doch diesmal, um die Schritte zu verlangsamen. Wir trotteten auf das Innenfeld, näherten uns dem Pavillon. Es schien, als drängte sich auf den Tribünen um uns herum die gesamte Bevölkerung von Kahdja. Man schwieg, und abgesehen von einem oder zwei verirrten Kindern rührte sich niemand in der Menge, nur drehten sich die Köpfe und verfolgten unseren Weg.

Als wir am Götzenbild vorüberkamen, rülpste dieses fauligen Qualm und Flammen hervor. Mir brannten die Augen, und das Atmen fiel mir schwer. Mein Wille kam ins Wanken, und ich fühlte mich klein und unwert in der Gegenwart einer Majestät wie König Azbaas. Janelas Hand zuckte kurz unter meine Nase, und erschauernd atmete ich süßliche Luft mit einem Hauch von Pinien ein. Ich fühlte mich wieder stark und selbstbewußt. Außerdem wußte ich diesen König einzuschätzen. Solcher Hinterlist bedienen sich, meiner Erfahrung nach, nur Herrscher, die viel zu verlieren haben, und wenn man sie nicht mit dem Stiefel am Boden hielt, sprangen sie einem sofort an die Kehle. Etwas anderes gibt es für sie nicht.

Ich flüsterte Janela zu: »Laß mich nur machen.«

Sie flüsterte zurück: »Bleib nah bei mir, damit ich helfen kann.«

Fizain bellte Befehle, und die Sänfte kam vor einer hohen Tribüne zum Stehen. Ohne aufgefordert worden zu sein, glitten Janela und ich von unseren Stühlen. Fizain wirkte überrascht, weil ich ihn ignorierte und gebieterisch Quartervals und Mithraik aufforderte, sich zu uns zu gesellen.

Ich stürmte an Fizain vorbei und erklomm die Treppe zur Tribüne, als sei ich es, der hier herrschte.

Azbaas saß auf einem barbarischen Thron, geschnitzt aus den Knochen mächtiger Waldtiere. Ihre Häute waren seine Kissen, und ihre grimmigen Schädel sein stolzer Schmuck. Der König war ein großer Mann, für dessen goldene Robe man sämtliche Federn eines wundersamen Vogels verarbeitet hatte, und mich schmerzte die Vorstellung, daß ein solches Wesen zu diesem Zweck geschlachtet worden war. Eitelkeit ließ den König seine nackte Brust herzeigen, und Muskeln spielten unter einer Schicht von roter Farbe. Ringe hingen an seiner Haut sowie auch winzige, juwelenbesetzte Schädel reißzahnbewehrter Tiere. Als Krone trug er den Schädel einer mächtigen Waldkatze, deren Eckzähne bis an seine Augenbrauen reichten.

Ich schenkte diesem primitiven Pomp keine Beachtung, ging nur näher zu Azbaas hin, mit festem Schritt, meine Miene eine Maske von Arroganz.

Als der König mich sah, verbarg er sein Erstaunen gut und verriet sich nur durch einen kurzen Blick zu Fizain.

Seine schwarzumrandeten Augen wurden schmal, als er zu uns herübersah. Die Lippen spannten sich höhnisch zu einem Grinsen.

Fast hätte er die Oberhand gewonnen, als er sprach, denn seine Stimme war magisch verstärkt, und seine Worte dröhnten durch das mächtige Amphitheater.

»Wie nett von Euch, daß Ihr so schnell gekommen seid, Lord Antero«, sagte er. »Ich hoffe, meine überstürzte Einladung hat Euch keine Unannehmlichkeiten bereitet.«

Er kicherte, als sei das ein Scherz gewesen. Wie Marionetten wurden Fizain und seine anderen Berater lebendig und grölten lauthals über ihres Herrn Witz.

Janela zupfte an meinem Ärmel, und ich machte meinen allerhöfischsten Kratzfuß, verneigte mich mit übertriebenem Schwung. Ich fühlte etwas Feuchtes, als Janela mir etwas in die Hand drückte. Als ich hochkam, rieb ich es an meine Lippen. Es handelte sich um einen kleinen, öligen Kiesel, und ich warf ihn mir in den Mund.

Als ich sprach, stand meine Stimme der seinen in nichts nach. »Ich war nur kurz verärgert, Majestät«, sagte ich. »Ich spielte gerade eine Partie ›Galeeren versenken‹ mit meiner Zauberin.« Ich nickte Janela zu. »Zur Abwechslung habe ich mal gewonnen.«

Ich hörte, wie Fizain und die anderen Höflinge vor Erstaunen über meine Parade zischelten. Mithraik flüsterte: »Er wird uns alle umbringen!« Und Quartervals sagte: »Still, du Narr!« Er lachte so laut wie die Berater bei ihrem Versuch, den König bei Laune zu halten.

Erneut war Azbaas gezwungen, seine Verblüffung zu verbergen. »Galeeren versenken?« kicherte er. »Ich denke, wir haben bessere Vergnügungen als das zu bieten, Lord Antero.«

Ich verneigte mich ein wenig. »Dann stehe ich zu Euren Diensten, Majestät«, sagte ich. »Ich bin es müde, mir die Zeit in Euren Gästezimmern zu vertreiben ... so wundervoll diese auch sein mögen.« Ich wandte mich Janela zu. »Wenn sie auch ein wenig kühl sind, findest du nicht?«

»Allerdings«, stimmte sie mir zu.

Azbaas starrte Janela an, ignorierte meinen kleinen Geistesblitz. »Ich habe gehört, Ihr wäret eine ungemein mächtige Zauberin, Lady Greycloak«, sagte er. »Ist es wahr, oder habt Ihr Eure Bewunderer nur mit Eurer Schönheit geblendet?«

»Vielleicht trifft beides zu, Hoheit«, sagte Janela. »Ich habe großes Interesse an Eurem Urteil darüber. Denn wer könnte einen Zauberer besser beurteilen als ein anderer Zauberer?«

»Ich dachte mir, das könnte Teil der heutigen Vergnügungen werden«, sagte Azbaas mit einem weiteren schwarzlippigen Hohngrinsen.

Ich sah mich in der riesigen Arena um. »Gilt diese Menge uns, Majestät?« fragte ich. »Ich fürchte, wir wären etwas überfordert, Vergnügungen für so viele zu bieten.«

»Eigentlich«, sagte Azbaas, »habe ich Euch eingeladen, um der Enttarnung einiger Hexen beizuwohnen. Wir haben gelegentlich Probleme mit Hexen, und ich mußte feststellen, daß man am besten mit ihnen fertig wird, wenn man sie regelmäßig in unserer Mitte liquidiert.«

Er winkte Fizain, er solle uns zwei Hocker holen. Er legte es darauf an, daß wir ihn auf keinen Fall überragen sollten. Also winkte ich Quartervals und Mithraik, sich der Hocker zu bedienen.

»Wenn es Euch nichts ausmacht, Majestät«, sagte ich. »würde

ich lieber stehen. Ich fürchte, mein Hintern ist schon ganz taub vom vielen Sitzen in unserem Quartier. Ein Kelch Wein dagegen wäre mir ganz angenehm, wenn Ihr die Freundlichkeit besäßet.«

Weiteres Zischeln der Höflinge ob meiner Unverschämtheit war zu hören. Auf den Tribünen raunte man einander zu.

Der König und ich blickten einander in die Augen. Ein Wort von ihm, und wir hätten am Boden gelegen wie die durchschnittene Leine einer Wäscherin. Doch wußte er wie ich, daß der Verlust seines Ansehens erheblich wäre. Ein Prinz mag mit grausamster Hand regieren, er mag seine Untertanen bei Tag und Nacht feige vor sich kauern lassen. Doch läßt er sie eine einzige Schwäche entdecken, ist seine Herrschaft beendet, egal, wie viele Speere oder Dämonen er zur Verfügung haben mag. Azbaas war zornig, soviel war sicher. Sein Zorn jedoch mußte sich nach innen wenden, weil er diesen Wettstreit derart öffentlich gestaltet hatte. Ich sah seinen gespannten Unterkiefer, als er beschloß, uns seinen Willen aufzuzwingen. Erneut wurde uns sein königliches Lächeln zuteil.

Er lehnte sich auf seinem Thron zurück und nickte Fizain zu. Sein Berater rief Befehle, und Trommeln donnerten durch die Arena. Tore unterhalb der Tribünen öffneten sich, und eine Horde von Männern und Frauen stolperte ans Licht, unter Tritten und Peitschenhieben der Soldaten.

Es war ein erbärmlicher Haufen, halbnackt und so abgemagert, daß die Knochen beängstigend hervorragten. Ich hörte ein Flehen um Gnade, doch der König stieß nur sein Lachen hervor, das erst von seinem Hofstaat, dann von der plötzlich höhnischen Menge aufgenommen wurde.

Über dem Götzenbild sah ich ein halbes Dutzend Priester, die ein immenses Horn enthüllten, ganz wie Quartervals es uns beschrieben hatte. Mehrere Priester hielten es aufrecht, als ein plumper Berg von einem Mann sich näherte, an dem beim Gehen dicke Fettwülste wabbelten.

»Das ist Bilat«, murmelte König Azbaas. »Mein Oberster Schamane.«

Ich sagte nichts, betrachtete nur – gleichermaßen entsetzt wie fasziniert –, daß Bilat seine Lippen ans Horn setzte und hineinblies.

Der Ton war tief, drang bis ins Mark. Er weckte das Tier in mir, ein wütendes Tier, das plötzlich zu seinem Herrn laufen und um Vergebung bitten wollte. Ich hörte Quartervals fluchen und sah, wie sehr er sich mit aller Kraft dieser Macht erwehrte. Mithraik hingegen zeigte keine erkennbaren Emotionen... nur ein merkwürdiges Aufblitzen von Neugier. Erneut blies Bilat, und mein Wunsch, mich zu verbeugen, zu scharren und zu gefallen, trieb mir die Tränen in die Augen.

Azbaas lachte... scharf.

Janela trat vor, hob eine Hand, um den Federschmuck von ihrer Kappe zu nehmen. Ich erinnere mich, daß diese grün war wie die Tunika, die sie über ihrem schwarzen Leibchen mit den angenähten Hosenbeinen trug. Sie legte sie in ihre Hand und blies. Die Feder wehte auf... wieder blies Janela, und die Feder schoß durch die Arena wie ein Speer. Sie machte ein paar Handbewegungen, murmelte eine Beschwörung, die ich nicht hören konnte, dann wurde aus der Feder ein großer, häßlicher Vogel, der über dem Schamanen flatterte und krähte: »Bilat! Bilat!«

Dann schiß er, und der Schamane sprang vom Horn zurück, heulte vor wütender Erniedrigung. Die Menge brach in Gelächter aus, was ihn nur noch wütender machte. Mit der Faust drohte er dem Vogel, der erneut weißen Kot hervorpreßte.

Janela klatschte in die Hände, und der Vogel verschwand, nachdem er ein letztes Mal »Bilat!« gekrächzt hatte.

Sie drehte sich zu Azbaas um, dessen Lippen vor Vergnügen zuckten. Der König war ein Mann, der die Erniedrigung anderer unendlich genoß. Janela nahm ihre Kappe ab, und ihr Mund rundete sich zu einem »O« der Überraschung.

»Wo ist denn meine Feder hin?« sagte sie betrübt. Dann schnippte sie mit den Fingern. Azbaas zuckte zusammen, als sich eine der goldenen Federn von seiner Robe löste und in Janelas Hände flog. »Macht es Euch etwas aus, Majestät?« fragte sie mit hübschem Schmollmund. »Dieser Hut braucht dringend etwas Farbe.«

Noch immer war der König amüsiert und gab lachend seine Zustimmung. Janela stach die Feder in ihre Kappe und drehte sich mit unschuldiger Miene um, während sie beobachtete, wie Bilat zeterte und einen der Priester an den Kopf schlug, weil dieser lachte.

Schließlich wurde der König Bilats Mätzchen müde. »Sagt dem Dummkopf, er soll weitermachen«, wies er Fizain an und seufzte ungeduldig, als Fizain seinem Wunsch nachkam.

Irgendwie fand Bilat seine Fassung wieder. Er machte eine Geste, und magische Trommeln erneuerten den Donner. Noch eine Geste, und Rasseln stimmten in die Trommeln ein, klangen wie ein Nest aufgeschreckter Vipern. Er wich zurück und heulte wie ein Tier, und plötzlich umklammerten die Priester und auch er Kieferknochen von Schattenwölfen auf Ebenholzstöcken mit roten Bändern, die von schwarzen Griffen wallten. Bilat begann zu tanzen und sich durch die Arena zu schlängeln, schwenkte den Kieferknochen hierhin und dorthin. Er bewegte sich leichtfüßig, keine komische Figur mehr, sondern ein Zauberer auf der Pirsch. Seine Priester tanzten um ihm herum, während er sich den Gefangenen näherte. Als er fast bei ihnen war, schrien Männer vor Entsetzen, Frauen kreischten, und ich sah Kinder, die sich an ihre Eltern klammerten und weinten.

Bilat sang:

»Hexe ... Hexe ...
Kannst dich nicht verstecken.
Hexe ... Hexe ...
Kannst nicht schlafen.

Hexe ... Hexe ...

Die Menge nahm den Singsang auf:

Hexe ... Hexe ...
Kannst dich nicht verstecken.
Hexe ... Hexe ...
Kannst nicht schlafen.
Hexe ... Hexe ...«

Bilat und die Priester umkreisten die Gefangenen, zogen den Kreis enger und immer enger, während der Haufen zusammenrückte, um den Kontakt zu meiden. Menschen fielen in Ohnmacht und wurden unter den Fersen anderer Opfer zermalmt. Ein Mann stürzte hervor und fiel vor Bilat auf die Knie, flehte darum, verschont zu werden.

Bilat hieb mit dem Kieferknochen zu, zerschlug ihm das Gesicht. Soldaten traten vor, hoben die stöhnende Gestalt auf und zerrten sie zum Götzenbild.

Dort waren weitere Priester bei der Arbeit, schwitzend und nackt bis zu den Hüften. Ein Rost im Bauch es kauernden Steintiers stand offen, und die Priester warfen Scheite in den Ofen. Die Soldaten drängten an ihnen vorbei und warfen den Mann hinein. Er gab keinen Ton von sich, und ich dankte den Göttern, die uns sahen und dafür gesorgt haben mochten, daß der arme Mann tot war, bevor die Flammen ihn umfingen.

Bilat hatte sich in Zorn gesteigert und tanzte wie ein Dämon auf dem Feuer, während seine Stimme durch den Chor der Menge heulte:

»Hexe ... Hexe ...
Wo ist die Hexe?
Hexe ... Hexe ...

Komm zu mir, Hexe.
Hexe ... Hexe ...
Azbaas wartet ...
Hexe ... Hexe ...«

Bilat hielt inne. Er riß die Arme hoch, und die Menge schwieg.

»Mein König«, sagte er, und seine Worte rollten durch die Arena. »Sie alle sind Hexen! Sie alle sind Verräter!«

Die Gefangenen schrien entsetzt dagegen an, doch die Soldaten brachten sie brutal zum Schweigen.

Azbaas erhob sich von seinem Thron. Ich sah, daß er wie Bilat einen Schattenwolfstab hielt, nur war der seine golden und mit seltenen Steinen besetzt. Er wandte sich dem Götzenbild des Dämons zu.

»O großer Mitel«, intonierte er. »Erneut haben dich deine Untertanen enttäuscht. Erneut haben wir Hexen unter uns gefunden. Hilf uns, o großer Mitel. Befreie uns von dieser Plage der Ungläubigen.«

Er schüttelte seinen Stab dem Götzenbild entgegen, dann malte er ein Zeichen in die Luft.

»Nimm sie, Mitel«, rief er. »Entferne sie von unserem Angesicht.«

Feuer und Rauch quollen aus dem Schlund der Statue hervor, Dann wurde sie lebendig, ragte höher auf als ein Gebäude und brüllte vor Zorn. Sie sprang durch die Arena, kam mit zwei großen Sätzen auf die Gefangenen zu. Die Soldaten zerstreuten sich, als das Götzenbild in die Menschenmenge sprang.

Ich wandte mich von diesem Blutbad ab; es kümmerte mich nicht, daß Azbaas über meine Schwäche höhnisch grinste.

»Nun, amüsiert Ihr Euch, mein lieber Lord Antero?« fragte er.

Mein Zorn verflog und wich der plötzlichen Erkenntnis, was zu tun war. Meine Schläfen und Handgelenke wurden warm, und der zarte Duft einer Rose erfüllte die Luft.

Ich sah den König und grinste ihn selbst höhnisch an. »Eine solche

Vorführung mag Eure Untertanen bannen, Majestät«, sagte ich. »Doch was mich angeht, so bin ich nur froh, daß ich Zeit zum Frühstücken hatte.«

Dann sagte ich, zu Janela gewandt: »Für gewöhnlich hat eine Reise mehr Bildung zu bieten. Aber wahrscheinlich kann man von Eingeborenen nicht mehr erwarten.«

Janela nahm das Stichwort auf, fügte hinzu: »Besonders von einem Eingeborenen, dessen Herr ein Hund ist.«

»Herr?« rief Azbaas, und seine wütende Stimme hallte durch die Arena. »Ich habe keinen Herrn! Nur Azbaas herrscht hier!«

Ich gähnte. »Ich will nicht streiten«, sagte ich. »Es ist unhöflich, seinem Gastgeber zu widersprechen.«

Azbaas wandte sich dem Dämon zu, der seinen Hunger an den Leichen der Beschuldigten stillte. »Mitel!« Er brüllte. »Komm her zu mir!«

Janela und ich blickten auf, um zu sehen, wie der Dämon derart rüde Befehle entgegennahm. Er hob den Kopf. Von seinen Reißzähnen tropfte Blut. Dann machte er sich erneut an sein blutiges Werk.

Ich lachte leise, was Azbaas nur noch wütender machte. Er schrie: »Hast du mich gehört, Mitel? Augenblicklich kommst du zu deinem Herrn und Meister!«

Erneut hob der Dämon den Kopf. Eilig änderte Azbaas seine Taktik. »Weitere Ungläubige erwarten dich, o Großer Mitel«, beschwor er ihn. »Komm und sieh, welch schmackhaftes Mahl wir dir bereitet haben.«

Wir warteten nicht darauf, wer die Schlacht der Willenskraft gewann. Statt dessen nahm Janela meine Hand. Wir stiegen die Tribüne hinab und schlenderten dem Dämon entgegen. Hinter uns kreischte Azbaas nach unserem Blut.

Der Dämon sah uns. Erfreut heulte er auf und trottete voran, wobei die Erde unter seinen Pfoten bebte. Doch kannte ich keine

Furcht und flüsterte Janela zu: »Die Schatulle. Hol die Schatulle hervor!«

Doch sie brauchte keine Anweisung. Ruhig nahm sie die steinerne Schatulle heraus und bedeutete mir stehenzubleiben. Dann nahm sie den Deckel ab und stellte die Schatulle in den Sand. Ich sah, wie das zarte gläserne Blatt bereits aus seinem steinernen Gefängnis lugte.

Wir hielten die Stellung, als der Dämon uns entgegensprang. Sein Atem war heiße Fäulnis. Aus seinen Augen kochten Qualm und Flammen.

Janela hob die Arme, sang:

»Des Dämons Lust
Ist unsere Macht;
Des Dämons Herz
Von Stein umgeben.«

Der Dämon sammelte sich für den letzten Sprung. Doch als er es tat, sprühte rosenfarbener Rauch aus der Schatulle hervor. Der Rauch wurde eine dicke, wirbelnde Wolke von berückender Süße. Sie nahm die Form der Tänzerin an, drehte sich im Takt zu betörendster Musik.

Der Dämon erstarrte. Sein blutiges Maul klappte zu, und seine Augen schienen größer und immer größer zu werden, während er den Tanz der gespenstischen Gestalt betrachtete.

Janela flüsterte. Eine milde Brise wehte, und der rosige Rauch trieb zum Dämon hin. Er stöhnte vor Freude oder vielleicht auch vor Schmerz ... da war ich mir nicht sicher. Das Stöhnen wurde zu einer Blase aus Licht, die aus dem Schlund des Ungeheuers aufstieg. Das Licht schwebte im Rauch, sank dann herab, bis es kaum noch einen Fingerbreit über der Schatulle hing. Janela sprang vor, den Deckel in der Hand. Sie klappte ihn zu, fing das Licht im Kasten.

Ich blickte auf und sah, daß der Dämon wieder zu einer bloßen Steinfigur geworden war. Irgendwo vom Himmel her meinte ich, ein Heulen zu hören, ein Geräusch voller Trauer.

Ansonsten herrschte Totenstille, als wir zurück zum Pavillon, zurück zum König schlenderten ... kein Murmeln aus der Menge, kein Schrei von einem Kind.

Azbaas wartete nicht. Er kam uns entgegenstolziert, flankiert von den Beratern. Hinter ihnen trieben Soldaten Quartervals und Mithraik vor ihren Speerspitzen her.

Als der König bei uns stand, war seine Miene so verzerrt, die Augen voll von glühender Wut, daß ich einen Moment lang dachte, ich hätte mich verkalkuliert und er würde uns töten lassen, bevor ich meinen Plan beenden konnte. Er öffnete den Mund, als wolle er Befehle geben. Doch Janela hielt die Schatulle hoch, und er klappte den Mund wieder zu.

»Hier drinnen ist Eure Macht, König«, sagte sie. »Ohne Euren Dämon seid Ihr nur ein ärmlicher Schamane. Und ein schwacher noch dazu.«

Azbaas sah zum steinernen Götzenbild, dann zur Schatulle und leckte sich die trockenen Lippen. Er hob die Hand, als wolle er die Schatulle an sich nehmen, doch Janela machte eine Geste, und sie verschwand.

Die Menge stöhnte wie ein Mann, und Azbaas erschauerte.

»Ich stelle mir einen Handel vor«, sagte sie. »Freie Fahrt durch Euer Königreich. Und wenn Ihr ganz nett zu uns seid, lassen wir uns vielleicht überreden, Euch Euren Dämon zurückzugeben.«

Der König war ein listiger Mann. Er stieß keine leeren Drohungen aus, da er wußte, Janela hätte gleich die Zauberwürfel gezückt, so daß sein Dämon für immer verloren wäre. Ebensowenig stotterte oder wütete er, womit er seinem Ruf bei seinen Untertanen nur weiteren Schaden zugefügt hätte.

Statt dessen sagte er bemüht gelassen: »Also gut, Ihr habt mich in der Hand. Ihr werdet augenblicklich reisen. Wir können den Tausch an meiner Grenze arrangieren.«

Dann machte er kehrt und stolzierte davon.

Ein ungemein bescheidener Fizain ließ uns zum Anleger bringen, wo unsere Gefährten schon warteten.

Eilig erklärte ich Kele und den anderen, was vorgefallen war. Innerhalb einer Stunde hatten wir die wichtigsten Dinge von den Schiffen entladen und machten uns für die lange Reise über Land bereit. Ein Trupp unserer ehemaligen Bewacher stand finsteren Blickes dabei, als ich Fizain befahl, die Waffenkammer zu öffnen, in welcher unsere Waffen verwahrt wurden. Dann ließ ich ihn uns mit Karten von Azbaas' Königreich ausstatten, und wir hockten über möglichen Routen für unseren Marsch, während die anderen die Vorbereitungen zum Ende brachten.

Fast schon war es dunkel, als wir fertig wurden. Doch verspürte ich nicht den Wunsch, meine Macht über den König auszureizen, und so sandte ich Fizain, ihm zu sagen, daß wir bald reisen wollten. Sturm kam auf, während wir warteten. Doch waren wir so froh, beinahe frei zu sein, daß uns Nässe und Kälte nichts ausmachten. Donner grollte von Westen her, und ich sah einen unheimlichen Lichterglanz am Horizont.

Janela rief mich mit banger Stimme. »Amalric«, sagte sie. »Sie kommen!«

Ich dachte, sie meinte den König, und war mir meiner Sache noch sicherer, als ich mich umdrehte und Azbaas mit seinen Lakaien aus dem Dunkel der Nacht treten sah. Fizain hielt einen breiten Schirm aus Tierfell über den Kopf des Königs.

Dann kamen sie zu uns. Azbaas sah sich um ... und seine Lippen kräuselten sich amüsiert.

»Ich sehe, Ihr seid bereit, mein lieber Lord Antero«, sagte er.

»Zu jeder Schandtat«, erwiderte ich. »Also, folgendes schlage ich vor, wenn wir an Eure Grenze kommen ...«

Der König hieß mich mit einer trägen Geste schweigen. »Oh, das wird nicht nötig sein«, sagte er. »Wie es scheint, werdet Ihr noch etwas länger meine Gäste bleiben.«

Magischer Donner grollte erneut von Westen her, und da wußte ich, was Janelas Warnung zu bedeuten hatte.

Der König lachte. Ein übles Geräusch. »Euer Sohn hatte recht«, sagte Azbaas, »als er mir sagte, Ihr wäret alt und schwach.«

Mein Herz bekam einen Stoß. Der König sagte: »Wir stehen in Verbindung, müßt Ihr wissen. Lord Modin von Vacaan und Euer Sohn Cligus Antero.«

Er schüttelte den Kopf. »Anfangs habe ich ihnen nicht getraut. Sie haben so wilde Behauptungen aufgestellt. Ich dachte, ich würde mir mit Euch und Eurer kleinen Hexe einen Spaß erlauben. Und wenn sie dann einträfen, hätte ich weitere Gäste, mit denen ich mich vergnügen könnte.«

Er zog ein trauriges Gesicht. »Doch so sollte es nicht sein.« Wieder dieses leise Kichern. »Nach Eurer Darbietung in der Arena erschien mir ihr Angebot realer... und attraktiver. Je mehr ich außerdem darüber nachdachte, desto deutlicher wurde, daß ich von einem Mann, der seinen eigenen Sohn nicht im Griff hat, nichts zu befürchten hätte.«

Azbaas lachte höhnisch. »Was den Dämon angeht... behaltet ihn. Ich habe jetzt kaum noch Verwendung für ihn. Eure Freunde haben mir ein weit besseres Angebot gemacht. Wenn ich Euch beide an sie ausliefere – so haben sie geschworen – bekomme ich, was ich mir am meisten wünsche. Und das ist – natürlich – Macht. Mehr Macht, als jeder Zauberer in dieser Wildnis je besessen hat. Macht über meine Feinde.« Er sah mir offen ins Gesicht. »Macht«, fuhr er fort, »aus dem schönen Tyrenia. Aus den Königreichen der Nacht.«

Er deutete zum Lichterglanz am Horizont. »Cligus und Modin versüßen mir in diesem Augenblick den Handel. Um ihre gute Absicht zu untermauern, greifen sie gerade diese schlammfeuchte

Hexenkönigin Badriya an. Sie haben versprochen, sie morgen früh hier abzuliefern.

Dann könnt Ihr mich auf meiner königlichen Barkasse begleiten und hinaussegeln, um Euren Sohn zu begrüßen.«

In meiner Wut dachte ich mir, Azbaas hätte sich verschätzt, indem er uns erlaubte, uns wiederzubewaffnen. Nun denn, dachte ich. Wenn aus mir denn eine Leiche werden soll, könnte mir der König ebenso auf dem Scheiterhaufen Gesellschaft leisten. Ich rief zum Angriff und zückte meinen Dolch. Ich stürzte mich auf Azbaas. Doch der König lachte, ein Blitz schlug zwischen uns ein, und ich fand mich auf Knien im Morast wieder. Ich fühlte mich aller Kräfte beraubt, und der Regen wurde zu glühenden Nadeln in meiner Haut. Stöhnen war zu hören, als Azbaas' Zauber meine Gefährten übermannte.

Der König sprach, und seine Stimme klang wie Donner: »Wie Ihr seht, haben sie mir schon jetzt einige neue Kräfte gewährt. Um ihre Großzügigkeit unter Beweis zu stellen, wie sie sagen. Im Grunde aber wissen wir es besser. Der wahre Grund liegt darin, daß ich unbedingt in der Lage sein soll, Euch festzuhalten.«

Er bückte sich und klaubte meinen Dolch aus dem Dreck. Die Spitze hielt er nah an mein Auge. »Ich frage mich, ob sie etwas dagegen einzuwenden hätten, wenn ich Euch blind ablieferte?« überlegte er laut.

In der Nähe hörte ich Janela stöhnen. Sie klang so mitleiderregend wie alle anderen, und ich wußte, daß wir verloren hatten. Noch einmal stöhnte sie, doch diesmal merkte ich, daß es kein sinnloses Ächzen war, sondern verstand die Worte, die mir galten.

»Denk an die Feder, Amalric«, keuchte sie. »Denk an die Feder!«

Auch der König hörte sie. Der Dolch wich zurück, als er sich umwandte und fragte: »Feder? Welche Feder?«

Und ich erinnerte mich an den goldenen Flaum, den Janela von Azbaas' Robe genommen hatte. Das Bild erschien vor meinem inneren Auge, und ich spürte, wie Janelas Gedanken zu mir durchdrangen, anfangs geschwächt von der Beschwörung, doch nahm diese ab, als wir sie mit unserem gemeinsamen Willen brachen.

Wir dachten an das seltene Wesen, welches der Eitelkeit des Königs zum Opfer gefallen war. Dabei wurde die Feder zu einem kleinen, goldenen Vogel. Dann machten wir ihn größer... größer als einen Adler, mit dem gebogenen Schnabel eines Adlers und mit dessen scharfen Krallen. Das Tier gab ein wütendes Kreischen von sich und breitete die Flügel aus, dann hörte ich Azbaas überrascht aufschreien, als der Vogel unseren Gedanken entsprang und ihm entgegenschoß.

Der Zauber des Königs verflog, und ich rappelte mich auf, um zuzusehen, wie er mit einem gigantischen, goldenen Vogel rang. Azbaas schrie um Hilfe, doch Fizain und die Soldaten waren zu verblüfft, um sich zu rühren. Der Vogel wurde doppelt so groß wie ein Mensch. Seine Flügel waren Donner, als er sich in die Luft erhob und den König in seinen Klauen trug. Azbaas' Schreie wurden schwächer. Plötzlich ließ der Vogel los, der König schrie ein letztes Mal und stürzte zu Boden.

Die Soldaten zerstreuten sich, als der Vogel auf die Leiche stürzte, sie wieder mit den Krallen packte und sich in den Sturm aufschwang.

Niemand stellte sich uns entgegen, als wir durch die Stadt marschierten. Sämtliche Soldaten des Königs waren verschwunden, und seine Untertanen verriegelten die Fensterläden und verrammelten die Türen, wenn wir an ihren Häusern vorüberkamen. Der Sturm hatte abgenommen, und der Mond leuchtete uns den Weg. Nur das Knarren der Harnische und das Stampfen unserer Stiefel deutete auf menschliches Leben hin, doch als wir den Anleger hinter uns ließen, brachen die Leute in den Höhlen aus ihren Gefängnissen und liefen in Schwärmen die felsigen Pfade hinab, der Freiheit entgegen.

Bevor wir aufbrachen, hatten wir unsere Schiffe in Brand gesteckt, und Janela hatte ein paar Tropfen meines Blutes benutzt, um damit einen Suchzauber auszulösen. Als wir die *Ibis* und ihre Schwesterschiffe zuletzt sahen, waren sie von Flammen umgeben und segelten davon – bemannt nur mit dem Zauber – um Cligus' und Modins Flotte aufzuspüren und ihnen hoffentlich viel Kummer zu bereiten.

An den rückwärtigen Toren der Stadt stand niemand, als wir dort ankamen. Sie waren mit Zauberkraft verriegelt, so daß wir sie in Brand stecken und dann aus den Angeln reißen mußten.

Wir marschierten die grobe Bretterstraße entlang, die am Amphitheater vorüberführte, wo wir Azbaas die Stirn geboten hatten. Wir folgten ihr die ganze Nacht, folgten ihr, bis sie nur mehr eine Wagenspur war, und folgten der Spur bis in den Morgen.

Wir lagerten, wo eine breite Schotterstraße die Spur kreuzte. Entlang dieser Straße standen Wegzeichen mit Dämonenköpfen.

Irgendwo dort vor uns, darum beteten wir, mochte diese Straße in Tyrenia enden.

Kapitel Dreizehn

Die Straße nach Tyrenia

Zum ersten Mal wünschte ich mir, ich wäre nur mit einer Handvoll Männern gereist, obwohl ich wußte, daß ein kleiner Trupp es nie so weit geschafft hätte. Einem Dutzend Männer jedoch wäre es leichter gefallen, mit der Landschaft zu verschmelzen ... leichter zumindest als den siebzig, für die ich zu sorgen hatte.

Zumindest hatten wir den mit Dämonenzeichen markierten Weg gefunden, der nach Tyrenia führte, auch wenn sich die Wahrscheinlichkeit, entdeckt zu werden, damit nur vergrößerte. Hatten Cligus und Modin diesen Weg erst gefunden, würden sie davon ausgehen, daß wir ihn benutzten, und sie müßten keine Zeit damit vergeuden, die Gegend nach unseren Spuren abzusuchen.

Ich schätzte, unsere Verfolger zählten zwischen drei- und fünfhundert Mann, obwohl ich hoffte, sie wären auf ihrer Reise flußaufwärts von Krokodilen und allen möglichen Seuchen dezimiert worden. Eine derart umfangreiche Truppe würde noch langsamer vorankommen als die meine, auch wenn ich wußte, daß es sich um eine Elitetruppe handelte, und weiterhin vermutete ich, daß es sicher einiges an Durcheinander und Verzögerungen gegeben hatte, als sie durch Azbaas' Stadt kamen.

Quartervals setzte seine ganze Kunst daran, unsere Spuren zu verwischen, indem er jedermann einige Stunden lang barfuß laufen ließ, da er beobachtet hatte, daß die meisten Menschen in diesem Land unbeschuht liefen. Ansonsten konnten wir uns nur so gut wie möglich beeilen – die Berge stets vor Augen.

Der Weg war überwuchert... es mußte schon einige Zeit her sein, seit Menschen hier entlang gekommen waren. Ich fragte mich, ob die Dschungelbewohner diesen kläglichen Rest einer Straße mieden, weil er von den Göttern verflucht war, oder einfach weil er nicht in eine Richtung führte, die für sie von Interesse war... gen Osten, fort vom See, hin zu den Bergen.

Die Straße war von geschickten Baumeistern mit viel Zeit, Arbeitern und Geldern gebaut worden. Sie lief auf die Berge zu, umrundete keine Hügel, nahm nie den einfachsten Weg. Man hatte Breschen in die Hügel geschlagen und Flüsse entweder mit niedrigen Bogenbrücken oder gepflasterten Furten überquert, die sich vom Grund des Flusses erhoben. Mehrmals verschwand die Straße in Tunnels, doch wollte ich kein Risiko eingehen, da ich nicht nur Einstürze, sondern auch Konfrontationen mit Kreaturen fürchtete, welche diese Tunnels als Höhlen nutzen mochten. Da wir zu Fuß gingen, war es ein leichtes, den Weg querfeldein dorthin zu finden, wo die Straße wieder ins Freie kam.

Der Wald wurde lichter, je weiter wir in die Hügellandschaft vordrangen – obwohl diese nie mehr als nur einen flüchtigen Blick auf die vor uns liegenden Berge zuließ – und noch immer war keine Spur von der Felsformation zu sehen, die wir so dringend suchten.

Fünf Tage jenseits von Azbaas' Stadt wagte Janela einen passiven Sinneszauber, für den kaum mehr nötig war als etwas Salbe auf Augenlidern und Ohren. Dann versetzte sie sich in eine leichte Trance. Wenige Minuten später kehrte sie zu uns zurück und berichtete.

Schwarze Magie sei hinter uns zu spüren, so sagte sie, doch schien diese noch fern zu sein, als hätten Cligus und Modin in der Stadt haltgemacht. Das war eine gute Nachricht, auch wenn ich ermahnt wurde, mich nicht allzu sehr darauf zu verlassen. Was ihr Sorgen machte und sie gleichzeitig anlockte, war das Gefühl drohender Mächte, die dort, wohin wir wollten, wirbelten und warteten. Gefährlich oder nicht, hofften und beteten wir doch alle, es wäre ein Zeichen, daß wir uns Tyrenia näherten. Wir drängten voran.

Trotz ihres Berichts blieb unser Trupp guten Mutes. Natürlich hatten sich sämtliche Seeleute darüber beklagt, barfüßig laufen zu müssen, doch das war normal. Beran schlug vor, die Augen nach wilden Pferden offenzuhalten, um diese einzufangen, damit wir bequemer reisen konnten. Bei dem Gedanken lief mir ein Schauer über den Rücken. Aus Gründen, die ich mir nie erklären konnte, empfinden Seeleute eine starke Geistesverwandtschaft zu Pferden, und sie alle glauben, sie wären zumindest potentiell halb Pferd, halb Mensch. Meiner Meinung nach sind sie weit weniger kompetent, als sie glauben. Mir gefiel die Vorstellung überhaupt nicht, meine fröhlichen Wandersleut auf durchgehenden Pferden über die Landschaft verstreut zu sehen, während sie im Galopp unser Gepäck verloren. Allerdings mochte es eine Möglichkeit sein, Cligus zu besiegen: Sollte er uns in einem solchen Zustand vorfinden, mochten er und der Rest seiner Mordbande sehr wohl vor Lachen ihr Ende finden.

Das Land war karg und unbewohnt, verwüstet entweder von den wechselseitigen Feldzügen der Waldbewohner oder von Azbaas' gnadenloser Jagd nach Opfern. Doch obwohl die wenigen Hütten, die wir sahen, unbewohnt waren und Spuren von Feuer und Axt zeigten, schickte ich Kundschafter zu den Seiten und nach vorn aus. Der Begriff ›karg‹ – das sollte ich hinzufügen – ist üblicherweise eine arrogante Umschreibung für ein Land, das einem nicht gehört. Um die Wahrheit zu sagen, gab es dort sehr wohl einiges Leben, und Tiere schienen zu frohlocken, wohin die zweibeinigen Raubtiere nicht mehr kamen. Vogelschwärme drängten sich in Bäumen, und Eichhörnchen sammelten Futter. Rehe sprangen über die Straße und lugten bisweilen neugierig aus dem Unterholz, wenn wir vorüberkamen. Sowohl Maha als auch Chons erwiderten ihr aufmerksames Interesse, nicht aus Neugier, sondern eher aus Appetit.

Bei einer Rast verkündete einer der Brüder Cyralin, er wolle mir etwas zeigen, und führte mich ein gutes Dutzend Meter von der Strecke zu einem kleinen Steinbogen. Dieser erhob sich über einem niedrigen Altar mit einer kleinen Statue darauf. Die Statue, von Jahren in Wind und Regen gealtert, war ungewöhnlich ... die meisten Götter, darunter auch unser eigener, geliebter Te-Date, werden als groß, gräßlich und bedrohlich dargestellt. Diese war ganz anders. Ich wußte nicht, welche Tierart dargestellt wurde, doch da ich annahm, die Statue sei lebensgroß, reichte sie mir wohl nur bis zur Hüfte. Der Gott war fett und hockte da, hielt seine Pfoten hoch, als bettelte er ... oder biete etwas an. Er hatte spitze Ohren und ein rundes Gesicht mit mandelförmigen Schlitzaugen. Ein langer, buschiger Schwanz wand sich um ihn.

Dieses Land war menschenleer, doch lagen auf dem Altar Blumen und ein Stück Obst, das aussah wie ein grüner Pfirsich. Schon wollte ich die Frucht aufsammeln, da hielt ich inne und kniete nieder, um das Opfer zu begutachten, ohne es zu entweihen. Blumen und Frucht waren beide frisch gepflückt, Blätter und Fleisch noch kein bißchen verdorrt.

Quartervals sprach hinter mir, und ich schreckte auf. »Wer sollte hier draußen ein Opfer bringen?«

Ich sagte, ich wisse es nicht.

»Tiere haben keine Götter«, fuhr er leise fort. »Oder?«

Schon wollte ich etwas erwidern, doch hielt ich mich zurück. Auch dieses wußte – weiß – ich nicht. Schweigend zogen wir uns zurück, überließen den kleinen Gott seinen Anbetern und der Abgeschiedenheit.

Wir kletterten höher, und der Wald lichtete sich immer weiter. Ich hörte großes Hallo und hastete zur Spitze unserer Formation. Aufgeregt deutete Chons nach oben. Vor uns ragte eine Bergkette auf, deren Form mir den Atem raubte.

Die Faust der Götter sah genau so aus, wie Janos und ich sie vor so vielen Jahren in unserem Traumbild im Palast der Geisterseher vor Augen gehabt hatten. Ich sah die vier schwarzen Gipfel und den abgeknickten Daumen allesamt mit Schnee bestäubt, und weiße Schneewehen markierten jedes einzelne Gelenk. Ich sah das Tal, das sich zwischen Daumen und Zeigefinger erhob, und wußte, daß dort der Übergang zur anderen Seite möglich war.

Ich meinte, Janos' Stimme leise an meinem Ohr zu hören: »Jenseits davon warten die Fernen Königreiche.«

Ich schüttelte mich, und schon stand Janela neben mir. Sie nahm meine Hand, und wir blickten einander tief in die Augen. Wir küßten uns zum ersten Mal, nicht mehr als eine zarte Berührung der Lippen, um Gefühle auszudrücken, denen man mit bloßen Worten nicht gerecht wurde. Dann drückten wir uns aneinander – nur für einen Augenblick – und aus dem Kuß wurde mehr. Meine Gedanken rasten, als wir auseinandergingen. Janela lächelte mich an, und ich meinte, den Hauch eines Versprechens in ihren Augen zu sehen.

Ich riß mich zusammen. Beide lachten wir, als ein Gefühl sich an das nächste reihte. Vor uns lag der Paß. Vor uns lag Tyrenia. Vor uns lagen die Königreiche der Nacht.

Wir gingen weiter. Inzwischen wuchsen nur noch kahle Büsche und Krüppelkiefern auf den steiler werdenden Hügeln. Die Straße verlief geradeaus, immer gen Osten. Die Flüsse, die wir überquerten, waren weit unter uns – in die fast lotrechten Schluchten schien die Sonne nur wenige Minuten am Tag – und wir hörten einen Donner und das Echo der Kaskaden. Ein weiteres Mal bewunderte ich die Baumeister, die derart wunderschöne Brücken zustande gebracht hatten, welche ihren Dienst taten, egal ob das Wasser einen Fuß oder eine Meile darunter verlief. Sie alle bestanden aus einem einzelnen Bogen. Glücklicherweise waren die Schluchten für diese Bauweise schmal genug, auch wenn es gelegentlich nötig geworden war, auf beiden Seiten Steine aufzustapeln und die Absätze mit Streben zu verstärken, die im Fels verankert wurden, bevor man den Bogen spannte. Es schien, als könnten die Brücken noch eine Ewigkeit halten, doch gingen wir kein Risiko ein und überquerten sie zügig und in kleinen Gruppen.

Die Hügel – inzwischen kleine Berge – trotzten selbst den Absichten der Großen Alten, welche die Straße gebaut hatten, und so verlor sie ihre schnurgerade Zielstrebigkeit und kurvte und wand sich, während sie anstieg, immer hin zur Faust, immer über die nächste Kuppe. Dann erklommen wir eine Spitzkuppe, kamen auf der anderen Seite herab ... und standen vor dem Ende der Straße.

Eine Brücke war eingestürzt, und vor uns lag eine Lücke von dreißig Fuß, an welcher der Fels wohl gut vierhundert Fuß in die Tiefe stürzte.

Enttäuschtes, sorgenvolles Gemurmel und Flüche wurden laut. Doch nicht von Quartervals oder einem der anderen ehemaligen Grenzkundschafter, die er mitgenommen hatte. Diese waren nun in ihrem Element.

Janela und ich standen da – anfangs noch unbeachtet – während sich Quartervals mit seiner Mannschaft an etwas machte, das für sie vertrauter Drill war.

Dann kam er zu uns und zog eine kleine Rolle aus seinem Bündel. Diese reichte er Janela. Sie bestand aus einer Handvoll gerader

Holzpflöcke und kleinen Stücken daumendicken Taus, das sorgsam zerschnitten war. Er reichte Janela Stücke dieses Taus und zwei der Holzpflöcke.

»Wir müssen den ›Klein ist Teil von Groß‹-Zauber machen, Mylady«, sagte er. »Ich kenne die Worte, und man hat mir den Segen gegeben, sie zu sprechen, als ich noch bei den Kundschaftern war, aber es wäre wirksamer, wenn Ihr uns die Ehre erweisen würdet, den Spruch zu sagen.«

Janela lächelte. »Der Spruch ist mir vertraut«, sagte sie. »Und ich wäre stolz, wenn ich Euch helfen dürfte.«

Er reichte ihr zwei Pflöcke, dachte nach, dann gab er ihr ein halbes Dutzend Taustücke. »Mehr, als wir brauchen werden, Mylady, aber es ist besser, auf Nummer Sicher zu gehen.« Erneut griff er in sein Bündel und fischte weitere Utensilien heraus. »Ich bin zu alt dafür«, sagte er.

Doch zog sich ein breites Lächeln über die Lippen des Bergbewohners, als er vierzig Fuß sorgsam gehüteten Kletterseils aus Baumwolle und Seide hervorzog, das zu schwach schien, das Gewicht eines Mannes zu tragen.

Ich wußte allerdings, daß das Seil mit einem Bindezauber versehen war und drei Mann daran hängen konnten, ohne daß es sich dehnte oder riß. Quartervals schlang es zusammengerollt um seine Schulter, zog sich bis auf den Lendenschurz aus, legte die Stiefel ab und band sich einen Beutel um die Hüften. Hier hinein kamen ein paar schmale Stahlkeile mit Löchern in den Spitzen und kleinen Schlingen darin, ein Hammer, ein kleiner Enterhaken, ein paar Stücke von dem Tampen, zwei weitere Holzpflöcke und ein winziger Beutel mit zermahlenen Ingredienzien für den Zauberspruch.

»Ich mach mich auf den Weg«, verkündete er, und ohne Umschweife kletterte er über den Rand der Klippe.

Wir krochen zum Rand und beobachteten, wie er hinunterstieg, wobei er geschickt von Fels zu Fels sprang. Ihn zu beobachten war faszinierend ... kein einziges Mal vermittelte er einem das Gefühl, als liefe er Gefahr zu fallen oder auch nur abzurutschen.

So sehr ich ihn gern weiter beobachten wollte, so sehr war ich an Janelas Aufgabe interessiert. Ich wußte, daß man die Holzstücke aus ganzen Scheiten gehauen hatte und die Taustücke Fragmente von anderen, weit längeren Tauen waren.

Mit einer Reihe ausgeklügelter Bewegungen drehte Janela jedes Holzstück, als handelte es sich dabei um Zauberstäbe, und tat dasselbe mit dem Tau.

»Es ist nicht die traditionelle Art, es zu tun«, erklärte sie, »aber eine, die weit weniger Arbeit macht und weniger Material erfordert.«

Sie nahm etwas rote Kreide aus ihrem Beutel und zeichnete ein einzelnes Symbol aufs Holz, dann hielt sie die Kreide an beide Enden des Taus. Sie legte das Holz auf die Erde, jeweils im Abstand von etwa drei Fuß nebeneinander.

»Bleib zurück«, warnte sie und begann ihren Singsang. Als sie es tat, bewegte sie ihre Hände auf eine Weise, die den Bewegungen zu gleichen schien, welche sie mit dem Holz gemacht hatte.

»Kinder, hört
So, wie ihr wart
So sollt ihr sein
Streckt euch
Weit aus
Ihr seid ein Ganzes
Ihr seid Eure Väter
Streckt euch jetzt gleich.«

Obwohl ich wußte, was geschehen würde, staunte ich doch über die Verwandlung. Nun lagen auf der Straße große Rollen von Tau, und davor zwei makellos geglättete Scheite von reinstem Kiefernholz, das für einen Schiffsmast gehauen, gelagert, geglättet und geformt sein mochte. Sie waren etwa einen Fuß im Durchmesser und gut fünfundzwanzig Fuß lang.

Ohne jeden Befehl machten sich ein paar ehemalige Kundschafter daran, die Stämme zu einem Kreuz zusammenzufügen, und schleppten sie dorthin, wo die Brücke in sich zusammengefallen war.

Einer von ihnen grinste mich an und sagte: »Verdammt viel besser, wenn wir es so machen, Herr, besser, als wenn wir wieder zu den letzten hohen Bäumen laufen müßten, die bestimmt zwei Tagesmärsche von hier stehen.«

Mithraik sah sich unruhig um, und ich versicherte ihm, daß ich Kundschafter zurückschicken würde, damit wir ausreichend gewarnt wären, falls Cligus' Soldaten in Sicht kämen.

»Um den mache ich mir keine Sorgen, Herr«, sagte er. »Eher um die Straße selbst . . . und ihre Erbauer. Stinkt geradezu nach Dämonenwerk, würde ich sagen.«

Janela betrachtete ihn. »Mach dir keine Sorgen«, sagte sie. »Der Zauber, mit dem diese Steine bearbeitet sind, wurde gesprochen, bevor die Vorfahren deiner Vorfahren ihren ersten Atemzug taten.«

»Ich spüre etwas anderes, Mylady«, beharrte er. »Ich spüre, daß sie noch immer hier sind.«

Noch eindringlicher betrachtete ihn Janela. »Ich wußte nicht, daß du diese Gabe besitzt«, sagte sie. »Du hast nie vorher davon gesprochen.«

Mithraik sah sie an, und ich schwöre, für einen Augenblick war seine Miene fast verächtlich. Dann wurde sein Blick demütig. »Bitte um Verzeihung, Mylady«, sagte er. »Es ist nur so ein Gefühl in Mithraiks alten Knochen.«

Ich ahnte, daß er log. Zweifellos fürchtete er sich. Doch was genau diese Furcht auslöste, war eine ganz andere Frage.

»Er ist unten«, rief jemand, und der Augenblick verflog.

Wir alle traten an den Rand, um hinabzusehen.

Quartervals hatte den Grund der Schlucht erreicht und durchmaß den kleinen Fluß. Da hielten wir dann doch den Atem an, als er ins Wanken geriet und zweimal von der rasenden Strömung beinahe fortgerissen wurde. Doch dann war er drüben und kletterte erneut.

Hier war der Fels weniger gefurcht als das Kliff auf unserer Seite, und zweimal mußte er Keile einschlagen und sich mit dem Seil absichern, bevor er sich auf scheinbar nackten Fels wagte. Einmal fiel er, und wir stöhnten auf, als er gut acht Fuß tief stürzte, bis das Seil sich spannte und ihn hielt. Unverzagt fand er augenblicklich Halt und versuchte es erneut. Als er es geschafft hatte, schlug er wieder einen Keil ein, band das Seil dort fest und stieg hinab, um den Keil und das Seil unten zu lösen.

Als ich Quartervals bei der Abeit sah, wurde mir klar, daß ihm nicht nur seine Geschicklichkeit half. Seine Fähigkeiten stammten von Jahren der Erfahrung, und hinzu kam sein ausgezeichneter körperlicher Zustand. Ohne Anstrengung konnte er seinen Fuß über Hüfthöhe bringen, mit den Zehen Halt suchen, dann daran und an einer Hand *unterhalb* des Körpers hängen und sich dem nächsten Ansatzpunkt entgegenstrecken. Er sah aus wie eine Spinne, die gemächlich über eine Zimmerwand lief.

Ohne weitere Probleme kam er oben an. Er schien nicht einmal außer Atem zu sein, denn er band den Enterhaken an das eine Ende seines Kletterseils, rollte den Rest zu seinen Füßen zusammen, bis auf eine lange Schlinge, die er in einer Hand hielt, und nahm den Enterhaken in die andere, wobei dieser fast bis zum Boden hing. Er wirbelte den Haken vor- und rückwärts, bis dieser kaum mehr zu erkennen war.

Irgendwann ließ er los und warf ihn über die Schlucht hinweg. Und es gelang ihm nicht nur mit dem ersten Wurf, den Abgrund zu überbrücken, sondern der Haken fiel Levu, einem weiteren ehemaligen Kundschafter, direkt vor die Füße, und dieser hielt ihn fest, bevor er wieder über den Rand rutschen konnte. Quartervals gestattete sich eine Miene milder Zufriedenheit.

Levu band das Seil an einen nahen Felsen, und drüben sicherte Quartervals sein Ende an einem massiven Brocken der eingestürzten Brücke. Levu zog seine Stiefel aus, hielt zwei Finger gen Himmel, murmelte ein Gebet und glitt auf das Seil hinaus, hangelte sich wie ein Lemure Stück für Stück zur anderen Seite hinüber. Ihm folgten weitere Männer.

Quartervals schenkte ihnen keinerlei Beachtung, da er zweifellos der Ansicht war, daß sie – sollten sie dumm genug sein abzustürzen – seine Aufmerksamkeit nicht verdient hätten, und er breitete seine eigenen Stöcke und Seile aus. Er streute den Inhalt seines Beutels darüber und flüsterte den Spruch, den man ihn als Kundschafter gelehrt hatte, und wie auf unserer Seite krümmten Holz und Seile sich und wuchsen. Mir fiel auf, daß das Wachstum weit langsamer vor sich ging als bei Janelas Zauber, und überlegte, ob die Beschwörung besser war, oder – was ich für wahrscheinlicher hielt – ob ein erfahrenerer Geisterseher größere Kraft als ein Nichtzauberer besaß, ganz gleich, ob man ihn gesegnet und ihm gestattet hatte, einen kleineren, taktischen Zauber auszuüben.

Auch diese Hölzer wurden zu Kreuzen gebunden und zum Rand getragen. Mittlerweile waren drei größere Seile ausgebreitet, und kleinere Seile – etwa vier Fuß lang – hielten sie in Abständen von sechs Fuß zusammen. Das Kletterseil wurde dafür benutzt, diese schweren Taue über die Klamm zu ziehen. Drüben angekommen, band man zwei an die eingekerbten Enden der gekreuzten Hölzer, eins in die Mitte, und schließlich wurden die beiden Holzkreuze aufgerichtet. Jetzt mußte man die Enden der Hölzer nur noch verstreben und fest verknoten, dann hatten wir eine Brücke.

Es war – gelinde gesagt – *interessant*, linkisch auf dem einzelnen Seil zu balancieren, welches von der Mitte des Kreuzes zur Gegenseite verlief, die Hände um die oberen Leinen geklammert, besonders, wenn man schwere Packen und Waffen bei sich trug.

Aber wir erreichten ohne Zwischenfall die andere Seite.

»Nicht schlecht«, lobte ich Quartervals.

»Aber auch nicht gut«, schnaubte er und deutete zum Himmel. Ich zuckte zusammen, als ich sah, daß fast ein ganzer Tag verloren war, ein ganzer Tag, an dem Cligus den Abstand zu uns verringern konnte. Wir kamen nur noch eine Meile weit, bis die langen Schatten uns entgegenkrochen.

Wir fanden ein kleines, grasbewachsenes Tal mit einer Quelle und einem Teich und schlugen dort unser Lager auf.

Ich hörte Steine niederprasseln und drehte mich eben noch rechtzeitig um, um zu sehen, wie ein halbes Dutzend Antilopen über eine Anhöhe kletterte.

»Da läuft unser Abendessen«, brummte Maha.

Da ich den ganzen Tag nur Wache geschoben hatte, suchte ich mir Bogen und Köcher, entschlossen, etwas zu tun. Janela fragte, ob sie mitkommen dürfe und borgte sich von einem der Männer einen leichten Bogen. Quartervals murmelte, er werde uns begleiten, und ich befahl ihm barsch, es nicht zu tun. Mein Spinnenmann hatte genug geleistet. Er murrte, doch dann wies er Chons an, sich uns anzuschließen, nicht nur als Wilddieb, sondern auch als Leibwächter. Die Brüder Cyralian – obwohl sie mächtig beim Bau der Kreuzbrücke mitgearbeitet hatten – protestierten, weil man sie nicht mitgehen ließ ... Jägersmänner bis zum letzten.

Sowohl in den Bergen als auch in der Ebene gibt es nur zwei Möglichkeiten, sich an Antilopen anzupirschen. Bei der ersten macht man sich über sie her, wenn sie vollkommen ahnungslos sind, und bei der zweiten nutzt man ihre eigene Schwäche ... sieht man einmal von der Schwäche ab, wundervoll zu schmecken, in Butter gegrillt, mit einer Sauce aus Salz, Pfeffer, Petersilie, Limonensaft und einem Spritzer Weißwein serviert.

Antilopen sind unersättlich neugierig, vielleicht sogar neugieriger als Katzen. Ich schlug vor, diesen Umstand gegen sie zu nutzen und borgte mir von Otavi ein rotes Taschentuch als wichtigste Waffe. Wir schlichen aus dem Tal, und schon Augenblicke später nahm mich die Welt der Jagd gefangen. Alles andere war vergessen. Schon immer habe ich die Pirsch geliebt. Stets war sie eine der wenigen legitimen Ausflüchte gewesen, die ein reicher, alter Kaufmann wie ich anführen konnte, um hinaus aufs Land zu kommen, fort von den Mühen der Geschäftemacherei. Allerdings hege ich – ebenso wie meine Schwester Rali – keine sonderliche Vorliebe für das Töten der armen Kreaturen, denen ich auflauere. Und wie jeder, der sowohl Fleisch als auch seinen Nächsten liebt, komme ich mir ob dieser Zimperlichkeit ein bißchen scheinheilig vor.

Antilopen gehören zu den scheuesten aller Tiere, so daß wir so leise wie möglich voranschlichen und jeden noch so kleinen Busch nutzten, der sich uns bot. Statt über Steine hinwegzuspähen, was die wachsamen Tiere garantiert vor Panik hätte bis ins Nachbarland fliehen lassen, spähten wir darum herum. Es überraschte uns nicht – da dies ein Land war, in welches der Mensch bisher nur wenig eingedrungen war – daß wir gleich drei von ihnen sahen. Kleine, langhaarige Tiere, die nach kaum fünf Minuten Fußweg auf einer kleinen Wiese auftauchten. Wir standen dem Wind abgekehrt, so daß alles zu unseren Gunsten war.

Ich schnitt einen Stock von einem Busch und band Otavis Taschentuch daran. Wir warteten, bis die Antilopen uns den Rücken zugewandt hatten und mit ihrer Mahlzeit beschäftigt waren. Dann trat Chons aus der Deckung, steckte den langen Zweig in einen Spalt zwischen den Felsen und kam zurück.

Wir mußten nicht länger als ein paar Sekunden warten und lugten durch einen Felsspalt, als eines der Tiere aufblickte und das Taschentuch in der Brise flattern sah.

Alle drei waren augenblicklich wachsam, zur Flucht bereit. Doch drohte nichts, und das wehende Taschentuch bekam etwas Hypnotisches, Unwiderstehliches. Sie liefen darauf zu, blieben aber oftmals stehen, wenn der Wind den Stoff etwas stärker flattern ließ. Sie kamen näher... näher... wir legten die Pfeile auf und hielten unsere Bogensehnen bereit... näher... sie waren nur ein Dutzend Schritte vom Taschentuch entfernt, als ich nickte, und wir uns zu dritt hinter dem schützenden Felsen erhoben und schossen.

Die Antilopen wollten fliehen, aber es war schon zu spät. Zwei sprangen hoch und fielen mit Janelas und Chons' Pfeilen in der Brust. Mein Pfeil traf das dritte Opfer wie beabsichtigt in die Lunge. Das Tier schrie auf, wandte sich um und sprang davon. Doch hatte ich genau getroffen und wußte, es würde nur ein paar Dutzend Meter weit kommen, bis es fiel. Wir warteten einige Minuten, dann machten wir uns auf die Suche.

Es gab eine Blutspur, der wir folgen konnten, und wir kamen um einen Felsen und fanden – wie erwartet – meine Antilope ausgestreckt und tot auf einem Stein.

Nicht erwartet hatten wir jedoch den riesenhaften Tiger, der sich über den toten Bock beugte. Wir erstarrten. Auch das Raubtier stand regungslos und starrte uns an. Dann drang ein leises Knurren aus seiner Kehle, als es seine Absicht deutlich machte.

Zwar hatten Pfeile irgendwie aus einem Reflex heraus ihren Weg auf unsere Bogen gefunden, doch war keiner von uns so dumm, sie anzuheben. Der Tiger war eine Tigerin, und an ihrem hängenden Bauch sah ich, daß sie in diesem Jahr Junge geboren hatte.

Das Knurren der Tigerin wurde lauter, und sie kam auf uns zu. Ich sah, daß sie stark humpelte und bemerkte eine kaum verheilte Wunde, die sich über einen ihrer Hinterläufe zog.

Ich gab das Zeichen zum Rückzug, und wir schlichen davon, ohne uns von der mächtigen Katze abzuwenden. Wir wichen zurück, bis wir auf freiem Gelände waren. Dort sahen wir einander ratlos an.

»Ich wollte nichts sagen, aber dein Bock sah alt aus«, merkte Janela an. »Sicher hätte er nicht besser geschmeckt als die Sohlen meiner Stiefel. Andernfalls hätte ich keinen Augenblick gezögert, diesen Tiger fortzujagen.«

»Daran kann kein Zweifel bestehen«, sagte Chons. »Von *uns* hat doch keiner Angst vor Tigern, oder? Außerdem werden die Männer auch von zweien fett, und wir müssen schlank sein, um schnell reisen zu können, habe ich recht, Lord Antero?«

Ich grinste. »Ich muß zugeben«, sagte ich trocken, »daß ihr zwei in der Jagd erfahrener seid als ich, da euch schneller Lügen über die Lippen kommen als mir.

Mein Argument ist einfach ... von jeher war ich ein *großer* Bewunderer von Mietzekatzen, und ...«

Janela schnaubte. Wir weideten unsere Trophäen aus, dann machten wir uns wieder auf den Weg ins Tal und überließen das Feld und die andere, größte Antilope unserer Freundin.

Am nächsten Tag sahen wir in einem Winkel neben der Straße den ersten Schnee. Die Faust der Götter ragte nun vor uns auf, und die Straße wand sich vorbei an riesigen Felsbrocken, die man mit Fug und Recht als kleine Hügel bezeichnen konnte, bis zu jener Lücke zwischen Daumen und Zeigefinger.

Es wurde kälter, und wir froren in unserer leichten Kleidung. Es wurde Zeit für die Winterausrüstung. Und wieder war ich dankbar für die Vorteile der Zauberkunst, die uns erspart hatten, eine ungeheure Last zu befördern.

Bevor wir Orissa verließen, hatte ich sämtliche Männer für kälteste Witterung ausrüsten lassen, mit seidener Unterwäsche, zweiteiligen, aus Wolle gestrickten Anzügen mit weiten Lücken zwischen jeder Masche, um die warme Luft zu fangen und zu halten, dazu die feinsten maßgeschneiderten Felle, die Jacken bis fast ans Knie, mit Kapuzen versehen, die Hosen mit Trägern, damit sie oben blieben, und Stiefeln, die fast bis zu den Knien reichten. Natürlich waren diese Anzüge unhandlich und hätten das Bündel eines Mannes vollständig ausgefüllt, und er hätte nicht mehr als das tragen können. Doch hier hatte unser Ideenreichtum eingesetzt. Ich hatte Näherinnen eingestellt, die auf sehr teure Puppen für reiche Kinder spezialisiert waren.

Aus jedem Kleidungsstück wurde etwas Fell oder Stoff geschnitten, und die Puppennäherinnen machten sich ans Werk und fertigten ein winziges Duplikat der Tracht an. Diese Kopien wurden in einen Beutel gesteckt und dieser Beutel seinem Besitzer überreicht, mit dem Hinweis, daß schärfste Strafen ihn erwarteten, falls er ihn verlor.

Da ich mir keine Illusionen hinsichtlich der Fähigkeiten Reisender machte, alles, was im Moment nicht benötigt wurde, zu verlegen, hatte Janela außerdem einen Zauber über die Bündel der Männer gesprochen, so daß alles, was weggeworfen oder ehrlich vergessen wurde, einen Sturzbach von Sorgen in die Gedanken des Besitzers einbrechen ließ.

Jetzt mußten wir die Beutel nur noch öffnen, die neuen Kleider ausbreiten, und Janela rezitierte die wenigen Worte, die nötig waren, den vorbereiteten Zauber auszulösen, welchen sie in Orissa gesprochen hatte. Die Puppenkleider wuchsen, und ich kam mir vor, als wäre ich mitten in einer Schneiderwerkstatt für Expeditionsreisende.

Einige der Männer protestierten, weil sie so feine Kleider wie diese anziehen sollten, obwohl sie selbst so dreckig waren, und daher gingen wir weiter, bis wir an einen eisigen Bergbach kamen. Ich zwang mich dazu, mich auszuziehen und mir den Dreck der Straße vom Leib zu waschen, auch wenn die Seife kaum schäumen wollte.

Andere sahen das anders – zum Beispiel Quartervals. »Bei den Göttern«, sagte er, als er seine Hosen in einigen Schritten Entfernung anzog, sich dabei jedoch schicklich abwandte, »Ihr hättet niemals einen guten Kundschafter abgegeben, Herr, wenn Ihr darauf besteht, sauber zu sein. Da habt Ihr einen feinen Schutzfilm von Öl, den die Götter Euch bei unserem Marsch gegeben haben, einen fast so warmen Mantel wie dieses Fell hier, und Ihr werft ihn weg. Tsk.«

»Ich ziehe es vor, mich nicht selbst zu riechen«, sagte ich.

»Ein weiterer Beweis, daß Ihr kein guter Kundschafter wärt, Herr«, sagte er. »Ihr riecht Euch selbst nur drei Tage ohne Bad und Eure Kameraden vielleicht noch drei oder vier Tage darüber hinaus. Dann gibt die Nase auf, aus purem Selbsterhaltungstrieb.«

Ich sah, daß Pip zustimmend nickte und kicherte ... selbst in der Stadt war es schwierig genug, ihn in ein Bad zu bringen, wenn man ihm nicht ein paar Silbermünzen dafür bot.

Janela hatte vorgeschlagen, daß ich ein halbes Dutzend zusätzliche Ausrüstungen in verschiedenen Größen anfertigen lassen sollte, da wir vielleicht einen oder mehrere Führer unter den ortsansässigen Stämmen anheuern müßten. Mithraik entsprach sicher nicht der Vorstellung von einem Führer, doch auch er wurde warm eingekleidet, bevor wir weiterkletterten.

Die Reise war nicht wirklich mühsam, eher so, als wanderte man eine endlose Rampe hinauf, welche die Berge im Zickzack erklomm. Doch war es ermüdend, besonders wenn wir auf einen Gipfel kamen, an den monströsen Felsen vorbei in die Tiefe blickten und vielleicht ein Stück Straße unter uns erkannten, auf dem wir zwei Tage zuvor gelaufen waren, und uns dann von all der Mühe ausgelaugt fühlten, da wir erst so wenig erreicht zu haben schienen. Dann ließen wir den Hügel hinter uns, stiegen in ein sanftes Tal hinab und erklommen schon den nächsten.

Schließlich ragten die gigantischen Finger der Faust direkt über uns auf und wurden mit jedem Schritt, den wir taten, drohender. Es sah aus, als sei das Bergmassiv ein einziger Fels oder aus einem einzigen, polierten Guß. Schnee bedeckte die Straße, und obwohl noch immer kaum Winter herrschte, war er doch knietief.

Eben wollten wir den Daumen der Faust umrunden und den Paß betreten, als die Tigerin ihre Schuld beglich und uns das Leben rettete.

Kapitel Vierzehn

Die Schlacht im Nebel

Wir näherten uns dem Paß aus einem leichten Winkel, da die Straße vor einige Zeit von einem Erdrutsch fortgerissen war, und auf freiem Feld – wenn auch im tiefen Schnee – ließ es sich leichter laufen, was ebenfalls zu unserer Rettung beitrug.

Die Tigerin kauerte nicht mehr als dreißig Fuß hoch über uns, wo sich die Felsformation des »Daumens« aus dem Sockel des Berges erhob. Sie schenkte uns keine Beachtung, denn ihre Aufmerksamkeit richtete sich auf etwas jenseits der Felsen, gleich hinter dem Eingang zum Paß. Ihre Schwanzspitze zuckte hin und her, während sie ihre Beute auf der anderen Seite beobachtete. Meine Bogenschützen hatten die Pfeile aufgelegt und die Bogen gespannt, doch ich hielt sie zurück. Bisher stellte die Tigerin keine Bedrohung dar. Ich hielt es für das beste zu warten, bis sie beendet hatte, was immer sie im Paß zu tun gedachte, bevor wir weiterdrängten, und wollte schon eine Rast befehlen, als die Tigerin sprang.

Sie brüllte im Sprung, ein Brüllen, das ihren Opfern bis ins Mark gehen sollte, und als sie sprang, hörte ich zur Antwort einen Schrei ... den Schrei eines entsetzten Mannes. Ich hörte Gebrüll aus dem Paß gleich auf der anderen Seite der Felsen, dann kam die Tigerin erneut in Sicht.

Zwischen ihren Zähnen hielt sie den schlaffen Körper eines Mannes. Erst glaubte ich, die Tigerin habe seine Halsschlagader zerfetzt, als sie ihn tötete, doch dann wurde mir klar, daß es sich bei dem dunklen Rot um die Tunika des Mannes handelte.

Er war ein Wächter aus Vacaan.

Irgendwie hatten sich Cligus und Modin an uns vorbeigeschlichen und den perfekten Hinterhalt angelegt, den nun die Tigerin verdarb.

Nur einen Augenblick stand ich triumphierend da, dann sprang ich in Deckung.

Trotz des Schreckens war mein Kopf ganz klar, und ich überdachte die Möglichkeiten. Wir konnten nicht – wir würden nicht umkehren. Ebensowenig konnten wir tatsächlich den Paß betreten. Die einzige Möglichkeit war ...

Quartervals deutete nach oben: Wir müssen weiter, hinauf, *vor* den Eingang zum Paß. Wir zwangen uns voran, immer weiter hinauf. Mit Handsignalen bedeutete Quartervals der Hälfte seiner bergerfahrenen Leuten – fünf Mann hoch – vorzugehen und uns einen Weg zu bahnen, dann fünf Mann nach hinten, sowohl als Wachen als auch für den Fall, daß jemand stürzte. Je steiler der Hang wurde, desto eher konnte ein Sturz mehr als nur ein Gesicht voller Schnee und einen Schauer aus triefnassem Pulver aufs Fell bedeuten. Es wäre ein schier endloser Purzelbaum den Hang hinab zur Straße hinter uns – ein Sturz, der verstümmeln oder töten würde.

Als mein Trupp in Orissa gedrillt wurde, hatte es auch Vorträge und Demonstrationen von Quartervals' Männern darüber gegeben, wie man vorgehen solle und was zu tun sei, wenn wir in die Berge kämen, dazu sogar zwei Nachmittage Drill auf dem schneelosen Aephens. Ein Vortrag ist allerdings nichts im Vergleich zu Jahren oder – wie in Quartervals' Fall – einem Leben in den Bergen.

Wir hätten Taustücke aus unseren Bündeln nehmen, die entsprechenden Worte sagen und uns zusammenbinden sollen. Doch war dafür keine Zeit, und so drängten wir voran.

Der Himmel war klar, die Sonne sengend. Ich schwitzte so sehr wie in den Sümpfen und öffnete die Jacke. Das konnte tödlich sein... wenn wir stehenblieben, würde der Schweiß gefrieren. Nicht, daß ich davon ausging, *so* lange zu leben... vorher würde Cligus eine Patrouille aussenden, welche die Spuren fand und dann die Menschen, welche diese auf dem beschwerlichen Weg nach oben zurückließen.

Wieder wurde der Berg steiler, und nun kletterten wir auf Händen und Knien. Der Schnee war nicht mehr so tief, doch an manchen Stellen zu Eis gefroren. Ich benutzte meinen Dolch als Picke, um Halt zu bekommen.

Bald ging es nicht mehr weiter. Ich mußte stehenbleiben, meine Lungen schrien nach Luft. Nicht weit voraus erhob sich der Hang erneut zu einer nackten Felswand. Wir saßen fest.

Quartervals, der nie müde zu werden schien, kam vorsichtig neben mich und deutete zur Felswand des Daumens. Er hatte schon gesehen, was ich eben erst entdeckte. Ein schmaler Riß stieg zum Bergkamm auf, ein Spalt, in den wir uns hinein- und hinaufzwängen konnten... mußten.

Ich hörte verzweifeltes Stöhnen, als andere die Klippen vor uns sahen, und wagte es, leise Befehle zu geben... folgt Quartervals! Wir kletterten hoch und krochen ihm nach. Nun waren wir wirklich gezwungen, Taustücke zu suchen und Janela den Zauber sprechen zu lassen. Quartervals band sich ein Seil um und stieg hinauf – Hände und Füße zu beiden Seiten des Spalts, gleichmäßig aufwärts wie auf einer Treppe – und trug ein zweites Seil bei sich. Dieses band er um einen Felsen und winkte Levu zu sich herauf. Wir anderen banden uns aneinander fest und folgten ihm, krochen aufwärts. Einmal wagte ich es, in die Tiefe zu blicken, sah in Janelas weißes Gesicht und dann nichts mehr als Luft unter ihr, schluckte und schaute nicht wieder in diese Richtung.

Ich war in der Mitte des Trupps geklettert, so daß – als ich den Kamm erreichte – schon fast vierzig Männer und Frauen ausgestreckt auf dem eisigen Felsen lagen. Quartervals winkte mir, zu ihm zu kommen, wies mich jedoch an – Handfläche nach unten, wiederholt pressend – leise zu sein. Ich glitt wie eine Schlange, bis ich neben ihm war. Langsam hob ich meinen Kopf, sah über den Rand und dann dorthin, wo der Paß begann. Unten, verborgen hinter Felsen, warteten unsere Feinde. Im Eingang zum Paß hatten einzelne Stellung bezogen, der Rest hatte sich in Angriffsformation in ein kleines Tal zurückgezogen. Ein Stück die Straße hinauf stand ein Pulk von Männern in roten Tuniken, was aussah wie ein Blutfleck im Schnee. Dort mußten Cligus und Modin sein. Sohn oder nicht … ich wünschte mir die Macht eines großen Geistersehers und die Fähigkeit, einen einzelnen Blitz auszusenden.

»Wie um alles in der Welt haben sie uns überholt?« brummte ich laut.

»Ich will verdammt sein, wenn ich es weiß, Herr«, sagte Quartervals. »Nicht, daß es etwas ändern würde, oder? Vielleicht haben sie Zauberkräfte angewandt, oder es gibt mehr als nur einen Weg. In Orissa führt ja auch mehr als nur *ein* Weg zu den Toren, oder?«

Diese Erklärung war so gut wie jede andere. Wir krochen zurück, dorthin, wo Janela wartete. Eilig hielten wir einen Kriegsrat dazu ab, wie unsere Pläne aussehen sollten. Wir mußten uns beeilen. Ich fragte Janela, warum Modins Zauberkraft uns nicht entdeckt hatte, und sie wirkte sorgenvoll.

»Schon wieder habe ich ein mächtiges Etwas in diesen Bergen wahrgenommen, so mächtig, daß ich das Gefühl habe, meine magischen Sinne wären irgendwie benebelt. Ich vermute, auch Modins Kräfte sind davon beeinträchtigt.«

»Mylady«, sagte Quartervals. »Könnte das bedeuten, daß dieses Etwas freundlicher Natur ist? Wenn es Modin daran hindert, uns aufzuspüren, würde ich es wohl so nennen.«

»Ich bin mir nicht sicher, ob ich dieses Wort verwenden würde«, sagte Janela. »Ebensowenig würde ich es als Feind bezeichnen. Jemand ... beobachtet uns mit Interesse. Das ist die beste Einschätzung, die ich äußern kann.«

Es blieb uns keine Zeit, darüber zu debattieren, ob dieser Aspekt nun gut oder schlecht war, da kaum eine Meile unter uns der Feind wartete. Ich spähte den Bergkamm entlang. Konnten wir diesem folgen, uns vom Paß fernhalten, bis wir außer Sicht waren?

Ich mußte weder Quartervals fragen noch Kundschafter aussenden, denn ich sah mehrere Spalten, die sich durch den Daumen der Bergkette zogen. Wir konnten nicht weiter als etwa eine Viertelmeile kommen, bis wir absteigen und den Paß benutzen müßten.

»Gibt es irgendwelche Beschwörungen, die du versuchen könntest?« fragte ich. Janela überlegte.

»Nein. Warte. Vielleicht doch. Einen Erdenzauber, etwas, das ein örtliches Phänomen wachruft«, und sie murmelte weiter, wühlte in ihrer Tasche nach Materialien. Sie nahm zwei kleine Spiegel, Zunder, Stahl und etwas Pulver, das sie auf den Zunder streute.

»Schafgarbe«, erklärte sie halb lächelnd. »Für die Ergiebigkeit. Ein Vervielfältiger. Ich glaube, es wird auch so wirken.«

Sie fand eine Vertiefung im Stein, eine Eispfütze von etwa einem Viertel Daumenbreite Tiefe, und legte den Zunder hinein. Sie beschrieb einige geheimnisvolle Bewegungen über dem Zunder, dann schlug sie den Stahl dagegen, und Funken flogen in den Zunder. Sie blies den Zunder zu einer Flamme, und als er aufflackerte, hielt sie einen Spiegel so, daß er das Feuer reflektierte, den zweiten nah an ihren Mund. Dann sang sie:

»Spüre die Wärme
Spüre den Frühling
Wasser, steig an
Woher du auch kamst
Erhebe dich und wachse
Verbreite dich und stürze
Dann folge der Erde
Folg ihr hinab
Folg ihr hinab.«

Gehorsam schmolz das Eis, und Dampf stieg auf. Währenddessen hauchte sie den Spiegel an, vernebelte ihn gänzlich.

»Einer spiegelt den anderen wider und so weiter«, murmelte sie. »Nun sollten wir einfach tun, was sich als nächstes bietet, denn es hat wenig Sinn, auf einen Zauber zu warten, der vielleicht nicht wirkt.«

Eine Minute etwa dachte sie nach, blickte zu der Bergkette auf, die sich über uns erhob, dann zum Paß, dann suchte sie wieder in ihrer Tasche herum und holte noch ein paar Dinge hervor.

»Diese«, sagte sie, »könnten später helfen, so daß ich sie besser bereithalte.« Sie grinste. »Gehen wir, Amalric«, sagte sie. »Mir wird kalt auf diesen Steinen.«

Ihre offensichtliche Sorglosigkeit war wieder etwas, das sie mit Janos gemeinsam hatte. Mein alter Freund hatte sich selten erschrocken gezeigt, wenn er in der Falle eines scheinbar übermächtigen Feindes saß.

So weit wie möglich liefen wir über den Grat des Berges, bis der

Spalt uns den Weg versperrte. Bisher gab es keine Anzeichen dafür, daß Janelas Zauber wirkte. Ich dachte daran, sie zu fragen, was genau er eigentlich bewirken solle, dann überlegte ich es mir anders. Falls es eine Macht gab, welche die Zauberkraft blockierte, würde es kaum helfen, deren Aufmerksamkeit zu erregen, ob nun mit Worten oder Gedanken, und so versuchte ich, mich auf andere Probleme zu konzentrieren. Unglücklicherweise gab es derer genug.

Wiederum fielen Seile über die Felskante, und wir glitten auf Straßenhöhe hinab. Wir versuchten, uns so weit wie möglich in dem Spalt zu verstecken, aber er war nicht groß genug für sechzig Leute. Ich bat die anderen, hinauszukriechen und still auf den Felsen zu liegen, bis sie Befehl bekamen, sich zu rühren. Glücklicherweise hatten wir für unsere Ausrüstung scheckige Felle gewählt, und sie hoben sich nur wenig von Steinen und Schnee ab. Ein weiteres Mal lächelte uns Te-Date zu, und wir blieben unentdeckt. Unsere Chance bestand nun darin, so schnell wie möglich den Paß hinaufzusteigen, bis wir nicht mehr zu sehen wären. An dieser Stelle würden wir dann eine Nachhut aufstellen und weiterziehen, wohl wissend, daß man unser Entkommen früher oder später entdecken würde.

Doch so problemlos ging es nicht. Der Weg war mühsam und führte durch jungfräulichen Schnee, der fast bis an die Hüfte reichte. Und wir waren kaum fünfzig Meter weit gelaufen, als ich hinter uns Unruhe wahrnahm und man uns entdeckte.

Nun machte es keinen Sinn mehr, leise zu sein, und so begann ich, Befehle auszugeben, wobei ich darauf achtete, daß meine Stimme ruhig und kontrolliert blieb.

Quartervals und die anderen taten es mir nach: »Also gut... Verschwendet keine Energie damit, Euch umzusehen... Wir kommen ebenso schnell voran wie sie... Paßt auf, wohin ihr geht, und helft Euren Kameraden... Es besteht kein Grund zur Sorge, denn wir haben einen großen Vorsprung.«

Doch so groß war unser Vorsprung nicht. Ich blieb stehen und ließ die Kolonne vorüberstolpern. Mein Platz war am Ende der Formation, wo ich den Wächtern, Modin, Cligus und seinen Orissanern die Stirn bieten konnte. Quartervals sah mich, und auch er und Otavi lösten sich aus der Formation. Janela und Towra blieben an der Spitze und marschierten so schnell voran wie möglich.

Verzweifelt wünschte ich mir eine Biegung in diesem Paß oder Stellen, an denen Geröll herabgefallen war, damit wir von dort aus einen Überraschungsangriff starten konnten, der uns Zeit zum Entkommen verschaffen würde. Doch die Großen Alten hatten gut gebaut. Der Paß verlief so schnurgerade wie der Flug eines Pfeils, und das den halben Weg zum Gipfel hinauf, bevor er am ersten Knöchel nach links einbog. Nur wenige Felsbrocken hatten sich gelöst ... die Straße war sauber durch den Fels gehauen, als hätte ein glühendes Messer eine Kerbe in Butter geschnitten. Es gab keine Deckung, und ebenso nutzlos war jeder Gedanke daran, über die Seitenwände zu entfliehen.

Die anderen zogen vorbei, keuchend vor Anstrengung, während sie sich Schritt für Schritt durch den Schnee schoben. Ich bezweifle, daß viele mich überhaupt bemerkt haben. Ihre Augen sahen nur einen Fleck im Schnee ... einen Fuß, der sich hob ... sich senkte ... und sich wieder hob, in dem Versuch voranzukommen, in dem Versuch, nicht hinzufallen. Mit einiger Bestürzung bemerkte ich, daß die Seeleute, da sie die geringste Erfahrung an Land hatten, langsam zurückfielen. Ich rief Janela zu, sie solle langsamer vorangehen, und befahl Quartervals, eine Nachhut aufzustellen.

Er bellte Befehle, als der letzte Mann – Mithraik – auf meine Höhe kam. Mir fiel der Ausdruck im Gesicht des Piraten auf, blaß, erschrocken, obwohl er nicht mal schwer zu atmen schien. Ich fragte mich, wieso er nicht vorn an der Spitze war, wo es am längsten sicher wäre. Ich fragte mich, was ihn auf unserer langen Reise gebrochen hatte ... er hatte so unbändige Tapferkeit gezeigt, als er gegen die Halbmenschen im Dschungel und die Krokodile im Fluß kämpfte.

»Halt, Mann«, befahl ich, wollte ihn mit Schrecken aus seiner Angst befreien. »Bleib stehen, und kämpfe mit uns!«

Er riß die Augen auf und schien protestieren zu wollen, doch dann biß er die Zähne zusammen.

»Aye, Antero«, sagte er, und nichts in seiner Stimme täuschte Demut vor. »Wie Ihr meint. Wenn das hier der Ort ist, dann will ich hier meine Spuren hinterlassen.«

Ich blickte an ihm vorbei zu Cligus' Armee. Allzu leicht spottet man über Soldaten in hübschen Uniformen und sagt, sie könnten wahrscheinlich nur auf dem Exerzierplatz mit den Stiefeln knallen oder ihre Orden polieren, und schon nimmt man an, sogenannte Elitetruppen hießen nur so. Doch diese Wächter hatten ihren Ruf verdient, so mörderisch und verbrecherisch ihr Verhalten in Irayas auch gewesen sein mochte. In den wenigen Minuten, seit wir entdeckt worden waren, hatten sie ihre Positionen im Hinterhalt verlassen, sich formiert, und marschierten nun hinter uns über die verschneite Straße. Sie rückten in drei Linien vor, und ich hörte das Gebrüll ihrer Offiziere und der Feldwebel, sie sollten sich beeilen und die verfluchten Verräter fangen.

Sie kletterten schneller als wir, obwohl es mehrere hundert Mann waren.

»Quartervals, du bist der Experte. Was können wir tun?«

»Es gibt nur eins«, sagte er. »Wir trennen uns. Ich bleibe bei – sagen wir – einem Drittel der Männer, und wir halten sie so lange wie möglich auf. Währenddessen könnt Ihr Euch mit Lady Greycloak zum Paß aufmachen. Seid Ihr erst drüben, versucht dort hinabzusteigen. Geht weiter, auch wenn Ihr sicher sein könnt, daß Ihr ihnen entkommen seid.«

Ich wollte protestieren, doch Quartervals schüttelte den Kopf. »Und ich will kein gottverdammtes Jammern hören, daß Ihr hier

Euren Mann stehen und kämpfen wollt. Ihr und die Lady gehört zusammen, und Ihr seid *beide* nötig, es zu schaffen. Jetzt macht Euch nicht zum Narren, *Herr*, schiebt Euren Arsch freundlicherweise voran und geht weiter. Stellt eine Gedenktafel oder sonst was für uns in Orissa auf, wenn Ihr es bis dahin schafft.«

Otavi stand nun neben ihm und hörte zu. Zustimmend nickte er. »Er hat recht, Herr. Und dieser Ort hier scheint zum Sterben nicht besser oder schlechter zu sein als jeder andere.« Er spuckte in die Hände und schwang seine Axt vor uns zurück, wärmte sich auf.

Noch andere kamen den Berg herab, um sich zu ihm zu gesellen, und mein Blick trübte sich, als ich sah, daß es meine Besten waren: Kele, Chons und Maha, die anderen beiden Unentwegten, die gegen den Dämon namens Lord Senac angetreten waren; die Brüder Cyralian und andere, die ich seit Jahren kannte und mit denen ich oft gereist war. Selbst Pip war unter ihnen.

Er sah, daß ich ihn bemerkt hatte, und wirkte beschämt. »*Eigentlich* würde ich nichts lieber tun, als diese von Dämonen verseuchten Felsen weit hinter mir zu lassen. Ich hoffe, Ihr zahlt den Todesbonus so prompt aus, wie Ihr versprochen habt, sonst macht sich meine Alte über Euch her wie Gestank über einen Kuhfladen.«

Allesamt tapfere Männer und Frauen.

Dann rauschte der Wind, und ich sah aus dem Augenwinkel etwas verschwommen auf uns zufliegen. Ich ließ mich zu Boden fallen, hörte einen lauten, knirschenden Schlag, und Blut spritzte in den Schnee. Ich hob den Kopf und sah Chons taumeln, von einem mächtigen Eisenbolzen fast in zwei Hälften zerteilt.

Quartervals fluchte. »Sie haben Maschinen mitgebracht!«

Das hatten sie allerdings. Ich sah kleine Gruppen von Männern, die gigantische, aufgebockte Armbrüste spannten und Eisengeschosse von der Länge eines Menschen anhoben. Dann feuerten sie über die Köpfe der vordringenden Infanterie hinweg. Ein weiterer Bolzen summte heran und schlug an eine Felswand, dann wieder einer. Bogenschützen wagten ihre erste Salve, doch sie fielen Meter vor uns in den Schnee.

»Lord Amalric«, befahl Quartervals. »Geht endlich, Herr! Jetzt!«

Ich wandte mich zum Gehen; ich fühlte mich wie ein Feigling, aber ich wußte, daß Quartervals recht hatte. Der Feind war kaum noch hundert Meter entfernt, und schon landeten die ersten Pfeile zwischen uns, auch wenn sie von den schwer atmenden Wächtern in Rot nicht gut gezielt waren.

Ein Schmerzensschrei ertönte, und einer der Brüder Cyralian stolperte nach vorn, während seine Hände verzweifelt an dem Pfeil rissen, der in seiner Lunge stak. Blut schäumte, begrub seinen Schmerz, und er fiel kopfüber in den Schnee.

Noch hatten wir den Vorteil, höher als der Feind zu stehen, und unsere eigenen Pfeile flogen auf und trafen voll in seine Reihen. Meine Männer konnten unmöglich danebentreffen, wenn sie in den dichtgedrängten Pulk von Cligus' angreifenden Soldaten zielten.

Sie waren nah genug, daß ich hören konnte, wie einer ihrer Sergeanten bellte: »Fangt den alten Mann lebend! Lord Cligus will ihn für sich selbst«, und fand Zeit für ein schiefes Grinsen ... falls er mich fing, was ich keineswegs zulassen wollte, würde er seinen Vater sicher nicht erkennen, da dieser inzwischen um Jahre verjüngt war.

Falls es mir nicht gelingen sollte zu entkommen, würde ich ganz sicher von einem der Soldaten aus Unwissenheit erschlagen. Ich stapfte davon, um mich dem weiterziehenden Trupp anzuschließen, und plötzlich wurde mir klar, daß ich eine große Verantwortung Janela gegenüber hatte. Falls wir nicht entkommen konnten, durfte ich nicht zulassen, daß sie in Modins Hände fiel.

Gleich hinter mir hörte ich animalisches Geschrei, und unwillkürlich fuhr ich herum.

Es war Mithraik, der brüllte wie ein Tier.

»Antero! Antero!« und die Worte waren kaum zu verstehen. »Hier ist der Ort! Du kannst mir nicht entkommen! Du und deine Kuh!« und er begann, sich zu verwandeln, sich zu winden, zu wachsen, bis er hoch aufragte, so hoch oder höher noch als Lord Senac, und sein Fell riß auf, entblößte einen Leib, der rot war, roh wie ein Gehäuteter, und Schleim sickerte aus seinen Poren.

Der Dämon, der Mithraik gewesen war, der Dämon, der uns aus unserer Mitte heraus hatte verraten sollen, brüllte allen Menschen zum Hohn... Cligus ebenso wie mir. Otavi schwang seine Axt, doch der Dämon schlug sie beiseite. Das Vieh war nun fast zwanzig Fuß hoch, und selbst dort, wo ich stand, roch ich noch, wie er stank. Er hatte klauenbesetzte Füße und zwei Arme mit Zangen wie ein Meerestier. Doch am schlimmsten war sein Gesicht, eine vorspringende Stirn mit quellenden Augen wie ein Erstickender, die Haut stramm über die Wangen gezogen, und grobe Reißzähne reichten bis beinahe zu den Nasenschlitzen und dorthin, wo das Kinn hätte sein sollen. Das Haar hing in Büscheln vom Gesicht des Monstrums, und es brüllte Unverständliches, während es sich verwandelte und in meine Richtung kam.

Ein Pfeil summte vorbei, stach tief in seine Wange, ließ blutigen Eiter fließen, und das Wesen wandte sich um, schrie seinen Zorn heraus und zweifellos das Versprechen, den Angreifer zu töten, sobald er mit mir fertig sei. Keine zehn Fuß entfernt, gleich unterhalb, stand Quartervals. Er hielt den Bogen des gefallenen Cyralian und zielte nach oben. Seine Haltung war perfekt, als stünde er auf dem Schießstand oder demonstrierte, wie man über die vorderste Reihe des Feindes schoß. Er spannte den Bogen voll, die Spitze des Pfeiles berührte den Steg, und er wagte seinen Schuß.

Der Pfeil flog auf und bohrte sich dem Dämon in ein Auge. Der schrie erneut, und die Felsen um uns bebten von seinem Schmerz und Zorn, dann torkelte er vorwärts, stolperte und fiel, rollte, taumelte den Hang hinab, versuchte noch immer, auf die Beine zu kommen. Schließlich schaffte er es, versuchte, seinen Schwung zu bremsen, geblendet, und die scheußliche Flüssigkeit, die wohl sein Blut sein mußte, sprühte mitten unter Cligus' Männer.

Blind vor Qualen kümmerte es ihn nicht, wen er tötete und mit sich riß. Wächter und orissanische Soldaten heulten und fielen, und nun blieb ihnen keine Zeit für uns, da das Monstrum ihre Reihen lichtete.

Vielleicht hatte der schreckliche Zauber, der die Verwandlung des Dämons bewirkte, Janelas Zauber befreit, oder vielleicht war dieses Etwas überrascht worden, denn plötzlich erhob sich um uns ein Nebel, ein dicker Sommernebel, wie er einen Bergwanderer überraschen konnte, so daß dieser sich verirrte – egal, wie vertraut ihm der Weg sein mochte – und dann in einem verborgenen Spalt zu Tode stürzte.

Doch das war nicht unsere Sorge. Quartervals und ich riefen Befehle ... weiter, weiter, weiter, seht nicht hin! Bergan! Ihr könnt euch nicht verirren, ihr könnt euch nicht täuschen ... und wir stolperten voran, der Schlachtenlärm in unserem Rücken und das Kreischen des Dämons lauter als je zuvor.

Angst und der Blutrausch der Schlacht übertrugen sich auf unsere Füße, und wir wateten weiter und immer weiter, jeder allein in seiner eigenen Welt von Weiß und Grau, und dann entkamen wir dem Nebel.

Zwei Dutzend Meter vor uns wartete Janela mit den anderen. Sie standen in Schlachtordnung, doch Janela hatte sich ein Stück von ihnen entfernt und kauerte im Schnee.

»Ich habe versagt«, sagte sie, ohne den Blick von ihrer Arbeit abzuwenden. »Diese Scheißkerle hatten einen Spion auf uns angesetzt, und ich habe nichts davon gemerkt. Amalric, sag mir, wenn du glaubst, daß alle in Sicherheit sind und ich versuchen kann, ob mein zweiter Trick funktioniert.«

Das tat ich, zählte die Männer durch und pries die Götter für die

Kontrolliste, die ich stets in meinem Händlerhirn bei mir trage. Sechsundzwanzig Leute waren für die Nachhut ausgewählt, und ich fragte mich, wann Zeit für eine solche Zählung gewesen war. Nun kamen achtzehn, neunzehn – Otavi, der seine Axt wieder eingesammelt hatte –, einer noch ... dann Quartervals.

»Ich bin der letzte«, keuchte er und zeigte schließlich doch Anzeichen menschlicher Erschöpfung.

Ich wartete noch eine halbe Minute, in der Hoffnung, es würden noch weitere aus dem aufgewühlten Nebel treten. Doch niemand kam. Fünf Freunde hatte wir dort verloren, flüsterte mein Herz mir schmerzlich zu, auch wenn mein Kopf mir sagte, wir hätten unfaßbares Glück gehabt, weil wir nur so wenig Tote beklagen mußten.

Unter uns wurde Mithraiks Dämonengeheul immer schwächer. Selbst ein Monstrum wie dieses mußte von so vielen Männern schließlich übermannt werden.

»Das sind alle«, sagte Janela mit einiger Ungeduld in der Stimme. »Stell dich hinter mich, Amalric. Was jetzt kommt, könnte etwas Aufsehen erregen.«

Sie rollte ein halbes Dutzend kleiner Schneebälle und preßte sie mit ein paar Kieselsteinen zusammen, die sie von den Felsen gesammelt hatte. Ich weiß nicht, ob sie schon ein magisches Wort über sie gesprochen oder einen Zaubertrank darauf gesprenkelt hatte, doch begann sie, die Bälle den Weg hinabzurollen, während sie sang:

»Bewegt euch
Rollt davon
Ihr habt Brüder
Ihr seid groß
Nun wachst
Nun rollt
Und sammelt Schnee dabei!«

Die meisten von uns haben als Kinder Schneebälle geformt und sie steile Hänge hinabgerollt, in der Hoffnung, eine Lawine auszulösen. Mir ist es nie gelungen, doch habe ich die Hoffnung nie verloren, eines Tages eine wirklich gigantische Rodelbahn zu erschaffen, indem ich einen ganzen Hang leerfegte. Janelas Zauber erfüllte meine kühnsten Träume, als die winzigen Schneebälle rollten, Schnee sammelten, als wären sie Magneten, die noch schneller rollten, als der steile Hang erahnen ließ. Auch von den hohen Hängen oberhalb der Straße war ein Rumpeln zu hören, als sich weit über uns Schneewehen lösten. Keiner konnte sehen, was geschah, doch war die Straße leergefegt, und wir hörten den Donner, als die Lawine auf Cligus und seine Männer einstürzte.

Janela stand auf, mit verblüffter Miene.

»*Das* war nicht geplant«, sagte sie. »Bestenfalls hatte ich gehofft, den Schnee, der gleich hier vor uns liegt, auf die Schweinehunde stürzen zu lassen. Ich frage mich, ob . . .« Und nachdenklich blickte sie sich um. »Nein. Ich muß mich täuschen. Ich dachte eben, ob dieses Etwas uns wohl hilft, aber das würde keinen Sinn machen.

Wahrscheinlich war mein Maßstab verrutscht, und ich habe es geschafft, einen tausendfachen Schneeball zu erschaffen, statt eines zehn- oder hundertfachen. Oder vielleicht wird Cligus und diesem syphilitischen Modin endlich das Unglück zuteil, das sie verdient haben.

»Theorien können wir auch später aufstellen«, sagte ich. »Du oder deine Götter oder die Dämonen oder wer auch immer... irgendwer hat uns mehr Zeit gegeben, als ich mir erträumt hätte. Nenne es Glück, wenn du willst. Das angemessene Opfer werden wir später bringen.«

Sie nahm ihre Tasche, und wir stapften weiter.

Vielleicht war es Glück, oder vielleicht nahm die Steigung des Hanges ab, jedenfalls kamen wir jetzt leichter voran, und nach einer halben Stunde liefen wir um die Biegung des Knöchels.

Es wurde dunkel, doch konnten wir nicht stehenbleiben. Ich schickte Männer mit Feuerperlen nach vorn und drängte weiter. Gegen Mitternacht machten wir einmal Rast, schmolzen Schnee und aßen Dörrfleisch, getrockneten Fisch und Süßspeisen, die wir bei uns trugen. Dann marschierten wir weiter. Falls ein Hinterhalt oder ein Feind auf uns warten sollte, wollten wir lieber das Unbekannte riskieren als das, was uns hart auf den Fersen war. Ich war nicht so dumm, mir zu erträumen, daß Mithraik die gesamte Armee unserer Verfolger vernichtet haben konnte.

Im Morgengrauen erreichten wir den Gipfel, und eine weite, öde Ebene breitete sich unter uns aus, in der trüben Ferne nebelverhangene Berge.

Wir machten Rast, da von Verfolgern nichts zu sehen war, und jetzt war Zeit wahrzunehmen, wie sehr uns die Strapazen das Mark aus Seelen und Knochen gesogen hatten.

»Warum nur«, überlegte Quartervals mit einem Blick über die Steppe hin, die vor uns lag, »sagen einem die Mythen nie, daß hinter dem großen Hügel höchstwahrscheinlich der nächste, verdammt große Hügel wartet, größer noch als der vorherige?«

Darauf gab es keine Antwort, und so marschierten wir weiter.

Nach einer Stunde blieben wir stehen, und ich befahl zwei Stunden Schlaf. Nur vier von uns standen Wache, und Quartervals war nicht darunter. Mein ganzer Körper sehnte sich nach Schlaf, schrie danach, sich nur eine Minute auf dem Boden auszustrecken, doch wagte ich nicht, mich auch nur an einen Felsen zu lehnen. Schließlich fand ich einen Kurzspeer und setzte seine Spitze an die Haut unter meinem Kinn. Zweimal erwachte ich, weil Blut mir über die Kehle lief, doch zumindest blieb ich bei Bewußtsein.

Wir marschierten weitere sechs Stunden, dann wagten wir noch einmal zwei Stunden Rast. Diesmal schlief ich und überließ Quartervals die Wache.

So ging es noch zwei volle Tage und Nächte, denn wir riskierten nicht, länger als zwei Stunden Rast zu machen, bis irgendeine Art von Sicherheit gefunden war.

Auf dieser Seite der Faust der Götter war die Straße in besserem Zustand und verlief fast schnurgerade zur versengten Ebene hin.

Gegen Ende des zweiten Tages hatten wir den letzten Schnee erreicht, doch das kahle Vorgebirge bot uns keinen Schutz.

Mein quälender Zeitplan war nicht länger einzuhalten. Wir waren so benommen, daß schon die geringste Gefahr, in die wir stolpern mochten, zur Folge haben konnte, daß der gesamte Trupp ausgelöscht wurde. Wir machten direkt neben der Straße Rast und gönnten uns sechs volle Stunden Schlaf. Dann auf und weiter. Nach dieser langen Pause fühlte ich mich schlechter als vorher, alle Knochen knarrten, alle Muskeln flehten um Erlösung.

Ich trieb meine Leute härter an, als ich je eine Expedition getrieben hatte. Nicht einmal Pip beklagte sich, und ich wußte, daß wir dem Ende unserer Kräfte nah waren.

Anderthalb Tage später kamen wir in die Ebene. Es blieb kalt; einige der Männer fanden schließlich doch die Kraft zu fluchen, und dafür war ich dankbar. Menschen reisen bei Kälte besser als bei Hitze. Noch immer führte die Straße geradeaus, bog nie ab, stieg nie an, doch regelmäßig fanden sich die zweigesichtigen Frauen/Dämonen, die zum unsichtbaren Ende der Straße drüben in den fernen Bergen führten, wo Tyrenia sein mußte.

Wir konnten ohne Rast nicht weiter. Wir scherten aus und marschierten drei Stunden lang im rechten Winkel fort von der Straße. Quartervals und seine Kundschafter liefen hinten und nutzten ihre ganze Kunst, unsere Spuren zu verwischen, und Janela war bei ihnen, um mit ihrem Zauber zusätzlich zu verhindern, daß jemand unseren Spuren folgte.

In der nur scheinbar konturlosen Ebene fand sich ein Graben, der fast schon ein Tal war, bald hundert Fuß tief, mit zwei Quellen, einem Teich und Bäumen.

Irgend jemand, wahrscheinlich Quartervals, nahm mir mein Bündel ab und breitete mein Bettzeug aus. Ich sank darauf, ohne mir die Stiefel auszuziehen oder hineinzukriechen, und schlief einen ganzen Tag lang ohne jeden Gedanken daran, ob unser Marsch zu Ende sein mochte.

Ich erwachte von wahrlich monströsem Lärm.

»Hintern und Lenden sind nackt, sind nackt,
Und Hand und Fuß sind kalt,
Das Bier, es schmeckt schon abgeschmackt,
Die Straße macht nie halt

Sie führt uns weit
Sie führt voran
Antero treibt uns hart
Bald bin ich nur noch Knochenhaut
Bevor ich komm zum ...«

Die Stimme – Pips – unterbrach, was er für ein Lied hielt, und fragte wehmütig: »Und was reimt sich auf ›hart‹?«

Janelas Stimme war zu hören: »Geh drei Zeilen zurück, und versuch an Stelle von ›Antero treibt uns hart‹,

»Ich stolper' als wär ich dumm
Bald bin ich nur noch Knochenhaut
Nur jammernd, niemals stumm.«

»Bleibt lieber bei der Zauberei, Mylady«, entgegnete Pip. »So dringend muß es sich nun auch nicht reimen.«

An dieser Stelle kam ich hoch und schlug die Augen auf.

Pip, der nur wenige Schritte von mir entfernt war, warf sich widerwillig Wasser aus einem Becken ins Gesicht und tat, als sähe er mich eben erst.

»Lord Antero, Herr, wie haben Eure Lordschaft denn geruht? Wir hatten schon befürchtet, ein Dämon säße in Eurer Kehle, bei all dem Rasseln und Stöhnen, das dort herauskam.«

Ich kletterte aus meinem Bettzeug und stand auf, mühte mich, die Schmerzensschreie meiner Muskeln zu überhören.

»Quartervals, hat dieser Troubadour denn keine Pflichten?«

»Ich denk mir eben welche aus«, sagte er. »Düster, gefährlich, und tödlich.«

»Und was gibt's sonst noch Neues?« sagte Pip keineswegs entmutigt. »Schlimm genug, daß ich mich waschen muß. Fast würde ich mich lieber erschlagen lassen.«

»Wie lange habe ich geschlafen?« fragte ich Quartervals.

»Einen ganzen Tag, Herr.«

Ich fluchte. »Du hättest mich wecken sollen!«

»Warum? Ich habe Kundschafter zur Straße geschickt, und sie konnten keine Spur von Cligus und seinem Speichellecker finden. Vielleicht hat Mithraik ihnen allen ein Ende bereitet.«

Das bezweifelte ich, doch sagte ich nichts. Ich sah mich in unserem Lager um. Alles ging seinen geordneten Gang. Meine Leute waren mit Instandhaltungsarbeiten beschäftigt, schärften Waffen, flickten gerissene Kleider, putzten und aßen. Wachtposten standen oben auf dem Graben, und ich wußte, daß uns niemand überraschen konnte, zumindest nicht in irdischer Gestalt. Außerdem wußte ich, daß Janela ihre eigenen Wachen ausgesandt hatte, so daß wir auch auf magischem Gebiet so sicher waren, wie wir sicher sein konnten.

Am besten wäre es gewesen, drei oder vier Tage an diesem abgeschiedenen Ort zu bleiben und sich zu erholen, doch mußten wir weiter.

Zwei Dinge gab es allerdings, um die wir uns kümmern mußten, bevor wir weiterzogen.

Das erste ging Janela an. Ich nahm sie beiseite und fragte, was sie von Mithraik hielt. Hatte sie irgendeine Ahnung, wer sein Herr sein mochte? Er sei nicht nur, so sagte ich, ein lauer Scherz, eine Art Mietdämon, auf den wir zufällig gestoßen waren, denn er hatte meinen Namen genannt. Wem diente er? Wieviel wußte er über uns? Warum hatte er diesen Augenblick gewählt, sich zu enttarnen?

Janela überlegte ihre Antwort wohl. »Was seinen Herrn angeht, so kann ich es nicht sagen. Ich vermute jedoch jemanden, der dort in der Ferne sitzt. Ein uns noch unbekannter Feind. Wenn wir davon ausgehen, daß der Dämon, der die Rolle Lord Senacs angenommen hatte, in Diensten dieses Feindes stand, wäre es dann nicht logisch, daß gleiches für Mithraik gilt? Er war von einem mächtigen eigenen Zauber beschützt, sonst hätte ich ihn bemerkt.

Mit einiger Sicherheit möchte ich behaupten, daß er nicht Modin oder einem seiner Vertrauten hörig war ... zu lange sind sie ziellos hinter uns umhergewandert, als daß sie jemanden in unserer Mitte hätten haben können.

Was seine Aufgabe angeht, so vermute ich dasselbe wie du ... ein Spion, jemand, der beobachten konnte, wo genau wir zu jedem Zeitpunkt waren. Vielleicht brauchte sein Herr und Meister ihn nicht mehr, als wir in die Berge kamen.

Vielleicht war das der Grund, warum er sich plötzlich wie ein Sterblicher und ein Feigling verhielt. Vielleicht hat er es gespürt und geahnt, daß es seinen Herrn nicht länger interessierte, ob er lebte oder nicht, falls dieser Ausdruck auf Wesen aus seinem Reich überhaupt zutrifft.

Hinsichtlich dessen, was er über uns erfahren hat: Wenn er nicht Gedanken lesen konnte, so müssen wir davon ausgehen, daß er alles wußte, was unsere Leute wissen, nicht mehr und nicht weniger. Wie weit uns das schwächt, kann ich nicht sagen.

Warum er sich entschlossen hat, in diesem bestimmten Augenblick die Maske fallen zu lassen, kann ich ebenfalls nicht beantworten. Es könnte sein, daß sein Herr entschieden hat, er solle auf dem Paß dort sterben. Oder, da es in dieser Sache eine Wendung nach der anderen gibt, hat vielleicht dieses Etwas, das uns manchmal fast schon zu helfen scheint, ihn dazu getrieben, das zu tun, was er tat.

Ich weiß es nicht, Amalric.« Sie lächelte. »Siehst du, was die Zauberlehre einem bringt? Es kann einen Meister mehr verwirren als den Menschen, der nur sieht, was um ihn herum geschieht. Und so ist es oft.«

Sie dachte nach. »Mir ist gerade etwas Erstaunliches eingefallen, hinsichtlich meiner Studien der Magie. Glaubst du – für den Fall, daß wir dieses eine, alles verbindende Geheimnis der Zauberei finden –, daß gewöhnliche Menschen auf Abendschulen lernen können, wie man Geisterseher wird? Und keiner wird mehr Ruinen voller Spinnweben aufsuchen müssen, um dämonische Geheimnisse zu ergründen, oder sich an böse Meister binden, um deren Geheimnisse zu erfahren?«

Zur Abwechslung hatte ich eine Antwort parat. »Das wird nie geschehen«, sagte ich bestimmt.

»Und warum nicht?«

»Ich könnte manchen Grund anführen, doch will ich dir nur einen nennen. Die Zauberkunst wird nie ein Lehrfach wie Geschichte oder die Musik vergangener Zeiten sein, das von verknöcherten Tutoren gelehrt wird, und zwar aus einem ganz bestimmten Grund: Es gibt für Betrüger allzu viel zu gewinnen.

Sei ehrlich, Janela. Wenn du alles hättest lernen können, indem du um einen schrumpeligen Kauz herumscharwenzelst, der Lektionen vor sich hinplappert, wärst du eine Thaumaturgin geworden? *Wollt* ihr – du und die anderen, die Weisheit jenseits des Sichtbaren suchen – denn nicht die Stufen zu düsteren Türmen erklimmen und mit Destillierkolben und Weihrauch Gestank verbreiten?«

Janela grinste.

»Außerdem«, so endete ich triumphierend, »bezweifle ich, daß

Zauberkunst *jemals* in einem Klassenzimmer zu erlernen wäre, selbst wenn ›Janela Greycloaks Autorisiertes System der Thaumaturgie‹ schon geschrieben wäre. Es wäre mindestens so absurd, als... als wolle man die Kunst, ein Kaufmann zu sein, auf einem Lyceum erlernen!«

Die zweite Angelegenheit, um die ich mich kümmern mußte, war höchst unangenehm... ich mußte den Geistern unserer Toten die letzte Ruhe gewähren. Wir mochten die Leichen unserer Freunde auf dem Paß zurückgelassen haben, doch konnten wir hoffentlich dafür sorgen, daß ihre Geister nicht in alle Ewigkeit durch diese Einöde würden wandern müssen. Ich suchte nach jedem Fetzen, jeder Erinnerung, die sie zurückgelassen oder einem anderen unserer Männer gegeben haben mochten, und sie alle hatten so etwas getan. Obwohl keiner es direkt erwähnt hatte, hielt ich es für eine Vorsichtsmaßnahme, welche die meisten für den nicht unwahrscheinlichen Fall eingeleitet hatten, daß ihre Leichen für die korrekten Zeremonien nicht zur Verfügung stünden.

Janela veranstaltete ein kleines Ritual mit den Erinnerungsstükken, verbrannte Weihrauch und betete, sandte die Geister der Toten zu Te-Date. Danach sprach ich ein paar Worte, welche für die Verstorbenen bedeutungslos und nur für die Lebenden gedacht waren, darüber, daß diese Männer nicht nur mir, sondern uns allen und Orissa und schließlich dem Nutzen der gesamten Menschheit gedient hätten. Ich konnte nur hoffen, daß ich damit recht hatte.

Während ich sprach, fielen mir die Mienen der drei überlebenden Brüder Cyralian auf. Sie sahen ernst aus, doch kaum, als hätten sie einen der Ihren verloren. Tatsächlich schien es mir, als zwängen sie sich zur Ernsthaftigkeit nur aus Respekt vor den Freunden der anderen, welche wir verloren hatten.

Nach der Zeremonie bat ich sie, mich auf einem Spaziergang zu begleiten, und wir wanderten um einen der Teiche herum. So vorsichtig ich konnte, erfragte ich, was geschehen sei.

Der älteste Bruder lächelte und sagte: »Nichts Besonderes, Herr. Bevor wir Orissa verließen, waren wir zu viert bei einer Seherin, haben gutes Geld für ein Osterlamm als Opfer gezahlt, und die alte Vettel sagte, einer von uns werde hier draußen umkommen, die anderen drei jedoch reich heimkehren.«

»Es ist nicht so, als hätten wir Daf nicht geliebt«, warf ein anderer ein, »aber wie allen Menschen ist uns das eigene Leben am liebsten.«

Ich dankte ihnen, entschuldigte mich für meine Aufdringlichkeit und hatte noch etwas mit Janela zu besprechen.

Sie verzog das Gesicht. »Falls, und das ist ein sehr großes ›falls‹, diese Seherin nur ein wenig von der Gabe hatte und etwas erkannte, was der Wahrheit ähnelt, kann nichts geschehen. Nur wenn sie sich getäuscht hat oder schlicht am Geld interessiert war und ein weiterer Bruder stirbt ... wirst du dich mit zwei gebrochenen Männern auseinandersetzen müssen. Verdränge es nicht, Amalric, denn nur sehr wenigen Zauberern ist ein Blick in die Absichten des Dunklen Suchers vergönnt, auch wenn alle behaupten, sie seien in der Lage, dir den Tag zu sagen, an dem du deine Liebste triffst, den Tag, an dem du heiratest, deine Kinder bekommst und deren Schicksal oder die Todesstunde eines beliebigen Menschen.

Es ist eines der wenigen Dinge, die mich glauben lassen, es könnte vielleicht Götter geben. Wenn du eine Gottheit wärst, würdest du nicht auch lieber wollen, daß deine Gläubigen in gesegneter Unwissenheit leben, als daß sie sich des schrecklichen Wissens erfreuen, wann die Kerze ausgeblasen wird?«

Darüber dachte ich nach und nickte. Als ich mein Bündel für die Reise bereit machte, wurde mir klar, daß Janela in mancher Hinsicht weiser war als ihr Großvater, auch wenn sie mich dafür ausgelacht hätte. Janos Greycloak hatte Wissen auf so manchem Gebiet besessen, doch nur allzu oft war seine Gelehrsamkeit im wirklichen Leben gescheitert, trotz seiner Wanderjahre und der Zeit als Offizier. Wahrscheinlich können manche Leute ihre Mitmenschen eben einfach verstehen, und andere sind – trotz aller Prahlerei – taub wie tumbe Bauern, die höhnisch einen Lyraspieler verlachen.

Jenen, die noch nie durch eine große Steppe gereist sind, muß es schwerfallen, sich eine solche vorzustellen. Am schwersten fällt, sich vor Augen zu führen, daß sie kein Ende nehmen will. Menschen, die in gewöhnlichen Ländern groß geworden sind, schrumpfen, wenn sie diese endlose Ebene betreten, wo es scheint, als gäbe es nichts als flaches Land und im Wind schwankendes Gras, das sich zum Horizont erstreckt. Der Himmel wölbt sich über ihnen, und bei Nacht, wenn die Sterne leuchten, ist es, als wären die Götter direkt über einem, beinahe sichtbar, und alle Gedanken, Träume und Sünden tatsächlich winzig klein.

Manch einer findet einen solchen Landstrich deprimierend und schwört, ein Land, in dem kein Leben zu sehen sei, zerstöre die Seele.

Ich bin nicht in einem Nomadenzelt aufgewachsen, und so muß auch ich ähnliche Empfindungen eingestehen, da meine Seele sich am liebsten ducken möchte, wenn ich in eine solche Steppe komme. Doch verstehe ich ein wenig davon, nachdem ich das Hochland bereist habe, als ich oberhalb von Luangu Handel trieb, auf der Suche nach neuen Viehzüchtern, mit denen sich Geschäfte machen ließen.

Man muß diese Landstriche mit Vorsicht durchqueren, da sie keineswegs – wie die meisten glauben – flach wie ein Tisch sind. Im Gegenteil sind sie von Gräben durchzogen, wie der, in dem wir uns versteckt hatten, von Tälern, die einem ganzen Stamm Platz bieten, dazu gibt es Wasserläufe, in denen Angreifer ungesehen lauern können, falls sie eine Karawane überfallen wollen.

Solche Ebenen scheinen wasserlos zu sein, doch sind sie nicht gänzlich unfruchtbar. Quellen lassen sich finden, um die herum gelegentlich Oasen entstehen, wie jene, in der wir uns versteckt hatten, oder feuchte Löcher, die man ausgraben kann und in denen sich ausreichend Wasser für einen Mann und sein Pferd finden läßt. Manchmal sieht man Flüsse oder Bäche, denen man folgen kann.

Außerdem sind sie nicht gänzlich unbewohnt. Der erfahrene Reisende kann für gewöhnlich nach ein bis zwei Reisetagen Wasser finden. Was die Tierwelt angeht, ist sie unerwartet vielfältig, von in Erdhöhlen lebenden Eulen über kleine Raubkatzen bis hin zu Antilopen und anderen Grasfressern. Es gibt noch weitere Raubtiere, sowohl zwei- als auch vierbeiniger Natur.

Wir reisten vorsichtig. Für den Fall, daß du, mein Neffe Hermias, beim Durchqueren dieses Landes auf Schwierigkeiten stoßen solltest, will ich anmerken, wie man sich am besten von der Straße entfernt. Die Vorgehensweise ist mehr oder minder unfehlbar. Du brauchst nur absolutes Vertrauen in deinen Kompaß und in deine Fähigkeit, zu zählen und einen Überblick über deine Schritte zu behalten.

Wir hatten uns im Winkel von neunzig Grad von der Straße entfernt, bis wir die Oase fanden. Wir hatten unsere Schritte gezählt. Dafür waren drei Mann erforderlich, von denen jeder unabhängig vom anderen zählte, und jedesmal, wenn sie hundert Schritte erreicht hatten, banden sie einen Knoten in ein kurzes Stück Zwirn, das sie in ihrer Tasche trugen. Bei hundert Hundertern banden sie einen anderen Knoten in ein zweites Stück Kordel, die geflochten war, damit man sie im Dunkeln von der anderen unterscheiden konnte. So erfuhren wir, wie weit wir schon gelaufen waren.

Als wir den Graben verließen, liefen wir dem Kompaß nach parallel zur Straße. Wiederum zählten wir unseren Weg in Schritten. Falls wir beschlossen, daß es sicher wäre, zur Straße umzukehren oder das Weiterkommen allzu schwierig wurde, wäre es einfach, erneut um neunzig Grad abzubiegen, und wenn wir dieselbe Schrittzahl absolvierten, mit der wir uns entfernt hatten, würden wir bald wieder zur Straße nach Tyrenia kommen.

Wir marschierten in Fächerformation, ließen die Männer auf den Flanken so weit ausschwärmen, daß sie kaum noch zu sehen waren, so daß sie uns vorn, seitlich und hinten umringten. Wir rückten so schnell wie möglich vor, doch erzwangen wir das Weiterkommen nicht. Reisen Menschen allzu schnell, werden sie müde und geraten leicht in Gefahr. Außerdem wollten wir keinen Staub aufwirbeln, da er uns verraten hätte.

Das Wetter blieb kühl und windig, wobei die Böen von den kalten Bergen kamen, denen wir entgegenreisten, und sie ließen die endlosen Meilen von Gras rollen wie Wellen auf dem Meer. Unsere Seeleute bemerkten die Ähnlichkeit und freuten sich darüber.

Wir begegneten Herden von Antilopen, und die Brüder Cyralian erlegten drei Tiere. Maha schlachtete und kochte sie über niedrigem, rauchlosem Feuer.

Während wir Holz für dieses Feuer suchten, entdeckten wir eine Herde von Tieren, wie ich sie noch nie gesehen hatte. Es waren vielleicht zwanzig, und sie sahen aus wie Ochsen, nur mit längeren und spitzeren Hörnern, die wie Lanzen aufragten; dazu hatten sie langes, zottiges Fell. Sie zeigten keine Furcht vor uns, und so näherten wir uns ihnen vorsichtig.

Je näher wir kamen, desto ausgeprägter wurden die Anzeichen für Unruhe, denn die Bullen schnaubten und warnten die anderen. Dann formierten sie sich wundersamerweise zu einem engen Viereck, wobei die Kälber in der Mitte der Formation standen, die Bullen dagegen außen, mit gesenkten Hörnern. Nun wurde das Schnauben bedrohlich. Ich dachte schon, sie wollten uns angreifen, doch diese klugen Tiere waren nicht aus ihrer selbsterschaffenen Festung zu treiben.

Als wir wieder zum Lager kamen, sah Janela ein Büschel Haare an einem Dornenbusch hängen, das von einem dieser Ochsen stammte. Sie sammelte es ein.

»Und was habt Ihr damit vor, Mylady?« fragte Pip. »Wollt Ihr etwa ein Wams stricken?«

»Vielleicht ein Leichentuch«, sagte sie. »Für einen *sehr* kleinen Mann.«

Pip schnaubte, als beträfe es ihn nicht. Doch er machte einen besorgten Eindruck, und ich lachte, weil Janela das letzte Wort geblieben war. Sie stopfte das Haar in ihre Tasche, gab keine weiteren Erklärungen ab, und schon dachte ich nicht mehr daran.

Tags darauf sahen wir Bewegung am Horizont. Sie kam näher, und wir erkannten ein paar Schattenwölfe, die parallel zu uns liefen, als folgten sie uns. Sie waren von ernormer Größe, größer als alle, die ich je gesehen hatte. Ich will sie nicht mit den Riesenviechern vergleichen, denen ich früher einmal unseligerweise begegnet war. Es hatte sich dabei um Prinz Ravelines Wachhunde gehandelt, die bis zur Schulter fast acht Fuß maßen, finstere Klugheit in den Augen und den Tod in jeder ihrer Bewegungen. Ich sagte Quartervals, er solle die Männer an den Flanken näher heranholen und diese Posten paarweise besetzen. Schattenwölfe gehören zu den klügsten Feinden des Menschen, und unter normalen Umständen greifen sie nie einen Menschen an, der wachsam und bewaffnet ist. Unser Problem war, daß niemand weiß, was für einen Schattenwolf normale Umstände sind.

Im Laufe der Zeit begegneten wir mehreren Luftspiegelungen. Einmal war es ein See, der von einem Horizont zum anderen reichte, ein See mit Booten und Inseln. Er entfernte sich immer weiter von uns, und als wir dorthin kamen, wo er zuerst erschienen war, sahen wir die Boote ... weitere langhaarige Ochsen, die gemächlich grasten.

Zweimal sahen wir die Berge, die unser Ziel waren, umgekehrt vom Himmel hängen.

Das dritte Trugbild war anders. Gegen Mittag entdeckten wir im Norden eine Stadt. Sie war schön, golden, mit spitzen Türmen. Wir waren besorgt, fragten uns, ob sie wirklich sei und bisher im Dunst verborgen gewesen war. Doch dann merkten wir, daß sie mit uns reiste, und wir begannen, ihre trügerischen Einzelheiten zu bewundern. Seltsamerweise blieb sie den ganzen Tag bei uns. Ich erwartete, daß sie in der Dämmerung verschwinden würde, doch das geschah nicht. Ich vergaß sie ganz, als wir das Abendessen kochten und dann unsere Feuer löschten, bevor es gänzlich dunkel wurde.

In der Nacht blickte ich dann zufällig in die Ferne. Dort, scheinbar nicht weiter als zehn oder zwanzig Meilen entfernt, war die Stadt, hell erleuchtet und voll schimmernder, schlanker Türme. Noch nie hatte ich ein Trugbild gesehen, das sich so lange hielt, ganz zu schweigen davon, daß es sich selbst beleuchtete, und als die anderen es bemerkten, wurden sie ganz aufgeregt und flüsterten untereinander. Gegen Mitternacht verschwand die Stadt und ward nicht mehr gesehen.

Vier Tage später sahen wir die ersten Menschen, und es war nur der Gnade Te-Dates zuzuschreiben, daß sie uns nicht zuerst entdeckten.

Die Landschaft wurde bewegter, durchschnitten von Wasserläufen und Hohlwegen, die sich durch kleine, wogende Hügel zogen. Aus diesem Grunde gingen wir langsamer und umsichtiger vor als bisher. Einer der Männer an den Flanken gab Zeichen, und wir suchten Deckung, während Quartervals hinüberlief, um nachzusehen, was der Mann gefunden hatte. Er kam zurück und meldete, man habe einen Pfad entdeckt, der höchstwahrscheinlich zu der Straße führte, die südlich – parallel zu uns – verlief.

»Mehr als nur ein Pfad«, sagte er. »Fast schon ein Fahrweg. Festgetretene Erde, niedergewalztes Gras, das auf beiden Seiten des Weges abgeweidet war. Höchstwahrscheinlich ein Karawanentreck. Ich habe alten Dung gesehen, getrocknet. Lag schon eine Weile da. Allerdings keine Hufabdrücke. Ich vermute, die letzten

Reisenden sind vor mindestens ein paar Wochen durchgekommen. Schwer, es genau zu sagen, da ich nicht weiß, wann es zuletzt geregnet hat.«

Wir zogen weiter, kreuzten den Pfad und hielten unseren Kurs direkt nach Osten. Der Pfad änderte seine Richtung gen Norden und führte eine Zeitlang in dieselbe Richtung, in die auch wir zogen.

Dann kam die nächste Warnung von unserer Flanke, ein schriller Doppelpfiff, der Gefahr bedeutete. Wir suchten Deckung – Bodensenken, von denen aus wir kämpfen konnten – bevor wir jemanden losschickten, um herauszufinden, was das Problem war. Ich sah, was den Alarm ausgelöst hatte, bevor Quartervals mit seinem Bericht zurückkam.

Eine Karawane zog den Pfad entlang in unsere Richtung. Sie war nicht sehr groß, kaum mehr als zwei bis drei Dutzend Pferde, und befand sich noch in weiter Ferne. Quartervals schickte uns zurück, in kurzen, schnellen Etappen, stets dicht am Boden, hin zu einem trockenen Wasserlauf, den wir einige Minuten vorher gekreuzt hatten. Dieser sollte uns vor den Reisenden verbergen. Nur ein Narr würde in einem solchen Land freiwillig eine Begegnung mit Unbekannten suchen.

Sie kamen näher, und ich betrachtete sie mit geschultem Blick. Wie ich es mir gedacht hatte, handelte es sich um eine sehr kleine Karawane, und demzufolge schätze ich die Aussichten, in diesem Land Handel zu treiben, gering ein. Es konnte natürlich auch sein, daß sie Güter von unschätzbarem Wert und nur geringem Umfang transportierten, wie etwa Edelsteine oder Gewürze. Ein halbes Dutzend Reiter waren zu sehen, schwerbewaffnet, und hinter ihnen die Hauptgruppe. Es gab vier einflußreiche Leute, so zumindest schätzte ich sie nach ihrer farbenfrohen Kleidung ein. Ihnen folgten Packpferde und Nachhut. Ich runzelte die Stirn. Nicht eben die sicherste Art und Weise, durch ein gefahrvolles Land zu ziehen. Sie hätten mehr Reiter und mindestens zwei Gruppen militärischen

Fußvolkes bei sich haben sollen. Doch vielleicht täuschte ich mich auch. Nur weil wir in diesem Ödland Feinde hatten, mußte das nicht bedeuten, daß es auch für die Eingeborenen unsicher war.

Dieser Gedanke war mir kaum in den Sinn gekommen, als ich eine weitere Bewegung sah, diesmal nahe eines tiefen Wasserlaufes, kaum hundert Fuß vom Pfad entfernt. Dort verbarg sich ein Mann hinter einem Busch. Er stand auf, uns abgewandt, und beobachtete die nahenden Reisenden. Er trug eine Rüstung. Quartervals hatte sich ganz auf die Karawane konzentriert und ihn nicht bemerkt. Stolz erfüllte mich, daß ich ein einziges Mal – und ich wußte, daß es bei diesem einen Mal bleiben würde – den Bergbewohner ausgestochen hatte. Ich deutete auf den Busch, hinter dem sich der Mann versteckte, und Quartervals suchte die Umgegend mit geschultem Blick ab.

»... Das hier dürften noch nicht alle sein«, flüsterte er. »Sie liegen da und warten auf die Händler«, denn für solche hielt Quartervals die Reisenden. »Banditen.«

Er sah mich an, und einen Moment lang schimmerte Hoffnung in seinen Augen. »Dieses eine Mal werden wir nur dasitzen und uns das Gemetzel ansehen, ja, Lord Antero? Wir bleiben neutral?«

Ich starrte ihn an.

»Wir haben hier unsere eigenen Probleme, Herr«, versuchte er es noch einmal. »Wenn wir uns auf eine Seite schlagen, könnten wir in etwas hineingezogen werden, von dem wir nichts verstehen, und sicher haben wir dann nur weitere Feinde im Nacken.«

Ich sagte nichts.

»Edler Lord, wir haben nicht einmal eine Ahnung, ob sie Mitglieder unserer Gilde sind oder nicht. Woher also sollen wir wissen, welchen Preis wir für die Rettung fordern sollen!« spottete er glücklos.

»Jetzt«, sagte ich sanft, »jetzt sind *wir* der Tiger, und es ist an uns, die Warnung auszugeben.«

Quartervals war klug genug, von mir nicht zu erwarten, daß ich herumsitzen und zusehen würde. Zu allen Höllen verdammt wollte ich sein, wenn ich es täte, wenn ich tatenlos zusähe, wie friedlich wirkende Reisende so einfach niedergemetzelt würden. Zu oft schon war ich von Räubern angegriffen worden und hatte zu viele gute Leute verloren, als daß ich etwas für Wegelagerer übrig hätte, sofern nicht ein Strick um ihren Hals liegt, der an einem großen Baum verknotet ist.

Quartervals trillerte einen Pfiff, der nach einem Vogel klang, oder vielleicht einer Echse auf der Jagd, und überall um mich herum legten meine Leute ihre Bündel ab und machten die Waffen bereit. Janela, die wenige Meter entfernt hockte, sah mich mißtrauisch von der Seite an, dann grinste sie, zuckte die Schultern und legte ebenfalls ihr Bündel beiseite. Die Götter sind *niemals* jenen gnädig, die stets nur im eigenen Interesse kämpfen, und selbst wenn, wer wollte schon, daß man ihn so beurteilte?

»Sie werden ... dort drüben zuschlagen«, sagte Quartervals und deutete in die Richtung. »Vier Minuten vielleicht.«

»Ich füge mich dem Urteil eines Mannes, der mehr von der Wegelagerei versteht, als ich jemals verstehen werde«, sagte ich. »Würdest du sie warnen, bevor sie überfallen werden?«

Quartervals lächelte über meine Anspielung und suchte ein Stück Stoff aus seinem Gepäck, band es um einen Pfeil, faserte das Ende etwas auf und schlug Feuerstein und Stahl, bis Funken es zum Schwelen brachten. Es brannte, dann legte er den Pfeil auf und schoß hoch in die Luft, nur Sekunden bevor die Karawane in den Hinterhalt geriet.

Mit einem Rauchschweif stieg der Pfeil über dem Graben auf, in dem die Banditen lauerten, und segelte über die Köpfe der Karawanenreiter hinweg.

Er wurde gesehen, und Pferde scheuten. Ich hörte Schreie in der stillen Luft, und dann griffen die Banditen an. Die Männer in den

Büschen feuerten eine Salve von Pfeilen auf die Reisenden, eher um sie zu erschrecken als um sie zu töten, dann ritt der angreifende Trupp aus dem Wasserlauf hervor. Es waren etwa dreißig Mann zu Pferde, und sie johlten und schrien. Sie schossen Pfeile ab, dann warfen sie die Bogen von sich und griffen an. Sie schwangen Wurfspieße, und ursprünglich hatten sie wohl vorgehabt, der Karawane so nah wie möglich zu kommen, die Speere zu werfen, dann die Verwirrung komplett zu machen und die Reisenden im ersten Schrecken der Schlacht zu töten.

Doch Quartervals' Pfeil hatte den Reitern einige Sekunden gegeben, in denen sie ihre Waffen zücken konnten. Besser gezielte Pfeile pfiffen davon, und wir sahen leere Räubersättel.

Ich konnte nicht länger nachsinnen, da Quartervals rief und wir zum Angriff übergingen, den Banditen in den Rücken fielen. Sie hatten sich nach ihrem ersten Angriff abgewandt und gruppierten sich neu, als sie uns sahen. Nun waren sie zwischen zwei Gegnern eingekeilt.

Sie mochten unvorsichtig gewesen sein, einen Hinterhalt ohne rückwärtige Wache einzurichten, doch waren sie keine unerfahrenen Soldaten. Ihr Anführer gab Befehle aus, und sie griffen uns direkt an. Einen Hinterhalt überlebt man am besten, wenn man diesen zielstrebig angreift.

»Tötet ihre Pferde!« rief ich, da ich wußte, daß so etwas unerwartet und erschreckend wäre.

In der Steppe sind Pferde – oder welche Reittiere auch immer – gleichbedeutend mit Leben schlechthin. Männer kämpfen und sterben, doch tun sie alles, um ihre Pferde am Leben zu halten, für die eigene Sicherheit und aus kaufmännischen Erwägungen. Wir kümmerten uns nicht um derlei Sitten, und Pfeile fanden ihr Ziel. Die Pferde scheuten, wieherten, und weitere Pfeile drangen in sie, dann stürzten sie und warfen ihre Reiter ab.

»Auf sie!« rief Quartervals, und wir stürmten voran.

Ein Mann mit einer Art schmutziger Tunika, die ein Kettenhemd verbarg, kam direkt vor mir auf die Beine, keuchte noch vom Sturz. Er wehrte meinen Hieb ab, und wir standen nah voreinander, Heft an Heft, da stieß ich ihn von mir und trat ihm fest in den Magen, als er rückwärts taumelte. Er stolperte, ich trieb ihm mein Schwert in die Seite und riß es dann heraus, als er fiel.

Ich sah Otavi, der mit der Axt in beiden Händen um sich schlug, so unaufhaltsam wie einer der Ochsen, denen wir begegnet waren. Ein geschmeidiger Mann stürzte sich auf ihn, schwang einen Morgenstern. Otavi hielt ihm die Axt entgegen, ließ die Kette des Sterns sich um den Schaft der Axt wickeln und riß dem Mann den Stern samt Griff aus der Hand. Dann schlug er dem Angreifer den Schädel ein.

Die Wachen der Karawanen feuerten ihre Pfeile eher wahllos. Einer fuhr ganz in meiner Nähe in den Boden, und ich fluchte bei der Vorstellung, von denen getötet zu werden, die ich zu retten versuchte.

Die Banditen formierten sich neu und wagten einen weiteren Angriff, wollten an uns vorbei ins freie Land entkommen, zweifellos bereit, ihre unberittenen Brüder im Stich zu lassen. Sie ritten eng beieinander, zwangen ihre Tiere zum Galopp, mit erhobenen Speeren.

Für einen am Boden stehenden Menschen – besonders wenn er, wie der Großteil meiner Leute, nicht *wirklich* Soldat ist – gibt es kaum einen furchteinflößenderen Anblick als den eines Reiters, der ihm entgegenkommt, um ihn zu töten. Aber Quartervals hatte uns auf so etwas vorbereitet.

»Speerträger vor!« rief er. »Weicht nicht zurück! Standhalten!«

Und meine Leute folgten ihm, bissen die Zähne zusammen, stützten die Speere fest am Boden ab und knieten nieder, um die Waffen festzuhalten. Die Pferde der Banditen kamen heran, als wollten sie uns überrennen. Doch in mancher Hinsicht ist das Pferd klüger als der Mensch. Ein Mensch würde eine Mauer aus Speeren angreifen und sich tapfer dabei aufspießen. Ein Pferd wird eher versuchen, eine solche Barriere zu überspringen, oder – was noch wahrscheinlicher ist – scheuen und umkehren.

Das taten auch die Pferde dieser Räuber, und es gab ein wildes Durcheinander, ein Sturz folgte dem nächsten, dann lief die Horde um ihr Leben. Das Fußvolk rannte ihnen hinterher, rief um Hilfe, und einige der mutigeren Räuber zogen ihre Kameraden an sich hoch, bevor sie weiterritten. Andere jedoch blieben im Staub zurück.

Wir formierten uns und liefen zur Karawane. Schmerzensschreie waren zu hören, und wir sahen, daß die Handelsreisenden mit den verwundeten und zurückgelassenen Banditen ebensowenig Gnade kannten, wie ihnen selbst zuteil geworden war.

Wir selbst hatten nur eine einzige Verwundung zu beklagen... einer der Brüder Cyralian war von einem Pfeil am Arm verletzt worden. Doch da es sich mitnichten um eine tödliche Verwundung handelte, lachte er und sang so närrisch wie ein junger Spund, der mit der Börse seines Vaters die Stadt unsicher macht, während er den Pfeil abbrach und herauszog. Ein anderer Bruder riß – ebenso vergnügt – ein Stück von seiner Tunika, um die Wunde zu verbinden. Davon einmal abgesehen waren wir unversehrt. Der Schrekken über unsere Anwesenheit und den unmittelbaren Angriff war der beste Schutz gewesen, den man sich denken konnte.

Der Karawane war solches Glück verwehrt geblieben. Mindestens die Hälfte der Männer lag am Boden, und allzu viele von ihnen rührten sich nicht mehr. Es gab einen Wirbel aus Staub und Geschrei, als sie sich sammelten und zu sich kamen oder ihren Pferden den Gnadenhieb versetzten.

Janela kam zu mir, und ich rief nach Quartervals, Kele, Otavi und Pip. Dann machten wir uns auf, die Reisenden aus der Nähe zu betrachten.

Vier Leute lösten sich von den anderen, um uns zu begrüßen. Allen voran ging ein Mann in meinem Alter, und damit meine ich jemanden, der so alt schien, wie ich tatsächlich war, nicht wie ich aussah. Sein Gesicht war wettergegerbt, und er hatte seinen gelblichen Bart zu zwei langen Zöpfen geflochten, die ihm auf die Brust hingen. Auf dem Kopf trug er eine harte Lederkappe, die ihm als Helm dienen mochte. Er war mit einer ledernen Tunika bekleidet, die von Metall durchzogen war, darunter trug er ein kunstvoll verziertes Hemd, enge Lederhosen und kniehohe Stiefel. Ein langes, gebogenes Schwert steckte seitlich in seinem Gürtel und ein entsprechender Dolch auf der anderen Seite. Der zweite Mann war ebenso gekleidet, trug jedoch einen Bogen mit einem Köcher voller Pfeilen am Gürtel, dazu ein Messer.

Die beiden anderen waren Frauen. Die hintere war sehr alt, doch hielt sie sich starr aufrecht wie eine Fürstin. Sie trug eine schwarze, eng anliegende Bluse, am Hals hochgeknöpft, dazu einen Reitrock mit dunkler Unterwäsche, die zu sehen war, wenn sie ging. Das weiße Haar hatte sie zu einem Zopf gebunden, und um den Kopf trug sie einen ledernen Stirnreif. Ihre Miene war verdrießlich, unversöhnlich, und ich ahnte, daß diese schon so war, seit sie zum ersten Mal gemerkt hatte, was ein Mann mit ihr im Schilde führen mochte, sobald er seine Hosen herunterließ.

Die dritte war auffällig und ansehnlich. Sie war sehr hübsch und ziemlich jung, nicht älter – schätze ich – als sechzehn, wahrscheinlich jünger. Kecke Brüste füllten ein tief ausgeschnittenes Mieder aus, und darunter war eine türkisfarbene, seidene Bluse mit hohem Kragen zu erkennen. Sie trug einen passenden Rock, von dem ich bald merkte, daß es sich um Hosen handelte, die in Reitstiefel gesteckt werden konnten. Um ihre schlanke Taille hatte sie einen silbernen Gürtel und einen kleinen Dolch, der aussah wie ein Spielzeug, doch – wie ich vermutete – ganz wirksam einzusetzen wäre. Sie hatte ein kleines, spitzes Gesicht, das an die Intelligenz und

Verschlagenheit eines Fuchses erinnerte. Ihr dunkelblondes Haar war geflochten und dann zu einem Kranz am Hinterkopf aufgesteckt.

»Ich grüße Euch, Fremde«, sagte der ältere Mann, und seine dröhnende Stimme löste ein, was sein imposanter Wanst versprach. »Wahrlich, Ihr seid Wölfe, daß Ihr die Schakale von Ismid vertrieben habt, die sich für die Herrscher dieser Steppe halten.

Wir sind die Euren.«

Er kniete nieder, streckte beide Hände aus, die Handflächen nach oben, den Kopf geneigt. Die anderen folgten, der jüngere Mann zuerst, die alte Frau zuletzt, nachdem sie mir einen Blick zugeworfen hatte, der sagen sollte, daß dies alles ganz sicher nicht *ihre* Idee war. Die junge Frau lächelte scheu, bevor sie vor mir niederkniete.

»Steht bitte auf«, sagte ich. »Wir sind Euresgleichen, nicht Eure Eroberer.«

Der Mann sah auf, und seine Miene zeigte, wie verblüfft er war. Schon wollte er etwas sagen, doch dann hielt er den Mund, und sie fügten sich.

Der jüngere Mann machte ein verdutztes Gesicht. »Ihr seid fremd hier«, sagte er. »Aber Ihr sprecht unsere Sprache.« Der Ältere wirkte entgeistert, als erwartete er, daß ich den anderen dafür richten würde, daß er zu sprechen wagte.

»Unsere Zauberin«, und ich deutete auf Janela, »hat uns die Macht verliehen, mit jenen zu sprechen, die uns begegnen.«

»Es ist uns eine Ehre, Sklaven so begabter Männer ... und Frauen zu sein«, fügte er hastig hinzu.

»Warum glaubt Ihr, meine Sklaven zu sein?«

Bevor der alte Mann antworten konnte, trat die junge Frau vor.

»Ich bin Sa'ib von den Res Weynh«, und sie hielt inne, erwartete, daß ich den einen oder anderen Namen erkennen würde und beeindruckt wäre. Da ich nicht als unwissend dastehen wollte, lächelte ich höflich, doch gab ich keine Antwort. »Mein Vater Suiyan hat mich zu den Kurtisanen von Tacna geschickt, damit diese mich in Künsten ausbilden, die eine Frau in der Hochzeitsnacht beherrschen sollte. Wie wundervoll diese Zeit doch war! Vor einem Monat habe ich meine Ausbildung beendet, wurde geehrt und kehre nun zum Zelt meines Vaters zurück, wo er mir einen geeigneten Mann auswählen will, da er weiß, welch eine feine Mitgift ich nun bringe.«

»Zweifellos«, sagte ich so ausdruckslos wie möglich.

»Dieser schleimfressende Eunuch Ismid, der krummschwänzige Barbar, der seinen Vater nicht ehrt, da er ihn nicht kannte, weil dieser ihn mit einer streunenden Hündin gezeugt hat, diese säbelbeinige Echse von einem Mann, der weder die Gesetze der Götter noch die der Menschen achtet, erfuhr von meinem Abschied aus Tacna und beschloß, mich als seine Bettgefährtin zu versklaven.

Doch Ihr habt mich gerettet. So bin ich nun die Eure, mit der Ihr verfahren könnt, wie es Euch beliebt. Ich kann Euch nur bitten, meinen Mitsklaven Gnade zu gewähren und auch ihnen zu gestatten, Euch dienen zu dürfen, oder solltet Ihr sie verkaufen wollen, ihnen sanftmütige Herren zu suchen.« Wiederum kniete sie nieder, und die anderen taten es ihr nach.

Ich trat vor und zog sie und den alten Mann mit der Hand auf die Beine.

»Ich sagte bereits, wir wären Euresgleichen. Ich nehme keine Sklaven, ich besitze niemanden. Wir sind alle frei.«

Die vier Reisenden glotzten uns an. Es war, als hätte ich verkündet, wir seien Dämonen aus der Wüste.

»Ihr nehmt keine Sklaven«, stieß der junge Mann hervor. »Wovon lebt Ihr dann?«

»Durch unserer Hände Arbeit«, sagte ich. »Jene, die für mich arbeiten, werden für diese Arbeit in Gold und Silber entlohnt. Kein Mensch kann einem anderen dienen, wenn er dessen Eigentum ist, und auch der Sklavenherr kann selbst nie frei sein, solange er solche Bindungen aufrechterhält.«

Für einen kurzen Augenblick holte mich ein Gefühl der Scham aus ferner Vergangenheit ein, denn als junger Mann hatte ich in Orissa Sklaven gehalten, und erst Janos Greycloak hatte mir die Einsicht gebracht, aus welcher der Zunder entstand, der die Fackel der Freiheit in meinen Landen aufflammen ließ. Außerdem fühlte ich mich nach meiner Ansprache wie ein aufgeblasener Esel.

Der alte Mann war sprachlos. Der junge Mann begriff ein wenig von dem, was ich gesagt hatte.

»Ich bin Ziv«, sagte er. »Mein Hauptmann hier heißt Diu. Wenn wir keine Sklaven sind, was sind wir dann?«

»Männer und Frauen, denen ich helfen durfte und die nun ihrer Wege ziehen können«, sagte ich. »Ich bitte Euch nur, uns alle Informationen zu geben, die Ihr zu dieser Gegend habt, durch die wir reisen.«

Es folgte freudiges Geplapper, und drei der vier Fremden umarmten uns. Ich meinte, Sa'ibs Umarmung dauere länger an als die der anderen, doch vielleicht war sie nur, da sie die Jüngste war, am glücklichsten und am wenigsten zurückhaltend. Als wir zu den anderen Reisenden gingen und Quartervals unserem Trupp winkte, ihm zu folgen – wobei er geheime Zeichen gab, sie sollten sehr wohl wachsam bleiben – erfuhr ich, daß Diu der Offizier war, den Suiyan gesandt hatte, seine Tochter zurückzuholen, Ziv dagegen sein Sohn. Die alte, finster dreinblickende Frau hieß Tanis und war seit Sa'ibs Geburt deren Amme. Beiläufig überlegte ich, wie *sie* es wohl fand, daß Sa'ib eine so »wundervolle Zeit« im Bordell gehabt hatte.

Wir stellten ihnen viele Fragen und fanden einiges heraus, wenn auch nicht annähernd genug. Die Steppe, die wir durchquerten, war die Heimat von mindestens einem Dutzend einander bekriegenden Nomadenstämmen, von denen die Res Weynh der mächtigste war. Das zumindest erfuhren wir von Ziv, und natürlich gaben wir ihm recht. Sie trieben mit den anderen Bewohnern des Landes nur wenig Handel, und dieser betraf meist Waffen und Edelsteine, während die Stämme von ihren Schafen und der Jagd lebten. Niemand könne in dieses Land eindringen, so prahlten sie, auch nicht, wenn er ihnen nur seine Hochachtung erweisen wolle. Es sei der Wille der Götter, daß sie blieben, wie man sie erschaffen hatte. Niemand aus dem »Volk«, denn so nannten sie sich selbst, brauchte mehr als seine Tiere. Wasser und Schafe seien ihnen gegeben worden, als die Götter sie erschufen, wobei es ein furchtbares Sakrileg sei, hier Landwirtschaft zu treiben, und erst recht, Dörfer oder Städte zu errichten.

Ich fragte Sa'ib, wie sie die Zelte ihres Vaters finden konnten, und sie erklärte mir etwas überrascht, daß sie selbstverständlich immer wüßten, wo sie wären, und die Zelte direkt ansteuerten. Später sagte Janela, die Schamanen des Stammes hätten möglicherweise einen Heimkehrzauber über ihr Volk gesprochen, oder vielleicht habe sich diese Fähigkeit im Laufe der Jahrhunderte als Überlebenskunst herausgebildet.

Mein vordringliches Interesse galt den Königreichen der Nacht – Tyrenia. Sie kannten diese weder unter dem einen noch unter dem anderen Namen. Sie sagten, es lebten Götter in den Bergen, und deuteten auf die wolkenverhangenen Gipfel, die unser Ziel waren. Sie erklärten mir, keine Tagesreise südlich gebe es eine Straße, die schnurgerade wie der Flug eines Speeres gen Osten führe und von diesen Göttern erbaut worden sei. Natürlich nutzten sie diese Straße nie. Janela fragte warum, und Ziv erklärte, es zahle sich nicht aus, den Göttern oder deren Werken allzu nah zu kommen. Es sei das beste, sie aus der Ferne zu verehren.

»Also«, sagte Janela, »hat keiner der Res Weynh je einen dieser Götter gesehen?«

»Natürlich nicht. Nur unsere Schamanen, und die sagen, der Anblick sei zu schrecklich, als daß man je darüber sprechen könne.«

Die Großen Alten, die in Tyrenia lebten, blieben also für sich und hatten mit diesen Nomaden nichts zu tun, sondern benutzten sie nur als Wächter.

Ich fragte Ziv, ob Suiyan etwas gegen unsere Reise durch sein Land einzuwenden hätte, und er sagte, das könne er sich nicht vorstellen. Natürlich, so fügte er eilig hinzu, dürfe er sich nicht anmaßen, für einen derart großen Monarchen wie Suiyan zu sprechen, doch zweifellos würde er uns nach dem Dienst, den ich ihm geleistet habe, als ich seine Tochter vor diesem Schwein Ismid rettete, eine solche Gunst gern erweisen.

Mir fiel auf, daß sowohl Diu als auch Ziv immer sorgenvoller wirkten, wenn sie daran dachten, was Suiyan von ihnen halten mochte, nachdem sie beinahe zugelassen hatten, daß seine Tochter entführt oder sogar getötet wurde. Wenn Suiyan wie andere Nomadenführer war, die ich getroffen hatte, vermutete ich, daß ihre Chancen, den nächsten Geburtstag zu erleben, ziemlich gering waren. Aber das sollte unsere Sorge nicht sein.

Sie boten uns an, was immer wir von ihren Waren wollten, doch nahmen wir nur wenig, bis auf Zuckerwerk, ein paar unbekannte Gewürze, von denen Maha sagte, sie würden das Essen bereichern, und einige getrocknete Delikatessen.

Wir halfen ihnen, ihre Pferde bereitzumachen. Ich legte mich tüchtig für sie ins Zeug. Damit kenne ich mich aus, und wenn ich etwas unsäglich verachte, ist es das unsachgemäße Beladen von beißenden, wild wiehernden Packtieren für eine Reise, während der sich die Seile nicht lockern lassen, die Knoten lösen oder der einfallsreichste Bock seine Last in alle Winde verstreut.

Während ich damit beschäftigt war, hörte ich schrille Stimmen, blickte auf und sah, daß Sa'ib mit Tanis stritt. Sie beendete die Debatte, indem sie der alten Frau eine Ohrfeige gab.

Ich dachte an Deoce, meine erste Liebe. Bei unserem ersten Versuch, die Fernen Königreiche zu finden, hatten wir sie – eine junge Nomadenfrau – vor Sklavenhändlern gerettet. Während der Reise war sie meine Geliebte geworden, und als wir nach Orissa kamen, meine Frau. Vom Elan einmal abgesehen, war nicht viel

Ähnlichkeit zwischen ihr und dieser Nomadenprinzessin, die mir nun entgegenstampfte.

Je näher sie kam, desto sanfter wurde ihre Miene, und ein Lächeln breitete sich aus. Ihr Gang wurde verführerischer, und mir fiel auf, daß sie ihre Kleidung so arrangiert hatte, damit mehr von ihren Brüsten bloßlag.

»Lord Antero«, begrüßte sie mich. »Ihr könnt einer der unseren sein, wenn Ihr die Tiere beladet. Noch nie habe ich von einem edlen Lord gehört, der tatsächlich gearbeitet hätte.«

»Titel werden einem von anderen verliehen«, sagte ich und fühlte mich im Angesicht ihrer Jugend schon wieder wie ein langweiliger alter Mann. »Im Grunde bin ich nur ein Händler, ein Karawanenbesitzer.«

»Ich schätze«, sagte sie, »daß Ihr in Eurem Land viele Karawanen habt und sich Eure Zelte schier endlos aneinanderreihen, obwohl ich weiß, daß Ihr in diesen kalten, kahlen, schrecklichen Steinbauten lebt, wie es sie auch in Tacna gibt. Ich weiß, daß Ihr noch andere Frauen habt, doch das ist mir egal.«

Ich antwortete nicht. Sie kam näher, legte ihre Hand auf meinen Arm und beugte sich vor, so daß ich dem Anblick ihrer Brüste und der harten, rosigen Knospen nicht entkommen konnte. Ihr Atem roch süßlich nach Kardamom und Gewürzen.

»Ihr müßt wissen«, sagte sie mit kehliger Stimme, »als mir klar wurde, daß ich Eure Sklavin sein würde, durchfuhr mich ein Schauer.«

»Mh?«

»Ich bezweifle, daß mein Vater einen so gutaussehenden Mann wie Euch für mich finden könnte, einen Krieger, der stets andere führt.«

»Ich bin mir sicher, daß er das Beste tut, nachdem er all die Mühe auf sich genommen hat, Euch eine so... mh... nutzbringende Ausbildung angedeihen zu lassen.«

»Vielleicht«, sagte sie. »Oder vielleicht auch nicht.«

Mit dem Handrücken berührte sie meinen Bart.

»Ältere Männer waren mir von jeher lieber«, sagte sie. »Sie haben mehr Standfestigkeit. Junge Männer... Jungen... da geht es nur rein und raus und fertig. Sie sind wie Kaninchen, die in ihren Höhlen spielen. Und ältere Männer kennen weit mehr Arten, Freude zu spenden.« Sie lächelte verträumt. »Ich kenne sie. Und ich mag sie alle.«

Sie öffnete den Mund und fuhr sich mit der Zungenspitze über die Lippen. Dann sagte sie: »Ich kenne einige Liebesspiele, die sogar ein großer Krieger und Abenteurer wie Ihr sicher gern erlernen würde.«

Sie griff zwischen ihre Brüste und zog eine Seidenkordel hervor, die in Abständen geknotet war. Diese ließ sie durch ihre Finger gleiten und lächelte mich an. »In meinem Stamm«, sagte sie, »kann sich ein Mann oder eine Frau für die Bindung an einen anderen Menschen entscheiden. Zur Sicherheit, um Glück zu finden, oder aus... Liebe. Dazu muß man nur dreimal sagen: ›Du sollst mein Gebieter sein.‹«

Sa'ib wartete auf meine Reaktion. Ich suchte nach den rechten Worten und drehte mich dabei um. Ich sah Janela, die damit beschäftigt war, Otavi beim Beladen der Pferde zu helfen. Sa'ib merkte, wen ich ansah, zischte ihren Zorn hervor, und ich blickte in ihr hübsches kleines Fuchsgesicht, in dem die Lippen nun zusammengepreßt waren.

»Ich verstehe«, sagte sie, und es war kein Säuseln mehr in ihrer Stimme. »Ihr seid im Bann der Zauberin. Das hätte ich mir denken können.«

Tatsächlich stampfte sie mit dem Fuß auf, etwas, das ich niemals ernstlich jemanden hatte tun sehen – nur im Theater.

»Ja«, sagte ich eilig. »So ist es.«

Sie nickte zweimal, dann wandte sie sich um und hastete davon.

Eine halbe Stunde später hatte Ziv seine Reiter bereit. Die Karawane zog weiter, folgte dem Pfad. Sa'ib warf mir einen kurzen Blick zu, dann wandte sie sich eilig ab, die Miene kalt vor Zorn.

Wir warteten, bis sie nicht mehr als Punkte am Horizont waren, dann zogen auch wir weiter. Während der ersten Stunde liefen wir in eine Richtung, von der wir Ziv gesagt hatten, daß wir sie nehmen wollten, dann kehrten wir zu unserer tatsächlichen Richtung zurück. Es gab keinen Grund, unvorsichtig zu werden.

Leicht nahmen wir den Rhythmus des Marschierens wieder auf. Janela kam bald neben mich. Ich sah einen Funken der Belustigung in ihren Augen.

»Amalric«, sagte sie betrübt. »Wie konnte ein großer Häuptling wie du so etwas zurückweisen?« Sie hatte erraten, worum es bei der Auseinandersetzung gegangen war. So manche wäre wütend geworden. Janela fand es lustig.

»Du hast recht«, gab ich zurück. »So eine junge Person könnte meinem Dasein etwas Leben einhauchen. Zumindest, bis ich ihr nicht mehr das Spielzeug gebe, das sie haben will, und ich mich plötzlich als Wächter in einem Harem wiederfinde.«

»Ich bedaure jeden«, stimmte Janela mir zu, »den Suiyan ihr als Mann erwählt. Zweifellos wird er, sind die ersten Freuden der Bettstatt erst verflogen, ausreichend Gründe für große Feldzüge finden. So weit von ihr entfernt, wie er nur reiten kann.«

Sie wurde ernst. »Aber eine Frage hätte ich doch. Ich wurde daran erinnert, daß du der erste warst, der in Orissa seine Sklaven befreite. Inzwischen gibt es die eine oder andere Generation von Menschen, die dich als ihren Befreier sehen.«

»Möglich«, sagte ich. »Obwohl sie wahrscheinlich denken, ich sei schon lange tot und zu einer Art minderer Gottheit aufgestiegen, mit einer eigenen Statue auf der Straße der Götter – mit Taubenscheiße überzogen.«

»Du hättest diese Popularität nutzen können, um ein öffentliches

Amt zu bekommen, oder nicht?« fragte sie. »Es gibt keinen Grund, warum du nicht Ratsherr hättest werden können. Vielleicht sogar Oberster Ratsherr.«

Mit ehrlichem Staunen sah ich sie an und platzte heraus: »Warum im Namen aller Götter sollte ich so etwas wollen?«

Ihr Lachen klang wie Tempelglocken auf der windigen Ebene.

»Das, Amalric Antero, ist einer der Gründe, warum ich dich liebe.«

Sie packte meinen Bart, zog mich heran und küßte mich.

Die Männer, die neben uns marschierten, johlten.

Und ich?

Ich errötete wie ein Schuljunge.

Kapitel Fünfzehn

Die Schattenwölfe

Eben graute der Morgen, als Modin zu uns kam.

Ich hatte fest geschlafen – meine Decken neben Janela ausgebreitet – als mich eine donnernde Stimme auf die Beine brachte. Ich schlief noch immer halb, doch als ich aufstand, hatte ich die Klinge bereits gezückt.

Modin ragte über unserem Lager auf. Fast zwanzig Meter war er hoch, und ein Fuß ruhte nackt in den Resten unseres Feuers.

Janela rollte herum, den Dolch in der Hand, und mein Hirn war endlich wach genug, den Rest von Modins Worten zu verstehen:

»... rufe ich Euch, mein Eigen, meine Beute. Ihr müßt gehorchen. Ihr müßt mich zu Euch rufen.«

Einen Moment lang dachte ich, Modin hätte Zauberkräfte angewandt, um sich anzuschleichen. Doch wenn es so gewesen wäre, wie wurde er dann groß? Bald merkte ich, daß ich schwach das Gras der Steppe durch seine Beine sehen konnte, und wußte, daß er nur eine Projektion sein konnte ... aber nicht, welche Macht er in dieser Gestalt hatte.

»Ich muß nur mir selbst gehorchen«, sagte Janela. »Vergeudet nicht Eure Zeit mit solchem Geschwätz. Wenn Ihr einen Zauber gesprochen habt, daß ich zu Euch kommen soll, spart Euch die Kraft. Er wird nicht wirken.«

»Ich habe keinen Zauber gesprochen«, sagte Modin. »Ich brauche ihn nicht und verwende meine Zauberkräfte nur, um Eure jämmerlichen Versuche, mich zu töten, abzuwehren.«

Janela machte ein verdutztes Gesicht, dann verbarg sie ihre Verwunderung eilig. Mir fiel auf, daß Modins Arm geschwollen war, wie bandagiert, und dann sah ich, daß er ihn ganz steif hielt.

»Ich bediene mich«, so fuhr der Zauberer fort, »der realen Kräfte meiner Wächter und der Soldaten meines neuen Freundes und Verbündeten Cligus, Euch zu jagen, mit nur wenig Hilfe meiner Kraft als Seher.

Ihr glaubt, Ihr wäret uns entkommen, dabei habe ich Euch nur immer weiterlaufen lassen, damit Euer Blut rot und frisch bleibt. Wißt Ihr nicht, daß Wild besser schmeckt, wenn man es vor dem Töten quält?«

»Was ist mit Eurem Arm geschehen, Modin?« rief ich zu ihm hinauf.

»Der Dämon, den Ihr in unsere Reihen geschickt habt, gab sein Bestes, doch war er meiner Macht nicht gewachsen, Janela Greycloak«, sagte er und ignorierte mich bemüht. »Ich brauchte keine Stunde, ihn zu töten.«

Nun waren wir beide an der Reihe, uns zu wundern, bis uns klar wurde, daß Modin den Dämon Mithraik für Janelas Schöpfung hielt. Einen Moment lang überlegte ich, ob es Modins Arroganz erschüttern konnte, wenn er erfuhr, daß der Dämon von anderem

Ort stammte, aus den *wahren* Fernen Königreichen von Tyrenia. Dann überlegte ich es mir anders. Trotz seiner großen Töne muß ihn die Vorstellung erschüttert haben, daß Janela eine solche Kreatur erschaffen konnte, denn selbst ich wußte, daß es nur wenige Geisterseher gab, die ein solches Wesen nicht nur herbeirufen, sondern auch ihrem Willen unterwerfen konnten. Es wäre besser, wenn er sie für so mächtig hielte.

Offensichtlich kam Janela zu demselben Schluß, denn sie lachte höhnisch.

»Eine Stunde, Modin? Wie viele Wächter hat mein kleiner Freund getötet, bis Ihr ihn am Boden hattet?«

»Uns sind noch mehr als ausreichend Leute geblieben, um mit Eurem armseligen Trupp fertig zu werden, Janela«, sagte er. »In wenigen Tagen werde ich diesen kümmerlichen Tarnzauber zerfetzt und mich über Euch hergemacht haben. Nur dadurch habe ich die Gegend aufspüren können, in welcher Ihr Euch mit diesem Antero tummelt, um Eure Wunden zu lecken.« Wiederum eine verblüffende Aussage.

Mir fiel ein Wandel in seinem Verhalten auf, seit wir uns in Irayas begegnet waren. Damals hatte er zumindest vorgegeben, König Gayyaths treuester Diener zu sein, nicht mehr und nicht weniger. Ich beschloß, ihm den nächsten Stich zu vesetzen.

»Wir, Modin? Ist das ein Pluralis majestatis? Hat König Gayyath den Aufruhr denn nicht überlebt?«

»Antero«, sagte er, »Euch wollte ich nicht wecken, denn Ihr solltet schlafen, wie ich es den anderen befahl. Doch sehe ich, daß Euch ein engeres Band mit der Greycloak verbindet, als ich wußte. Wie dem auch sei. Es ist egal, wie viele Liebhaber sie hatte, wenn ich sie erst in meinem Bett habe.

Vielleicht erhöht es die Potenz, dort zu sein, wo einst ein Antero war.« Er lächelte.

»Ihr habt meine Frage bezüglich König Gayyath nicht beantwortet, Zauberer«, sagte ich. »Oder vielleicht habt Ihr es doch, indem Ihr es nicht tatet.«

»König Gayyath sitzt noch immer fest auf seinem Thron«, zischte Modin. »Die Leibeigenen, die seine Herrschaft anzweifelten, wurden vernichtet. Gayyaths Dynastie wird weiterleben, und wenn ich jeden Mann und jede Frau Irayas' tilgen und die Stadt aus den abgelegensten Provinzen neu bevölkern muß.«

»Worte«, sagte ich, »eines wahren Patriarchen.«

Das rief nur einen finsteren Blick hervor, und ich wünschte, ich hätte mir eine bessere Beleidigung einfallen lassen. Ich wollte Modins Erscheinen zu unserem Vorteil nutzen, ihn möglichst verärgern, da ich wußte, daß ein zorniger Mann nur schlecht durch den blutroten Schleier seiner Wut sieht.

»Was erhofft Ihr Euch davon, Modin?« sagte Janela. »Ihr seid uns dicht auf den Fersen, bis hin zu unserem Ziel. Was bedeutet es für Euch, wenn jene dort vor uns, jene in den *wahren* Fernen Königreichen, Eure Anwesenheit bemerken und Euch nicht willkommen heißen?«

»Das möchte ich bezweifeln«, sagte Modin. »Ich habe schon viel davon gehört, was jenseits des Östlichen Meeres liegen soll, doch als ich es für nötig hielt, es zu durchqueren, fand ich nur Wilde und Tiere. Falls irgend etwas vor uns liegt, was ich bezweifle, so werden es barbarische Schamanen sein, die mechanisch praktizieren, was sie vor Ewigkeiten erlernt haben. Die Großen Alten sind schon lange, lange vom Angesicht dieser Welt verschwunden.

Nein, Janela, Euch steht eine Überraschung bevor, wenn Ihr feststellt, daß die wahre Macht der Magie nur an einem Ort zu finden ist . . . in Vacaan.«

»Ist das der Grund, warum das kleine Modell Eures Königreiches nicht recht arbeiten will?« sagte ich. Und ohne auf eine Antwort zu warten: »Ist das der Grund, warum die Menschen sich beklagen und bereit sind, gegen die einzige Herrschaft aufzustehen, die sie kennen, und die Anarchie der Ordnung vorziehen? Ist das der Grund, warum Euer gottverdammter Flußzauber nicht mehr wirken will wie früher? Ist das der Grund, warum die Macht, die König Gayyaths Vater Domas ausübte – ohne daß er jemals angezweifelt wurde – aus allen Nähten platzt?«

Schon wollte Modin antworten, doch besann er sich eines Besseren. Sein Bild verschwamm, flackerte, und dann stand hinter ihm – in normaler Größe – mein Sohn Cligus. Vielleicht hatte er zuhören oder sogar zusehen dürfen – unsichtbar – als Modin nach Janela griff. Ich zweifelte daran. Wahrscheinlicher schien mir, daß sein Erscheinen nicht geplant war.

Ich wußte, daß ich recht hatte, als ich sah, wie sich seine Augen weiteten, wie zweifaches Entsetzen ihn ergriff. Erstens weil er an diesem Ort war, wenn auch nur in geistiger Form, und dann sah er mich und wie sehr ich mich verändert hatte. Doch dennoch erkannte er mich, denn Blut erkennt das Blut. Einen Augenblick lang zuckte er, als erwartete er, daß sein Vater vortrat und ihn für seine Vergehen strafte, als wäre er noch ein unartiger Junge, der zitternd in meiner Studierstube stand. Dann festigte sich seine Miene, als er langsam zu sich kam.

Ich griff zuerst an:

»Cligus, es überrascht mich, dich zu sehen. Aber das gibt mir die Möglichkeit, auch dir ein paar Fragen zu stellen. Welches Antlitz hast du deinen Taten gegeben? Was willst du Orissa erzählen, wenn du mit meinem Kopf heimkehrst? Glaubst du, die Bürger unserer Stadt werden dich für deinen Vatermord bejubeln? Glaubst du, Palmeras wird nicken und deine Version der Ereignisse hinnehmen, ohne mit Hilfe der Magie nachzuforschen, was tatsächlich geschehen ist?«

Trotzig antwortete er: »Ich beabsichtige, mit dem Beweis für deinen Verrat heimzukehren.«

»Sehr gut, Junge«, sagte ich und legte so viel Sarkasmus wie möglich in meine Stimme. »Du hast es geschafft, dich selbst davon zu überzeugen, daß ich ein wahrer Schurke bin. Das ist stets der beste Schritt.

Du hast darin auch viel Erfahrung, nicht? Ich erinnere mich an eine arme Dienstmagd, der du ein Kind gemacht hast, als du – wie alt? – vierzehn warst, und sie war noch ein Jahr jünger. Du versuchtest mir einzureden, es sei ihr Fehler gewesen, weil sie sich nicht mit Essig gewaschen hätte. Erinnerst du dich, wie du getobt hast, als ich dich dazu zwang, deinen Hengst zu verkaufen, damit du eine gewisse Summe für die Erziehung des Kindes zur Seite legen konntest?«

»Ich muß mir das nicht anhören!«

»Doch, das mußt du«, sagte ich. »Hör zu ... oder verschwinde. Modin, ist das *alles,* was Ihr für einen Verbündeten tun könnt? Oder glaubt Ihr, Ihr könnt allein gegen einen Antero und eine Greycloak antreten? Ihr solltet besser vorsichtig sein, Zauberer, denn Ihr macht Euch des Verbrechens übermäßigen Stolzes schuldig, was aller Wahrscheinlichkeit nach Euer Ende sein wird.«

»Oh«, sagte Modin, und ich merkte, daß er sich wieder im Griff hatte. »Ich soll auf die Worte eines Krämers hören, eines Tuchhändlers, und in meinen Stiefeln zittern? Hört zu, Antero«, und erneut erhob er sich, wuchs fast zu doppelter Größe, und ich sah kaum, wie Cligus' Gestalt verschwand. »Hört mir gut zu. Janela Greycloak und ihre Macht sind dazu bestimmt, mir zu gehören. Ich sagte schon, daß ihr Schicksal besonders hübsch werden wird, je mehr sie zappelt und sich windet, um ihm zu entkommen.

Doch will ich ihr einen Ansporn geben. Sie soll Zeugin Eures Todes sein, und der wird so langsam und schmerzhaft ausfallen, wie ich es nur einrichten kann. Ihr wißt nicht, wie es ist, von einem großen Magier wie mir selbst bestraft zu werden, doch gibt es Schmerzen jenseits aller Schmerzen dieser Welt, und Eure Seele kann in so mancher Welt gefoltert werden, bis schließlich nicht der leiseste Hauch von ihr mehr existiert.

Diesen Tod jenseits des Todes verspreche ich Euch, Amalric Antero von Orissa. Und einen solchen Eid habe ich noch nie gebrochen.«

Dann waren nur noch der Wind da und das wehende Gras und die endlose Ebene.

Janela und ich sahen einander lange an, bevor jemand etwas sagte. Ich war der erste.

»Wir lecken also unsere Wunden, ja? Hast du irgendeinen Zauber gesprochen, als wir diese Straße verließen, den du irgendwie zu erwähnen vergessen hast? Der möglicherweise verschiedene Hinweise darauf gab, daß dort irgendwo ein Haufen niedergeschlagener Orissaner festsaß und nichts weiter tat, als seine Wunden zu lecken und darauf zu warten, daß der Schlachter kommt?«

»Könnte sein.«

»Du bist wirklich gut. Erst der Dämon, und dann das.« Eine ernste Frage kam mir. »Als ich Modin kennenlernte, sah ich ihn als mächtigen Zauberer, die Entsprechung von Lord Raveline. Habe ich mich getäuscht?«

»Ich bezweifle, daß er je so gefährlich war wie Raveline. Er hat kein königliches Blut in den Adern, und ich glaube nicht, daß er jahrzehntelang ein Blutbad nach dem anderen hervorgerufen hat wie die, aus denen Raveline seine finstere Kraft schöpfte. Vielleicht ist das der Grund, warum er sich wünscht, mein ... Verbündeter zu werden.

Oder vielleicht *war* er so groß. Vielleicht hat er ... seit er sich in diesem Land befindet, in dem ein wahrlich furchtbarer Zauber am Werk ist«, und sie deutete mit einer Geste auf die Berge, wo Tyrenia lag, »einen Teil seiner Macht verloren. Vielleicht hilft uns das Etwas, das ich spüre.«

»Oder vielleicht gewöhnen wir uns einfach daran, daß sich einflußreiche Zauberer darum drängen, uns das Leben schwer zu machen«, sagte ich.

»Das ist sicher die einzig richtige Erklärung.« Janelas Lächeln erstarb. »Doch dürfen wir Modin niemals mit Verachtung behandeln. Er ist, was er ist, und er wird uns bis an die Tore Tyrenias verfolgen, bevor er aufgibt. Und die weltliche Macht seiner Armee ist nicht zu leugnen.«

Ich nickte, doch sagte ich nichts, denn in diesem Augenblick erwachte Quartervals aus dem Schlaf, schlug die Augen auf und setzte sich hin.

»Lord Antero«, sagte er überrascht. »Ihr seid früh wach. Plagt Euch der Darmwind? Oh, tut mir leid, Lady, ich wußte nicht, daß Ihr auch schon wach seid.«

Wir sagten nichts von dem magischen Besuch, doch als ich begann, beim Abbau des Lagers zu helfen, war ich seltsam frohen Mutes. Vielleicht, weil ich ein paar bedeutungslose Wortwechsel gegen Modin gewonnen hatte, oder auch, weil ich gesehen hatte, daß Cligus trotz seiner mörderischen Absichten der schwache Mensch war, als welchen ich ihn erkannt hatte.

Doch irgendwie wußte ich, daß wir Modin und Cligus übertreffen würden, wie viele Soldaten sie auch haben mochten.

Natürlich war ich nur ein Narr.

Wir sahen den Schattenwolf am späten Nachmittag desselben Tages. Er trottete von Süden her direkt auf uns zu, als hätten wir ihn gerufen, dann schwenkte er etwa zweihundert Meter von unserer Flanke ein, verlangsamte seinen Schritt und lief in derselben Geschwindigkeit weiter wie wir. Wie schon einmal befahl ich Quartervals, die Kundschafter näher an die Hauptformation rücken zu lassen und ihre Stärke zu verdoppeln.

Schattenwölfe sind interessante Wesen. Würde mich jemand nach einer Tätigkeit fragen, welche die größte Gefahr und den geringsten Gewinn brächte, müßte ich ihn zum Studium dieser Tiere schicken, eher noch als zu dem der Dämonen. Denn studiert man Dämonen intensiv genug, findet sich vielleicht ein Hinweis darauf, wie man sie kontrolliert und so zu Reichtum oder Macht kommt.

Doch bei einem Schattenwolf gibt es keine Möglichkeit der Annäherung, es sei denn, man wollte zum Abendessen verspeist werden. Außerdem gibt es keine Möglichkeit, tatsächlich etwas zu erfahren, da, wie ich schon sagte, Schattenwölfe auf eine Art und Weise denken, die keinem anderen Tier ähnlich ist.

Sie sind auf bösartige Weise intelligent, jagen für gewöhnlich in Rudeln oder, wenn sie Junge haben und die Mutter jagt, mit den Wölflingen sicher in ihrem Beutel. Wie alle Jäger ziehen sie es vor, die Schwachen, Hungrigen oder Alten zu erlegen und gehen jedem Kampf mit einem Tier, das sich im Vollbesitz seiner Kräfte befindet, lieber aus dem Weg.

Sie haben nur wenige Feinde, die es mit ihnen aufnehmen können, und selbst diese lassen sie – bis auf eine Ausnahme – in Ruhe jagen, sofern sie nicht gestört werden. Diese Ausnahme ist der Mensch, was die Schattenwölfe spüren und daher fast jede Gelegenheit nutzen, einen zweibeinigen Feind zu erlegen. Bauern im kalten Süden sind schon zur Arbeit auf die Felder gegangen und wurden nie mehr gesehen. Suchtrupps fanden nur das Eisen und Holz des Pfluges. Der Mann, sein Zugtier und selbst die Lederriemen waren spurlos verschwunden. Sie haben schon abgelegene Häuser angegriffen, gewartet, bis der Mann fort war, um dann durch die Tür oder ein Fenster einzubrechen und seine Kinder und die Frau zu reißen.

Doch selbst in ihrem unerbittlichen Haß gegen den Menschen sind sie klug. Wie die Krähe können sie einen bewaffneten Menschen erkennen und halten sich von ihm fern. Nie würden sie einen bewaffneten Trupp angreifen, obwohl sie an dessen Flanken lauern, wie sie es mit einer Herde Elche tun würden, in der Hoffnung auf einen Nachzügler.

Ich sagte, sie würden niemals bewaffnete Menschen angreifen, doch sollte ich daran erinnern, was ich zuvor schon angeführt habe: Niemand weiß, was für einen Schattenwolf normal ist.

Dieses einzelne Tier ließ mich erschauern. Vielleicht lag es an der zielstrebigen Art, wie es uns folgte. Normalerweise suchten wir etwa eine Stunde vor der Dämmerung einen Lagerplatz, damit wir Feuerstellen zum Kochen einrichten konnten, ohne uns zu verraten. Heute wies ich Quartervals an, die Leute weiter anzutreiben, bis wir eine sicherere Stelle als sonst gefunden hatten.

Der Gunst Te-Dates ist es zuzuschreiben, daß wir Glück hatten und einen der wenigen Flüsse fanden – tatsächlich kaum mehr als einen seichten Bach – der sich durch die Steppe wand. Eine breite, flache Kuppe erhob sich neben dem Fluß, eine ausgezeichnet zu verteidigende Stelle, die wie für uns geschaffen schien.

Nachdem wir unsere Bündel abgesetzt hatten, fragte ich Quartervals, da er der Soldat war, was er an diesem Ort auszusetzen hätte. Er sah sich um und räumte das eine oder andere ein. Wären wir im Krieg, würde er die Büsche am Fluß beschneiden, damit die Sicht ungehindert bliebe. Weiterhin sagte er, wenn er ein Gott wäre, würde er die kleine Insel gleich gegenüber weiter flußabwärts verlagern ... ein Feind mochte sie nutzen, um den Fluß zu überqueren, da dieser nur knietief war.

Das beweist, was meine Schwester Rali immer gepredigt hat, daß Soldaten zwar für manches taugen, doch ihre Künste als Wahrsager sind, wie sie es nannte, irgendwie zwischen dürftig und nicht vorhanden, denn diese Insel rettete uns das Leben.

Kaum hatten wir unsere Packen abgesetzt, als einer der Posten zwei weitere Schattenwölfe meldete, diesmal hinter uns. Sie seien wie aus dem Nichts aufgetaucht, erklärte er. Ich fragte mich, ob sich die Tiere manch menschlicher Talente nicht bewußt waren, und so schickte ich einen der Brüder Cyralian und befahl ihm, einen Schuß mit seinem schwersten Bogen zu wagen. Doch bevor er diesen spannen konnte, sah ich, daß diese Tiere mit menschlichen Werken sehr wohl vertraut waren, denn sie drehten um und trotteten außer Schußweite, um uns von dort weiter anzustarren.

Quartervals schickte Arbeitstrupps gut bewacht zum Ufer des Flusses, um die geradesten Schößlinge aus dem Unterholz zu schlagen. Diese Schößlinge wurden an beiden Enden zugeschnitten und dann im spitzen Winkel in die Erde getrieben. Sie hätten schwerer sein sollen, doch waren sie das beste, was wir finden konnten.

Als es dunkel wurde, hörten wir ein Heulen aus der Ferne. Die Späher riefen den Rest des Rudels heran. Ein Jaulen antwortete, hallte über die Steppe, kam aus allen Richtungen. Wir waren umzingelt.

Ich beschloß, daß es nicht mehr wichtig sei, ob Cligus und Modin uns entdeckten – es gab Feinde, die uns näher waren – und befahl, daß Feuerstellen eingerichtet und Fackeln vorbereitet werden sollten.

Dann warteten wir.

Die Nacht schleppte sich dahin.

Kurz vor Morgengrauen, zu jener Zeit, wenn die Hoffnungen und Träume der Menschen in Finsternis versinken, griffen die Schattenwölfe an. Nie zuvor hatte ich von solchem Verhalten gehört, doch vielleicht waren diese Ungetüme weit wilder als alle, die ich bisher gesehen hatte.

Aus zwei Richtungen machten sie sich über uns her, brachen aus der Nacht hervor. In doppelter Hinsicht hatten wir großes Glück. Fast hatte ich erwartet, daß gegen Morgengrauen etwas geschehen würde, und daher alle wecken lassen – bewaffnet und gerüstet – und meine besten Männer standen Wache. Außerdem lag in einer der Richtungen, aus der sie kamen, ein weiterer der Brüder Cyralian auf der Lauer. Als erfahrener Wilderer lag er ausgestreckt am Boden und konnte mit seinen geschulten Augen Umrisse selbst noch vor dem schwarzen Himmel ausmachen. Möglicherweise sah ihn der erste Wolf nicht ebenso gut.

Einen Hund oder Wolf zu erlegen ist relativ simpel. Man hält seinen Arm zum Verbeißen hin und schneidet dem Tier die Kehle durch oder sticht mit dem Messer ins Gedärm, bevor es echten Schaden anrichten kann. Ansonsten – wenn man unbewaffnet ist – wirft man es zu Boden und bricht ihm die Rippen mit dem Knie. Doch nicht, wenn der Wolf fast die Größe eines Pferdes hat. Als der Schattenwolf sprang, rollte der Cyralian auf den Rücken, flach am Boden, und hieb mit der Klinge direkt nach oben, ließ das Untier sich von seinem eigenen Schwung aufschlitzen.

Der Wolf heulte, und die Nacht hallte vom Echo der anderen wider, als die Meute auf uns einstürmte. Ein Hagel von Schreien folgte, blitzende Klingen in der Dunkelheit, dann flammten die Fackeln auf, und unser Lager war ein Schlachtfeld von Stahl und Zähnen. Männer schrien im Todeskampf und starben, und Wölfe japsten und jaulten, manche auf unsere Stöcke gespießt, dann wichen sie zurück. Sie hätten bei uns bleiben und ihr Wüten fortführen sollen, denn als sie sich zurückzogen, nahmen meine Leute ihre Bogen und schickten ihnen Pfeile hinterher. Otavi trat vor, spaltete einem flüchtenden Tier das Rückgrat mit seiner Axt und dann – im Rückschwung – schlug er ihm den Kopf vom Hals. Im Blutrausch wäre er weitergelaufen, in die Dunkelheit und in den Tod, hätte Pip ihn nicht am Gürtel gepackt und zurückgerissen.

Otavis Augen funkelten im Wahn … er war von Blut getränkt, und einen Moment lang dachte ich, er würde auch Pip niedermachen. Doch dann kam er zu sich, grunzte wie zum Dank und war für den nächsten Angriff bereit.

Einmal noch kamen sie, doch diesmal waren wir bereit, und Speere flogen und durchbrachen ihre Front. So wild bellend, wie wir schrien, hetzten sie direkt außerhalb des niedrigen Feuerscheins herum. Quartervals riß einen vertrockneten Busch aus der Erde, hielt ihn über das Feuer, und dann – als das trockene Geäst aufflakkerte – warf er ihn den Tieren entgegen.

Die Schattenwölfe heulten verächtlich, doch hielten sie die Stellung. Sie fürchteten das Feuer nicht mehr, als ein Mensch es täte. Ich ahnte, daß sie gleich angreifen würden, und rief: »Zurück, zurück! Zur Insel!«

Meine Truppe hörte mich und fügte sich, doch keiner fuhr herum und rannte fort. Statt dessen gingen sie – wie erfahrene Krieger – langsam und geordnet rückwärts den Hügel hinab zum Wasser, die Waffen bereit, als die Wölfe sich uns knurrend näherten. Bogenschützen traten zwischen Schwertkämpfer und Speerträger und schossen ihre Pfeile ab. Ein verwundeter Wolf schnappte nach dem Geschoß, das aus seinen Rippen ragte, rollte gegen einen Gefährten, und die beiden knurrten und fingen an, einander zu zerfetzen.

Wir platschten rückwärts durch das seichte Wasser zur sandigen Insel hin. Sie war dicht von Büschen bewachsen, was normalerweise eine Bedrohung gewesen wäre. Doch diesmal dienten sie uns als Schutzschirm.

Die Tiere griffen wieder an, und ich merkte, daß ich sie erkennen konnte, wenn auch nur trübe, da am Horizont der Tag graute. Ich erwartete, daß die Wölfe aufgeben würden, doch verdoppelten sie ihre Bemühungen. Die roten Augen glühten, passend zum Rot ihrer Zungen und Mäuler und unserer blutenden Wunden. Doch das Unterholz machte sie so langsam, daß die Speerträger mit tödlicher Genauigkeit zuschlagen konnten, und Bogenschützen und Armbruster Zeit genug hatten, ihre Schüsse in aller Ruhe abzufeuern.

Die Schattenwölfe wichen über den Fluß zurück. Doch hatten sie nicht die Absicht, diesen Krieg aufzugeben. Auf dem Hügel lagen unsere Bündel, und ich zählte fünf, nein, sieben Leichen. Nun würden die Wölfe unsere Toten fressen und auch den Proviant, so dachte ich. Doch sie schienen sich nur dafür zu interessieren, wie sie uns vernichten konnten.

Ich sah, daß Janela auf den Knien lag, beschäftigt, die Tasche neben sich, und war dankbar, daß diese Tasche nie weiter als Armeslänge von ihr entfernt war.

»Seht Euch die Tiere an«, sagte Quartervals. Eben band er ein Stück Tuch um seinen Unterschenkel, wo einer der Wölfe ihn gebissen hatte. »Sie sind wie Soldaten, die ihre nächste Aktion planen.«

Und das waren sie auch, denn sie gruppierten sich zu Haufen von fünf bis zehn Tieren, Rudeln, wie ich vermutete. Es war hell genug, daß man deutlich sehen konnte, doch hätte ich gewünscht, daß mir dieser Segen verwehrt bliebe, denn ich erkannte, daß sich nahezu fünfzig dieser riesenhaften Tiere auf beiden Seiten des Flusses sammelten.

»Was«, sagte Pip mit gespieltem Zorn, »wir sind die einzig Eßbaren in dieser ganzen verdammten Wüste? Die Götter sind ungerecht.«

»Was soll daran neu sein, kleiner Mann?« knurrte Otavi.

Quartervals und ich sahen einander an, hatten denselben Gedanken, faßten ihn nur nicht in Worte. Ein, vielleicht zwei Rudel hätten uns angreifen sollen, und diese hätten gewartet, bis wir weiterzogen, um dann Nachzügler abzufangen. Die anderen Rudel wären ihrer Wege gegangen und hätten sich ihre eigenen Opfer gesucht. Beide fragten wir uns, ob die Wölfe dieses Ödlands klüger wären als alle, von denen wir je gehört hatten, oder ob man sie *geschickt* hatte, ob sie es direkt auf uns *abgesehen* hatten. Wenn Raveline Schattenwölfe als Wächter einsetzen konnte, warum nicht auch Modin? Oder, wenn nicht Modin, dann jener unbekannte Feind, der in der Ferne auf uns wartete?

Sollte das der Fall sein, hoffte ich, daß Janela einen starken Zauber schaffen konnte, denn ein solcher wäre unsere einzige Hoffnung.

»Seht mal!« deutete Pip. »Hinter der Kuppe, oben auf der Anhöhe.«

Ich sah, worauf er deutete. Hinter den sich sammelnden Tieren auf jenem flachen Hügel stand ein einzelner Wolf. Es war hell genug, daß ich die Farbe erkennen und sehen konnte, daß er alt war, mit ergrauendem, fast weißem Fell. Diese Tiere waren ohnehin schon groß, aber jenes sicher das größte. Selbst wenn unsere Angst und der natürliche Hang, die Größe eines Feindes zu übertreiben, in Rechnung zieht, würde ich einen Bluteid im Tempel jedes beliebigen Gottes ablegen, daß dieser Schattenwolf mindestens zehn Fuß hoch war und schon an den Schultern einen Menschen überragte.

»Vielleicht wurden sie geschickt«, sagte Quartervals mit leiser Stimme. »Aber vielleicht haben sie sich ihre Führer auch selbst gewählt.«

»Möglich«, gab ich zurück und hoffte, er werde recht behalten, da mir ein kluges Tier stets lieber ist als Zauberei. »Auch andere Tiere haben Führer... Elefanten, Löwen.«

Quartervals antwortete nicht, sondern maß die Entfernung mit den Fingern.

»Mmmpf«, grunzte er. »Zu weit entfernt für meinen Bogen. Der Mistbock weiß, wo er sicher ist.«

»Vielleicht«, sagte ich, »oder vielleicht auch nicht. Janela?«

Sie sah von ihrer Arbeit auf und runzelte die Stirn. »Amalric, würdest du einen Moment warten?«

»Nein«, sagte ich. »Es tut mir leid... sieh mal. Dort drüben.«

Sie war verärgert, doch stand sie auf. Ich zeigte mit dem Finger. Janela verstand augenblicklich, was zu tun war. Sie sah sich um, fand einen Langbogen und nahm ihn auf. Dann zückte sie ihren Dolch und hielt die beiden gegeneinander, während sich ihre Lippen bewegten. Ich hörte nur noch das Ende ihrer Beschwörung:

»...halte dich, wandle dich
einst lebend, nun tot
Nimm Kraft, nimm Macht
Halte dich, wandle dich.«

Der Bogen verwandelte sich, während sie sang, und statt des lebendigen Glanzes von Eibenholz nahm er den trüben Schimmer von Metall an. Dann berührte sie die Bogensehne mit ihrem Haar und sprach noch einen Zauber. Diesen konnte ich nicht hören, doch die Sehne wandelte sich zu geflochtenem Schwarz wie Frauenzöpfe, die an den größten aller Katapulte Verwendung finden.

»Hier ist dein Bogen, Amalric. Den Schützen mußt du dir selbst suchen.«

Doch das war das einfachste.

»Otavi. Auf den Rücken. Quartervals, du hilfst ihm zielen.«

Otavi ließ sich auf den Rücken fallen, und während er den Bogen am Boden hielt, setzte er seine Fersen an beide Enden der Waffe.

Janela hatte eine Handvoll Pfeile mitgenommen und trat an den Kadaver eines Schattenwolfes, welcher halb im Wasser lag. Sie stach den Kadaver mitten in die Brust, so daß etwas Blut auf die Pfeilspitze lief. Dann hielt sie die Spitze an ihr Augenlid:

»Sieh, was ich sehe
Jage, was ich jage
Töte, was ich töte
Fliege schnell
Fliege gleich.«

Sie reichte Quartervals den Pfeil. »Mit etwas Glück wird es so besser wirken. Jetzt laß mich wieder an meine Beschwörung gehen.« Ich sah, daß sie ein paar lange Strähnen von einer Art Faden hatte und diese über den Sand zog. Doch für unseren Plan war meine ganz Aufmerksamkeit vonnöten.

Quartervals kniete neben Otavi. »Zieh ihn zurück, Freund.«

Otavi packte die Sehne aus Menschenhaar mit beiden Händen und holte tief Luft, wobei die Adern an seiner Stirn vortraten. Der Stahlbogen spannte sich langsam, kam immer weiter zurück. Quartervals legte einen Pfeil auf.

»Kannst du ihn etwas ... rechts drehen ... aye, genau so ... jetzt setz deine Beine ab ...« Otavis Beine fingen von der Anstrengung, den metallenen Bogen zu halten, an zu zittern.

»Schuß!«

Die Sehne schwirrte, und Otavi jaulte auf, als sie gegen seine Knöchel schlug und der Pfeil davonschoß. Ich sah ihn aufsteigen und dann am Häuptling der Schattenwölfe vorüberfliegen. Wir hatten ihn um mindestens fünf Fuß verpaßt.

Ich fluchte, doch das Tier blieb stehen, zögerte. Bevor ihm so recht klar wurde, daß es in Schußweite war, hatte Otavi den Bogen erneut gespannt, und Quartervals blinzelte schon wieder.

»So ... ein Stückchen tiefer ... Pfeil, nimm dir den verdammten Zauber zu Herzen ... Schuß!« Wieder knallte die Sehne, und der Pfeil sauste davon.

Diesmal flog er richtig, und der riesenhafte Schattenwolf merkte zu spät, in welcher Gefahr er war. Als er sich umwandte, traf ihn der Pfeil voll in die Brust. Er starb, bevor er merkte, daß er getroffen war, und brach wie knochenlos auf der Stelle zusammen.

Einen Augenblick später war vom anderen Ufer ein leises Stöhnen zu hören. Das Stöhnen wuchs zu einem langen Heulen, als erst ein Schattenwolf und dann der nächste sahen, daß ihr Ahne tot war. Das Heulen stieg zum Himmel auf, kündete von Trauer und Verlust. Selbst ich empfand eine Spur von Trauer, wie man es tut, wenn ein großer Führer, selbst wenn er einem feindlich gesonnen war, nicht mehr auf dieser Erde weilt.

Einen Augenblick später wurden aus dem Trauergeheul Signale, und erneut stürmten die Schattenwölfe gegen uns an. Wären sie Menschen gewesen, hätte ich gesagt, nun sei Verzweiflung und Haß auf ihrer Seite. Doch hatten wir das Tageslicht auf der unseren, und unsere Bogenschützen schossen gut und trafen.

Schattenwölfe taumelten davon oder fielen, doch kamen immer mehr von ihnen, und dann schien es mir, als wären wir verflucht, da die Erde unter unseren Füßen bebte. Maha sah mich an, und wenn mein Gesicht so blaß und verschreckt war wie das seine, war ich ein schlechter Führer.

Dann sahen wir, was die Erde beben ließ.

Eine Herde – vielleicht dreißig oder mehr – jener großen Ochsen kam brüllend über die Anhöhe. Janela strahlte ... ihr Zauber hatte gewirkt. Ich brauchte einen Moment, bis ich ihre Beschwörung durchschaute. In den Sand hatte sie nicht nur Figuren und geheimnisvolle Symbole gezeichnet, sondern auch ein Modell des Flusses und der Insel, auf welcher wir standen. Fellstücke lagen drumherum, die wohl von einem toten Schattenwolf stammten. Diese Strähnen, die sie über den Boden gezogen hatte – das sah ich nun – waren von jenem Ochsenhaar, das am Busch gehangen hatte, als wir diesen Tieren zum ersten Mal begegneten.

Sie sollten sich als wahrhaft nützlich erweisen.

Wie sie eine Beschwörung hatte sprechen können, die diese Tiere rief, kann ich nicht sagen. Doch es war ihr gelungen, und die Tiere kamen. Sie erspähten ihren alten Feind, und aus irgendeinem Grunde – vielleicht zum Teil wegen Janelas Zauber – gaben sie ihre übliche Verteidigungshaltung auf und griffen an.

Sie stürmten auf die Wölfe zu, die gehörnten Köpfe gesenkt. Die Schattenwölfe versuchten, ihnen einen Moment lang standzuhalten, versuchten auszuweichen, doch drei, dann vier von ihnen wurden aufgespießt, umgestoßen und von der Herde niedergetrampelt, und dann flohen die Schattenwölfe, als wäre ihnen ein Rudel von Dämonen auf den Fersen. An ihrem Mut jedoch bestand kein Zweifel. Zauberkraft war ihr Verderben, nicht wir.

Die Schattenwölfe liefen ans Ufer des Flusses, die Anhöhe hinauf, dann verschwanden sie im hohen Steppengras. Die Ochsen donnerten durch den Fluß, dann wurden sie langsamer, trabten und schnaubten – ich schwöre – wie ein Haufen prahlender Krieger, nachdem der Feind vom Schlachtfeld geflohen ist.

Dann erinnerten sie sich, daß sie eben Wasser durchquert hatten und waren nicht mehr Krieger, sondern Vieh, das am Fluß stand und muhte. Der eine oder andere von ihnen sah uns finster an und schnaubte, um deutlich zu machen, daß sie, bei den Göttern, dieses Land eingenommen hätten und wir ihnen nicht willkommen seien.

Wir ließen sie siegreich auf ihrer Weide zurück und zogen erneut auf die Kuppe. Wir verbanden unsere Wunden, sammelten unsere Toten ein, hielten abermals eine Beerdigungszeremonie ab und begruben sie. Danach waren wir zum Abmarsch bereit.

Ich vermißte Quartervals und Otavi und sah mich nach ihnen um. Ich fand sie auf jener kleinen Anhöhe, wo sie sich über den Kadaver des Schattenwolfes beugten. Sie neigten ihre Köpfe für einen Augenblick, und ich glaubte zu sehen, wie Quartervals etwas Sand über den Kadaver streute, als bestattete er diesen, damit sein Geist zur Ruhe käme.

Sie kamen zurück, doch sagten sie nichts, und ich respektierte ihr Schweigen.

Wir setzten unseren Marsch fort.

Oben auf dem Hügel blickte ich zurück. Fünf Tote an der Faust der Götter, sechs weitere hier ... ich betete zu den Göttern, an die ich nicht mehr glaubte, daß dieses nun die letzten gewesen seien.

Denn jetzt wußte ich, daß wir Cligus und Modin begegnen würden, begegnen mußten, bevor wir Tyrenia erreichten.

Wir näherten uns den Bergen, und die Steppe wurde rauher, zerrissen von Wasserläufen und Schluchten. Oft waren wir gezwungen, Umwege zu nehmen, daß ich schon fürchtete, wir würden unsere Orientierung zur Straße hin verlieren, und daher beschlossen Quartervals und ich, daß es Zeit wäre, das Wagnis einzugehen und dorthin zurückzukehren.

Wir bogen nach Süden ab und begannen, unsere Schritte zu zählen. Je weiter wir kamen, desto länger reckten wir die Hälse, weil jeder der erste sein wollte, der die gepflasterte Straße fand.

Ich gestehe einen weiteren Wunsch ein: Ich wollte sehen, wie ausgeprägt unsere Fähigkeiten im Navigieren waren, da ich nie recht geglaubt habe, daß mir mein Talent irgend etwas anderes einbringen würde, als mich absolut und unwiderbringlich zu verirren. Jedesmal, wenn sich mein Kompaß, die Karte oder meine Berechnungen als korrekt erwiesen, habe ich mir alle Mühe gegeben, den Eindruck zu erwecken, als seien diese Errungenschaften nichts Besonderes. Wie Nautiker einen Hafen zielstrebig ansteuern können, nachdem sie tage- und wochenlang nichts als Sonne und Sterne gesehen haben, nur um dann Langeweile vorzutäuschen, übersteigt mein Vorstellungsvermögen. Wäre ich in der Lage, nur ein einziges Mal etwas Derartiges zu tun, würde ich meine Navigationsinstrumente von mir werfen, eine Priesterrobe anlegen und den Rest meines Lebens dankend auf den Knien vor jener Gottheit zubringen, die ich dafür verantwortlich hielt.

Als wir nun also die tausend Schritte absolviert hatten und ich keine Spur von der Straße sah, war ich davon keineswegs beunruhigt, da ich es nur natürlich fand, daß wir uns einmal mehr verirrt hatten.

Dann entdeckte der vordere Kundschafter etwas. Nicht die Straße, sondern eine Siedlung. Quartervals und ich krochen auf den Bäuchen voran, um sie uns anzusehen. Es war ein größeres Dorf, das sich dort mitten auf unserem Weg ausbreitete. Es bestand aus fast einhundert niedrigen Steinbauten, und so zogen wir weiter, eher darauf zu als drum herum.

Je näher wir kamen, desto unheimlicher schien das Dorf. Wir waren ihm näher, als wir gedacht hatten, und merkten, wie niedrig die Häuser tatsächlich waren, kaum fünf Fuß hoch. Sie hatten keine Fenster, jedoch gewölbte Dächer, und sahen aus wie verschieden lange Laibe Graubrot, die planlos im Sand verteilt lagen.

Befremdlicher noch wurde es, als wir näher kamen und die Eingänge sahen. Auch diese waren niedrig, keine zwei Fuß hoch, doch beinahe vier Fuß breit. Kein menschliches Wesen würde je einen solchen Eingang bauen, und ich fragte mich, welche Art von Lebewesen wohl in diesem Dorf wohnen mochte.

Quartervals, der beim vordersten Kundschafter geblieben war, gab das Zeichen anzuhalten und winkte mich nach vorn. Er war kaum dreißig Schritte von einer der Hütten entfernt.

Ich lief zu ihm hinüber. Er sagte nichts, zeigte nur. Ich sah mir die nächstgelegene Hütte an. Diese und alle anderen waren mit Flachreliefs überzogen, die man in die Steinwände gehauen hatte. Ich trat etwas näher heran, da ich erkennen wollte, was die Inschriften besagten, und ein Schauer lief mir naßkalt über den Rücken.

Ich will die Wesen, die auf diesen Wänden dargestellt wurden, nicht näher beschreiben. Es soll genügen, wenn ich sage, daß sie keine Menschen waren und auch keine Erdenwesen, wie ich sie je gesehen oder wie man sie mir je beschrieben hätte. Ebenso glichen sie keinen bekannten Dämonen, wie sie mir bekannte Geisterseher gesehen oder beschrieben hatten, sondern waren eher flüssige, fließende, formbare Wesen wie Quallen, und dennoch in der Lage, seltsame Waffen zu halten und finstere Schlachten gegen andere, nicht minder fabelhafte Wesen zu schlagen.

Ich bekam eine Gänsehaut, und etwas sagte mir, es sei nicht gut, diese Mauern allzu lange zu betrachten. Ebensowenig wagte ich, durch einen dieser schauerlichen Eingänge zu kriechen, da ich fürchtete, daß dieses Dorf nicht tot sei, sondern nur schliefe. Ich wies Quartervals an, die Männer paarweise hindurchzuschicken, und er nickte nur, sagte kein Wort.

Eilig verließen wir das Dorf der Unbekannten, und keiner von uns drehte sich um, bis es nicht mehr zu sehen war.

Eine halbe Tagesreise später fanden wir die Straße und folgten ihr gen Osten. Außerdem erfuhren wir, warum sich unsere Navigation angeblich geirrt hatte ... das war nämlich nicht der Fall gewesen. Die Straße, von welcher ich glaubte, sie verliefe schnurgerade durch die Steppe, beschrieb eine Kurve um das Dorf, als hätten sich selbst die Großen Alten von Tyrenia davor gefürchtet und an seine Existenz nicht erinnert werden wollen.

Vermutlich hätte es mich beunruhigen sollen, doch statt dessen fühlte ich mich ermutigt, weil es offenbar zumindest *etwas* gab, vor dem sich selbst die Großen Alten fürchteten.

Drei Tage später türmten sich über uns die Berge, und die Straße begann ihren langen Aufstieg zu ihren Gipfeln. Oft suchten wir nach einem Hinweis auf unser Ziel, doch die Wolken drängten sich so dicht um die nebelverhangenen Gipfel, daß nichts zu erkennen war.

Vor uns, auf der Straße, war ein kleiner dunkler Fleck zu sehen. Als wir näher kamen, entdeckten wir, daß es sich um drei Reiter handelte, die auf ihren Pferden saßen und warteten. Hier war das Land weit, zu weit, als daß man einen Hinterhalt hätte einrichten können, und so marschierten wir ihnen entgegen.

Einen der Reiter erkannte ich. Es war Sa'ib, wunderschön in Pelz und Seide, doch ihre Miene war hart und kalt wie die Gipfel in ihrem Rücken. Sie blieb ganz hinten.

Vor ihr war ein kleiner, alter Mann. Wirres Haar quoll unter seinem Helm hervor, der aus der oberen Schädelhälfte eines Schattenwolfs bestand und von welchem ein Umhang halbwegs über seinen Rücken fiel. Er trug einen Lendenschurz aus Fell, Sandalen und einen farbenfrohen Mantel von Federn, der aus vielen Vogelhäuten ferner Dschungel gearbeitet sein mußte und ohne Zweifel sein wertvollster Besitz war. Die Kälte schien ihm nichts auszumachen. Ich hielt ihn für einen Schamanen oder vielleicht eine Art Kriegsminister.

Der Mann ganz vorn war groß, fast sechseinhalb Fuß. Er war Ende Fünfzig und früher einmal sicher ein muskelstrotzender Krieger gewesen. Inzwischen hatte er an Umfang zugenommen, wäre jedoch nach wie vor der herausragendste Krieger einer jeden Armee. Er trug Hosen von feinstem rotem Leder mit goldenen Stickereien, schwarze Kniestiefel und eine Tunika von derselben Farbe, jedoch mit Messingplatten versehen. Auf dem Kopf hatte er einen kleinen Helm, besetzt mit Gold und Juwelen, fast eine Krone. Sein Bart war lang und sorgfältig gekämmt. Um seine Schulter hing ein Schwert mit breiter Klinge, dessen Griff von langen Jahren der Benutzung ganz dunkel geworden war. Zwei fleckige Ledertaschen hingen vorn an seinem Sattel.

Ich ließ meinen Trupp halten und ging zu den dreien hinüber. Vor dem ersten blieb ich stehen und wartete. Das Heulen des Windes hing in meinen Ohren.

»Ihr seid Amalric Antero. Lord Amalric Antero von einem fernen Ort mit Namen Orissa.« Seine Stimme donnerte wie Steppenochsen im Angriff. Es war keine Frage.

»Und Ihr seid Suiyan, Herr der Res Weynh«, sagte ich.

»Ihr habt meine Tochter vor Ismids Hunden gerettet.«

»Das habe ich getan.«

»Dennoch habt Ihr Euch geweigert, sie und die anderen als Sklaven zu nehmen. Oder mit ihnen zu verfahren, wie es das Recht des Siegers wäre.«

»Das ist wahr.«

»Seid Ihr vor meinem Namen zurückgeschreckt? Hattet Ihr Angst vor meiner Rache?«

Ich starrte ihn an, antwortete nicht.

»Das hatte ich auch nicht vermutet«, sagte er.

»Ich glaube nicht an Sklavenhaltung«, sagte ich. »Und ich glaube nicht, daß das Schwert irgend jemandem Rechte verleiht, was immer er erobert haben mag.«

»Das ist die Überzeugung eines schwachen Mannes«, schnaubte Suiyan. »Doch seid Ihr kein schwacher Mann.« Sehr lange starrte er mich an.

»Eines Tages vielleicht«, begann er dann, »sollte ich wohl in Euer Land reisen oder auch in eine andere Stadt und versuchen, diese Art zu denken zu verstehen.«

»Solltet Ihr Euch dazu entschließen, werde ich Euch in Orissa als Gäste meiner Familie willkommen heißen.« Ich lächelte halbwegs bei dem Gedanken an den Aufruhr, den er und seine Reiter, welche er ohne Zweifel für nötig erachten würde, in diesem Fall in den Straßen von Orissa auslösen würden. Er sah meine Miene und nickte, als hätte ich es laut ausgesprochen und als sähe auch er Komik darin.

»Ohne mir zu dienen habt Ihr mir gut gedient«, sagte er. »Hier nun ist das Schicksal jener, die mir schlecht gedient haben.« Er öffnete seine Satteltaschen, griff hinein und zog einen Menschenkopf heraus. Er warf ihn zu Boden, und dieser rollte bis fast vor meine Füße. Es war der Kopf Dius, des alten Mannes, der dafür verantwortlich war, Sa'ib unbeschadet heimzubringen. Der zweite Kopf trudelte daneben. Ziv, sein Sohn.

»Wie Ihr mir gedient habt – ein Häuptling einem anderen – so habe auch ich Euch gedient.«

Er hielt inne, und mir wurde klar, daß er nichts mehr sagen würde. Schon wollte ich etwas fragen, doch der Ausdruck auf seinem Gesicht nahm mir den Mut. Dann sprach er ein letztes Mal:

»Eines nur bedauere ich, und zwar, daß Ihr im Banne dieser Zauberin seid, von welcher mir meine Tochter erzählt. Vielleicht hätte ich Euch die Gunst erweisen sollen, diese Zauberin zu erschlagen, doch mein oberster Schamane riet mir, nicht in die Magie fremder Länder einzugreifen, denn vielleicht steht diese in Verbindung mit jenen jenseits dieser Berge – Mächten, denen auch ich nicht gewachsen bin. Und doch ist es eine Schande.

Ihr wäret Sa'ib ein guter Mann gewesen, oder zumindest ein Mann, der es wert wäre, Vater der Kinder ihrer Lenden zu werden.

Zieht weiter, Lord Antero.«

Er riß sein Pferd herum und galoppierte von der Straße. In seinem Gefolge ritten die beiden anderen, von denen sich keiner auch nur umwandte.

Janela trat neben mich, gefolgt von den anderen. Sie sah auf die Köpfe hinab, dann zu den verschwindenden Punkten der drei Res Weynh.

»Schöne Freunde hast du«, war alles, was sie sagte.

Am nächsten Tag der Reise traf eine zielstrebige Kraft – die Straße – auf ein unverrückbares Objekt – die Berge. Von hier ab war die Straße gezwungen, sich über und um die Kuppen des Vorgebirges zu winden.

Wir hielten ganz besonders Ausschau nach einem Hinterhalt.

Dort, wo die Straße in einen schmalen Felsspalt führte, trafen wir auf die ersten beiden Wächter. Oder besser: deren Köpfe.

Zu beiden Seiten der Straße steckten sie auf Speeren. Nach dem Ausdruck auf ihren Gesichtern zu urteilen, hatten beide keinen leichten Tod gehabt.

Quartervals ging zu dem einen und berührte den groben Schnitt in dessen Nacken. Er kam zurück und rieb die Finger aneinander. »Das Blut ist klumpig, aber nicht getrocknet. Es kann nur einen Tag her sein, daß sie getötet wurden.«

Wir gingen weiter, kampfbereit. Doch fanden wir nur weitere Köpfe. In regelmäßigen Abständen steckten sie auf Speeren zu beiden Seiten der Straße wie gräßliche Meilensteine. Im Vorübergehen zählten wir, und ich befahl, das Zählen einzustellen, als wir bei hundertfünfzig waren. Schließlich nahm das rotbehelmte Grauen sein Ende, doch nur, um nach weiteren hundert Metern von der nächsten Schädelsammlung ersetzt zu werden. Diese trugen einen bunteren Kopfschmuck, den ich als orissanisch erkannte.

Sie säumten die Straße, so weit wir sehen konnten. Einige unserer Männer hatten Scherze gerissen, als sie verhaßte Feinde sahen, die bekommen hatten, was sie verdienten. Doch nun rissen die Scherze ab, als einige der Männer altbekannte Orissaner sahen.

Quartervals zeigte mit dem Finger. »Das war Hauptmann Jamot. Er war ein echtes Schwein. Man hat ihn bei den Grenzkundschaftern fortgejagt, weil er während eines Waffenstillstands unter weißer Flagge eine ganze Kompanie hat niedermetzeln lassen.« Ich meinte ihn zu erkennen, ihn in Cligus' Trupp gesehen zu haben.

Nun wußte ich, welchen Dienst mir Suiyan erwiesen hatte. Janela – mit grimmiger Miene – ging einige Schritte hinter mir. Schon wollte ich sie fragen, ob sie Zauberkräfte spüre, da ich mir nicht vorstellen konnte, wie Cligus' gesamte Armee in eine Falle gelockt und niedergemacht werden konnte, doch war es nicht der rechte Zeitpunkt zu sprechen.

Ohne mir dessen bewußt zu sein, beschleunigte ich meinen Schritt, während ich mir jeden Kopf ansah, an dem wir vorüberkamen, und dennoch nicht wissen wollte, was ich sah.

Wir kamen zu einer Wiese, die ehemals ein hübscher Rastplatz an dieser langen Straße gewesen sein mochte. Doch nun war es nur blutiges Grauen. Das zarte Hochlandgras und die Blumen waren vom Blut der Leichen getränkt. Hunderte von Toten stapelten sich. Es war wie der Boden eines Schlachthofs, als wäre Cligus' Armee in einem magischen Netz gefangen gewesen, welches sie zur Axt des Henkers hatte marschieren und schweigend niederknien lassen, wo sie ihr Schicksal demütiger als jedes Schaf entgegennahmen.

Der Wind hatte sich gelegt, und es herrschte absolute Stille.

Dann hörten wir ein Stöhnen. Es kam von der Straße vor uns, wo man die Leichen zu einem grauenhaften Sternenmuster ausgebreitet hatte, in welchem jeder Torso den nächsten berührte.

In der Mitte wanden sich zwei noch lebende Menschen. Beide waren nackt.

Der erste Mann war besinnungslos. Janela stöhnte, als sie sah, was man ihm angetan hatte. Ein rotes Brandmal leuchtete an seiner Stirn, wo man eine glühende Klinge angelegt und ihm die Augen ausgebrannt hatte.

Blut sammelte sich zwischen seinen Schenkeln, wo er kastriert war.

Es war Modin.

Der zweite Mann war eben noch bei Bewußtsein. Er hatte eine Wunde an der Seite, doch hatte man ihn behandelt und verbunden.

Danach hatte jemand ihm die Sehnen an den Beinen durchtrennt, wie grausame Bauern Ziegen behandeln, die Zäune überspringen.

Cligus.

Suiyan hatte seine Schuld Hunderte von Malen beglichen, und seine Ehre war ohne Zweifel wiederhergestellt. Doch während sich mir der Magen umdrehte, wünschte ich beinah, es wäre nicht geschehen und wir hätten Sa'ib Ismeds Reitern überlassen.

Ich kniete neben Cligus nieder, fragte mich, wie Modin und er nackt die Nacht überlebt und warum sich keine Aasfresser über sie hergemacht hatten. Der Schamane der Res Weynh, zu diesem Schluß kam ich, war wahrlich machtvoll.

Cligus schlug die Augen auf, sie verloren ihren glasigen Ausdruck des Schreckens, und er erkannte mich.

»Vater?«

Er sah sich um, um sich zu vergewissern, daß er nicht phantasierte. Sein Gesicht zuckte vor Schmerz.

»Nun hast du also doch gewonnen.«

Sein Kopf sackte in den Nacken, und er verlor das Bewußtsein.

Vielleicht hätte ich weiterziehen sollen, doch konnte ich meinen Sohn nicht sterben lassen, ungeachtet dessen, was er mir angetan hätte. Ich fragte Janela, ob ich Modin für sie töten solle. Sie schüttelte den Kopf.

»Ich habe noch nie gemordet. Blind und entmannt hat er keine Macht, ist er keine Gefahr. Ich will nicht diejenige sein, die seinen Tod befiehlt.«

Ich wies die Männer an, schlichte Tragen herzustellen. Wir würden sie mit uns nehmen. Quartervals schien Einwände erheben zu wollen, doch sah er meinen Blick und sagte nichts.

Ich ließ die Wiese hinter mir, die Speerreihen voller Köpfe, saß da und sah ins Nichts. Ich merkte, daß ich weinte, um meinen Sohn, darum, was aus ihm hätte werden können, darum, was er war, und auch um mich selbst.

Ich hörte Schritte, und Janela setzte sich neben mich.

Sie wartete, bis ich fertig war, dann gab sie mir ein Taschentuch. Ich wischte mir die Augen.

»Ich könnte dumm sein«, sagte sie sanft, »und sagen, ein solches Ende war für dich oder für ihn wohl unausweichlich.«

Ich nickte. Natürlich hatte sie recht.

Doch im Augenblick fürchtete ich jedes Mitgefühl. Sie stand auf.

Nach einem langen Augenblick sagte sie: »Scheiße!« Dann ging sie fort.

Lange saß ich da und fühlte mich sehr alt und verbraucht. Dann kam ich wieder zu mir.

Einige Zeit später zogen wir weiter.

Die Straße wand sich immer weiter in die Höhe. Wir fühlten, wie die dünne Luft unseren Lungen zu schaffen machte, während wir aufstiegen.

»Ich schwöre«, sagte Pip, »wenn wir oben sind und dort wartet das nächste verfluchte Tal und noch ein Berg, desertiere ich und schließe mich den Schädelspaltern an.«

Dann hoben sich die Wolken an, der Nebel verwehte, und wir sahen die goldene Burg von Tyrenia.

Kapitel Sechzehn

Tyrenia

Die Burg war blendend weiß, mit kuppelbesetzten Türmen aus Jade und mächtigen Toren aus glitzerndem Gold. Ich rieb mir die Augen, und die Farben schimmerten und wandelten sich, bis das Weiß zu leuchtendem Rosa wurde, die Jade ein helles Blau, das Gold zum Silber eines Kristalls unter reinem, fließendem Wasser.

Eine dunkle Wolke zog über dieses Bild, und die Burg wurde grau und kahl wie kalter Granit. Ich sah, daß ihre Mauern von keiner Armee zu überwinden wären, spürte, daß es auf und hinter diesen Mauern von magischen Waffen nur so strotzte, und hörte das gespenstische Schreien und den Klang der Waffen lang schon vergangener Armeen, die bei dem Versuch, sie zu erstürmen, umgekommen waren. Die Wolke zog weiter, und ich mußte eine Hand heben, um meine Augen vor dem hellen Glanz zu schützen.

»Tyrenia!« hörte ich Janela staunend flüstern.

Ich wußte, daß sie recht hatte, denn einen Ort wie diesen konnte es nur einmal geben.

Während wir mit offenen Mündern nun dort standen, flogen die Tore auf und eine Kompanie immens großer Streitwagen stürmte daraus hervor. Mit erstaunlicher Geschwindigkeit fegten sie den Berg hinab. Die Wagen waren rot und goldverziert, mit scharfen, sich drehenden Sicheln an den Radnaben. Gezogen wurden sie von wilden weißen Hengsten, die durch ihre verzierten schwarzen Rüstungen nur noch wilder wirkten, und es schien, als wären sie anderthalb mal so groß wie normale Rösser. Der führende Streitwagen trug ein Banner, das heftig flatterte, doch konnte ich eine goldene Krone im blauen Feld erkennen.

Wir waren zu geblendet, als daß wir uns hätten bewegen können, während sie uns entgegenstürmten, wobei der vorderste Wagen in weitem Bogen schleuderte und einen Funkenschauer aufwirbelte, der sich etwas abseits des Weges wieder setzte. Sechs Mann waren an Bord, doch nur einer sprang herab und trat an mich heran und nahm einen vergoldeten Helm mit eleganter Feder vom Kopf, was goldene Locken auf seine breiten, gepanzerten Schultern fallen ließ. Er war ein großer, gutaussehender Prinz mit hübschen, klaren Zügen und einem Bart, der so golden war wie die Locken auf seinem Kopf. Einen verwirrenden Moment lang dachte ich das Unmögliche: daß er der König dieser Hofgesellschaft war, welche durch das tanzende Mädchen zum Leben erweckt wurde. Doch trotz der großen Ähnlichkeit war er viel jünger – kaum erst ein Mann.

Mit melodischer Stimme sprach er mich an: »Ich bin Prinz Solaros, Sohn des Königs Ignati, der mir die Ehre übertragen hat, Euch zu grüßen, Lord Antero«, sagte er. »So mancher unserer Untertanen wartet schon seit Jahren auf Euer Eintreffen.«

Solaros verneigte sich anmutig vor Janela mit den Worten: »Ganz Tyrenia liegt Euch zu Füßen, Lady Greycloak. Denn hättet Ihr nicht das gefallene Banner Eures Großvaters aufgenommen, könnten wir diesen gesegneten Tag nicht erleben.«

Dann breitete er die Arme aus, als wollte er unsere gesamte Kompanie umarmen, und sagte mit lauter, wohlklingender Stimme: »Willkommen! Willkommen Ihr alle! Willkommen in dem Reich, das Ihr als ... Königreiche der Nacht kennt.«

Es gibt nur wenige Männer und Frauen – weder lebend noch tot – welche die Würfel der Götter geworfen und zweimal hintereinander die heilige Sieben gewürfelt haben. Erstmals schüttelte ich diesen Becher in meiner Jugend und betrat ein Land, an dessen Existenz nur wenige glaubten, und jene, die es taten, sagten, es sei unmöglich zu finden. Am anderen Ende meines Lebens, schon vom drohenden Schatten des Dunklen Suchers überragt, warf ich diese Knochen erneut und wurde mit einem noch größeren Preis belohnt. Dieser Preis war nicht nur die Entdeckung eines mythischen Landes. Es war die Erkenntnis, daß die Mythen meiner Kindheit der Wahrheit entsprachen, daß die Lieder von fabelhaften Königreichen, goldenen Menschen und blumenübersäten Pfaden, welche wir im Kinderzimmer sangen, mehr als nur hübsche Reime waren.

Und so betrat ich zum zweiten Mal in meinem Leben die Fernen Königreiche. Der Name war ein anderer. Meine Motive verzweifelter. Und manch Schande und Bedauern lasteten auf meiner Seele.

Doch, oh, wie meine Brust anschwoll, der würzige Wein des Sieges meine Adern durchfloß und funkelnde Visionen vor meinen Augen tanzten, noch immer so frisch und ruhmreich wie einst.

Wie Pilger kamen wir nach Tyrenia, müde und schmutzig von der Reise. Unwissend und bescheiden kamen wir, suchten Weisheit in der ältesten Stadt, die Te-Date je erschaffen hat. Staunend kamen wir zu den Großen Alten, deren Nachfahren diese Menschen waren. Mit bebender Hoffnung kamen wir und nicht geringer Angst, denn was, wenn sie uns verschmähten, oder – schlimmer noch – unsere mangelnde Zivilisation verhöhnten? Besonders ich war verletzlich. Der Beweis meines Scheiterns, Cligus, stöhnte auf einer Bahre in meiner Nähe, während wir im Streitwagen des Prinzen den Toren Tyrenias entgegenfuhren.

Das erste, was mir auffiel, war die Menschenmenge, die sich versammelt hatte, um Lobpreisungen zu rufen und Kußhände in die Luft und Blumen und Gaben uns zu Füßen zu werfen.

Das erste, was ich hörte, war mein Name, dann der Janelas, die in höchsten Tönen gen Himmel gerufen wurden.

Das erste, was ich empfand, war das verblüffte Staunen eines Mannes, den Fremde zum Helden ernennen, während er selbst doch weiß, daß er nur ein Mensch ist.

Ich stand zu Prinz Solaros' Linken, Janela zu seiner Rechten, und er lenkte den Wagen einhändig, winkte der jubelnden Menge mit der anderen. Er war ganz offenbar ein beliebter Prinz, und schon bald begannen seine Untertanen, auch *seinen* Namen zu rufen. Sein Gesicht war rosig vor Freude, das Haar vom Wind zerzaust, sein prunkvoll weißer Umhang sorglos über die Schulter zurückgeworfen, gab eine breite Brust mit silbernem Kettenhemd und eine schlanke Gestalt preis, die die sehnsüchtigen Blicke der Frauen in der Menge auf sich zog.

Wir rollten die breite Allee entlang, gepflastert mit perlmuttartigem Stein, der unter den Hufen der Hengste nachzugeben schien wie nasser, fester Sand am Meeresstrand. Die Streitwagen waren auf magische Weise gefedert und fingen jede Bewegung auf, die eine Unbequemlichkeit hervorrufen mochte, und so war mir fast, als flögen wir. Über uns rauschten farbenfrohe Drachen mit langen Schwänzen von magischem Rauch, der die Luft mit der Essenz kühler Gärten und Obstplantagen erfüllte. Es gab Musik, so wundersame Musik, daß ich eine Träne um Omerye vergoß, weil sie diese Klänge nicht mehr hören konnte. Sie kamen von jenseits der

Wolken, aus den Parks hinter der Allee, stiegen um uns von den Steinen auf, über die wir fuhren.

Die Burg bedeckte den gesamten Berg und war mit kleineren Festungen auf entfernten Gipfeln durch Zauberbrücken verbunden, welche von dünnen Seilen hingen. Es handelte sich nicht um nur eine Burg, sondern viele Burgen, jede innerhalb der nächsten, mit eleganten Häusern, reich bestückten Schaufenstern und schier überquellenden Marktplätzen, die sich zwischen den Mauern und Türmen drängten. Doch selbst noch, während ich staunte, sah ich die Trupps achtsamer Soldaten, welche die Mauern bemannten, und ich wußte, falls ernste Gefahr drohte, wären die Häuser, Läden und Plätze verlassen und die tyrenische Armee würde sich in die nächste, leichter zu verteidigende Position zurückziehen.

Ein Tor nach dem anderen wurde aufgeworfen, und hinter jedem wartete die nächste Menge, uns zu begrüßen.

Schließlich ragten die letzten Tore vor uns auf, massiver noch als alle anderen. Als sie sich teilten, wußte ich, daß ich vor Tyrenias altem Sitz der Macht stand. Der Stein war grau, durchzogen von Riefen des Alters. Magischer Rauch quoll aus den Türmen, und die Dome des Mittelbaus glühten von unheimlichem Licht.

Stämmige Diener und Beamte eilten herbei, uns zu begrüßen. Der Prinz sprang vom Streitwagen und gab einen Schwall von Befehlen bezüglich unserer Betreuung aus.

Er wandte sich Janela und mir zu, mit schiefem Lächeln. »Mein Vater ist ein ungeduldiger Mensch, und er hat mir befohlen, Euch unverzüglich zu ihm zu geleiten. Ich fürchte, ich muß um Euer Verständnis nachsuchen und bitten, Euch erst später zu erfrischen. Eure Begleiter werden in geräumigen Quartieren untergebracht, so daß Ihr Euch um deren Wohlergehen nicht zu sorgen braucht.«

Janela nickte und holte eilig ein paar Dinge aus ihrer Tasche, um sich ansehnlicher zu gestalten. Ich zögerte, und Solaros sah meinen kurzen, sorgenvollen Blick auf Cligus und Modin.

Der Prinz sprach mit leiser Stimme. »Ich sorge dafür, daß sie gut bewacht werden... bis Ihr die entsprechenden Entscheidungen getroffen habt«, sagte er mit einfühlsamer Stimme. »Ich werde dafür Sorge tragen, daß sich der königliche Arzt ihre Verletzungen ansieht.« Er hielt inne, dann sagte er: »Ihr seid ein nachsichtiger Mann, Amalric Antero. Mein Vater hält es für eine Schwäche. Ich stimme ihm nicht zu, doch... wie Ihr sehen werdet... unsere Ansichten... unterscheiden sich... in manchem. Dennoch bin ich mir nicht sicher, ob ich die Größe hätte, dasselbe zu tun, wenn ich an Eurer Stelle wäre.«

Plötzlich kochte grundlos Wut in mir hoch, doch biß ich mir auf die Zunge, um einen Zornesausbruch zu vermeiden, und schüttelte nur den Kopf, als ich meine Selbstbeherrschung wiederfand.

Da das Schutzschild meiner Emotionen wieder aufrecht stand, sagte ich: »Danke, Hoheit. Wenn Ihr nun vorgehen wollt. Der König, wie Ihr sagtet, wartet schon.«

Erneut zögerte der Prinz. Dann: »Ich muß Euch warnen. Die begeisterte Begrüßung, die Euch unsere Untertanen bereitet haben, wird sich am Hofe meines Vaters nicht fortsetzen. Es ist eine komplizierte Situation. Ihr solltet wissen, daß es einige gibt, die von Eurer Anwesenheit in höchstem Maße beunruhigt sind, während andere sie wiederum als einen großen Segen ansehen, der die Gefahr durch unseren gemeinsamen Feind bannen könnte.«

Janela nickte, sagte: »Das habe ich wohl gespürt, Hoheit. Wäre es grob von mir, anzunehmen, daß Ihr und der König auf entgegengesetzten Seiten dieses Disputes streitet?«

Der Prinz seufzte. »So entgegengesetzt, wie man nur sein kann. Doch bitte habt Geduld. Ich bin mir sicher, daß ich ihn für uns gewinnen kann... wenn auch nicht mehr viel Zeit bleibt.« Er machte seine Schultern gerade. »Ich darf mich mit solchen Dingen jetzt nicht aufhalten. Wenn wir Gelegenheit zum Reden bekommen, wird Euch noch alles klar werden.«

Und dann führte er uns in die düstere Festung, in den Palast König Ignatis.

Ich war überrascht, als wir den Thronraum betraten, obwohl ich nicht recht weiß, was ich erwartet hatte, doch muß ich sagen, daß er als Königshof des letzten der sagenumwobenen Großen Alten eine herbe Enttäuschung war.

Der Raum war immens, schlecht beleuchtet und voll trübsinniger Statuen und Denkmäler fremder Götter mit finsteren Visagen. Die hohen Wände waren mit Fresken bemalt, die alte Kriege zwischen den Tyreniern und Armeen von Dämonen darstellten. Es hieß Schwert gegen Klaue, Zauberer gegen Teufel und magische Belagerungsmaschinen gegen unnachgiebige Mauern. Durchsetzt waren diese Fresken von Porträts der Könige und Königinnen Tyrenias, viele davon so von der Zeit verblaßt, daß ich Gesichter kaum erkennen konnte. Tausende von Namen waren in den Boden gemeißelt, und schon bald wurde mir klar, daß unter dem Stein die Gebeine der tyrenischen Herrscher und ihrer größten Helden bestattet waren. Es war, als liefe man über ein Feld von Geistern.

Am anderen Ende des Raumes war Licht, durch welches schattenhafte Gestalten liefen. Als wir uns ihnen näherten, trat ein Dutzend junger Lords aus einer Nische, um sich dem Prinzen anzuschließen. Im Flüsterton stellte Solaros uns einander vor, indem er sagte, dieser Bursche dort sei Lord Emerle und jener dort Lord Thrads und so weiter. Ich mußte mich sehr bemühen, jeden Namen einem Gesicht zuzuordnen und diese in meine Erinnerung einzubrennen.

Janela zupfte an meinem Ärmel, als wir einem bestimmten jungen Mann vorgestellt wurden, der groß, außergewöhnlich schlank und blaß war. Sein Gesicht war lang und pferdegleich, mit weit auseinanderstehenden Augen und übermäßig großen Zähnen, die seinen Mund ausfüllten. Sein Name war Lord Vakram. Als sich unsere

Handflächen zum tyrenischen Gruß berührten, brannte meine Haut fast vor magischer Energie. Es überraschte mich nicht, als ich später erfuhr, daß er der Zauberer des Prinzen war.

Das Areal um den Königsthron war ein weites Gewölbe, das von magischer Quelle sanft beleuchtet wurde. Die Wände waren mit erdfarbenen Gobelins behängt, und der Boden mit Teppichen von ähnlicher Farbe ausgelegt. Niedrige Tische und mit dunklen, schweren Kissen gepolsterte Stühle standen herum. Die meisten waren leer, denn die Menschen drängten sich um den König.

König Ignati hob den Kopf, als wir uns näherten, und nahm unsere Verbeugungen kaum wahr.

»Majestät«, sagte sein Sohn. »Ich habe die Ehre, Euch Lord Amalric Antero und Lady Janela Greycloak vorstellen zu dürfen.«

Der König sagte nichts, sondern beugte sich nur vor, um uns aus kalten, schmalen Augen anzustarren.

Er schien mittleren Alters zu sein, mit blondem Haar, das unter seiner breiten Krone hervorquoll, und einem blonden Bart, der ihm bis beinah auf die Brust fiel und dann spitz zulief. Seine Haut war hell, doch überzogen mit dunklen Flecken, die Finger dünn und lang, mit scharfen, polierten Nägeln. Die Farbe seiner Augen konnte ich nicht erkennen, doch schienen sie mir feucht und alt. Je näher ich hinsah, desto mehr kam es mir vor, als habe man sein Alter auf magische Weise festgeschrieben. Ein feines Netz von Falten durchzog sein Gesicht, und seine Wangen, von denen ich anfangs geglaubt hatte, sie seien vor Gesundheit gerötet, deuteten auf einen Menschen hin, dessen Herz unter großer Anspannung stand.

Er widmete mir nur einen flüchtigen Blick und kümmerte sich eher um Janela. Begierde jedoch konnte ich in seinem Blick nicht erkennen.

»Ihr seid noch schöner, als man es mir gesagt hat«, erklärte er ihr schließlich. Seine Stimme klang hoch und gereizt.

»Danke, Majestät«, sagte Janela.

Der König schüttelte den Kopf. »Es war nicht als Kompliment gemeint.« Er wandte sich einem dunklen Mann in der Robe eines Zauberers zu. »Ich traue schönen Menschen nicht, Tobray.«

Der Zauberer lächelte, verneigte sich vor dem König, dann vor Janela. »König Ignati wollte Euch nicht beleidigen, edle Dame«, sagte er.

»Erklärt den Leuten nicht, was ich meine und was nicht, Tobray«, sagte der König zu dem Zauberer. Und dann, zu Janela gewandt: »Aber es stimmt, ich wollte Euch nicht beleidigen. Ich sage nur, was ich denke.«

»Es hat mich nicht beleidigt, Hoheit«, sagte Janela.

Gleichgültig winkte der König ab, dann wandte er sich mir zu. »Und Ihr seid also der große Amalric Antero?« sagte er. Seine Stimme war voller Sarkasmus.

»Ich bekenne mich des Namens schuldig, Majestät«, sagte ich, »nicht jedoch der Größe.«

Ignati lachte glucksend. Für ein Anzeichen von Humor war es ein eher unangenehmes Geräusch. »Schlau. Sehr schlau.« Sein Kopf fuhr zu Lord Tobray herum. »Hab immer schon gesagt, daß er ein schlauer Bursche ist, nicht wahr, Tobray?«

»Das habt Ihr allerdings, Majestät«, sagte Tobray. Dann zu mir gewandt: »Schon oft hat der König seine Bewunderung für Euren Intellekt geäußert, edler Lord.«

Ignatis Fingernägel tappten ungeduldig auf der Lehne seines Throns herum. »So oft nun auch wieder nicht, Tobray«, sagte er. »Nur von Zeit zu Zeit.«

»Ganz wie Ihr meint, Majestät«, räumte Tobray besänftigend ein. »Nur von Zeit zu Zeit.«

»Ich möchte nicht, daß die beiden glauben, ich würde sie bewundern«, sagte der König. »Ich bin nicht wie der Pöbel auf den Straßen, den ich dem Willen der Götter nach regieren muß. ›Pöbelfieber‹ sage ich dazu. Sie glauben, die Zeiten wären hart, obwohl sie doch nie besser waren. Gebe ich ihnen Frieden, halten sie es für Kapitulation.« Finster sah er Tobray an. »Streitet nicht mit mir. Ich *weiß*, was der Pöbel denkt.«

Tobray, der keinerlei Anzeichen hatte erkennen lassen, daß er seinem Herrscher widersprechen wollte, hielt weiter dieses entnervende Grinsen im Gesicht und schüttelte den Kopf. »Natürlich wißt Ihr es, Majestät«, sagte er.

Der Blick des Königs wandte sich uns wieder zu. »Die Leute sehen, daß ein gewöhnlicher Sterblicher außerordentliche Heldentaten vollbringt ... und ich gebe zu, daß Eure Expeditionen dieser Definition entsprechen ... und sie blasen es über Gebühr auf. Fangen an zu glauben, Ihr könntet sie sogar vor den Dämonen retten, obwohl die Götter sehr wohl wissen, daß ich die Lage im Griff habe. Sehr *gut* im Griff.«

»Ich war ebenso überrascht wie Ihr, Majestät«, sagte ich. »Ich weiß nichts über Eure Situation, doch wurde im selben Augenblick, als Prinz Solaros uns in Eure Stadt begleitete, mehr als deutlich, daß Eure Untertanen mit dem weisesten aller Herrscher gesegnet sind.«

Wieder gluckste der König in sich hinein. »Schlauer, *schlauer* Bursche! Kein Wunder, daß Ihr Erfolg habt.«

»Wir sind Narren im Glück, Hoheit«, ging Janela dazwischen. »Die Götter waren uns öfter gnädig als unseren Feinden.«

Ignati hustete ein Lachen hervor, hielt inne, um in ein Taschentuch zu spucken, bevor er weitersprach. »Auch Ihr seid schlau«, sagte er. »Ganz wie Euer Großvater Janos Greycloak.« Seine Miene verfinsterte sich. Mit knochigem Finger deutete er auf Janela. »Doch seid Ihr ebenso gefährlich, wie er es war, auch wenn ich jetzt, da ich Euch gesehen habe, sicher bin, daß Ihr es nicht übel meint.«

Janela wirkte besorgt. »Was habe ich getan, das so gefährlich wäre, Hoheit?« fragte sie.

»Oh, all diese Einmischungen in Zauberdinge«, sagte Ignati. »Warum konntet Ihr Euch nicht damit begnügen, Furunkel zu heilen, oder es regnen zu lassen, wenn es regnen soll, und es anzuhalten, wenn nicht?«

»Reine Neugier, Hoheit«, sagte Janela.

Der König tat es mit ungeduldiger Geste ab. »Ja, ja. Das habe ich schon mal gehört. Nun, wahrscheinlich kann man Euch keinen Vorwurf machen, wenn man Eure dubiose Herkunft bedenkt.«

Janela verneigte sich nur, sagte klugerweise nichts.

Nun war ich wieder an der Reihe, Opfer seines prüfenden Blickes zu werden. »Ihr wißt vermutlich, daß Eure Familie uns nichts als Ärger bereitet hat.«

Ich breitete die Arme aus. »Inwiefern, Majestät?« sagte ich.

»All diese Abenteuer und die Dämonenhatz meine ich«, sagte er. »Expeditionen hierhin und dorthin. Diese Greycloaks in ihrer Unvernunft noch zu unterstützen. Eurer Schwester mache ich im Grunde keinen Vorwurf. Sie war im Krieg. Doch muß ich sagen, daß der Krieg – wenn Ihr nicht blindlings gen Vacaan gezogen wäret – gar nicht erst begonnen hätte. Und, ja, ich weiß, Ihr hattet Probleme mit Raveline, der seine eigenen Vereinbarungen mit den Dämonen hatte. Na egal. Ich war bereit, ihnen im Westen etwas mehr zuzubilligen. Dort leben ohnehin nur Barbaren. Warum konntet Ihr Euch dem nicht fügen?«

Der Prinz räusperte sich, um die Aufmerksamkeit seines Vaters zu bekommen. »Verzeiht mir, Vater«, sagte er, »aber sein Volk gehört zu jenen Barbaren, die Ihr so bereitwillig opfern wollt.«

»Ja, ja... natürlich tun sie das«, räumte der König ein. »Ich vermute, ihr Vorgehen stand zu erwarten, bedenkt man die Umstände. Ich versuche nur, ihnen zu erklären, daß sie uns große Schwierigkeiten gemacht haben.«

»Wenn man es recht bedenkt, Vater«, sagte der Prinz, »haben sie eigentlich nur den Dämonen Schwierigkeiten bereitet.«

»Es macht keinen Unterschied«, sagte Ignati. »Ich habe es einmal gesagt, ich habe es tausendmal gesagt. Meine Pflicht besteht darin, ebenso Jongleur wie König zu sein. Wir führen schon viel zu lange Krieg, und die einzige Möglichkeit, ihn zu einem Ende zu bringen, besteht darin, die Sache aus dem Blickwinkel der anderen zu sehen. Und das sind in diesem Fall die Dämonen. Was wollen sie? Was will ich? Irgendwo in der Mitte finden sich gemeinsame Interessen. Ohne diesen verdammten Krieg!«

Ich konnte sehen, daß der junge Prinz – unser Gönner – zornig wurde, als sein Vater und er einen alten, schmerzlichen Streit wiederaufnahmen. Ich versuchte einzugreifen.

»Darf ich fragen, was Ihr mit uns vorhabt, Majestät?« sagte ich. »Wir kamen her, um Weisheit zu finden. Und mehr noch als das, Euch um Euren Beistand zu ersuchen. Unsere Heimat ist bedroht. Wir waren Zeugen des Zusammenbruchs von Vacaan, und ich fürchte, dasselbe könnte Orissa zustoßen, wenn wir keine Lösung finden.«

»Wenn Ihr Weisheit wollt, hört sie aus meinem Munde«, sagte der König. »Schließt Frieden mit den Dämonen. Ihr seid Kaufmann. Ihr könnt handeln. Gebt ein wenig hiervon, und tauscht es gegen ein wenig davon. Dann vertraut auf die Götter, und alles wird gut, wenn Eure Absichten rein sind.«

Mir blieb nur, ihn für diesen Wahnsinn nicht dumm anzuglotzen und ihn dann als Narren und Feigling zu beschimpfen. Derart jämmerliches Gewinsel vom König der Großen Alten zu hören, erschütterte mich bis ins Mark.

»Was alles andere angeht«, fuhr Ignati fort, »so habe ich im Grunde keine Einwände dagegen, daß sich Lady Greycloak auf unsere Zauberbücher stürzt. Natürlich nur zu wissenschaftlichen Zwecken. Es wird ihr die Zeit vertreiben, während ich die Konsequenzen Eures Eintreffens überdenke. Um ganz offen zu sein, würde ich Euch – wäre da nicht die Bewunderung meiner Untertanen – zum Essen einladen, Euch ins Gesicht sagen, wie tapfer ich Euch finde, hinter Eurem Rücken dann, wie lächerlich, und Euch dann auf die Reise schicken. Doch finde ich es klüger, den Pöbel zufriedenzustellen, solange ich es kann. Momentan sind die Leute von Eurer Anwesenheit derart begeistert, daß ich es vorziehe, Euch als meine Gäste zu begrüßen, bis sie sich beruhigt haben. Es sollte Euch keine allzu großen Unannehmlichkeiten bereiten. Sie sind wie Kinder und vergessen schnell.«

Der Prinz verbarg ein Lächeln und sagte: »Darf ich mich um ihren Aufenthalt kümmern, Vater?«

Ignati schnaubte: »Ich wußte, daß er fragen würde, Tobray«, sagte er zu seinem Zauberer. »Wenn er ein normaler Junge wäre, würde er Mütter in Sorge um ihre Töchter versetzen und Tavernenbesitzern fette Gewinne verschaffen. Aber er ist von der ernsten Sorte, wie seine Mutter ... möge sie in Frieden bei den Göttern ruhen. Er hat eine ganze Bande von ähnlichen Milchbärten um sich geschart, die seine aufrechte Haltung lobpreisen, und an schlechten Tagen denke ich, ich sollte ihnen ihren Krieg gewähren. Ein paar Dämonen auf sie loslassen, damit sie den Lauf der Welt erkennen.«

»Gern, Vater«, sagte Solaros aufgebracht.

Ignati gab ein unangenehmes Geräusch von sich, das wohl ein Lachen sein sollte. »Führe mich nicht in Versuchung, mein Sohn«, sagte er. »Ich möchte die Dinge lieber lassen, wie sie sind. Du bist jung. Du wirst noch sehen, wie recht ich habe. Bis dahin hab nur deinen Spaß. Spiel mit deinem neuen Spielzeug. Und wenn du *eines Tages* König bist, wirst du erkennen, daß dein Vater doch nicht so ein Narr war.«

Der Prinz mochte jung sein, doch er war klug genug, seinem Vater und Monarchen das letzte Wort zu lassen. Er nahm an, daß unsere Audienz beendet war, verneigte sich tief und führte uns zum Thronsaal hinaus.

»Seht Ihr, wie es steht?« sagte Solaros, als wir in die Eingangshalle kamen.

»Ich glaube wohl«, sagte Janela trocken.

Ich war froh, daß sie in unser beider Namen geantwortet hatte. Meinem diplomatischen Talent war für den Augenblick nicht zu trauen.

»Glaubt nicht, daß es hoffnungslos wäre«, sagte er. »Die Haltung meines Vaters läßt sich ändern.«

»Und Ihr seid genau der richtige Mann, es zu schaffen, Hoheit«, sagte einer seiner Gefährten. Es war der pferdegesichtige Zauberer Lord Vakram. Dann, zu den anderen gewandt: »Ist es nicht so, meine Freunde?«

Die Gefährten des Prinzen brummten ihre Zustimmung und erklärten Solaros, welch großen Einfluß er doch auf den König habe.

»Nun, da wir Lord Antero und Lady Greycloak auf unserer Seite haben«, fuhr Vakram fort, »wird es noch leichter werden, ihn zu überzeugen. Ich sage, weiter so, mein Prinz! Und bald schon zeigen wir diesen Dämonen, wohin sie sich ihre Forderungen stecken können. Dann werden wir sehen, ob ihr Mumm für einen Kampf genügt!«

Der Prinz errötete vor Freude. Dann sagte er zu uns: »Wenn ich Eure Zeit noch ein wenig in Anspruch nehmen könnte . . . Ich weiß, wie müde Ihr sein müßt. Und auch hungrig, obwohl ich das ändern kann, sobald wir in meinen Gemächern sind.«

»Wir stehen Euch zur Verfügung, Hoheit«, sagte ich.

»Tatsächlich dachte ich eher an eine Partnerschaft«, sagte der Prinz. »Wenn Ihr nun mit mir kommen wollt, werde ich Euch die versprochenen Informationen geben.«

Er entließ seine Freunde, und wir folgten ihm durch ein Labyrinth von Gängen, das mit jeder Biegung älter zu werden schien.

Lärm von Arbeitern erwartete uns, als wir in einen Teil der Festung kamen, den ich für deren Rückseite hielt. Der Prinz zog eine große Plane beiseite, und wir sahen Arbeiter, die poröse Steine herausmeißelten und dann neue an deren Stelle setzten. Die Luft war voller Staub, und der Prinz zuckte entschuldigend die Achseln, öffnete eine schwere Tür und winkte uns, ihm zu folgen.

»Dies sind meine Gemächer«, sagte er mit einem Anflug von Stolz. Er schloß die Tür, und der Lärm verklang. »Dieser ganze Flügel ist ein Teil des ursprünglichen Palastes. Im Laufe der Zeit wurde er immer weniger benutzt, und man vernagelte die Zimmer, während an anderer Stelle neue hinzugefügt wurden. Ich habe einiges Interesse an meinen Vorfahren entwickelt und so die Erlaubnis und auch Geldmittel von meinem Vater bekommen, diesen Bereich so zu restaurieren, wie er früher war... und habe daraus meine Gemächer gemacht.«

Wir waren in einem Raum, der die Empfangshalle des Flügels zu sein schien. Er war angenehm beleuchtet und kunstvoll mit hellen Farben und bequemen Möbeln geschmückt. Im Zentrum des Raumes stand ein Tisch mit Stühlen daran, in seiner Mitte ein kleiner, sich drehender Globus.

Solaros bat uns, Platz zu nehmen und flüsterte einem Diener Anweisungen zu, uns Speisen und Getränke zu bringen. Janela und ich sahen uns währenddessen den Globus an und erkannten bald, daß es sich um eine Miniatur unserer Welt handelte. Obwohl der Maßstab klein war, konnten wir doch die fernen Inseln des Westens ausmachen, die Rali entdeckt hatte, und näher bei uns, an vertrauten Küsten und der umliegenden See... Orissa. Von dort aus war es einfach, die Route zu verfolgen, die wir nach Irayas genommen hatten, das gefahrvolle Östliche Meer, das wir auf dem Weg in dieses Land überqueren mußten, dann den Fluß und die brüchige Straße nach Tyrenia.

»Unsere Reise sieht gar nicht so schwierig aus, wenn man sich so ein Ding ansieht«, sagte Janela mit schiefem Lächeln. »Und denk nur, wieviel einfacher es gewesen wäre, wenn wir anstelle meiner alten, abgewetzten Karte ein Duplikat von diesem Ding bei uns gehabt hätten.«

Der Diener hatte Erfrischungen gebracht, und Solaros setzte sich zwischen uns, verteilte anmutig Delikatessen auf zwei Teller und schenkte uns Wein ein.

»Das Duplikat«, sagte er mit einem Lachen, »nimmt sechs Stockwerke eines hohen Turmes ein. Es erlaubt uns einen Blick auf die gesamte Welt und ermöglicht unseren Zauberern, das Wetter zu beeinflussen. Und wichtige Ereignisse im Auge zu behalten ... dazu die Menschen, die damit zu tun haben.«

»Wie etwa die Greycloaks und die Anteros, Hoheit?« sagte Janela.

»Genau«, sagte der Prinz. Dann, zu mir gewandt: »Wißt Ihr, wie aufgeregt ganz Tyrenia war, als Ihr und Janos Greycloak die erste Expedition aufnahmt?«

»Wie sich herausstellte«, sagte ich, »sind wir gescheitert.«

Solaros lächelte und nippte an seinem Wein. »Ihr seid nur gescheitert, weil Ihr zu früh aufgegeben habt. Das war natürlich lange, bevor ich geboren wurde, doch man hat mir erzählt, die ganze Stadt habe Trauer getragen, als deutlich wurde, daß Lord Greycloak die entscheidenden Hinweise auf unsere Existenz in den Kellern von Irayas übersehen hatte. Dennoch war es eine großartige Leistung und gab vielen Hoffnung.«

»Einschließlich Eurem Vater, Hoheit?« fragte ich und verbarg meinen Sarkasmus.

»Ja, tatsächlich«, sagte der Prinz ... zu meiner Überraschung. Er hielt inne, suchte nach Worten, dann sagte er: »Es ist einfacher, wenn ich von vorn beginne. Und habt Geduld mit mir, wenn ich gelegentlich wie ein alter Schulmeister klinge.«

Er füllte unsere Kelche und begann.

»Wie Ihr seit langem schon vermutet, war ein großer Teil der Welt, die Ihr hier vor Euch seht ...«, er deutete auf den Globus, »... einst eine erhabene Zivilisation, die gehegt und gepflegt wurde. Wie es dazu kam, ist nicht ganz sicher, da die Zeit das Bild getrübt hat. Die meisten unserer Lehrmeister jedoch stimmten darin überein, daß wir Tyrenier nicht minder wild und unwissend waren als alle anderen. Doch hatten wir organisatorisches Talent, und als wir die Schrift kennenlernten, wandten wir dieses Talent bald schon auf Niederschriften an, die wir peinlich genau studierten und weiterführten.«

Der Prinz lachte. »Kurz gesagt, waren wir etwas seltsame Schriftgelehrte. So ergab sich jedoch, daß unsere Zauberer alles, was über die Magie bekannt war, organisiert hatten und es im Laufe der Jahrhunderte ausgiebig ergänzt werden konnte. Dadurch wurden sie den Zauberern unserer Feinde – oder denen jener Länder, die wir begehrten – überlegen. Ich muß ehrlich sein und sagen, daß wir uns in solchen Dingen nicht von anderen Völkern unterschieden. Außerdem bescherte uns dieses nüchterne Organisationstalent eine disziplinierte Armee, die problemlos die armen Wilden besiegte, die es wagten, sich uns entgegenzustellen.«

Er zog ein säuerliches Gesicht. »In vielen Fällen, so vermute ich«, sagte er, »bedeutete es nur, daß sie versklavt wurden.« Dann zuckte er die Schultern. »Aber wer bin ich schon, daß ich über die Altvorderen richte? Sie waren harte Männer und Frauen, den Zeiten entsprechend.«

Ich trank von meinem Wein, um zu verbergen, was ich empfand. Meiner Ansicht nach, wie schon gesagt, gibt es keine Entschuldigung für eine derartige Behandlung seiner Mitmenschen. Und was harte Zeiten anging . . . wie bitte wollte der Prinz die jetzigen Zeiten nennen? Wie dem auch sei. Zumindest mußte ich ihm ein paar zarte Gefühle in Rechnung stellen, die sein Vater nicht teilte.

»Doch fanden nicht so viele Kriege statt, wie Ihr vielleicht erwarten würdet«, fuhr der Prinz fort. »Es gab nur wenige größere Siedlungen, die eigene Herrscher hatten. Größtenteils entstand unser Reich durch Handel und Zermürbung. Die Menschen kamen wie selbstverständlich in unsere Gewalt. Manche, weil sie uns fürchteten, manche, weil sie die Wunder sahen, welche unsere Zauberer schufen. Die Mühsal wurde verringert, der Hunger fast ausgemerzt, die Natur besänftigt. Es gab Zeit für Vergnügungen. Für Kunst und Musik. Zum Schreiben und Lesen von Büchern und Gedichten, und sei es allein nur um der Worte willen. So standen die Dinge, als der erste Angriff erfolgte.«

»Die Dämonen, Hoheit?« flüsterte Janela.

»Ja, die Dämonen«, sagte der Prinz. »Doch solltet Ihr wissen, daß diese Kreaturen uns nicht neu waren. Wir begegneten ihnen, wo immer wir uns niederließen, und machten sie zu unseren Günstlingen oder töteten sie, wenn sie zu mächtig und zu gefährlich waren. Doch sie waren wilde Wesen. Eher verschlagen als intelligent, und mit keinem anderen Ziel als dem sofortiger Belohnung.«

»Wie Azbaas' Dämon, Hoheit?« fragte ich.

Solaros nickte. »Die meisten unserer großen Zauberer dachten, diese Wesen seien für diese Welt so natürlich wie böse Könige. Daß sie nur gefährliche Ärgernisse wie die Tiger seien, die in abgelegenen Tälern jagen, oder Meeresungeheuer, die weitgereiste Seefahrer angreifen. Wir wußten nicht, daß sie aus anderen Welten kamen ... angelockt wie Egel vom Geruch warmen Blutes.«

»Mit anderen Worten«, sagte Janela, »je erfolgreicher die Menschheit wurde, desto mehr zogen wir ihre Aufmerksamkeit auf uns.«

Der Prinz legte seine Stirn in Falten. »Ich vermute es« sagte er. »Obwohl ich niemanden kenne, der es je so formuliert hätte.«

Ich sah, daß Janela zurückschreckte, als hätte sie eben einen Schock erlitten. Ihre Augen wurden glasig, doch bald schon blitzten sie wieder lebendig ... funkelten vor Erkenntnis.

»Tatsächlich, Hoheit«, sagte sie, »glaube ich, daß mehr als das dahintersteht. Doch soll uns das nicht interessieren. Bitte, fahrt doch fort.«

»Es war nicht ein einzelner Angriff«, sagte der Prinz, »sondern es erfolgten viele Angriffe gleichzeitig. Zu sagen, wir seien überrascht worden, wäre eine der größten Untertreibungen aller Zeiten. Denn wir waren uns nicht darüber im klaren, daß ein solcher Feind überhaupt existierte. Und dann standen uns Legionen von Dämonen gegenüber, die aus heiterem Himmel zu kommen schienen, und an ihrer Spitze stand der geschickteste und mächtigste König, den man sich nur vorstellen kann. Sein Name ist Ba'land, und er scheint ewig zu leben, denn er befehligt die Dämonen noch immer.

So sehr wir uns auch wehren mochten, so viele Leben auch geopfert wurden, konnten wir doch König Ba'lands Horden nicht aufhalten. Nicht nur war ihre Zauberkunst größer als die unsere ... wir hatten auch noch nie einer überlegenen Armee gegenübergestanden. In der Vergangenheit, wie schon gesagt, waren unsere Gegner stets Eingeborene gewesen. Dennoch brauchte der Feind viele Jahrhunderte, uns zurückzudrängen. Manches Jahrhundert verstrich, in dem wir gezwungen waren, unser Reich aufzugeben, bis nur Tyrenia übrigblieb. Hier haben wir sie aufgehalten und beten nun, daß eines Tages der Zeitpunkt kommen möge, an dem wir das Land von König Ba'lands Einfluß befreien können.«

»Entschuldigt mich, Hoheit«, sagte ich, »aber ich muß eine offene Frage stellen.«

»Bitte«, sagte der Prinz. »Ich bin kein Lehrmeister, und sicher habe ich so manches ausgelassen.«

»Sagt mir eines, wenn Ihr wollt«, begann ich. »Wenn Tyrenia im Laufe der Jahrhunderte stets gekämpft hat, wie kommt es dann, daß niemand im Westen irgendeinen Hinweis auf diese Kriege erhalten hat? Nicht allein zu meiner Zeit, sondern auch zu Zeiten meines Vaters und dessen Vaters. Unsere Zauberer in jenen Jahren waren den Euren vielleicht nicht ebenbürtig, doch wäre ihnen sicher aufgefallen, wenn so große Mächte sich bekriegen.«

Der Prinz errötete. »Ich habe unsere Kühnheit übertrieben«, sagte er. »Es tut mir leid.«

Ich bewunderte den Prinzen für ein solches Eingeständnis. Jedem fällt es schwer zuzugeben, daß er sich getäuscht hat, erst recht jedoch einem Mann, der einmal König werden soll.

»Zuerst«, sagte er, »haben wir eine Bastion in dem Land geschaffen, das Ihr als Vacaan kennt. Dort verloren wir die Hälfte unserer Truppen. Die Qualen, die wir in jener Niederlage litten, waren so schrecklich, so seelenaufreibend, daß bis heute nur wenige bereit sind, dieses Thema anzusprechen. Eine zweite und letzte Bastion errichteten wir an unserer östlichen Küste.« Ich nickte, erinnerte mich an Ruinenstadt und Tiermenschen. »Und wieder wurden wir besiegt. Doch kämpften wir noch verzweifelter und schafften es, den Dämonen schwere Verluste zuzufügen. Für eine Weile ließen ihre Angriffe nach. Während dieser Zeit nahmen die Dämonen ihren ersten diplomatischen Kontakt auf.«

Der junge Prinz seufzte. »Was dann geschah, ist ein schändlicher Zwischenfall in der Geschichte meiner Familie. Der König, der damals herrschte – König Farsun – war ein schwacher Mensch. Ein Feigling, wenn Ihr so wollt. Im Laufe der Jahre begann er Verhandlungen mit König Ba'land. Stück für Stück gab er die Reste unseres Reiches auf. Während seiner Herrschaft hatten die Dämonen sogar freien Zugang zu Tyrenia, praßten auf unsere Kosten und mischten sich selbst in unsere heiligsten Feierlichkeiten ein.

Eine unserer Legenden erzählt die traurige Geschichte einer Tänzerin, von welcher König Ba'land ganz bezaubert war. Es ist nur eine Sage, doch wie die meisten Sagen vermittelt sie doch einen Eindruck davon, wie es damals gewesen sein mag. Die Tänzerin, so heißt es, war die schönste und begabteste Frau in ganz Tyrenia. Ihre Kunst war nicht nur natürlicher Art, sondern derart von magischer Kraft durchdrungen, daß ihr Tanz einem Wunder glich. Der Sage zufolge machte Ba'land ihr eindringlich den Hof, doch wies sie ihn zurück. Er verstärkte sein unerwünschtes Werben, und als die Tänzerin unsren König um Hilfe ersuchte, verweigerte sich dieser.

Am Ende nahm der Dämon von ihr Besitz. Machte sie zu seiner Gefangenen. Seiner Sklavin. Das Ende der Geschichte jedoch behauptet, sie sei derart inspiriert gewesen, daß der Dämon sie nie ganz besitzen konnte, daß sie, so sehr er ihr Versprechungen machen oder mit Folterqualen drohen mochte, doch standhaft blieb ... und ihre Seele bewahrte.«

Ich sah Janela an. Sie krümmte einen Finger, bat mich zu schweigen. Aus irgendeinem Grund sollte ich dem Prinzen nicht erzählen, was wir von der Tänzerin wußten.

Der Prinz erzählte weiter.» Schließlich starb König Farsun. Sein Nachfolger warf die Dämonen hinaus, nahm das uns umgebende Land zurück und schlug eine Reihe von Schlachten, die König Ba'land unsere Entschlossenheit zeigten. Es waren kleine Kriege, Belagerungen nur, da wir bewiesen hatten, daß wir besser verteidigen konnten, was wir hatten, als Neues hinzuzugewinnen. Andere Könige folgten, die diese kriegsähnliche Politik fortführten. Und im Laufe der Zeit schienen die Dämonen das Interesse zu verlieren. Meist genügte es ihnen, Tyrenia in Frieden zu lassen, solange der Rest der Menschheit in Barbarei erstarrte.«

Ich erfrechte mich zu einem Kommentar: »Mir scheint, nicht nur wir Barbaren waren erstarrt.«

Erneut nahm der Prinz die Kritik an seinem Volk gelassen hin. Schon wollte er etwas sagen, zögerte, dann starrte er uns einen langen Augenblick an, als überlegte er, ob wir weitere Informationen wert seien. Zufrieden nickte er schließlich.

»Für Außenstehende mochte es wie ein Waffenstillstand ausgesehen haben, doch das war es nicht. Tatsächlich verloren wir langsam aber sicher, und das von innen heraus. Nun, was ich Euch jetzt erzählen will, war zunächst nur Sage, die kaum jemand kannte. Unseligerweise habe ich in unseren Archiven gegraben, ganz so wie Janos Greycloak es in jenen von Irayas getan hat, und dort festgestellt, daß diese Sage wahr ist.

Während dieses unnatürlichen, trügerischen Friedens ... nun ja, bestimmte Große Alte, unsere besten Anführer, unsere besten Philosophen, Denker, Zauberer ... verließen uns.«

»Ich verstehe nicht«, sagte Janela.

»Ebenso wenig wie ich, doch kann ich es nicht besser benennen. Einer von ihnen erklärte in einem Abschiedsbrief, es sei an der Zeit, weiterzuziehen und andere Welten zu suchen.«

»Wie die Dämonen es vermögen?«

»Nein. Etwas vollkommen anderes. Erstens bedeutete es den Tod des Körpers. Selbstmord in einer seiner vielen Formen. Doch war es nicht der reale Tod, wie wir ihn kennen. Diese Zerstörung des physischen Ichs – sofern sie von bestimmten Drogen, Ritualen oder Beschwörungen begleitet wurde – ließ etwas anderes geschehen. Das zumindest berichteten die Zauberer, die unsere Könige zur Untersuchung aussandten, obwohl sie es selbst nicht recht verstanden.

Die beste Erklärung kam von einem Mann, der eigentlich eher Poet als Zauberer war, und er schrieb eine kurze Nachricht an seinen Herrscher, daß dieses Weiterziehen bedeute, an einen gänzlich anderen Ort zu gehen, einen Ort abseits aller Männer, Frauen, Dämonen, selbst der Götter und sogar des Todes.

Dann tötete auch er sich.« Der Prinz grinste schief. »Diese Information wurde natürlich nicht nur vor den Menschen allgemein, sondern auch vor den Dämonen geheimgehalten. Erstere wären der Verzweiflung anheimgefallen, wenn sie herausgefunden hätten, daß es ein Ziel zu geben schien, einen goldenen Ort, den sie selbst nie würden erreichen können. Was die Dämonen anging, so wären sie sicher außer sich gewesen zu erfahren, daß es einen Ort geben sollte, den ihre Bosheit nicht erreichen konnte, und sie hätten versucht uns zu benutzen, um herauszubringen, wie man dorthin gelangen konnte.

Doch dieses Wissen haben wir im Laufe der Jahre verloren ... es verschwand mit unseren Besten, wie auch Ideen dazu, wie die Dämonen zu vernichten wären oder sich zumindest der Krieg mit einem bleibenden Sieg beenden ließe. So dämmerte die Zeit dahin.«

Janela beugte sich vor. »Dann tauchten Janos Greycloak und Amalric Antero auf«, sagte sie.

Den Prinzen schien ihre Vermutung zu überraschen. Dann lächelte er und sagte: »Ja, damals fingen die Dämonen wieder an, sich zu... interessieren. Hier in Tyrenia, so sagte man mir, war jedermann beruhigt, daß unsere Brüder und Schwestern in den alten Königreichen allmählich das dünne Mäntelchen der Barbarei abschüttelten. Wir freuten uns am Erfolg solcher Orte wie Orissa und ganz besonders Vacaan, wo sie unsere alten Bücher entdeckten und der Welt vorgaukelten, sie seien die Großen Alten. Es gab den Tyreniern Hoffnung, daß die Welt eines Tages wieder sein würde, wie sie einmal war. Doch wagten wir damals nicht, uns Euch zu zeigen, da wir Ba'lands Aufmerksamkeit nicht auf uns ziehen wollten.

Als Greycloak und Antero sich zusammentaten, war es, als würde eine ungeheure Macht freigesetzt. Unsere Zauberer sagten, der Äther selbst sei von Mächten aufgewirbelt, die sie nicht erklären konnten. Manche sagten, es habe den Anschein, als stehe Janos Greycloak vor einer großen Entdeckung. Doch er starb, bevor er diese machen konnte. Dann ging Lord Anteros Schwester Rali auf ihre Reise in den Westen. Erneut war der Äther voll magischer Stürme, als sie den Archon bis in Welten verfolgte, in welchen die Dämonen herrschen.

König Ba'land wurde sehr böse, als er merkte, was geschah. Doch aus unerfindlichem Grunde konnte oder wollte er nicht, oder er fürchtete, Angriffe auf unsere Regionen loszulassen, wie er es vor langer Zeit getan hatte. Er war gezwungen, sich einer List zu bedienen, unterwanderte Orissa und Vacaan, lockte Menschen mit üblen Absichten an. Außerdem fürchtete er unsere Gegenwart in Tyrenia nun erneut.«

Der Prinz wirkte blaß und verstört. Er stürzte seinen Wein hinunter, füllte den Kelch nach und leerte ihn erneut.

»Er kam zu meinem Vater und drohte mit totalem Krieg. Er sagte, er werde uns zermalmen, unsere Existenz schlicht auslöschen. Anfangs widerstand mein Vater ihm. Dann sandte Ba'land Seuchen, die viele töteten, darunter meine Mutter. Kleine, wenn auch äußerst blutige Angriffe wurden auf unsere Verteidigungsanlagen verübt. Schließlich gab mein Vater... auf. Er entsagte den langgehegten Plänen, das Königreich bis zu seinen alten Grenzen am Östlichen Meer zu erweitern. Er verzichtete auf die wenigen Zugewinne, die wir im Laufe der Jahre gemacht hatten.«

Der Prinz warf Janela einen gequälten Blick zu. »Als Ihr den Platz Eures Großvaters einnahmt und Lord Antero dazu überredetet, uns noch einmal zu suchen, trat König Ba'land erneut an meinen Vater heran. Während ganz Tyrenia Euch zujubelte und man in allen Tavernen die Ballade von der Tänzerin sang, die dem Dämonenkönig widerstand, tat mein Vater nichts, um Euch zu helfen. Statt dessen wurde er mürrisch und verfluchte die Namen Greycloak und Antero.«

Solaros wischte an seinem Auge herum. »Ich habe getan, was ich konnte«, sagte er zu Janela. »Heimlich habe ich meinen Einfluß genutzt, um Euch zu helfen, wann immer es mir möglich war.«

»Das weiß ich«, sagte Janela sanft. »Von Zeit zu Zeit habe ich eine helfende Hand gespürt. Immer dann, wenn wir sie am dringendsten benötigten.«

Der Prinz nickte dankbar. Dann sagte er: »Meiner Ansicht nach ist der Zeitpunkt zum Kämpfen gekommen. Wir sollten die Dämonen mit aller Macht angreifen, wie sie es vor langer Zeit mit uns getan haben. Der Großteil der Armee ist meiner Meinung. Und ich glaube, auch die Bürger der Stadt wollen es. Ich hoffe, daß es, da Ihr nun hier seid, leichter werden wird, meinen Vater davon zu überzeugen, daß ich recht habe.«

»Wir stehen Euch zur Verfügung, Hoheit«, sagte ich, obwohl ich wußte, daß er zu unerfahren war, um wissen zu können, was für einen solchen Krieg nötig wäre.

Mir war ein wenig hoffnungslos zumute. Nachdem ich so weit gereist war, so vieles überwunden und selbst den Verlust der Seele meines Sohnes zu beklagen hatte, waren wir nun in einem Königreich von legendärer Größe. In Wahrheit jedoch war dieses magische Reich vollständig ausgehöhlt.

Vielleicht spürte Solaros meine Stimmung. Denn nun sagte er: »Mein Vater war nicht immer so. In jungen Jahren war er ein großer Träumer, doch Ba'land hat ihn immer weiter ausgeblutet. Nun fürchtet er, Tyrenia stehe am Rande einer Katastrophe. Seit Tausenden von Jahren haben wir die Dämonen bekämpft. Und es hat unser aller Seelen manches abverlangt. Das müßt Ihr wissen, wenn Ihr das Dilemma meines Vaters verstehen wollt.«

Er stand auf, ging zur gegenüberliegenden Wand, winkte uns, ihm zu folgen. Ein schwerer Vorhang verhüllte die Mauer. Der Prinz zog an einer Kordel, und der Vorhang wurde beiseite gezogen.

»Seht«, sagte er.

Und das taten wir. Die Mauer war keineswegs aus Stein, sondern entpuppte sich als mächtiges Fenster, das einen Blick auf das Gebiet jenseits von Tyrenia erlaubte.

Es schien eine andere Welt zu sein. Der Himmel war ein Schleier kalter Finsternis, mit fremden Sternen wie hungrigen Augen, die sich um ein Lager in der Wildnis sammeln. Ein nackter Mond beleuchtete kahle Hügel in der Ferne. Doch handelte es sich nicht um die anmutige Göttin, die wir aus der Heimat kennen. Dieser Mond war rot wie Blut, und ich fühlte, wie er an den finsteren Dingen zerrte, die ich in meinem Kopf verbarg. Mit aller Kraft mußte ich mich wehren, um nicht eine Lawine von Alpträumen loszutreten. Die Ebene unter uns war durchlöchert und vernarbt von Tausenden Jahren des Krieges. Winde wehten Aschewolken über das kahle Land, und in meiner Phantasie wurden sie zu Geistern, die in lautloser Pein aufschrien.

Es war ein derart grauenhafter Anblick, daß ich mich schließlich abwenden mußte. Ich sah Janela an, und sie schien ebenso erschüttert wie ich. Der König schloß den Vorhang.

»Vielleicht versteht Ihr nun«, sagte er leise, »warum man dieses Land ›Die Königreiche der Nacht‹ nennt.«

Kapitel Siebzehn

Die Hexe und die Königin

Der Himmel, so sagt man, sei das Reich der großen Götter. Und diese Götter, das wird behauptet, seien glorreiche, alles wissende Wesen, die weder Schmerzen noch Mangel oder Furcht kennen. Von den meisten sagt man, sie stünden unserem Dasein derart wohlwollend gegenüber, daß sie uns gestattet hätten, ihre Untertanen zu werden, so jämmerlich und sterblich wir auch sein mochten. Doch muß wohl eine Vielzahl von Eitelkeiten durch das Haar der Götter huschen wie Läuse, die einen Wilden plagen, denn man lehrt uns außerdem, daß ihre Gunst käuflich sei, und man ihr Wohlwollen durch stete Zahlungen am Altar erwerben könne.

Von dieser letzten Bemerkung einmal abgesehen, bin ich in der Vergangenheit in solchen Dingen normalerweise nicht zynisch gewesen. Als Janos seine Zweifel hinsichtlich der Götter äußerte, rief das, was ich in meiner Kindheit gelernt hatte, bei mir Sorge um ihn wach, und ich war einigermaßen entsetzt. Wie die meisten götterfürchtigen Männer und Frauen hüte ich einen kleinen Tempel in meinem Kopf, dessen vier Säulen Glaube, Furcht, Mythos und Unwissenheit heißen. Das Götterheim denke ich mir ähnlich, wie die Fernen Königreiche in Legenden beschrieben werden, nur glorreicher, da das Geheimnis ein noch größeres ist.

Doch als wir nach Tyrenia kamen und seinen hasenherzigen König, den tapferen, wenn auch törichten Kronprinzen und die übermäßig freundlichen Untertanen sahen, fielen diese Säulen eine nach der anderen in sich zusammen, bis nur die Furcht noch übrig war. Janos sagte einmal, er habe stets die weisen Männer dieser Welt gesucht. Doch jedesmal, wenn er glaube, einen gefunden zu haben, werde er zutiefst enttäuscht, da sich stets herausstellte, daß sie weniger wüßten als er. Diese Erkenntnis ließ Janos verzweifeln, denn als weisester Mann meiner Zeit war er klug genug, zu wissen, wie seicht der Quell menschlicher Erkenntnis ist.

Was ich in Tyrenia sah, ließ mich diese Verzweiflung, welche der Antrieb für Janos' Untergang gewesen war, vollständig erfassen. Des Prinzen dramatisches Flehen um Verständnis lüftete einen Schleier, den er nicht hatte lüften wollen. Plötzlich dachte ich, alles müsse zum Chaos werden. Es gab keine Götter ... oder wenn es welche gab, so mußten sie hohl sein wie die Großen Alten. Es gab keinen großen Entwurf für einen himmlischen Palast, den die Götter uns als endgültigen, spirituellen Wohnsitz bereithielten.

Ich habe mich nie als jemanden gesehen, der sich sonderlich auf die Religion stützte. Ich habe meine Arbeit getan, darauf vertraut, daß die Götter die ihre tun, und am Ende würden wir sehen, was es zu sehen gäbe. So überraschte es mich, als die Krücke fortgetreten wurde und ich um mein Gleichgewicht kämpfen mußte. In den folgenden Tagen wurde es immer schwieriger, es aufrechtzuerhalten.

Meine Schwierigkeiten beruhten zum Teil darauf, daß Janela

plötzlich nicht mehr da war. Wie ihr Großvater tauchte auch sie in die Gewölbe der Großen Alten ab. Tag und Nacht brütete sie über alten Büchern und Schriftrollen. Sie stieg in die tiefsten Grotten der tyrenischen Bibliotheken hinab, um dort noch weitere zu finden. Sie pirschte durch die Labyrinthe der Museen auf der Suche nach vergessenen Reliquien. Sie kroch in dunkle Alkoven und verlassene Räume des Palastes und stöberte alle Geheimnisse auf, die sich dort verstecken mochten.

Jedesmal, wenn ich sie sah, suchte ich nach Anzeichen für Janos' Besessenheit, die geschürt worden war, als Raveline ihn damals mit der Weisheit in Versuchung geführt hatte – im Tausch gegen seine Seele. Janela wirkte erschöpft, die Augen vom Lesen rot umrandet, doch jeden Tag sprühte sie vor neuerlicher Begeisterung, und ihr Elan schien stets zu wachsen, während der meine langsam schal wurde.

In der Hoffnung, mich zu beeindrucken, befahl Prinz Solaros einen großen militärischen Aufmarsch und bat mich, seine Truppen zu inspizieren. Ich muß zugeben, daß sie eine hübsche Parade abhielten. Die Regimenter von Streitwagen mit ihren mächtigen Rössern und strahlenden Fahrzeugen erfüllten die Luft mit drohendem Donner. Schlachtenzauberer führten wundersame Maschinen vor, die einen simplen Angriffszauber in einen veritablen Schwarm von magischen Geschossen verwandeln konnten. Schützen spannten Bogen, die selbst einen Riesen auf die Probe gestellt hätten. Männer mit Steinschleudern trafen auf erstaunliche Entfernungen. Speere wurden mit ähnlichem Erfolg geschleudert, und kräftige Krieger stießen ein Kriegsgeheul aus, das garantiert Entsetzen in den Herzen der Feinde und bewundernde Begierde in denen tyrenischer Maiden hervorrufen würde.

Doch in den Vorführungen, welche der Parade folgten, überlisteten die Helden in den Streitwagen ihre falschen Feinde schon im ersten Augenblick des Manövers, die magischen Kriegsmaschinen hatten keine magischen Gegner, und die kraftstrotzenden Krieger wehrten jeden Angriff mit verdächtiger Leichtigkeit ab.

Der Prinz und ich beobachteten die martialischen Vergnügungen von seiner königlichen Loge aus, in Begleitung seiner Freunde Lord Emerle und Lord Thrade – die tyrenische Generäle waren – und auch Lord Vakrams, der sich eher wie ein Landsknecht, nicht wie ein Zauberer aufführte.

Jedesmal, wenn eine bestimmte Heldentat Vakrams Aufmerksamkeit erregte – was häufig der Fall war – legte er seine gewaltigen Pferdezähne bloß und wieherte: »Gut gemacht!«, oder: »Seht Euch den Schwertkämpfer an!«, oder: »Die Dämonen werden unseren Staub zum Frühstück schlucken!« Dann schlug er entweder Emerle oder Thrade auf die Schulter, je nachdem, wessen Truppen eben seine großzügige Bewunderung verdient hatten.

Später, als man mich um meine Meinung fragte, gab ich mich höchst diplomatisch, ließ einen Nebel von Kommentaren aufsteigen, den man als Lob verstehen konnte, solange man nicht allzu fest in diesen Nebel blies und die unterschwellige Kritik bloßlegte.

»Ihr habt den Krieg zu einer Schönen Kunst erhoben«, sagte ich. »Fast kam es mir vor wie im Theater.«

Der Prinz und die Generäle strahlten vor Freude, und Vakram rief: »Gut gesagt, Herr! Gut gesagt!«

Dann, nachdem ich mehr kreative Haken geschlagen hatte, als man Knoten für ein Fischernetz benötigt, mußte ich einfach fragen: »Da alles nur Paradezwecken galt, vermute ich, daß die Strategien und Angriffe ebenso im voraus choreographiert sind?«

»Unbedingt«, sagte Lord Emerle. »Wir üben unser Vorgehen ständig, ebenso wie alles andere.«

»Euer Vergleich mit den Schönen Künsten war sehr treffend«, fügte Lord Thrade hinzu. »Ich sehe meine Männer gern als Musiker, die der Langeweile trotzen, indem sie die bestmögliche Melodie flöten.«

Meine Schwester Rali hätte vor Lachen in ihren Schild gebissen. Ich selbst schaffte es kaum noch, mich zu räuspern. »Welch interessante Auffassung«, sagte ich. »Krieger als Musiker.«

Dann fügte ich hinzu: »Manche Armeen stellen ihre Truppen gelegentlich auf die Probe, in dem sie ... wie soll ich es sagen, ohne preiszugeben, daß ich nur ein närrischer Amateur bin? ... ah, ja ... indem sie diese einer aktiveren und unplanmäßigeren Gegnerschaft aussetzen. Was haltet Ihr, edle Lords, von einer solchen Denkungsart?«

Die Generäle sahen mich fragend an. »Welchen Sinn hätte das?« fragte Lord Emerle. »Wir besitzen detaillierte Auflistungen jeder Strategie, die je angewendet wurde. Für jedes Vorgehen gibt es einen uns bekannten Gegenschlag.«

»Bei all den Studien und Übungen«, sagte Lord Thrade, »besteht kein Grund, Verletzungen unserer Männer zu riskieren.«

»Und es ist eine wohlbekannte Tatsache«, schloß Lord Emerle, »daß Verletzungen schlecht für die Moral sind.«

»Das sind sie wohl«, sagte ich. »... das sehe ich ein.«

Meine Lehrmeister lächelten zufrieden, weil sie die Architekten meiner neuen Einsicht sein durften. Doch als ich einen Blick auf Lord Vakram warf, wirkte er eher amüsiert als zufrieden.

Und einen Augenblick lang glaubte ich einen Schimmer von Intelligenz in diesen seltsamen, weit auseinanderstehenden Augen zu erkennen.

Trotz meiner Enttäuschung dachte ich nicht schlecht von den Tyreniern. Ich war Ehrengast auf so manchem Bankett – Janela war stets zu beschäftigt mit ihren Studien und Experimenten, als daß sie mich hätte begleiten können – und die Menge der Neugeborenen, die nach uns benannt wurden, würde die Prophezeihung des Königs, seine wankelmütigen Untertanen hätten uns bald schon vergessen, auf eine harte Probe stellen.

Es waren die angenehmsten Menschen, die man auf einem Bankett kennenlernen konnte, wo stets viel besprochen und nur wenig gesagt wird. Wenn ich genug Wein intus hatte, um meine Sorgen zu benebeln und meine Gutmütigkeit zu wärmen, mußte ich zugeben, daß ich nie zuvor eine derart ansehnliche Rasse getroffen hatte. Selbst die anmutigen Menschen von Irayas mußten neben diesem Volk schlicht dastehen, das groß und schlank war, mit breiten Stirnen, großen, klaren Augen und einer Haut, so gesund, daß sie fast durchscheinend wie die eines Kindes war. Sie trugen Kleider von höchst künstlerischem Entwurf mit geschmackvollen Mustern, und die ganze Zeit, die ich in Tyrenia verbrachte, habe ich kein Kostüm gesehen, das einem anderen geglichen hätte. Da die Tage hier stets warm waren und die Nächte mild, konnten solche Kostüme aus nur einem Stück Stoff zur Wahrung des Schamgefühls bestehen, dazu schlichter Schmuck, der unterschwellig die makellosen Züge der Menschen betonen sollte.

Auch meine Gefährten waren gut versorgt. Kele und Quartervals berichteten, die gesamte Truppe werde ununterbrochen von romantischen Angeboten überhäuft, von Geldgeschenken und anderen Gaben, daß keine Hoffnung bestünde, diese je mit fortzunehmen, und man werde von den Dienern in der geräumigen Unterkunft geradezu verhätschelt, daß schon zu fürchten stehe, die Muskeln würden aus Mangel an Gebrauch schwinden.

Kele schüttelte mit müdem Staunen nur den Kopf. »Ich muß mich dauernd kneifen, Lord Antero«, sagte sie. »Die Leute benehmen sich, als wären wir die Großen Alten, nicht sie. Bald muß ich mich jeden Morgen treten lassen, damit ich nicht vergesse, daß ich nur Kele bin.«

Quartervals hatte ähnliche Kommentare abzugeben. »Jetzt verstehe ich, wie es für Euch all die Jahre gewesen ist, Herr«, sagte er. »Glaube nicht, daß es mir gefällt. Wenn meine Pflichten getan sind, hab ich gern etwas Zeit für mich. Um zu bedenken, was zu bedenken ist. Und ich laufe gern, wenn ich denke. Senke meinen Blick und stürme voran, bis kein Platz zum Laufen oder Denken mehr ist. Aber das kann man nicht tun, wenn man berühmt ist, Herr. Die Leute kommen zu einem und wollen reden. Einem die Hand schütteln, einen zum Essen einladen ... oder ins Bett. Und das ist auch alles sehr nett und alles sehr freundlich, und ich wälze mich auch liebend gern durch die Laken, danke der Nachfrage, mein Freund, aber siehst du nicht, daß ich gerade beschäftigt bin?«

Wie jeder Kaufmann weiß, bekommt man Informationen über die Bräuche, Gewohnheiten und Geheimnisse seiner potentiellen Kunden am besten durch die Männer und Frauen, die täglich mit ihnen zu tun haben ... durch seine Angestellten. Obwohl ich bis dahin noch nicht wußte, welche Waren ich anzubieten hätte, wußte ich doch, daß der Tag kommen würde, an dem ich verkaufen oder sterben müßte.

So fragte ich also beide: »Was haltet ihr von diesen Leuten?«

»Anfangs dachte ich, sie wären allesamt Trottel, Herr«, sagte Kele. »Nett, etwas blöd, aber nicht *so* nett und auch nicht *so* blöd, falls Ihr das Treibholz erkennt, wenn es vorübertreibt.«

Ich schüttelte den Kopf. Ich verstand kein Wort.

»Gut, versuchen wir einen neuen Satz Signalflaggen, Herr«, sagte sie. »Die Tyrenier, die ich kennengelernt habe, gehen glatt über Bord, um mich glücklich zu machen. Doch wäre ich kein guter Mensch, würden sie mich schneller von Bord kippen als Fischöl eine Möwe.«

»Gut«, sagte ich. »Sie haben Elan ... im Gegensatz zu ihrem König. Was ist mit der, mh, blöden Seite?«

»In gewisser Weise sind sie dumm, Herr«, sagte Kele, »weil sie den Tatsachen nicht in die Augen sehen wollen. Sie wollen die Dämonen mit bösen Blicken niederringen, wo doch jeder weiß, daß Dämonen nicht blinzeln. Nur schuppige Augäpfel und keine Lider. Anstatt zu sehen, was am Horizont passiert, suchen die Tyrenier das Deck nach Flecken ab und schreiben es in ein Logbuch zu den anderen Flecken. Und sie organisieren dieses Logbuch wieder und wieder, bis es so gut wie perfekt ist und sie jeden Fleck in jeder Ecke ihres Schiffes kennen. Und irgendwann, wenn es ganz perfekt ist ... vielleicht putzen und polieren sie dann.«

»Es ist ein wenig so, als wären sie erstarrt, Mylord«, sagte Quartervals. »Als hätten sie das Vertrauen in ihre alten Ziele verloren. Und so gehen sie denselben Weg, bis der Pfad ausgetreten ist, aus Angst, in die falsche Richtung zu laufen. Wer kann ihnen schon einen Vorwurf machen, bei dem König, den sie haben? Man weiß nie, was der nächste Morgen bringt. Und wenn man schon so lange immer wieder Krieg führt, neigt man dazu, die Tage so zu nehmen, wie sie kommen, da der kommende Tag wahrscheinlich keinen Trost verspricht.«

Kele nickte und sagte: »Was meinen Kurs wieder auf den Teil mit dem ›nicht *so* blöd‹ bringt, Lord. Sie mögen König Ignati nicht sonderlich. Sie trauen ihm nicht. Und warum werfen sie ihn nicht vom Thron? Sie sind ein wildes Volk, und sie schwimmen nicht in Schwärmen wie Fische, die hoffen, daß der Hai ihren Nachbarn bemerkt, bevor sie selbst dran glauben müssen. Die haben ihren eigenen Kopf, den haben sie, Herr. Halsstarrig wie sie sind. Aber trotzdem lassen sie ihren König König sein.«

Ich hob die Schultern. »Was glaubt ihr, wieso sie es tun?«

»Wer sollte ihn ersetzen, Herr?« sagte Quartervals. »Sie lieben Prinz Solaros, aber sie sehen ihn eher als Lieblingsneffen, nicht so sehr als ihren Lenker. Sie wissen, daß er zu jung ist und zu kühn.«

»Eine gefährliche Mischung«, sagte ich.

»Wir alle haben im Stimmbruch Lieder gesungen, Herr«, sagte Quartervals. »Jedenfalls glauben die Tyrenier, daß der Prinz einen erstklassigen König abgeben wird. Eines Tages. Aber er wird noch einige Zeit reifen müssen. Und dann, das sage ich Euch, Lord Antero, werden sie ihm bis in den Tempel der Verdammten folgen.«

»Falls sie so lange leben«, sagte ich.

Kele brummte, und Quartervals sagte: »So ist es, Herr.«

Die beiden musterten mich einen beklemmenden Moment lang. Dann hakte Quartervals, der mich am besten kannte, eine Frage als Köder ein und warf die Leine aus.

»Wir haben nachgedacht, Herr«, sagte er. »Wo wir jetzt hier sind und so. Wo wir jetzt gefunden haben, was wir suchen und es nicht ganz so ist, wie wir es uns vorgestellt hatten. Und wenn man dann noch bedenkt, daß uns vielleicht ein ganzer Haufen Dämonen im Nacken sitzt...«

»Du willst wissen, was wir als nächstes tun«, sagte ich.

Quartervals seufzte. »Ja, Mylord. Wir haben uns über so kleine Dinge Gedanken gemacht.«

»Nicht so klein«, sagte ich, »und nicht so einfach, daß wir in Eile handeln sollten.« Ich fühlte mich ein wenig wie Tyrenias unentschlossener König. »Wie Ihr wißt, ist Lady Greycloak mit einer lebenswichtigen Untersuchung beschäftigt. Und ich habe die politische Landkarte sorgfältig studiert. So Te-Date will, wird sich uns bald schon ein Plan bieten.«

»Das ist gut zu wissen«, meinte Kele.

»Ja, Mylord«, sagte Quartervals. »Wir sagen es den anderen weiter. Das wird sie beruhigen.«

Doch als wir auseinandergingen, war keinem von uns wohl.

Janos' dringendste Kritik an mir war, daß er dachte, ich sei zu weichherzig.

»Gnade ist eine weithin überschätzte Tugend«, hatte er mich einmal belehrt. »Sie verwässert den Blick, wenn man sich über seinen geschlagenen Feind beugt. Sie macht dich langsam, bringt dich vom Ziel ab und schwächt den Zorn, den du für deinen letzten Hieb brauchst. All diese Dinge benötigst du am meisten, wenn dein Feind dir zu Füßen liegt. Denn wenn er deinen Haß wert ist, wird er sich genügend Kraft bewahren, noch einmal zuzuschlagen, während sein Leben schon verrinnt. Gnade mag deine Träume weniger freudlos erscheinen lassen, mein Freund. Doch träume ich lieber freudlos als überhaupt nicht.«

Wie üblich hatte Janos recht. Doch das änderte nichts an meiner Haltung. Ich bin nicht aus demselben kalten, harten Stahl wie Janos. Dennoch habe ich ein erheblich höheres Alter erreicht als er. Obwohl es stimmt, daß ich weichherzig bin, bin ich doch kein Narr. Als ich mich zurückhielt und Cligus und Modin leben ließ, beging ich nicht den Fehler, Cligus' falsche Schlangenseele an meine Brust zu drücken. Ich ließ die beiden leben, ja. Doch stellte ich sicher, daß sie gefangen und ihrer Giftzähne beraubt wurden.

Janela und ich bekamen geraumige und luxuriöse Quartiere nahe den Gemächern des Prinzen. Auf meinen Wunsch hin sorgte er dafür, daß zu diesen Quartieren Räume gehörten, in denen man Cligus und Modin gefangenhalten konnte. Sie teilten sich drei große Zimmer ohne Fenster und mit nur einem Ausgang. Die Tür ließ ich gegen eine aus schwererem Metall tauschen, die sich von beiden Seiten verriegeln ließ.

Quartervals, mein vertrauenswürdigster und fähigster Mann, war für ihre Bewachung zuständig. Eine Wache postierte er drinnen und eine draußen, wobei er sie regelmäßig auswechselte, damit sie wachsam blieben. Bei Tag und Nacht nahm Quartervals Stichproben vor und rügte jeden, der im Dienst auch nur gähnte. Um doppelt sicherzugehen, sprang ich von Zeit zu Zeit selbst ein, um sie auf die Probe zu stellen, wobei ich als Vorwand meist so tat, als bräuchte ich ihre Hilfe.

Der einzige Haken an dieser Regelung war, daß mir mein Sohn keine Ruhe ließ, solange er so nah bei mir war. In manchen Momenten – und das stets ohne Vorwarnung – sah ich ihn als Kind vor mir. Ich dachte an sein unschuldiges Spiel im Garten oder ausgestreckt zu Füßen Omeryes, während sie ein fröhliches Lied sang. Wir hatten so große Hoffnungen, so große Träume, so lange Diskussionen in der Abgeschiedenheit unseres Bettes, wenn wir hübsche Szenen seines späteren Lebens ersannen, sollte er erst vom goldenen Jungen zum goldenen Mann gewachsen sein.

Ähnliches muß auch ihm durch den Kopf gegangen sein, denn als ich ihn eines Tages besuchte, schien er froh, mich zu sehen. Wie stets wandte Modin sein narbiges, blindes Gesicht ab. Als ich zögerte, zischte er einen Fluch hervor und verlangte, sein Diener solle ihn von meiner Gegenwart befreien.

»Ist alles zum Besten?« fragte ich Cligus. »Fehlt dir etwas, das ich dir bringen lassen könnte?«

Er blickte der verschwindenden Gestalt des Zauberers nach und lächelte matt. »Nur bessere Gesellschaft«, sagte er. »Er hat so großen Wind gemacht, als wir die Oberhand hatten. Ich wußte gar nicht, daß Zauberer so viel reden ... abgesehen vielleicht von Palmeras. Nun hat er die Niederlage kennengelernt, und wenn er jetzt den Mund aufmacht, dann nur zum Fluchen oder um seine Wunden zu beklagen.«

Eine Woge des Zornes ging über mich hinweg. Schon wollte ich knurren: »Diese Gesellschaft hast du selbst gewählt! Verflucht seist du!« Doch wurde ich traurig und sagte lieber nichts.

»Letzte Nacht hatte ich einen schönen Traum«, sagte Cligus. »Erinnerst du dich daran, wie ich als keiner Junge einmal sehr krank war?«

Ich nickte. Ich erinnerte mich gut. Es war, bevor wir die Zauberkünste Irayas' beherrschten und nur wenige Mittel gegen jahreszeitlich bedingte Krankheiten kannten. Cligus bekam eine Sommergrippe, die mehrere Wochen anhielt, trotz aller Versuche, sie zu heilen. Ich hatte bereits eine Frau und ein Kind an eine Seuche verloren, und daher war ich wahrscheinlich noch besorgter als Omerye. Allmählich erholte er sich, doch bis dahin brachte er mehrere Wochen in seinem Kinderzimmer zu, sehnte sich danach, hinauszugehen und zu spielen, aber er war zu schwach, als daß wir es ihm hätten erlauben können. So beschäftigten wir ihn mit Leckereien, unterhielten ihn mit Spielen und Spielzeug, um ihm die Bettlägerigkeit angenehmer zu gestalten.

»Mutter hat die Mahlzeiten eigenhändig zubereitet«, sagte Cligus und lächelte in sanfter Erinnerung an Omeryes zahllose Liebesdienste. »Sie dachte sich die erstaunlichsten Delikatessen aus, die meinen armen Magen nie belasteten. Doch mein liebstes Essen war gleichzeitig auch das einfachste.«

»Geschmolzener Käse«, sagte ich, ließ mich auf seine Träumereien ein und lächelte zurück. »Und Suppe aus den Tomaten, die in unserem eigenen Garten wuchsen.«

»Mit Butter und Pfeffer gewürzt«, fügte Cligus hinzu.

»Ja«, sagte ich. »Einmal habe ich das vergessen, als ich dir die Suppe brachte. Und du hast den Mund verzogen, die Nase gerümpft und gesagt: ›Wo bleiben Butter und Pfeffer?‹ Du benahmst dich wie ein gelehrter Gourmet, dessen Geschmacksnerven von der Bauernküche beleidigt wurden.«

Beide lachten wir.

»Als ich aus meinem Traum erwachte«, fuhr Cligus fort, »dachte ich einen Moment lang, ich sei wieder dieser kranke Junge, den seine guten und liebevollen Eltern im Kinderzimmer pflegten. Jeden Augenblick konnte es an der Tür klopfen, und Mutter käme mit geschmolzenem Käse auf Röstbrot und dicker Suppe zum Tunken herein.« Er seufzte. »Dann wurde mir klar, wo ich war und ... ach, naja. Das Leben schlägt einige unerwartete Haken.«

Und ich erwiderte ganz sanft: »Wenn du mich um Vergebung bitten möchtest, dann kannst du sie bekommen. Ich habe schon früher Schurkereien verziehen. Außerdem hätte deine Mutter es von mir gefordert. Nur wenn du meinst, ich solle mich erweichen lassen ...«, und meine Stimme wurde schroff, »... das wird nicht geschehen!«

Cligus errötete vor Wut. »Du glaubst, ich bitte dich, mir zu vergeben? Ich scheiße auf deine Vergebung! Du bist schuld. Wärest du aufrichtig mit mir umgegangen, wäre nichts von alledem geschehen. Ich habe nur mit jemandem Erinnerungen getauscht, der mich früher einmal kannte. Mit jemandem, zu dessen zahlreichen Fehlern nicht eben die hohle Konversation gehört. Und was die Bitte angeht, dich zu erweichen... warum sollte ich meine Puste vergeuden? Ich bitte dich nur, mir beim Essen Gesellschaft zu leisten. Und mir den Rücken so lange zuzuwenden, daß ich dir mein Messer hineinstoßen kann!«

Ich zuckte die Achseln, ließ ihm das letzte Wort.

Als ich an den Posten vorüberkam, die meinen Sohn bewachten, dachte ich an Janos. Und wünschte bei den Göttern, ich könnte mir die Gnade aus der Brust reißen.

Einige Wochen nach der Parade rief uns der Prinz in seine Gemächer. Seit unserer Ankunft war ich viele Male dort gewesen, doch stets nur, um über meine Abenteuer zu sprechen oder seinen Ansichten zu lauschen, die so leidenschaftlich vorgetragen wurden, daß sie nur wenig Wert hatten.

Diesmal jedoch überraschte mich Solaros.

Als ich eingelassen wurde, lief er auf und ab, die Hände hinter dem Rücken verschränkt, den Kopf nachdenklich gesenkt. Vakram saß am Tisch, auf dem der Globus stand.

Als er mich entdeckte, blieb der Prinz stehen und sagte: »Lord Antero! Wie froh ich bin, Euch zu sehen! Ich brauche dringend Euren Rat!«

Ich fragte ihn, was geschehen sei, und er sagte: »Mein Vater hatte Besuch von Emissären König Ba'lands.«

»So etwas hatte ich bereits erwartet«, sagte ich. »Ich vermute, es ging um Lady Greycloak und mich?«

Solaros schüttelte den Kopf. »Eure Namen fielen nicht«, sagte er.

Vakrams schmales Gesicht spaltete sich zu einem zynischen Grinsen, das seine langen Zähne zeigte. »Eure Anwesenheit«, sagte er, »ist sicher bekannt, Lord Antero. Unterschwellig klang sie bei allen Gesprächen durch.«

Der Prinz blickte ihn einen Moment lang an, dann nickte er. »So war es wohl«, sagte er langsam. Und dann: »Mein Vater arbeitet schon seit einiger Zeit einen Waffenstillstand mit den Dämonen aus. Die Verhandlungen kamen zustande, nachdem König Ba'land zugestimmt hatte, die Feindseligkeiten einzustellen, was vor allem wegen der vielen Übertretungen der Bedingungen ein größerer Witz ist, als ich in diesem Moment näher auszuführen bereit bin. Dessen ungeachtet ist mein Vater eine Konzession nach der anderen eingegangen, was – wie Ihr wißt – der Grund meiner Unstimmigkeiten mit ihm ist. Seinem Standpunkt nach jedoch wurde einiger Fortschritt gemacht und den abschließenden Forderungen der Dämonen entsprochen. Und für den Waffenstillstand ist nur noch die Formalität der Unterschriften nötig.«

»Erlaubt mir eine Vermutung«, sagte ich. »König Ba'land hat sein Bedauern übermitteln lassen und behauptet, neue Umstände seien ans Licht getreten, die eine vollkommene Neuverhandlung des gesamten Dokumentes nötig machen.«

Lord Vakram wieherte. »Welch weiser Knabe Ihr doch seid! Das waren fast genau die Worte dieses Teufels. Habe ich nicht recht, Hoheit?«

Der Prinz überhörte ihn und sagte: »Ba'lands Emissäre informierten uns darüber, daß er momentan einen neuen Vertrag mit den Nachträgen aufsetzt, die man uns in Kürze präsentieren will.«

»Ich vermute«, sagte ich, »daß diese Nachträge unannehmbar sind.«

»Nichts ist annehmbar«, sagte der Prinz.

»Welch Wagemut!« warf Vakram ein.

»Weiterhin«, fuhr Solaros fort, »erwarten sie von uns, daß wir dem Vertrag nicht nur zustimmen, sondern ihn formell an unserem jährlichen Schöpfertag unterzeichnen, an dem wir die alten Gründer unseres Königreiches und die Götter, die uns gesegnet haben, ehren.«

»Höchst gerissen«, sagte ich. »Die Dämonen wollen Euren symbolischsten Tag mit einem ganz eigenen Symbol beflecken. Sollte sich Euer Vater darauf einlassen, käme es einer Kapitulation gleich.«

Lord Vakram schlug sich an die Stirn. »Daran hatte ich noch gar nicht gedacht!« sagte er. »Hundesöhne!«

»Nun, *ich* hatte es bedacht«, schnaubte der Prinz.

»Glaubt Ihr, Euer Vater stimmt dem zu?« fragte ich.

»Er hat es noch nicht abgelehnt«, sagte Solaros. »Ich hätte sie hinausgeworfen. Augenblicklich!«

Lord Vakram verdrehte die großen Augen. »Aber das hätte außerdem *augenblicklich* Krieg bedeutet, Hoheit«, sagte er.

Für einen so jungen Menschen wurde die Miene des Prinzen ungewöhlich hart. Er sagte: »Deshalb habe ich Euch hergebeten, Lord Antero. Mein dringendstes Ziel ist es, meinen Vater davon zu überzeugen, daß er ablehnen muß. Und wenn – nicht falls – das geschieht, wird es Krieg geben. Ich will, daß wir darauf vorbereitet sind.«

Vakram wirkte überrascht. »Worauf wollt Ihr hinaus, Hoheit?« fragte er.

Der Prinz erwiderte: »Ich will, daß Lord Antero uns bei dieser Aufgabe behilflich ist.«

»Ich bin kein Soldat«, sagte ich.

»Das weiß ich«, sagte Solaros. »Aber Ihr habt große Erfahrung und kenntnisreiche Soldaten in Eurer Truppe.«

Während ich das bedachte, sagte er: »Ich habe bei der Parade Eure Kommentare meinen Generälen gegenüber gehört. Anfangs wußte ich nicht, was dahinterstand. Und, ehrlich gesagt, als ich es dann verstand, war ich verärgert. Mein Stolz war gekränkt. Ich mag die Truppen meines Vaters kommandieren … in seinem Namen. Doch im Herzen bin ich ein Wagenlenker, und ein Wagenlenker ist verwandt mit den Rössern, die uns in die Schlacht tragen … nur Mut und Geschwindigkeit und schnelle Reaktion in einem ständig sich wandelnden Umfeld. Wir kämpfen dort, wohin man uns schickt, denken nicht an die Konsequenzen und schon gar nicht an die Pläne, die zu diesen Konsequenzen führen.

Somit habe ich also lange gebraucht, Eure unterschwellige Kritik zu verstehen. Welche besagt, daß wir rein mechanisch kämpfen. Und daß wir Verteidiger, nicht Angreifer sind. Das sehe ich nun ein. Und ich habe die Absicht, es zu berichtigen.«

»Was Ihr vorschlagt, Hoheit«, unterbrach Vakram und schüttelte den letzten Rest seiner Frohnatur ab, »würde man als Wahnsinn bezeichnen, wenn es von anderer Seite käme.«

»Wenn denn Wahnsinn nötig ist«, sagte der Prinz, »dann soll es so sein! Von nun an werden wir Manöver veranstalten, als stünden uns Feinde gegenüber, nicht nur Tavernenfreunde.«

»Aber Eure Generäle werden dem nie zustimmen, mein Lehnsherr«, sagte Vakram. »Es wird Verletzungen geben. Und denkt an die Moral der Männer!«

»Zur Hölle mit der Moral!« erwiderte der Prinz. »Wenn das, was die Dämonen erreichen wollen, geschieht, werden wir die Moral von Sklaven zu bedenken haben, nicht die von Soldaten.«

Vakram schluckte seinen Einwand herunter und verneigte sich.

Dann sagte der Prinz zu mir gewandt: »Wollt Ihr es tun, Lord Antero? Es ist noch Zeit – wenn auch nur wenig –, sich vorzubereiten. Wenn uns eine Konfrontation erwartet, dann bei unserem Schöpfungsfest. In einigen Monaten erst.«

Ich sagte ja, wir würden sie lehren, wie Orissaner Krieg führten.

Meine Einwilligung mochte die Moral der Tyrenier gefährden, doch hatte sie ganz sicher die gegenteilige Wirkung auf meine

Gefährten. Als ich sie zusammenrief, um ihnen zu erklären, was zu tun sei, wurden meine Bemerkungen mit einiger Begeisterung aufgenommen.

Wie auf ein magisches Zeichen hin willigten Quartervals und seine ehemaligen Grenzkundschafter gemeinsam ein.

»Als erstes, Freunde«, sagte Quartervals, »holen wir sie vom Paradeplatz und zeigen ihnen, wie Kundschafter vorgehen, was in noch keinem Buch gestanden hat.«

»Mein Hintern wird fett von all dem Rumsitzen und Saufen«, sagte Kele. »Ich mag eine Seefahrerin sein, aber meine Kapitäne und ich kennen den einen oder anderen Trick, mit dem sich Landratten verblüffen lassen.«

Towra und Beran verliehen ihrer Zustimmung lauthals Ausdruck.

»Und wenn sie wissen wollen, wie man sich anschleicht«, sagte Pip, »können sie keinen besseren Anschleicher finden als mich.«

Die Brüder Cyralian begannen eine hitzige Diskussion um Fehler, die sie bei Bogenschützen beobachtet hatten, und bald schon hatten die meisten vergessen, daß ich da war, und stritten um Feinheiten, die zu einer solchen Ausbildung gehören mochten.

Zu Beginn befürchtete ich, die größten Schwierigkeiten würden nicht die Truppen, sondern die plattfüßigen Generäle bereiten. Kein General freut sich über Anweisungen, auch nicht, wenn der Befehl vom Kommandeur und Kronprinzen persönlich kommt. Doch mein Ansehen und das meiner Gefährten war unter ihren Leuten so groß, daß die Einwände im lauten Jubel der Soldaten untergingen, als der Prinz sie zur Ankündigung zusammenrief.

Und sie trainierten mit Elan und Willenskraft, angefeuert von dem Gedanken, daß ein solches Training an sich schon ein Akt des Widerstands gegen die Dämonen war. Bald schon war ganz Tyrenia vom Fieber befallen, was es König Ignati sehr schwer machte, mehr zu tun, als über Kosten und Probleme zu murren, die ihm meine

Aktivitäten in seinen Verhandlungen mit König Ba'land bereiten würden.

Selbst *meine* Stimmung wurde besser. Schon dachte ich, die Tyrenier seien am Ende doch kein so enttäuschender Haufen.

Dennoch gab ich mich keinen Illusionen hin, was Ignati anging. Er *war* der König. Und Monarchen neigen keineswegs dazu, die eigene Krone aufs Spiel zu setzen.

Einige Zeit später kam Janela aus den Archiven, blinzelnd wie ein Maulwurf, der in die grelle Sonne gerät. Sie war blaß und müde, als sie in unsere Räume taumelte. Doch leuchtete der Sieg in ihren müden Augen.

»Ich habe es fast geschafft, Amalric«, sagte sie. »Ich bin am selben Punkt, an dem mein Großvater war, als er dir sagte, er stehe kurz vor seinem Ziel.«

»Was hast du gefunden?« fragte ich.

Janela schüttelte den Kopf, und Müdigkeit ergriff von ihr Besitz.

»Ich kann es noch nicht sagen«, sagte sie. »Aber morgen *zeige* ich dir so viel wie möglch.«

Dann schleppte sie sich ins Bett.

Am nächsten Tag schlief Janela lange, und wir verließen unser Quartier erst am frühen Nachmitag. Obwohl Falten der Müdigkeit in ihren Augenwinkeln zu sehen waren, schien sie doch voller Energie zu sein.

Sie führte mich aus dem Hauptgebäude und nahm mich mit auf einen Spaziergang durch die Gärten des Palastes, welche sich vor den äußeren Mauern erstreckten.

»Eigentlich ist es gut, daß ich eine solche Langschläferin war«, sagte sie. »Wir müssen uns dem, was ich gefunden habe, mit einiger Vorsicht nähern. Ich habe nicht die Absicht, es lange geheimzuhalten, aber wahrscheinlich wirkte es als Ganzes besser als in Fragmenten . . . und so fühlt sich mein Kopf im Augenblick an.«

Ich blickte in die Runde, dann sah ich sie mit fragendem Lächeln an. Es war ein schöner, sonniger Tag, und Höflinge schlenderten auf dem Gartenweg an uns vorüber, inspizierten die Waren an den Ständen, die sich entlang der Mauern aneinanderreihten. Andere aßen unter freiem Himmel in einem hübschen Park, während ein ganzer Pulk Kinder reicher Eltern auf einer großen Wiese spielte.

»Falls Verschwiegenheit nötig sein sollte«, sagte ich, »ist jetzt kaum der rechte Zeitpunkt. Zur Pirsch gehören nasse Hosen als Teil deiner Belohnung. Und willst du deine Blase prüfen, so ist die Nacht weit passender. Sie hat so viel mehr Schatten und Geräusche als der Tag.«

Janela lachte. »Und wenn dich jemand sieht«, sagte sie, »wird er augenblicklich mißtrauisch.«

»Soviel *dazu*«, gab ich zurück.

Janela nahm mich bei der Hand. Sie war warm und weich wie Seide frisch von der Karawane. »Wenn wir es wie einen romantischen Spaziergang aussehen lassen«, flüsterte sie, »wird sich uns niemand nähern.«

Sie hatte recht, obwohl unser Ruhm Blicke anzog, die sich eilig abwandten, sobald sie uns wie Frischverliebte an einem Sommertag dort schlendern sahen. Nach einiger Zeit fühlte ich mich durch Janelas Nähe und den Duft ihres Parfums weniger wie ein Schauspieler.

Wir kamen zu einer kleinen Taverne in der Nähe eines der Museen, in denen sie gearbeitet hatte. Sie stand unter einem mächtigen Baum, und erschrocken bemerkte ich, daß er von derselben Art zu sein schien wie der silberblättrige Riese, den wir auf der Insel gesehen hatten, nachdem wir bei Königin Badryia gewesen waren.

»Starr ihn nicht an, Amalric«, wisperte sie. »Und: Ja, er ist genau das, wofür du ihn hältst.«

Ich riß meinen Blick von ihm los und ging in die Taverne, in der sich nur wenige Gäste befanden, da die Mittagszeit vorüber war. Der Besitzer strahlte, als er Janela sah, und eilte heran, um ihr zu sagen, daß alles, was sie sich gewünscht habe, beinah bereit sei, und ob wir vielleicht seinen besten gekühlten Wein kosten wollten, während wir warteten.

Janela erklärte, wir seien hocherfreut, und führte mich an einen Tisch am Rande von etwas, das ich für eine Tanzfläche hielt. Erneut war ich überrascht. Statt eines Bodens fand sich dort eine große, dicke Glasscheibe, und bei einem Blick in die Tiefe sah ich eine beleuchtete Kammer. In dieser Kammer befand sich ein altes Bad mit Platz für zwanzig oder mehr Menschen. Es bestand aus milchigem Stein, und anmutige Statuen unbekleideter Dienerinnen ragten allerorten auf, von denen jede einen Krug ins Bad ausgoß. Früher einmal mochte Wasser aus diesen Krügen geflossen sein, um so das Becken zu füllen. Die Wände waren voller Fresken, doch vom Alter so beschädigt, daß ich die Szenen, die sie darstellten, nicht erkennen konnte, auch wenn sie den Eindruck sanfter Weiblichkeit vermittelten.

»Als der Prinz uns sagte, daß er einen Teil des ursprünglichen Palastes renoviert«, sagte Janela, »hatte ich ihn insofern mißverstanden, daß ich dachte, alle tyrenischen Monarchen hätten von Anbeginn an dort gelebt. Tatsächlich ist dieses Königreich weit älter. Der Palast, den wir sehen, und alles drum herum wurde auf dem Bollwerk noch viel älterer Monarchen errichtet. Als sie das Museum bauten, stießen sie auf die Ruinen, die du hier siehst. Niemand sah irgendeinen Nutzen darin, und so wollte man sie zuschütten.«

Ich lächelte, sagte: »Und ein gerissener Geschäftsmann kam und erkannte die Verdienstmöglichkeiten eines solchen Lochs im Boden.« Ich sah mich in der Taverne um. Die wenigen Gäste waren sehr reiche, sehr kultivierte Tyrenier. »Wo wäre ein besserer Ort zum Essen und Trinken als auf den Mysterien deiner Vorfahren?«

Janela gluckste in sich hinein. »Geld läßt dich klar denken, Amalric«, sagte sie, »während es andere verwirrt. Ja, genauso ist es geschehen. Als ich hier an meinem ersten Tag im Museum zu Abend aß, nahm ich es irgendwie anders wahr. Ich sah den Baum dort draußen und den Blick durch diesen Boden und bezweifelte, daß es sich um einen Zufall handeln konnte. Ich sprach eine Beschwörung und stellte fest, daß der Baum fast so alt war wie diese Kammer. Anfangs war mein Interesse nur gering, doch je mehr ich in das eintauchte, von dem ich hoffe, daß es unsere Rettung sein wird, desto mehr dachte ich, diese Ruinen hätten eine eingehendere Betrachtung verdient.«

Sie deutete auf die Kammer. »Das dort unten war das Badezimmer von König Farsuns Königin«, sagte Janela, nachdem der Tavernenwirt den Wein gebracht und sich zurückgezogen hatte. »Du weißt . . . der König aus der Szene mit der Tänzerin.«

»Ja, ja«, sagte ich ungeduldig. »Ich weiß, wen du meinst. Dieser Knabe Solaros sagte, er sei Tyrenias erster feiger Monarch gewesen.«

»Ihr Name war Monavia«, fuhr Janela fort. »Der Legende nach war sie von der Feigheit ihres Mannes zutiefst gekränkt. Bei ihrer Hochzeit hatte das ganze Reich die Vereinigung eines so hübschen Paares gefeiert. Als Monavia ihren Eid als Königin ablegte, schwor sie, sie wolle höchstpersönlich eine Rüstung anlegen, wenn es nötig sei, um die Dämonen zu besiegen. Doch alles änderte sich, nachdem ihr erstes Kind geboren war. Am Feiertag zu Ehren des ersten Lebensjahres ihres Sohnes entsandte der Dämonenkönig seine Diplomaten, um König Farsun um Frieden zu ersuchen. Durch einen seltsamen Zufall war dieser Tag außerdem der Tag, an dem Tyrenia sein wichtigstes Ereignis feiert.«

»Sollte es vielleicht der Schöpfertag sein?« fragte ich.

Nun war Janela an der Reihe, verblüfft zu sein. »Ja, woher weißt du das?«

Eilig berichtete ich von meinem Gespräch mit Prinz Solaros und auch von dem Ultimatum, das König Ba'land gesetzt hatte.

Janela wirkte sorgenvoll, dann strahlte sie und sagte: »Ja. Dadurch wird die Lage um einiges klarer.« Und sie nahm ihre Geschichte wieder auf.

»Als die Emissäre sich vorstellten, benahmen sie sich derart ungezwungen, daß mancher vermutete, dieses sei nicht das erste Treffen. Der Verdacht erhärtete sich, als einer der Dämonen barsch um eine Privataudienz bat und der König folgsam den Saal räumen, die Türen verriegeln und bewachen ließ. Niemand weiß, was in jenem Raum besprochen wurde, doch dauerte das geheime Treffen den ganzen Tag und noch bis in den nächsten.

Wie du dir vorstellen kannst, warf es das Leichentuch über beide Feiern, da sich das ganze Reich nun sorgte, was geschehen war. War der König tot? Wurde er als Geisel gehalten? Als die Königin eben Soldaten befehlen wollte, den Saal aufzubrechen, öffneten sich die Türen, und der König rief alle herein, um zu verkünden, heute sei der historisch bedeutsamste Tag seit der Gründung Tyrenias. Der Krieg mit den Dämonen sei beendet, sagte er.

Von nun an seien sie willkommen, wann immer sie diesen Hof besuchen wollten. Darüber hinaus werde auch der Dämonenkönig Ba'land persönlich bald eintreffen, und zu Ehren seiner Ankunft solle es einen ganzen Monat der Feierlichkeiten geben.«

Ich nippte an meinem Wein, überlegte. »Ich frage mich, was besprochen wurde.«

»Niemand weiß es«, antwortete Janala. »Ich habe sämtliche alten Pergamente nach Hinweisen durchsucht. Natürlich gab es allerlei Spekulationen: Das Leben des Kronprinzen sei bedroht. Oder das der Königin. Der König sei besessen, oder er habe einen Handel abgeschlossen, um seinen Thron zu behalten. Am Ende bin ich zu dem Schluß gekommen, daß es egal ist und jeder weitere Versuch, es herauszubringen, nur eine Verschwendung wertvoller Zeit darstellt. Schließlich besteht das größte Talent eines Dämons darin, in den geheimsten, schwächsten Teil des Ichs einzudringen und die schlimmsten Ängste ... oder das beschämendste Begehren auszunutzen und gegen dich zu verwenden.

Wichtiger ist Königin Monavias Reaktion, als sich Ba'land mit seinen Dämonenhöflingen in ihrem Palast ausbreitete und sich immer mehr Freiheiten herausnahm. Sie gab sich alle Mühe, Widerstand zu leisten, drohte selbst damit, die königliche Ehe aufzulösen. Doch König Farsun sperrte ihr Kind in einen Turm und erklärte, er werde es gefangenhalten, bis er einer anderen Königin ein Kind machen könne, und wenn dieses Kind geboren sei, werde der Kronprinz getötet.«

»Wie zielstrebig Feiglinge manchmal sein können«, sagte ich.

»Das habe ich auch gedacht«, sagte Janela. »Glücklicherweise war die Königin nicht dumm. Und sie hatte außerdem Geduld. Sie setzte eine königliche Miene auf und hielt einige Jahre durch. Währenddessen konspirierte sie mit einer Frau, die in ihren Diensten stand und eine sehr mächtige Hexe war. Ihr Name ist im Laufe der Zeit verlorengegangen, ihr Geburtsort jedoch nicht. Ein alter Historiker – ein Teufel, wenn es um zähflüssige Prosa ging – verwandte einige wortreiche Seiten darauf, ihn zu beschreiben. Er sagte, sie stamme aus einer wundersamen Seenlandschaft, in welcher der Himmelsfluß entsprang.«

»Unser Fluß?« fragte ich.

»Genau der«, antwortete sie.

Ich mußte einfach lachen. »Dann ist es wahrscheinlich, daß diese Hexe mit Königin Badryia verwandt ist?«

Janela grinste. »Weiß du noch, daß sie uns wie eine alte Schulmeisterin einen Vortrag darüber hielt, Tyrenia existiere überhaupt nicht?«

»*Sehr* gut«, sagte ich. »Badryia erinnert mich an einen meiner alten Lehrer, der auf der Wahrheit von Fakten bestand, die Unsinn waren. Wie etwa – und das schwor er bei den Göttern – daß Frauen weniger Zähne hätten als Männer.«

Das rief bei Janela lautes Lachen hervor. »Hat er sie nie gezählt?« fragte sie.

»Nein«, erwiderte ich »Aber ich. Mein Vater hat ihn kurz darauf entlassen. Dank Te-Date war ich mit einem weisen Vater gesegnet.«

»Und er mit einem weisen Sohn«, murmelte Janela.

Ich errötete, fühlte mich wie ein kleiner Junge, der ein langersehntes Lob hört.

»Um fortzufahren . . .«, sagte Janela. »Die Hexe brachte den Stengel eines magischen Blattes dazu, Wurzeln zu schlagen, eines Blattes von einem seltenen Baum, der in ihrer Heimat wuchs. Als daraus ein Schößling wurde, pflanzte sie ihn an einer Quelle, deren Wasser ein Elixier der Neuerung und des Schutzes sein sollte. Schnell wuchs er heran, und bald schon war er einer der größten Bäume im Reich. Seine Wurzeln wurden einigen zum Ärgernis, da sie sich mancherorts durch Fundamente bohrten. Doch die Königin erlaubte nicht, daß Hand an ihn gelegt wurde, und erklärte, seine Blätter seien ihr ein wichtiges Schönheitsmittel.

Die Quelle, die diesen Baum nährte, wurde nach und nach auch für das Bad der Königin benutzt, von welchem der alte Historiker sagte, es habe verhindert, daß die Dämonen ihr schadeten, denn diese wußten, wie wenig sie ihnen wohlgesonnen war.«

Schon wollte ich ihr eine Frage stellen, da hastete der Tavernenwirt mit einem großen Weidenkorb herbei. Er versicherte untertänigst, daß nur das allerbeste Obst eingepackt sei, dazu Proben der köstlichsten Gerichte. Ob Lady Greycloak einen Diener wolle, der uns bei unserem Picknick assistiere? Janela sagte, danke, nein, es handele sich um ein sehr privates Treffen. Sie zwinkerte ihm zu. Der Tavernenwirt schwebte auf einer Woge bester Laune davon.

Janela trank ihren Wein und stand auf. »Wollen wir, Mylord?« fragte sie mit gespielter Förmlichkeit.

»Ja, ja, natürlich«, sagte ich, zu abgelenkt von ihrer Geschichte, als daß ich all die Mühen wahrnehmen konnte, die sie auf sich genommen hatte. »Sag mir nur noch eins, bevor wir gehen.«

»Wenn ich kann.«

»Welchen Zweck hatte der Baum?« fragte ich.

»Eben das ist einer der Gründe für unser Picknick«, sagte Janela. »Ich möchte, daß wir es herausfinden. Allerdings habe ich eine Vermutung.«

»Und die wäre?«

Janela warf eine Silbermünze auf den Tisch und sagte: »Sie hat ihn benutzt, um damit den König zu ermorden.«

Kapitel Achtzehn

Mord im Palast

Ein Laubengang wand sich um die Taverne und den Baum. Er führte in einen abgeschlossenen Garten, den der Wirt für Rendezvous seiner Gäste bereitstellte, wofür er auch unser Treffen hielt. Ein farbenprächtiges Zelt war für unser Picknick aufgestellt, doch ließ Janela den Korb daneben stehen und winkte mir, ihr zu einer freien Stelle zwischen zwei mächtigen Wurzeln zu folgen. Die Erde dort war feucht und mit einem Teppich von dickem Moos bedeckt.

Sie deutete auf einen Abdruck von etwa vier Fuß im Quadrat und sagte: »Dort graben wir.« Sie sank auf die Knie und begann, mit ihrem Messer eine Furche durch das Moos zu ziehen.

»Warum, bitte, muß das sein?« fragte ich.

»Um in den alten Palast zu gelangen«, sagte Janela. »Ich habe Beschwörungen gesprochen, um einen Eingang zu finden, aber sie sind allesamt entweder zu tief oder nicht abgeschieden genug ... wie etwa durch den Tavernenboden. Bis auf diese Stelle hier. Wenn du mir also helfen würdest, müßten wir nur dieses Moos entfernen.«

Ich tat, was sie sagte, obwohl ich nach wie vor verwundert war.

»Ich habe mit einiger magischer Energie experimentiert«, erklärte Janela. »Und nach allem, was ich erkennen kann, gibt es in dieser Gegend größere Unruhe im Äther, als allein dieser Hexenbaum schaffen könnte. Ich weiß nicht, was es ist, auch wenn ich den einen oder anderen Verdacht hege. Ich hielt es für wichtig genug, zumindest nachzusehen. Ich habe alte Bauzeichnungen von Farsuns Palast gefunden und den Grund für die Unruhe entdeckt. Sollte uns das Glück hold sein, müßten wir bald schon erfahren, ob ich recht habe.«

Mit diesen Worten machte sie den letzten Schnitt, und vorsichtig rollten wir den moosigen Teppich zurück. Die feuchte Erde darunter zerfiel in unseren Händen, und ich hörte das Rauschen von Wasser. Janela wischte auf dem Stein herum und deckte einen alten Rost auf. Kühle, süßliche Luft stieg durch die Öffnungen auf.

»Das ist seltsam«, sagte ich. »Ich hätte erwartet, daß die Luft feucht und faulig riechen würde.«

Janela antwortete nicht. Sie kratzte leicht um den Rand des Gitters. Ihr Messer blitzte, und der feuchte Stein zischte, wo das Messer ihn berührte. Das Gitter löste sich und stürzte in die feuchte Tiefe.

Ihr Vorgehen erstaunte mich. Ich hatte nicht gesehen, daß sich ihre Lippen in einem Singsang bewegten, und ebensowenig hörte ich sie murmeln. Doch bevor ich noch fragen konnte, wie sie es geschafft hatte, zog sie Feuerperlen aus der Tasche, und kaum waren sie zu Leben erglüht, da schwang sie sich schon über den Rand und kletterte hinab, wobei sie Vertiefungen im Stein als Halt für Hände und Füße nutzte.

Das Loch war nur etwa zehn Fuß tief, und bald schon war sie

unten. Ich sah die Feuerperlen hierhin und dorthin schwenken, während sie sich umblickte.

»Es ist eine Wasserleitung«, rief sie zu mir herauf, und ihre Stimme klang hell und siegesgewiß. »Wie ich es mir erhofft hatte. Komm schon, Amalric. Es ist nicht sehr naß.«

Ich stieg hinab und fand mich auf einem Steinpfad wieder, der sich über einem kleinen Bach erhob. Die Wasserleitung war ziemlich breit und hoch genug, so daß wir bequem aufrecht stehen konnten. Ich hob meine eigenen Feuerperlen an und sah, daß das Wasser aus einem kleinen Tümpel kam, der sich als überfließende Quelle entpuppte. Das Wasser lief die Leitung entlang in einen hohen Tunnel, der unter die Taverne zu führen schien.

Janela bückte sich, um etwas von dem Wasser zu schopfen, trank, dann nickte sie zufrieden. Ich tat es ihr nach. Es schmeckte wie die magische Quelle, die wir auf jener Insel gefunden hatten. Sie winkte, und wir machten uns zum Tunnel auf.

Während wir den Pfad entlangliefen, hörte ich einen Donner, der immer lauter wurde, bis wir einander nicht hätten verstehen können, wenn wir gesprochen hätten. Doch mußten wir nicht weit laufen, um die Quelle des Lärms zu finden, denn plötzlich verbreiterte sich der Tunnel, und wir kamen in eine kleine Kammer. Das Wasser wurde durch die Mitte der Kammer gelenkt, dann stürzte es über einen groben, natürlichen Grat in die Tiefe. Ich sah hinab, doch der Boden war so fern, daß kein Licht ihn erreichte. Janela stieß mich an, und ich sah, daß auf der anderen Seite eine Nische in die Wand gehauen war. Wir sprangen über den Bach und traten ein. Ich sah eine schwere Tür aus Metall, der die Elemente nichts hatten anhaben können, denn sie war so glatt wie damals, als sie aus einem Stück gegossen wurde.

Es gab eine Mulde für den Griff, und Janela packte zu und drückte. Die Tür ließ sich so einfach öffnen, daß ich Janela halten mußte, als sie das Gleichgewicht verlor und beinah stürzte. Als ich sie aufrichtete, schüttelte sie sich vor stummem Lachen über ihre Ungeschicklichkeit. Ihre Augen glitzerten, sie drückte mich kurz an sich und sagte etwas, das ich wegen des ohrenbetäubenden Lärms vom Wasserfall her nicht hören konnte. Sie zuckte die Schultern, gab es auf und winkte mir, ihr zu folgen.

Wir traten in einen großen Raum voller schattenhafter Gegenstände. Janela schloß die Tür, die so beschaffen war, daß der Lärm des Wassers verhallte. Sie wirbelte die Feuerperlen um ihren Kopf, und der ganze Raum erstrahlte, als uralte Zauberfackeln zu kaltem Leben erflammten.

Die Gegenstände waren nun deutlich als gutgearbeitete Amphoren und Krüge verschiedenster Größen und Formen zu erkennen. Einige davon untersuchten wir. Seltsam waren sie verziert. Die größeren Amphoren zeigten verschiedene Szenen mit badenden Frauen in freier Natur. Die kleineren trugen glasierte Bilder verschiedener Blumen. An einer Amphore brach Janela das Siegel, und ein köstlich sinnlicher Duft stieg davon auf.

»Wie schön«, murmelte Janela und tupfte etwas davon hinter ihr Ohr. »Noch immer frisch nach all den Jahrhunderten.«

Auf einer Seite stand ein Topf, der groß genug war, daß ein Mensch hineingepaßt hätte. Darunter war ein kleiner Ofen, in dem sich Kohle und Asche eines lang verloschenen Feuers häuften.

»Hierher sind die Dienerinnen der Königin gekommen, um frisches Badewasser zu holen«, sagte Janela. »Sie gingen durch diese Tür dort, um es aus der Quelle zu schöpfen. Im Topf haben sie es erhitzt und mit den Düften aus den Krügen dort parfümiert. Dann haben sie es in den Amphoren zum Becken dort gebracht, aus dem das Bad gespeist wurde.«

Ich zweifelte nicht daran, daß sie recht hatte, doch als weiteren Beweis zeigte sie mir eine kleinere Tür mit einem Guckloch von etwa zwei Fingerbreiten. Ich lugte hindurch und konnte das Badezimmer erkennen, das wir von der Taverne aus gesehen hatten.

Wenn ich mich vorbeugte und den Hals reckte, konnte ich sogar einen Blick auf jemanden erhaschen, der in der Taverne über uns auf dem Glasboden ging.

Es gab noch eine weitere Tür in der Kammer, und auf deren anderer Seite fand sich ein langer, düsterer Korridor mit drei weiteren Türen. Die erste war vom schweren Gewicht des Schutts auf der anderen Seite verzogen, so daß sie sich nicht öffnen ließ. Janela vermutete dahinter die Schlafkammer der Königin Monavia. Eine zweite Tür ließ sich leicht öffnen und eröffnete uns ein Labyrinth von Gängen, die zu den Ruinen des Palastes führten. Die dritte hing etwas steif in den Scharnieren, doch als wir hineinsahen, fanden wir einen kleinen, leeren Raum mit etwas, das ich anfangs für eine steinerne Pritsche hielt. Als wir sie jedoch näher betrachteten, sahen wir, daß vertraute Dekorationen hineingeschnitzt waren. In der Mitte fand sich eine noch vertrautere rechteckige Vertiefung. Nur war diese leer.

Janela holte den steinernen Kasten hervor, den wir auf der Insel gefunden hatten, und hielt ihn über die Vertiefung. Er hatte dieselbe Größe und Form. Einen Moment lang dachte ich, sie wollte den Kasten dort hineinschieben, und war bestürzt. Mein Herz schlug schneller, meine Handflächen wurden feucht, als ich mich des geheimnisvollen, berauschenden Zwischenfalls auf jener Insel erinnerte ... eines Rauschs, der mich gleichermaßen anzog und ängstigte.

»Nicht!« sagte ich.

Janela sah mich. »Was ist?« fragte sie.

»Es wird etwas geschehen, wenn du es tust«, sagte ich. »Ich bin nicht sicher, was. Aber ich glaube kaum, daß es uns gefallen würde.«

Janela fragte nicht weiter, und zu meiner Erleichterung steckte sie den Kasten wieder ein. Dann schloß sie die Augen und stand eine Zeitlang unbeweglich da.

Schließlich schlug sie die Augen wieder auf und sagte: »Du

hattest recht, mich zu warnen, Amalric. Die Hexe der Königin hat diesen Raum für ihre Zauberkunst genutzt. Vielleicht sogar, um in dem Kasten ihren Zauber zu verwahren.«

»Ist es derselbe Kasten wie unserer?« fragte ich. »Oder ein Duplikat?«

»Derselbe, glaube ich«, sagte Janela. »Wenn ja, muß die Hexe in ihre Heimat zurückgekehrt sein und hat auf der Insel einen heiligen Ort geschaffen, falls sie den Kasten wieder brauchen würde.«

Ich leckte meine trockenen Lippen, wollte nicht allzu lange darüber nachsinnen, wofür sie ihn wohl gebraucht haben mochte. Janela muß etwas von meinen Empfindungen bemerkt haben, denn sie gab mir einen kleinen Kuß, dann schob sie mich aus der Hexenkammer und den langen Korridor hinab.

Fast eine Stunde lang liefen wir diesen hinab. Hin und wieder wirbelte Janela die Feuerperlen über ihrem Kopf herum, damit die alten Lampen erstrahlten und die Schatten sich wie eine Armee zurückzogen, die der Mut verlassen hatte. Wir kamen zu anderen Türen und weiteren Korridoren, doch Janela würdigte sie kaum eines Blickes, hielt sich nur an die magische Fährte, die sie aufgenommen hatte. Dann führte der Korridor in eine Kammer mit einem Kuppeldach und mächtigen Doppeltüren auf der anderen Seite. Das Metall dieser Türen war mit einer Königskrone verziert. Als wir uns ihnen näherten, wurde mir ganz plötzlich kalt, als wehte Zugluft darunter hindurch ... obwohl ich keinen Lufthauch spürte.

An den Türen blieb Janela stehen. Sie betastete das Metall, legte ihr Ohr daran, als lauschte sie.

»Das ist es«, sagte sie leise.

Sie trat zurück und breitete die Arme aus. Mit einem Schwung gingen die Türen auf, und es donnerte, als sie gegen die Wände schlugen. Janela machte ein paar Schritte nach vorn, wirbelte die Perlen herum, und der große Raum jenseits der Türen war von Licht durchflutet.

Wir traten ein und fanden uns in König Farsuns Thronsaal wieder.

Ich sah die beiden Throne, auf denen er und Königin Monavia in jener Szene mit der Tänzerin gesessen hatten. Ich sah das weiße, steinerne Podium, auf welchem sie getanzt hatte, die Grube, in der die Musiker spielten, und auf einer Seite die Loge, in welcher der Dämonenkönig gesessen und geschmachtet hatte.

Spinnweben und Staubknäuel hatten über alles einen gespenstischen Vorhang gelegt. Sie umhüllten die Throne und Stühle und die kleinen, runden Beistelltischchen, auf denen noch immer Kelche und Teller standen. Zwei schwere Tafeln sah man in einer Ecke stehen, auf denen sich noch immer mumifizierte und verstaubte Speisen befanden. Ganze, geröstete Tiere lagen auf angelaufenen Tranchierbrettern aus seltenem Metall, Schichtkuchen mit Zuckerfiguren, Teller mit etwas, das einmal Delikatessen gewesen sein mochten, doch inzwischen nur noch Klumpen von grauem und schwarzem Stein waren. An vielen Stellen waren Baumwurzeln durch Kuppel und Wände gebrochen und dann weiter durch den steinernen Boden gewachsen. Die Wurzeln waren dick und mancherorts verknotet, wobei sie äderige Baldachine aus Spinnweben und federartigen Seitentrieben bildeten.

Schweigend gingen wir zu den Thronen, eingeschüchtert von der geisterhaften Szenerie.

Ein juwelenbesetzer Kelch lag am Fuße von König Farsuns Thron. Janela hob ihn auf. Einen Moment lang stand sie ganz still, dann sagte sie:

»Hier ist der König umgekommen.«

Sie roch am Kelch, als sei nach all der Zeit noch etwas wahrzunehmen.

»Wurde er vergiftet?« fragte ich.

Janela nickte, dann deutete sie auf den Kelch. »Aber nicht von dem, was darin war.«

Sie stellte ihn auf den Sitz des Thrones. Dann ging sie zum Podium der Tänzerin, umrundete es einige Male. Schließlich trat sie ein paar Schritte zurück, hielt inne, blickte zu Boden und verzog das Gesicht, als hätte der Geist dessen, was sie dort gesehen hatte, sie eben berührt. Janela ging weiter, bis sie zur Loge des Dämonenkönigs kam. Sie öffnete die Pforte in der niedrigen Mauer, und mehrere vergoldete Stühle wurden sichtbar. Sie setzte sich auf einen Stuhl, von dem ich wußte, daß er König Ba'land gehört hatte, schloß die Pforte, dann stützte sie einen Ellbogen darauf und schaute zum Podium der Tänzerin. Nach einer Weile kam sie heraus und kehrte zu mir zurück, doch lag ihre Stirn in Falten, und ihr Blick war glasig.

Dann verschwanden die Falten von ihrer Stirn. »Ich glaube, ich weiß, was hier geschehen ist«, sagte sie. Dann runzelte sie die Stirn erneut. »Aber ich weiß nicht, wie es geschehen *konnte*.«

Sie sah sich im Raum um, blickte hierhin und dorthin, zuckte vor magischer Energie, während sie mit aller Macht suchte. Sie wurde blaß, als das Blut aus ihrem Gesicht entwich und sie in sich zusammensank, weil etwas sie intensiv berührte. Ich dachte, sie würde ohnmächtig und eilte zu ihr. Ich umarmte sie und fühlte fast, wie ihre Energie dahinschwand. Ich war erschrocken.

»Janela!« rief ich.

Bei meinem Schrei erbebte sie. Kurze Zeit später fühlte ich, wie ihre Energie zurückkehrte. Sie richtete sich auf, schob mich sanft von sich.

»Jetzt weiß ich *wie*, Amalric«, sagte sie mit schwacher Stimme. »Und so schnell wie möglich sollten wir es dem Prinzen sagen.«

Darauf verlor sie das Bewußtsein.

Während Janela am folgenden Tag ruhte, suchte ich um eine Audienz beim Prinzen nach. Ich erzählte ihm nicht alles, was geschehen war, da Janela darauf bestand, daß es ein Geheimnis bleiben solle, in wessen Besitz sich die magische Schatulle befand.

»Es ist die natürliche Vorsicht der Zauberer«, sagte sie. »Wir lieben es, immer einiges zurückzuhalten ... wenn nicht sogar alles. Wichtiger allerdings ist, daß wir die Dämonen nicht warnen wollen, Oh, sie werden erfahren, daß etwas im Gange ist ... wenn sie es nicht bereits wissen, und sie werden noch früh genug erfahren, was ich plane. Doch je mehr ich geheimhalten kann, desto besser stehen unsere Chancen, sie zu überraschen.«

Sie nippte an dem schaumigen Elixier, das sie zur Wiederherstellung ihrer Lebenskräfte bereitet hatte, dann sagte sie: »Außerdem gibt es nach wie vor viel über diese Schatulle zu erfahren. Ich möchte Zeit haben, sie zu studieren, und das mit möglichst vielen Vorsichtsmaßnahmen. Und nicht nur aus den naheliegenden Gründen.

Wenn du dich erinnerst, Amalric, sitzt noch immer König Azbaas' Dämon darin. Sollten wir ihn herauslassen, so kann ich dir versichern, daß er nicht sonderlich gut gelaunt sein wird.«

Mit diesen Warnungen ging ich zum Prinzen und erzählte ihm genug, um ihn davon zu überzeugen, daß Janela eine bedeutsame Entdeckung gemacht hatte. Und falls diese Entdeckung richtig benutzt würde, ließe sich die Dämonenflut damit eindämmen.

Janela brauchte zwei Tage, um sich von den Torturen zu erholen, und etwas mehr als eine Woche, um sich für ihre Vorführung zu rüsten. Ein fetter Geldbeutel überredete den Tavernenbesitzer, seine Pforten für die Öffentlichkeit zu schließen und Urlaub zu machen, während Janela den Boden entfernen und die Badekammertür öffnen ließ, damit man leichter Zugang zum unterirdischen Palast bekam.

Als alles bereit war, rief der Prinz die weisesten Zauberer und die wichtigsten Männer und Frauen der Stadt zusammen und bat sie, an Janelas Vorführung teilzunehmen. Er bedrängte auch seinen Vater zu kommen, doch der alte König sagte, mit solchen Narreteien wolle er nicht behelligt werden.

»Schon die Idee allein«, so soll er gesagt haben, »daß ein barbarischer Magus – und eine Frau dazu – unsere weisen Zauberer belehren darf, ist in höchstem Maß grotesk.«

Doch der Prinz war so leidenschaftlich bei der Sache, daß Ignati es ihm zumindest nicht verbieten konnte. Er nannte seinen Sohn einen Träumer und sagte, die Lektion in Demut, die er bekommen werde, könne ihm helfen, sich in seinem Urteil zu mäßigen, wenn er einst den Thron bestiege.

Als jedoch der Tag für Janelas Vorführung gekommen war, sah ich, daß sich die Haltung des Königs in der Versammlung verbreitet hatte, welche sich vor der Taverne einfand. Viel zynisches Gemurmel war zu hören, und so manches Augenpaar wurde gerollt, als Janela und ich die Anwesenden durch die Tür der Badekammer führten und sie unserer Spur zu König Farsuns Thronsaal folgten.

Während der Wanderung äußerten Lord Tobray und Lord Vakram ihre Klagen am lautesten und verzogen jedesmal die Gesichter, wenn Janela sprach. Tobray, der immerhin Oberster Zauberer und König Ignatis engster Berater war, überraschte mich nicht, Vakram dagegen schon. Obwohl er anfangs Einwände gegen unseren Drill geäußert hatte, war er doch zu seinem alten, kritiklosen Ich zurückgekehrt, als alles erst einmal begonnen hatte. Darüber hinaus hatte er keinerlei Einwände erhoben, als ich Prinz Solaros Janelas Wunsch unterbreitete. Doch als ich nun näher darüber nachdachte, fiel mir auf, daß er auch nichts zu dessen Gunsten gesagt hatte.

Die Kommentare und kindischen Grimassen hörten in dem Augenblick auf, als wir den Thronsaal betraten. Staunend standen die Männer und Frauen vor der gespenstischen Szenerie. Verwunderte Blicke schweiften über die Reste des Banketts, das aussah, als sei es mitten im Fest unterbrochen worden.

Mit offenen Mündern gafften sie die Throne und den umgekippten Kelch an, den Janela genau dorthin zurückgelegt hatte, wo er gewesen war.

Doch die allgemeine Übellaunigkeit flammte wieder auf, als Janela die Leute bat, in einer Ecke des Thronsaales auf Stühlen Platz zu nehmen, die sie dort bereitgestellt hatte. Dann brannte die Mißstimmung lichterloh, als man die versammelten Objekte und magischen Utensilien sah, welche Janela auf einem langen Tisch in der Nähe ausgebreitet hatte.

Janela ignorierte die säuerlichen Mienen und begann, als seien ihre Zuhörer allesamt weise, offen und ehrlich.

»Edle Herren, edle Damen«, sagte sie mit fester Stimme. »Danke, daß Ihr heute gekommen seid. Ich bin Euch doppelt dankbar, daß Ihr einer Zauberin wie mir lauscht, ohne mich für einen ignoranten Emporkömmling zu halten. Ich weiß, daß Ihr alle in dem Ruf steht, von offenem und wißbegierigem Verstand zu sein. In diesem Geiste der Wißbegier und Entdeckungsfreude trete ich mit meinen Entdeckungen vor Euch hin.

Unsere Kunst ist schwierig und bisweilen auch gefährlich. So gefährlich, daß man sich die Neugierigen, doch leider Unbegabten auf Zauberstablänge halten muß. Obwohl es nicht das Thema ist, auf welches ich heute näher eingehen will, sollte ich Euch doch warnen, daß Verschwiegenheit in Zukunft nicht nur möglich, sondern sogar schädlich werden könnte. Denn wenn ich es recht sehe, kann – und wird – jeder Mann, jede Frau und jedes Kind – selbst oberflächlich ausgebildet – Kunststücke vollführen, zu denen bisher nur Männer und Frauen wie wir selbst befähigt waren.«

Einiges Murren und viel rüdes Gelächter war nach dieser letzten Bemerkung zu hören.

»Vielleicht wird sich der Straßenfeger des Schweinedungs mit einem Fingerschnippen entledigen«, sagte Vakram laut genug zu seinem Nachbarn, daß alle es hören konnten und weiteres Gelächter aufkam. »Er wird den Dung in Gold verwandeln, und dann fegt er nicht mehr unsere Straßen, sondern zieht sich in seine Villa zurück, die er mit einem weiteren Fingerschnippen herbeizaubert.«

Tobray, der wie die anderen spottete, war zumindest Manns genug, seine Bemerkungen an Janela zu richten.

»Wir alle haben solchen Unsinn schon gehört«, sagte er unter zustimmendem Gemurmel der anderen. »Tatsache ist, daß die Götter aus Gründen, die wir nicht erfassen können, nur wenige mit der Gabe der Magie ausstatten. Und selbst das noch in unterschiedlichem Maße. Eine Markthexe kann Warzen am Euter einer Kuh kurieren. Ich dagegen kann eine Seuche derartiger Verunstaltungen aufhalten … oder erschaffen.«

»Ohne allzu tief in Eure Überzeugungen hinsichtlich der Quelle solcher Begabungen einzutauchen«, erwiderte Janela, »will ich den Rest Eurer Worte wohl als Gesetz, nicht als Theorie betrachten. Manche sind besser als andere. Es gibt eine breite Kluft zwischen einem reinen Praktiker und einem Genie wie Euch selbst.«

Tobray hüstelte nach diesem Kompliment, doch fiel mir auf, daß er es keineswegs zurückwies.

»Bei jedem menschlichen Streben gibt es Unterschiede im Talent«, sagte Janela. »Jeder kann in eine Flöte blasen. Sogar einen hübschen Ton erzeugen … mit viel Übung natürlich. Doch nur wenige können sich der Fähigkeit rühmen, uns wie ein meisterlicher Musiker zu betören. Als ich sagte, jeder könne die Zauberkunst erlernen, meinte ich damit nicht, daß jeder in der Lage wäre, sie mit derselben Befähigung auszuführen.

Und von Gabe oder Genie einmal abgesehen … wer würde es schon wollen? Nicht jeder mag sein normales Leben mit normalen Geliebten und den schlichten Freuden aufgeben, denen wir entsagt haben.«

Als sie das sagte, dachte ich an Gamelan, den Geisterseher, mit dem sich Rali angefreundet hatte, und wie er ihr gestanden hatte, daß er gezwungen gewesen war, seine Liebe für die Zauberei zu opfern, und wie bitterlich er es sein Leben lang bereut habe.

»Doch, wie gesagt«, fuhr Janela fort, »ist solches nicht das Thema meiner heutigen Anmerkungen. Es handelt sich nur um eine von vielen logischen Folgerungen. Ich glaube, wenn Ihr mich offen anhört, werdet Ihr mir am Ende recht geben.«

»Also dann, Lady Greycloak«, sagte Tobray. »So soll es sein. Fahrt fort, wenn Ihr so freundlich wäret.«

Trotz seiner einlenkenden Worte fiel mir auf, daß seine Miene von Zweifeln geprägt war.

»Wie Ihr alle wißt«, sagte Janela, »besagte die Theorie meines Vorfahren, daß alle Dinge denselben Gesetzen unterliegen, und daß sozusagen alle Dinge mit denselben Mitteln und selbst mit ähnlichem Inhalt erschaffen werden. Es sind Aufbau und Struktur dieser Dinge, die den Unterschied ausmachen.«

Sie lächelte Vakram an. »Es könnte sehr wohl Gold im Schweinedung zu finden sein«, sagte sie. »Es kommt darauf an, was das Schwein gefressen hat. Nur kann es keinen Schweinedung im Gold geben, es sei denn, man wäre bei einem sehr schlechten Juwelier, denn Gold ist in sich rein.«

Vakrams Nachbar lachte, er selbst zog ein finsteres Gesicht.

»Doch auch Gold, so rein es sein mag, kann weiter aufgeteilt werden. Mit Hilfe der Magie lassen sich seine Partikel befreien, selbst wenn ich nicht glaube, daß irgendwer es freiwillig tun würde. Abgesehen vom finanziellen Verlust zeigen meine Berechnungen, daß eine solche Teilung unberechenbare Kräfte freisetzen würde.«

»Aber, edle Lady«, unterbrach Tobray. »Gold hat keine andere Kraft als jene, die ich ihm eingebe.« Er nahm ein goldenes Armband und warf es ihr zu. »Wie zum Beispiel, wenn ich meinen Arm bewege, um es Euch zuzuwerfen.«

Janela fing das Armband. Sie hielt es hoch, daß alle es sehen konnten, drehte sich hierhin und dorthin, als wäre es von überwältigender Bedeutung.

»Ihr habt gesehen, wie er es warf?« fragte sie die anderen.

Und jedermann stimmte zu.

»Lord Tobray hat eben höchst gelehrt das Zusammenspiel mehrerer Kräfte der Natur demonstriert«, sagte sie. »Eine war die Kraft, die er dem Objekt verlieh. Die zweite war die Unruhe, welche das Objekt auslöste, als es durch die Luft flog. Die dritte war der Sturz, als es mir näher kam. Die vierte die Kraft, die ich absorbierte, als ich es fing.«

Tobray gab ein ungeduldiges Schnauben von sich. »Ja, ja. Wir alle haben von den Theorien Eures illustren Vorfahren zu diesem Thema gehört. Mancher hat sie sogar gelesen, und einige unserer jüngeren Mitglieder haben wertvolle Zeit mit ihrer Erprobung vertan.«

Ein paar jugendliche Gesichter im Publikum duckten sich verlegen oder machten sture, trotzige Gesichter, je nach ihrem Naturell.

»Janos Greycloak«, fuhr Tobray fort, »sagte beispielsweise, Licht könne Substanz haben. Das mag so sein. Doch was können wir mit solchem Wissen *anfangen* ... falls es tatsächlich wahr sein sollte? Ich kann es nicht essen. Ich kann kein Werkzeug daraus formen. Welchem irdischen Zweck könnte es dienen, abgesehen davon, daß es uns den Weg beleuchtet oder den Schlaf raubt?«

»Ein irdischer Zweck?« sagte Janela. »Nun, derer gibt es viele. Ich will Eure Zeit nicht mit einer Aufzählung in Anspruch nehmen. Denn es ist der *überirdische* Zweck, den ich Euch zu bedenken bitte ... wie ich gleich demonstrieren werde.«

Erneut hielt sie das Armband hoch. Dann nahm sie einen Kelch und warf das Armband hinein. Wir hörten es klappern. Janela machte eine Geste, und der Kelch erglühte.

»Nun ist es Licht.«

Sie schüttelte den Kelch, doch war nichts zu hören. Dann nahm sie einen anderen Kelch, hielt diesen einen Fuß weit oder tiefer unter den ersten, dann goß sie.

Die Zauberer stöhnten auf, als Licht wie Wasser von einem

Kelch zum nächsten floß. Etwas davon perlte sogar zu Boden und hinterließ leuchtende Tropfen. Janela nahm einen vorsichtigen Schluck aus dem lichterfüllten Kelch. Sie zog die Augenbrauen hoch, als sei sie angenehm überrascht.

Sie wischte eine schwache, phosphoreszierende Spur von ihrer Oberlippe und sagte: »Nun, es schmeckt wie... Licht!«

Janela reichte den Kelch an Tobray, der diesen kritisch untersuchte. Dann nahm auch er einen Schluck, und ein Staunen glitt über sein Gesicht. Schon reichte er ihn weiter, damit auch die anderen ihn untersuchen und das Licht kosten konnten.

»Es war gut, daß Ihr mir Gold gabt, edler Lord«, sagte Janela, »denn es ist das Metall, welches dem Licht am meisten ähnelt. Etwas anderes wäre nicht so leicht zu konzentrieren gewesen. Eine Feder beispielsweise.«

Vakram schnaubte. »Ein Zaubertrick, mehr nicht«, sagte er. »Jeder von uns könnte es mit etwas Übung schaffen.«

»Genau das habe ich von Anfang an gesagt, mein Herr«, sagte Janela.

Es folgte Gelächter, als andere sich erinnerten, daß Janela vom einfachen Volk gesprochen hatte. Vakram errötete.

»Trotzdem«, sagte er. »Das alles ist Zauberei, nicht mehr.«

»Ja«, gab Janela ihm recht. »Nicht mehr als eine Demonstration magischer Kräfte, die sich wie gewöhnliche Flüssigkeit verhalten und auch gewöhnlichen Gesetzen unterwerfen. Ich habe den Kelch geneigt und konnte nicht anders, als einzuschenken.

Was die Bemerkung angeht, der Trick sei simple Zauberei, so stimmt das nur zum Teil. Für diesen Trick war Energie nötig, auch wenn ich mich nicht der Energie aus den üblichen Quellen bedient habe. Weiterhin mag aufgefallen sein, daß ich weder eine Beschwörung gesprochen noch magische Zutaten verwendet habe.«

Sie sah sich in der Menge um. »Würdet Ihr mir recht geben, wenn ich sage, daß die Zauberei Energie sowohl verbraucht als auch produziert, wobei es manchmal den Anschein hat, als würde mehr produziert als verbraucht?«

Zustimmendes Gemurmel und Nicken folgte ihrer Frage.

»Würdet Ihr mir weiterhin darin recht geben, daß man die Energie von ... einem anderen Ort ... nimmt, was der Grund dafür ist, daß sich mehr Energie entfaltet, als der beiläufige Betrachter sehen kann?«

Manche runzelten die Stirn, doch viele nickten erneut und brummten zustimmend, besonders die jüngeren Zauberer, die Tobray verspottet hatte.

»Und daß die Energie, die Ihr verwendet, begrenzt ist, und daß manchmal, wenn Ihr Eure Gedanken zu früh nach Eurer ersten Handlung an diesen ... anderen Ort ... fliegen laßt, nicht mehr genug da ist, um die Beschwörung zu wiederholen. So daß Ihr ... sozusagen weiter ausholen müßt, um mehr zu bekommen?«

Immer weniger gaben ihr recht. Doch jene, die es taten, strahlten, als werde ihnen plötzlich manches klar.

»Ich will Euch nicht darum ersuchen, mein Wort dafür zu nehmen«, sagte Janela. »Es widerspräche gänzlich der Überzeugung meines Großvaters. Sämtliche Vermutungen müssen wieder und wieder erprobt werden. Hinterher – falls Ihr daran interessiert seid – werde ich Euch zeigen, wie ich meine Experimente ausgeführt und woher ich meine Einsichten habe ... von denen viele aus Euren eigenen Archiven stammen.«

Als sie das sagte, entspannten sich manche Zweifler. Tobray war unter ihnen. Es machte mir Mut, zu sehen, daß er zumindest praktischen Verstand und intakte Instinkte besaß.

»Was meintet Ihr damit, Lady«, fragte Tobray, »als Ihr sagtet, Ihr hättet für den Armbandtrick eine andere Energiequelle benutzt?«

»Nun, ich habe sie von der Energie genommen, die entstand, als Ihr geworfen habt und ich das Armband fing«, sagte Janela.

»Das ist nicht möglich!« stieß Vakram hervor.

Er wirkte besorgt, obwohl ich nicht erkennen konnte, warum. Seinem Ruf nach war er kein Zauberer, der vor Ideen sprühte und gern kontroverse Standpunkte vertrat.

»Wie ich schon sagte, Lord«, erwiderte Janela, »dürft Ihr alles, was ich sage, nachher prüfen. Doch ich kann Euch versichern, edle Magier, daß sich *jede* Energie für magische Zwecke nutzen läßt. Wie Euer Atem Kraft genug hat, das Rad an einem Kinderspielzeug zu drehen, kann er auch kleinere Zaubereien antreiben, wie etwa, den Atem zu versüßen, wenn dieser nach einer Knoblauchspeise übel wurde.« Janela grinste. »Nur bezweifle ich, daß er genügt, um üble Laune zu verbessern.«

Es gab eine Menge Gelächter auf Vakrams Kosten. Finster blickte er sich um, was alle nur noch lauter lachen ließ. Doch als sein Blick das breite Grinsen des Prinzen einfing, wandte er sich eilig ab.

Nachdem sie ihn zum Schweigen gebracht hatte, fuhr Janela fort. »Nun, wir alle können leicht darüber spekulieren, welche Kräfte in dieser, der gewöhnlichen Welt am Werk sein mögen. Der natürlichen Welt. Es gibt Hitze und Licht, die Kraft, die Dinge zu Fall bringt, die Kraft, die eine Kompaßnadel bewegt, die verschiedenen Kräfte, die eine Bewegung mit sich bringt, dazu jene, die sich offenbart, wenn der Blitz einschlägt. Und so weiter und so fort.

Dann gibt es die übernatürlichen Kräfte. Die Kräfte des Spirituellen, der Magie und Zauberei. Welche wiederum vielerlei Formen annehmen können, von denen ich glaube, daß sie sich eines Tages als Gegenstücke zu den natürlichen Kräften entpuppen werden. Die Rückseite der Münze, wenn man so will.«

»Was ist mit den Göttern, edle Lady?« fragte Tobray.

»Sie müssen sich denselben Gesetzen unterwerfen wie Ihr und ich. Falls sie überhaupt existieren.«

Einiges Stöhnen ob dieser Ketzerei war zu hören. Doch fiel mir auf, daß es nur von wenigen kam. Es gab mehr Zweifel, als ich in Farsuns gespenstischem Thronraum erwartet hätte.

»Wollt Ihr sagen, daß die Magie wichtiger sei als diese anderen Kräfte?« sagte Tobray einigermaßen gelassen und zeigte mit seinem milden Tonfall, daß er zu den Zweiflern gehörte.

»Es ist keine Frage der Wichtigkeit, edler Lord«, antwortete Janela. »Nützlichkeit bestimmt solcherlei Dinge. Wenn ich diese Knoblauchspeise kochen soll, die Lord Vakram so gern ißt, dann muß Hitze herrschen, ansonsten wird er hungrig bleiben oder ein armseliges Mahl bekommen.«

Vakram errötete tief, doch sagte er nichts. Das Gelächter wurde gedämpft. Janela erkannte ihren Fehler, einen längst geschlagenen Gegner zu bedrängen, und ließ von ihm ab.

»Von wahrer Bedeutung«, sagte sie, »ist, daß all diese Kräfte, von denen wir gesprochen und auch jene, die wir überflogen haben, tatsächlich dieselbe Kraft sind. Wir teilen sie nur auf, weil es das ist, was wir beobachten. Hitze kocht. Licht leuchtet. Und so weiter.«

»Es ist, als gäbe es nur einen Gott«, sagte Tobray, »wenn auch mit vielen Gesichtern. Und wir sehen das Gesicht, welches wir sehen wollen oder müssen.«

»Und dieser Gott ...«, begann Janela.

»... ist selbst eine Kraft«, beendete Tobray den Satz für sie. »Und daher nur ein Teil des Ganzen.«

»Vorausgesetzt«, sagte Janela, »daß er ... oder sie ... existiert.«

»Ja, ja«, murmelte Tobray. »Das vorausgesetzt.«

Vakram raffte sich auf. »Darf ich so unverschämt sein, edle Lady«, sagte er, »eine Frage zu stellen, ohne daß mich Eurer spitzen Zunge Witz trifft?«

»Es tut mir leid«, antwortete Janela. »Ich war nervös, weil ich mich in so erlauchter Gesellschaft befinde, und habe gesprochen, ohne nachzudenken.«

Vakram nickte, doch war zu spüren, daß er ihre Entschuldigung nicht akzeptierte. »Meine Frage ist folgende: Was macht es, ob es eine Kraft gibt oder mehrere? Wie Lord Tobray bereits so treffend formulierte, kann man dieses Wissen nicht essen. Auch nicht mit Knoblauch. Und ich kann nichts Sinnvolles daraus erschaffen.«

»Ihr könnt es, indem Ihr das Werkzeug benutzt, mit dem Ihr Euch am besten auskennt. Die Zauberkunst, nicht die Religion, weist uns den Weg nicht nur zum Verständnis, sondern hin zur Einflußnahme.«

Sie deutete auf den Tisch mit den Objekten. »Ich hatte viele Dinge, die bei dieser Vorführung zum Einsatz kommen sollten«, sagte sie. »Aber ich glaube, das wird jetzt nicht mehr nötig sein. Ich werde Euch meine Methoden zeigen. Und in meinen Notizen könnt Ihr die Beweise finden. Sicher habe ich mich in manchem getäuscht. Ich war in Eile. Und dennoch würde ich mein Leben auf das Resultat verwetten.

Was die praktische Anwendung betrifft, so ist sie der einzige Grund, warum ich um diese Versammlung gebeten habe. Wäre sie rein akademisch, hätte ich mit jedem einzeln gesprochen.«

»Ihr meint die Dämonen?« unterbrach der Prinz. »Ihr habt eine Möglichkeit gefunden, Euer Wissen in einen Speer gegen die Dämonen zu verwandeln?« Seine Augen funkelten vor jugendlicher Hoffnung.

»Ja, Hoheit«, sagte Janela. »Ich glaube, das habe ich.«

Sie fuhr herum, deutete auf zwei der mächtigen Baumwurzeln.

»Ihr alle habt den Baum gesehen, der über diesen Ruinen aufragt«, sagte sie. »Wie Ihr auch alle wißt, daß er magischer Natur ist.«

»Das tun wir allerdings, edle Lady«, sagte Tobray. »Doch ist seine Zauberkraft nicht von Bedeutung. Der Baum ist nur ein hübsches Ding, das Liebespaaren den Tag verschönt.«

»Ich bitte um Verzeihung, wenn ich Euch widersprechen muß, edler Lord«, sagte Janela. »Doch ist er sicher mehr als nur ein hübsches, romantisches Ding. Wenn Ihr ihn untersucht, werdet Ihr sehen, daß er mehr Energie ergibt, als er für seinen eigenen

Bedarf benötigt. Der Zauber mit dem Armband war viel leichter auszuführen, weil wir in seiner Nähe sind.

Ich glaube, er und seinesgleichen wurden gezüchtet, um solche Energie zu produzieren ... wie Blumen von Gärtnern um ihres Duftes willen verfeinert werden. Er wurde hier aus einem Grunde eingepflanzt, der für Eure Geschichte von immenser Bedeutung ist. Seine Gegenwart, Damen und Herren, ist nicht das Ergebnis einer bloßen Laune, sondern der Plan einer Hexe, die eine magische Quelle entdeckte, welche die gleiche – wenn nicht gar dieselbe – Quelle ist, die durch ihre Heimat floß.«

»Woher nimmt der Baum seine Energie, edle Lady?« fragte Tobray.

»Aus der Welt, in der die Dämonen herrschen«, antwortete Janela. »Aus dem Reich von König Ba'land höchstpersönlich.«

Das erschütterte die Zauberer sichtlich. Heftiger Streit entflammte unter ihnen, bis Tobray sie mit gebieterischer Geste zur Ruhe rief.

»Bitte erklärt Euch, Lady«, sagte er.

»Gern«, sagte Janela. »Der Baum nutzt die Energie der natürlichen Dämonenwelt – falls Ihr Euch etwas Derartiges vorstellen könnt? Ganz so, wie sie die unsere nutzen. Nur sind sie Blutsauger, die schlichtweg alles konsumieren. Besonders menschliches Leid, eine Kraft, von der wir noch nicht gesprochen haben. Doch gibt es sie, edle Lords und Ladies. Es gibt sie. Und es ist dieser Hunger nach unserem Leid, dazu die Gier nach unseren Reserven, die die Dämonen antreibt, die sie dazu gebracht hat, uns Jahrtausende lang zu verheeren.

Auch das solltet Ihr wissen. Alles, was in unserer Welt normal ist, ist in ihrer magisch. Und alles, was dort normal ist, ist hier magisch. Davon nährt sich dieser Baum.

Der Baum kann uns eine gänzlich andere Energie verleihen. Und diese bedeutet Macht über unsere Feinde.«

Wieder ein Aufruhr. Doch diesmal hörte ich keinen Streit. Sie waren ein leidgeprüftes Volk, das begierig nach der kleinsten Hoffnung griff.

»Ihr alle kennt die Geschichte«, sagte Janela, »von König Farsun und seiner Königin Monavia.«

Allgemeine Zustimmung kam auf. »Wir kennen sie nur allzu gut«, sagte Tobray lächelnd. »Es ist eines von Tyrenias beliebtesten Kindermärchen. Die Gottkönigin und der feige König. Der Dämon, der sich verzehrte und seine Bosheit nutzte, die Tänzerin für sich zu gewinnen.«

Solaros unterbrach, indem er hinzufügte: »Und der Prinz, der vom feigen König in den Turm gesperrt wurde.« Er blickte in die Runde. »Das wußtet Ihr nicht, habe ich recht?« sagte er. »Es ist der Teil des Märchens, der nie erzählt wird. Lord Antero hat ihn mir gestern vorgetragen. Ein weiteres Beispiel für all die Dinge, die Lady Greycloak ausgegraben hat und die so lange schon vor unseren Nasen liegen.«

Janela lachte. »Danke, Hoheit«, sagte sie. »Ich hätte keine bessere Empfehlung bekommen können.«

Sie holte tief Luft, als fände sie sich mit dem ab, was nun kommen sollte. Sie zog die Figur der Tänzerin aus ihrem Ärmel.

»Erkennt Ihr das hier, Lords und Ladies?« fragte sie.

»Das tun wir allerdings«, sagte Tobray. »Es war einmal ein beliebtes Spielzeug in Tyrenia. Unzählige davon wurden hergestellt.«

Bitterer Hohn erfüllte mich, als ich solches hörte.

So viel hatte auf dem Spiel gestanden – zweimal, wenn man an Janos' und meine Reise dachte – für etwas, das sich als Kinderspielzeug entpuppte.

»Ich will versuchen, Euch die wahre Geschichte von Farsun und Monavia zu erzählen«, sagte Janela. »Und in dieser Geschichte werdet Ihr erfahren, wie wir die Dämonen verwirren können.«

Janela wandte sich mir zu. Sie lächelte, doch konnte ich sehen, daß sie sich auf ihre bevorstehende, abschließende Demonstration nicht eben freute.

»Amalric«, sagte sie, »wahrscheinlich wird sich eine ähnliche Wirkung zeigen wie schon beim letzten Mal. Ich habe einige Dinge bei meinem Bett hinterlegt und auch Anweisungen dazu geschrieben. Würdest du dich darum kümmern ... falls ich es nicht selbst tun kann?«

»Ich glaube, wir sollten die ganze Sache lassen«, sagte ich. »Es ist zu gefährlich.«

»Aber dennoch notwendig«, sagte Janela.

Damit betrat sie das steinerne Podium, legte die Figur der Tänzerin in die Mitte und zog sich zurück.

Konzentriert neigte sie den Kopf. Es wurde dunkler, und der ganze Raum verstummte, als das vertraute Bild der winzigen Tänzerin zu sehen war. Dann verschwand das Mädchen, ließ nur die puppengleichen Figuren des Hofstaates zurück.

Janela machte eine weite Geste, und wir alle stöhnten auf, als die Szenerie groß und immer größer wurde, bis sie den ganzen Raum erfüllte, in dem wir uns befanden. Wir wurden ein schattenhaftes Publikum, das eine Vergangenheit erblickte, welche zu neuem Leben erblühte. Wir hörten das leise Geplauder der Höflinge, als säßen wir zwischen ihnen. Wir lauschten den Musikern, die unten im Orchestergraben saßen. Die Luft war warm von all den Menschen, und als ich mich im Thronsaal umsah, fiel mir auf, daß alles wieder neu war. Fort waren die Spinnweben, fort die eingedrungenen Baumwurzeln, fort war das Gefühl lang schon verstorbener Geister.

Der Eßtisch ächzte unter dem Gewicht frischer, verführerischer Speisen. Der Duft delikater Soßen und Gewürze mischte sich mit dem angenehmen Aroma zarten Weihrauchs. Gutgelaunte Diener schritten durch die Menge, füllten Teller und Kelche nach.

Doch lag ein unbehaglicher Unterton in dieser Festgesellschaft. Ein Nachgeschmack von säuerlichem Dämonenfleisch hing in der Luft. Dann sah ich, wie die Dämonenhöflinge durch die Menge kamen, und von seiner Privatloge aus funkelte König Ba'land die anderen mit seinem gelben Auge an. Ich blickte hinüber zu den Thronen und sah, daß König Farsun, Tyrenias Monarch, mürrisch und betrunken war. Königin Monavia saß neben ihm, bemühte sich um ein freundliches Lächeln für etwas, das der Hofnarr gesagt hatte. Doch schien sie nachdenklich, als wartete sie, daß etwas geschehen würde.

Dann brüllte Ba'land: »Euer Hof ist heute ermüdend, mein Lieber.« Die Musik brach ab, und es wurde still im Thronsaal. Farsun sank in sich zusammen und nahm den nächsten Weinbecher, um seine Scham darüber zu verbergen, daß er so rüde angesprochen wurde. »Wo ist die Tänzerin? Holt sie her, wenn Ihr die Güte hättet!«

Farsun stürzte den Rest Wein herunter. Winkte einem Diener, ihm nachzuschenken.

»Ja, ja«, sagte er. »Ihr habt recht, mein Freund. Ich fange selbst schon an, mich zu langweilen.« Er klatschte in die Hände, gab das Zeichen für die Tänzerin.

Die Musiker spielten die Einleitung, und alle Augen – damalige und gegenwärtige – wandten sich der Bühne zu.

Es war, als teilte sich ein unsichtbarer Vorhang, dann trat das Mädchen mit einer schnellen Drehung herein. Schön und verführerisch war sie wie eh und je. Doch bisher war ihre Sinnlichkeit der Unschuld entsprungen ... als sei sich die liebreizende Maid des melodischen Moschus' nicht bewußt, den ihr Tanz verströmte und der die Luft erfüllte.

Diesmal, bei diesem Tanz, war die Unschuld verschwunden. Thalila tanzte wie eine Kurtisane. Jedes Schwenken ihrer Hüften und das Hüpfen ihrer Brüste flehten um zärtliche Berührung. Ihr

Blick brannte von sündigem Wissen, und ihre Finger strichen langsam, anmutig über die zarten weißen Glieder. Ihre Lippen waren voll, baten inständig, geküßt zu werden. Die schlanken Schenkel bebten vor Sehnsucht, sich zu teilen und jemandem Einlaß zu gewähren.

Nie in meinem Leben war ich erregter. Mein Glied stand auf und war wie jene geschwollene Schlange, die einst Melina gejagt hatte, die Frau, die mir die Unschuld raubte und nur einen leichten Hauch ihres aufreizenden Parfums zurückließ ... welcher mich noch heute im Schlaf verfolgt. Einen Moment lang wurde ich zum lüsternen Zwilling König Ba'lands, der mit den Zähnen knirschte und der Tänzerin Obszönitäten entgegenbrüllte.

Ich riß meinen Blick los, um ihren Zauber abzuschütteln. Ich blickte zu den Thronen und sah, daß Königin Monavia gegangen war, während König Farsun eingesunken dasaß und im Vollrausch schnarchte.

Als ich mich wieder einigermaßen gefangen hatte, drehte ich mich um und bemerkte zum ersten Mal, daß Thalila eine Rose in der Hand hielt. Sie strich mit der Blüte über ihren Leib und schwenkte sie verführerisch zum Dämonenkönig hin, lächelte scheu und senkte den Blick. Der Dämon wand sich vor lüsternem Vergnügen, während die nadelspitzen Krallen wieder und wieder vortraten und verschwanden.

Dann kühlte Entsetzen den letzten Rest an Leidenschaft, als ich sah, daß Thalila vom Podium tänzelte und mit Pirouetten Ba'land entgegenstrebte. Sie neckte ihn eine Weile, trat vor, zog sich wieder zurück. Doch kam sie ihm immer näher, bis sie direkt vor seiner Loge stand. Sie lachte und hielt ihm die Rose hin. Ba'lands Pfote kam vor, langsam, als wundere ihn das Angebot. Dann grinste er breit und riß ihr die Rose aus der Hand. Er küßte die Rose und hielt sie hoch, daß alle sie sehen konnten. Seine Dämonenhöflinge bellten zustimmend. Thalila tänzelte freudig herum, ihr Gazeschleier umflatterte die nackten Hüften. Erneut trat sie heran, und eine hübsche Hand kam vor, um ein einzelnes Blatt von der Rose zu pflücken. Der Dämon griff nach ihr, drohte spielerisch mit dem erhobenen Zeigefinger.

Ba'land erhob sich von seinem Sitz und warf die Pforte seiner Loge auf. Er schlurfte zu Thalila, doch wich sie zurück, ging rückwärts, bis sie wieder auf dem Podium stand.

Dort wartete sie. Schweigend. Bebend. Ba'land erklomm das Podium und ging zu ihr. Er blieb stehen. Mit gelben Augen funkelte er die Menge im Thronsaal an.

»Laßt uns allein!« rief er. Und die Höflinge, Menschen wie Dämonen gleichermaßen, zogen sich eilig zurück.

Wieder wandte er sich Thalila zu. Ich glaubte zu sehen, wie sie erschauerte, doch falls es so war, fing sie sich schnell und hob ihr liebliches Gesicht, um den Dämon anzulächeln. Ba'land umarmte sie mit seinen Krallen, daß sein schwarzer Umhang beide verhüllte.

Nun war der Thronsaal leer. Bis auf König Farsun, der auf seinem Thron schnarchte.

Im Publikum kam Unruhe auf. Wir dachten, es sei zu Ende und fragten uns, was der Sinn dieser Aufführung gewesen sein sollte. Dann bewegten sich Janelas schattenhafte Umrisse, und das Bild der ungleichen Liebhaber löste sich vor unseren Augen auf... um von einem anderen abgelöst zu werden.

Nun blickten wir in die Kammer der Hexe Königin Monavias. Sie war leer gewesen, als Janela und ich sie gesehen hatten. Nun stand dort ein kleiner, lackierter Tisch voll magischer Symbole. An einer Wand lehnte ein Schrank mit seltsam geformten Behältern. Die anderen Mauern waren von Wandteppichen verhüllt, auf denen geheimnisvolle Bilder eingewoben waren. Am Tisch stand eine Frau im Hexenumhang und zerstampfte Zutaten in einem Tiegel. Sie war groß, mit harten Zügen, und als ich näher hinsah, erkannte ich die Ähnlichkeit mit dem Volk am See. Neben dem Tiegel lagen mehrere

Silberblätter, die ganz offenbar vom magischen Baum stammten. Diese legte sie hinein und zerrieb eines nach dem anderen.

Die Tür ging auf, und Königin Monavia trat ein. »Der König schläft«, sagte sie. »Wir müssen uns sputen, Komana.«

Die Hexe sagte nichts, rieb nur weiter ihren Stößel. Es klopfte an der Tür, und beide Frauen drehten sich erschrocken um. Dann folgte eine ganze Reihe von Klopfzeichen, und sie wurden ruhiger. Die Königin öffnete die Tür.

Zu meiner Überraschung sah ich die Tänzerin eintreten. Erschreckend jung und verletztlich sah sie in jener weißen Robe aus, die sie angelegt hatte, seit wir sie zuletzt gesehen hatten. Eine helle Spur von Blut zog sich über ihre Wange.

»Ba'land erwartet mich in seiner Kammer«, sagte sie. »Ich werde bald gehen müssen, damit er nicht mißtrauisch wird.«

Die Königin umarmte sie. »Es tut mir so leid, Thalila«, sagte sie. »Wenn es nur eine andere Möglichkeit gäbe.«

»Nun, die gibt es nicht!« unterbrach die Hexe. »Und bedauert nicht sie allein. Wir alle zahlen einen Preis für das Werk dieser Nacht.«

Komana deutete auf die Tänzerin. »Das Rosenblatt. Wo ist es?«

Die Tänzerin zog es aus ihrem Ärmel. Die Hexe nahm es an sich und kehrte an ihre Arbeit zurück.

Es schien, als blickten sich Monavia und die Tänzerin eine Ewigkeit lang an.

»Ich werde keine andere lieben als dich allein«, sagte Thalila.

»Und ich dich«, erwiderte die Königin.

»Ba'land mag mich besitzen«, sagte die Tänzerin. »Doch wird er nur Kälte bei mir finden, nur Haß in meinen Armen.«

Die Königin wischte eine Träne fort. Dann küßten sie einander, eine lange Begegnung der Lippen.

»Ich bin bereit«, sagte die Hexe.

Die beiden Liebenden lösten ihre Umarmung. Nach einem letzten Blick entfloh die Tänzerin dem Raum, und ihre Schritte tappten einen gespenstischen Rhythmus auf dem groben Steinfußboden.

Die Hexe trat vor den Steinaltar und nahm die Schatulle aus dessen Mitte. Sie hob den Deckel an, legte das Blatt hinein, dann schloß sie ihn. Lange Hexenfinger nahmen Pulver aus dem Mörser auf dem Tisch und streuten es über den Kasten. Das Puder glitzerte, als es herabregnete und das Relief der Tänzerin bedeckte.

Komana sang:

»Leben aus Dunkel,
Anmut aus Unheil;
Teile den Dämonenschleier,
Gib uns unsere Freiheit wieder.
Tänzerin an Rose
Und Rose dann an Tänzerin
Und Pulver
Vom Dämonenkuß.
Schranken gibt es keine
Von einer Welt
Zur anderen.«

Und ich sah ein unheimliches Licht, das aus der Schatulle glühte.

Nur war die Hexe noch nicht fertig. Komana stellte den Kasten beiseite, dann hob sie einen Becher, schenkte Wasser in den Tiegel und verrührte eilig den Bodensatz. Niemand mußte mir sagen, daß das Wasser aus der unterirdischen Quelle stammte. Dann wurde die silbrige Flüssigkeit, welche die Hexe erstellt hatte, in einen kleinen Kelch gegeben.

Diesen reichte sie der Königin mit den Worten: »Füllt Euren Mund damit, Hoheit, und haltet es, bis der rechte Augenblick gekommen ist. Laßt keinen Tropfen durch Eure Kehle rinnen, denn er würde Euch töten, und was würde dann aus Eurem Sohn?«

Die Königin nickte. »Ich verstehe«, sagte sie.

Wir alle waren wie in Trance, als sie tat, wie die Hexe ihr geheißen.

Dann kam die Schatulle an die Reihe. Ohne Weisung öffnete Königin Monavia sie und nahm das Blatt heraus.

Sie erschauerte, als sie es an sich nahm, und die Hexe fing den Kasten kurzerhand auf, als er der Königin entglitt.

Dann stand sie da, als wäre sie erstarrt. Wir sahen, wie eine höchst erstaunliche Gestalt aus ihrem Körper trat. Es war das andere Ich der Königin, eine Form des Ichs, das auch ich einmal gewesen war, wenn auch nur für einen Augenblick. Das gespenstische Ich der Königin schimmerte vor Leben und Kraft. Sie zögerte nicht, sondern ging davon, während die Hexe ihr nachblickte.

Monavias Geist scherte sich nicht um die Tür. Er ging einfach hindurch und ließ ihren weltlichen Leib zurück. Wir waren staunende Zeugen ihres Weges und beobachteten, wie sie durch lange Korridore ging, durch Wände anderer Räume, vorbei an Männern und Frauen, die sie nicht sehen konnten.

Schließlich waren wir wieder im dunklen Thronsaal mit den Resten des unterbrochenen Festmahls ... und König Farsun, der auf seinem Thron schnarchte, den Weinkelch noch immer in der Hand.

Der Geist der Königin schwebte zu ihm hinüber. Er beugte sich vor, drehte sanft den Kopf des Mannes und spie die Flüssigkeit in sein Ohr.

Dann schwebte die Königin zurück, lächelte ihren Mann an. Und sie sagte: »Wach auf, mein Herr und Gebieter.«

Stöhnend kam König Farsun hoch, und silbrige Tropfen liefen über seine Wange. Gedankenverloren wischte er sie fort.

»Wer ist da?« wollte er wissen.

Und sie sagte: »Sputet Euch, Herr. Euer Sohn will diesen Thron besteigen.«

»Monavia?« sagte er, spähte hierhin und dorthin, doch konnte er den Geist seiner Frau nicht sehen. »Wo bist du?«

Er schüttelte sich. »Zuviel getrunken«, brummte er. »Das Biest bereitet mir Alpträume. Warte nur, bis sie den Kopf ihres Sohnes sieht. Morgen schon schlage ich ihn ab. Dann werden wir ja sehen, wessen Träume die süßeren sind!«

Das andere Ich der Königin lachte, und es klang wie Gartenglokken im sanften Wind.

König Farsun fuhr herum, er fiel fast von seinem Sitz, als er sich umsah, um herauszufinden, woher diese Klänge kamen.

Dann wirkte das Gift, und er schrie vor Schmerz, warf seinen Weinkelch zu Boden und griff nach seinem Ohr. Dem Schrei nach zu urteilen, müssen die Qualen furchtbar gewesen sein.

Uns wollte fast das Blut gefrieren, doch die Königin lachte nur und schwebte dann davon.

Als die Türen aufgerissen wurden und der besorgte Hofstaat hereinstürmte, war die Königin schon lange fort, und der König lag tot am Boden.

Endlose Minuten lang herrschte Aufruhr, als die Höflinge herumliefen und riefen: »Was sollen wir tun?« und: »Was kann denn hier geschehen sein?« und: »Ich gebe den Ärzten die Schuld daran! Sie hätten wissen sollen, daß ihm nicht wohl war.«

Schweigen machte sich breit, als Königin Monavia durch die Tür trat. Es war die *wahre* Monavia, nicht der mörderische Geist, den wir gesehen hatten. Nachlässig war ein Umhang über ihr Nachthemd geworfen, als hätte sie sich in Eile angekleidet. Sie sah den König am Boden und ging hinüber, gefaßt, überhörte die geflüsterten Beileidsbekundungen ihrer Untertanen. Sie schob die Ärzte beiseite und kniete neben dem Toten.

Lange starrte Monavia ihrem Gatten ins Gesicht.

Dann zischte sie: »Feigling!« Und spuckte ihn an.

Der Hofstaat war entsetzt, aber man sah auch einige zustimmend nicken. Doch sagten sie nichts, als sich die Königin erhob und an sie wandte.

Sie sagte: »Mein Gatte hat sein Leben ausgehaucht, ganz offenbar aufgrund seiner Maßlosigkeit.«

Zustimmendes Gemurmel war zu hören.

Monavia fuhr fort. »Ich will, daß mein Sohn noch heute abend freigelassen wird. Morgen wird er den Thron besteigen, und trotz der schlechten Behandlung, die er durch seinen Vater erfahren hat, wird er sicher eine angemessene Zeit der Trauer verkünden.«

Die Höflinge murmelten anerkennend. Nun machte sich das eine oder andere Lächeln breit, als deutlich wurde, woher der Wind wehen würde. Farsun war kein beliebter König gewesen.

Die Königin betrachtete die Reste des Festmahls und zog angewidert die Lippen zusammen. »Eine höchst beschämende Zeit unserer Geschichte hat ein Ende«, sagte sie. »Dieser Raum und der Palast waren Zeuge unser aller Erniedrigung durch Ba'land und seine Teufel. Doch das ist nun vorbei, edle Lords und Ladies. Mein Sohn – davon gehe ich aus – wird sie aus Tyrenia verweisen, sobald er gekrönt ist.

Was diesen Raum angeht, so soll keiner von uns je wieder einen Fuß in einen solchen Saal der Schande setzen. Ich will, daß er versiegelt wird. Laßt alles, wie es ist. Und schließt die Türen.

Als erstes werde ich meinen Sohn dazu bewegen, diesen ganzen Palast räumen und verriegeln zu lassen. Wir können Eurem Monarchen ein anderes, würdigeres Heim errichten. Ich jedenfalls werde keine weitere Nacht in diesem Gemäuer verbringen.«

Und unter dem Applaus ihrer Bürger stolzierte die Königin hinaus.

Dann hörte ich Janela seufzen, das Bild löste sich auf, und wir waren wieder in jenem Thronraum voller Spinnweben.

Mein Herz tat einen Ruck, als ich Janela auf dem Podium der Tänzerin liegen sah.

Ich lief zu ihr und hob sie auf. Schwach lächelte sie mich an.

»Haben sie gesehen, was geschehen ist, Amalric?« fragte sie.

»Ja«, sagte ich. »Schlaf nun, meine Liebe.«

Tobray beugte sich über uns. »Tut, was er sagt, Lady. Wir können später über alles sprechen.«

»Dennoch«, sagte sie. »Ihr versteht doch jetzt, oder? Es gibt hier eine Pforte. Eine Pforte zur Dämonenwelt.«

»Ja, ja«, sagte Tobray. »Ich verstehe. Jetzt ruht Euch aus. Wenn Ihr Euch besser fühlt, könnt Ihr uns lehren, wie man sie öffnet.«

Janela nickte, dann schloß sie die Augen und schlief. Ich glaube nicht, daß ich sie jemals so friedlich gesehen hatte.

Ich trug sie in ihre Kammer und legte sie ins Bett. Ich befolgte die Anweisungen, die sie bereitgelegt hatte, und tröpfelte ihr Elixiere zwischen die Lippen. Dann entkleidete ich sie und badete ihren schlanken Leib mit wohlriechenden Essenzen, rieb diese so sanft ein, wie ich es einst bei meiner kleinen Tochter getan hatte, die vor so vielen Jahren schon zum Dunklen Sucher gegangen war.

Ich bedeckte sie und wollte eben gehen, als sie murmelte, ich solle bleiben. Also rollte ich mich neben ihr zusammen und hielt sie, bis sie schlief.

Spät in jener Nacht erwachte ich erschrocken. Janela war auf und legte einen Umhang an.

»Was ist?« sagte ich mit schläfriger Stimme. »Komm wieder ins Bett. Du bist krank.«

Janela überhörte das und sagte: »Komm mit, Amalric! Schnell!«

Ich sprang auf und folgte ihr zur Kammer hinaus. Wir liefen zum Quartier meines Sohnes, und ich fluchte, als ich die offene Tür sah und den Wachmann, der auf seinem Posten schlief.

»Zauberei!« zischte Janela und lief hinein.

Der andere Wachmann war auf dem Boden zusammengesunken, ebenfalls ein Opfer der Magie.

Ein weiterer Mensch lag mitten im Raum. Doch war dieser tot ... und um ihn herum Blut in weitem Umkreis.

Es war Lord Modin.

Angst gab meinen Gliedern Kraft, ich stürzte an Janela vorüber und riß Cligus' Tür auf.

Der Raum war ein Meer von Blut. Mein Sohn lag ausgestreckt auf den rotgetränkten Laken seines Bettes, den totenstarren Blick zur Zimmerdecke gerichtet.

Ich beugte mich über ihn, und der ganze Raum drehte sich, als säße ich auf dem rotierenden Kopf eines Teufels.

Janelas Stimme drang durch den Wirbel des Wahnsinns hindurch: »Sie sind nicht nur tot, Amalric. Man hat sie ausgesogen. Die Seele und alles.«

»Wer?« sagte ich mit tauben Gliedern. »Wer hat das getan?«

»Nur ein Dämon könnte so etwas schaffen«, sagte sie. »Und selbst dann ... es war sehr mächtig.«

»König Ba'land?« fragte ich.

»Ja«, sagte sie. »König Ba'land.«

Kapitel Neunzehn

Das Ende der Reise

Die Trauer, die ich über den Mord an Cligus empfand, überwältigte mich beinah. Hätte jemand noch einen Tag zuvor gesagt, wie sehr es mich verletzen würde... ich hätte ihn einen Lügner geschimpft. Doch als ich seine Leiche sah, mischten sich die angestauten Gefühle, die Wut und die Schuld, mit einem Aufruhr anderer menschlicher Schwächen. Ich weinte nicht. Ich fiel nicht in Ohnmacht. Ich stand nur da, unfähig mich zu rühren, und starrte den Mann an, den die Götter ausersehen hatten, mein Sohn zu sein.

So schwach sie auch sein mochte, sammelte Janela doch genügend Kraft, Quartervals zu rufen, damit getan wurde, was zu tun war, und half mir dann – zusammen mit Pip – in unser Quartier zurück. Sie gab mir eine Arznei, damit ich schlief, dann hielt sie mich in den Armen, bis Müdigkeit sie überkam.

Doch ruhten wir nicht lange. Am Morgen hörten wir ein Hämmern an der äußeren Tür der Suite. Ich nahm Stimmen wahr, und als ich eben zu mir kam, klopfte Quartervals bereits am Eingang unserer Kammer und sagte, wir seien zum König bestellt.

Murrend stand ich auf, noch benommen von der Arznei, warf mir Wasser ins Gesicht und legte meine Kleider an. Janela rührte sich und fragte, was los sei.

»Der König ruft«, sagte ich. »Schlaf du wieder ein. Ich werde allein mit ihm fertig.«

»Ich bitte um Verzeihung, Mylord«, unterbrach Quartervals mit sorgenvoller Stimme. »Aber der Bote sagt, Ihr solltet *beide* seiner Majestät die Aufwartung machen. Ich habe versucht, es abzuwenden, doch am Eingang stehen Soldaten des Königs, die sicherstellen sollen, daß seine Befehle befolgt werden.«

Mit einem Ruck kam Janela hoch. »Was ist?« fragte sie.

Ihr Gesicht war grau vor Mattigkeit und ihre Augen fiebrig. Ich muße nicht zweimal hinsehen, um zu erkennen, daß sie diesmal weit länger brauchen würde, bis sie wieder bei Kräften war.

Doch konnte ich nur wiederholen, was Quartervals gesagt hatte, denn wenn ein König seinen Boten schickt und dieser Bote neben seiner Botschaft auch Soldaten bringt, befolgt man die Befehle am besten Wort für Wort.

Für angebliche Helden war unser Auftritt am Hofe König Ignatis mitnichten glorreich.

Dort war es so düster wie zuvor. Nur der Thronbereich war erleuchtet, und die Soldaten schienen nervös, als sie uns über den Boden führten, in den die Namen so vieler eigener Helden gemeißelt waren. Mir schien, als führten sie ihre Aufgabe mit einigem Widerwillen und nicht eben geringer Scham aus.

Und sie schienen so verblüfft wie ich, als wir den Dämonen neben Ignatis Thron stehen sahen.

Wie die meisten Dämonen war er groß und äußerlich wie eine Echse. Doch diese Echse stand auf zwei Beinen wie jene Reptilien, die auf den Hügeln vor Jeypur die Schakale hetzen. Seine Schnauze war breit, die Augen kleine, rote Kohlen, und er hatte Giftbeutel an beiden Seiten seines Halses, die prall gefüllt und zorngerötet waren.

Als wir näher kamen, zuckte eine gefiederte Schlangenzunge aus seiner Schnauze hervor, um unsere Angst zu schmecken.

»Das also sind die Sterblichen«, zischte er, »die meinem König solche Schwierigkeiten bereiten.«

Finster blickte Ignati von seinem Thron auf uns herab. »Mein gutes Herz ist schuld«, sagte er. »Ich hätte nicht versuchen sollen, es dem Pöbel recht zu machen. Habe ich nicht recht, Tobray?«

Ich riß meinen Blick vom Dämon los, um nachzusehen, wer sonst noch bei uns war. Neben den Soldaten und ein paar weiteren Wachen sah ich anfangs nur Tobray. Dann entdeckte ich Vakrams hoch aufgeschossene Gestalt, lässig an eine Wand gelehnt, und fragte mich, was er hier tat. Seinen Herrn und Meister Prinz Solaros sah ich nicht.

Mir fiel auf, daß Tobray nicht geantwortet hatte, und ich drehte mich wieder um und sah, daß der König seinen Obersten Zauberer finster ansah.

»Ich *sagte*«, wiederholte der König, »... habe ich nicht recht, Tobray?«

Der Zauberer wirkte verstört, als er eine Antwort hervorpreßte. Doch war es nicht die Antwort, die ich erwartet hatte.

»In diesem Falle, Majestät«, sagte er, »glaube ich, wart Ihr klug, auf Euer Volk zu hören.«

Der dämonische Gesandte zischte sein Mißfallen hervor, dann sagte er: »Wie könnt Ihr es wagen, so mit Eurem König zu sprechen? Seid Ihr ein Narr oder ein Verräter?«

Ignati wand sich. Ganz offensichtlich gefiel ihm nicht, daß sich der Dämon seinen eigenen Männern gegenüber solche Freiheiten erlaubte. Selbst wenn er plant, einen köpfen zu lassen, liebt kein König eine derart offene Einmischung von einem Außenstehenden. Für einen Monarchen sind alle anderen nur Termiten, ob Adliger oder Bauer.

»Ja, ja«, sagte er, zum Dämon gewandt. »Ich kann Euren Groll verstehen, Yasura. Doch achtet nicht auf Tobray. Er ist ein guter Kerl. Wohlmeinend. Sagt nur, was er denkt. Was ich an meinem Hof gern fördere.« Und dann fügte er unwillkürlich hinzu: »Habe ich nicht recht, Tobray?«

Tobray schluckte. Dann sagte er: »Ja, das tut Ihr, Majestät. Deshalb seid Ihr auch ein großer Souverän. Und wenn ich Majestät auch weiterhin ehrlich und treu dienen soll, muß ich erneut Euren Zorn riskieren und Euch bitten, diesen Dämon und die Forderungen seines Königs deutlich zurückzuweisen.«

Der Zauberer wuchs immens in meiner Achtung. Einem mutigen Mann fällt es nicht schwer, etwas Mutiges zu sagen. Doch für jemanden wie Tobray war es ein Akt extremer Selbstverleugnung.

»Wollt Ihr Krieg?« kreischte Yasura.

Ignati schüttelte den Kopf. »Natürlich nicht. Und ich wünschte, Ihr würdet nicht ständig dieses Wort benutzen. Können zwei vernünftige Könige nicht in der einen oder anderen unbedeutenden Frage differieren, ohne gleich ständig Kriegsgeheul anzustimmen?«

Seine Hand kam vor, als wollte er den Dämon versöhnlich tätscheln, dann riß er sie zurück, kaum Zentimeter, bevor sie die Schuppenhaut berührte.

Ich stieß in die Lücke. »Was haben wir getan, Majestät?« fragte ich. »Haben wir tyrenische Gesetze gebrochen? Ich wüßte nicht, wie. Stets haben wir öffentlich gehandelt, und Euch bei jedem Schritt um Erlaubnis gebeten.«

Prinz Solaros' Stimme war zu hören. »Das ist vollkommen wahr, Vater.«

Der Prinz, der durch einen kleinen Privateingang hereinstürmte, eilte atemlos zum Thron, die Kleider noch ganz verworren vom eiligen Ankleiden.

»Bevor wir weiter darauf eingehen, Vater«, sagte er, »muß ich Euch bitten, mir zu sagen, warum ich nicht von diesem Treffen informiert wurde. Ihr wißt um mein großes Interesse an unseren zukünftigen Beziehungen zu König Ba'land.«

Ignati schnaubte. »Außerdem wußte ich, daß du versuchen würdest, dich einzumischen«, sagte er. »Die Zeit für derlei Dinge ist vorüber. Hier steht zuviel auf dem Spiel. Glaube mir.«

Der Prinz musterte Vakram. »Und was tut Ihr hier, edler Lord?«

Vakram blieb lässig. Das Mißfallen seines Herrn schien ihn nicht weiter zu belasten. »Zuschauen, Hoheit«, sagte er. »Weiter nichts.«

»Ich finde es seltsam«, sagte Solaros, »daß mein persönlicher Zauberer an einem solchen Treffen teilnimmt, ohne mich davon zu informieren.«

Bevor eine Auseinandersetzung stattfinden konnte, schlug Ignati in die Luft, als sei sie voll lästiger Fliegen. »Lord Yasura hat um seine Anwesenheit gebeten, mein Sohn«, sagte er. »Er wollte Einzelheiten zu diesem kleinen Zwischenfall im Alten Palast erfahren.«

Der König schüttelte den Kopf. »Ich muß sagen, es scheint mir eine unangenehme Sache zu sein. All meine Zauberer von einer Scharlatanin eingefangen. Und einer gotteslästerlichen Scharlatanin noch dazu.«

»Hättet Ihr selbst daran teilgenommen, Majestät«, sagte Janela, »könntet Ihr Euch nun einer anderen Sichtweise erfreuen.«

»Sichtweise worauf?« knurrte Ignati. »Zaubertricks und Kriegstreiberei, nach allem, was ich gehört habe.«

»Es ist König Ba'land, der die Krise sucht, Vater«, sagte der Prinz. »Er stellt Forderungen, die uns hilflos machen, wenn wir sie akzeptieren. Und seine Forderungen lassen allesamt keinen Kompromiß zu. Das ist in meinen Augen die wahre Kriegstreiberei.«

»Und was ist der Grund für den militärischen Drill, dem Ihr in letzter Zeit huldigt, Hoheit«, sagte der Dämon, »wenn nicht, Krieg zu führen?«

»Da ist dieses Wort schon wieder«, sagte der König. »Krieg, Krieg. Ich wünschte, wir könnten uns alle einer positiveren Sprache befleißigen. Der Friede liegt so viel leichter auf der Zunge. Er klingt wie eine verführerische Speise. Wie Pfirsich beispielsweise. In Kirschweinsauce. Wohingegen der Krieg, nun, er klingt wie...« Der König marterte sein Hirn, dann zuckte er mit den Schultern. »Nun, wie er genau klingt, weiß ich nicht. Aber *falls* mir etwas einfiele, wäre es ganz sicher böse.«

Trotz seines dummen Geredes war zu merken, daß Ignati zunehmend gereizter wurde.

»König Ba'land besteht darauf, daß der Drill ein Ende haben muß«, sagte Yasura.

Ignati nickte. Er wandte sich dem Prinzen zu. »Da hast du es«, sagte er. »Es ist keine so schwierige Forderung. Und wenn du darüber nachdenkst, mein Sohn, wirst du erkennen, warum ein, mh, ehemaliger, mh, Mitbewerber... das ist das Wort... Mitbewerber... sich an deinem Vorgehen stören kann.« Er sah Yasura an. »Welches nur unsere Truppen vor der Langeweile retten sollte. Der Drill diente allein der Verbesserung ihrer Moral... habe ich nicht recht, Tobray?«

Der Zauberer wollte eben antworten, doch winkte der König eilig, Ruhe zu geben. »Wie dem auch sei«, sagte er. »Heutzutage weiß man nicht mehr, was aus Eurem Munde kommt, Tobray. Seid Ihr eigentlich ganz gesund?«

Der Dämon zischte ungeduldig. »Es wird mehr als das erforderlich sein, Majestät«, sagte er.

Scharf sah der König ihn an. »Ich muß mit Eurem Herrn sprechen«, sagte er, »über seine Repräsentantenwahl. Ich schätze Burschen nicht, die herumlaufen und *fordern*, ich solle Dinge tun. Ich trage hier die Krone, und wenn etwas erforderlich sein sollte, so werde ich es tun. Sollte es andererseits etwas geben, worum Ihr mich *bitten* wollt, nun, dann bittet. Ein guter König zieht Bitten stets in Erwägung.«

Der Dämon verneigte sich. »Wie Ihr wünscht, Hoheit«, sagte er. »Dann soll es eine Bitte sein. Allerdings bitte ich darum, festzuhalten, daß es sich um eine sehr *eindringliche* Bitte handelt.«

Der König legte bei diesem Schachern um Worte seine Stirn in Falten. Dann nickte er. »Was genau ist es denn, worum Euer Herr mich bittet?«

Yasura sah uns an. »Bestrafung«, sagte er.

Ignati wirkte erleichtert. »Das ist doch vernünftig«, sagte er. »Teilt ihm mit, ich werde diese beiden schwer bestrafen.« Dann zu Solaros: »Siehst du, wie einfach es ist, Sohn?«

»Ich fürchte, das allein wird nicht genügen«, sagte der Dämon. »König Ba'land will mehr als Eure Zusicherung.«

Ignati wirkte besorgt. »Wie das?« sagte er.

Der dämonische Gesandte antwortete nicht, sondern starrte den König nur fest an. Der König wandte sich zuerst ab.

»Seht Ihr, wie es steht?« sagte er zu Janela und mir. »Das Leben meiner Untertanen gegen das Eure. Doch seid versichert, daß ich persönlich...«, und er warf Yasura einen wütenden Blick zu, »... darum *bitten* werde, daß König Ba'land sich Eurer mit so wenig Folterqualen wie möglich entledigt.«

Er lächelte Yasura an. »Da habt Ihr es«, sagte er. »Problem gelöst. Mißverständnisse ausgeräumt.«

Schäumend trat Solaros vor. »Das werde ich nicht zulassen, Vater!« rief er. »Lady Greycloak und Lord Antero stehen unter meinem Schutz. Ba'land könnte ebenso gut *mein* Leben fordern wie das ihre!«

»Das ließe sich einrichten, Hoheit«, sagte der Dämon.

Ignati erschrak. Dann wurde der Schrecken zu Zorn, und er riß an seinem Bart. »Wie könnt Ihr es *wagen*?« schrie er. »Wie könnt

Ihr es wagen, das Leben meines Sohnes zu bedrohen? Und erzählt mir nicht, Euch wäre nur dieses schmierige Ding, das Ihr eine Zunge nennt, ausgerutscht! Ihr seid impertinent im Übermaß und sollt in meinen Kerkern schmoren, Lord, für diese Ungehörigkeit, bis sich Euer Herr umgehend dafür entschuldigt. Und das ist eine eindringliche *Forderung*, Lord, keine Bitte!«

Er wandte sich seinem Zauberer zu. »Habe ich nicht *recht*, Tobray?«

Tobray grinste breit. »Wie immer, Majestät«, sagte er, »ist Eure Wortwahl von vollendeter Perfektion.«

Der König nickte zufrieden. Wieder einmal war die Ordnung an seinem Hofe hergestellt.

Dann sagte er: »Wachen, schafft mir Lord Yasura aus den Augen. Ihr wißt, wohin er kommt. Ich muß es Euch nicht buchstabieren.«

Die Soldaten grinsten, salutierten und traten vor.

»Siehst du?« sagte der König zu seinem Sohn. »So wird es gemacht. Achte gut auf mein Vorgehen, damit du dich später daran erinnern kannst, wenn ich nicht mehr bin. Sprich freundlich, aber laß den anderen niemals deine Freundlichkeit als Schwäche mißverstehen. Habe ich nicht recht...«

»Genug von diesem Unsinn!« rief Vakram.

Er stieß sich von der Wand ab und stolzierte zum Thron.

»Vorsicht!« schrie Janela und rannte vor. »Es ist Ba'land!«

Im Laufen zog sie ihren Dolch. Ich fragte nicht, überlegte nicht, zückte meinen Dolch und sprang ihr nach.

Vakram drehte sich zu uns um. Er brüllte, und als er es tat, schälte sich die Haut von seinem Gesicht, und eine Schnauze brach hervor, übersäte uns mit Haut und Blut, sein Leib wand sich immer höher, und schuppige Knochen und Muskeln zerfetzten seine vornehme Robe. Dann war er Ba'land, der Dämonenkönig, und sein Auge eine gräßliche Fackel des Zorns, sein Atem heißer, schwefliger Gestank, und seine Hände waren blutige Klauen, die nach uns griffen.

Rauch und Feuer brachen mit solcher Macht aus diesen Klauen hervor, daß wir mehrere Fuß weit zurückgeschleudert wurden. Als wir dort lagen, traf uns der nächste Ausbruch, und ich schrie vor Qualen, fand keine Luft mehr, rang darum einzuatmen, doch versengte ich nur meine Lungen.

Dann Stille. Ein Schauer kalter Luft, ich konnte atmen. Doch konnte ich mich nicht bewegen. Ich hörte, daß Janela neben mir aufstöhnte. Ba'land beugte sich über uns. Seine Reißzähne teilten sich zu gelbem Hohngrinsen. Dann wandte er sich ab, als seien wir keine weitere Aufmerksamkeit wert.

Ich sah, daß die beiden Wachen am Thron in sich zusammengesunken waren. Blut trat aus ihren Wunden. König Ignati saß erstarrt auf seinem Thron, sein Sohn stand mit gezücktem Schwert gleich neben ihm.

Ba'land lachte, als er das sah. Es war ein dickflüssiges, feuchtes Geräusch wie Abwasser in einer Kloake.

Ich hörte das Scharren zahlloser Klauenfüße, und dämonische Soldaten traten aus der Finsternis, um ihrem Herrn beizustehen.

Ba'land machte eine Geste. Das Schwert wurde Solaros aus der Hand gerissen und fiel klappernd zu Boden.

»Nun, wollen wir jetzt über meine *Bitten* sprechen«, sagte er, zum König gewandt, »auf vernünftigere Art und Weise?«

Ignati schwieg. Alt und schwach sah er aus. Er hielt die Hand seines Sohnes.

»Meine erste Bitte ist folgende«, sagte der Dämonenkönig. »Am Schöpfertag werdet Ihr freundlicherweise unterzeichnen, was immer ich Euch vorlege. Und zu Ehren der verbesserten Beziehungen zwischen unseren Reichen werdet Ihr diese beiden dort zur Zeremonie mitbringen. Dort werde ich darum bitten, sie zu opfern. Weiterhin werdet Ihr sie und ihre Kameraden bis zu jenem Tag – der, soweit ich weiß, noch einige Monate in der Zukunft liegt – von einer Wache meiner Wahl festhalten lassen. Und sollten sie entkommen, das verspreche ich Euch, wird die Strafe dafür grausam sein.

Ihr seht, mein Interesse am Frieden ist derart ausgeprägt, daß ich jede Möglichkeit für einen zukünftigen Konflikt zwischen uns ausräumen möchte. Das Opfer, welches ich plane, wird nicht nur sicherstellen, daß Lady Greycloak und Lord Antero uns nicht länger Schwierigkeiten machen, sondern auch anderen sterblichen Emporkömmlingen den Weg verstellen, die ihnen vielleicht nacheifern wollen.«

Er funkelte die beiden Majestäten an, die noch immer kein Wort sagten. Ich sah, daß der Prinz einen Blick auf sein Schwert warf und seine Chancen abwägte.

Ba'land machte eine Geste, und das Schwert flog durch den Raum in seine Klauen.

»Außerdem darf ich«, sagte er sanft, »Eure militärischen Vorbereitungen nicht vergessen. Ich will an diesem Tag eintausend Eurer besten Soldaten dort sehen. Entwaffnet, entkleidet und in Ketten sollen sie erscheinen. Im entsprechenden Augenblick werde ich sie für den abschließenden Segen brauchen. Eintausend Köpfe müßten eigentlich genügen, glaube ich.«

Ba'land drehte sich um und höhnte: »Habe ich nicht recht, Tobray?«

Der Mund des Obersten Zauberers ging auf, doch bevor er ein Wort sagen konnte, warf Ba'land ihm das Schwert entgegen. Die Klinge taumelte im Fluge, glühte vor magischem Leben, dann traf sie den Arm des Zauberers, durchbohrte diesen und die Mauer in seinem Rücken ... nagelte den Zauberer fest.

Tobray stöhnte, doch schrie er nicht. Ich sah Blut von seinen Lippen tropfen, so sehr versuchte er es zu verhindern.

»Nun, Majestät«, sagte Ba'land. »Was haltet Ihr von meinen Bitten? Wollt Ihr – wie ein weiser Monarch, der Ihr doch seid – darum *bitten*, daß sie ausgeführt werden?«

Ignati – vor Entsetzen zu schwach für eine Antwort – schüttelte den Kopf, nein.

Sein Sohn sprach für ihn. »Ihr habt seine Antwort gesehen. Sollte es unseren Tod zur Folge haben, dann sei es so. Doch eines will ich Euch sagen, Ba'land: Sind wir erst tot, solltet Ihr am besten so schnell wie möglich fliehen, denn unsere Untertanen werden sicher Rache üben. Und solltet Ihr entkommen, wird ihre Entschlossenheit für einen Krieg nur um so größer werden.«

»Ich sehe, Ihr glaubt, es gäbe noch immer einen Ausweg«, sagte Ba'land. »Diesen Glauben sollte ich endgültig zur Ruhe betten.«

Er machte eine Geste, und plötzlich zuckte Ignati nach vorn. Eine weitere Geste, und der König schrie auf. Seine Brust wölbte sich vor, und die königliche Robe schwoll an.

Der Prinz sprang vor, doch Ba'land schlug ihn nieder. Die schrecklichen Schreie des Königs hallten durch den Raum, dann brach sein Herz durch den Stoff und flog in Ba'lands Klauen. Der Dämonenkönig preßte es zusammen, und die Schreie des Königs wurden immer gräßlicher.

Ba'land hielt dem Prinzen das Herz hin. Vom Boden aus glotzte Solaros es an.

»Hier ist das Leben Eures Vaters«, sagte Ba'land. »Denkt schnell nach. Ihr könnt zustimmen, und ich werde es ihm wiedergeben. Oder Ihr könnt Euch weiter weigern, und in diesem Falle . . .«

Erneut drückte er, und Ignati schrie.

»Wir stimmen zu«, keuchte der Prinz. »Bitte quält ihn nicht mehr.«

»Seid Ihr sicher?« fragte der Dämonenkönig.

Weiteres Pressen, weitere Schreie.

»Ich bin mir sicher«, heulte der Prinz.

Ba'land verneigte sich. »Wenn es der Wunsch Eurer Hoheit ist«, sagte er.

Eilig trat er an den Thron, lächelte auf den leidenden Ignati hinab, dann drückte er das Herz wieder in dessen Brust. Er blies gegen das blutige Loch, und einen Augenblick später waren alle Spuren der Wunde und selbst des Risses im Stoff verschwunden.

Ba'land tätschelte den König. »Ich bin froh, daß Ihr die Dinge endlich mit meinen Augen seht«, sagte er.

Er wandte sich Yasura zu. »Sorgt dafür, daß meine Wünsche ausgeführt werden«, sagte er. Er deutete auf uns. »Besonders, was diese beiden angeht. Bis zu meiner Rückkehr will ich nicht mehr an sie denken müssen.«

Sein Diener verneigte sich, und als er es tat, legte sich Finsternis um Ba'land. Er zog sie an wie einen Umhang... und war verschwunden.

So wurde ich zum letzten Mal Gefangener eines Königs. Doch war es kein Eingeborenenkönig wie Azbaas, und es waren auch keine despotischen Zauberer wie die Archonten, die einst über Lycanth geherrscht hatten.

Ignati ist ein zivilisierter Mann, den Schmerz und Blutvergießen schreckt. Trotz seiner zahlreichen Fehler liebt er doch seinen Sohn. Und sein Sohn liebt ihn.

Aufgrund dieser Liebe werden wir und tausend weitere Menschen sterben.

Ich leide keine körperlichen Qualen in diesen letzten Tagen. Sie haben uns in unseren Gemächern eingesperrt, und Quartervals und Kele – die als Diener bei uns bleiben dürfen – haben mir versichert, daß unsere Kameraden unter ähnlichen Umständen festgehalten werden.

Dämonen bewachen uns bei Tag und Nacht. Dämonenhunde schnüffeln mehrmals täglich nach Spuren möglicher Zaubereien.

Es gibt keine Hoffnung auf ein Entkommen.

Es dauerte lange, bis Janela sich von ihrer schweren Prüfung erholte. Inzwischen jedoch geht es ihr wieder gut, und täglich sagt sie mir, ich solle nicht verzweifeln. Und ich sage, ja, meine Geliebte, ich kenne das Sprichwort der alten Weiber über Liebe und Hoffnung. Und ich gebe vor, es würde mich beruhigen, damit sie sich nicht noch mehr sorgt.

Vielleicht ist Dir mein Ausdruck der Zuneigung aufgefallen. Es ist mir nicht die Feder ausgerutscht. Sie *ist* meine Geliebte. Und ich nehme an, wir haben von Anfang an gewußt, daß es so kommen würde.

Ich wünsche mir nicht, vergeudete Tage und Nächte umzugestalten, die wir getrennt verbrachten, denn es wäre nicht recht gewesen, wenn wir früher zueinander gefunden hätten. Es hätte unsere Partnerschaft in diesem großen Abenteuer verdorben. Es hätte unsere Umarmung mit schuldbeladenen Gedanken an Janos, an verratene Freundschaft und einen ganzen Batzen weiterer Verwirrungen vergiftet, wie etwa: Ist es Liebe oder nur die angenehmste Art, Rache zu nehmen?

Ich erinnere mich nicht an den genauen Augenblick, in dem wir zueinander fanden, denn meine Erinnerung mischt sich mit all den anderen Momenten, in denen es beinah geschah.

Ich weiß nicht einmal mehr, ob es Tag oder Nacht war. Doch ich glaube, ich schrieb eben in dieses Buch. Janela legte mir die Hand auf die Schulter, und ich drehte mich herum, um zu sehen, was sie wollte. Sie hatte einen Becher Wein für mich in der Hand und lächelte, doch als sich unsere Blicke trafen, verflog das Lächeln, und ich stürzte in finstere Tiefen.

Dann waren wir am Dschungelteich, in dem Janela und die anderen Frauen gebadet hatten. Anstatt mich abzuwenden, hob ich sie an, trug sie zu einem weichen Ufer, wo wir uns liebten, bis die Leuchtkäfer kamen, um die duftende Nacht zu kosten.

Wir lagen keusch in jenem Bett in Irayas, gaben vor, wir wären Geliebte, um Modins unkeusche Pläne zu durchkreuzen. Nur war ich diesmal jung, und Janelas Hand griff nach unten, fand meine

Manneskraft. Sie lachte, warf die Decke fort und bestieg mich, ritt mich wie eine Wilde aus der Steppe, und das dunkle Haar peitschte um sie wie eine Mähne.

Sie war mir Omerye und Deoce in einem. Unser Liebesakt war voller Feuer und Elan, aber gleichzeitig auch zart und verträumt, voll magischer Flöten und Lieder, die zu mir allein nur sprachen. Und ja, ein- bis zweimal war sie mir sogar Melina, mit glühenden Augen, neckender Zärtlichkeit und Schenkeln, die sich bei der leisesten Berührung öffneten.

Meist war sie Janela. Eine geheimnisvolle, aber hinter ihrem Hexenschleier lachende Frau. Eine Frau, die mich beim Liebesakt an Orte brachte, die frei von aller Sorge waren. Wir haben uns in Bergtälern geliebt. Sind durch den Schnee zu heißen Quellen gestapft. Sind unter Lauben im Wald gekrochen, um unsere Kleider abzulegen. Lagen Haut an Haut in einer Hängematte auf einem sanft schaukelnden Schiff, das nur Wellen und Winde uns bewegten.

Einmal zauberte sie sogar einen Krug mit warmem Honigwein herbei, den wir einander über den Leib rinnen ließen und dann aufleckten, bis nur der Moschus Liebender noch übrig war.

Doch am liebsten erinnere ich mich der trägen Momente nach dem Liebesakt, wenn wir von weit entfernten Ländern, Völkern und deren Träumen sprachen. Denn mit Janela sprechen hieß, sich mit einer Frau zu unterhalten, die das Geheimnis der Sterne gesucht und gefunden hat, die wußte, warum der Mond nur ein Gesicht zeigt, und was aus der Sonne wird, wenn ihre Feuer einst erloschen sind.

Einmal erinnerte sie mich an Solaros' Bemerkung über die Großen Alten, die behauptet hatten, eine Tür zu einer weit perfekteren Welt gefunden zu haben und dorthin entflohen waren, um nie mehr heimzukehren.

»Ich glaube, ich weiß, wie diese Tür zu öffnen ist, Amalric«, sagte sie.

»Dann öffne sie uns bald«, sagte ich. »Und wir fliehen ihnen nach.«

Janela schüttelte den Kopf. »Es gehört mehr dazu«, sagte sie.

»Zum Beispiel?«

»Vor allem«, sagte sie, »ist ein kleiner Einschnitt nötig. Wie etwa der Tod.«

»Und?« sagte ich. »Ba'land tötet uns ohnehin. Warum sollten wir ihm die Freude lassen?«

»Das ist das zweite Problem«, sagte sie. »Wir müßten uns Ba'lands entledigen, wenn es wirken soll.«

»Soviel zu unserer großen Flucht ins Leben nach dem Tode «, sagte ich nur halb im Scherz. »Aber was macht es schon? Wahrscheinlich wäre ich enttäuscht. Schließlich habe ich zwei Ferne Königreiche gesehen, und keines von beiden reichte an seinen mythischen Ruf heran.

Wenn ich die Wahrheit sagen soll, Janela ... wären da nicht die Art und Weise des Abtretens und das Chaos, in das die Welt stürzt, wenn wir gehen, würde es mir nichts ausmachen, mein Leben hier und jetzt zu beenden. Selbst ohne die Aussicht auf etwas so Verlokkendes wie eine perfekte *andere Welt*. Ich bin alt. Selbst in diesem Körper eines jungen Mannes bin ich alt. Ich habe genug von diesem Leben. Ich bedaure, daß ich von dir gehen, diese inspirierte Affäre beenden müßte. Ich habe Berge erklommen. Ich habe die Sterne der Wüste gesehen. Ich bin mit Schiffen ins Nichts gesegelt und heimgekehrt.

Ich glaube, mir ist nach Ruhe zumute.«

Janela antwortete nicht.

»Habe ich dich verletzt?« fragte ich. »Es tut mir leid. Ich habe nur gesagt, was mir durch den Kopf geht. Manchmal ist es nicht klug, so etwas zu tun.«

Janela wischte eine Träne fort. »Du hast mich nicht verletzt, Geliebter«, sagte sie. »Ich bin nur traurig, daß ich dir nicht das Ende geben kann, das du dir wünschst.«

Ich hielt sie und sagte: »Kein Grund, traurig zu sein. Außerdem muß ich das Buch noch fertigschreiben. Es dauert länger, als ich dachte, aber ich muß sicherstellen, daß nichts ausgelassen wurde.«

Ich blickte zum Schreibtisch hinüber, an dessen Rand sich die Blätter stapelten, auf denen ich nun schreibe... und auf diesen Nachtrag warteten. »Der Schöpfertag«, sagte ich, »wird bald schon dasein. Und wenn ich es recht bedenke, wird es das beste sein, wenn ich bis zum letzten Augenblick weiterschreibe. Was ist, wenn ein Vorfall, der mir entgangen ist, der Schlüssel zu Orissas Rettung wäre? Es ist unwahrscheinlich. Doch wenn es so wäre, würde ich einen höchst unglücklichen Geist abgeben.«

»Oh, du wirst ein wundervoller Geist sein, Amalric«, sagte Janela. »Und ziemlich attraktiv. Ich werde auf die weiblichen Geister achtgeben müssen, die dich in ihre Klauen nehmen wollen. Und du wirst selbstbewußt flanieren, mit bloßen Blicken kommandieren, mit deinem Lächeln loben. Und nie wirst du wissen, daß sie deinen Körper wollen, wenn sie sagen: ›Ja, mein Herr‹, und: ›Nein, mein Herr‹, und: ›Vielen herzlichen Dank, Herr, für Eure warmen Worte.‹«

»Ich glaube, man verspottet mich«, sagte ich.

Janela deutete mit einem Finger auf ihre Brust, die Augen groß und rund und unschuldig. »Ich? Den großen Lord Antero verspotten? Oh, nein, nicht ich, Herr. Nicht Eure süße Janela. Nicht Eure...«

Und ich küßte sie, damit sie den Mund hielt.

Ich begann dieses Buch kurz nach Janelas Gesundung.

Wir zwei – dazu Quartervals und Kele – sprachen manche Stunde über unsere Lage und wurden uns darüber klar, daß wir Orissa um jeden Preis warnen mußten.

Ich bete zu allen Göttern, die uns offenbar verlassen hatten, daß sich in diesem Buch ein Mittel finden ließe, König Ba'land daran zu hindern, seine Dämonenhorden auf die Welt loszulassen.

Viele Generationen hat es gedauert, aus der Asche aufzuerstehen, nachdem die Dämonen zuletzt über uns hergefallen waren. Ich fürchte, wenn es erneut geschieht, werden sie dafür sorgen, daß sich diese Auferstehung niemals wiederholt.

Der Großteil unserer Welt liegt nach wie vor in Finsternis. Nur in Orissa und einigen anderen Orten wurde die Barbarei abgeschüttelt. Uns selbst überlassen könnten wir eine Welt erschaffen, die selbst die Großen Alten ob ihrer Aufgeklärtheit dürftig dastehen ließe. Denn wie wir in Tyrenia erfahren haben, mangelte es den Großen Alten in mancher Hinsicht. Sie haben gemordet, geplündert und versklavt, um ihr Königreich zu erschaffen. Eifersüchtig haben sie ihre Zauberkunst geheimgehalten, um die Macht über alle anderen zu behalten.

Am Ende waren sie für die Niederlage der Menschheit verantwortlich. Als die Dämonen kamen, konnten sich die Großen Alten nur auf ihre eigenen Reserven stützen. Der Rest der Welt konnte ihnen nicht helfen. Und die Großen Alten ließen die anderen Sterblichen schnöde im Stich und kümmerten sich nur wenig darum, was mit ihnen geschehen würde, bis sie schließlich fast alle aufgegeben hatten, nur nicht das letzte Bollwerk, das sie als ihr Eigentum betrachten konnten.

Das Land, das sich so treffend Königreiche der Nacht nennt.

Wenn ich mit diesem Buch bald fertig bin, werden Quartervals und Kele es mitnehmen. Wir haben eine Möglichkeit gefunden, wie sie entkommen können, doch will ich sie nicht näher beschreiben und auch nicht die Namen der Tyrenier nennen, die uns vor der Strafe schützen wollen, falls die beiden gefaßt werden.

Die Repressalien, welche ihre Flucht nach sich ziehen könnten, dürften nicht allzu schwerwiegend sein. Ba'land wird sie nicht für wichtig genug erachten, um seine Energie an sie zu verschwenden. Was keineswegs der Fall wäre – wie der Dämonenkönig warnte – falls Janela und ich uns ihnen anschließen sollten.

Wir planen, unsere Freunde zurückzulassen, wenn wir zum Opfergang gerufen werden. Janela wird ihr Fehlen mit Zauberkraft verbergen. Quartervals und Kele werden nach dem Mord entfliehen, wenn die Dämonen von all dem Blut und dem Leid, das sie hervorgerufen haben, noch benommen sind.

Und möge Te-Date unseren Freunden Flügel verleihen, daß sie mit der Neuigkeit nach Hause eilen können.

Der Tag, den wir alle so fürchten, ist nun gekommen. Dieses werden die letzten Worte sein, die ich Dir schreibe, mein lieber Hermias. Ich verspreche, wir werden tapfer unser Schicksal auf uns nehmen. Wissen sollst Du, daß König Ba'lands einzige Freude in unserem Tod liegt. Keinen Mann und keine Frau aus unserem Trupp wird er weinen oder um Gnade winseln hören.

Das haben wir beschlossen. Das haben wir geschworen.

Ich höre die Dämonen auf dem Korridor.

Ich höre das Knarren ihrer Harnische, das Rasseln ihrer Waffen, das Scharren der Klauen auf dem Boden.

Sie kommen uns holen. Leb wohl, mein lieber Neffe.

Lebwohl.

Drittes Buch
Jenseits von Tyrenia

Kapitel Zwanzig

Die Heimkehr

Mein lieber Hermias! Wie Du an diesen Kritzeleien erkennen kannst, bin ich noch am Leben.

Bevor ich Dir die freudige Nachricht überbringe, wie es dazu kam, möchte ich Dich bitten, Pip und Otavi großzügig zu belohnen. Sie haben mit uns so vieles durchgemacht und werden noch weit mehr zu ertragen haben, bis sie diesen Nachtrag zu meinem Tagebuch überbringen können.

Ich nehme an, inzwischen hast Du Kapitänin Kele und meinen treuen Quartervals so reich gemacht, wie zwei so tapfere Seelen es sich nur erträumen können. Ich bitte Dich, selbiges für die beiden zu tun, die Dir meine abschließende Botschaft überbringen. Otavis Familie hat uns ehrenhaft gedient. Und Pip hat oft einer Situation ein anderes Gewicht gegeben, wenn alles gegen uns stand.

Weitere aus unserem Haufen müßten demnächst in der Heimat eintreffen, wobei ich nicht sagen kann, wer und wie viele es sein mögen. Doch habe ich allen gesagt, sie sollen Dich aufsuchen, wenn sie nach Orissa kommen, und Du würdest dafür sorgen, daß sie ein bequemes Leben führen können und sich der Anerkennung für die große Leistung erfreuen dürfen, die sie im Dienste unserer Stadt erbracht haben.

Beim Lesen dieser Zeilen wirst Du vielleicht schon zu dem Schluß gekommen sein, daß ich nicht damit rechne heimzukehren. Falls dem so wäre, hättest Du damit ganz recht.

Diese Worte, welche ich dem Tagebuch anschließe, das Du vor kurzem erst erhalten hast, sind meine Abschiedsgabe an die Welt.

Eine Welt, die ich bald schon verlassen werde.

Als ich zuletzt schrieb, standen die Dämonen vor unserer Tür. Und ich schrieb eilig, um nicht wichtige Einzelheiten auszulassen.

Soweit ich weiß, war mir Erfolg beschieden. Doch so vieles folgte, das selbst die skeptischsten Augen für die Größe der Errungenschaften öffnen wird, welche Janela uns geschenkt hat.

Und dafür, wieviel mehr noch zu erreichen wäre.

Ich dachte, ich hätte jede Windung jeder Straße gesehen, die das Schicksal pflastern mag. Ich dachte, ich wäre so hoch geflogen, wie der größte Riese mich nur schleudern konnte, dann in Tiefen abgestiegen, die so endlos waren, wie nur der Dunkle Sucher einen bringen könnte ... und dennoch lebe ich.

Soviel zur Überheblichkeit eines alten Mannes.

Wir wurden gebadet und in unsere besten Kleider gesteckt, als die Dämonen kamen. Ich wählte militärische Kleidung, um meinen Widerstand zu zeigen, wenn auch ein trügerisches Motiv im Spiel gewesen sein mag, als wappnete ich mich für das bevorstehende Martyrium. Janela trug eine rote Tunika über engen, schwarzen Hosen und Stiefel. An ihrem Hut steckte eine elegante Feder.

Als sie ihren Schmuck anlegte, hielt sie zwei Armbänder zurück. Diese gingen an Quartervals und Kele.

»Auf diesen liegt ein Zauber, der Euch verhüllen wird, wenn die Dämonen kommen«, sagte sie. »Wenn ich das Zeichen gebe, denkt nur an Dunkelheit. Konzentriert euch auf die Nacht und all die dunklen Dinge, die nachts erscheinen, und die Dämonen werden euch nicht sehen, wenn sie eintreten. Doch nicht nur das, sondern ihre Gedanken werden abgelenkt, wann immer sie versuchen, an euch zu denken. Euer Fehlen wird also nicht auffallen.«

Sie legten die Bänder an, während Janela Anweisungen gab, doch die ganze Zeit über ließen sie die Köpfe hängen und murmelten Entgegnungen, als schämten sie sich.

»Wenn das hier unsere letzten gemeinsamen Augenblicke sind«, sagte ich, »könntet ihr dann nicht fröhlichere Gesichter machen? Wollt ihr, daß meine letzte Erinnerung an euch die an verknitterte, miesepetrige Kürbisse ist, die von den Enden eurer Hälse hängen?«

Quartervals knurrte, und Kele brummte, als mein erster Versuch sein Ziel um Längen verfehlte.

Also entkorkte ich die letzte Flasche orissanischen Branntweins, die wir noch hatten, und schenkte allen ein.

»Versucht etwas von diesem Zaubertrank«, sagte ich. »Wenn ihr genug trinkt, werdet ihr so blind wie die Dämonen sein.«

Ein guter Menschenführer muß mit seinem Beispiel vorangehen, und so leerte ich meinen Becher und füllte ihn wieder bis zum Rand. Janela lachte und tat es mir nach.

Höchst widerwillig tranken erst Quartervals, dann Kele.

»Trinkt, trinkt«, drängte ich und stieß leicht gegen den Boden von Quartervals' Becher, bis auch der letzte Tropfen zwischen seine Lippen geflossen war.

»Vorsicht«, warnte Kele. »Ich halte mein Ruder selbst in der Hand.« Und auch sie trank alles aus.

Ich schüttete mehr Brandy in die Becher und sagte: »Ich weiß, ihr beide denkt, wir sind so weit zusammen gegangen, daß wir den Weg auch gemeinsam beenden sollten, und irgendwie würdet ihr uns im Stich lassen, auch wenn ihr wißt, daß eure Mission wichtiger ist als unser aller Leben zusammen.«

Ich mußte leise lachen. »Tatsache ist allerdings, daß ihr es wahrscheinlich gar nicht schaffen werdet. Wozu also solltet ihr euch schuldig fühlen?«

Quartervals strahlte. Wieder nahm er einen kräftigen Schluck. »Das ist allerdings wahr, Mylord«, sagte er. »Sicher werden wir schneller eingefangen, als sich ein grüner Legat beim Jungfernkampf in die Hose pissen kann.«

Er blickte Kele an. »Wahrscheinlich werden sie uns zuerst foltern«, sagte er. »Weil wir ihnen solche Mühe machen.«

Kele lächelte, ermutigt von dieser drückenden Vorstellung. »Und selbst wenn sie uns nicht fangen«, sagte sie, »was glaubst du, wie unsere Chancen stehen, es den ganzen Weg bis nach Orissa zu schaffen?«

Quartervals nickte. »Bei den Göttern, du hast recht!« sagte er. »Weiß gar nicht mehr, worum wir uns Sorgen gemacht haben. Die Reise wird uns umbringen ... wenn schon nicht die Dämonen.«

Er leerte seinen Becher und hielt ihn mir zum Nachfüllen hin. Was ich auch tat. Quartervals strahlte übers ganze Gesicht.

»Danke, Mylord«, sagte er, »daß Ihr uns gezeigt habt, wie hoffnungslos unsere Lage ist. Jetzt geht es mir schon viel besser.«

»Nicht so eilig mit der Flasche, Herr«, sagte Kele und stieß Quartervals' Becher mit dem ihren beiseite. »Wie Ihr wißt, bin ich ein empfindsames Frauchen, und ich muß meinen gerechten Anteil bekommen, damit ich nicht kreische oder in Ohnmacht falle.«

Quartervals schnaubte. »Du meinst, damit du nicht aus den Latschen kippst.« Weiteres Schnauben. »Empfindsames Frauchen, am Arsch!«

»Deinen Arsch werde ich gleich mit meinem Stiefel bearbeiten«, sagte Kele, »wenn du weiterhin mein feinfühliges Wesen in Frage stellst.«

»Kinder! Kinder!« mahnte ich. »So wollt ihr euch auf dem Rückweg benehmen?«

Quartervals und Kele sahen einander an, dann lachten sie.

»Allerdings, Herr«, sagte Quartervals. »Wie sonst sollten wir mit der Langeweile fertig werden?«

Kele nickte zustimmend. »Für eine Landratte«, sagte sie, »kann er nicht übel streiten. Warten wir noch ein bis zwei Jahrhunderte, dann könnte aus ihm noch ein Seemann werden.«

Quartervals nahm eine drohende Haltung ein. »Niemals«, sagte er. »Ich hasse Wasser. Und Fische hasse ich noch mehr.«

»Da hast du's«, sagte Kele mit Wonne. »Halbwegs bist du schon soweit.«

Vorher, als Janela sich ankleidete, hatte ich den Beutel mit dem steinernen Talisman um ihren Hals hängen sehen. Nachdem sie ihre Tunika übergezogen und ihn verdeckt hatte, betrachtete sie sich im Spiegel und strich und zupfte, bis die Umrisse des Talismans nicht mehr zu sehen waren.

»Entsteht vielleicht im letzten Augenblick ein Plan?« fragte ich.

»Ich wünschte, ich könnte das bestätigen, Geliebter. Aber ich habe keine Idee, was uns retten könnte.«

»Warum nimmst du dann die Schatulle mit?«

»Ich hatte zunächst an die Waffen gedacht, die wir hineinschmuggeln und am Leib verstecken könnten«, sagte sie. »Auf die schwache Hoffnung hin, daß wir ihnen auf die eine oder andere Art Schaden zufügen können, bevor sie uns töten.«

»Ich habe schon daran gedacht«, erwiderte ich. »Aber ich konnte nicht sehen, was es helfen sollte, selbst wenn wir es schaffen könnten. Bedenkt man, was auf dem Spiel steht ... was helfen da schon ein paar Kratzer auf der Haut eines Dämonen? Ich glaube, ich möchte lieber meine Haltung wahren und mich nicht wie ein hysterischer alter Narr aufführen, der mit den Armen wedelt.«

Dann musterte ich sie. »Noch hast du mir nicht gesagt, wozu du die Schatulle mitnimmst.«

»Nur auf eine geringe Chance hin«, sagte sie. »Je länger ich es mir angesehen habe, desto sicherer bin ich mir, daß dieses Kästchen, das die Hexe der Königin erschaffen hat, die Kraft eines Zaubers verstärkt. Wie sehr, kann ich nicht sagen.

Trotzdem, mir ist in den Sinn gekommen, daß Ba'land, wenn er einen Zauber spricht – falls wir sehr, sehr großes Glück haben ... so großes Glück, daß uns alle Götter unisono lächeln müßten – er möglicherweise einen wählt, den ich gegen ihn richten kann. Wir sterben trotzdem. Aber es besteht eine geringe Chance, daß wir auch ihm Schaden zufügen können.«

»Aus deinem Munde«, sagte ich, »direkt in Te-Dates Ohren.«

»Das, mein liebster Amalric, ist genau, was ich im Sinn hatte.«

Als uns die Soldaten der Dämonen davonführten, hatten wir keine Ahnung, wohin sie uns brachten. Ich konnte mir nicht vorstellen, daß sie uns im Amphitheater vor dem ganzen Volk schlachten wollten. Obwohl Ba'land das Leben des Königs bedrohte, würde der Zorn über eine solche Tat sicher einen Aufruhr auslösen.

Während wir marschierten, flehte ich darum, daß König Ba'land eine Dummheit begehen mochte. Einen wütenden Mob konnte er mit seinen Soldaten unmöglich aufhalten.

Die Möglichkeit einer solchen Rache verflog im selben Augenblick, als sie uns aus dem Palast trieben. Anstatt das Amphitheater anzusteuern, ließ man uns in die Straße einscheren, die Janela und ich gegangen waren, als wir den gespenstischen Thronsaal gefunden hatten.

Der Rest unseres Haufens wartete schon unter schwerer Bewachung in einem Park, und als wir kamen, grüßte man uns, rief unsere Namen und auch Quartervals' und Keles. Beweis genug, daß Janelas Zauber wirkte.

Unsere Kameraden trotzten den Dämonenwachen und drängten sich um uns, manche lachend, andere wütende Tränen weinend, und mancher verfluchte das Schicksal, weil es uns an derart üble Ufer verschlagen hatte.

»Wenn ich an all die Münzen denke, die ich für Opfer rausgeworfen habe, Herr«, klagte Pip. »Und mein Lohn dafür! Wünschte, Ihr hättet was in Euer Buch geschrieben, um meine Familie zu warnen. Damit sie wissen, daß es umsonst ist. Seit ich denken kann, haben wir ein Zehntel von allem, was wir gestohlen haben, gespendet. Und was hat es gebracht, frage ich Euch?«

»Vorsicht mit Götterlästerungen, Pip«, warnte ihn Otavi. »Es gibt andere, die vielleicht nicht ebenso empfinden. Und die Götter könnten deine schwarze Seele für eine der unseren halten.«

»Keine Chance«, sagte Pip finster. »Die haben mich längst schon im Auge, die Burschen.«

Er schenkte mir ein zahnloses Grinsen. »Vielleicht könnte ich mich an den Rockzipfel Eurer Lordschaft hängen, wenn wir abtreten müssen«, sagte er. »Da, wo Ihr hingeht, gibt es bestimmt mehr Reichtümer als da, wo man den armen Pip erwartet.«

»Halt dich ruhig fest«, sagte ich. »Aber sei gewarnt. Es gibt Leute, die sagen, daß im Leben nach dem Tode die Reichen in dunklen Löchern wohnen, während die Armen wie Könige und Königinnen behandelt werden.«

Pip schnaubte. »Bitte um Verzeihung, Eure Lordschaft, aber so fauligen Wind habe ich nicht mehr gerochen, seit meine liebe Großmutter zuletzt einen Teller mit alten Bohnen verdrückt hat. Die Reichen bleiben reich, das garantiere ich, egal wohin die Götter sie auch bringen.«

Ich lachte, klopfte ihm auf die Schulter und sagte, er rede Unsinn.

Obwohl ich wußte, daß er vermutlich recht hatte. Falls es ein Leben nach dem Tode gibt, dachte ich, wieso sollte die Gerechtigkeit dort anders sein? Macht liebt die Mächtigen. Daraus kann nur folgen, daß die Götter die Reichen lieben.

Warum sonst sollten so viele Schurken Erfolg haben?

Die Wachen wurden ungeduldig und stießen uns mit ihren Speeren in Reih und Glied, dann trieben sie uns – mit Janela und mir an der Spitze – voran.

Ich erschrak, als wir dorthin kamen, wo man unseren Speisenkorb bereitet hatte. Wo einst die Taverne stand, war nun ein riesiges Loch im Boden. Ein breiter Tunnel führte in die Ruinen des Alten Palastes. Bärbeißige tyrenische Arbeiter beseitigten den Rest von Schutt und knurrten unter der Knute von Dämonenkriegern, welche sie zur Eile trieben.

Noch größeren Schrecken bereitete mir der verzauberte Baum. Er war von Äxten vernarbt, Seile waren darum geworfen, und Männer setzten Winden in Gang, um ihn aus der Erde zu reißen. Der Boden stöhnte, und Wasser aus einer unterirdischen Quelle umspülte seine Wurzeln, um dann durch einen rasch sich vertiefenden Pfad zur Mitte des Tunnels zu fließen.

»Die sind schon fast zwei Wochen dabei«, flüsterte Pip mir zu. »Zuerst mit Äxten und Sägen. Nur hat das Bäumchen die Klingen abgeschmettert ... sogar als die Dämonen sich selbst an die Arbeit machten. Jetzt versuchen sie was Neues. Reißen ihn um, wenn sie ihn schon nicht fällen können.«

Pip gackerte. Etwas lauter vielleicht, als gut gewesen wäre. »Sieht nicht so aus, als würde es was bringen.«

Ein Wachmann knurrte ihn an und stieß ihn mit dem Speer. Pip schlug danach.

»Verschwinde, du stinkende Echse«, sagte er, »sonst schiebt dir der alte Pip seine Faust zwischen die Schuppen.«

Zwei weitere Wachen gesellten sich zu der ersten, und lächelnd gab Pip auf, ließ sich wieder zurückfallen. »Immer auf die Kleinen«, sagte er.

Wir marschierten in den Tunnel.

Es war unheimlich. Magisches Licht zuckte und flackerte, als ginge ihm die Energie verloren. Wasser tropfte von Decke und Wänden, und es war nicht einfach, dem Strom in der Mitte auszuweichen, ganz zu schweigen davon, im schweren Schlamm Schritt zu halten.

Janela zischte, um meine Aufmerksamkeit zu bekommen.

»Trink etwas Wasser«, flüsterte sie. »Sag den anderen, sie sollen es uns nachmachen.«

Ohne stehenzubleiben bückte sie sich, schöpfte etwas mit der Hand auf und schluckte die schlammige Brühe. Ich tat es ihr nach, gab Pip und den anderen Zeichen, dasselbe zu tun.

Trotz des Schlamms war das Wasser so wohlschmeckend wie zuvor. Ich spürte eine Woge der Kraft. Mir schien, ich ging gleich aufrechter, mit festerem Schritt und klarerem Blick. Am Gemurmel der Männer und Frauen unseres Trupps hörte ich ähnliche Reaktionen.

Ich stieß Janela an. »Ein Plan?« flüsterte ich.

Sie schüttelte den Kopf, flüsterte zurück: »Tu einfach, was du kannst, um das Unausweichliche hinauszuzögern.«

Diese geheimnisvollen Worte geisterten mir noch im Hirn herum, als wir in den alten Thronsaal König Farsuns kamen.

Obwohl der Saal von enormen Ausmaßen war, stand die Menge darin dicht gedrängt. Die Luft war heiß von all den Körpern und schwer von der Feuchtigkeit ihres Atems. Auf einer Seite – an der Wand eingeschlossen von den Dämonen – waren tyrenische Offizielle und Repräsentanten der reichen Familien. Auf der anderen standen die Soldaten, die Ba'land dazu verurteilt hatte, geopfert zu werden. Sie waren gefesselt, mit Ketten, die von ihren Händen und Füßen zu breiten Eisenbändern liefen, welche man wiederum an ihre Hüften geschmiedet hatte.

Vor ihnen standen ihre Generäle Emerle und Thrade. Sie waren nicht gefesselt und standen so steif und stolz wie möglich vor ihren Männern. Als ich näher hinsah, merkte ich, daß sie die Lippen seitlich verzogen, um sich gegenseitig Worte der Ermutigung zuzuraunen.

Über uns hörten wir das Ächzen und Knarren der Maschinen, die mit dem unbeugsamen Baum rangen. Unter uns hörte ich das Rauschen der unterirdischen Quelle. Durch die Umlenkung war sie zu einem Sturzbach angewachsen.

Zwischen der Bühne der Tänzerin und den beiden Thronen gab es eine freie Fläche. Als wir darauf zugingen, zischten Dämonen Befehle, stießen Janela und mich voran, während sie unsere Leute von uns trennten. Manche von ihnen riefen uns zum Abschied, doch konnten wir uns nicht umwenden, um ihnen Lebewohl zu sagen.

Vor der Bühne ließ man uns innehalten. Stufen führten zu den Thronen. Grelles Licht blendete, und ich mußte meine Augen schützen, um sehen zu können. Ich erkannte König Ignati auf einem der Throne, Prinz Solaros auf dem anderen. Das Licht nahm etwas ab, und ich sah Ignatis vor Verzweiflung verzerrte Miene. Seine Wangen waren schlaff und hohl, die Augen tief eingesunken von Schmerz und Übermüdung.

Solaros sah kaum besser aus, obwohl er sich um ein strahlendes, aufmunterndes Lächeln bemühte, als er uns sah.

Das Licht wandelte sich zu einem kalten Blau, und nun konnte ich viel besser sehen. Es ging von einem dritten Thron aus, der anderthalbmal so groß war wie die anderen. Ein weiter Bereich um ihn knackte und knisterte von einem magischen Schild. König Ba'land machte es sich auf diesem Thron bequem. Wie ein Hund kauerte vor ihm ein nackter Mensch. Der Hunger ließ jeden seiner Knochen hervorstechen, und sein Haar war verfilzt und lang. Ein Eisenband lag um seinen Hals, mit einer Kette, die von einem geschweißten Ring zu Ba'lands Hand führte. Bestürzt erkannte ich, daß es Tobray war.

Der Dämonenkönig riß an der Kette, als er uns sah. Diese leuchtete weißglühend, und Tobray stöhnte vor Schmerz.

»Sieh mal, wer uns da besuchen kommt, Tobray«, sagte Ba'land. »Mach Sitz, und bell ihnen zur Begrüßung. Sei ein braver Hund.«

Tobray rührte sich nicht. Der Dämonenkönig riß erneut an der Kette und zischte: »Mach Sitz, habe ich gesagt!«

Doch Tobray wollte nicht, rollte sich statt dessen fester zusammen, als könne er den Qualen so entkommen. Ich zuckte, als ich Rauch von der Haut an seinem Hals aufsteigen sah und sich plötzlich unter ihm eine Pfütze auf dem Boden sammelte, da er die Kontrolle über seine Blase verlor.

Ba'land rümpfte die Nase. »Was für ein dreckiges Tier du bist, Tobray«, sagte er. Er versetzte ihm einen Tritt. »Ich würde es dich auflecken lassen, nur müßte ich dann deinen Atem riechen, bis ich mit dir fertig bin.«

Der König der Dämonen blickte zu uns auf. Er deutete auf Tobray. »Seht Ihr? Es war alles umsonst. Ihr habt ein goldenes Land gesucht, in dem die Straßen mit Mythen gepflastert sind. Statt dessen seid Ihr an einem Ort gelandet, an dem man nicht einmal einen ordentlichen Hund finden kann.«

Mit lässiger Pose tat ich, als könne mich Tobrays Leid nicht rühren. »Ich weiß, wo einer zu finden wäre, mein Freund«, sagte ich. »Es gibt ein Land, das meine Schwester besucht hat. Ein Reich von Seetang und modernden Schiffen. Der Bursche, der dort regiert, wäre Euch ein bewundernswerter Hund. Solltet Ihr je dort landen, klopft an und besucht ihn. Er springt Euch auf den Schoß und leckt Euer Gesicht, wenn Ihr ihm sagt, daß ein Antero Euch schickt.«

Ich plapperte Unsinn, bemühte mich um eine Verzögerung, wie Janela mich gedrängt hatte. Aus irgendeinem Grunde war mir der Dämon in den Sinn gekommen, den Rali einst besiegt hatte.

Unsinn oder nicht... Ba'land gefiel es. Er schlug sich auf die Schenkel und brüllte vor Lachen.

»Elam?« sagte er. »Ihr wollt einen Hund aus Lord Elam machen? Nun, er würde mir die Kehle rausreißen. Und dann die Eure für diesen Vorschlag.«

»Ich bin mir ziemlich sicher, daß mein Hals für diese Ehre nicht mehr zur Verfügung stünde«, sagte ich. »Aber kommt, wollt Ihr sagen, ein mächtiger König wie Ihr würde eine unbedeutende Kreatur wie Elam fürchten?«

»Nicht wirklich fürchten«, antwortete Ba'land. »Ich ziehe es vor, ihn auf Abstand zu halten.« Er machte eine Geste, wies auf seine grimmigen Soldaten. »Es mag Euch überraschen«, fuhr er fort, »daß nicht alle Dämonen so zivilisiert sind wie wir. Manche bereiten uns ebenso große Probleme wie Ihr und Greycloak. Nur sind sie zu wenige, als daß sich der Ärger lohnen würde, und deshalb lassen wir sie in Frieden.

Außerdem helfen sie, das Leid der Sterblichen zu vergrößern. Und auf diese Weise werdet Ihr um so vieles delikater.« Zur Untermalung schmatzte er genüßlich.

»Zu wenige?« fragte ich. »Oder zu mächtig?«

Ba'land gefiel nicht, welche Wendung dieses Gespräch nahm. »Redet nicht von Dingen, die Ihr nicht versteht«, sagte er. »Ihr seid es, der hier vor mir steht. Und das, kleiner Mann, ist die einzige Macht, die Ihr bedenken solltet.«

Ich wagte einen kurzen Blick zur Seite und sah, daß Janela langsam etwas aus ihrer Tunika zog. Was sie vorhatte, wußte ich nicht. Doch tat ich alles, um Ba'lands Aufmerksamkeit weiter auf mich zu lenken.

»Das ist ein gewichtiges Argument«, sagte ich. »Hier sind *wir*. Und dort seid *Ihr*. Meine einzige Erwiderung kann nur sein: Warum habt Ihr so lange gebraucht, diesen Zustand herzustellen, wenn Ihr doch eine so majestätische Majestät seid?«

Ba'lands gelbes Auge glühte amüsiert. »Ich habe nicht die leiseste Ahnung«, sagte er. »Ganzen Legionen von Dämonenzauberern habe ich befohlen, diese Frage zu beantworten. Was ist an diesen Anteros und Greycloaks – besonders wenn sie sich verbünden – daß sie für uns eine solche Gefahr darstellen? Meine besten Zauberer haben Jahre damit zugebracht. Vergeblich. Ich habe sie in Ketten gelegt, geprügelt, ihnen die Gliedmaßen vom Rumpf gerissen, doch das Rätsel blieb auf immer ungelöst.«

»Ihr seid doch nicht König geworden, ohne Euch selbst den einen oder anderen Gedanken zu machen«, sagte ich. »Ihr müßt doch sicher Eure eigenen Theorien dazu haben.«

»Die habe ich allerdings«, erwiderte Ba'land. »Es liegt an Eurem Blut. Ich weiß, es ist die Erklärung einer Markthexe. Doch liegt Wahrheit in dieser hexenhaften Schlichtheit. Das Blut der Anteros und das Blut der Greycloaks tragen die Saat großer Macht und Bedeutung in sich. Nur wenigen Sterblichen ist sie gegeben, was ein Segen für uns ist.

Als wir in Eure Welt kamen und eine bewegliche Beute fanden, von der wir uns ernähren konnten, begegneten wir nur wenigen wie Euch. Sie kämpften am härtesten und schadeten uns sehr. Doch am Ende töteten wir sie und auch ihre Brüder und Schwestern und alle Kinder, die wir finden konnten. Es gibt Legenden von einigen, die entkommen sein sollen und leben und sich fortpflanzen, um uns in ferner Zukunft heimzusuchen. Vielleicht sind diese Legenden wahr, und Ihr und Lady Greycloak seid ein Ergebnis dieser Fortpflanzung.«

»Das macht mehr Sinn als jede Theorie, die ich bisher gehört habe«, sagte ich. Dann grinste ich. »Ich hoffe sehr, daß Ihr eines Tages recht bekommen sollt. Ein lebender Beweis wäre das beste. Vielleicht, wenn sich ein Antero mit einer Greycloak paart?«

»Leider nur eine theoretische Frage«, gab Ba'land zurück. »Denn auch das ist höchst unwahrscheinlich. Die Chance, daß sich ein

Antero und ein Greycloak mehr als einmal verbinden, ist geringer, als sich die meisten vorstellen können. Daß es mehr als einmal geschehen sollte, liegt jenseits allen Zufalls selbst des dauerhaftesten Würfelspielers. Dennoch will ich kein Risiko eingehen. Der Zauber, den ich heute aus Eurem Blut erschaffen werde, wird dafür Sorge tragen, daß keine weiteren in Erscheinung treten. Um doppelt sicherzugehen, werde ich Euresgleichen aufspüren und selbst die Geister Eurer Familien, und dann ihre Seelen schlürfen, sie mir einverleiben.«

»Denkt an Eure Verdauung, mein Freund«, sagte ich. »Ich habe die Absicht, meine Seele so bitter wie möglich schmecken zu lassen.«

»Oh, das ist sehr gut«, lachte Ba'land. »Wißt Ihr, fast tut es mir leid, daß dieser Tag gekommen ist«, sagte er. »Es hat mir wahren Frieden beschert, Euch beide dort zu wissen, wo ich Euch haben konnte, wann immer ich wollte.«

Ich verneigte mich, verhöhnte ihn. »Wir haben getan, was wir konnten.«

»Da bin ich mir ganz sicher«, sagte der Dämonenkönig. »Und deshalb wird Euer Tod so schmerzhaft wie nur irgend möglich sein. Eines nur bedauere ich. Es ist beruhigend, seinen Feind zu kennen. Noch beruhigender ist es, wenn er einem ausgeliefert ist. Doch hat man ihn erst getötet, wo bleibt man dann? Zurück zu den Zeiten gesichtsloser Feinde und sorgenvollen Schlafes. Dann wacht man auf und fragt sich, ob man den Burschen wirklich erwischt hat oder ob der schlaue Teufel es geschafft hat, wieder einmal zu entkommen.«

»Mögen Eure Träume so beunruhigend sein, wie mein Geist sie nur gestalten kann«, sagte ich.

»Die Chance ist gering«, erwiderte Ba'land. »Sagte ich nicht eben, ich würde keinen Geist zurücklassen?«

Janela lachte scharf. »Das sagtet Ihr allerdings, Ba'land«, sagte sie.

»Geister bedrängen Euch, ja? Ein mächtiger Bursche wie Ihr fürchtet schwache Geister, die kaum mehr tun können, als an Eure Wände zu klopfen und des Nachts zu stöhnen?«

»Ich habe schon darauf gewartet, daß Ihr Euch zu Wort meldet, meine liebe Lady Greycloak«, antwortete der Dämon. »Viele habt Ihr davon überzeugt, daß Ihr eine große Zauberin seid, vielleicht sogar so groß wie euer Ahne Janos Greycloak. Verratet mir, o kluge Frau, welche Worte der Weisheit Ihr heute für uns habt.«

Janela zuckte die Achseln. »Weisheit hat mich niemals interessiert«, sagte sie. »Weisheit sind die Gedanken eines anderen zu dem, was man beobachtet hat. Ich ziehe es vor, selbst zu beobachten. Wenn ich zu einem Schluß komme, denke ich nicht . . . ich berichte, was ich sehe.«

»Dann sagt mir, was Ihr seht«, knurrte Ba'land.

Janela betrachtete ihn einen Augenblick, dann sagte sie: »Ich sehe einen ruhelosen König. So ruhelos, daß man sich wundert, wie er seine Krone auf dem Kopf behält. Ihr scheint vieles zu fürchten, was einen nur um so mehr noch staunen läßt.

Ich will es Euch aufzählen. Ihr fürchtet *uns*, was Ihr nicht allen Ernstes abstreiten könnt. Ihr fürchtet Geister. Ihr fürchtet wilde Dämonen wie Elam.« Sie deutete auf die Wurzeln, die über uns erbebten, als die Arbeiter einen weiteren Versuch wagten. »Ihr fürchtet sogar diesen Baum.«

Ba'land zischte. Ihre Worte gefielen ihm nicht. Doch sagte er nichts.

»Außerdem glaube ich, daß Ihr und Euresgleichen in Eurer eigenen Welt mehr Kräfte verbraucht habt, als klug war. Ihr gleicht den Bürgern einer Stadt, die alle Wälder roden, um Häuser zu bauen und diese zu beheizen. Schließlich müssen sie sehr weit reisen und einen hohen Preis für etwas zahlen, das einmal so nah war. Das habt Ihr getan. Vielleicht an vielen Orten, nicht nur in Eurer eigenen Welt. Doch muß es noch andere Dämonenkönige mit ähnlichen

Problemen geben, Könige, die liebend gern sehen würden, daß ihr Mitmonarch stürzt. Sollte dem so sein, folgt daraus, daß Ihr unter Druck steht, Ba'land, daß Ihr nur noch verteidigt, was Ihr habt.«

Ba'land fand seinen üblen Humor wieder. »Schade, daß ich Euch nicht früher gefangen habe«, sagte er. »Ich hätte aus Euch einen so amüsanten kleinen Hund machen können.« Er trat nach Tobray. »Viel besser als den hier.«

Janela legte eine Hand an ihre Brust. »O la la, mein Herr!« sagte sie geziert. »Solche Worte rühren an das arme Herz einer Maid, die Eure dämonischen Wünsche erahnt. Wir alle haben gesehen, welche Wirkung Ihr auf sterbliche Frauen habt. Wie Ihr die schöne Thalila bezaubert habt, die so bereitwillig in Eure Arme tanzte.«

»Bereitwillig oder nicht«, knurrte Ba'land. »Ich hatte sie.«

»Ach, hattet Ihr?« sagte Janela. »Oder hatte sie Euch? Ihr habt doch gesehen, wie sie Euch zum Narren hielt. Wie sie Euch – und das ganz erfolgreich – hintergangen hat. Und Ihr habt es nie gemerkt, nicht? Erst, als ich es in ebendiesem Saal hier zeigte.«

»Ich habe nur gesehen, was Ihr mir vorführen wolltet, Hexe!« knurrte Ba'land. »Das Bild war nur ein Trick. Und ein mieser noch dazu.«

»War es das?« sagte Janela.

Sie streckte ihre Hand aus. Darin sah ich die steinerne Schatulle mit dem Relief des tanzenden Mädchens, das im blauen Licht deutlich zu erkennen war.

»Soll ich sie für Euch zurückrufen?« fragte Janela. »Würdet Ihr sie gern noch einmal tanzen sehen?«

Während sie sprach, beschrieb Janelas freie Hand eine geschwungene Bewegung in die Luft. Ba'land wandte den Kopf, vielleicht, um einer Wache zu befehlen, die Schatulle an sich zu nehmen. Doch als er sich umwandte, war eine vertraute, verführerische Gestalt zu sehen, und er zuckte zurück. Die Musik der

Tänzerin schwoll aus dem leeren Graben an, und die matte Form der Maid wurde zu Fleisch.

Mit offenem Mund saß der Dämonenkönig da, als Thalilas schlanke Glieder sich anmutig im Rhythmus der Musik wiegten.

Sie war Eis im fahlen Licht, doch Eis, das darum flehte, geschmolzen zu werden. Hüften, die zuckten, um gepackt zu werden, Brüste, die sich dem Kuß eines Geliebten entgegenstreckten, Lippen, die Versprechen zukünftiger Freuden flüsterten. Ihr Parfum durchzog die Luft mit dem Duft der Verführung, und ich sah, wie Ba'land erschauerte, als ihre Hand langsam einen Weg von den Schenkeln zu den Brüsten suchten.

Janela winkte, und die Tänzerin verschwand. Es geschah so abrupt, daß Ba'land glotzte wie eine breitmäulige Seeschlange.

Sie trat vor, hielt ihm die Schatulle hin. »Hier«, flüsterte sie. »Thalila. Für Euch?«

Ba'land knirschte mit den Zähnen und streckte die Hand aus. Janela trat auf die Stufen. Als sie seinen magischen Schild erreichte, sagte sie: »Sie wartet, Ba'land. Wartet nur auf Euch.«

Ba'land machte eine ungeduldige Geste, und der Schild verschwand.

Janela nahm noch eine Stufe, dann riß sie plötzlich den Deckel der Schatulle auf.

Der Dämon Mitel brach daraus hervor, heulend vor Wut, daß er darin so lange gefangen war. König Azbaas' Günstling sah als erstes Ba'land und sprang ihm blutrünstig brüllend entgegen.

Ba'land war vor Überraschung derart starr, daß Mitel ihn beinah erwischt hätte, doch dann kippte der Dämonenkönig seinen Thron nach hinten weg. Dieser zersplitterte, und Tobray kroch aus dem Weg, als Mitel Ba'land nachsetzte.

Die Dämonenkrieger eilten heran, um ihrem Herrn zu helfen, der inzwischen auf die Beine gekommen war, um sich Mitel Klaue gegen Klaue zu stellen. König Ignati schrie auf, sprang von seinem

Thron und versuchte, den ersten Dämon abzuwehren, der die Treppe heraufkam. Doch wurde er verächtlich beiseite gestoßen, und eine Klinge drang in seine Brust.

Sein Sohn schrie eine Verwünschung und machte sich über den Mörder seines Vaters her, legte ihm einen muskulösen Arm um den Hals und brach ihm das Genick.

Solaros' gefesselte Soldaten kämpften mit ihren Ketten, während weitere Tyrenier heranstürmten, um sie zu befreien. Der Prinz stürzte zu seinen Männern.

Hinter den Thronen war Ba'land in Mitel verkeilt. Die beiden Dämonen rangen, wobei Mitel versuchte, seine Zähne in Ba'lands Kehle zu versenken, während Ba'land Mitels Unterleib mit den Klauen an seinen Füßen umklammert hielt. Der Dämonenkönig machte sich los, schlug mit aller Gewalt zu.

Der Hieb ließ Mitel rückwärts in die erste Welle von Ba'lands Soldaten torkeln. In wildem Taumel gingen Dämonen zu Boden, und ein Schwert rutschte mir klirrend bis fast vor die Füße. Ich sammelte es auf und trat instinktiv vor.

Janela packte meinen Arm und rief: »Warte, Amalric!«

Auf dem Podium der Throne hielt Ba'land Mitel im Nacken. Mitel schlug mit seinen Klauenfüßen zurück, doch schon hatten sich Ba'lands Soldaten über ihn hergemacht, und er erschlaffte, als sie ihre Schwerter in ihn rammten.

Ba'land sprang auf, brüllte, seine Soldaten sollten zu ihm kommen, dann fuhr er herum, um uns mit seinem großen gelben Auge zu verfolgen.

Ich hörte, wie Pip und die anderen unsere Namen riefen, und wußte, daß sie uns von den Seiten her zu Hilfe kamen.

Ba'land sah uns, und Janela hielt meine Hand noch fester, raunte mir zu, nicht loszulassen. Der Dämonenkönig riß die Arme hoch und sprach einen mächtigen Zauber, um uns zu erschlagen.

Janela hielt die Schatulle hoch und rief: »Öffne dich!«

Der Boden öffnete sich, und eben, als Ba'land uns die knisternde Kugel eines Blitzes entgegenrollte, brach die unterirdische Quelle aus der Erde hervor. Es war kein kühlendes, lebenspendendes Wasser, sondern ein tödlicher Schauer von silbrigem Feuer.

Die beiden Elemente trafen aufeinander. Es gab eine mächtige Detonation, die Ba'land und die Dämonen in die Höhe und dann mit sich riß.

Die Druckwelle erfaßte uns, meine Ohren füllten sich mit einem lauten Heulen, und ein Wind von reinem, weißem Licht warf uns in die Luft.

Dann stürzten wir ab, und Janela hielt meine Hand fester und immer fester, während wir fielen.

Wir fielen so tief, daß ich glaubte, es nahme nie ein Ende.

Kapitel Einundzwanzig

Schlacht ohne Ende

Ich stand auf einer großen Ebene, umringt von Bergen, die Feuer in den Himmel spien, und dunkle Wolken zogen über einen roten Sonnenuntergang hinweg. Hinter mir klafften Höhlen, und irgendwie wußte ich, daß ich von dort gekommen und keineswegs vom Himmel gefallen war, wie mein Kopf mir törichterweise weismachen wollte.

Ich trug eine rauhe Tunika aus Fell, die mir bis über die Knie reichte, und um meine Hüften lag ein grobes Seil aus getrockneten Ranken, in welchem ein Dolch hing – kunstfertig aus Feuerstein gehauen. In meiner Hand lag ein Knüppel mit einer gezackten Scherbe von Obsidian.

Um mich herum standen Männer und Frauen, mehr als hundertfünfzig an der Zahl, gekleidet wie ich und bewaffnet mit Knüppeln oder Speeren, an deren Enden zugehauene Steine steckten. Sie standen in Reihen, erwarteten die Schlacht. Ich erkannte sie ... dort waren Pip, Otavi, Towra, Beran, alle *vier* Brüder Cyralian und die anderen, die mit mir Orissa verlassen hatten. Die anderen waren tyrenische Soldaten aus unserem Drill, darunter auch die Generäle Emerle und Thrade, die Opferlämmer, die Ba'land gefordert hatte. Ich blickte mich um und sah Prinz Solaros nicht ... aus irgendeinem Grunde war er nicht mit uns in diese Welt gekommen. Quartervals stand vor mir, und nicht weit dahinter in der Menge Kele.

»Sie haben Euch gefangen«, klagte ich. »Nun wird Hermias nichts von alledem erfahren.«

»Nein«, sagte Quartervals. »Wir sind schon weit die Straße hinab, ganz in der Nähe von jenem gespenstischen Dorf.«

»Dann ...«

»Wir sind – wir werden sein – wo man uns braucht ... wann immer man uns braucht.«

Bevor ich weitere Fragen stellen konnte, setzten die Trommeln ein. Auf einer Seite meiner kleinen Armee tanzte ein halbes Dutzend singender Schamanen, von denen Tobray am lautesten sang. Ganz vorn stand Janela, nackt, mit fliegenden Haaren, denn sie tanzte, bewegte die Arme in wildem Flehen. Ich spürte Lust, und mein Glied wurde hart, dann packte mich die Wut, als die Trommeln lauter wurden und die Armee der Dämonen uns über die Ebene entgegenzog ... gegen unsere Heimat.

Ihnen voran schritt der Dämonenkönig, den ich als Ba'land kannte. Ich schrie vor Zorn, und wir stürmten voran, rannten die Hänge hinab, um ihnen zu begegnen, und spürten die scharfen Steine an unseren nackten Füßen nicht.

Als wir angriffen, begannen auch die Dämonen zu laufen, und unsere Armeen stießen berstend ineinander. Dann gab es nichts anderes mehr als ein Gewühl von Hieben und von Stößen, als die Klauen und Zähne der Dämonen nach uns schlugen. Ich sah, wie

Otavi einem Monstrum den Kopf abschlug und das Monstrum seinen Schmerz aus den Ruinen seiner Kehle schrie und fiel, während Wundjauche aus ihm spritzte. Ein weiteres Schreckensvieh – dieses mit vier Armen und bewaffnet mit sensengleichen Klauen – hieb um sich und schlug Otavi den Arm ab. Mit lautem Lachen sprühte mein früherer Stallknecht dem Dämon Blut ins Gesicht, machte ihn blind, dann schlug er dem Wesen in die Brust, bevor er starb.

Pip duellierte sich mit einem ebenso kleinen Monstrum, das krumme Beine hatte und stämmig wie eine Kröte war. Dann kamen sie gemeinsam ins Wanken und stürzten, gruben ihre Dolche jeweils in den Leib des anderen.

Vor mir stand eine Kreatur mit dem Gesicht eines Tigers, eingefaßt jedoch von Tentakeln. Ein Arm mit langen Klauen schlug peitschend nach mir, und ich schlug dem Wesen meinen Knüppel an die Kehle und riß dann das Holz wieder an mich, als es zu Boden ging.

Es war eine unüberschaubare Masse von Mördern und Ermordeten, eine wankende, stöhnende Menge, die hin und her taumelte, die Steine unter unseren Füßen schlüpfrig vom Blut und all den seltsamen, vielfarbigen Flüssigkeiten, die den Dämonen durch die Adern strömten.

Während ich weiterkämpfte, am Leben zu bleiben und versuchte, nicht darauf zu achten, daß mich hier etwas schnitt, dort etwas riß, überschaute ich das Schlachtfeld auf der Suche nach Ba'land. Ich sah ihn umgeben von seinen Dämonenfürsten und kämpfte mich durch die Menge, ihm entgegen.

Hinter mir sammelten sich Krieger, mir zu folgen, zu helfen, den Dämonenkönig zu erlegen, und ich wurde zur Spitze eines Speeres.

Doch während wir uns noch einen Weg bahnten, veränderte sich alles um uns herum. Ich weiß nicht recht, wie ich es sagen soll, doch war es, als änderte sich die Richtung wahllos, so daß ich plötzlich allein auf dieser Ebene stand, dann umgeben von meinen Widersachern, dann von meiner Truppe. Schon schritt ich Ba'land entgegen, dann führte mich mein Schritt zurück, hin zu den Höhlen.

Ich schrie vor Zorn, hilflos gegen den Zauber, den der Dämonenkönig uns entgegensandte, dann hörte ich Janelas anhaltenden Singsang, einen langen Rhythmus in einer Sprache, die ich nicht verstand, doch schickte sie uns neues Blut. Energie durchströmte mich, und ich wußte, wie man in dieser seltsamen Welt reiste, trat nun vor, dann zurück, und schon stand Ba'land keine zehn Fuß von mir entfernt, wartete, mit den Klauen auf dem Stein scharrend. Ich stürzte mich auf ihn, dann hörte ich Schreie und sah mich kurz um.

Die Dämonen hatten meine Kameraden fast schon eingekesselt, und man rief mir zu, ich solle mich zurückfallen lassen, wir müßten fliehen.

Doch ihr Tod, mein Tod, bedeutete mir nichts, wenn ich nur Ba'land erschlagen konnte. Dann stand er nicht länger vor mir, sondern war weit, weit fort, oben auf einem Felsen, kreischte vor Freude.

Blutrausch und Mordlust wichen von mir, die Vernunft kehrte zurück, und ich rief Befehle, ganz wie Towra es tat. Ich wußte, daß Beran tot auf dem Feld lag, obwohl ich ihn nicht hatte fallen sehen, und neben mir war Quartervals, der den Hieb eines gehörnten Monstrums parierte und seinen Speer durch einen Spalt in dessen Rückenpanzer trieb. Es zischte vor Qual, wand sich und war tot.

»Zurück! Zurück! Flieht!« kamen die Schreie, und das taten wir, fielen nicht zurück, wie eine Armee es getan hätte, sondern rannten, gebrochen, besiegt.

Janela stand vor mir mit flammendem Blick.

»Hier kehren wir um«, keuchte ich mit brennenden Lungen.

»Nein«, rief sie. »Wir können nicht weiterkämpfen! Nicht jetzt! Nicht hier!«

Ich drehte mich um und blickte zurück, und das Dämonenheer kam die Hänge herauf zu unseren Höhlen, schrie triumphierend über seinen Sieg. Ba'land lief an seiner Spitze. Er war größer, stärker als zuvor, sattgefressen vom Tod meiner Freunde.

Ich wandte mich um… zum Teufel mit der Vernunft, unsere Heimat würden sie nicht schänden… hob meinen Knüppel zum letzten Gefecht, Quartervals, der pulsierend aus einer Wunde blutete, neben mir, meine Ohren taub für Janelas Flehen und…

… Wir fielen und fielen unaufhaltsam …

Es war grünes, wunderschönes Weideland, und sanfter Regen fiel vom Himmel. Mein Pferd wieherte vor Ungeduld, witterte die bevorstehende Schlacht.

Ich trug die Uniform eines altmodischen Reitersoldaten, wie sie ein Kavallerist aus dem Ersten Lycanthischen Krieg, ein Freund meines Vaters Paphos Karima Antero, getragen haben mochte: Lederhelm mit einem Stahlstück von der Spitze bis zur Nase und stählernen Wangenplatten, stählernem Brustharnisch, die Hosen in hohe Stiefel mit stählernen Seitenplatten gestopft. Auch mein Pferd war gepanzert, mit einem gespenstischen Helm über Kopf und Augen, dazu Lederschürzen unterhalb des Sattels. Ich war mit einem Säbel bewaffnet, der von meinem Sattel hing, einem Dolch und einer langen Lanze mit einem Wimpel, gleich dem kleinen, der an meinem Helmbusch flatterte.

Zwar mag unsere Aufmachung der Zeit entsprochen haben, doch war der Harnisch von ungewohnter Form und seltsamen Farben, und der Wimpel gehörte keiner mir bekannten Stadt.

Neben mir ritt Janela, gekleidet ganz wie ich, doch bewaffnet mit einem schmalen Schwert. Zu ihren Seiten waren meine Kapitäne Towra, Beran, Kele und Quartervals.

Ungeduldig – die Pferde hin und wieder tänzelnd vor Elan – wartete der Rest meiner Soldaten, Orissaner wie Tyrenier.

Wir waren halbwegs hinter Bäumen verborgen, blickten vom Weideland auf hügelige Wiesen. Weit dahinter marschierte die Armee der Dämonen unerschütterlich voran, bewegte sich in zwei großen Flügeln. Ihre Kavallerie war eine gräßliche Phalanx von Dämonen auf merkwürdigen Tieren und anderen Dämonen.

Rechts von mir war der Rest unserer Truppe, Infanterie in zwei Divisionen, verstärkt von Kriegselefanten und Jagdkatzen.

Trompeten gellten, und Pauken dröhnten, als die beiden Armeen gegeneinanderzogen.

»Diesmal kriegen wir sie«, murmelte Quartervals. Janela streckte ihre Hand aus, und ich hielt sie, ohne meinen Blick vom Schlachtfeld unter uns zu nehmen, wartete auf unseren Moment.

»Ich liebe dich«, flüsterte sie, und ihr Worte hörte nur ich allein. Dann begann sie ihren Singsang fast genauso leise:

»Nichts seht ihr hier
Ihr seht niemanden
Nichts als Bäume
Nur das Gras
Nichts kann euch schaden
Nichts kann euch hier verletzen
Euer Feind wartet
Dort
Ihr müßt nicht suchen
Ihr müßt nichts sehen.«

Ich wagte einen Blick zu ihr, und sie grinste und zuckte mit den Achseln: »Selbst banale Unsichtbarkeitszauber könnten helfen, Ba'lands Blicke zu vernebeln… wenn auch nur für einen Augenblick.«

Die beiden Armeen trafen weit unter uns aufeinander... Pfeile flogen, um die Schlacht einzuleiten, dann stießen Speerträger und Schwertkämpfer aneinander, und wieder begann das Töten.

Ich hörte Kele murmeln, nun sei es an der Zeit, doch achtete ich nicht darauf, beobachtete nur, wie erst die eine Seite, dann die andere die Oberhand behielt. Ich grinste, als ich sah, wie sich – ganz wie ich befohlen hatte – unser linker Flügel zurückzog, als würde er besiegt. Zurück, immer weiter zurück, und ich hörte die Dämonen kreischen, ihrer sei der Sieg, und sie hätten uns gebrochen.

Jetzt war der rechte Augenblick, und ich zog mein Schwert, stand in den Steigbügeln auf und rief zum Angriff.

Meine Kavallerie stürmte die Anhöhe hinab, direkt in die rechte Flanke der Dämonen.

Ich war nie Soldat gewesen, doch irgendwie waren mir die Kommandos bekannt und kamen mir leicht über die Lippen:

»Im Schritt... vorwärts!«

»Im Trab...«

»Senkt... die Lanzen!«

Mehr als einhundertfünfzig stählerne Finger sanken herab, und jeder einzelne kündete vom Tod.

»Im Galopp... Attacke!«

Sie sahen uns nicht, ahnten nichts, bis wir in ihre Flanke brachen, und unsere langen Speere durchschlugen ihre Reihen, dann bebten Schreie und ein Heulen von Schmerz und Überraschung bis zum Himmel hinauf. Ich ließ meine Lanze im Kadaver eines doppelköpfigen, reißzahnbewehrten Schuppenviehs zurück, das Schleim absonderte, zückte meinen Säbel, und wir hackten uns voran.

Mein Pferd schrie vor Schmerz und scheute, blutete, wo ein Dämon sich herangeschlichen und seinen Hals getroffen hatte, da löste ich mich aus den Steigbügeln und glitt auf die Erde, während mein Pferd um sich tretend fiel und das Monstrum, das es getötet hatte, unter sich begrub. Ich hörte Schreie: »Der Lord ist gefallen ... Lord Antero ist gefallen ...«, dann war Janela neben mir, ich zog mich auf den Rücken ihres Rosses, und wir drangen tiefer in die Meute, stachen, schlugen, bahnten uns einen Weg ins Zentrum des Dämonenheeres, wo sich Ba'lands Banner erhob.

Wir waren von Dämonen umringt, manche im Wahn, uns zu töten, andere gleichermaßen begierig, unseren blutigen Klingen zu entgehen. Doch der Druck hielt uns am Leben ... es gab nicht genügend Raum für unsere Feinde, nah heranzukommen und uns zu vernichten, und wir drängten immer weiter, drängten voran, kamen Ba'land immer näher.

Er ragte über mir auf, trug nun die Seide eines Gecken unter seiner halben Rüstung. Bewaffnet war er mit Kurzspeer und Dolch. Er stand etwa ein Dutzend Schritt entfernt, seinen Standartenträger neben sich, eine gräßliche Kreatur, die ich nicht länger als nur einen Augenblick lang ansehen konnte.

Ba'land machte sich über Janela her, und sie wich aus, als ich von ihrem Pferd ihm entgegensprang. Ein Speerwurf ... von meinem Säbel abgewehrt, sein Dolch hieb auf mich ein, und ich schlug auch diesen beiseite, tänzelte und stach nach ihm, peitschte die Klinge über seine Flanke, gleich unter seine Rüstung, er heulte, und sein Blut – ein ekelhaft schwarzgrüner Schleim – brach hervor.

Ba'land brüllte und taumelte rückwärts, und ich schlug nach seinem Standartenträger, verpaßte ihn, doch schlug ich die Hellebarde, auf der die Fahne der Dämonen saß, entzwei. Bevor das Monstrum sich erholen konnte, hielt ich das Banner mit der freien Hand, hob es hoch, und die Dämonen schrien vor Zorn und Furcht.

Janela rief. Ich wandte mich um und sah, daß ein Dämon sich auf ihr Pferd gezogen hatte und ihre Kehle zwischen seinen Klauen hielt, sie würgte, und ihre Hand zuckte vor und zurück, daß der gezackte Dolch sich in das Untier vergrub und dieses fiel.

Ba'land war nur wenige Schritte vor mir, erwartete meinen Angriff, doch als ich vortrat, kam ein Wirbel von Kämpfern zwischen uns, und ich verlor ihn aus den Augen.

Janela war neben mir, und dann auch andere. Ich wischte mir Blut aus den Augen, das aus einer Wunde an meiner Stirn lief, und mir blieb nur ein kurzer Moment, mich umzusehen.

Um mich standen die Überlebenden meines Haufens, kaum mehr als dreißig Männer und Frauen, alle verwundet. Die Dämonen tosten um uns, schrien vor Freude, daß sie mich gefangen hatten.

Der Rest meiner Armee war weit, weit fort, kämpfte verzweifelt darum, mich zu befreien.

Irgendwie hatte Quartervals meine Lanze aufgesammelt und grub deren Griff tief in die Erde. Der blutgetränkte Wimpel mit dem Hauswappen der Anteros knatterte im Wind. Er grinste mich an:

»Jetzt haben sie etwas, auf das sie zielen können.«

Eine Phalanx meiner Kriegselefanten brach durch die Menge, keine fünzig Meter von uns entfernt, doch weit, zu weit, da die Dämonen erneut angriffen und ihre Klingen uns das Lied des Todes sangen.

Aber diesmal, so dachte ich, *diesmal haben wir Ba'land schwer getroffen, vielleicht tödlich verwundet, und wir haben auch seiner Armee schweren Schaden zugefügt. Sollte ich nun sterben, so macht es nur wenig, solange er mit mir fällt.*

Ich machte einen vierarmigen Dämon nieder, der ein Schwert in jeder Hand hielt, doch nur wenig Talent besaß, dies auch zu nutzen, drehte mich zur Seite, um einem Hieb auszuweichen und...

Wir fielen, fielen...

Unsere Schiffe rollten heftig, da die Wogen uns von Osten her bedrängten, so daß keiner von uns – auch nicht der erfahrenste Seemann – allein stehen konnte. Doch keiner von uns achtete darauf, denn wir hatten die Flotte der Dämonen gegen ein langes Riff gedrängt, das sich über den ganzen Horizont erstreckte, und dank Janelas Zauberkünsten war der Vorteil des Windes auf unserer Seite.

Ihre Schiffe waren riesig und zeigten sich in dreierlei Form. Am beeindruckendsten waren die großen Hulks, fast runde, niedrige Eindecker, die von kleineren Galeeren gezogen wurden. Auf diesen Schiffen hatten die Dämonen ihre Kriegsmaschinen aufgebaut, und ihre Soldaten warteten in Formation, bereit, jedes Schiff zu entern, das in Reichweite kam. Die andere Form waren ebenfalls große, hohe Dreimaster, welche weit über unseren Schiffen aufragten. Auch diese hatten Katapulte, Steinwurfmaschinen und andere Geräte an Bord. Sie schlingerten heftig, doch hatten sie ansonsten offenbar nur wenig mit dem aufkommenden Sturm zu kämpfen, den wir ihnen entgegensandten, und ebensowenig waren sie sich darüber im klaren, daß sie an diesem Riff ihrem Untergang entgegentrieben, wenn sie unsere Linien nicht durchbrachen.

Unsere Schiffe waren viel kleiner und von seltsamem Äußeren, wie ich es noch nie gesehen hatte. Es waren Galeeren und Einmaster, doch das Vordeck war mit einem gewölbten Schild besetzt, ebenso das Achterdeck. Die Ruderer saßen hinter hohen, gebogenen Schanzkleidern geschützt. Die einzig offenen Bereiche gab es mittschiffs. Vor mir standen zwei Katapulte, hinter mir zwei weitere auf einem Deck, das sich über den Ruderern erhob, und ich stand mit Janela, Kele, Quartervals und Otavi auf einem runden, offenen Turm, dem Achterdeck. Otavi, so vermutete ich, war unser Steuermann, da er am Ruder des Schiffes stand, zwei vertikalen Pfählen, die durch Schlitze im Deck aufragten und die er auf Keles Kommando hin vor und zurück bewegte.

Ich fühlte mich an die Schildkrötenschiffe erinnert, mit denen Rali in einer großen Seeschlacht weit im Westen zu kämpfen gehabt hatte.

Das war seltsam, doch noch seltsamer waren meine Seeleute. Einige von ihnen konnte ich ausmachen und erkannte in ihnen Orissaner und Tyrenier, die auch bisher mit mir gekämpft hatten. Doch reichten diese kaum, die Mannschaft einer Flotte zu stellen. Noch andere waren da, nur konnte ich meinen Blick nicht bei ihnen halten. Irgendwie schmerzte es, sie anzusehen, und ich war froh, meinen Blick über sie schweifen zu lassen, ohne daß Einzelheiten auf mich wirkten.

Janela kniete auf dem Deck, auf welchem ein Pentagramm in einem Kreis gemalt war, daneben ein zweiter Kreis, um welchen man Symbole im Bogen gezeichnet hatte. Leere Lederbeutel, in denen der Wind verwahrt gewesen war, lagen um sie verstreut. Eine Kerze brannte neben ihr mit einer Flamme, die trotz des starken Windes in unserem Rücken nicht einmal flackerte.

Plötzlich erstarb der Sturm, und wir verloren an Fahrt, blieben abrupt fast stehen, als er wieder aufkam und uns direkt in die Gesichter wehte. Ba'lands Zauber hatte unsere Kontrolle über den Wind durchbrochen.

»Nein, das wirst du nicht tun«, murmelte Janela und hielt die Kerze an ein Pfännchen. Eine vielfarbige Flamme schoß auf, doppelt so groß wie ein Mensch, kaum so breit wie eine Hand, und ihr Zauber war stärker, was sich zeigte, als der Wind eine halbe Kompaßdrehung beschrieb und wehte wie zuvor.

»Das hat es ihm gegeben«, sagte sie, und schon stiegen um uns aus dem Meer Geysire auf, als sich die Katapulte der Dämonen auf uns einschossen.

Ich hatte meine Schiffe in eine Pfeilformation gebracht, die direkt ins Herz der feindlichen Flotte zielte, unsere Ruderer arbeiteten mit aller Kraft, und Windzauber füllte unsere Segel. Ein ungewohntes

Vorgehen, da Seeschlachten für gewöhlich mit Schiffen in Doppelreihen ausgefochten werden, die sich gegenüberstehen, wobei die größere Flotte versucht, die kleinere einzuschließen und zu vernichten.

Doch hatte ich die Absicht, anders vorzugehen. Meine Signale saßen schon auf den Falleinen, und meine Kapitäne hatten ihre Befehle.

Woher ich das alles wußte, wann und wie ich es ihnen mitgeteilt hatte, kann ich nicht sagen, obwohl mir so manches wieder einfiel, was mir meine Schwester vor Jahren erklärt hatte, als sie aus Konya heimkehrte.

»Wir sind in Schußweite, Herr«, sagte Quartervals.

Ich nickte ihm zu, und nun sandten unsere eigenen Katapulte schwere Steine durch die Luft dem Feind entgegen, dazu lange Bolzen von den dahinter stehenden Katapulten.

Doch waren sie nicht unsere wichtigste Waffe ... diese lag verborgen gleich unter der Wasseroberfläche, welche unseren Bug umschäumte.

Jeder von uns hatte ein Dämonenschiff als Ziel. Mein eigenes Schiff hielt direkt auf den größten Feind zu, Ba'lands Flaggschiff.

Wir kamen näher, und die Dämonen an Bord heulten vor Freude über unsere Dummheit, unsere Bereitschaft, längsseits eines weit größeren Schiffes zu gehen und im Sturm genommen zu werden.

Doch so dumm waren wir nicht. In letzter Minute befahl Kele, den Kurs leicht zu ändern, und korrigierte ihn, bis wir Ba'lands Schiff gleich hinter dem Backbordbug ansteuerten. Da merkten die Dämonen, daß wir sie rammen wollten, und ihr Ruder wurde herumgerissen, wodurch das rollende Schiff langsam wendete.

»Festhalten!« rief Kele, die Ruderer duckten sich, und wir alle suchten festen Halt.

Hart schlugen wir auf, und viele von uns gingen zu Boden, obwohl wir uns auf den Schlag vorbereitet hatten. Die Dämonen erholten sich und stürmten zu ihrer Reling hoch über uns, bereit, herabzuspringen und anzugreifen.

Kele rief Befehle, die Ruderer pullten hart, eine Seite vor, die andere zurück, wie geplant drehte sich unser Schiff, mit einem Bersten brach unser Rammbock hervor, und wir waren wieder frei, zogen uns vom angeschlagenen Flaggschiff zurück.

Quartervals' Katapulte sandten ihre Botschafter krachend auf die Decks des Feindes oder in die Seitenwände des beschädigten Schiffes.

»Alle Mann nach achtern!« rief Kele, und die Seeleute rannten zum Heck, was unseren Bug leicht anhob.

Auch das war wiederum geplant, und die Männer vorn öffneten Luken, lösten eilig die Reste des geborstenen Rammbocks und ersetzten ihn durch einen neuen, zogen die Bolzen fest und warfen die Luke zu, wobei sie nur wenig Wasser aufnahmen.

»Alle Mann auf ihre Plätze!« Und unser Schiff war wieder wie vorher, lag auf der rollenden See, doch nun mit neuem, tödlichem Rammsporn.

Mit vollen Segeln und allen Ruderern in vollem Einsatz stürmten wir voran, mitten durch den Feind, fast bis hin zum todbringenden Riff. Ich sah, wie sich die Wogen brachen, obwohl die Untiefe knapp unter der Wasseroberfläche verborgen blieb, dann befahl ich Kele, zu wenden und erneut anzugreifen, wie Schattenwölfe, die eine Schafherde teilten.

Meine restlichen Schiffe waren hinter mir und drehten sich wie dressierte Zirkuspferde. Ich hatte beim ersten Angriff nur eine Handvoll von ihnen verloren, ganz wie erhofft.

Diesmal griffen wir von hinten an, suchten uns ein anderes Schiff und rammten dessen Heck, dann zogen wir uns zurück, ließen es sinken, wobei manche der Mannschaft zu im Wasser treibenden Wrackteilen schwammen, andere zu den Booten, die herabgelassen worden waren.

Es war kein Tag für Gnade oder Freundlichkeit... wir versenkten drei Boote, Bogenschützen spießten Ungeheuer auf, als diese sich an unsere Seitenwände klammerten, und schon hatten wir die Schlachtreihe der Dämonen erneut durchbrochen.

Nun brach der Sturm erst richtig los, Wind heulte, und die Dämonenflotte wurde landeinwärts geweht, ihrem Untergang entgegen.

Ich sah mich nach dem Flaggschiff um, wollte ihm mit diesem Angriff den Rest geben, und...

Wir fielen, doch nun, so schien es, langsamer...

Die Erde, eine hübsche Seenlandschaft, lag weit unter uns. In unserem Rücken ging die Sonne auf, als unsere zwanzig Schiffe zu den Bergen, zur Festung des Dämonenkönigs trieben.

Ich wußte nicht, in welcher Welt oder Zeit wir waren, denn noch nie hatte ich von einem Gefährt gehört wie jenem, mit dem wir flogen.

Es waren riesenhafte Röhren, acht- oder neunhundert Fuß lang, an den Enden spitz, mit einem langen Deck unter jedem Zylinder. Auf den Decks waren meine Soldaten, bewaffnet und für die Schlacht bereit.

Doch den Zylinder und das Deck zu beschreiben, als seien sie simpel gewesen, wäre ein Fehler, denn auf beiden Seiten ragten lange Masten auf, mit Segeln besetzt und voller Seeleute, die Leinen ein- oder entrollten, um unseren Kurs im Wind zu halten.

Ich weiß nicht, wie wir in der Luft blieben, doch erinnerte ich mich plötzlich, wie ich als Junge kleine Pyramiden aus Papier gefaltet hatte, sie über das Feuer hielt und von der heißen Luft den Kamin hinauftreiben ließ. Vielleicht war in den Zylindern solche Luft, von Zauberkraft erhitzt.

Kele rief eine Warnung, zeigte etwas, und aus den Höhlen und

Schluchten der finsteren Berge schwangen sich die Dämonen auf, um gegen uns anzutreten. Manche ritten auf den Rücken geflügelter Tiere, und wie zuvor *waren* manche selbst jene Tiere. Bewaffnet waren sie mit Lanzen und langen Schwertern.

Ich hörte ein Summen in der Luft, und eines meiner Luftschiffe ging in Flammen auf, drehte sich, brannte und fiel, wiederum wie ein Papierspielzeug, das dem Feuer zu nah gekommen war.

Janela arbeitete an einem Gegenzauber, entzündete eine Kerze, dann – als sie diese singend mit den Händen umschloß – erstickte sie die Flamme:

»Du darfst nicht brennen
Du wirst nicht brennen
Das Leben will ich dir versagen
Die Nahrung will ich dir versagen
Ich befehle dir zu sterben
Ich befehle deinen Tod!«

Das Summen verklang, und die Ungeheuer schwärmten um uns. Nicht länger war ich Kommandant, sondern gemeiner Soldat, und ich bearbeitete die Kurbel einer Armbrust, bis die Sehne mit einem Klicken einhakte. Es gab Halterungen mit Riegeln an der Reling, und in eine legte ich den Bogen ein.

Ein vierflügeliges Vieh, das wie eine fettleibige Libelle aussah, surrte heran und streckte die Klauen aus, um einen unserer Männer an den Segeln von seiner Rahe zu reißen. Er schrie, sah dem Tod ins Auge, und eilig zielte ich und schoß. Mein Schuß ging daneben, erschreckte das Vieh, daß seine Klauen ins Leere griffen. Es kreischte vor Wut, wich zurück, und ich verlor es aus den Augen.

Manche Dämonen waren von ihren Reittieren gesprungen und standen nun auf unseren Decks, kämpften mit Klauen oder Waffen. Männer kamen heran, rangen mit dem Feind, und dann stürzte einer

– Monstrum oder Mensch – schreiend in die Tiefe. Nicht selten stürzten zwei Leiber zappelnd ins Verderben, noch immer kämpfend, die Hände um den Hals des anderen gelegt.

Es wurde Zeit für unsere Flammen.

Janela streckte ihre ölverschmierten Handflächen aus, flüsterte, und Flammen stiegen auf ... ein magisches Feuer, das ihr nicht die Haut versengte.

Sie nahm eine Papierröhre vom Deck, die mit Symbolen beschriftet war, hielt sie an ihre Handflächen und blies sanft dagegen.

Eine große Flamme, ein Feuerfinger, schoß auf und brannte einen geflügelten Dämon schwarz und brüchig, suchte den Himmel weiter ab, fand weitere und schickte sie brennend in den Tod.

Ein mächtiges Brüllen war zu hören, eine lange Schlange mit drei Flügelpaaren peitschte auf mich zu, und ich wußte, daß es Ba'land sein mußte. Meine Hände drehten, kurbelten, doch viel zu langsam, denn das Wesen war fast schon bei mir, dann riß ich den Bolzen hervor, hob und spannte, und die Sehne knallte, und der Bolzen traf, grub sich in Ba'lands Schlangenleib, und das Untier rollte und krümmte sich, peitschte vor und zurück, während es fiel ...

Wir taumelten, trieben wie Blätter, die im Herbst einem fernen Boden entgegentanzen ...

Es gab keine Erde, keinen Himmel, kein Meer.

Überall war Finsternis, doch leuchtete dort Licht. Ich existierte, doch befand ich mich nicht in einem Leib.

Neben mir war Jalena, unsichtbar, und doch zu sehen.

Etwas raste an mir vorüber, ließ mich zur Seite springen, etwas, das – wäre es sichtbar gewesen – eine Flamme sein mochte, doch hier war es nichts als pure Energie.

Ich war entsetzt, nackt, unbewaffnet, doch dann spürte ich, wie Janelas Energie mich berührte und ihre Weisheit mich lehrte, und ich *suchte*, fand und sammelte eine Energie, eine Kraft, die mein eigen war, und schickte sie wie eine Lanze dorthin, wo Ba'land schwebte. Sie traf ihn hart, und die Welt/Unwelt erbebte von seinen Qualen.

Dann waren noch weitere da, andere Dämonen, doch auch sie waren körperlos, der reine Wille, das Böse selbst, rollten sich zu einem Schlangenbiß zusammen ... aber dann wich der Gedanke – denn zu sehen war rein gar nichts –, und die Welt schlingerte und barst, als sich Dämon gegen Dämon wandte.

Ich spürte, daß die wilden Dämonen ihre Brüder angriffen, versuchten, sich aus dieser Welt zu befreien, und ich fühlte, wie viele von ihnen in diesem seltsamen Bürgerkrieg im leeren Raum den wahren Tod fanden.

Ein weiterer Pfeil schoß mir entgegen, brandmarkte meinen Schenkel oberhalb des Knies, dann flogen zwei Bolzen zurück, von jedem von uns einer, und das Universum brach unter Ba'lands Pein in Stücke.

Wir standen auf der kahlen, felsigen Ebene, auf die uns das silbrige Feuer zuerst gesandt hatte.

Wir waren nur noch drei. Janela und ich waren nackt und hielten etwas, das einmal Schwerter gewesen sein mochten, doch nun flammende Fackeln von reinem Licht, reiner Energie waren.

Vor uns kauerte Ba'land, hob flehend die Klauenhände.

»Gnade, Antero. Ich bitte um Gnade, Greycloak. Eure Seele war tatsächlich zu bitter für mich.«

»Gnade?« Janelas Lachen klang schroff.

»Ja. Laßt mich ... laßt uns die Reste unserer Macht, unserer Leben, und ich schwöre, wir kommen nie wieder in Eure Welt.«

»Ihr erwartet von mir, daß ich glaube, Ihr würdet einen solchen Pakt in Ehren halten?« fragte ich.

»Das werde ich«, sagte er. »Seht, hier auf meiner Brust, hier ist das Zeichen, und Ihr werdet erkennen, warum Ihr mir glauben müßt, warum Ihr uns leben lassen müßt.«

Unwillkürlich beugte ich mich vor... und Ba'lands Klauen schossen vor, direkt auf mein Herz zu. Doch Silber blitzte auf, sein Hieb wurde abgelenkt, und meine Waffe zuckte über ihn, schlug aus eigenem Antrieb, und Ba'lands Kopf rollte über die Felsen.

Sein großes Auge glühte gelb, dann wurde es dunkel, und ich spürte, wie er von uns ging, und etwas fehlte dieser Welt, etwas Finsteres, etwas Tödliches, etwas, das seit Jahrhunderten, seit Generationen, auf unserer Art gelastet hatte.

Janela war neben mir, und für nur einen Augenblick war sie ganz silbern wie die Tänzerin Thalila, dann war die Kraft, mit der sie mich gerettet hatte, fort.

Ich streckte die Hand nach ihr aus, dann waren wir im alten Thronsaal König Farsuns.

Um mich drängten sich Soldaten, welche die Dämonen für unsere Welt bekämpft und besiegt hatten. Quartervals... Kele... Otavi... Pip... die anderen Orissaner... Tobray und die Männer aus Tyrenia.

Sonst war niemand dort, nicht Prinz Solaros, kein weiterer Tyrenier. Doch lagen drei Leichen da: König Ignati, der Dämon Mitel, und kopflos auf seinem Thron ausgestreckt, nun schwarz und verfallen, die Leiche König Ba'lands.

Ich selbst war unversehrt, doch spürte ich die Schmerzen all der Wunden, die ich in jenen langen Schlachten in so vielen Welten erlitten hatte.

Quartervals grinste, wollte etwas sagen, dann schimmerten Kele und er kurz auf und waren fort, nun weit entfernt auf ihrer Reise nach Orissa.

Plötzlich war ich nicht mehr sicher, wo ich mich befand oder ob ich überhaupt noch existierte, doch spürte ich Janelas Hand fest in der meinen, und ich hielt sie, und die Welt war wirklich und die meine.

Dann wandten wir uns um und humpelten den langen Tunnel hinauf ins Licht des neuen Tages.

Kapitel Zweiundzwanzig

Der Sehergeist

Als die Tyrenier freudig heraustraten, um uns zu begrüßen, fühlte ich mich wie ein Geist ... so fern und doch so nah. Wie ein Geist sehnte ich mich eher nach Frieden als nach dem glückseligen Feuer des Lebens überall um mich herum.

Geister, so hat man mir erzählt, sehen klarer als jene mit lebenden Augen. Mit Ketten, die sie nicht lösen können, sind sie an die Vergangenheit geschmiedet und somit aufmerksame Beobachter der Gegenwart und kluge Propheten der Zukunft. So werde ich, mein lieber Hermias, bald in der Robe eines Sehers zu dir sprechen.

Solaros wird ein guter König werden. Ich habe ihn in dem prächtigen Chaos, das unserem Triumph über Ba'land und seine Dämonenhorden folgte, eingehend beobachtet. Mit den Lobpreisungen, die seine Untertanen auf uns alle herabregnen ließen, wußte er sehr gut umzugehen. Er zeigte keine Eifersucht, weil Janela und ich den größeren Anteil bekamen. Sobald die Feierlichkeiten vorüber waren, während die anderen noch ihre trunkene Freude ausschliefen, machte er sich bereits daran, eine Zukunft für das benebelte Jubelvolk zu planen.

Daß Tyrenia anders werden wird, steht außer Zweifel. Nachdem keine dämonischen Feinde mehr drohen, muß das Königreich seine Waffen einschmelzen und seinen Willen aus anderer Quelle speisen. Das wird schwierig werden. Die Tyrenier haben seit mehr Jahren hinter Mauern gelebt, als man Steine bräuchte, sie zu errichten. Vor langer Zeit schon wurden sie durch ihren großen Rückzug erniedrigt, gaben eine Region nach der anderen auf, bis nur noch die Barrikaden in ihrem Besitz waren. Die Erinnerung an diese Schande wird ihnen erhalten bleiben.

Für alle, die außerhalb Tyrenias leben – besonders für meine Lieben in Orissa – wird die Herausforderung wachsen. Die Tyrenier leben in einer unbezwingbaren Festung. Doch selbst nachdem Ba'land nun nicht mehr ist, stehen eure Häuser in dunkler, böser Wildnis. Manchen Gefahren wird zu trotzen sein, darunter denen aus eurer eigenen Mitte. Sei gewarnt, Neffe. So etwas kann bedrohlicher sein als selbst ein König der Dämonen.

Ich habe einen Pakt mit König Solaros geschlossen. Alles Wissen, was Janela hier gesammelt hat, wird mit Orissa geteilt. Eine Gruppe von Zauberern wird bald schon auf die Reise gehen, und ich bitte Dich, sie in Orissa willkommen zu heißen. Sie bringen eine Wahrheit, die zwei Greycloaks den Göttern entrissen haben. Wenn diese Wahrheit freigiebig und großzügig allen geschenkt wird, werden wir endlich von unseren Herren befreit sein, die sie so eifersüchtig bewachen. Es wird nichts geben, das zu wagen ihr euch fürchten müßtet. Wird die Weisheit jedoch in der Schatzkammer eines Geizkragens verschlossen, wird eines Tages der schicksalsträchtige Tag kommen, an dem die Menschen diejenigen verfluchen, die Ba'land erschlugen, und in seinen Peitschenhieben strenge, väterliche Güte sehen.

Nun komme ich zu dem Teil, den ich am meisten fürchte. Ich weiß, daß Du Dich beim Lesen dieser Zeilen fragst: »Aber was ist mit dir, mein lieber Onkel? Was ist mit dir?«

Ach ja.

Ach ja.

Ich habe vor, mein Leben zu beenden.

Da.

Ich habe es gesagt.

Ich hoffe, Du haßt mich nicht dafür und nennst mich keinen närrischen alten Mann, der zu feige ist, seinem natürlichen Ende entgegenzusehen.

Falls dem so sein sollte, wird Dich auch das nächste glauben lassen, ich sei verrückt geworden.

Es wird Janela sein, die mich tötet.

Warum, fragst Du, sollte eine Frau, die mich liebt, einer solchen Tat zustimmen? Schmiedet sie insgeheim Rachepläne, weil ich Janos umgebracht habe? Ist ihre Liebe reine Täuschung?

Die Antwort ist, daß es ihre Liebe zu mir sein wird, deretwegen sie mir dieses Geschenk macht.

Sie kam zu mir, als ich eben meine Gedanken für den letzten Teil dieses Buches sammelte. Sie hatte wohl gesehen, in welcher Stimmung ich seit unserer Rückkehr war, doch aus Respekt vor meiner Privatsphäre sagte sie nichts.

»Ich dachte, Amalric wird es mir schon früh genug erklären«, sagte Janela. »Doch dann hast du nichts gesagt, und je länger das Schweigen anhielt, desto verletzter war ich, daß du dich mir nicht anvertraut hast.«

»Es tut mir leid, Geliebte«, sagte ich. »Es ist weder tief noch kompliziert. Es ist nur das alte Unbehagen, das mir wieder in die Knochen kriecht.«

»Du bist des Lebens müde«, sagte sie.

»Ja«, sagte ich. »Ich war müde, als wir einander kennenlernten, als du an meine Tür klopftest und sagtest: Komm mit mir zu den Fernen Königreichen, alter Mann.«

»War es die Sache wert?« fragte sie.

Ich seufzte. »Natürlich war es das. Aber ich habe die Kraft nur aufgebracht, weil ich Janos schuldig war, zu beenden, was wir begonnen hatten.«

»Und nun, da es geschehen ist«, sagte sie, »siehst du nichts mehr, was dich lockt.«

»Was weiter könnte es denn geben?« sagte ich. »Ich bin ein alter Vagabund, es wird spät, und ich bin begierig darauf, an einen Ort zu gelangen, an dem ich Ruhe finde.«

Schweigend betrachtete mich Janela eine Weile. Dann faßte sie einen Entschluß und sagte: »Erinnerst du dich an die letzte Gelegenheit, bei der wir dieses Gespräch hatten, Amalric?«

Ich sagte, das täte ich. Es war, als wir darauf warteten, daß die Dämonenwachen uns zu Ba'land bringen sollten.

»Erinnerst du dich auch daran, daß ich eine zweite Möglichkeit vorschlug?«

»Das erinnere ich. Du sagtest, du wüßtest, wie man die Tür öffnet, durch die die Großen Alten entflohen sind.«

»Nur konnte ich es nicht tun«, fügte sie hinzu, »solange Ba'land lebte.«

»Jetzt ist er tot«, sagte ich leise.

»Ja«, sagte Janela.

Ich kämpfte um eine Antwort, da es nicht das war, was sie hören wollte.

»Du sagtest damals, es sei ein Geschenk«, brachte ich schließlich hervor. »Aber ich kann es nicht annehmen. Ich bin mit diesem Leben fast am Ende, und ich bin froh darum. Warum sollte ich verdammt sein wollen, mich durch ein weiteres zu quälen?«

»Bevor du ablehnst«, sagte sie, »willst du sehen, was du verschmähst?«

Ich zuckte die Schultern, glaubte, mein Entschluß stünde fest. »Welchen Sinn sollte es haben?« fragte ich.

»Woher sollen wir das wissen«, sagte sie, »wenn wir nicht nachsehen?«

Ich zögerte, was sie lachen ließ. »Jetzt habe ich dich, Amalric Antero«, sagte sie. »Einem fremden Ort konntest du noch nie widerstehen, und sei es nur für einen kurzen Blick auf die Waren am Markt.«

Ihre Antwort ließ mich lächeln, und mit diesem Lächeln ging ich darauf ein und wurde mit ihrer Umarmung belohnt.

Am selben Abend dämpfte sie das Licht und plazierte mich an einen kleinen Tisch. Sie entzündete Weihrauch, dann setzte sie sich mir so nah gegenüber, daß sich unsere Knie berührten. Die steinerne Schatulle stellte sie in die Mitte des Tisches. Sie wies mich an, die Hände darauf zu legen, dann legte sie die ihren auf meine.

Und sie sagte: »Schließ die Augen.«

Das tat ich. Ich wartete, doch sagte sie nichts mehr.

»Was soll ich tun?« fragte ich ungeduldig.

»Nichts«, sagte sie.

»Soll ich denken?«

»Wenn du willst.«

»Und woran soll ich denken?«

»Alles, was du willst.«

»Gut«, sagte ich. »Dann denke ich an dich.«

Ich entspannte mich, baute ihr Bild vor meinem inneren Auge auf. Ich sah mich, wie ich durch das vergitterte Fenster in meiner Gartenmauer lugte. Ich sah sie auf einem feinen Roß, eine Frau von reiner Haut und Gestalt, doch mit einer Ausdruckskraft, die einen zwang, über diese Schönheit hinauszublicken. Sie winkte, und ich öffnete das Tor und lief zu ihr. Ich nahm ihre Hand und schwang mich hinter ihr in den Sattel. Kaum hatte ich meine Arme um ihre Taille gelegt, spornte sie das Pferd schon zum Galopp an. Wir donnerten die Straße nach Orissa entlang, bis sie sich gabelte, wo bisher keine Kreuzung gewesen war. Wir nahmen den unbekannten Weg, und bald schon kamen wir an einen steilen Hang, aber das Pferd sprang den steinigen Pfad hinauf wie eine Ziege über eine Alm.

Wir kamen oben an und stiegen ab, wobei Janela meine Hand nahm und mich an den Rand des Hügels führte.

»Sieh, Amalric«, sagte sie.

Und das tat ich.

Ich sah ein Land von silbernen Wäldern, Schwestern des Baumes, der Ba'land gedemütigt hatte. Ich sah einen Fluß, der durch das Land zog und eine goldene, schimmernde Fährte zum fernen Meer hin zog. Ich sah Schiffe mit wundersamen Formen und leuchtenden Segeln von der Farbe des Abendhimmels. Und auf diesen Schiffen sah ich anmutige Wesen, weder Mensch noch Tier noch Geist, sondern all diese in einem. Wesen von erhabenem Licht und großer Seltenheit. Ein Wind aus den süßesten Seemannsträumen füllte die Segel, versprach eine zügige Reise zu jenen wundersamen Häfen.

Ich sehnte mich dorthin, weinte darum.

Janela flüsterte, doch kam das Flüstern aus weiter Ferne.

Und wieder war ich in dem Zimmer und saß ihr gegenüber.

Ich war so überwältigt von dieser Vision, daß ich lange Zeit nicht sprechen konnte. Janela holte mir einen Branntwein, ließ sich neben mir nieder, bis ich genug getrunken hatte, daß ich meine Stimme wiederfand.

»Wußtest du, daß es so sein würde?« fragte ich.

»Wie sollte ich?« sagte sie.

Ihre Stimme klang rauh, und ich blickte auf und sah, daß auch sie geweint hatte.

»Kann ich wirklich dorthin gehen?« fragte ich.

»Ja, Amalric«, sagte sie. »*Wir* können.«

Ich war besorgt, als mir klar wurde, daß sie sich in die Antwort mit einbezogen hatte. »Aber, Janela«, sagte ich, »du hast mir erzählt, daß der Tod für diese Reise unabdingbar wäre.«

»Das ist er«, sagte sie.

»Aber warum solltest du sterben wollen?« protestierte ich. »Du bist eine junge Frau. Schon jetzt hast du eine Größe erreicht, die niemand zuvor erreichen konnte. Dir bleiben viele Jahre, weit mehr noch zu schaffen.«

»Nur könnte ich es nie erfüllen«, sagte sie, »so lange ich auch leben mag. Ich sage dir, Amalric, als ich die Antwort fand, die mein Großvater gesucht hatte, habe ich vor Freude geweint. Und dann aus Verzweiflung, weil es nie wieder ein so großes Rätsel geben kann. Seit wir nach Tyrenia zurückgekehrt sind, habe ich wie du gelitten. Ich bin von Natur aus und auch durch die Erziehung eine Suchende. Ich *muß* ein Ziel haben, das die Suche wert ist. Und was könnte es sein, Amalric? Was könnte es sein?«

Was sollte ich ihr antworten, mein Neffe? Da ich mein Herz doch kannte, was konnte ich schon sagen?

Und so haben wir unseren Pakt geschlossen.

Fast hielt ich mich nicht daran, als ich erfuhr, wie es vonstatten gehen muß. Wir wollen Wein trinken, gerade genug mit Drogen versetzt, daß wir ruhiger werden. Wir wollen uns auf weiche Kissen betten. Die steinerne Schatulle wird geöffnet und das magische Rosenblatt in ihrem Inneren freigelegt. Dann wird mir Janela in den Arm schneiden, um etwas Blut zu bekommen und mir das tödliche Gift durch die kleine Wunde einverleiben. Wenn ich sterbe, will sie das Blut auf das Blatt sprenkeln, um es damit zu segnen. Dann will sie mit sich dasselbe tun.

»So ein Feigling bin ich nicht«, protestierte ich. »Ich bin stark genug, mich selbst zu töten.«

»Es ist die einzige Möglichkeit«, sagte Janela. »Du mußt als erster zum Geist werden, damit du bereit bist, mich aufzufangen.«

Dennoch widerstrebte mir die Vorstellung, daß sie ihr Leben so jung beenden wollte. Doch sie flehte und erklärte, wenn ich sie liebte, würde ich sie nicht an diesem Ort allein zurücklassen. Und so kam es, daß wir schließlich den Entschluß faßten, uns von unserer sterblichen Bürde zu befreien.

Siehst Du, wie es ist, Hermias? Wenn ja, liebe ich Dich dafür. Wenn nicht, dann liebe ich Dich dennoch.

Ich muß nun gehen. Janela wartet, und ich weiß auch keine Abschiedsworte mehr.

Die Flut lockt, und Kapitäne rufen schon die letzte Warnung.

Dort, wohin Janela und ich nun gehen, hat kein Meer je den rauhen Rumpf eines Schiffes gespürt. Dort weht der Wind nur östlich. Alle Ufer sind Legenden. Und die Seele eines jeden Reisenden fliegt fort zum Horizont.

Wo alle Träume unserer Umarmung harren ...

In Fernen Königreichen.